TESSA DARE

Eine sündige Lektion

Buch

Äußerlich eher unscheinbare graue Maus und ohne Hoffnung auf einen aussichtsreichen Ehekandidaten, widmet die begeisterte Hobbygeologin Minerva Highwood sich ganz ihren wissenschaftlichen Studien. Als sie einen sensationellen Fund macht, will sie unbedingt nach Edinburgh, um ihre Entdeckung dort einem Zirkel von Wissenschaftlern vorzustellen. Doch als Frau hat sie keinen Zutritt – um vorzusprechen, braucht sie einen männlichen Begleiter. Und so bittet sie kurzerhand Lord Payne, einen skandalumwitterten, gewissenlosen Lebemann, mit ihr nach Schottland zu reisen. Im Gegenzug will sie ihm das ausgeschriebene Preisgeld überlassen. Lord Payne, ohnehin ständig in Geldnöten, nimmt das Angebot der blitzgescheiten Lady gerne an. Doch schon bald wird aus der nüchternen Abmachung der beiden eine Reise voll stürmischer Leidenschaft …

Autorin

Tessa Dare ist halbtags Buchhändlerin und ganztags Mutter. Als Kind ist sie ständig umgezogen und hat schnell gelernt: Egal wie oft sie den Wohnort wechselt, eine bestimmte Sorte von Freunden bleibt ihr immer – die Helden aus den Romanen, die sie gelesen hat. Aus diesem Grund entschied sie eines Tages, sich ihre eigenen Freunde zu schaffen und Romane zu schreiben. Sie lebt mit ihrem Mann, ihren zwei Kindern und ihrem Hund in Kalifornien.

Von Tessa Dare bereits bei Blanvalet erschienen:

Wirbelsturm der Liebe (37660), Leidenschaftliche Rache (37661), Ein verführerischer Tanz (38092), Zwei sündige Herzen (38093), Drei sinnliche Nächte (38094), Süßer Sieg der Leidenschaft (0152), Eine sündige Lektion (0153)

Tessa Dare

Eine sündige Lektion

Roman

Aus dem Amerikanischen
von Beate Darius

blanvalet

Die Originalausgabe erschien 2012 unter dem Titel
A Week to Be Wicked bei Avon Books,
an Imprint of HarperCollins *Publishers*, New York.

MIX
Papier aus verantwortungsvollen Quellen
FSC® C014496

Verlagsgruppe Random House FSC® N001967
Das FSC®-zertifizierte Papier *Holmen Book Cream*
für dieses Buch liefert Holmen Paper, Hallstavik, Schweden.

1. Auflage
Deutsche Erstveröffentlichung Februar 2016
bei Blanvalet, einem Unternehmen der
Verlagsgruppe Random House GmbH, München

Umschlaggestaltung: © Johannes Wiebel | punchdesign,
unter Verwendung von Motiven von Chris Cocozza
und Shutterstock.com
Redaktion: Melike Karamustafa
BS · Herstellung: sam
Satz: DTP Service Apel, Hannover
Druck und Einband: GGP Media GmbH, Pößneck
Printed in Germany
ISBN: 978-3-7341-0153-3

www.blanvalet.de

Besuchen Sie uns auch auf www.facebook.com/blanvalet
und www.twitter.com/BlanvaletVerlag.

Für all die Mädchen, die – mit einem Buch vor der Nase – herumspazieren und gleichzeitig dabei lesen können.

1

Wenn sich ein Mädchen um Mitternacht durch strömenden Regen kämpft, um an den Pforten der Hölle anzuklopfen, dann sollte der Teufel im Mindesten die Schurkenhaftigkeit – wenn nicht gar die Schicklichkeit – besitzen zu antworten. Minerva raffte mit einer Hand die Schöße ihres Umhangs zusammen und trotzte einem neuerlichen schneidend kalten Windstoß. Sie starrte verzweifelt auf das verschlossene Portal, bevor sie mit der flachen Seite ihrer Faust auf das Holz trommelte. »Lord Payne«, rief sie und hoffte, dass ihre Stimme durch die dicken Eichenpaneele trüge. »So kommen Sie doch an die Tür! Es ist Miss Highwood.« Nach einer kurzen Weile fügte sie erklärend hinzu: »Miss *Minerva* Highwood.« Wie unsinnig, dass sie erläutern musste, *welche* Miss Highwood sie war. Aus Minervas Sicht sollte dies offenkundig sein. Ihre jüngere Schwester, Charlotte, war erst ausgelassene, zarte fünfzehn Jahre alt. Und die Älteste der Familie, Diana, war zum einen mit engelgleicher Schönheit gesegnet und zum anderen dem Gedanken an eine Vermählung durchaus zugetan. Keine von ihnen war letzthin von der Sorte, nachts aus dem Bett zu schlüpfen und sich heimlich über die Hintertreppe der Gästepension zu einem Rendezvous mit einem berüchtigten Salonhelden zu stehlen. Doch Minerva war anders. Sie war immer anders gewesen. Von den drei Highwood-Schwestern war sie die Einzige mit dunklen Haaren, die einzige Brillenträgerin, die Einzige, die kräftige Schnürstiefel feinen Seidenslippern vorzog, und die Einzige, die sich *sehr wohl* einen Deut um den Unterschied zwischen sedimentärem und metamorphischem Gestein scherte. Die Einzige mit keinerlei Chancen, keiner Reputation, die es zu schützen galt. *Diana und Charlotte werden ihren Weg aufs Ausgezeichnete machen, aber Minerva? Unscheinbar, belehrend, zerstreut, linkisch im Umgang mit den Gentlemen. Mit einem Wort, hoffnungslos.* Die Worte ihrer eigenen Mutter in einem kürzlich verfassten Brief an ihren Cousin. Und um das Unglück vollkommen zu machen, hatte Minerva diese Beschreibung nicht etwa entdeckt, indem sie in privater Korrespondenz herumgeschnüffelt hätte. Oh nein. Sie hatte die Worte höchst selbst zu Papier gebracht, niedergeschrieben nach Mutters Diktat. Wirklich und wahrhaftig. Ihre eigene *Mutter.*

Der Wind packte ihre Kapuze und riss sie ihr vom Kopf. Kalter Regen prasselte auf ihren Nacken und machte alles noch schlimmer. Minerva wischte die nassen Strähnen fort, die an ihrer Wange klebten, und spähte zu dem alten steinernen Gefechtsturm hinauf – einer von vieren, welche die Festung Rycliff Castle umgaben. Rauch kringelte sich hoch oben aus dem Kaminabzug. Sie hob abermals ihre Faust, um mit größter Entschiedenheit auf die Tür einzuhämmern. »Lord Payne, ich weiß, dass Sie da drinnen sind.«

Scheußlicher, gemeiner Mann.

Minerva war fest entschlossen, an Ort und Stelle Wurzeln zu schlagen, bis er sie hineinließ, selbst wenn jener kalte Frühlingsregen sie währenddessen bis auf die Haut durchnässte. Sie war nicht die ganze weite Strecke vom Dorf zum Schloss hochmarschiert, in der Dunkelheit über glitschig bemoostes Geröll gestolpert und in morastige Rinnsale getreten, nur um denselben mühseligen Weg unverrichteter Dinge heimwärts zu stapfen. Indessen, nach einer weiteren geschlagenen Minute, während der sie vergebens an das Portal gepocht hatte, machten sich die Strapazen ihrer Klettertour bemerkbar. Ihre Waden verkrampften sich, ihre Muskeln erschlafften. Minerva taumelte vornüber. Ihre Stirn traf mit einem dumpfen *Rums* auf das Eichenholz. Sie hielt ihre Faust über dem Kopf erhoben, um in einem unablässigen, hartnäckigen Rhythmus auf die Tür einzuhämmern. Sie mochte vielleicht unscheinbar, belehrend, zerstreut und linkisch sein, aber sie war auch entschlossen. Entschlossen, wahrgenommen zu werden, entschlossen, gehört zu werden. Entschlossen, ihre Schwester zu beschützen, koste es, was es wolle. *Aufmachen,* flehte sie stumm. *Aufmachen. Aufmachen. Aufm…*

Die Tür schwang auf. Unverhofft, mit einem ohrenbetäubenden, unangenehmen Knirschen.

»Verdammter Hurensohn, Thorne. Kann das nicht bis …«

»Oh!« Aus dem Gleichgewicht gebracht, stolperte Minerva nach vorn, und ihre Faust prallte mit empfindlicher Wucht gegen … nicht gegen die Tür, sondern eine harte Brust. Lord Paynes Brust, um genau zu sein. Seine männliche, muskelgestählte, nackte Brust, die sich kaum weniger hart anfühlte als die Tür aus Eichenpaneelen. Ihr Hieb kam mitten auf einer Brustwarze zu landen, als wäre diese Luzifers eigener Türklopfer.

Dieses Mal wenigstens antwortete der Teufel. »Nun.« Seine tiefe Stimme vibrierte durch ihren Arm. »Sie sind nicht Thorne.«

»Sie… Sie sind nicht bekleidet.« *Und ich berühre Ihre splitternackte Brust Oh … Gott.* Ihr kam der entsetzliche Gedanke, dass er womöglich nicht einmal eine Hose trug. Sie sammelte sich. Derweil sie mit klammen, unsteten Fingern ihre Brille absetzte, nahm sie einen verschwommenen Fleck dunklen Wolltuchs wahr, der sich von dem fleischfarbenen Schemen seiner Körpermitte abwärts erstreckte. Das war immerhin beruhigend. Sie hauchte ihren Atem auf jedes der beiden runden messinggefassten Gläser, wischte sie mit einem trockenen Zipfel ihres Umhangs sauber und schob die Sehhilfe wieder auf die Nase. Er war nach wie vor halb nackt. Aber jetzt in hervorragender Scharfeinstellung. Gierige Zungen aus Feuerschein leckten über jede Kontur seines anziehenden Gesichts, hoben seinen Körper klar und deutlich gegen den Hintergrund ab.

»Kommen Sie herein, wenn es Ihnen genehm ist.« Er erschauerte, als ihn die frostigen Finger einer Windböe streiften. »Gleich, wie Sie sich entscheiden, ich werde nicht umhinkommen, die Tür zu schließen.«

Sie trat ins Innere. Das Portal fiel mit einem dumpfen Nachhall von Endgültigkeit hinter ihr ins Schloss. Minerva schluckte unbehaglich.

»Ich muss schon sagen, Melinda. Das ist wahrhaftig eine Überraschung.«

»Mein Name ist Minerva.«

»Aber ja, natürlich.« Er neigte forschend den Kopf zur Seite. »Ich erkannte Ihr Gesicht nicht gleich wieder – ohne das Buch vor Ihrer Nase.«

Sie atmete tief durch und versuchte, Nachsicht walten zu lassen, indem sie den seidenen Faden ihrer Geduld bis aufs

Äußerste spannte. So lange, bis er straff war wie ein Drahtseil, gerade genug, sich auf einen spöttischen Bonvivant einzulassen – mit einem Gedächtnis wie ein Sieb und ausnehmend wohlproportionierten Schultern.

»Ich räume ein«, bekannte er, »es ist schwerlich das erste Mal, dass ich mitten in der Nacht die Tür geöffnet habe, um vor dem Portal eine wartende Frau vorzufinden. Aber Sie sind bis dato sicherlich diejenige, die ich am wenigsten erwartet hätte.« Er widmete ihrer unteren Körperhälfte einen prüfenden Blick. »Und diejenige, die den meisten Unrat hereinträgt.«

Mit Zerknirschung spähte sie auf ihre schmutzverkrusteten Stiefel und den klitschnassen Saum ihres Rocks. Eine mitternächtliche Verführerin war sie gewiss nicht. »Es ist nicht *diese* Art von Besuch.«

»Gewähren Sie mir einen Augenblick, die Enttäuschung zu verschmerzen.«

»Ich würde es vorziehen, Ihnen einen Augenblick zum Ankleiden zu gewähren.« Minerva durchquerte die rund gemauerte, fensterlose Turmkammer und strebte geradewegs zum Kamin. Sie löste umständlich die samtenen Verschlussbänder ihres Umhangs, ehe sie diesen über den einzig verfügbaren Armlehnstuhl drapierte.

Payne hatte seine in Spindle Cove zugebrachten Monate nicht in Gänze vergeudet, so schien es. Irgendjemand hatte ungemein viel Tatkraft darauf verwendet, dieses unwirtliche Steinsilo in ein warmes, nahezu gemütliches Heim zu verwandeln. Die altertümliche Feuerstelle aus Schamotteziegeln war gesäubert und für den Gebrauch instandgesetzt worden. Darin prasselte ein Feuer, heiß und heftig genug, einem normannischen Krieger zur Ehre zu gereichen. Neben dem gepolsterten Armsessel standen ein Holztisch und Stühle. Schlicht, aber sorgfältig gezimmert. Kein Bett. Eigentümlich. Sie ließ ihren Blick umherschweifen. Brauchte ein notorischer Draufgänger wie er denn kein Bett? Schließlich richtete sie ihr Augenmerk in die Höhe. Die Antwort befand sich über ihrem Kopf. Dort droben hatte er sich eine Art Schlafgemach eingerichtet, das nur über eine Leiter erreichbar war. Verschwenderische Vorhänge verbargen, wovon sie annahm, dass es sein Bett sei. Oberhalb davon verjüngte sich das Mauerwerk in ein schwarzes höhlenartiges Nichts. Minerva entschied, dass sie ihm ausreichend Zeit gelassen hatte, ein Hemd zu finden und sich repräsentabel zu kleiden. Sie räusperte sich und wandte sich zögernd zu ihm um. »Ich bin hergekommen, um zu fragen …«

Seine Lordschaft war immer noch halb nackt. Er hatte die Zeit nicht darauf verwendet, sich repräsentabel zu kleiden. Er hatte die Gelegenheit genutzt, die zur Auswahl stehenden Drinks zu inspizieren, und spähte gerade – ihr das Profil zugewandt – mit zusammengekniffenen Augen in ein Weinglas, um dessen Sauberkeit zu prüfen. »Wein?«, fragte er.

Sie schüttelte den Kopf. Dank seiner ungehörigen Zurschaustellung brannte sich bereits eine heftige Röte einen Weg über ihre Haut – vom Dekolleté über die Wangen bis zu ihrem Scheitel. In diesem Sinne verspürte sie kaum das Bedürfnis, noch Wein auf die Flammen zu gießen. Als er sich selber ein Glas einschenkte, konnte sie es sich nicht versagen, ihren Blick auf seinen sehnig straffen Oberkörper zu heften, der überaus gefällig vom Licht des Feuers hervorgehoben wurde. Ihrer Meinung nach war er ein Teufel in Menschengestalt, indes hatte er jedoch den Körper eines jungen Gottes. Eine der niederen Gottheiten. Seine Konstitution war nicht die eines massigen, muskelgewaltigen Zeus oder Poseidon, sondern eher die eines geschmeidigen, athletischen Apoll oder Merkur. Ein Körper, nicht geschaffen, um zu kämpfen, sondern um zu jagen; nicht dafür, Keulen zu schwingen, sondern für die leise Pirsch; nicht, um ahnungslose Najaden bei ihrem Bad in mystischen Quellen zu überwältigen, sondern ausersehen, um zu … verführen. Er sah auf, und sie wandte schnell den Blick ab.

»Es tut mir leid, dass ich Sie aufgeweckt habe«, unternahm sie den Versuch einer Rechtfertigung.

»Sie haben mich nicht aufgeweckt.«

»In der Tat?« Sie maß ihn stirnrunzelnd. »Nun … in der langen Zeitspanne, die es brauchte, bis Sie mir aufmachten, hätten Sie sich gewiss ein paar Sachen überziehen können.«

Mit einem teuflischen Grinsen deutete er auf seine Hose. »Das tat ich.«

Herrje. Mit einem Mal brannten ihre Wangen wie Feuer. Sie sank in den Armsessel, beseelt von dem Wunsch, sie könnte durch dessen Polsternähte entschwinden.

Um Gottes willen, Minerva, nimm dich zusammen. Dianas Zukunft steht auf dem Spiel.

Er stellte den Wein auf den Tisch und ging zu einigen holzgezimmerten Borden hinüber, die ihm augenscheinlich als Kleiderschrank dienten. An der Seite, an einer Reihe von Haken, hing seine Überkleidung. Ein roter Offiziersrock, für die örtliche Miliz, die er in Abwesenheit des Earl of Rycliff befehligte. Mehrere erlesen geschneiderte, wahrhaft kostspielig anmutende Überröcke aus der Stadt. Ein Militärmantel aus graphitgrauem Wollzwirn. Er verschmähte all jene, schnappte sich stattdessen ein schmuckloses Leinenhemd und zerrte es sich über den Kopf. Kaum hatte er seine Hände durch die Manschetten geschoben, streckte er die Arme weit aus, um sich von Minerva begutachten zu lassen. »Besser?«

Nicht im wirklichen Sinne. Der auseinanderklaffende Hemdkragen enthüllte eine großzügige Ansicht seiner Brust – schon mit einem verstohlenen Blinzeln erkennbar, freimütiges Starren war nicht einmal notwendig. Wenn überhaupt, wirkte Seine Lordschaft höchstens noch anstößiger. Weniger wie ein unantastbarer, in Stein gemeißelter Gott und mehr wie ein lasterhafter Piratenkönig.

»Hier.« Er nahm den Militärmantel vom Haken und trug ihn zu ihr. »Er ist zumindest trocken.« Gleich nachdem er den Mantel über ihren Schoß gebreitet hatte, drückte er Minerva das Glas Wein in die Hand. Ein Siegelring funkelte an seinem kleinen Finger und schickte goldene Blitze durch den Stiel des Glases. »Keine Widerrede. Sie zittern so sehr, dass mir Ihr Zähneklappern nicht verborgen bleibt. Das Kaminfeuer und der Mantel sind zwar wohltuend, aber sie wärmen Sie nicht von innen.«

Minerva nahm das Glas und nippte behutsam daran. Ihre Finger zitterten tatsächlich, jedoch nicht ausschließlich von der Kälte.

Er zog einen Schemel heran, setzte sich darauf und fixierte sie mit erwartungsvollem Blick. »Nun?«

»Nun?«, wiederholte sie einfältig. In dieser Hinsicht hatte ihre Mutter recht. Minerva hielt sich für eine rechtschaffen intelligente Person, aber, gute Güte … attraktive Männer machten sie nervös. In ihrer Gegenwart war sie heillos durcheinander, wusste nie, wohin mit ihren Blicken oder wie zu antworten. Jede Erwiderung, die eigentlich geistreich und gescheit sein sollte, klang aus ihrem Munde bitter oder ungeschickt. Zuweilen reichte eine spöttische Bemerkung vonseiten Lord Paynes, um sie gänzlich in dumpfes Schweigen verfallen zu lassen. Erst Tage später, derweil sie mit einer Spitzhacke Felsgestein abschlug, wollte ihr dann die perfekte Retourkutsche in den Sinn kommen. Es war in der Tat erstaunlich. Je länger sie ihn jetzt anblickte, umso mehr fühlte sie um das Schwinden ihrer Intelligenz. Der dunkle Bartansatz eines einzigen Tages betonte aufs Trefflichste den kantigen Schnitt seiner Kinnpartie. Sein wirres braunes Haar ließ eine Ahnung jungenhafter Locken erkennen. Und seine Augen … Er hatte Augen wie Bristol-Diamanten. Kleine runde Kristalle, halbiert und auf Glanz poliert. Ein äußerer Ring, dunkel wie versteinertes Holz, umschloss kühlen Glimmer aus Quarz. Hunderte kristalliner Schattierungen von Bernstein und Graphit fanden sich darin. Sie schlug die Augen nieder. *Genug der Aufregung.*

»Beabsichtigen Sie, meine Schwester zu heiraten?«

Sekunden verstrichen.

»Welche?«

»Diana«, rief sie aus. »Diana natürlich. Charlotte ist erst fünfzehn.«

Er zuckte mit den Achseln. »Manche Männer bevorzugen eine junge Braut.«

»Und manche Männer haben der Ehe gänzlich abgeschworen. Sie erzählten mir, Sie seien einer von ihnen.«

»Ich erzählte *Ihnen* das? Wann?«

»Sie erinnern sich gewiss. In jener Nacht.«

Er starrte sie an, offenkundig war er verblüfft. »Wir hatten ›eine Nacht‹?«

»Nicht wie Sie denken.« Einige Monate zuvor hatte sie ihn im Park von Summerfield mit seinen skandalösen Indiskretionen und seinen Absichten bezüglich ihrer Schwester konfrontiert. Sie waren aneinandergeraten. Dann hatten sie sich gewissermaßen *verheddert* – körperlich –, bis sie mit ein paar schneidenden Bemerkungen und Bemühungen die Verstrickungen wieder lösen konnten. Unglücklicherweise war ihre wissenschaftliche Natur schonungslos analysierend. Minerva sperrte sich gegen die Details, die sie in jenen Momenten herausgefunden hatte. Was musste sie wissen, dass sein unterster Westenknopf exakt auf gleicher Höhe mit ihrem fünften Lendenwirbel war? Oder dass er schwach nach Leder und Gewürznelken duftete? Doch noch jetzt, Monate später, schien sie nicht imstande, diese Beobachtungen zu vergessen. Erst recht nicht, wenn sie unter seinen Militärmantel gekuschelt saß, umhüllt von geborgter Wärme und demselben würzigen maskulinen Duft. Natürlich hatte *er* die Begegnung in Gänze verdrängt. Kein Wunder. An den meisten Tagen vermochte er sich nicht einmal ihres Namens zu erinnern. Und wenn er mit ihr sprach, dann einzig, um sie zu verspotten. »Letzten Sommer«, half sie ihm, »Sie erklärten mir, Sie hätten keinerlei Pläne, Diana einen Antrag zu machen – oder einer anderen jungen Dame. Aber neuerdings besagt das Gerede im Dorf etwas anderes.«

»Tut es das?« Er drehte seinen Siegelring. »Nun, Ihre Schwester ist bezaubernd und anmutig. Und Ihre Mutter machte kein Geheimnis daraus, dass sie eine solche Verbindung begrüßen würde.«

Minerva krampfte ihre Zehen in den Stiefeln zusammen. »Das umschreibt es noch recht vorsichtig.«

Im Jahr zuvor waren die Highwoods für die Dauer der Sommerferien in diesen Seebadeort gekommen. Die Meeresluft, so hieß es, sollte Dianas angegriffener Gesundheit förderlich sein. Nun, Dianas Gesundheit war längst wiederhergestellt, und der Sommer war lange vorüber, doch die Highwoods waren noch immer hier – einzig wegen Mutters Hoffnungen auf eine Heirat zwischen Diana und diesem reizenden Viscount. Solange Lord Payne in Spindle Cove weilte, wollte ihre Mutter nichts von einer Rückkehr nach Hause hören. Sie hatte sogar einen eher ungewohnten Hang zum Optimismus entwickelt. Jeden Morgen, wenn sie ihre Schokolade umrührte, erklärte sie: »Ich fühle es, Mädchen. Heute ist der Tag, an dem er um ihre Hand anhalten wird.« Und obschon Minerva sicher war, dass Lord Payne zu der übelsten Sorte Mann gehörte, hatte sie sich nie durchgerungen zu widersprechen. Weil es ihr hier gefiel. Sie mochte nicht abreisen. In Spindle Cove hatte sie schließlich ihre Berufung gefunden. Hier, in ihrem unumschränkten, selbst ernannten Paradies, erkundete sie die an Fossilien reiche Felsküste, katalogisierte Funde, die es vermochten, Englands wissenschaftlichen Fachzirkeln Augen und Ohren zu öffnen – und das alles frei von Kümmernissen oder Kritik. Das Einzige, was die Vollkommenheit ihres Glücks trübte, war Lord Paynes Präsenz – und, welch seltsame Ironie des Lebens, selbige war wiederum der Grund, der ihr zu bleiben ermöglichte. Es schien nichts Verwerfliches daran, die Hoffnungen ihrer Mutter auf einen Heiratsantrag vonseiten Seiner Lordschaft zu nähren. Minerva war hinlänglich überzeugt, dass ohnehin kein Antrag kommen würde. Bis zum heutigen Morgen, als ihre Gewissheit zu bröckeln angefangen hatte.

»Heute Morgen war ich im *All Things*«, hob sie an, »für gewöhnlich ignoriere ich die Klatschgeschichten, die Sally Bright hinter der Ladentheke verbreitet, aber heute …« Sie schluckte schwer, ehe sie seinen Blick suchte. »Sie erzählte, dass Sie Anweisung gaben, Ihre Post ab der übernächsten Woche nach London weiterzuschicken. Sie meinte, dass Sie Spindle Cove zu verlassen gedenken.«

»Und daraus zogen Sie den Schluss, dass ich Ihre Schwester heiraten werde.«

»Nun, alle wissen um Ihre Situation. Wenn Sie nur zwei Schillinge in der Tasche hätten, wären Sie bereits vor Monaten abgereist. Sie sind hier gestrandet, bis Ihr Vermögen an Ihrem Geburtstag aus treuhänderischer Verwaltung an Sie übergeht, es sei denn …« Sie räusperte sich umständlich. »Es sei denn, Sie heiraten vorher.«

»Das ist alles schön und richtig.«

Sie neigte sich in ihrem Sessel vor. »Ich werde Sie im Zuge eines Herzschlags verlassen, wenn Sie nur Ihre Worte aus dem letzten Sommer wiederholen: dass Sie keinerlei Absichten gegenüber Diana hegen.«

»Aber das war letzten Sommer. Jetzt haben wir April. Ist es so unbegreiflich, dass ich mich anders besonnen haben könnte?«

»Ja.«

»Weswegen?« Er schnippte mit den Fingern. »Ich hab's. Sie denken, dass es mir für einen solchen Sinneswandel an Verstand fehlt. Ist das der ausschlaggebende Punkt?«

Sie rückte bis an die Kante ihres Sessels vor. »Sie *können* sich nicht anders besinnen, weil Sie sich keines Besseren besonnen *haben*. Sie sind ein verachtungswürdiger, heuchlerischer Salonheld, der bei Tag mit arglosen Damen tändelt und sich des Nachts mit den Gattinnen anderer Männer einlässt.«

Er seufzte. »Hören Sie, Miranda. Seit Fiona Lange das Dorf verließ, habe ich nicht …«

Minerva hob abwiegelnd eine Hand. Sie mochte nichts hören über seine *Affäre* mit Mrs. Lange. Sie hatte mehr als genug von der Frau selbst gehört, die sich einbildete, eine Dichterin zu sein. Minerva wünschte, sie könnte jene Gedichte mit Scheuersand und Bürste aus den Tiefen ihres Gedächtnisses schrubben. Schlüpfrige, schwülstige Oden, die jeden nur erfindlichen Reim auf »Erbeben« und »Segen« erschöpften. »Sie dürfen meine Schwester nicht heiraten«, erklärte sie ihm, bemüht, Entschiedenheit in ihre Stimme zu legen. »Ich kann es schlicht nicht gutheißen.« So versessen ihre Mutter darauf war, es jedem zu erzählen, der es hören wollte – Diana Highwood verkörperte in der Tat den Inbegriff einer jungen Dame, die sich einen attraktiven Lord angeln konnte. Indes verblasste Dianas äußere Schönheit hinter ihrem liebenswürdigen, gutmütigen Wesen und der tapferen Gefasstheit, mit der sie zeitlebens den Widrigkeiten ihrer Krankheit getrotzt hatte. Diana *könnte* sich gewiss einen Viscount angeln. Doch bitte nicht *diesen* hier. »Sie verdienen sie nicht«, erklärte sie Lord Payne.

»Fürwahr. Wer von uns bekommt schon das, was er in diesem Leben wirklich verdient? Wo bliebe denn sonst der Sportsgeist?« Er nahm ihr das Glas aus der Hand und trank genüsslich einen Schluck Wein.

»Sie liebt Sie nicht.«

»Sie hegt keine Abneigung gegen mich. Liebe ist nicht unbedingt vonnöten.« Er lehnte sich vor und stützte einen Arm auf sein Knie. »Diana wäre zu höflich, mich abzuweisen. Ihre werte Frau Mutter wäre außer sich vor Freude. Mein Cousin würde umgehend die Sondergenehmigung schicken. Wir könnten noch in dieser Woche getraut werden. Sie könnten mich bis spätestens Sonntag Schwager nennen.«

Nein! Ihr gesamter Körper schrie es ihm entgegen. Bis zum letzten Blutstropfen. Sie warf den geliehenen Militärmantel beiseite, fuhr aus dem Sessel hoch und begann, auf dem dicken Teppich auf und ab zu laufen. Die nassen Falten ihres Rocks wickelten sich bei jedem Schritt um ihre Fesseln. »Es darf nicht geschehen. Es kann und *wird* nicht geschehen.« Ein leises Schnauben brach sich Bahn durch ihre aufeinandergebissenen Zähne. Sie ballte die Hände zu Fäusten. »Ich habe zweiundzwanzig Pfund von meinem Taschengeld zusammengespart. Das und ein wenig Münzgeld. Es gehört Ihnen, alles, wenn Sie versprechen, Diana künftig in Ruhe zu lassen.«

»Zweiundzwanzig Pfund?« Er schüttelte den Kopf. »Ihr schwesterliches Opfer ist anrührend. Aber dieser Betrag würde mir in London nicht einmal für eine Woche reichen. Nicht bei meinem Lebensstil.«

Sie biss sich auf die Lippe. Obschon sie Derartiges befürchtet hatte, hatte sie der Hoffnung nachgegeben, dass es nicht schaden könnte, es zunächst mit Bestechung zu versuchen. Es wäre um einiges einfacher gewesen. Sie nahm einen tiefen Atemzug und reckte ihr Kinn. Hier war sie – ihre letzte Chance, ihn davon abzubringen. »Dann brennen Sie doch stattdessen mit mir durch.«

Nach einem Augenblick verdutzten Schweigens brach er in schallendes Gelächter aus.

Sie ließ die Spottkaskade über sich ergehen und harrte geduldig aus, die Arme unter ihrer Brust verschränkt, bis sein Lachanfall mit einem erstickten Husten am Ende verebbte.

»Grundgütiger«, röchelte er. »Ist es Ihnen damit ernst?«

»Absolut ernst. Schlagen Sie sich Diana aus dem Kopf und brennen Sie mit mir durch.«

Er leerte das Weinglas und stellte es beiseite. Dann räusperte er sich und sagte: »Das ist mutig von Ihnen, kleine Lady. Dass Sie sich anstelle Ihrer Schwester für eine Heirat mit mir anbieten. Aber offen gestanden bin ich …«

»Mein Name ist *Minerva*. Und ich bin nicht Ihre *kleine Lady*. Und Sie sind nicht Herr Ihrer Sinne, wenn Sie denken, dass ich Sie jemals heiraten würde.«

»Aber ich dachte, Sie sagten gerade …«

»Dass ich mit Ihnen durchbrenne, ganz recht. Aber Sie heiraten?« Sie lachte auf. »Ich darf doch sehr bitten.«

Er blinzelte sie an.

»Wie ich sehe, tragen Sie sich mit Verwirrung.«

»Oh, trefflich geschätzt. Ich hätte es selber eingeräumt, aber ich weiß, welches Vergnügen es Ihnen bereitet, auf meinen intellektuellen Unzulänglichkeiten herumzureiten.«

Sie kramte in den Innentaschen ihres Umhangs und förderte ihre Ausgabe des wissenschaftlichen Journals zutage. Sie schlug die Ankündigungsseite auf und hielt sie ihm zum Lesen hin. »Ende dieses Monats findet eine Zusammenkunft der *Royal Geological Society* statt. Ein Symposium. Wenn Sie sich einverstanden erklären, mich zu begleiten, sollten meine Ersparnisse reichen, unsere Reise zu finanzieren.«

»Ein Geologie-Symposium.« Er warf einen Blick auf die Magazinseite. »Das also ist Ihr skandalöses mitternächtliches Angebot. Um mir selbiges zu unterbreiten, haben Sie den mühseligen Marsch durch die kalte, regnerische Dunkelheit auf sich genommen. Sie laden mich zu einem Geologie-Symposium ein, wenn ich mich von Ihrer Schwester abwende.«

»Was dachten Sie denn, was ich Ihnen anzubieten hätte? Sieben Nächte verruchter fleischlicher Begierden in Ihrem Schlafgemach?« Minerva hatte einen Scherz machen wollen, doch er lachte nicht. Stattdessen betrachtete er ihr vom Regen durchnässtes Gewand. Sie wurde hummerrot. Verflixt und zugenäht. Dass sie aber auch jedes Mal das Falsche sagen musste!

»Ein solches Angebot hätte ich beileibe reizvoller gefunden«, bekannte er.

Im Ernst? Sie biss sich auf die Zunge, um sich daran zu hindern, die Worte laut auszusprechen. Wie erniedrigend einzugestehen, wie sehr sie seine beiläufige Bemerkung faszinierte. *Er würde die Befriedigung fleischlicher Begierden mit mir einem Vortrag über nutzlosen Schutt vorziehen.* Ein erhebendes Kompliment, in der Tat.

»Ein Geologie-Symposium«, wiederholte er, mehr zu sich selbst gewandt. »Ich hätte mir denken können, dass irgendwelche alten Steine dahinterstecken.«

»Hinter *allem* stecken Steine. Deswegen finden wir Geologen sie so interessant. Wie dem auch sei, ich will Sie gar nicht für die Fachtagung als solche erwärmen. Ich möchte Sie für die Aussicht auf fünfhundert Guineen begeistern.«

Jetzt hatte sie seine ungeteilte Aufmerksamkeit. Seine Pupillen zogen sich zu schmalen Schlitzen zusammen. »Fünfhundert Guineen, sagten Sie?«

»Ja. Die beste Präsentation ist mit einem Preisgeld dotiert. Wenn Sie mich dorthin begleiten und mir helfen, meine Erkenntnisse vor der Gesellschaft zu präsentieren, ist die Summe die Ihrige. Fünfhundert Guineen dürften auch in London genügen, um dort bis zu Ihrem Geburtstag Alkohol und Laster zu frönen, so hoffe ich doch?«

Er nickte. »Mit ein wenig geschickter Einteilung. Ich wäre vermutlich gehalten, von dem Kauf neuer Stiefel abzusehen, aber man muss schließlich auch Opfer bringen können.« Er erhob sich, sodass sie einander auf Augenhöhe begegneten. »Allerdings hat die Sache einen Haken. Wie können Sie denn sicher sein, dass Sie die Auszeichnung erhalten und das Preisgeld gewinnen?«

»Ich *werde* gewinnen. Ich könnte Ihnen meine Funde bis ins Kleinste erläutern, aber das würde eine Menge mehrsilbiger Begriffe erfordern. Ich weiß nicht, ob Sie dem momentan folgen könnten. Es genügt wohl, wenn ich sage, dass ich mir über die Maßen gewiss bin.« Er bedachte sie mit einem forschenden Blick, und Minerva raffte die Willenskraft zusammen, diesem standzuhalten. Fest, selbstsicher, ohne ein Wimpernzucken. Einen Herzschlag darauf wurden seine Augen von einem ungewohnten Schimmer erwärmt. Eine Gefühlsregung, die sie noch niemals bei ihm wahrgenommen hatte. Sie meinte fast, es handele sich um … Respekt.

»Nun«, sagte er. »Selbstsicherheit steht Ihnen gut zu Gesicht.«

Ihr Herz verstieg sich zu einem eigentümlichen Flattern. Es war das Netteste, das er jemals zu ihr gesagt hatte. Vielleicht war es sogar das Netteste, was jemand überhaupt jemals zu ihr gesagt hatte, dachte sie. *Selbstsicherheit steht Ihnen gut zu Ge-*

sicht. Seine Bemerkung hatte eine besondere Wirkung auf sie. Die Unze Wein, die sie getrunken hatte, breitete sich warm und entspannend in ihrem Magen aus. Das Linkische war wie fortgewischt. Sie fühlte sich wohl in ihrer Umgebung und zusehends selbstbewusster. Als wäre es das Natürlichste auf der Welt, eine mitternächtliche Konversation in einem Gefechtsturm zu führen, mit einem mehr schlecht als recht bekleideten Bonvivant. Sie ließ sich unbeschwert in den Armsessel sinken und schob die Hände in ihre Haare, fand die letzten verbliebenen Haarnadeln und zupfte sie heraus. Mit sanften, verträumten Bewegungen kämmte sie mit den Fingern durch ihre feuchten Locken und fächerte sie um ihre Schultern, allem Anschein nach, damit sie besser trockneten.

Er stand da und beobachtete sie für einen langen Moment, ehe er sich anschickte, Wein nachzugießen. Ein schwelgerisches Band rubinroter Flüssigkeit wirbelte in das Glas. »Seien Sie versichert, dass ich mich auf dieses törichte Vorhaben nicht einlassen werde. Nicht einmal in Ihren kühnsten Hirngespinsten. Nur um der geistigen Erhellung willen: Wie haben Sie sich das überhaupt vorgestellt? Eines Morgens stehen wir auf und brennen gemeinsam nach London durch?«

»Nein, nicht nach London. Das Symposium findet in Edinburgh statt.«

»Edinburgh …« *Klong.* Die Flasche traf mit einem harten Klirren auf dem Tisch auf. »Das Edinburgh in *Schottland*?«

Sie nickte.

»Ich dachte, Sie meinten die *Royal Geological Society*.«

»Ganz recht.« Sie winkte ihm mit dem Fachjournal. »Die *Royal Geological Society of Scotland.* Wussten Sie das nicht? Edinburgh ist das Zentrum wissenschaftlicher Gelehrsamkeit.«

Er trat zu ihr und warf einen Blick auf das Journal. »Heilige Mutter Gottes, das Symposium findet in weniger als zwei Wochen statt. Marietta, begreifen Sie denn nicht, was eine Fahrt nach Schottland bedeutet? Sie sprechen von einer mindestens vierzehntägigen Reise.«

»Vier Tage. Wenn wir von London aus mit der Postkutsche fahren. Ich habe das überprüft.«

»Mit der *Postkutsche*? Kleiner Schlaukopf, ein Viscount reist nicht in einer Postkutsche.« Kopfschüttelnd nahm er ihr gegenüber Platz. »Und wie wird Ihre geschätzte Frau Mutter die Nachricht auffassen, wenn Sie herausfindet, dass Sie in Begleitung eines skandalumwitterten Lords nach Schottland ausgerissen sind?«

»Oh, sie wird begeistert sein. Solange eine ihrer Töchter sich mit Ihnen verehelicht, wird sie es nicht so genau nehmen.« Minerva befreite ihre Füße aus den nassen, schmutzverkrusteten Stiefeln, zog die Beine unter ihre Röcke und klemmte die ausgekühlten Fersen unter ihren Allerwertesten. »Es ist genial, begreifen Sie das nicht? Wir werden es so darstellen, als wären wir miteinander durchgebrannt. Meine Mutter wird keinerlei Protest erheben, von Lord Rycliff gar nicht zu reden. Er wird über die Maßen froh sein über die Aussicht, dass Sie endlich heiraten. Wir werden nach Schottland fahren, die Ergebnisse meiner Forschungen präsentieren und das Preisgeld kassieren. Danach werden wir allen erzählen, dass es mit uns beiden nicht geklappt hat.« Je länger sie ihr Vorhaben schilderte, desto leichter gingen ihr die Worte über die Lippen, und umso aufgeregter wurde sie. Es war machbar. Ihr Plan könnte wirklich und wahrhaftig gelingen.

»Dann wollen Sie also nach Wochen der Reise mit mir

unvermählt nach Spindle Cove zurückkehren? Begreifen Sie denn nicht, dass Sie …«

»Dass ich in den Augen der guten Gesellschaft ruiniert wäre? Dessen bin ich mir durchaus bewusst.« Sie spähte in das knisternde Feuer. »Ich bin willens, dieses Schicksal zu akzeptieren. Ich hege ohnehin nicht den Wunsch nach einer gesellschaftsfähigen Vermählung.« *Ich hege keine Hoffnung, um genau zu sein.* Der Gedanke an Skandal und Klatsch war ihr indessen zuwider. Aber wäre es wirklich so viel schlimmer, von der feinen Gesellschaft geschnitten zu werden, als sich fortwährend an ihren Rand gedrängt zu fühlen?

»Aber was ist mit Ihren Schwestern? Ein gewisser Schatten wird auch auf ihr Ansehen fallen.«

Seine Bemerkung stimmte sie nachdenklich. Aber es war keineswegs so, als hätte sie diese Möglichkeit nicht bedacht. Im Gegenteil, sie hatte sämtliche Eventualitäten sorgsam ins Kalkül gezogen. »Charlotte bleiben noch Jahre bis zu ihrem Debüt«, führte sie aus. »Sie wird einen kleinen Skandal verwinden können. Und was Diana anlangt … Bisweilen denke ich, die größte Gefälligkeit, die ich meiner Schwester erweisen kann, ist die, ihre Chancen auf eine ›gute‹ Partie zu zerstören. Dann wäre sie frei für eine Liebesheirat.«

Er nippte nachdenklich an seinem Weinglas. »Nun, ich bin froh, dass Sie alle Eventualitäten zu Ihrer Zufriedenheit gelöst haben. Sie haben keinerlei Skrupel, Ihren Ruf zugrunde zu richten, und überdies den Ihrer Schwestern. Aber haben Sie auch nur einen einzigen Gedanken an meinen verschwendet?«

»An Ihren was? Ihren Ruf?« Sie lachte. »Aber Ihr Ruf ist bereits entsetzlich.«

Seine Wangen verfärbten sich um eine Nuance ins Rötliche. »Ich weiß nichts davon, dass er *entsetzlich* wäre.«

Sie legte ihren linken Zeigefinger auf den rechten Daumen. »Punkt eins: Sie sind ein leichtfertiger Lebemann.«

»*Jaaa.*« Er ließ das Wort auf der Zunge zergehen.

Sie tippte auf ihren Zeigefinger. »Punkt zwei: Ihr Name ist bedeutungsgleich mit Zerstörung. Raufereien in Tavernen, Skandale … wahre Explosionen. Wo Sie auch hingehen, das Chaos folgt Ihnen auf dem Fuß.«

»Ich wasche meine Hände in Unschuld. Es … passiert einfach.« Er rieb sich mit einer Hand über das Gesicht.

»Dennoch sind Sie in Sorge, mein Ansinnen könnte Ihrem Ruf abträglich sein?«

»So ist es.« Er beugte sich vor und stützte die Ellbogen auf seine Knie, mit der Hand, die das Weinglas hielt, beschrieb er eine vage Geste in der Luft. »Ich bin ein Liebhaber von Frauen, ja.« Dann hob er seine leere Hand. »Und ja, ich scheine alles zu zerstören, was ich anrühre. Aber bislang ist es mir gelungen, diese beiden Neigungen streng zu trennen, verstehen Sie? Ich beglücke Frauen, *und* ich zerstöre Dinge, aber ich habe noch niemals eine unschuldige Frau ruiniert.«

»Vermutlich ist das einem bloßen Versehen Ihrerseits geschuldet.«

Er schmunzelte. »Vielleicht. Aber es ist keines, das ich zu korrigieren gedenke.«

Sein Blick begegnete ihrem, offen und ernst. Und das Merkwürdige geschah. Minerva glaubte ihm. Dies war ein Aspekt, den sie niemals in Betracht gezogen hatte. Dass er aus *Prinzip* Einwände vorbringen würden. Sie hätte nicht im Traum gedacht, dass er sich mit Skrupeln trug, andere Menschen zu verletzen. Doch das tat er ganz offenkundig. Und er enthüllte es *ihr*, in einer Geste des Vertrauens. Als wären sie Freunde, und er würde sich darauf verlassen, dass sie ihn verstand. Irgendetwas hatte sich zwischen ihnen verändert – in den gerade einmal zehn Minuten, seit sie durch seine Tür getreten war. Sie lehnte sich in ihrem Sessel zurück und betrachtete ihn. »Bei Nacht sind Sie ein anderer Mensch.«

»Das bin ich«, bekräftigte er ohne Umschweife. »Sie aber auch.«

Sie schüttelte den Kopf. »In meinem Innern bin ich ein und dieselbe Person. »Es ist bloß …« *Irgendwie will es mir nie gelingen, diese Person zu sein, wenn Sie in der Nähe sind. Je ärger ich mich bemühe, desto mehr stehe ich mir selber im Weg.*

»Hören Sie, Ihre Einladung ehrt mich, doch es ist ausgeschlossen, dass die von Ihnen vorgeschlagene Exkursion stattfindet. Nach meiner Rückkehr würde ich wie der niederträchtigste Verführer und Schuft dastehen. Und das zu Recht. Mit einer unschuldigen jungen Dame durchzubrennen und diese dann schändlich zu verlassen?«

»Weswegen könnte ich nicht diejenige sein, Sie zu verlassen?«

Ein kleines Kichern entschlüpfte ihm. »Aber wer würde das jemals …?« Er stockte mitten in seiner Entgegnung. Einen Augenblick zu spät.

»Wer würde das jemals glauben«, beendete sie den Satz für ihn. »Wer, fürwahr.«

Fluchend stellte er das Weinglas beiseite. »Ich bitte Sie. Nehmen Sie daran keinen Anstoß.«

Zehn Minuten zuvor hätte sie noch damit gerechnet, dass er auf eine solche Bemerkung hin gelacht hätte. Sie wäre auf seinen Spott gefasst gewesen und hätte nicht zugelassen, dass er Zeuge wurde, wie er schmerzte. Doch die Dinge hatten sich geändert. Sie hatte seinen Mantel und seinen Wein akzeptiert. Mehr als das, auch seine Aufrichtigkeit. Sie hatte ihre Vorsicht abgelegt. Und nun das. Es schnitt ihr ins Herz. Ihre Augen brannten. »Es ist undenkbar. Das ist es, was Sie damit sagen wollen, nicht wahr? Was alle sagen würden. Es liegt jenseits der Kraft aller Vorstellung, dass sich ein Mann wie Sie«, sie schluckte, »zu einem Mädchen wie mir hingezogen fühlen könnte.«

»So habe ich das nicht gemeint.«

»Oh doch, das haben Sie. Es ist absurd. Grotesk. Die Vorstellung, dass Sie mich begehren und ich Sie verschmähen könnte? Ich bin unscheinbar. Belehrend, zerstreut, linkisch. Ein hoffnungsloser Fall.« Ihre Stimme brach. »In der gesamten Erdgeschichte würde das niemand glauben.« Hastig zwängte sie ihre Füße in die Stiefel. Dann sprang sie auf und griff nach ihrem Umhang.

Er stand gleichfalls auf und ergriff ihre Hand. Sie entzog sie ihm, jedoch nicht rasch genug. Seine Finger schlossen sich um ihr Handgelenk. »Sie würden es glauben«, sagte er. »Ich könnte sie das glauben machen.«

»Sie grässlicher, spöttischer Mensch. Sie können sich nicht einmal meinen Namen merken.« Sie wand sich in seiner Umklammerung.

Er verstärkte seinen Griff. *»Minerva.«*

Ihr Körper erlahmte in seinen Bewegungen. Der Atem brannte in ihrer Lunge, als hätte sie sich durch brusthohen Schnee gekämpft.

»Nun hören Sie mir einmal gut zu«, hob er an, seine Stimme klang weich und dunkel. »Ich könnte sie das glauben machen. Ich werde es indes nicht tun, weil ich denke, dass Ihr Plan ein höchst unsinniger Einfall ist. Aber ich *könnte* es. Wenn ich wollte, könnte ich ganz Spindle Cove – ganz *England* – davon überzeugen, dass ich Ihnen mit Haut und Haaren verfallen bin.«

Sie schnaubte. »Ich darf doch bitten.«

Er lächelte. »Nein, im Ernst. Es wäre mir ein Leichtes. Ich würde beginnen, indem ich Sie betrachte, wenn Sie es nicht bemerken. Verstohlene Blicke, wenn Sie in Gedanken versunken sind oder wenn Sie Ihren Kopf über ein Buch gesenkt haben. Ich würde bewundern, wie es jenen dunklen wilden Locken immerzu gelingt, den Haarnadeln zu entwischen und sich in Ihren Nacken zu ringeln.« Mit den Fingerspitzen seiner freien Hand ergriff er eine ihrer feuchten Strähnen und schob sie sanft hinter ihr Ohr. Dann strich er mit einer federleichten Berührung über ihre Wange. »Ich würde den warmen Schimmer Ihrer Haut wahrnehmen, dort, wo die Sonne sie geküsst hat. Und diese Lippen. Verdammt. Es steht anzunehmen, dass ich eine rechte Faszination für Ihre Lippen entwickeln müsste.« Sein Daumen schwebte über ihrem Mund, neckte sie mit süßen Verheißungen.

Sie sehnte seine Berührung herbei, bis es sie regelrecht deprimierte. Diese … vermaledeite *Sehnsucht*.

»Es würde nicht allzu lange dauern. Bald schon würden alle um uns herum mein Interesse bemerken«, fuhr er fort. »Sie würden meine Hingabe nicht anzweifeln.«

»Sie verspotten mich seit Monaten ohne Gnade. Keiner würde dies je vergessen.«

»Alles Teil des Zugetanseins. Wussten Sie das nicht? Ein

Mann ist imstande, sich mit Gleichgültigkeit, ja sogar Verachtung auf einen Flirt einzulassen, aber er spottet niemals ohne Zuneigung.«

»Ich glaube Ihnen nicht.«

»Das sollten Sie aber. Andere würden es tun.« Er legte seine Hände auf ihre Schultern. Sein Blick streifte über ihren Körper, von den Stiefeln bis zu den gelösten Haaren. »Ich könnte die Leute samt und sonders glauben machen, dass ich von einer wilden, animalischen Leidenschaft für diese bezaubernde Lady mit Haar, schwarz und glänzend wie Rabengefieder, und den schwelgerischen Lippen verzehrt werde. Dass ich ihre glühende Loyalität zu ihren Schwestern und ihren mutigen, erfinderischen Geist bewundere. Dass sie mich mit Andeutungen auf eine tiefe, verborgene Leidenschaft betört, die ihr zuweilen entschlüpfen, wenn sie sich aus ihrem Schneckenhaus herauswagt.« Seine starken Hände glitten höher, umschlossen ihr Gesicht. Seine Bristol-Diamanten-Augen hielten ihre gefangen. »Dass ich in ihr eine seltene ungezähmte Schönheit sehe, die anderen Männern bisher scheinbar verborgen blieb. Und dass ich sie begehre. Verzweifelt. Für mich allein. Oh, ich könnte die Leute dies alles glauben machen.«

Der lange, tiefgründige Schwall von Worten hatte eine Art Zauber auf sie ausgeübt. Minerva verharrte wie hypnotisiert, unfähig, sich zu rühren oder zu sprechen. *Es ist nicht real,* ermahnte sie sich. *Keines seiner Worte ist von Bedeutung.* Doch seine Liebkosung war real. Wahrhaftig und warm und zärtlich. Es konnte zu viel besagen, wenn sie dem nachgab. Vorsicht riet ihr, sich von ihm loszureißen. Doch stattdessen bedachte sie seine Schulter mit einer leichten, bebenden Berührung. Törichte Hand. Törichte Finger.

»Wenn ich es wünschte«, murmelte er, während er sie an sich zog und ihr Gesicht an seines hob, »könnte ich jeden überzeugen, dass der wahre Grund, weshalb ich in Spindle Cove geblieben bin – eine Monate währende Zerreißprobe –, nichts mit meinem Cousin oder meinen Finanzen zu schaffen hat. Sondern dass es einzig Ihretwegen war, Minerva.« Er streichelte ihre Wange, so zärtlich, dass es ihr das Herz brach. »Dass es stets Sie gewesen sind.« Seine Augen blickten ernst, kein Argwohn war darin zu lesen. Nicht der Hauch von Ironie lag in seiner Stimme. Er schien sich annähernd selbst überzeugt zu haben.

Ihr Herz trommelte mit ungestümer Macht in ihrer Brust. Jener wilde, hämmernde Rhythmus war alles, was sie wahrnahm. Bis ein anderes Geräusch an ihre Ohren drängte. Lachen. Das Lachen einer Frau. Es sprudelte von oben herab wie eine Kaskade eisigen Wassers. Ein jäher Schwall lähmenden Entsetzens. *Oh Gott.*

»Teufel noch!« Er blickte zu seiner Schlafstatt hinauf.

Minerva folgte seinem Blick. Hinter den zugezogenen Vorhängen des Baldachins lachte abermals die unsichtbare Frau. Lachte über *sie*, Minerva. *Oh Gott. Oh Gott.* Wie hatte sie bloß so unbesonnen sein können? Natürlich war er nicht allein. Er hatte ihr das mit Andeutungen zu verstehen gegeben. Er hatte endlos lange gebraucht, um das Portal zu öffnen, doch hatte er noch nicht geschlafen. Er hatte in seinem Tun innegehalten, um als Erstes … eine Hose überzustreifen. *Ohgottohgottohgott.* Die ganze Zeit. Wer immer die Unbekannte dort oben sein mochte, sie hatte die ganze Zeit gelauscht. Minerva angelte wie betäubt nach ihrem Umhang und zerrte ihn mit fahrigen Fingern um ihre Schultern. Die rauchgeschwängerte Wärme des Feuers war mit einem Mal undurchdringlich und schwer. Erstickend. Sie musste diesen Ort schleunigst verlassen. Sie spürte eine aufsteigende Übelkeit.

»Warten Sie.« Er folgte ihr zur Tür. »Es ist nicht, wie es scheint.«

Sie warf ihm einen eisigen Blick zu.

»Nun gut, es ist mehr oder weniger, wie es scheint. Ich schwöre jedoch, mir war entfallen, dass sie überhaupt hier ist.«

Sie hielt in ihrem Kampf mit der Türklinke inne. »Was wollen Sie mit dieser Behauptung bewirken? Dass ich eine bessere Meinung von Ihnen habe?«

»Nein.« Er seufzte. »Es soll bewirken, dass Sie eine bessere Meinung von *sich selbst* haben. Das ist alles, was ich damit bezwecke. Dass Sie sich besser fühlen.«

Unglaublich, wie er mit dieser einen Bemerkung eine entsetzliche Situation noch ein Dutzend Mal schlimmer machte. »Ich bin im Bilde. Für gewöhnlich reservieren Sie die unaufrichtigen Komplimente für Ihre Geliebten. Aber Ihnen war daran gelegen, ein Exempel der Nächstenliebe zu statuieren.« Er hob zu einer Gegenrede an, doch sie schnitt ihm das Wort ab. Sie spähte zu der Empore hinauf. »Wer ist sie?«

»Ist das von Belang?«

»Ob das von *Belang* ist?« Mit einem Ruck riss sie das Portal auf. »Gütiger Himmel! Sind Frauen derart austauschbar und anonym für Sie? Sie verlieren sie aus den Augen … wie wertlose Pennys, in den Falten Ihres Bettleinens! Ich kann nicht glauben, dass ich …« Eine heiße Träne rann über ihre Wange. Sie hasste diese Träne. Hasste, dass er Zeuge ihrer Verzweiflung wurde. Ein Mann wie dieser war es nicht wert, dass man um ihn weinte. Es war bloß … in jenem Augenblick am Kamin, nach Jahren der Nichtbeachtung, hatte sie sich endlich *beachtet* gewähnt. Geschätzt. *Geachtet.* Doch es war alles eine Lüge gewesen. Ein alberner, lachhafter Scherz.

Er hüllte sich in seinen Militärmantel. »Erlauben Sie mir im Mindesten, dass ich Sie nach Hause begleite.«

»Unterstehen Sie sich! Bleiben Sie, wo Sie sind. Wagen Sie es nicht, in meine oder in die Nähe meiner Schwester zu kommen.« Sie streckte abwehrend eine Hand von sich, derweil sie rücklings durch die Tür zurückwich. »Sie sind der unausstehlichste, schamloseste, entsetzlichste, verachtungswürdigste Mann, welchen kennenzulernen ich jemals das Missvergnügen hatte. Wie können Sie nachts überhaupt ruhig schlafen?«

Seine Erwiderung kam, als sie gerade die Tür zuschlug. »Gar nicht.«

2

In dieser Nacht fand er keinen Schlaf. Nachdem Minerva Highwood in den Regen hinausgestürmt war, vermochte selbst ein zügelloser, gewissenloser Salonheld wie Colin nicht, dort fortzufahren, wo er innegehalten hatte. Er scheuchte die Witwe aufs Höflichste aus seinem Bett, half ihr beim Ankleiden und brachte sie zurück ins Dorf. Sobald er sich vergewissert hatte, dass Minerva dort wohlbehalten angekommen war – er erspähte ihre schmutzverkrusteten Stiefel draußen vor dem Hintereingang der Gästepension –, kehrte er in sein Wohnquartier im Schloss zurück und entkorkte eine weitere Flasche Wein. Dennoch schlief er nicht den Hauch eines Augenzwinkerns. Das tat er nie. Nicht nachts, nicht allein. Gott, er hasste das Landleben. Sämtlicher Sonnenschein und die Seeluft in Sussex konnten die finsteren, totenstillen Nächte nicht aufwiegen. Wenn er doch nur eine Nacht lang durchschlafen könnte. In letzter Zeit dachte Colin des Öfteren, dass er seine linke Brustwarze hergeben würde – seine Testikel blieben außen vor – für eine anständige Mütze Schlaf. Seitdem Fiona Lange das Dorf verlassen hatte, war es ihm bestenfalls geglückt, in der Dämmerung des frühen Morgens ein paar Stunden zu dösen. Die meiste Zeit des Winters hatte er sich sinnlos betrunken, bis der nächtliche Vollrausch ihn betäubt machte. Doch sein Körper, vom Schlafmangel bereits auf eine harte Probe gestellt, begann angesichts des fortschreitenden Alkoholmissbrauchs aufzubegehren. Wenn er nicht achtgab, würde er ein gewohnheitsmäßiger Trinker werden. Dafür war er zu jung, verdammt noch mal. Also hatte er schließlich nachgegeben und war der unmissverständlichen Einladung gefolgt, die Mrs. Ginny Watson mit betörendem Lächeln und aufreizendem Hüftschwung seit Längerem an ihn gerichtet hatte. Er hatte den Avancen der jungen Witwe über Monate hinweg widerstanden, nicht gewillt, sich mit einer weiteren Dorfbewohnerin einzulassen. Aber jetzt war sein Aufbruch nur noch eine Sache von wenigen Tagen. Warum sich seine letzten Nächte nicht erträglicher gestalten? Wer könnte sich dadurch verletzt fühlen?

Wer, in der Tat. Vor seinem geistigen Auge tauchte Minerva Highwood auf. Jene einsame Träne, die über ihr Gesicht rann.

Ärgerlich, wirklich ärgerlich, Payne. Eine dumme Sache.

Er hätte sie sogleich fortschicken sollen. Er hatte keinerlei Absicht, Diana Highwood zu ehelichen, die hatte er nie gehabt. Aber Minerva war durchnässt vom Regen gewesen, sie hatte gefröstelt und sich am Feuer aufwärmen müssen. Überdies hatte er es sündhaft amüsant gefunden, sie mit ihrer kleinen Argumentationskette aufzuziehen, bis zu deren wildem, unlogischem Ende. Von all den irrwitzigen Plänen, die sich in Vorschlag bringen ließen … ein vorgetäuschtes Durchbrennen, um eine geologische Auszeichnung zu gewinnen? Sie würde niemals auf dem Feld der Eleganz punkten. Gleichwohl musste Colin zugeben, dass diese Art von Mädchen beileibe nicht jede Nacht an seine Tür klopfte. Das Schlimmste daran war, dass die schmeichlerische Phrasendrescherei, mit der er sie traktiert hatte, nicht gänzlich gelogen gewesen war. Sie war nicht ohne ihre besondere Art von Reiz. Ihr dunkles gelöstes Haar war, wenn es sich in schweren Wellen bis zu ihrer Taille ergoss, die reinste Verführung. Und ihr Mund faszinierte ihn in der Tat. Für einen scharfzüngigen Blaustrumpf hatte sie die vollsten, prallsten, sinnlichsten Lippen, die er je gesehen hatte. Lippen kopiert von der Aphrodite irgendeines berühmten Renaissancemalers. Dunkelrot an den Rändern und zur Mitte hin von einem helleren Ton – wie zwei Spalten einer reifen Pflaume. Zuweilen zog sie ihre Unterlippe zwischen die Zähne und saugte daran, als schmecke sie eine verborgene Süße darin. War es da ein Wunder, dass er Ginny Watson oben in seinem Schlafgemach für mehrere Minuten einfach *vergessen* hatte? Aber Minerva hatte den Preis für seine Gedankenlosigkeit bezahlen müssen. Das war es, was ihn bewog, schleunigst nach London zurückzukehren. Dort hielten ihn gewohnheitsmäßige Ausschweifungen von solchem Verdruss fern. Er und seine Freunde streiften von Klub zu Klub wie ein Rudel nächtlicher Raubtiere. War er dann des Trubels müde, hatte er keinerlei Problem, leichtherzige, willige Frauen zu finden, die bereit waren, das Bett mit ihm zu teilen. Er schenkte ihnen köstliche physische Vergnügungen, sie gaben ihm dafür das ersehnte Labsal … und jeder ging anschließend zufrieden seiner Wege. Heute Abend dagegen hatte er gleich zwei Frauen in höchstem Maße unzufrieden zurückgelassen. Nun hielt ihn die altvertraute Hexe Reumütigkeit wach. Zumindest waren seine Tage hier gezählt. Bram hatte sein Eintreffen auf Rycliff Castle für den morgigen Tag angekündigt. Vordergründig unternahm er die Reise, um nach mehreren Monaten der Abwesenheit seine Miliz zu inspizieren. Nichtsdestotrotz glaubte Colin, der Eildepesche zu entnehmen, dass sein Cousin in Wirklichkeit anderes vorhatte. Gewiss zeigte er ein Einsehen und würde Colin nach langen Monaten seine Begnadigung erteilen.

Leb wohl, unwirtlich kaltes Gemäuer. Lebt wohl, quälende Nächte auf dem Lande. Es war nur eine Sache von Tagen, dann war er fort.

»Wie meinst du das, ich bleibe hier?« Colin starrte seinen Cousin an, er fühlte sich, als hätte er soeben einen Hieb in die Magengrube eingesteckt. »Das begreife ich nicht.«

»Ich werde es dir erklären.« Brams Hände beschrieben eine begütigende Geste. »Das ist der normale Gang mit Geburtstagen, verstehst du? Erstaunlicherweise fallen sie jedes Jahr auf den gleichen Tag. Und deiner ist erst in zwei Monaten. Bis dahin bin ich als Sachverwalter deines Vermögens eingesetzt. Ich halte sämtliche Vollmachten, bis auf deinen letzten Penny, inne, und du wirst so lange hierbleiben, wie ich es dir sage.«

Colin schüttelte den Kopf. »Das ergibt keinen Sinn. Er hat kapituliert. Du hast es vorhin vor dem gesamten Dorf kundgetan. Der Krieg ist vorbei.«

Sie standen vor dem *Bull and Blossom*, der einzigen Taverne in Spindle Cove. Nachdem er am Nachmittag das Exerzieren der Miliz befehligt hatte, hatte Bram alle Freiwilligen eingeladen, sich dort auf ein Pint Bier einzufinden. In der Schänke hatte er die brandaktuellen Neuigkeiten aus Frankreich verkündet, die gewiss bis zum nächsten Morgen auf sämtlichen englischen Flugschriften prangen würden. Napoleon Bonaparte hatte dem Thron entsagt, jetzt war es nurmehr eine Sache von Dokumenten- und Papierkrieg. Der Sieg war ihrer.

Der Jubel hatte das Etablissement bis in die Grundfesten des Holzfachwerks erschüttert. Kinder waren zur St. Ursula Kirche gerannt, um die Glocke zu läuten. Aus dem ersten Pint war rasch ein zweites, dann ein drittes geworden. Als sich nun der Nachmittag der Abenddämmerung zuneigte, tröpfelten aus den Dorfgassen grüppchenweise Ehefrauen und Liebchen herein, beladen mit Platten voller Speisen. Jemand holte eine Fiedel heraus. Nicht lange, und das Tanzvergnügen würde beginnen. Ganz Spindle Cove – ganz England – hatte Anlass zu feiern.

Bei allem, was recht war, Colin sollte sich mit den anderen freuen. Stattdessen fühlte er sich innerlich wie tot. Es war ein allzu vertrautes Gefühl. »Bram, du brauchtest mich, um in deiner Abwesenheit die Bürgerwehr zu befehligen, und ich habe meine Pflicht erfüllt.« *Unter nicht geringen Opfern für mein Seelenwohl.* »Aber wenn der Krieg zu Ende ist, besteht dafür keine weitere Notwendigkeit.«

»Ob eine Notwendigkeit besteht oder nicht, die Miliz bleibt eine in sich geschlossene Einheit, bis die Krone anderes verfügt. Es übersteigt meine Kompetenzen, sie nach freiem Ermessen aufzulösen, nur weil mir der Sinn danach steht.«

»Dann kann Thorne sie befehligen.«

»Wo ist er überhaupt?« Bram sah sich suchend nach seinem Unteroffizier um.

Colin deutete eine vage Geste an. »Bei irgendeiner Tätigkeit, was immer es sein mag. Vielleicht rasiert er sich gerade mit einer verrosteten Sense. Oder häutet Aale mit seinen bloßen Händen. *Er* weiß das Leben hier augenscheinlich zu schätzen.«

»Ah«, sagte Bram. »Aber du *brauchst* diesen Ort.«

Colin rieb sich mit beiden Händen das Gesicht. Er wusste, dass Bram es nur gut meinte. Colin mittellos in der ländlichen Grafschaft Sussex stranden zu lassen, um dort eine örtliche Miliz zu befehligen, so glaubte sein Cousin allen Ernstes, sei dessen einmalige Chance, seinem zügellosen Leben zu entsagen. Was Bram nicht begriff, war, dass sie von unterschiedlichem Charakter waren. Militärische Disziplin und ländliches Leben mochten Brams Dämonen gezähmt haben, Colins nährten sie lediglich. Aber es gab keinen Weg, seinem Cousin dies begreiflich zu machen. Wie sollte Colin sich überdies erklären? *Verbindlichen Dank, dass du dich überhaupt um mich scherst, dennoch würde ich es begrüßen, wenn du es nicht tätest?* Bram war alles, was ihm an Familie geblieben war. Im Zuge des vergangenen Jahres hatten sie ein zartes Band brüderlicher Zuneigung geknüpft, und Colin mochte dieses keinesfalls in Gefahr bringen.

»Colin, wenn dir daran liegt, Spindle Cove zu verlassen, hast du Optionen. Du weißt, dass die Treuhänderschaft endet, wenn du dich vermählst. Die richtige Frau könnte dir guttun.«

Der Angesprochene stöhnte innerlich auf. Wieder und wieder hatte er dieses Phänomen bei seinen Freunden beobachtet. Sie heirateten. Sie waren glücklich in jener übersättigten, dankbaren Weise zuvor selten befriedigter Männer mit einem nunmehr beständigen Quell sinnhafter Vergnügungen. Davon prahlten sie mit stolz geschwellter Brust, als hätten sie die Institution der Ehe höchstselbst ersonnen und sich einen Orden für jeden Junggesellen verdient, den zu bekehren ihnen gelang. »Bram, es stimmt mich froh, dass du mit Susanna dein Glück gefunden hast und einer baldigen Vaterschaft entgegensiehst. Gleichwohl bedeutet das nicht, dass das Band der Ehe auch für mich sein Gutes hat. In der Tat denke ich, dass es kein Gutes für die *Frau* hätte, die das Schicksal treffen würde, sich mit mir zu verehelichen.« Er pochte mit seiner Faust an die Außenwand der Taverne. »Hör zu, ich *muss* zurück in die Stadt. Ich habe Finn ein Versprechen gegeben.«

»Was genau hast du ihm versprochen?« Bram spähte durch das Fenster, auf der Suche nach dem fünfzehnjährigen Trommlerjungen in den Reihen der versammelten Milizionäre.

»Ich habe eine Wette an ihn verloren, verstehst du? Der Einsatz waren ein Paar Stiefel. Ich wollte ihm meine Hobys überlassen, doch sind selbige noch einige Nummern zu groß für ihn. Folglich sagte ich ihm zu, ihn mit nach London zu nehmen, für ein neues Paar Maßstiefel. Und ich stellte ihm in Aussicht, einigen Schulen Besuche abzustatten, damit das erledigt ist, ehe das Herbsttrimester beginnt.«

Bram schüttelte den Kopf. »Ich habe für Finn bereits eine Schule hier in Sussex gefunden. Die Flintridge-Schule für Jungen.«

»Flintridge? Was ist mit Eton? Wir versprachen seiner Mutter, das Beste für ihn auszuwählen.«

»Das Beste für Finn. Flintridge bietet einen ausgezeichneten Unterricht und liegt bedeutend näher an Spindle Cove. Überdies besitzen die Brights einen Gemischtwarenladen, und da willst du ihn nach Eton schicken? Du weißt, er würde sich dort fehl am Platz fühlen.«

Colin kannte sich mit den Gegebenheiten in Eton bestens aus und wusste um das Gefühl, fehl am Platz zu sein. Er war dort im zarten Alter von acht Jahren eingetroffen. Eine junge Tragödie. Frisch verwaist, noch benommen von dem tragischen Wissen um den Verlust seiner Eltern. Zu jener Zeit war er klein und schmächtig für sein Alter gewesen. Er wäre auch ohne die Albträume ein beliebtes Zielobjekt für Häme und Spott gewesen. Die Albträume waren nur zusätzliches Wasser auf die Mühlen seiner Peiniger. Er vernahm ihre hänselnden Falsettstimmen noch immer, als wäre es gestern gewesen. *Mutter!,* hatten sie damals durch die Korridore gekreischt, *Mutter, wach auf!*

»Mir ist durchaus bewusst, dass die Umstellung nicht einfach werden wird«, räumte Colin ein. »Aber ich kann Finn das nötige Rüstzeug mitgeben, wie er seinen Mann zu stehen hat. Er muss ein wenig mehr von der Welt sehen, die naive Auffassung des Landbewohners verlieren. Er sollte einen Privatlehrer bekommen, damit er keine Lücken im Unterrichtsstoff hat. Und wenn ich ihn mit einem feinen Paar neuer Hobys ausstatte und in den Boxklub mitnehme, kann er die dafür empfänglichen Jungen beeindrucken und die unbelehrbaren in die Weichteile treten.« Colin spähte durch die Fensterscheibe des *Bull and Blossom*, dorthin, wo Finn Bright an der Wand lehnte, Schulter an Schulter mit seinem Zwillingsbruder Rufus. Von ihrem weißblonden Haarschopf bis hin zu den schlaksigen Armen und dem spitzbübischen Grinsen glichen sich die Bright-Zwillinge wie ein Ei dem anderen. Zumindest hatten sie das bis letzten Sommer getan, bevor ein Artilleriegeschoss Finns linken Fuß zerfetzt hatte.

»Es war ein Unfall«, sagte Bram, der ahnte, worüber Colin nachgrübelte.

»Ein Unfall, den ich hätte verhindern können.«

»Ich hätte ihn nicht minder verhindern können.«

Colin tippte mit einem Finger gegen die Scheibe. »Sieh ihn

dir an. Er ist genesen, und er wird von einer inneren Unrast geplagt. Das Wetter wird wärmer. Er sieht, dass seine Altersgenossen draußen herumlaufen und Kricket spielen, auf den Feldern arbeiten, den Mädchen nachstellen … Zum ersten Mal wird ihm wirklich klar, was das bedeutet. Was es noch bedeuten *wird*, für den Rest seines Lebens. Du solltest das am besten verstehen.«

Bram hatte in Spanien eine Schussverletzung am Knie erlitten, vor mittlerweile mehr als einem Jahr. Zwar hatte er das Bein behalten, doch hinkte er seither, und die Verwundung hatte seine Karriere als Feldkommandeur beendet. Man sollte doch annehmen, sein Widerstand gegenüber Colins Idee ließe sich erweichen. Diese Annahme sollte sich als grundfalsch erweisen. Brams Gesichtsausdruck wirkte ebenso undurchdringlich wie Granit. »Colin, du hättest dem Jungen auf gar keinen Fall solche Versprechungen machen dürfen. Deine Unvernunft wird dir noch einmal übel mitspielen. Ich habe keinen Zweifel, dass du es nur gut meintest, aber deine hehren Absichten explodieren wie Mörsergeschütze. Wieder und wieder verbrennst du dir den Mund und verletzt mit deiner Gedankenlosigkeit unschuldige, gutgläubige Menschen.«

Colin stöhnte unwillkürlich auf, denn er dachte an Minerva Highwood und letzte Nacht. Und jene einsame Träne, die über ihr Gesicht geronnen war.

»Das ist es nicht zuletzt, weshalb ich mich dagegen sperre, dir auch nur einen müden Heller zu übereignen«, fuhr Bram fort. »Du wirst eine treffliche Geschichte zusammenspinnen über sinnvoll verbrachte Tage als Mentor von Finn, und des Nachts, das weiß ich genau, wirst du einmal mehr in den Klubs und Spelunken enden.«

»Verdammt, wie ich meine Nächte verbringe, ist allein meine Angelegenheit. Ich kann nicht hierbleiben, Bram. Du hast nicht die geringste Vorstellung.«

»Oh doch, die habe ich. Ich vermag mir das sehr wohl auszumalen.« Bram trat näher und senkte seine Stimme. »Ich habe Regimenter im Kampf befehligt. Glaubst du, ich wüsste nicht, was es heißt, Zeuge von Tod und Blutvergießen zu werden? Was einem Mann damit angetan wird? Die Albträume, die Rastlosigkeit. Das Trinken. Die Schatten der Erinnerung, die Jahre überdauern, zuweilen Jahrzehnte. Ich kannte so manchen Soldaten, der traumatisiert vom Schlachtengetümmel war.«

Derweil er die Worte seines Cousins über sich ergehen ließ, beschleunigte Colins Puls. Natürlich wusste Bram von dem Unfall. Beinahe jeder in seinem gesellschaftlichen Umkreis wusste davon. Und der Rest besaß genug Anstand, keine Fragen zu stellen – Colin selber sprach nicht darüber. Nie. »Ich bin keiner von deinen traumatisierten Soldaten.«

»Nein. Du bist meine Familie. Begreifst du das nicht? Ich möchte dir helfen, darüber hinwegzukommen.«

»Darüber hinwegkommen?« Colin lachte erbittert auf. »Warum ist mir das nie selber eingefallen?« Er schlug sich mit der flachen Hand gegen die Stirn. »Ich werde mit schönster Einfachheit darüber hinwegkommen. Was für ein verflucht brillanter Vorschlag! Hier ist einer für dich, Bram: Halt dich gerade und hör auf zu hinken. Und Finn … Nun, Finn kann sich einfach einen neuen Fuß wachsen lassen.«

Bram seufzte. »Ich will mir nicht anmaßen, genau zu wissen, was es ist, wonach du suchst«, bekannte er, »aber ich weiß, dass du es nicht in den Spielhöllen und Varietés finden wirst.

Diese nächsten Monate sind meine letzte Chance, dich eines Besseren zu belehren. Nach deinem Geburtstag werden die Konten, Liegenschaften, Riverchase … sämtlich in deinen Besitz übergehen. Auf Gedeih und Verderb.«

»Riverchase würde ich nie aufs Spiel setzen. Niemals«, wiegelte Colin sogleich ab.

»Du bist seit Jahren nicht mehr dort gewesen.«

»Ich hege nicht den Wunsch hinzufahren.« Er zuckte mit den Achseln. »Zu still. Zu abgelegen.« *Zu viele Erinnerungen.*

»Du wirst nicht umhinkommen, das Anwesen zu verwalten«, gab Bram zu bedenken.

Colin widersprach: »Die Pächter haben das in all den Jahren hinreichend gut bewerkstelligt. Sie brauchen mich dort nicht. Und ich schätze mich glücklich, in der Stadt zu leben.«

»Jenes ausschweifende, ziellose Leben, dem du in London fröntest … Das nennst du glücklich?« Brams runzelte die Stirn. »Jesus Christus, Mann. Du bist nicht einmal imstande, aufrichtig dir selbst gegenüber zu sein.«

Colin ballte eine Faust, widerstand jedoch dem Drang, sie zum Einsatz zu bringen. Er senkte die Stimme, da Finn soeben aus der Taverne trat. »Der Junge hat bereits seine Sachen gepackt, Bram. Du darfst ihn nicht enttäuschen.«

»Oh, *ich* werde ihn nicht enttäuschen. Das überlasse ich dir.«

Autsch.

Finn bewegte sich, auf Krücken gestützt, zu ihnen. »Nun, meine Lordschaften?«

Colin bemerkte, dass der Junge einen inneren Kampf ausfocht, nicht allzu hoffnungsfroh dreinzublicken. Das war Finn. Ob er ein Dartspiel verlor oder seinen gesamten linken Fuß, Enttäuschungen begegnete er stets mit einer Miene tapferer

Gefasstheit. Er war stärker, als er erkennen ließ, und hatte mehr Ehrgeiz, als alle vermuteten. Dieser Junge würde es eines Tages bestimmt zu etwas bringen. Und er verdiente Besseres als die verdammte Flintridge-Schule für Jungen. »Finn, es hat sich eine Änderung in unseren Plänen ergeben. »Wir beide werden in dieser Woche nicht nach London reisen.«

»Wirklich nicht?«

»Nein«, antwortete Colin. »Du wirst stattdessen mit Lord Rycliff in die Stadt fahren.«

Bram drehte sich verblüfft zu ihm um. »Was?«

»Wir waren uns einig, dass das am besten sei.« Colin warf seinem Cousin einen scharfen Blick zu.

Im Gegenzug bedachte Bram ihn mit einem Ausdruck im Gesicht, der Walnüsse in ihren Schalen pulverisiert hätte.

»Aber … ich dachte, ich würde in Ihrer Obhut verbleiben, Lord Payne.« Finn blickte Colin verwirrt an. »Dass wir gemeinsam Junggesellenquartier in Covent Garden nehmen.«

»Nun ja. Mein Cousin und ich stimmen überein, dass ein trautes, familiäres Umfeld förderlicher für dich ist. Zumindest für eine Weile. Ist es nicht so, Bram?« *Antworte, Mann. Du kannst ihm das nicht versagen. Sei kein halsstarriger Idiot.*

Sein Cousin lenkte schließlich ein. »Wir sind unlängst in das neue Stadtpalais umgezogen, Finn. Susanna wird es freuen, ihren ersten Hausgast zu empfangen.«

Colin zog Finn beiseite. »Ich werde im Sommer dort sein, gräme dich nicht. Rechtzeitig genug für Bootsausflüge auf der Themse.« Er neigte sich noch dichter zu ihm und raunte ihm ins Ohr: »Und Faustkämpfe, keine Sorge. Ich werde uns Karten für einen Preiskampf besorgen, wenn ich künftig Berichte des Lobes von deinen Lehrern erhalte.«

Der Heranwachsende grinste. »Dann soll es mir recht sein.«

»Hol deine Sachen, Finn«, wies Bram den Jungen an. »Du triffst mich vor den Stallungen, und wir werden zusehen, dass dein Gepäck in der Kutsche verstaut wird. Wir brechen bei Sonnenaufgang auf.«

Die beiden gingen gemeinsam davon und schmiedeten Pläne, die Colin nicht mit einschlossen. Er versuchte sich einzureden, dass es für alle Beteiligten die beste Lösung war. Hätte er sich selber um Finn gekümmert, wäre es ihm in London sicherlich auf die eine oder andere Weise gelungen, die Sache zu verpfuschen. Bram hatte recht. Jedes Mal, wenn er bestrebt war, Gutes zu tun, stand zu befürchten, dass es böse endete.

Während er von der Taverne zur Dorfwiese hinüberschlenderte, zog Colin eine Feldflasche aus seinem Brustfutteral. Er drehte die Verschlusskappe ab und nahm einen raschen durstigen Zug. Der Schluck brannte in der Kehle – genau wie das Wissen, dass es der erste Drink von vielen heute sein würde. Die Nacht breitete bereits ihren purpurvioletten sternengeschmückten Schleier über die Bucht. Wie er die vor ihm liegenden Monate überstehen sollte, ohne sich um den Verstand zu saufen – er hatte nicht die leiseste Ahnung.

Eine Gruppe von Damen tauchte auf, sie überquerten das Grün, um zu dem Weg zu gelangen, der vom *Queen's Ruby* zur Taverne führte. Kein Wunder, dass die Pensionsgäste von den Klängen der Tanzmusik entzückt waren. Colin verschmolz mit dem Schatten des Kastanienbaums, höflicher Konversation fühlte er sich im Moment nicht gewachsen. Als die Damen näherkamen, erkannte er sie. Die Highwoods. Die verwitwete Mutter ging voraus, ihre drei Töchter folgten. Zuerst Charlotte, dann Diana und … schließlich, mit einigem Abstand, Minerva, ihr Gesicht – wie nicht anders zu erwarten – in ein Buch vergraben. Die abendliche Brise spielte mit ihren Röcken und Umhängetüchern. Wenn er Spindle Cove zu verlassen wünschte, hatte er in der Tat Optionen. Hier kamen soeben zwei davon vorbei. Es stand ihm frei, Diana zu ehelichen. Oder mit Minerva nach Schottland durchzubrennen. Attraktive Optionen, alle beide. Was zog er vor, den Ruf der einen Schwester oder das zukünftige Glück der anderen zu zerstören? Alles, was recht war, er wünschte einfach nur, diesem Ort den Rücken zu kehren. Aber vorzugsweise mit einem letzten Funken Anstand. Colin jagte sich einen weiteren Schluck Schnaps durch die Kehle. Diana Highwood wäre für so manchen Mann eine bezaubernde Braut. Sie war ausnehmend hübsch, anmutig, kultiviert, gütig. Sie verstand es, sich in der feinen englischen Gesellschaft zu bewegen, keine Frage, und sie würde Colins Exzesse besser zu tolerieren wissen als die meisten. Was bedeutete, dass ihre scharfzüngige, mit Brillengläsern geschlagene Schwester absolut recht behielt. Diana verdiente Besseres. Was besagte brilletragende Schwester betraf … Derweil er zu der Gruppe hinüberspähte, die das Grün passierte, erkannte Colin in ihr schwerlich das Mädchen, das ihn letzte Nacht besucht hatte. Die couragierte, gescheite junge Frau, die vor seinem Kamin ihr Haar gelöst und sich mit überaus anziehender Selbstsicherheit artikuliert hatte. Wo war dieses Mädchen all die Monate gewesen? Exakter auf den Punkt gebracht: Wo war dieses Mädchen jetzt? Das mit einem Blümchenmuster versehene Musselinkleid, das sie trug, war weder hübsch noch hässlich zu nennen. Es ließ sich bestenfalls als gänzlich unauffällig beschreiben. Während sie ausschritt, hatte sie ihre Schultern eingezogen, als könnte sie sich in sich selber verkriechen. Zusammengenommen mit dem Buch, mit dem sie ihr Gesicht verdeckte, hatte sie ihr wahrhaft Bestes getan, unscheinbar zu wirken.

Mrs. Highwood strenge Stimme ertönte: »Minerva! Haltung.«

Colin schüttelte den Kopf. Angesichts der fortwährenden Zurechtweisung, die sie von ihrer Mutter bezog, war es da ein Wunder, dass sie sich zu verstecken versuchte? Letzte Nacht hatte sie sich aus ihrem Schneckenhaus herausgewagt. Sie hatte sich über unwegsames Gelände zum Schloss hinaufgeplagt, den ganzen weiten Weg durch strömenden Regen, an seine Tür gehämmert, bis er sie einließ, und sich dann erboten, ihren Ruf zu ruinieren, um ihre Schwester zu schützen. Und welchen Dank erhielt sie für ihre Mühen? Demütigung. Spott. Noch mehr Zurechtweisung von ihrer Mutter. Er hätte nicht im Traum gedacht, dass er jemals so über den Blaustrumpf denken würde, der die vergangenen Monate damit zugebracht hatte, ihn mit scharfen Blicken und schneidenden Bemerkungen zu traktieren. Es entsprach jedoch der Wahrheit. Auch Minerva verdiente Besseres.

Colin verschloss die Flasche und stopfte sie in die Tasche seines Rocks. Es mochte noch eine Weile dauern, bis er Gelegenheit bekäme, an Finn Bright Wiedergutmachung zu üben. Und selbst dann wäre er außerstande, dem Jungen seinen Fuß zurückzugeben. Indessen war er durchaus in der Lage, diese Angelegenheit mit den Highwoods zu regeln. Und zwar noch heute Abend.

3

Wenn Minerva sich in einem Buch verlor, hatte ihr verstorbener Vater einmal angemerkt, dann brauchte es Spürhunde und einen Suchtrupp, sie zurückzuholen. Ersatzweise reichte allerdings auch ein tiefhängender Ast für dieses Kunststück. *Patsch.*

»Autsch.« Unversehens gestoppt, rieb Minerva sich mit einer Hand ihre malträtierte Schläfe und rückte die Fassung ihrer Brille zurecht. Mit der anderen hielt sie ihre Buchseite markiert.

Charlotte bedachte sie mit einem mitleidigen Kopfschütteln. »Oh Min! Ach herrje.«

»Hast du dir wehgetan?«, erkundigte sich Diana besorgt.

Vor ihnen wirbelte ihre Mutter herum und stieß einen verzweifelten Seufzer aus. »Minerva Rose Highwood. All deiner widernatürlichen Liebe für Bildung und Gelehrtheit zum Trotz vermagst du staunenswert dumm zu sein.« Sie trat zu ihrer Tochter, packte sie beim Ellbogen und zerrte sie weiter über die Dorfwiese. »Ich werde wohl nie verstehen, was dich umtreibt.«

Nein, Mama, dachte Minerva, während sie hinter ihrer Mutter herstolperte, *ich bezweifle, dass du das jemals verstehen wirst.* Die meisten Leute verstanden sie nicht. Mit diesem Umstand hatte sie sich längst abgefunden, schon vor den

Demütigungen der vergangenen Nacht. In letzter Zeit hatte Minerva den Eindruck gewonnen, dass der Einzige, der ihr Verständnis entgegenbrachte, gar keine Person, sondern ein Ort war. Spindle Cove, jenes Seebad für junge Damen vornehmer Herkunft und, nun ja, *interessanten* Charakters. Ob kränklich, belehrend oder skandalös, die jungen Damen hier waren auf die eine oder andere Weise alle Außenseiterinnen. Die Dorfbewohner kümmerte es deswegen nicht weiter, ob Minerva im Schmutz grub oder mit vom Wind zerzausten Haaren und einem aufgeschlagenen Buch vor ihrer Nase durch unwegsames Gelände stapfte. Sie hatte sich hier so zu Hause, so wohl gefühlt. Bis zum heutigen Abend. Je näher sie der Taverne kamen und dem darin herrschenden Trubel, desto mehr spürte sie ihre wachsende Furcht. »Mama, können wir nicht zur Pension zurückgehen? Das Wetter ist so unwirtlich.«

»Es ist mild, verglichen mit dem Regen vergangene Woche.«

»Bedenke doch Dianas Gesundheit. Sie hat sich gerade erst von einer Erkältung erholt.«

»Pah! Das liegt Wochen zurück.«

»Aber Mama …« Verzweifelt sann Minerva auf einen anderen Vorwand. »Und was, wenn es nicht schicklich ist?«

»Nicht schicklich?« Ihre Mutter ergriff Minervas unbehandschuhte Finger, unter deren Nägeln sich dunkle Schmutzränder abzeichneten. »*Du* willst mir mit Schicklichkeit kommen?«

»Nun ja. Es ist eine Sache, das *Bull and Blossom* am Nachmittag aufzusuchen, wenn es ein Teesalon für Damen ist. Aber nach Einbruch der Dunkelheit ist es eine Taverne.« *Gar nicht davon zu reden*, dachte Minerva, *wo ich letzte Nacht gewesen bin.*

»Es kümmert mich nicht, selbst wenn es eine Opiumhöhle wäre. Es ist die einzige Hoffnung auf ein Tanzvergnügen im Umkreis von zehn Meilen«, gab ihre Mutter zur Antwort. »Und Payne ist gewiss auch dort. Wir werden heute Abend einem Antrag beiwohnen. Ich fühle es in meinen Knochen.«

Ihre Mutter mochte es in ihren Knochen spüren, Minervas Reaktion war indes mehr organischer Natur. Ihr drehte sich der Magen herum, ihre Eingeweide verknoteten sich. Als sie die Tür zur Taverne erreichten, vergrub Minerva ihr Gesicht in ihrem Buch. Ob Romane, Historisches oder wissenschaftliche Abhandlungen, Bücher waren des Öfteren ihre Zuflucht. Heute Abend war das Buch ihr sprichwörtlicher Schild, ihr einziger Schutz gegen die Unbilden der Welt. Sie wagte es nicht, Diana heute Abend allein zu lassen, doch haderte sie mit sich, wie sie es ertragen könnte, Lord Payne erneut zu begegnen. Nicht zu erwähnen die heimliche Geliebte, die im Verborgenen über Minervas törichte Hoffnungen gelacht hatte. Seine »Freundin« hätte jede Frau in diesem überfüllten Raum sein können. Gleich wer sie war, vielleicht hatte sie die Geschichte längst bereitwillig zum Besten gegeben.

Als sie das Gasthaus betraten und sich ihren Weg durch die Menge bahnten, meinte Minerva zu hören, dass irgendjemand lachte. Über *sie lachte*. Selbiges war die schlimmste Erkenntnis jenes desaströsen mitternächtlichen Besuchs. Über viele Monate war Spindle Cove Minervas sicherer Hafen gewesen. Nun würde sie sich hier niemals mehr wohlfühlen. Das Echo jenes grausamen Gelächters würde sie verfolgen, auf jeder Landstraße, jedem zerklüfteten Pfad. Lord Payne hatte ihr übel mitgespielt, indem er den Zauber dieses Ortes zerstört hatte. Und nun drohte er, auch noch den Rest ihres Lebens zu zerstören. *Sie könnten mich bis spätestens Sonntag Schwager nennen.* Nein. Sie durfte es nicht zulassen, *würde* es nicht zulassen. Sie würde es in *irgendeiner Weise* zu vereiteln wissen, und wenn sie dem Mann ihr Buch an den Kopf schleudern müsste.

»Oh, er ist nicht hier.«

Charlottes zarter, enttäuschter Ausruf stimmte sie zuversichtlich. Minerva senkte ihr Buch und ließ ihren Blick vorsichtig über die Menge schweifen. Die Milizfreiwilligen füllten die Schänke, bildeten leuchtend rote und goldene Farbspritzer vor den weiß getünchten Wänden. Sie neigte ihr Kinn auf die Brust und spähte über den Rand der Brillengläser, fokussierte die weiter entfernte Seite des Raums, wo sich Männer und Frauen an den Tresen drängten. Kein Lord Payne. Das Atmen fiel ihr mit einem Mal leichter. Sie schob das Brillengestell zurück auf die Nasenwurzel und spürte, wie sich die Winkel ihres Mundes zum Anflug eines Lächelns entspannten. Vielleicht hatte er tatsächlich eine Gewissensläuterung erfahren. Wahrscheinlicher war allerdings, dass er in seiner Turmbastion geblieben war, um seine amüsierwillige Freundin zu unterhalten. Es war schwerlich von Belang, wo er war, solange wie er nicht hier weilte.

»Oh, dort«, rief ihre Mutter und wirbelte auf dem Absatz herum. »Da ist er. Er ist soeben durch den Hintereingang hereingekommen.«

Verflixt! Minervas Herz setzte für einige Schläge aus, sobald sie einen ersten Blick auf ihn erhaschte. Er sah nicht aus wie ein Mann, der eine Läuterung des Gewissens erfahren hatte.

Er wirkte undurchsichtiger und gebieterischer denn je. Obschon er eben erst durch die Tür gekommen war, hatte sich mit seinem Eintreten die Atmosphäre in der Taverne abrupt verändert. Eine augenfällige, rastlose Energie ging von ihm aus, und jeder konnte es fühlen. Die gesamte Schänke war auf der Hut. Eine unausgesprochene Botschaft strömte von Körper zu Körper. *Irgendetwas wird passieren.*

Die Musikanten stimmten die ersten Takte eines Volkstanzes an. Ringsum im Raum bildeten sich Paare. Lord Payne hatte indessen keine Eile. Er hob eine Feldflasche an seinen Mund und stürzte einen Schluck hinunter. Minerva schluckte instinktiv, als könnte sie das Brennen des Alkohols in ihrer Kehle fühlen. Er senkte die Flasche. Schraubte die Verschlusskappe auf das Gewinde, verstaute sie in seiner Tasche. Dann heftete sich sein glühender Blick unheilvoll und unerschütterlich auf die Highwoods.

Die feinen Härchen in ihrem Nacken stellten sich auf.

»Er sieht zu dir, Diana«, murmelte ihre Mutter mit Entzücken. »Ganz gewiss bittet er dich zum Tanz.«

»Diana sollte nicht tanzen«, gab Minerva zu bedenken, nicht fähig, den Blick von ihm zu lösen. »Jedenfalls keinen wilden schottischen Volkstanz wie diesen. Ihr Asthma.«

»Unfug. Die Seeluft hat sich vorteilig ausgewirkt. Sie hatte seit Monaten keinen Anfall mehr.«

»Das nicht. Aber der letzte wurde durchs Tanzen ausgelöst.« Sie schüttelte den Kopf. »Weswegen muss ich immerzu diejenige sein, die um Dianas Wohlergehen besorgt ist?«

»Weil ich um das deinige besorgt bin. Undankbares Geschöpf.«

Der Blick ihrer Mutter durchbohrte sie. Als Mädchen hatte

Minerva sie um ihre blauen Augen beneidet. Sie schienen von der Farbe tropischer Ozeane und wolkenloser Himmel. Doch war ihre Strahlkraft mit den Jahren nach Papas Tod verblasst. Jetzt hatte das Blau die Tönung gefärbten und drei Jahre getragenen Kambriks. Oder die zerbrechlichen, mittelklassigen Chinaporzellans. Die Farbe der Geduld war nahezu ausgebleicht.

»Wir sind zu viert, Minerva. Allesamt Frauen. Kein Gemahl, Vater oder Bruder rundet das Porträt ab. Wir mögen nicht mittellos sein, doch was uns fehlt, ist wirkliche Sicherheit. Diana hat die Chance, sich einen vermögenden, attraktiven Viscount zu angeln, und ich werde nicht billigen, dass du ihr dabei im Weg stehst. Wer wäre ansonsten in der Lage, diese Familie zu retten? *Du?*« Sie lachte bitter auf.

Minerva war es nicht einmal vergönnt, sich eine Erwiderung zurechtzulegen.

»Oh, er kommt«, kreischte die junge Charlotte. »Er kommt genau in unsere Richtung.«

Entsetzen flackerte in Minervas Brust auf. Trug Payne sich wahrhaftig mit dem Ansinnen, hier und jetzt um Dianas Hand anzuhalten? Jeder Mann von Verstand würde so handeln. Diana war stets bezaubernd schön, aber heute Abend sah sie besonders hinreißend aus, gewandet in eine smaragdgrüne Seidenrobe mit elfenbeinfarbenem Spitzenbesatz. Ihr flachsblondes Haar schimmerte weißgolden im Licht der Kerzen, und ihre erhabene Haltung gab ihr die Aura einer Lady. Sie mutete schon jetzt wie eine Viscountess an. Und Lord Payne war jeder Zoll der mächtige Lord. Der Mann schritt durch den Raum zu ihnen, bahnte sich in gerader, unbeirrbarer Linie den Weg durch die Menge, sodass die Dorfbewohner beiseitesprangen wie aufgeschreckte Grillen. Sein Blick war zielgerichtet, entschlossen, geheftet auf … *sie.* Auf Minerva.

Sei nicht töricht.

Es konnte nicht sein. Gewiss war es nur eine optische Täuschung, ein Streich, den ihr die Brillengläser spielten. Er kam Dianas wegen, natürlich. Offensichtlich. Und sie hasste ihn dafür. Er war ein grässlicher, widerwärtiger Mann. Doch ihr Herz wollte nicht aufhören, wie wild zu pochen. Hitze sammelte sich zwischen ihren Brüsten. Sie hatte sich des Öfteren versucht vorzustellen, wie es sich anfühlte, an einem Ende eines Ballsaals zu stehen und zu beobachten, wie sich ein attraktiver, einflussreicher Gentleman auf den Weg zu ihr machte. Dies Erlebnis hier kam ihrem Traum so nahe, wie es ihr jemals widerfahren könnte, vermutete sie. Während sie an Dianas Seite weilte. Und in Träumereien schwelgte. Mit einem Mal ängstlich, starrte sie zu Boden. Von dort an die Decke. Dann schalt sie sich selber für ihre Hasenherzigkeit und zwang sich, ihm entgegenzublicken.

Er blieb vor ihr stehen und verneigte sich, ehe er eine galante Geste mit der Hand andeutete. »Darf ich um diesen Tanz bitten?«

Minervas Herzschlag setzte aus. Das Buch glitt aus ihrer Hand und fiel zu Boden.

»Diana, reich mir dein Retikül herüber«, flüsterte ihre Mutter. »Rasch. Ich werde es für dich halten, während du tanzt.«

»Ich glaube nicht, dass das vonnöten sein wird«, antwortete Diana.

»Natürlich ist es vonnöten. Du kannst nicht mit diesem sperrigen Täschchen tanzen, das an deinem Handgelenk baumelt.«

»Ich bin nicht diejenige, die tanzen wird. Lord Payne hat Minerva aufgefordert.«

»Lord Payne hat Minerva aufgefordert? Ach was, papperlapapp!« Ihrer Mutter entfuhr ein ungläubiges, unfeines Schnauben – das ihr im Hals stecken blieb, als die Frau aufsah und endlich bemerkte, dass Lord Paynes ausgestreckte Hand tatsächlich auf Minerva zeigte. »Aber … warum?«

Seine Antwort war schlicht: »Weil ich sie wähle.«

»Im Ernst?«

Oh Gott. Im Ernst? Hatte sie selbiges *im Ernst* eben laut ausgesprochen? Wenigstens hatte sie ihrem Mundwerk einen Riegel vorgeschoben und es bleiben lassen, den Rest der Gedanken in Worte zu kleiden, die durch ihr konfuses Hirn sprudelten und in etwa so lauteten: *Im Ernst? Dieser entschlossene, unheilvolle Marsch durch den Raum war gänzlich für mich bestimmt? In dem Fall, würde es Ihnen etwas ausmachen, zurückzugehen und das Ganze noch einmal zu wiederholen? Langsamer dieses Mal und mit mehr Gefühl bitte.*

»Miss Minerva«, sagte er mit einer Stimme, glatt und dunkel wie Obsidian, »darf ich um diesen Tanz bitten?«

Sie beobachtete, entrückt und verzaubert, wie er mit seiner unbehandschuhten Hand ihre ergriff. Sein Griff war warm und fest. Ihr stockte der Atem, sie spürte die Blicke sämtlicher Dorfbewohner auf ihnen ruhen.

Bitte. Bitte, lieber Gott, lass niemanden lachen.

»Ich danke Ihnen«, brachte sie unter Mühen heraus. »Ich wäre höchst … erleichtert.«

Er führte sie auf den Tanzboden, wo sie sich für einen volkstümlichen Reigen aufstellten.

»Erleichtert?«, murmelte er belustigt. »Die Damen sind für

gewöhnlich ›erfreut‹ oder ›geehrt‹, mit mir zu tanzen. Manche sogar ›entzückt‹.«

Sie zuckte hilflos mit den Achseln. »Es war das erste Wort, das mir in den Sinn kam.«

Und es war aufrichtig gewesen – zumindest zu dem Zeitpunkt. Doch als sie ihren Platz gegenüber von ihm einnahm und die ersten Akkorde der Musik erklangen, schwand ihre Erleichterung. Furcht trat an ihre Stelle. »Ich kann nicht tanzen«, gestand sie ihm, während sie einen vorsichtigen Schritt nach vorn machte.

Er ergriff ihre Hände und wirbelte sie herum. »Aber Sie tanzen bereits.«

»Nicht sehr gut.«

Eine Augenbraue zuckte in die Höhe. »Das ist wahr.«

Minerva knickste zur falschen Seite und kollidierte mit der Dame zu ihrer Linken. Sie entschuldigte sich atemlos bei der Frau, korrigierte übereifrig ihr Malheur – und trat Lord Payne auf den Fuß.

»Gute Güte«, stieß er zwischen zusammengebissenen Zähnen hervor, während er sie dicht an seiner Seite hielt, derweil sie sich nach vorn und wieder zurück bewegten. »Sie haben nicht übertrieben.«

»Ich übertreibe niemals. Ich bin ein hoffnungsloser Fall.«

»Sie sind kein hoffnungsloser Fall. Hören Sie auf, sich derart angestrengt zu bemühen. Wenn wir dies bewältigen wollen, müssen Sie mir die Führung überlassen.«

Die Schrittfolge trennte sie, und Minerva war ihren Grübeleien überlassen. Sie versuchte, sich zu überzeugen, dass dies bedeutete, dass er sich auf ihren Plan einließ. Er würde sie nach Schottland begleiten, seine Wahl fiel auf sie. Er wählte *sie* statt Diana. Weshalb würde er sie zum Tanzen auffordern, wenn nicht, um den Eindruck einer gewissen Zuneigung zwischen ihnen zu erwecken? Doch ihre Erwägungen wurden schnell von donnernden Schrittfolgen und wildem Gefiedel erstickt. Sie stolperte sich ihren Weg durch eine weitere Folge von Schritten. Daran schlossen sich einige zauberhafte Akkorde an, währenddessen sie nichts zu tun brauchte, als stillzustehen und zu klatschen. Dann ging es erneut vorwärts. Zu ihm.

Er zog sie an sich. Unschicklich eng. »Sagen Sie autsch«, murmelte er.

Sie blinzelte zu ihm auf. *Was?*

Er zwickte sie in die weiche Unterseite ihres Arms – zu fest.

»Autsch!«, rief sie aus. »Warum tun Sie …«

Er schlang einen Arm um ihre Taille. Spannte ihn an, mit dem Ergebnis, dass sie strauchelte. Die Brille rutschte ihr von der Nase.

»Was war denn das, Miss Highwood?«, fragte er laut vernehmbar und ein wenig theatralisch. »Sie haben sich den Knöchel verstaucht? Wie schade.«

Kurz darauf hatte er sie stolpernd durch die rotgestrichene Tür des *Bull and Blossom* hinausgeführt. Sie entfernten sich ein paar Schritte vom Eingang. Er scheuchte sie derart, dass sie mit einem Slipper an einem Stein hängen blieb und sich *wirklich* der Fuß umknickte. Bevor sie fallen konnte, fing er sie auf – noch ehe ihr Knie die Grasnarbe berührte. »Sind Sie verletzt?«

Sie schüttelte den Kopf. »Nein, allenfalls in meinem Stolz.«

Er half ihr, als sie sich aufrichtete. Doch ließ er sie nicht los. »Es ließ sich nicht so an wie von mir geplant. Ich wusste nicht um Ihre … Schwierigkeit mit dem Tanzen. Hätte ich es geahnt, wäre ich …«

»Nein, das war vortrefflich. Es ist gut so. Das Tanzvergnügen, unser Aufbruch. Dass Sie mich … für alle sichtbar umarmten.« Sie schluckte vernehmlich. »Es ist alles gut.«

»Ist es das?«

Sie nickte. »Ja.«

Seine Arme fühlten sich in der Tat gut an, wie sie um ihre Taille geschlungen waren. Überdies hatte das tiefe, heftige Feuer in seinen haselbraunen Augen die Eigenheit, ihre Intelligenz binnen Sekunden in Schutt und Asche zu verwandeln. Noch eine Minute mehr davon, und sie würde die heilige Einfalt selbst sein. Sie warf einen Blick zur Tür. Ganz gewiss würde ihnen jemand folgen. Oder wenigstens aus dem Fenster spähen. Waren sie denn kein bisschen besorgt um ihren Ruf? Oder zumindest um ihren Knöchel? Irgendjemand *musste* sie in trauter Eintracht zusammen sehen, wenn ihnen an einer überzeugenden gemeinsamen Flucht gelegen war. Anderenfalls war diese gefahrvolle, verwirrende Umarmung für nichts gut.

»Warum?«, fragte sie, denn sie konnte nicht anders. »Sie könnten Diana an Ihrer Seite haben.«

»Ich gehe davon aus, dass ich das könnte. Und wenn ich entschlossen wäre, sie zu heiraten, könnten Sie mich nicht daran hindern.«

Ihr Herz schlug so heftig in ihrer Brust, dass sie sicher war, er müsste es fühlen. »Dennoch fiel Ihre Wahl heute Abend auf mich. Warum?«

Ein ironisches Lächeln hob seine Mundwinkel. »Sie wollen, dass ich Ihnen das erläutere?«

»Ja. Und zwar in aller Ehrlichkeit, nicht …« *Nicht wie letzte Nacht.*

»In aller Ehrlichkeit.« Er dachte über ihre Worte nach. »In aller Ehrlichkeit, Ihre Schwester ist bezaubernd, anmutig, von sittsamer Zurückhaltung und gütigem Wesen. Es ist ein Leichtes für einen Mann, sie anzusehen und sich ein ganzes Leben vorzustellen, das sich vor ihm erstreckt. Hochzeit, Hausstand, Chinaporzellan, Kinder. Es ist beileibe keine abstoßende Vorstellung. Doch mutet das alles überaus gesetzt und starr an.«

»Und wenn Sie mich anschauen? Was sehen Sie dann?«

»In aller Ehrlichkeit? Wenn ich Sie anschaue …« Sein Daumen strich über die Verlängerung ihrer Wirbelsäule. »Dann denke ich mir etwas in der Art wie, Gott allein weiß, welche Prüfungen auf diesem Weg liegen.«

Sie wand sich in seiner Umarmung, zerrte an seinem Arm. »Lassen Sie mich los.«

»Weswegen?«

»Damit ich Ihnen eine Backpfeife verpassen kann.«

»Sie baten um Ehrlichkeit.« Er lachte leise und hielt sie fest. »Diese … diese Wehrhaftigkeit ist exakt mein Punkt. Nein, Sie entsprechen mitnichten dem Bild der schönen, anmutigen, berechenbaren Frau. Aber Hand aufs Herz, Marissa. Manche Männer mögen es, überrascht zu werden.«

Marissa?

Sie starrte ihn an, entsetzt. Und fasziniert. Und entsetzt über ihre Faszination. »Sie. Sind. Der gräss…«

Eine Glocke läutete. Die Tür des *Bull and Blossom* schwang auf, und eine Handvoll kichernder Dorfmädchen stürmte ins

Freie, begleitet von einem Schwall Musik und behaglicher Wärme. Minerva stockte der Atem. Wenn die Mädchen ihre Richtung einschlügen, würden sie und Payne gesehen. Zusammen.

»Überraschung«, flüsterte sie. Dann drückte sie ihre Lippen auf seine.

4

Überraschung, hatte sie gesagt. *Überraschung, in der Tat.* Süße. Das war die erste Überraschung. Er hatte so manches scharfe Wort von diesen Lippen vernommen, doch ihr Kuss war süß. Kühl und süß, gepaart mit einem Hauch wahrer Verworfenheit. Ähnlich einer sonnengereiften Pflaume auf dem Höhepunkt des Sommers. Bereit, bei der leisesten Berührung in seine Hand zu fallen. Das Fallen. Das war die zweite Überraschung. Als sie sich zu dem Kuss vorneigte, fiel sie förmlich *auf* ihn. Er schlang beide Arme um ihre Taille und zog sie innig an sich. Ihre Körper begegneten einander. Nein, das beschrieb es nicht korrekt. Ihre Körper waren sich schon vor Monaten »begegnet«, in jener Nacht in den Gärten von Summerfield. Nun erneuerten ihre Körper die Begegnung. Das Empfinden der Intimität war unmittelbar, erstaunlich. Der Jasminduft ihres Haars löste einen Impuls tief in seinem Innern aus. Eine Erinnerung flutete … nicht sein Gedächtnis, sondern seine Adern. Was ihn auf Überraschung Nummer drei brachte. Vergnügen. Triumph. Verdammt, er hatte dies *gewollt*. Er hatte es bisher nur nicht gewusst. Er wäre eher ins Grab gegangen, als es sich einzugestehen. Doch ein Teil von ihm hatte sich dies ersehnt. Inständig und seit geraumer Zeit. Er meinte, durch diesen einen Kuss alles über sie zu erfahren, als bestätigten sich lange vermutete Wahrheiten. Dass sie bei all ihren unweiblichen Interessen und ihrer Wissbegier dennoch ganz Frau war. Dass sie sich in seinen Armen nicht spröde und störrisch anfühlte, sondern warm und biegsam, als ihre Kurven mit seinem gestählten Körper verschmolzen. Dass er sie dahinschmelzen machen konnte. Seufzen. Erbeben. Dass eine Kostprobe von ihr nicht genug sein würde. Er fuhr mit seiner Zunge über ihre geschlossenen Lippen, auf der Suche nach mehr. Es lag endlos lange zurück, dass er ein Mädchen allein um des Küssens willen geküsst hatte, und er hatte verdrängt, welch reines, erhebendes Vergnügen dem innewohnte. Er wünschte sich, in jene kühle Süße einzutauchen. Davon trunken zu werden, darin zu baden. Sich in einem unergründlich tiefen Kuss zu verlieren.

Öffne dich. Öffne dich für mich.

Ein kleiner Laut entwich ihren Lippen. Einem Seufzen ähnlich. Ihre Lippen blieben jedoch unter seinen versiegelt. Er versuchte es erneut, indem er mit der Zunge leicht einen Winkel ihres Mundes neckte. Behutsam, hingebungsvoll – in der Art, von der er wusste, dass eine Frau sie genoss, dass sie genoss, so berührt zu werden, beinahe überall. Schließlich teilten sich ihre Lippen. Er schob seine Zunge zwischen sie, um Minerva zu schmecken. Allmächtiger, sie war so süß und frisch. Jedoch äußerst still. Reglos fast. Atemlos. Er hielt inne, um an ihrer prallen Unterlippe zu saugen, ehe er es erneut versuchte. Dieses Mal presste er ein wenig tiefer, ließ seine Zunge kreisen, bevor er sich zurückzog. Das süße Seufzen ihres Atems wisperte an seiner Wange. Es war ein Eingeständnis, dieses Seufzen. Es sagte ihm zwei Dinge. Zum einen, dass sie nicht die geringste Vorstellung hatte, wie sein Kuss zu erwidern sei. Und zum Zweiten? Sie wollte es. Sie hatte es nicht minder herbeigesehnt.

Als sie sich voneinander lösten, schwirrte ein Hauch geteilter Unerklärbarkeit in der Luft.

»Warum …?« Sie presste die Hände flach auf ihren Bauch. Einen Moment lang blickte sie überallhin, nur nicht zu ihm. Dann senkte sie die Stimme und fragte: »Warum um alles in der Welt *tun* Sie das?«

»Was meinen Sie genau?« Um seine Mundwinkel zuckte es belustigt. »Sie küssten *mich.*«

»Ja, aber warum wollten Sie …« Sie schnitt eine Grimasse. »Alles andere.«

Colin dachte nach. »Weil … es dem nahekommt, wie ein erwachsener Mann eine Frau küsst?«

Sie sah ihn mit großen runden Augen an.

Um Gottes willen, so naiv konnte sie doch nicht sein. »Ich bin mir bewusst, dass Sie nicht viel Erfahrung haben können, aber man hat Ihnen doch gewiss den natürlichen Lauf der Dinge zwischen den Geschlechtern erläutert?« Er streckte seine Hände zu einer Geste der Veranschaulichung aus und räusperte sich. »Es verhält sich folgendermaßen, müssen Sie wissen. Wenn ein Mann für eine Frau sehr, sehr viel empfindet …«

Sie versetzte seiner Schulter einen Hieb mit der Faust und konnte sich nur mit Mühe davon abhalten, gleich einen zweiten folgen zu lassen. »Das ist nicht, was ich meine, und Sie wissen es.« Sie senkte die Stimme und schickte einen Blick zu der Gruppe von Mädchen, die eine nach der anderen in der Pension verschwanden, während sie weiterhin in ihre jeweilige Unterhaltung vertieft waren. »Warum tun Sie das mit *mir*? Ein schlichter Kuss hätte gereicht. Was haben Sie sich dabei gedacht?«

»Was, in der Tat?« Er fuhr sich mit einer Hand durch sein Haar, mehr als nur ein wenig gekränkt ob ihres vorwurfsvollen Tons. »Ich bin ein Mann. Sie rieben Ihre … Weiblichkeit an mir. Ich dachte nicht. Ich reagierte.«

»Sie *reagierten.*«

»Ja.«

»Auf …« Sie verlagerte ihr Gewicht von einem Fuß auf den anderen. »Auf mich.«

»Es ist eine durchaus natürliche Reaktion. Sie sind doch Wissenschaftlerin, nicht wahr? Dann sollten Sie das verstehen. Jeder heißblütige Mann würde auf einen solchen Stimulus reagieren.«

Sie wich zurück. Senkte ihr Kinn auf die Brust und musterte ihn über den Rand ihrer Brillengläser hinweg. »Demnach finden Sie mich stimulierend.«

»Das ist es nicht, was ich …« Er verbiss sich den Rest jenes Satzes. Der einzige Weg, eine verfängliche Konversation zu beenden, war, schlicht das Reden einzustellen. Colin nahm einen tiefen Atemzug und straffte die Schultern. Er schloss kurz die Augen. Dann öffnete er sie wieder und blickte zu ihr, sah sie wirklich an, als wäre es das erste Mal. Er gewahrte dichtes dunkles Haar, das ein Mann mit vollen Händen greifen konnte. Ein gestrenges Brillengestell, das auf einer sanft geschwungenen Nase saß. Hinter den Gläsern aufgeweckte Augen – dunkel und gescheit. Und dieser Mund. Diese vollen, aufgeworfenen, sinnlichen Lippen. Er ließ seinen Blick über ihre Gestalt wandern. Es hatte seinen erregenden Reiz zu wissen, dass unter diesem züchtigen, brav gemusterten Musselinkleid Sinnhaftigkeit schwelte. Dass er ihre Kurven darunter *erspürt*, ihren Körper erkundet und skizziert hatte, mit jeder seiner

Nervenenden. Ihre Körper waren einander *begegnet.* Mehr als das. Sie hatten miteinander Bekanntschaft geschlossen. Mehr würde sich daraus nicht ergeben, mitnichten. Colin hatte seinerseits feste Regeln, und was Minerva anbelangte … weder wertschätzte sie ihn, noch gab sie Derartiges vor. Gleichwohl tauchte sie mitten in der Nacht bei ihm auf, schmiedete Pläne, welche sich hart an der Grenze zwischen akademischer Logik und leichtfertigem Abenteuer bewegten. Sie hatte den Kuss begonnen, aber nicht den Hauch einer Ahnung, wie fortzufahren war. Alles zusammengenommen, war sie kurzum … eine Überraschung. In jeglicher Hinsicht ein erfrischender Wirbelwind des Unerwarteten. »Vielleicht«, sagte er mit Vorsicht, »verhält es sich *tatsächlich* so, dass ich Sie stimulierend finde.«

Sie kniff misstrauisch die Augen zusammen. »Ich weiß nicht, ob ich das als Kompliment auffassen soll.«

»Fassen Sie es auf, wie es Ihnen beliebt.«

Sie spähte in Richtung des *Queen's Ruby*. Die Mädchen waren mittlerweile allesamt verschwunden. »Verflixt. Ich bin mir nicht sicher, ob überhaupt irgendjemand den Kuss bemerkt hat.«

»Ich bemerkte ihn.« Er rieb sich den Mund mit seinem Handrücken. Das Aroma reifer Pflaumen verweilte noch immer auf seinen Lippen. Er stellte fest, dass ihn verräterisch nach mehr dürstete.

»Also, wann brechen wir auf?«, fragte sie.

»Aufbrechen, wohin?«

»Nach Schottland, natürlich.«

»Schottland?« Er lachte verblüfft auf. »Ich habe nicht vor, Sie nach Schottland zu begleiten.«

»Aber …« Sie blinzelte irritiert. »Aber vorhin, in der Taverne. Da sagten Sie, Ihre Wahl sei auf mich gefallen.«

»Für den Tanz. Ich erwählte Sie zu meiner Tanzpartnerin.«

»Ja. Präzise. Sie beschlossen, vor aller Augen mit mir zu tanzen. Dann schoben Sie mich ins Freie und umschlangen mich unschicklich eng. Sie küssten mich mitten auf der Dorfstraße. Weswegen sollten Sie all das tun, wenn Sie nicht vorhaben, mit mir durchzubrennen?«

»Zum letzten Mal: *Sie* küssten *mich*. Was das Übrige betrifft … Ich bedauerte die missliche Szene letzte Nacht in meinem Wohnquartier. Ich stand unter dem Eindruck, dass ich Ihnen eine Wiedergutmachung schuldig bin.«

»Oh. Oh nein.« Sie presste eine Hand auf ihre Brust. »Wollen Sie mir damit zu verstehen geben, dass es ein Tanz aus Mitleid war? Ein Kuss aus Mitleid?«

»Nein, nein.« Er seufzte. »Das trifft es nicht richtig. Ich dachte mir nur, Sie verdienten es, sich wertgeschätzt und bewundert zu fühlen. Vor allen Leuten.«

»Und jetzt, zum zweiten Mal in ebenso vielen Nächten, enthüllen Sie, dass es sämtlich Lug und Trug war. Damit ich mich zurückgewiesen und gedemütigt fühlen kann. Vor allen Leuten.« Ihre Augen sprühten Blitze. »Das lasse ich mir nicht gefallen.«

Oh, beim Grabe Christi. Was hatte er jetzt wieder angerichtet? Er hatte die besten Absichten, und dann, auf unerfindliche Weise … *Deine hehren Absichten explodieren wie Mörsergeschütze.*

»Merken Sie sich das.« Sie ballte ihre Hände zu Fäusten. »Dieses Mal kommen Sie mir nicht so einfach davon. Ich bestehe darauf, dass Sie mich nach Schottland bringen. Ich verlange, dass Sie mich ruinieren. Das ist eine Sache der Ehre.«

Das Glöckchen an der Taverntür bimmelte. Erschrocken fuhren sie beide einen Schritt auseinander.

Das Fest verlagerte sich von der Schänke ins Freie, so schien es. Fröhliche Zecher wankten aus dem *Bull and Blossom* auf das Grün.

Minerva verschränkte die Arme vor der Brust und schnaubte.

»Seien Sie doch vernünftig«, hob er mit gedämpfter Stimme an. »Nennen Sie mir eine Zeit und einen Ort, wo wir reden können. Jedenfalls einen anderen Treffpunkt als mein Wohnquartier zu mitternächtlicher Stunde.«

Nach einer kurzen Weile des Nachdenkens rückte sie ihre Brille zurecht. »Erwarten Sie mich auf Höhe des Uferwegs, morgen früh, kurz vor Sonnenaufgang.«

»*Vor* Sonnenaufgang?«

»Ist Ihnen das zu früh?«

»Oh nein«, widersprach er. »Ich bin ein notorischer Frühaufsteher.«

»Sie kommen spät«, begrüßte sie ihn am folgenden Morgen. Die ersten Strahlen des Sonnenaufgangs glitzerten auf Minervas Brillengläsern. »Ich habe schon auf Sie gewartet.«

»Ihnen gleichfalls einen guten Morgen, Marianna.« Colin rieb sich die schlaftrunkenen Augen, dann fuhr er über sein unrasiertes Kinn. »Ich musste meinem Cousin noch Lebewohl wünschen.« Sein Blick glitt über ihr Gewand – eine triste, formlose Scheußlichkeit aus dunkelgrauem Stoff, die bis zur Kehle zugeknöpft war. »Warum um alles in der Welt tragen Sie das? Sind Sie nach unserem letzten Gespräch einem Konvent beigetreten? Den barmherzigen Schwestern von der traurigen Gestalt?«

»Ich dachte kurz daran«, antwortete sie spitzzüngig. »Es wäre vermutlich eine weise Entscheidung gewesen. Aber nein. Das ist mein Badekostüm.« Sie streifte ihn mit einem Blick. »Ich nehme nicht an, dass Sie eines haben.«

Er lachte jungenhaft. »Ich teile Ihre Annahme.«

»Nun, dann wird es sich wohl kaum vermeiden lassen, dass Sie das eine oder andere Kleidungsstück ablegen. Kommen Sie, hier entlang.«

Er folgte ihr über den felsgesäumten Pfad hinunter zur Bucht, verwirrt, doch zweifelsohne neugierig. »Wenn ich gewusst hätte, dass ich mich entkleiden soll, wäre ich pünktlicher gewesen.«

»Rasch jetzt. Eile ist geboten, oder die Fischer werden uns sehen.«

Sie erreichten den Strand. Der Wind, der die Wogen des Atlantiks peitschte, hatte eine erfrischende, heilsame Wirkung, denn allmählich lichteten sich die Nebel, die Colins Verstand trübten. Die Welt um ihn herum begann, schärfere Konturen anzunehmen. Er verharrte am Ufersaum. Die See leckte an seinen Stiefeln. Er gönnte sich einen längeren Augenblick, die salzige Luft in tiefen Zügen zu inhalieren, derweil er im dunstigen Licht des Tagesanbruchs die kleine Bucht betrachtete, die eingebettet in die zerklüfteten Klippen lag. Er hatte diesen Blick bislang nie um eine solch frühe Morgenstunde genossen. Die Szenerie mutete unwirklich an. Beinahe mystisch. Meeresgischt sprühte ihm ins Gesicht.

»Aufwachen«, scherzte sie. Sie nahm ihre Brille ab und verstaute sie in einem kleinen, aus Öltuch genähten Beutel, der an ihrem Handgelenk baumelte. Sie schritt an ihm vorbei in die sanften Wogen. »Die Zeit läuft uns davon.«

Er verfolgte ungläubig, wie das wunderliche, ungemein tollkühne Mädchen in die Fluten sank. Knietief. Dann taillentief. Und schließlich das ganze Stück bis zu ihrem Hals.

»Kommen Sie raus da«, rief er im Ton eines besorgten Kindermädchens, wie er zu seinem eigenen Entsetzen feststellen musste. »Auf der Stelle.«

»Weswegen?«

»Wir haben April. Das Wasser ist eiskalt.« *Und weil ich mit einem Mal neugierig bin, Sie durchnässt zu sehen – ganz anders als neulich Nacht. Da hatte ich keine Gelegenheit, diesen Anblick zu genießen.*

Sie zuckte mit den Schultern. »Es ist gar nicht mehr schlimm, sobald Sie sich daran gewöhnt haben.«

Um Himmels willen, schau sich einer das Mädchen an. Zähneklappernd, die Lippen bläulich verfärbt. Unter dem scheußlichen Kleidungsstück gefroren ihre Nippel vermutlich gerade zu winzigen Eiszapfen. Erwartete sie ernsthaft, dass er sich zu ihr gesellte? Er und all seine kostbaren, hochempfindlich auf extreme Temperaturschwankungen reagierenden Körperteile? »Hören Sie, Madeline. Nicht dass wir uns missverstehen, aber ich bin nicht hergekommen, um zu schwimmen. Wir haben zu reden.«

»Zuvor muss ich Ihnen einen Fund zeigen, hinter jenen Felsen. Um dorthin zu gelangen, werden Sie schwimmen müssen – einen anderen Weg gibt es nicht. Wir werden reden, wenn wir dort sind.« Sie neigte den Kopf zur Seite. »Sie sind doch nicht etwa ängstlich, oder?«

Ängstlich. Ha. Was hörte er da, sich in die Fluten stürzen? Warf sie ihm den Fehdehandschuh zu? Er war bereit und willens, die Herausforderung anzunehmen. »Mitnichten.« Colin stieg aus seinen Stiefeln. Er legte seinen Rock ab. Dann rollte er seine Hosenbeine bis zu den Knien hoch, wo er den Stoff ordentlich einschlug, in gleicher Weise verfuhr er mit den Ärmeln seines Oberhemdes. Er war gerüstet. »Nun gut. Ich komme.« Er stöhnte auf, kaum dass er durch die eisigen Fluten pflügte. Als ihm das Wasser bis zum Nabel reichte, fluchte er inbrünstig. »Das ist wahrer Heldenmut, ich hoffe, Sie wissen das. Legenden sind weniger großen Taten entsprungen. Alles, was Lancelot tat, war, über einen balsamischen See zu paddeln.«

Sie lächelte stillvergnügt. »Lancelot war ein Ritter. Sie sind ein Viscount. Für Sie gelten andere Maßstäbe.«

Ihm entfuhr ein gurgelndes Prusten, atemlos ob der Kälte. »Wie kommt es«, fragte er, während er sich Minerva näherte, »dass Sie diesen bezaubernd scharfzüngigen Sinn für Humor nur dann entfalten, wenn Sie unterkühlt und durchnässt sind?«

»Ich …« Ihre Wimpern flatterten so heftig und ungestüm, als versuchte sie, kraft ihrer Hilfe davonzufliegen. »Ich weiß auch nicht.«

Obschon von eisigem Wasser umspült, errötete sie tief. Ihre inneren Schranken schlossen sich aufs Neue. Merkwürdig. Die meisten Frauen aus seiner Bekanntschaft vertrauten auf äußere Schönheit und weiblichen Charme, um ihre weniger liebreizenden Züge zu kaschieren. Dieses Mädchen tat das Gegenteil, indem sie alles Anziehende an ihrer Person hinter einer Fassade der Sprödigkeit und Schüchternheit verbarg. Welche anderen Überraschungen barg sie noch?

»Lassen Sie uns schwimmen«, forderte sie ihn auf. »Folgen Sie mir.«

Mit geübten, sicheren Bewegungen schwamm sie voraus, lenkte ihn an einem Archipel aus Felsen vorbei in eine kleine Grotte, die von steil aufragenden Klippen gestützt wurde.

Colin reckte den Nacken und spähte zu der bizarr gewölbten Decke hinauf. Unversehens erkannte er, dass er es zeit seines Lebens nicht verstehen würde, was einen Mann – oder eine Frau – dazu bewog, eine steinerne Wand zu betrachten und dabei zu denken: *Ich glaube, es würde mir gefallen, ein geologisches Symposium zu besuchen.* »Nun, was wollen wir uns anschauen?«

»Nicht da oben«, erklärte sie. »Hier unten.«

»Wo unten?« Er blickte sich um. Und sah nichts als Wasser.

»Dort unten ist eine Höhle. Der Eingang ist bei Flut verborgen. Ich werde sie Ihnen zeigen. Halten Sie sich an meinem Arm fest.«

Sie streckte ihm selbigen entgegen, und er ergriff ihn in Höhe ihres Ellbogens. Sie umklammerte seinen Arm in ähnlicher Weise. »Nehmen Sie einen tiefen Atemzug.«

»Warten Sie. Was werden wir jetzt …« Es blieb ihm versagt, jenen tiefen Atemzug zu nehmen, wie sie es ihm empfohlen hatte. Colin spürte, dass an seinem Arm gezerrt und er unter die Wasseroberfläche gezogen wurde.

Minerva beförderte sie beide vorwärts, ihre Füße bewegte sie dabei wie kleine Flossen. Sie gelangten in eine Art Tunnel, so schien es. Er fühlte das Kratzen von Felsgestein an seinem Rücken. Er tastete mit seinem Fuß und traf auf Felsgestein. Er griff nach oben, wo die Wasseroberfläche sein sollte.

Felsgestein, auch dort. Er saß in der Falle. Colin öffnete seine Augen. Alles war dunkel. Nichts zu erkennen. Düster wie in einer Kohlengrube. Ummantelt von Stein. Kein Lufthauch. Nirgends Luft, einzig Wasser. Er versuchte zurückzuschwimmen. Sie zog ihn vorwärts. Dann hielten sie gemeinsam an, gefangen in jener engen Felspassage. Seine Lunge brannte. Seine Glieder kribbelten ob der Kälte. Seine Ohren waren erfüllt vom Brausen der Wassermassen und dem hektischen Rhythmus seines Herzens, das eingeschlossen gegen seinen Rippenbogen hämmerte. Er könnte hier sterben. Absonderlicherweise war jedoch seine größte Furcht, dass er nicht sterben würde. Dass es seine Lunge irgendwie gelang, ohne Luft auszukommen, und dass er dennoch hier unten bleiben müsste – gefangen in einer endlosen, finsteren, wasserumtosten Einsamkeit. Jene höllische Nacht wieder und wieder durchlebend.

Das ist der Tod. Ich bin allein.

Doch er war nicht allein. Minervas Griff schloss sich wie eine Eisenfessel um seinen Arm. Mit der anderen Hand umklammerte sie sein Handgelenk und zerrte kräftig daran. Colin schoss durch das letzte Stück Felsgewölbe und tauchte auf der anderen Seite japsend an die Oberfläche.

Abermals hieß ihn Finsternis willkommen. Und ein dünner Lufthauch. Er hatte Mühe, seine berstende Lunge mit dem köstlichen Lebenselixier zu füllen.

»Es ist alles in bester Ordnung«, befand sie. »Sie haben es geschafft.«

»Jesus Christus«, brachte er schließlich hervor und schüttelte sich, sodass Wassertropfen von Gesicht und Haaren in alle Richtungen stoben. »Jesus Christus und Johannes der Täufer.

Bei den Aposteln Matthäus, Markus, Lukas und Johannes.« Das war längst nicht genug. Dafür musste das Alte Testament herhalten. »Nebukadnezar. Methusalem und Hiob.«

»So beruhigen Sie sich doch«, meinte sie und fasste ihn bei den Schultern. »Bewahren Sie Ruhe. Wissen Sie, in der Bibel sind auch Frauen genannt.«

»Ja, und soweit ich mich entsinne, waren sie allesamt ein großes Ärgernis. Wo sind wir? Man kann die Hand nicht vor Augen sehen.«

»Hier ist Licht. Haben Sie einen Augenblick Geduld, dann werden Sie sehen.«

Er legte den Kopf in den Nacken. Ein schmaler Streifen Licht fiel durch einige wenige nadelfeine Spalten in der felsigen Kuppel über ihnen. Filigrane helle Streifen in einem Meer von Schwarz.

Sie umschloss sein Kinn und drehte sein Gesicht fort von dem Licht, hinunter zu ihrem. »Blicken Sie nicht direkt hinein, wenn Ihnen daran gelegen ist, dass sich Ihre Augen an die herrschenden Lichtverhältnisse gewöhnen. Schauen Sie mich an und atmen Sie. Langsam. Ein … und wieder aus.«

Sie sprach in einem ruhigen, begütigenden Tonfall. Ähnlich dem, den sie verwendete, um ihre ältere Schwester zu beruhigen, wenn diese einen ihrer Anfälle von Atemnot durchlitt. Colin fühlte sich in seinem Stolz getroffen. Er brauchte niemanden, um ihn zu verzärteln. Gleichwohl genoss er den dunklen, bezaubernden Klang ihrer Stimme und Minervas zärtliche Berührung seiner Wange. Sein aufgewühlter Herzschlag verlangsamte sich. Schließlich sammelte sich die durchbrochene Helligkeit über ihnen zu einem schwachen milchigen Lichtschein, der die Gesichtszüge der jungen Frau erhellte. Samtene dunkle Rehaugen, von tintenschwarzen Wimpern umkränzt. Rundliche Wangen und blasse Haut. Ihre Lippen, befeuchtet vom Meerwasser.

»Sehen Sie mich jetzt?«, flüsterte sie.

Er nickte. Es war sicherlich die Todesahnung, die seine Wahrnehmung beeinflusste, vielleicht auch das diffuse Licht – denn er fand sie ganz reizend. »Ich sehe Sie.« Er schlang die Arme um ihre Taille und zog sie an sich.

»Was ist das? Wo bleiben Ihre guten Manieren? Oder sind Ihnen diese im kühlen Nass abhandengekommen?« Sie schob ihm eine feuchte Strähne aus der Schläfe. »Muss ich mir Ihretwegen Sorgen machen?«

Was für eine Frage, gestellt mit solch süßer, sinnlicher Stimme. Irgendetwas veranlasste ihn, mit seiner Antwort zu zögern. »Nein.« Er drückte ihr einen flüchtigen Kuss auf die Stirn. »Nein, junge Dame. Das müssen Sie nicht. Es wäre verschwendete Zeit.« Er gab sie frei, und sie watete weiter.

»In diese Richtung.« Sie führte ihn zu einem Felsvorsprung, und er leistete Hilfestellung, als sie sich in ihrem klatschnassen Badekostüm hinaufkämpfte.

Es fühlte sich gut an, wieder die Rolle des starken männlichen Beschützers einzunehmen. Und ebenso gut fühlte es sich an, ihren Schenkel zu stützen.

Nachdem sie sich beide auf den Steinsims hochgezogen hatten, tastete sie mit den Fingern entlang der Höhlenwand und griff in eine schmale Nische, aus der sie einen kleinen Kasten zog. Diesem entnahm sie eine Kerze und Zündhölzer. Das Aufflackern warmen wächsernen Lichts erhellte die Höhle. Sie war eng und bedrückend, genau wie er vermutet hatte. Gleichwohl schuf der goldene Lichtkranz der Kerzenflamme eine Atmosphäre der Intimität. Colin wünschte sich, er könnte auf unbestimmte Zeit in ihrer Aureole verweilen.

Schatten spielten auf ihrem Gesicht, als Minerva ihre Brille aus dem Täschchen angelte und wieder aufsetzte. Sie hielt die Kerze an die Felswand in seinem Rücken.

»Also, was ist mit diesem Ort?«

»Er ist eine Höhle der Wunder. Sehen Sie nur. Die gesamte freigelegte Fläche birgt eine Gesteinsschicht fossilen Meereslebens.« Sie strich mit ihren Fingerspitzen über die zerfurchte Oberfläche. »Ich habe Stunden damit zugebracht, Gipsabdrücke zu nehmen, einzelne Elemente abzupausen und Zeichnungen anzufertigen. Das Gestein behutsam abzuklopfen. Das hier ist ein Exemplar des Euechinoidea, ein versteinerter Seeigel, sehen Sie? Daneben ein Trilobit. Und nur wenige Zentimeter darüber befindet sich das Fossil eines Seeschwamms. Schauen Sie.«

Colin blickte sich um. Er sah Felsen, Furchen und furchige Felsen. »Faszinierend. Also, das ist das Thema Ihres Aufsatzes für das Symposium? Echi… Was war das noch gleich? Und vorsintflutliche Höhlenbewohner. Schwerlich zu begreifen, wie diese Funde fünfhundert Guineen wert sein können.«

»Das sind sie auch nicht, nicht für sich allein genommen. Nichtsdestoweniger ist *dieser* Fund von unschätzbarem Wert.«

Die junge Frau stieg seitwärts einige Fuß tiefer in das Höhleninnere. Weil sie es zu erwarten schien, folgte er ihr. Je weiter sie vordrangen, umso enger schlossen ihn die niedrig hängenden Felsen ein, schnürten Colin die Lunge zu. Obschon er nach dem Bad im eisigen Meerwasser fror, spürte er einen feinen Schweißfilm auf seiner Stirn.

»Erkennen Sie das hier?« Sie hob die Kerze. »Diesen Abdruck im Gestein?«

Er konzentrierte sich darauf, froh um jede Ablenkung. »Ich müsste raten.«

»Es handelt sich um einen Fußabdruck«, enthüllte sie mit einem Hauch von Ehrfurcht in der Stimme. »Vor ungezählten Zeitaltern wanderte eine Kreatur hier entlang. Und der Abdruck blieb erhalten, konserviert im Sediment.«

»Verstehe. Und das erregt Ihr Interesse, weil … Fußabdrücke selten sind?«

»Versteinerte Fußabdrücke sind selten. Überdies hat noch nie zuvor jemand einen Fußabdruck wie diesen protokolliert. Er hat drei weit gespreizte Zehen, sehen Sie?«

Colin sah es. Sein Stiefel hätte komplett in jede einzelne dieser »Zehen«-Vertiefungen gepasst.

»Er stammt von einer Echse«, erklärte sie.

»Ein Abdruck von dieser Größe, so tief? Das müsste ein verdammt großes Echsenexemplar gewesen sein.«

»Sie haben es erfasst.« Selbst in der Dunkelheit glänzten ihre Augen vor Aufregung. »Begreifen Sie denn nicht? Mr. James Parkinson hat drei Bände mit Fossilientafeln veröffentlicht, von Pflanzen bis hin zu Wirbeltieren. Er hat Dutzende größerer Tiere dokumentiert, unter anderem einen frühzeitlichen Alligator und ein Mammut. Dieser Fußabdruck hier entspricht jedoch keinem der in seinen Bänden beschriebenen Funde. Dies ist der Beleg für eine gänzlich neue Kreatur, die der modernen Wissenschaft bislang unbekannt ist. Eine riesige prähistorische Echse.«

Colin blinzelte. »Fürwahr. Das ist überaus … bemerkenswert.« Eine riesige prähistorische Echse. Das war also die phänomenale wissenschaftliche Entdeckung, dazu ausersehen, fünfhundert Guineen zu gewinnen. Sie wollte die weite Reise nach Edinburgh unternehmen, um die Existenz von sagenumwobenen Drachen zu belegen. Kein Wissenschaftler würde dafür einen Preis ausloben – es sei denn, er wäre nicht im Vollbesitz seiner geistigen Kräfte.

»Dieser Fußabdruck«, erregte sie sich, »ändert alles. *Alles.*«

Er konnte sie nur anstarren.

»Begreifen Sie das denn nicht?«, forschte sie.

»Nicht … wirklich.« Außerstande, die Enge auch nur einen Augenblick länger zu ertragen, begab er sich auf den Rückweg zu dem breiteren Durchlass der Höhle. Er ließ sich auf dem Rand eines Felssimses nieder. Wasser schwappte trübschwarz um seine Fingerkuppen. Er blickte auf. »Existiert hier noch ein weiterer Ausgang?«

Sie sank neben ihn und atmete tief durch. »Ich hätte mir denken müssen, dass mein Plan undurchführbar ist. Sie haben recht, es war eine törichte Idee von mir, mit Ihnen durchbrennen und heimlich nach Edinburgh reisen zu wollen. Ich dachte, wenn Sie die Gelegenheit bekämen, den Fund mit eigenen Augen zu sehen, würden Sie die Zusammenhänge verstehen. Und erkennen, wie sicher es ist, dass Sie die fünfhundert Guineen mit nach Hause nehmen können. Aber anscheinend fehlt es Ihnen am nötigen Verständnis, die wissenschaftliche Tragweite zu erfassen.«

Er traf eine Gewissensentscheidung, indem er die Schmähung überhörte. »Anscheinend ist dem so.«

»Nicht zu erwähnen, dass ich mir erwartete, Sie würden noch etwas anderes zu der Reise beitragen als abfällige Kommentare. Aber wie ich sehe, irrte ich auch in diesem Punkt.«

»Was meinen Sie konkret?«

»Das wissen Sie genau. Schneid, wenn schon kein Grips. Muskelkraft. Haltung. Doch nach jener Situation in dem Felstunnel … Es liegt mir fern, Sie den ganzen weiten Weg nach Schottland zu zerren, wenn ich Sie dazu nötigen muss.«

»Warten Sie. Einen Moment«, unterbrach er. Er räusperte sich und senkte die Stimme um eine halbe Oktave. »Ich verfüge über Schneid und Muskelkraft im Überfluss. Ich boxe. Ich fechte. Ich reite. Ich schieße. Ich bin der erste Befehlshaber einer zwar kleinen, indes tatkräftigen Miliz. Ich bin sicher, ich könnte Ihre riesige Echse mit bloßen Händen hochheben und von der nächstgelegenen Klippe stürzen. Mir fehlt es einzig an Verständnis für die Notwendigkeit der Durchquerung unter der Wasserlinie liegender Tunnel.«

»Oder Höhlen.« Auf sein betretenes Schweigen hin fuhr sie fort: »Streiten Sie es nicht ab. Ich merke doch, wie sehr Sie mit Ihrer Atemnot zu kämpfen haben.«

»Ich bin nicht …«

»Heilige Mutter Maria. Sie lassen meine Brillengläser mit Ihrem Atem beschlagen. Tragen Sie sich mit Furcht in beengten Räumlichkeiten?«

»*Furcht* würde ich es nicht nennen.«

Ihr Schweigen ließ Zweifel erkennen.

Er murmelte: »Eher Abscheu. Ich verabscheue kleine, dunkle Räume.«

»Das hätten Sie erwähnen sollen, bevor wir in die Höhle schwammen.«

»Nun, dazu ließen Sie mir wenig Gelegenheit.«

»Sollen wir zurückkehren?«

»Nein.« In dieser größeren Felsenkammer, mit dem Luxus

von Kerzenlicht, ließ es sich leidlich aushalten. Überdies war er nicht willens, wieder durch dieses feuchte finstere Grab von Tunnelpassage zu schwimmen. »Sie erwähnten, der Eingang befinde sich bei Ebbe über Wasser? Dann werde ich den Wechsel der Gezeiten abwarten.«

»Bis dahin kann es noch Stunden dauern. Man wird sich fragen, was mit uns geschehen ist.«

Er wunderte sich über das »uns« in ihrer Erwiderung – sie schien keinen Gedanken darauf zu verwenden, dass es ihr freistand, zurückzuschwimmen und ihn hier allein zu lassen. Das war ihm über die Monate des Öfteren an ihr aufgefallen. Illoyales Verhalten war ihr fremd, allein die Vorstellung schien ihr zuwider zu sein. Das erklärte auch, weshalb sie *ihn* derart geringschätzte, mutmaßte Colin.

Sie rückte bestürzt am Steg ihrer Brille. »Oh, du gute Güte. Jetzt wird uns keine Wahl bleiben, als nach Schottland zu reisen. Wenn unser gemeinsames Verschwinden heute Morgen bemerkt wurde … Wenn jemand Zeuge wurde, wie wir uns letzte Nacht küssten … Wenn Ihre Geliebte zu plaudern beginnt …« Sie ließ ihre Hand sinken. »Jedes für sich, mögen diese Dinge schwerlich Beachtung finden, aber alle drei zusammengenommen? Mit aller Wahrscheinlichkeit bin ich bereits ruiniert.«

»Das ist eine übertriebene Schlussfolgerung«, wiegelte er ab und überging damit gänzlich, dass jeder Punkt für sich schon ziemlich erdrückend wirkte. »Lassen Sie uns das naheliegende Problem angehen. Wie viele Kerzen haben Sie noch?«

»Diese, und dann noch eine.«

Colin überschlug im Geiste, was das bedeutete. Drei, vielleicht vier Stunden Licht. Mehr als genug. Ein heftiger Schauer durchfuhr seinen Körper. »Ist Ihnen kalt?« Er vermochte sich Schlimmeres vorzustellen, als sich ein paar Stunden wärmesuchend an eine Frau zu schmiegen, um die Zeit herumzubringen.

Minerva griff in eine Felsnische. »Hier hebe ich immer eine Decke auf.« Sie kauerte sich neben ihn, schüttelte die Decke aus und breitete diese über sie beide, bewahrte allerdings einen Sicherheitsabstand von mehreren Handbreit zwischen ihnen.

Die Wärme sickerte durch seine nassen Kleider. »Ich nehme nicht an, dass Sie dort auch eine Flasche Whisky aufbewahren?«

»Nein.«

»Jammerschade. Aber immerhin – Kerzen und eine Decke. Sie verbringen sicherlich einen Großteil Ihrer Zeit in diesem … Felsgewölbe«, sagte er, nachdem er mehrere Augenblicke nach einem diplomatischeren Ausdruck als »Höllenloch« gesucht hatte.

Er fühlte, wie sie neben ihm ein Schulterzucken andeutete. »Die Geologie ist mir zur Lebensaufgabe geworden. Manche Wissenschaftler haben ein Laboratorium. Ich habe eine Höhle.«

Dutzende spöttischer Erwiderungen rangelten in Colins Gehirnwindungen, um als Erste über seine Lippen zu schlüpfen, doch belehrte er sich selber eines Besseren. In dieser Hinsicht war nicht mit ihr zu scherzen. Damit machte er sich angreifbar. Sie war eine Wissenschaftlerin. Sie hatte eine Höhle. Und er war ein zielloser Aristokrat, der … nichts vorzuweisen hatte.

»Ich bin über alles im Bilde. Es gibt eine Postkutsche, die

zwischen Eastbourne und Rye verkehrt. Sie kommt dienstags und freitags gegen sechs durch den Ort. Wenn wir zur Hauptstraße laufen und dem Kutscher Handzeichen geben, hält er für uns an. Dann fahren wir bis in die nächste Stadt und von dort weiter nach Norden. Wir könnten schon morgen Abend in London eintreffen.«

Ah, den morgigen Abend in London verbringen. Geschäftigkeit. Kommerz. Gesellschaftliches Leben. Klubs. Prunkvolle Bälle und elegante Opernhäuser. Der Himmel verschattet vom Kohlenstaub. Laternen, die dunkle Straßen erhellen.

»Von dort aus«, fuhr sie fort, »könnten wir die nächste Postkutsche nehmen.«

»Nein, nein und nochmals nein. Ich erklärte Ihnen bereits neulich Abend, dass ein Viscount im Allgemeinen nicht mit der Postkutsche zu reisen pflegt. Und dieser Viscount im Besonderen steigt in kein Pferdefuhrwerk, ob es nun ein öffentliches oder ein privates ist.«

»Einen Augenblick.« Die Kerze schwankte hin und her. »Wie gedachten Sie denn, nach Edinburgh zu gelangen, wenn nicht mit einer öffentlichen Kutsche?«

Er zuckte mit den Schultern. »Wir werden eben nicht nach Edinburgh reisen. Und selbst wenn es so wäre, müssten wir ein anderes Fortbewegungsmittel wählen.«

»Als da wäre? Ein fliegender Teppich?«

»Ein privates Pferdefuhrwerk mit angeheuerten Postillionen. Sie reisen im Fond, und ich reite zu Pferd.«

»Das würde ein Vermögen kosten.«

Ein weiteres abfälliges Achselzucken. »Was das Reisen betrifft, habe ich meine Bedingungen. Ich reise nicht in Kutschen und auch nicht bei Nacht.«

»Nicht bei Nacht? Aber die Expresskutschen fahren *alle* über Nacht. Ansonsten würden wir für die Reise das Doppelte an Zeit benötigen.«

»Dann ist es eine gute Sache, dass wir nicht fahren, meinen Sie nicht auch?«

Sie hob die Kerze und starrte ihm ins Gesicht. »Sie bedienen sich lediglich hanebüchener Vorwände. Um Abstand von unserer Abmachung zu …«

»Welche Abmachung? Ich weiß von keiner Abmachung.«

»Meines Erachtens sind diese lächerlichen ›Bedingungen‹ aus der Luft gegriffen.« Sie zählte die Punkte an den Fingern ab. »Keine geschlossenen Kutschen. Keine Reisen bei Nacht. Welcher erwachsene Mann würde auf solche Regeln pochen?«

»Einer, der um Haaresbreite einen Kutschenunfall überlebte«, bekundete er gereizt. »Bei Nacht. Dieser Mann bin ich.«

Ihr Gesicht wurde weicher. Und auch ihre Stimme. »Oh, das war mir nicht bekannt.«

Colin trommelte mit seinen Fingern auf den Stein. Er hatte außer Acht gelassen, dass Minerva nichts davon ahnte. In London wussten es alle. Die Geschichte kursierte jede Saison aufs Neue in den Ballsälen und Spielhöllen. Sie verbreitete sich wie ein Lauffeuer von Matrone zu Debütantin, vom Spieler zum Operntenor – stets in teilnahmsvollem Flüsterton: *Haben Sie das mit dem armen Lord Payne gehört …?*

»War das vor Kurzem?«, forschte sie.

»Nein, vor langer Zeit.«

»Was geschah damals?«

Mit einem schroffen Seufzen stützte er seinen Kopf gegen den klammen rauen Stein. »Ich war noch ein Junge und reiste mit meinen Eltern. Eine Achse brach, und die Kutsche überschlug sich. Ich überlebte den Unfall weitestgehend unversehrt. Doch meine Mutter und mein Vater hatten kein solches Glück.«

»Zogen sich Ihre Eltern schwerwiegende Verletzungen zu?«

»Sie starben. Dort, in der Kutsche, vor meinen Augen. Mein Vater binnen wenigen Augenblicken. Meine Mutter langsam und qualvoll.« Er hielt inne. »Da die Kusche auf die Türseite gefallen war, gab es kein Entrinnen. Es war mir nicht möglich, auszusteigen und Hilfe zu holen. Ich lag darin gefangen, die ganze Nacht. Allein. Ein Bauer fand mich am nächsten Morgen.« So. Das würde sie lehren, seine Aufrichtigkeit anzuzweifeln.

»Oh.« Sie ergriff seinen Arm. »Oh Gott. Ich bin untröstlich. Jetzt begreife ich, weshalb Sie Furcht ... Äh, weshalb Sie dunkle, enge Räume verabscheuen. Wie entsetzlich.«

»Das war es, über die Maßen.« Er rieb sich die Schläfen. »Müßig zu erwähnen, dass ich nicht den Wunsch hege, eine solche Situation noch einmal zu durchleben. Deswegen habe ich mir einige einfache Regeln zu eigen gemacht. Ich reise nicht bei Nacht. Ich reise nicht in geschlossenen Kutschen. Oh, und ich schlafe nicht allein.« Eine Grimasse zerrte an seinen Mundwinkeln. »Letzteres ist weniger eine Regel als eine Tatsache.«

»Wie darf ich das verstehen?«

Colin zögerte kurz. Er hatte bereits so vieles enthüllt. Es schien ihm sinnlos, den Rest zu verheimlichen. »Ich schlafe für gewöhnlich nicht allein. Wenn ich niemanden habe, der das Bett mit mir teilt, finde ich des Nachts keinen Schlaf.« Er schmiegte sich an ihren warmen, weichen Körper und schlang die Decke fester um sie beide. »Folglich möchten Sie Ihre Pläne vielleicht noch einmal überdenken, junge Dame. Denn im Falle, dass wir diese Reise unternehmen … bräuchte ich Sie in meinem Bett.«

5

Irgendwo in der Tiefe der Höhle zählte ein stetes Tropfen Minervas betretenes Schweigen aus. *Eins, zwei, drei … zehn, elf, zwölf …*

Er brauchte *sie*? In seinem Bett? Es war schwerlich zu glauben. Minerva rief sich mental zur Raison, dass es nicht *sie* war, die er brauchte. Wahrscheinlich würde ihm irgendeine Frau genügen. »Wollen Sie mir damit nahebringen, dass dieser Unfall … jene tragische Nacht in Ihrer Jugend … der Grund für Ihre freizügige Lebensart ist?«

»So ist es. Das ist mein Fluch.« Er erging sich in einem tiefen betroffenen Seufzen. Ein Seufzen, eindeutig bestimmt, ihr zu Herzen zu gehen.

Und das tat es. Das tat es wahrhaftig. »Gute Güte.« Sie schluckte, um das Gefühl der Enge aus ihrer Kehle zu vertreiben. »Welches Schicksal! Damit müssen Sie sich fortwährend herumplagen. Nacht für Nacht erzählen Sie Frauen Ihre Leidensgeschichte …«

»Das wohl eher nicht. Meine Leidensgeschichte eilt mir voraus.«

»… und dann breiten die Damen ihre Arme aus und heben willig ihre Röcke für Sie. ›Kommen Sie, Sie Ärmster, ach so reizender Mann, ich halte Sie‹, und so weiter und so fort. Ist dem so?«

Er wählte seine Antwort mit Bedacht. »Zuweilen.«

Minerva hätte schwören mögen, dass es sich so verhielt. Anders war das Phänomen nicht zu erklären, dass es *ihr* recht ähnlich erging. Derweil er seine Geschichte berichtet hatte, war ein wahrer Quell von Emotionen in ihrer Brust entsprungen. Bestürzung, Mitgefühl. Und auch ihr Unterleib blieb davon nicht verschont. Fortwährend sendete er mütterliche Impulse aus, die durch ihre Adern pulsierten. Alles Weibliche in ihr reagierte darauf. Dann kamen die Lügen. Ihr Herz erzählte ihr *Lügen.* Heimtückische, infame Unwahrheiten, die mit jedem Schlag in ihr widerhallten. *Er ist ein gebrochener Mann. Er braucht dich. Du kannst ihn heilen.* Von der Vernunft ausgehend, wusste sie es besser. Ungezählte Frauen hatten bereits mit ihren Händen – und vermutlich jeder Menge anderer Körperteile – versucht, seine »gebrochene Seele zu heilen«, jedoch ohne Erfolg. Und doch … obschon sie verstandesmäßig erkannte, dass es eine Torheit war, schmerzte ihr Körper vor Verlangen, Colin in ihren Armen zu halten. Ihn zu trösten. »Ich kann es nicht fassen«, hauchte sie, mehr zu sich selbst. »Ich kann nicht fassen, dass Sie diesen Zauber auf *mich* ausüben.«

»Ich übe keinerlei Zauber aus. Ich nenne Ihnen die Tatsachen. Behagen sie Ihnen nicht? Wenn Sie mich zu dieser Reise bewegen wollen, sollten Sie meine Bedingungen kennen. Ich reise nicht in Kutschenabteilen, demzufolge würde ich den ganzen Tag im Sattel verbringen. Tag für Tag im Sattel sitzen kann ich jedoch nur dann, wenn ich nachts ausreichend Schlaf finde. Und ich schlafe nicht allein. Also wären Sie gehalten, das Bett mit mir zu teilen. Es sei denn, Sie zögen es vor, wenn meine Wahl in den Gasthäusern auf irgendeines der Serviermädchen fiele.«

Eine Woge der Übelkeit erfasste sie. »Pfui.«

»Offen gestanden sagt auch mir diese Vorstellung nur wenig zu. Die Aussicht, mich entlang der Great North Road durch fremde Betten zu schlafen, mag noch vor fünf Jahren großartig für mich geklungen haben. Inzwischen tut sie das jedoch weniger.« Er räusperte sich. »Heutzutage ist es vornehmlich die Nachtruhe, die ich suche. Ich verführe nicht einmal die Hälfte der Frauen, mit denen ich schlafe. Falls das Sinn ergibt.«

»Falls das Sinn ergibt? Nichts davon ergibt Sinn.«

»Sie müssen das nicht verstehen. Großer Gott, ich verstehe es ja selber nicht.«

Sie rutschte näher zu ihm und lehnte ihren Rücken gegen die Felswand. Unter der Decke streiften sich ihre Arme. Schon bei dieser leichten Berührung spürte sie die Rastlosigkeit seines Körpers. Er bemühte sich redlich, sein Unbehagen zu verbergen, doch nach Jahren der Achtsamkeit gegenüber einer asthmakranken Schwester bemerkte Minerva auch die leisesten Anzeichen von Unwohlsein. Ihr entging weder das röchelnde Geräusch von Colins Atemzügen noch der Tremor seiner Muskeln, in dem verzweifelten Wunsch, diesen Ort zu fliehen. Doch vor eine komplizierte Aufgabe gestellt, wäre Minerva die Letzte gewesen aufzugeben, ehe sie nicht alles verstanden und eine Lösung gefunden hatte. Schließlich war sie Wissenschaftlerin. »Liegt es einzig an der Höhle?«, forschte sie. »Oder ist es jede Nacht so?«

Er blieb ihr eine Antwort schuldig.

»Sie erwähnten, dass es in der Kindheit begann. Ist es mit der Zeit besser oder schlimmer geworden?«

»Ich ziehe es vor, nicht darüber zu reden.«

»Oh. Auch gut.«

Welche Tragik, dass er derart litt. Was für ein Jammer, dass er mit einem Reigen unzählbarer Frauen anbandelte, um sich das Leiden zu erleichtern. Die Vorstellung bereitete Minerva Übelkeit. Und sie ließ sie auf unerklärliche Weise eifersüchtig – und ein wenig erhitzt unter ihrem Badekostüm – werden. Eine Frage brannte ihr auf der Seele. Es drängte sie unendlich, diese zu stellen. »Wer war *sie*, neulich nachts? Es tut nichts zur Sache, aber …« *Aber, wer immer das war, sie hat die Macht, mir mein Leben zur Qual zu machen.*

Nach einer kurzen Weile antwortete er widerstrebend: »Ginny Watson.«

»Oh.« Minerva kannte die lebenslustige junge Witwe. Sie machte die Wäsche der Pensionsgäste. Offenkundig machte sie auch die Wäsche – und andere Dinge – für die Schlossbewohner. Doch schien sie nicht von der Sorte, Gossenklatsch zu verbreiten.

»Es hatte nichts zu bedeuten«, wiegelte er ab.

»Aber begreifen Sie denn nicht? Das macht es umso schlimmer.« Sie löste ihren Rücken von der Wand und drehte sich zu ihm, um ihm in die Augen sehen zu können. Der nasse Stoff ihres Schwimmkostüms blieb an dem rauen Stein hängen. »Schlaflosigkeit ist kein ungewöhnliches Phänomen, müssen Sie wissen. Da lässt sich gewiss eine Lösung finden. Wenn Sie nachts nicht schlafen können, weswegen machen Sie dann nicht ein wenig Licht? Lesen Bücher. Trinken warme Milch. Oder Sie konsultieren einen Arzt wegen eines Schlafpulvers.«

»Diese Ratschläge sind mir nicht neu. Ich habe sie alle ausprobiert, und einige mehr.«

»Und nichts davon zeigt Wirkung?«

Einmal mehr erfüllte jenes Tropfen die Stille, zählte die Sekunden, die verstrichen. *Eins, zwei, drei …*

Er strich mit einer leichten Berührung ihren Arm hinauf. Dann, mit Bedacht, beugte er sich vor und flüsterte ihr ins Ohr: »Eines funktioniert.« Seine Lippen streiften ihre Wange.

Minerva versteifte sich. Ihre sämtlichen Nervenenden befanden sich in einem Zustand äußerster Anspannung. Sie wusste nicht, ob sie entsetzt oder erfreut sein sollte, dass er sie zu einem weiteren Glied in seiner amourösen Kette machen wollte. *Entsetzt,* wies sie sich zurecht. Sie sollte entsetzt sein. »Sie sind schamlos«, flüsterte sie. »Ich vermag es nicht zu glauben.«

»Um ehrlich zu sein, kommt es auch für mich ziemlich überraschend.« Seine Lippen streiften ihr Kinn. »Aber Sie sind ein überaus erstaunliches Mädchen.«

»Sie sind ein Hasardeur, der die Gunst der Stunden für sich zu nutzen weiß.«

»Das will ich nicht abstreiten. Warum nutzen Sie nicht ebenfalls die Gelegenheit? Ich möchte Sie küssen. Und Sie wünschen sich *sehnsüchtig* einen Kuss.«

Sie stemmte eine Hand gegen seine Schulter und schob ihn fort. Das Höhlengewölbe füllte sich mit ihrem verletztem Schweigen. »Weswegen sollten Sie etwas Derartiges vorschlagen?«

»Weil Sie letzte Nacht den Wunsch hatten, meinen Kuss zu erwidern. Indessen wussten Sie nicht wie.«

Das Herz schlug ihr bis zum Hals. Es war so demütigend. Was trieb ihn um, dergleichen laut auszusprechen?

Wortlos nahm er ihr das Brillengestell von der Nase, klappte es zusammen und legte es beiseite.

»Ich vermag es nicht zu glauben«, hauchte sie.

»Das sagten Sie bereits.« Er rückte näher, ließ den Abstand zwischen ihnen zusammenschmelzen. »Aber wissen Sie, Matilda, was Sie *nicht* gesagt haben?«

»Was denn?«

»Sie haben nicht Nein gesagt.« Er streckte durch die Dunkelheit die Hand nach ihr aus, strich mit leichter Berührung über ihre Wange, glitt tiefer, um ihr Kinn zu ertasten. Er umschloss es, streichelte mit seinem Daumen in unaufhaltsam größer werdenden Kreisen über ihre Wange, bis er ihre Unterlippe streifte. »Sie haben einen Mund, der zum Küssen wie geschaffen ist«, murmelte er und brachte mit einer sanften Bewegung der Hand ihr Gesicht in einen Winkel, dass sie ihn ansehen musste. »Wussten Sie das?«

Sie schüttelte den Kopf.

»So weich und voll.« Er neigte sich weiter vor und hob ihr Kinn mit seinem Handballen an. »Süß.«

»Kein Mann hat mich jemals süß genannt.«

»Hat ein anderer Mann Sie jemals geküsst?«

Wieder antwortete sie mit einem kurzen Schütteln ihres Kopfes.

»Nun denn. Das ist die Erklärung.« Er streifte mit seinen Lippen über ihre, fedrig leicht, löste reinste Lust aus, jagte ein Prickeln durch ihre Venen. Er seufzte zufrieden. »Sie schmecken nach reifen Pflaumen.«

Sie konnte nicht anders. Sie lachte. »Nun, das ist gänzlich absurd.«

»Weshalb?«

»Weil es zu früh im Jahr ist für reife Pflaumen.«

Sein kehliges Lachen schüttelte sie beide durch. »Sie denken entschieden zu logisch, als dass es gut für Sie wäre. Ein anständiger Kuss kann das richten.«

»Ich möchte nicht, dass sich daran etwas ändert.«

»Das vielleicht nicht. Aber ich denke, Sie möchten mich küssen.« Er liebkoste den Schwung ihrer Wange, und seine Stimme senkte sich zu einem sinnlichen Flüstern. »Nicht wahr?«

Oh ja. Sehr sogar.

Sie vermochte es nicht zu leugnen. Nicht wenn er sie in dieser Form berührte. Sie wollte geküsst werden und seinen Kuss erwidern. Sie wollte ihn berühren, ihn streicheln, ihn innig umarmen. Ein Meer zärtlicher, erhebender Empfindungen wogte in Minerva, trotz ihrer sämtlichen Bemühungen, sie kraft ihrer Vernunft auszuschalten. Ihr Herz fuhr fort, jene Lügen durch ihren Körper zu pumpen. *Er braucht dich. Du kannst ihn heilen.* Sie hatte mehr als genug weibliche Wärme zu geben, und er brauchte jetzt Trost. Im Gegenzug könnte sie eine Idee davon bekommen, wie es sich anfühlte, gebraucht zu werden. Geküsst zu werden. Süß genannt und mit einer reifen Pflaume verglichen zu werden. Von einem begehrenswerten Mann begehrt zu werden. »Nur dieses eine Mal?«, hauchte sie.

»Nur dieses eine Mal.«

Solange sie beide darum wussten, dass es sich lediglich um bloße Zerstreuung handelte … ein harmloser Zeitvertreib … Dann konnte ein Versuch nicht schaden, oder? Nicht im Geheimen, nicht in der Dunkelheit. Hier gab es niemanden, der sie auslachte. Minerva stockte der Atem, als er einen scheuen Kuss auf ihre Stirn drückte. Auf ihre Wange. Ihr Kinn. Dann auf ihre Lippen. Er presste die Spitze seiner Zunge auf den weichen Saum ihres Mundwinkels, drängte ihre Lippen, sich ihm zu öffnen. Sie seufzte kaum merklich, und er nutzte die Gunst des Augenblicks, seine Zunge in ihren Mund zu schieben. Sie erstarrte sogleich, ihre Hand flach auf seinem Brustkorb. Dann schob sie ihn fort. »Ich verstehe das nicht.« Sie machte eine Faust, mit der sie sein nasses Hemd umklammerte. »Ich verstehe nicht, weswegen Sie das tun. Ich verstehe nicht, was man von mir erwartet, das ich im Gegenzug tun soll.«

»Schsch.« Er streichelte ihr Haar, zog seine Finger durch die schweren, feuchten Strähnen, um sie zu entwirren. »Küssen ist wie jede andere Fertigkeit. Sie erfordert ein wenig Übung. Es ist … ähnlich dem Tanzen.« Er hielt inne, um ihre Halsbeuge zu küssen, dann ihr Ohrläppchen. »Fügen Sie sich in den Rhythmus. Folgen Sie meiner Führung.«

Sie versuchten es erneut. Dieses Mal saugte er ihre Oberlippe behutsam in seinen Mund und liebkoste sie zart. Dann wiederholte er dies mit ihrer Unterlippe. Unvermittelt schob er seine Zunge zwischen Minervas Lippen. Seine Zunge strich über ihre. Sie erwiderte das Streicheln behutsam, erntete dafür ein kleines anerkennendes Ächzen. Ein Schauer prickelte über ihre Haut. Hitze sammelte sich zwischen ihren Körpern, schmolz etwas von Minervas Ängstlichkeit fort.

Er neigte den Kopf seitwärts und erkundete ihren Mund aus einem neuen Winkel.

Sie verstand jetzt, warum er Küssen mit Tanzen verglich. Colin Payne wusste um das Spiel der *Bewegungen*. Bediente sich ihrer sündhaft. Er ließ seine Zunge nicht einfach in ihren Mund hinein- und wieder hinausschnellen, sondern kreiste und spielte und neckte damit. Und so wie es ihr für gewöhnlich auf einem Tanzboden passierte, wurde Minerva rasch schwindlig. Sie wähnte sich überwältigt und nicht in ihrem Element. Stets einen Schritt hinterherhinkend. Abermals riss sie sich von ihm los. »Es wird nicht funktionieren«, beharrte sie, innerlich bereits vollkommen resigniert. »Ich bin eine aussichtslose Tänzerin. Es will mir einfach nicht gelingen.«

»Nein, sagen Sie das nicht.« Seine aufgewühlten Atemzüge vermischten sich mit ihren. »Es war ein unpassend gewähltes Beispiel meinerseits. Vergleichen Sie es nicht mit Tanzen. Küssen ist beileibe nicht wie Tanzen. Denken Sie daran, als wäre es …« Er warf einen Blick auf die an Fossilienabdrücken reiche Höhlenwand. »Eine Ausgrabung.«

»Eine Ausgrabung.«

»Ja. Ein rechtschaffener Kuss ist wie eine Ausgrabung. Wenn Sie Ihre kleinen Troglodyten freilegen, schlagen Sie Ihre Schaufel auch nicht wie Kraut und Rüben in das Erdreich, oder?«

»Nein.« Sie zog das Wort in die Länge, während sie über seine Worte nachdachte.

»Eine ordentliche Grabung erfordert Zeit und Sachverstand. Und sehr viel Hinwendung zum Detail. Behutsames Durchdringen der Schichten ist gefragt, um Erstaunliches zutage zu fördern.«

Das klang schon um einiges vielversprechender. Sie dachte noch einmal darüber nach, dann fragte sie: »Nun, und wer legt wen frei?«

»Idealerweise sind beide beteiligt. Wir werden uns … abwechseln.«

Sie verstummte für einen weiteren langen Augenblick. Die Beschaffenheit der Luft um sie herum veränderte sich. Minerva wurde mit einem Mal glutheiß. Sie schluckte vernehmlich. »Dürfte ich den Anfang machen?«

Colin kämpfte ein triumphierendes Grinsen nieder. Es hätte alles zunichtegemacht. Stattdessen bemühte er sich, seiner Stimme Ernsthaftigkeit zu verleihen. »Aber selbstverständlich.«

Sie erhob sich in kniende Haltung und wandte ihm das Gesicht zu. Das dämmrige Licht erlaubte ihm, ihre Silhouette zu betrachten. Bezaubernd wie der Schatten eines Stundenglases, das sich zur Mitte hin verjüngte, mit einer schmalen Taille und einer Aureole aus gelocktem Haar. Colin wünschte sich, sie zu umarmen, sie abermals innig an sich zu ziehen. Seinem Puls trefflicheren Anlass zum Beschleunigen zu geben. Seine Seele an dem tröstlichen menschlichen Kontakt zu laben, den er sich ersehnte. Doch zu Zeiten wie diesen war Geduld die höchste Tugend. Indessen war Colins Lohn der Mühen wert. Sie streckte ihre Hand nach ihm aus, tastete durch die Dunkelheit, um sein Gesicht zu streicheln. Gott, sie war eine solche Offenbarung. Ihre Neugier unterschied sie von den anderen Mädchen. Minerva konzentrierte sich nicht auf das Wesentliche, das man vermuten würde – auf Augenbrauen, Wangenknochen, Lippen, die Linie seiner Nase. Auf die markanten Punkte, die in einer Schulmädchenzeichnung »ein Gesicht« darstellten. Nein, ihre Berührungen waren allumfassend, nicht wählerisch, auf der Suche nach jedem Detail. Mit ihrer Handfläche strich sie über sein unrasiertes Kinn. Sie glättete eine winzige Falte zwischen seinen Brauen und streichelte fedrig leicht über die dunklen Ringe, die seine Augen umschatteten, denn die schlaflosen Nächte wogen schwer. Er bemerkte, dass er die Berührung genoss. Er atmete aus, bis seine Lunge leer war. Sie streichelte den Schwung seiner Wimpern mit einer Fingerspitze, worauf ihn eine köstliche Kaskade des Vergnügens durchwogte. Was für eine Offenbarung. Colin beschloss, das Liebkosen von Wimpern in sein eigenes Repertoire aufzunehmen. Als sie ihre Finger in sein Haar schob, stöhnte er. Frauen liebten seine schön gewellten Locken, und er liebte die Zuwendung, die sie ihm schenkten. Ein angenehmes Prickeln bemächtigte sich seiner Kopfhaut, als Minerva durch die nassen Locken kämmte und sie ihm aus der Stirn strich. Ihre Fingerspitze fand seine Narbe und zeichnete sie nach – die feine blasse Linie, die an seiner Schläfe begann und sich von dort hinter sein Ohr schwang. Das einzige physische Andenken an den Kutschenunfall, das für den zufälligen Beobachter nicht zu erkennen war. Doch sie entdeckte es mit Leichtigkeit. Weil verborgene Dinge auffinden genau das war – so nahm er an –, was ihr am vortrefflichsten lag. Eine sachverständige Ausgrabung ließ kein Geheimnis im Verborgenen. Er begann sich zu fragen, ob diese Übung eine weise Entscheidung gewesen war. »Wir hatten uns aufs Küssen verständigt«, bemerkte er.

»Dazu kommen wir gleich.« Ihre Stimme verriet einen Hauch von Nervosität. Sie drängte näher und schob ihre Knie zwischen seine von Gischt besprühten Schenkel, neigte sich vor, streifte mit ihren Lippen seine.

Die seligen Wonnen, die ihre Berührungen auslösten, brachten ihn aufs Äußerste durcheinander. Dennoch, als sie innehielt, glückte es ihm, seinen Ton beiläufig zu halten. »Das können Sie besser.« Dabei war es beinahe schon *zu* gut.

»Hm. Sie schmecken nach Alkohol. Dort.« Ihre Zunge

streifte den Rand seiner Lippe. »Und hier«, sie neigte ihren Kopf ein wenig zur Seite, um die Unterseite seines Kinns zu kosen, »schmecken Sie nach Gewürzen. Nelken.«

Verdammt! Colins Augen weiteten sich in der Dunkelheit, als sie an seiner Haut zupfte, wieder und wieder, der Linie seines Halses folgend. Auf der Mitte verharrte sie, rieb mit ihren Lippen über seinen Adamsapfel. Colins Atem war nur noch ein ersticktes Röcheln in seiner Kehle. Er sah sich außerstande, noch mehr von ihren Berührungen ertragen zu können, ohne über sie herzufallen. »Sie haben mich noch immer nicht rechtschaffen geküsst«, raunte er. »Haben Sie Angst?«

Sie hob den Kopf. »Nein.«

»Ich denke doch.« *Und ich denke, ich auch – zumindest ein wenig.* Und aus gutem Grund. Ihr Mund fand seinen, und ihre leicht geöffneten Lippen senkten sich auf seine. Dort verweilten sie. Weich und süß erwärmten sie sich an der Glut ihres sich vermischenden Atems. Colin wurde von einem heftigen, wilden Verlangen gepackt, und er focht dagegen an, indem er die Zügel seiner ritterlich feinen Zurückhaltung mental fest umklammerte. Indessen würde er den Kampf verlieren, wenn sie nicht bald von ihm abließ. Dies war mehr als eine Ausgrabung. Minerva stand im Begriff, sein Innerstes nach außen zu kehren. Das Wesentliche zu enthüllen, Wünsche und Sehnsüchte, verstreut in den tiefsten Schichten seines Ichs. Bis er sich nicht bloß nackt vor ihr fühlte, sondern in Gänze entblößt. Kalt und erschauernd und wehrlos in der Finsternis. *Küss mich,* flehte er insgeheim, und unterstrich seine stumme Botschaft mit einem Anspannen seines Knies gegen ihren Schenkel. *Küss mich jetzt oder trage die Konsequenzen.*

Endlich. Sie wob ihre Finger in sein Haar, brachte sein Gesicht nah an ihres. Ihre Zähne knabberten am Saum seiner Unterlippe. Dann glitt sie mit ihrer Zunge in seinen Mund. Beim ersten Mal einzig ein flüchtig neckender Pass. Eine Idee tiefer beim zweiten Vorstoß. Dann noch tiefer, wieder und wieder steigerte sie sich um einige behutsam erregende Grade. Sie seufzte in den Kuss – nur ein wenig, doch das Geräusch durchloderte ihn, befeuerte Colins Nervenenden wie eine Zündspur. Ihre Finger lösten sich aus seinem Haar, und er sorgte sich einen Herzschlag lang, dass dies alles ein Ende haben könnte.

Nicht aufhören. Um Himmels willen, hör nicht auf.

Doch dann stützte sie ihre Hände an der Höhlenwand ab, rechts und links von Colins Schultern, und drückte ihn gegen den rauen Stein. Mit ihren *Brüsten.* Sündig weich und rund an seinem Körper, gekrönt von den köstlich harten Spitzen ihrer kühlen Nippel. Sie drängte ihn gegen die Wand, nutzte die Hebelwirkung, um den Kuss zu vertiefen, tiefer mit ihrer Zunge in ihn einzutauchen. Damit war es um seine Selbstbeherrschung geschehen. Er griff nach ihr, fasste sie bei den Schenkeln. Er hielt sie innig und fest, als sie seinen Mund mit kühnem, unschuldigem Zungenspiel plünderte. Mit ihrem Kuss erweckte sie seinen gesamten Körper zum Leben. Doch nicht nur seinen Körper. Irgendetwas regte sich überdies in der Gegend seines Herzens. *Jesus.* Jesus Christus und Maria Magdalena. Delilah, Jezebel, Salome, Judith, Eva. Eine Plage, jede einzelne. Blieb noch, Minerva Highwood dieser Liste hinzufügen. Eine Frau wie sie konnte ihn ruinieren. Wenn er sie nicht zuerst ruinierte.

»Wie rede ich Sie an?« Ihr Atem drängte heiß an sein Ohr. »Wenn … Wenn wir dies tun, wie rede ich Sie an?«

Er krampfte seine Hände in Höhe ihrer Wirbelsäule in den Stoff ihres Badekostüms. »Sie müssen mich bei meinem Taufnamen nennen. Colin.«

»Colin«, flüsterte sie, zunächst zaghaft. Dann gefühlvoller, als sie einen Kuss auf seine Schläfe drückte. »Oh *Colin.*«

Oh Gott. Sie könnte seinen Namen Hunderte Male stöhnen und es würde ihm nie genug werden, dachte er. Derweil sie sich küssten, rieb er mit seinen Händen über ihren Rücken. Auf und ab. Hielt sie eng umschlungen. Wärmte sie beide. Doch nach mehrmaligem Streicheln über den schmalen Grat ihrer Wirbelsäule drängte es ihn, sich weiter vorzuwagen. Sie schuldete ihm noch seine Chance zur Erkundung. Nun war es an ihm, sie zu erforschen. Er musste zu jener weichen zauberhaften Region von ihr gelangen. Mit seiner flachen Hand glitt er über ihre Hüfte, umschloss ihre Kehrseite und drückte kurz zu. Dann strich er mit derselben Hand über ihre Seite, führte seine Berührung langsam über den Schwung ihrer Hüfte, über die Verjüngung ihrer Taille, die endlosen Täler ihrer Rippen … Er hätte schwören mögen, dass er vierunddreißig oder mehr zählte … und dann, als *Letztes*, über die volle, weiche Rundung ihrer Brust.

»Colin.« Ihr Seufzen bezeugte ihm, dass er zu weit gegangen war.

»Min, ich …« Er schmiegte seine Stirn an ihre. Er wusste nicht, wie für sein Verhalten Abbitte zu leisten war, denn er bereute nichts von alledem. Nicht im Geringsten.

Sie entzog sich ihm und blinzelte ihn an. »Colin. Ich kann Sie *sehen.*«

Die Art, wie sie das sagte, in einem derart erstaunten Ton, ließ ihn einen Moment lang überlegen, ob ihr Kuss tatsächlich ihre schwachen Augen kuriert hatte. Das wäre wahrhaft ein Wunder gewesen, und er war geneigt, es zu glauben. Auch er selber fühlte sich durch jenen Kuss verändert.

»Es fällt Licht in die Höhle«, sagte sie. »Jetzt kann ich Sie sehen.« Sie wandte sich ab und griff nach ihrer Brille.

Unversehens verstand er, was sie meinte. Sobald ihre Silhouette ihm nicht mehr die Sicht versperrte, konnte er ebenfalls sehen, dass die Flut zurückgegangen war. So weit, dass der Scheitelpunkt des Eingangs enthüllt war, der sich zuvor unter Wasser befunden hatte. Ein Strahl Sonnenlicht flutete hindurch, ähnlich einem goldenen Faden durch ein Nadelöhr, und stach Colin direkt in die Augen. »Ah.« Er hob eine Hand, um seine Augen vor dem stechenden Morgenlicht zu schützen. Nun, da er einen hinreichenden Blick auf seine Umgebung werfen konnte, schätzte er, dass der schwarze »endlose« Unterwassertunnel, von dem er mit an Sicherheit grenzender Wahrscheinlichkeit geglaubt hatte, dass er in seinem Innern sterben würde, tatsächlich … nicht mehr als drei Fuß lang war. Grundgütiger. Er verdrehte die Augen ob seiner eigenen Lächerlichkeit. Kein Wunder, dass sie sein Stehvermögen angezweifelt hatte.

»Wir werden die Höhle bald verlassen können«, sagte sie. Sie war bereits geschäftig aufgesprungen. Sie schürzte die Lippen und blies die Kerze aus. »Wie dem auch sei, es ist gut, dass wir gewartet haben. Jetzt muss ich mich nicht auf das Öltuch verlassen, dass meine Notizen und Unterlagen normalerweise trocken hält.«

Während er beobachtete, wie Minerva ihre Vorbereitungen traf, focht Colin mit einem zutiefst aberwitzigen Gefühl. Enttäuschung. Sie versetzte ihm einen heftigen Stich. Das ergab keinen Sinn. Das Licht hatte seinen Weg zu ihnen gefunden. Die Höhle war nicht länger dunkel. Er stand im Begriff, dieses elende enge Loch im Erdreich binnen wenigen Minuten zu verlassen. Dennoch war er enttäuscht. Enttäuscht, dass er nicht hier verweilen konnte, um Minerva noch einige Stunden länger zu küssen. »Ich werde in der Hölle schmoren«, knurrte er.

»Das wird mit an Sicherheit grenzender Wahrscheinlichkeit der Fall sein.« Sie faltete die Decke mit geübten Handgriffen. »Und ich darf mich Ihnen vermutlich anschließen, nach dem, was wir gerade getan haben.«

»Gehen Sie nicht so hart mit sich selber ins Gericht. Wir haben uns bloß geküsst.« Wiewohl er wusste, dass es alles andere als »bloß küssen« gewesen war.

»Nun, es darf nicht wieder geschehen.«

Colin presste eine Hand auf seine Brust. Da war es wieder. Das scharfe Stechen der Eifersucht. Diese Höhle steckte wahrlich voller Überraschungen.

Sie starrte auf den Fußabdruck und ihre Aufzeichnungen. Dann blickte sie zu ihm auf und schlang ihre Haare flink zu einem festen Knoten. »Wir werden morgen aufbrechen«, murmelte sie durch einen Mundvoll Haarnadeln. »Anders ist es nicht machbar, wenn wir noch Hoffnung haben wollen, Edinburgh rechtzeitig zu erreichen.«

Er schüttelte den Kopf. »Junge Dame, ich dachte, ich hätte mich klar und deutlich ausgedrückt. Ich …«

»Ich erkläre mich mit Ihren Bedingungen einverstanden. Samt und sonders. Es steht Ihnen frei vorauszureiten. Wir werden nicht bei Nacht reisen. Und der Teil mit dem Bett …?« Ein rosiger Hauch eroberte ihre Wangen. »Auch damit werde ich mich zufriedengeben. Nichtsdestoweniger müssen wir morgen früh aufbrechen, wenn wir es noch rechtzeitig zu dem Symposium schaffen wollen.«

Er schluckte schwer. *Der Teil mit dem Bett …?* Er wünschte wahrhaftig, sie hätte das nicht erwähnt. Colin hatte seine eigenen ehernen Regeln gehabt, was Frauen betraf. Bislang hatte er diese stets befolgt, und die Selbstachtung, die ihm noch geblieben war, balancierte auf diesem schmalen Grat. Doch das hier war anders. *Sie* war anders, auf eine Weise, die er noch nicht zu beschreiben wusste. Für gewöhnlich fand er Naivität nicht sonderlich verführerisch, doch in ihrem Fall wurde sie von kühner, unverstellter Neugier versüßt. War die Gelegenheit geboten, er wäre sich nicht sicher, ob er widerstehen könnte. Und Wochen der Reise würden viele, viele Gelegenheiten hervorbringen. Just in diesem Moment erfreute er sich an einer recht lebhaften Fantasie, jenen Chignon in ihrem Haar zu lösen, ihr das unförmige Leinen vom Körper zu reißen, jedwede Schicht Sittsamkeit darunter fortzuschälen … und ihr die Brille zu lassen. Damit sie ihn sehen könnte. Damit sie wüsste, wer sie winden und erbeben und stöhnen vor Erregung machte. Damit sie jedes kleinste lustvolle Zucken auf seinem Gesicht wahrnehmen könnte, derweil er in sie ein…

»Kommen Sie nicht zu mir in die Pension«, fuhr sie fort. »Die Chance, entdeckt zu werden, ist zu groß. Ich werde mich hinausstehlen und Sie an der Landstraße treffen.«

Colin rieb sich das Kinn und stieß ein leises Ächzen aus. Er war ein zügelloser Mensch mit ungeheurer Erfahrung. Sie war ein naiver Blaustrumpf und zehrte noch von ihrem ersten Kuss. Dies war eine ausnehmend törichte Idee. Einerlei, wie sehr es ihn drängte, Spindle Cove zu verlassen, einerlei, wie sehr sie beteuerte, diese Reise unternehmen zu wollen … Es durfte nicht geschehen. Weil er sie jetzt begehrte.

»Colin?«

Er schüttelte sich, ein wenig benommen. »Ja?«

Sie begegnete seinem Blick. Die Verletzlichkeit, die in ihren Augen schimmerte, rührte an seinem Gewissen.

»Bitte«, flehte sie. »Sie *werden* dort sein, nicht wahr? Sie werden mir gewiss keinen grausamen Streich spielen und mich der Lächerlichkeit preisgeben, indem ich einsam und allein am Straßenrand stehe, derweil die Kutsche an mir vorüberbraust?« Sie schluckte vernehmlich. »Muss ich Ihretwegen in Sorge sein?«

Ganz recht, junge Dame. Das trifft es genau. Sie sollten in der Tat in Sorge sein.

6

Er würde nicht kommen.

Minerva starrte abermals in Richtung des Schlosses. Dann blickte sie auf ihre Taschenuhr, zum vierten Mal in ebenso vielen Sekunden. Zwei … nein, *drei* Minuten nach sechs. Er würde nicht kommen. Sie hätte sich keinen solchen Träumen hingeben dürfen. Sie hätte wissen müssen, dass er sie versetzen würde.

Der Boden erzitterte unter ihren Füßen. Das Dröhnen von Hufschlägen erreichte ihre Ohren. Da kam sie, die Kutsche. Und sie würde Minerva passieren. Sie am Straßenrand stehen lassen – ein linkisches Ungeschick von einem Mädchen, im Ausgehstaat und ohne Ziel. Aussichtslos. Sie starrte die Landstraße hinunter, harrte darauf, dass der schwarze Schatten des Fuhrwerks den entfernten Hügel erklomm. Eigentümlich. Zwar wurde der Hufschlag zunehmend lauter, doch tauchte keine Kutsche auf. An diesem Punkt konnte sie wahrhaftig das leise Vibrieren des Erdbodens in ihren Füßen spüren. Noch immer keine Kutsche. Sie wirbelte herum, verwirrt und verzweifelt. Und da war er. Lord Payne. *Colin.* Hoch zu Ross hielt er in ihre Richtung, galoppierte durch den Morgennebel. Der Wind zauste sein gewelltes Haar. Der Anblick mutete wie die Szene aus einem Märchen an. Oh, er ritt beileibe keinen weißen Hengst, sondern einen zweckdienlichen kräftigen braunen Wallach. Auch trug er weder schimmernde Rüstung noch fürstliche Gewänder, sondern einen schmucklosen, passgenauen blauen Überrock und eine wildlederne Reithose. Sei's drum. Er raubte ihr den Atem. Als er sich aus dem Sattel zu Boden schwang, sah er hinreißend aus. Eine glanzvolle Erscheinung. Wider jeden Zweifel der schönste Mann, den sie jemals gesehen hatte.

Dann sprach er. »Dies ist ein Fehler.«

Sie blinzelte ihn an. »Ein Fehler?«

»Ja. Ich hätte es bereits gestern sagen sollen, aber besser spät als nie. Diese Reise wäre ein Fehler, der katastrophale Ausmaße annehmen würde. Das darf nicht passieren.«

»Aber …« Sie sah sich um und bemerkte, dass er kein Reisegepäck bei sich trug. Weder Truhe noch Tasche. Ihr Herz verzagte. »Gestern, in der Höhle, Colin, Sie versprachen es mir.«

»Ich sagte, ich würde um sechs hier sein. Ich versprach mit keinem Wort, mit Ihnen durchzubrennen.«

Minerva schwankte in ihren halbhohen Stiefelchen. Ernüchtert und wie betäubt sank sie auf den Rand ihrer größten Truhe.

Er nahm ihr Gepäck in Augenschein. »Gute Güte. Wie haben Sie es allein geschafft, drei Truhen den ganzen Weg hier hinaufzubringen?«

»Ich bin drei Mal gegangen«, erwiderte sie schwach. Drei kalte, harte Schindereien durch den Nebel. Für nichts.

»Drei Truhen«, wiederholte er. »Wozu benötigen Sie derart viel Gepäck?«

»Was kümmert Sie das? Sie haben soeben kundgetan, dass Sie nicht mitfahren werden.«

Er kauerte sich vor sie, bis er mit ihr auf Augenhöhe war.

»Hören Sie, Michaela. Es ist zu Ihrem eigenen Besten. Wurde unser gestriges Verschwinden von irgendjemandem bemerkt? Wurde jemand Zeuge, wie wir uns neulich nachts küssten?«

Sie schüttelte den Kopf. »Nein.« Niemand schien etwas zu vermuten. Demzufolge sollte sie sich eigentlich besser fühlen, aber gewissermaßen war es die Demütigung schlechthin.

»Dann sind Sie unbescholten, was das anbelangt. Bei dieser Unternehmung steht zu viel für Sie auf dem Spiel. Nicht nur Ihr Ruf, auch Ihre Sicherheit. Ihr Glück. Das alles könnte Schaden nehmen.« Er hob ihr Kinn an.

Sie blickte ihm fest in die Augen. Sie waren rot gerändert, er sah müde aus. Feine Linien gruben sich zwischen seine Brauen. Er hatte sich nicht rasiert. Aus der Ferne betrachtet, hatte er attraktiv und schneidig gewirkt, aber von Nahem … »Grundgütiger. Sie sehen zum Fürchten aus.«

Er rieb sich sein Gesicht. »Nun, das mag sein. Ich hatte eine harte Nacht.«

»Fanden Sie keinen Schlaf?«

»In der Tat versuchte ich zu schlafen. Das ist das Problem. Ich sollte allmählich wissen, dass das nie gut endet.«

Da war sie wieder, jene Welle des Mitgefühls, die durch Minervas Brust wogte. Sie wünschte sich, sein Haar zu berühren, stattdessen jedoch schickte sie sich an, ein kleines Stäubchen von seinem Jackenärmel zu wischen. »Umso mehr Grund für Sie, den Wunsch zu hegen, mich zu begleiten.« Sie bemühte sich, ihren Worten Bestimmtheit zu verleihen, als sei es die einzig offenkundige und logische Schlussfolgerung, obschon sie wusste, dass es sich in Wahrheit nicht so verhielt. »In weniger als zwei Wochen könnten Sie genug Geld besitzen, um nach London zurückzukehren und zu leben, wie es Ihnen gefällt.«

Er schüttelte den Kopf. »Ich weiß nicht, wie ich es höflich umschreiben soll, also sage ich es frei heraus. Vergessen Sie mich. Kümmern Sie sich nicht um Ihre Schwester. Zum Teufel mit den fünfhundert Guineen. Denken Sie an sich selbst. Sie setzen Ihren Ruf aufs Spiel, Ihr harmonisches Familienleben, Ihre gesamte Zukunft – und das alles für eine bizarr geformte Vertiefung im Gestein. Ich bin ein Spieler, junge Dame. Ich erkenne eine faule Wette, wenn ich sie vor der Nase habe.«

»Also glauben Sie mir nicht.«

»Nein, das ist es nicht. Ich glaube eben nicht an die Existenz von Drachen.«

»Ist es das? Sie denken, ich bin eine Träumerin?« Sie erhob sich und machte sich an den fest verzurrten Schnüren ihrer Reisetruhe zu schaffen. »Diese Kreatur war kein Drache. Oder irgendein sagenumwobenes Ungeheuer, sondern ein echtes, lebendiges Tier. Die Ergebnisse meiner Forschungsarbeit beruhen auf Jahren wissenschaftlicher Studien.« Nach einigen Sekunden des Herumnestelns bekam sie die Truhe schließlich geöffnet. »Hier«, sagte sie und nahm Stapel von Tagebüchern heraus, die sie auf die andere Truhe legte. »Meine sämtlichen persönlichen Aufzeichnungen und Erkenntnisse. Monate voller Notizen, Skizzen, Messdaten.« Sie hielt einen dicken ledergebundenen Folianten hoch. »Dieses gesamte Journal ist mit meinen vergleichenden Analysen gefüllt, die ich anhand der verfügbaren Berichte über Fossilienfunde angestellt habe. Damit habe ich den Nachweis erbracht, dass bis dato keine vergleichbare Kreatur gelistet wurde. Wenn das alles nicht reicht, die wissenschaftliche Fachwelt zu überzeugen …« Sie schob einige dickere Stoffrollen beiseite, die ihr augenscheinlich als Verpackungsmaterial dienten. »Nun, dann habe ich das hier vorzuweisen.«

Colin starrte auf das Objekt in der Truhe. »Aber das ist die Fußspur aus der Höhle.«

Sie nickte. »Ich habe einen Gipsabdruck davon genommen.«

Er betrachtete den Gegenstand genauer. In der Höhle, in der Dunkelheit, hatte der »Abdruck« wie eine belanglose dreidornige Vertiefung im Gestein angemutet. Das Werk von Zeit und Zufall, nicht von irgendeiner urzeitlichen Kreatur. Doch jetzt – im Sonnenlicht und in Gips gegossen – konnte er die Form unschwer erkennen. Die Umrisse zeichneten sich klar und deutlich ab. Genau wie bei einem menschlichen Fußabdruck waren die einzelnen Zehenspuren und eine Fußsohle unterscheidbar. Es sah wahrhaftig wie ein Fuß aus. Ein *gigantischer* Reptilienfuß. Die Fußspur einer Kreatur, die einen Menschen in die Flucht zu schlagen vermochte und um sein Leben schreien ließ. Colin musste insgeheim einräumen, dass es ungemein beeindruckend war. Aber nicht annähernd so beeindruckend wie Minerva selbst. Endlich gewahrte er wieder ein Aufblitzen jener selbstbewussten, gescheiten Frau, die ihn in seinem Wohnquartier aufgesucht hatte. Die Frau, nach der es ihn gesehnt hatte, sie wiederzusehen. Die kühle Morgenluft gab ihrem Teint eine frische Röte, und das dunstige Sonnenlicht verlieh ihrer Erscheinung bezaubernde Akzente. Für die Reise hatte sie ihr dunkles schweres Haar am Hinterkopf zusammengeschlungen und zu einem Knoten hochgesteckt, bis auf einige wenige feine Löckchen, die sich anmutig von den Schläfen zu ihren Wangen ringelten. Rehlederne Handschuhe umschmeichelten ihre Finger wie eine zweite Haut. Ihr Reisekostüm war aus Samt genäht, erlesen geschneidert und in einem kräftigen, leuchtenden Ton gefärbt, der zwischen Rot und Violett changierte. Je nachdem, wie das Sonnenlicht den weichsamtigen Flor einfing, erstrahlte das Kleid entweder grellrot, wie eine Warnung, oder in dem betörenden Kolorit wilder, ungestümer Leidenschaft. Wie dem auch sein mochte, Colin war sich bewusst, dass er den Blick senken, sich langsam abwenden und die Geschichte ein für alle Mal beenden sollte.

»Ich werde das Preisgeld gewinnen«, beschwor sie ihn. »Auch wenn Sie mir nicht glauben, ich werde es Ihnen beweisen.«

»Wahrlich, Sie brauchen mir nichts …«

»Ich bin nicht die Einzige, die davon überzeugt ist. Ich weiß, Sie halten mich für überspannt und absonderlich, aber *er* ist es gewiss nicht.« Sie durchwühlte das Innenfach der Reisetruhe und zog einen Umschlag heraus. »Hier, lesen Sie das.«

Colin faltete den Briefbogen auseinander und hielt ihn mit spitzen Fingern fest. Der Inhalt war in einer schnörkellosen, maskulinen Handschrift verfasst. »Mein geschätzter Freund und Kollege«, las er laut vor. »Mit ausnehmendem Interesse habe ich Ihre jüngsten Berichte aus Sussex gelesen.« Er überflog den Brief. »Und so weiter und so fort. Irgendetwas über Felsgestein. Noch mehr über Echsen.«

»Lesen Sie das Ende.« Sie tippte mit ihrem Zeigefinger auf den letzten Absatz. »Hier.«

»Die von Ihnen gemachten Funde sind in der Tat aufsehenerregend«, las Colin. »Ich wünschte, Sie würden Ihre Pläne überdenken und sich doch dazu entschließen, die Reise nach Edinburgh zu dem Symposium zu unternehmen. Ganz gewiss wäre der Preis der Ihre – bar jeder Konkurrenz. Und obschon es, verglichen mit einer Auszeichnung in Höhe von fünfhundert Guineen, ein schwacher Anreiz sein mag, möchte ich hinzufügen, dass ich im höchsten Maße darauf bedacht bin, unsere Bekanntschaft zu vertiefen. Ich wähne mich zunehmend ungeduldig, dem Kollegen von Angesicht zu Angesicht gegenüberzustehen, dessen wissenschaftliche Arbeit ich seit Längerem bewundere und dessen Freundschaft mir …« Colins Stimme verlor sich. Er räusperte sich und fuhr mit dem Lesen fort. »Dessen Freundschaft mir überaus viel bedeutet. Bitte …« Colin stockte. *Überaus viel bedeutet?* In einer Korrespondenz zwischen einem Gentleman und einer unvermählten jungen Dame war das praktisch eine Liebeserklärung. »Bitte, machen Sie die Reise. Der Ihrige in Bewunderung, Sir Alisdair Kent«, endete er. Der Teufel sollte ihn holen. Der linkische Blaustrumpf hatte einen Bewunderer. Vielleicht sogar einen Verehrer. Wie kurios. Wie köstlich. Wie unsäglich erzürnend.

»Da sehen Sie es«, sagte sie. »Ich bin sicher, ich gewinne den Preis. Verstehen Sie?«

»Oh, aber gewiss doch. Jetzt verstehe ich Ihren kleinen Plan.« Er unternahm ein paar ziellose Schritte und lachte leise in sich hinein. »Ich vermag es nicht zu glauben. Ich wurde benutzt.«

»Benutzt? Wie können Sie dergleichen behaupten? Das ist absurd.«

Er erging sich in einem missfälligen Schnauben. »Wie bitte? Ich war in größter Sorge, dass ich, wenn ich mich mit dieser Reise einverstanden erkläre, Ihre Naivität ausnutzen könnte.« Er schwenkte den Brief. »Doch dreht es sich einzig um Sir Alisdair Kent. Sie gaben vor, mit mir durchbrennen zu wollen, in der Hoffnung, ihn wiederzusehen. Sie sind diejenige, die *mich* benutzt.«

Sie entriss den Brief seinem Griff. »Das ist nicht wahr! Ich benutze Sie nicht. Sie würden im Zuge dessen finanziell besser dastehen, während ich komplett ruiniert wäre. Ich sage Ihnen nach wie vor das gesamte Preisgeld zu. Fünfhundert Guineen.«

»Ein feiner Preis für mein weiches Herz.« Er presste eine Hand auf ebenjenes. »Sie planten, grausam mit meinen Gefühlen zu spielen. Indem Sie anregten, dass wir gemeinsam eine mehrwöchige Reise unternehmen. Ein unverheirateter Mann und eine unverheiratete Frau, gefangen in engen Quartieren – über all diese Tage.« Er hob eine Augenbraue. »All diese *Nächte.* Sie wollen mir über diese gezierte kleine Brille Blicke zuwerfen, mich mit Ihren vielsilbigen Wörtern in Rage bringen. Das Bett mit mir teilen. Mich küssen wie eine schamlose Verführerin.«

Ihre Wimpern flatterten heftig, derweil sie ihren kostbaren Brief zusammenfaltete. »Jetzt ist es aber genug.«

Nein, es war nicht genug. Nicht annähernd. Colin wusste, dass sie ihm keinerlei Wertschätzung entgegenbrachte. Aber jetzt, da er von Begehren nach ihr ergriffen war, könnte sie sich zumindest auf eine widerwillige, jedoch hilflose Schwärmerei berufen. Das wäre nur höflich. Aber nein, sie hatte die ganze Zeit nach einem anderen Mann geschmachtet. Als sie sich geküsst hatten, hatte sie da für diesen Speichellecker von Geologen geübt?

Sie fuhr ihn laut an: »Es besteht kein Anlass, dass Sie Ihren

Spott mit mir treiben. Von grausam kann keine Rede sein. Sir Alisdair Kent ist ein Kollege, mehr nicht.«

»Er schreibt, dass Sie ihm viel bedeuten. Nicht bloß viel, sondern *überaus* viel.«

»Er weiß nicht einmal …« Sie machte eine Faust und nahm einen bedachtsamen Atemzug. Als sie erneut sprach, mäßigte sie ihre Stimme. »Er ist ein brillanter Geologe. Und jedwede Bewunderung, die er mir zollt, ist strikt auf meine Arbeit beschränkt. Er glaubt, dass die Kreatur, die diesen Fußabdruck hinterließ, als eine neue Spezies verzeichnet werden wird. In dem Fall werde ich ihr sogar einen Namen zu geben haben.«

»Einen Namen geben?« Colin beäugte den Gipsabdruck. »Weswegen dafür nach Schottland fahren? Das können wir gleich hier erledigen. Ich schlage ›Frank‹ vor.«

»Kein solcher Name. Ich werde diejenige sein, die der Spezies einen wissenschaftlichen Namen verleiht. Im Übrigen war diese Echse weiblichen Geschlechts.«

Er legte den Kopf schief und starrte auf das Fossil. »Es ist ein Fußabdruck. Woher um alles in der Welt wollen Sie das wissen?«

»Ich weiß es eben. Ich fühle es.« Mit ihren Fingerspitzen strich sie versunken über das Drei-Zehen-Gebilde. »Die Kreatur, die diesen Abdruck hinterließ, sie war eindeutig kein Frank.«

»Dann meinethalben Francine.«

Sie stieß verdrossen den Atem aus. »Ich weiß, für Sie ist das alles ein Scherz. Doch mit meinen Fachkollegen wird es sich anders verhalten.« Sie stopfte die Stoffrollen wieder um den Gipsabdruck, um ihn sicher transportieren zu können. »Was immer diese Kreatur war, sie war real. Sie lebte und atmete und hinterließ diese Spur. Und jetzt, unzählbare Äonen später, könnte sie vielleicht sogar das Bild verändern, das wir von der Welt haben.« Sie ließ die Truhe zuschnappen und verschloss sie, indem sie einen Fuß auf das Gepäckstück stellte, um die ledernen Gurte festzuzurren.

Ihre schlanke bestrumpfte Fessel war mit einem Mal seinem Blick enthüllt. So blass und wohlgeformt. Er hätte nicht zu sagen vermocht, was er reizvoller fand – das erotische Aufblitzen ihres Fußknöchels oder den entschlossenen Zug um ihre Mundpartie. »Kommen Sie. Lassen Sie mich das machen.« Colin griff nach der Truhe, um ihr mit den Schnallen zu helfen. Auf sein Drängen hin stellte sie ihre Zerrerei an den Gurten ein und überließ ihm die Aufgabe. Als er nach den Stricken griff, streifte sein Handrücken ihre Wade. Begehren durchzuckte ihn wie ein Blitzstrahl, derart heftig, dass er in seinen Stiefeln schwankte. *Heiliger Himmel.* Genau das war der Grund, aus dem er nicht in diesen aberwitzigen Plan einwilligen konnte.

Kaum dass er fertig war, richtete er sich auf und klopfte sich den Staub von seinen Handschuhen. »Er ist vermutlich steinalt, wissen Sie. Oder von Auswuchs entstellt.«

»Wer?«

»Dieser gewisse Sir Alisdair.«

Ihre Wangen nahmen einen dunklen Rotton an.

»Ich will lediglich andeuten, dass er womöglich älter ist als Francine. Und weniger attraktiv.«

»Das kümmert mich nicht. Es kümmert mich nicht, ob er alt und warzig und lepros ist und einen Buckel hat. Denn er wäre noch immer gelehrt und intelligent, respektiert und

Respekt einflößend. Sie wissen es – und Sie sind neidisch. Sie sind grausam zu mir, um Ihren Stolz zu wahren.« Sie maß ihn von oben bis unten mit einem verächtlichen Blick. »Und Sie werden Fliegen in den Mund bekommen, wenn Sie selbigen nicht gleich schließen.«

Nicht zum ersten Mal war Colin in ihrer Gegenwart um Worte verlegen. Das Sinnvollste, was er tun konnte, war, ihren Rat zu befolgen und seine herabgesunkene Kinnlade zuzuklappen.

Eine Aura der Unbeugsamkeit umwehte die junge Frau. Um ihre Kieferpartie legte sich ein harter, unnachgiebiger Zug. »Damit wir uns nicht missverstehen. Ich fahre nach Edinburgh, ob mit Ihnen oder ohne Sie.«

»Was? Sie beabsichtigen, geschätzte fünfhundert Meilen ohne Begleitung zu reisen? Da sei Gott vor. Das kann ich nicht billigen. Ich … Ich verbiete es Ihnen.« Es war Colins allererster Versuch, irgendjemandem irgendetwas zu verbieten, und es zeigte exakt die Wirkung, die er erwartet hatte. Nämlich gar keine.

Sie schnaubte. »Bleiben Sie hier und heiraten Sie Diana, wenn Sie das unbedingt tun müssen, aber ich werde nicht daran teilhaben. Ich kann nicht tatenlos herumstehen und zusehen.«

»Gott, ist das alles, was Sie beunruhigt?« Er legte seine Hände auf ihre Schultern, um sicherzustellen, dass sie ihm ihre ungeteilte Aufmerksamkeit schenkte. »Ich werde Diana nicht heiraten. Ich hatte auch nie das Ansinnen, Diana zu heiraten. Ich versuche seit Tagen, Ihnen selbiges nahezubringen.«

Sie starrte ihn an. »Im Ernst?«

»Im Ernst.«

Das entfernte Dröhnen von Hufschlägen und Kutschenrädern erschütterte den Boden. Während sie einander fixierten, gewann es an Stärke.

»Das wird die Kutsche sein«, bemerkte sie.

Colin spähte die Landstraße hinunter. Ja, da nahte sie. Der Augenblick der Entscheidung. »Kommen Sie«, erbot er sich. »Ich helfe Ihnen, Ihre Sachen zurück ins Gästehaus zu bringen.«

Sie schüttelte den Kopf. »Nein.«

»Min…«

»Nein. Es gibt kein Zurück. Eine Umkehr ist mir unmöglich. Ich hinterließ eine Notiz, die besagt, dass wir miteinander durchgebrannt sind. Inzwischen sind sie vermutlich wach und haben sie gelesen. Es widerstrebt mir, das Mädchen zu sein, das als ›Ausreißerin‹ gebrandmarkt wird. Das bemitleidenswerte Geschöpf, das all seine Hoffnung zusammennahm, drei Gepäcktruhen packte und hinausging, sich bei Sonnenaufgang an den Straßenrand zu stellen, einzig um niedergeschlagen und desillusioniert zurückzukehren. Meine Mutter würde …« Sie nahm einen tiefen Atemzug, drückte ihr Rückgrat durch und reckte trotzig ihr Kinn. »Dieses Mädchen kann und will ich nicht mehr sein.«

Derweil er sie beobachtete, schloss Colin Bekanntschaft mit einer ihm bisher unbekannten Empfindung, die sich zögerlich und warm in ihm entfaltete. Es war eine Mischung aus Ehrfurcht und stummer Faszination, als wäre er Zeuge eines jener kleinen alltäglichen Wunder des Frühlings geworden. Beispielsweise dem Anblick eines sauber geleckten Fohlens, das seine ersten Schritte auf wackligen Beinen tat. Oder eines jungen Schmetterlings, der seine noch knittrigen und feuchten Flügel aus der Verpuppung schob. Vor seinen Augen verwandelte sie sich in ein neues Geschöpf. Noch ein wenig ungelenk und unsicher, aber unerschrocken. Und auf einem guten Wege, sich als wahre Schönheit zu entpuppen. Colin kratzte sich am Nacken. Er wünschte, es wäre jemand in der Nähe, dem er sich zuwenden könnte, um ihn zu fragen: *Wie würden Sie die Sache einschätzen?*

»Dann ist es Ihnen wirklich ernst«, stellte er fest. »Es bedeutet Ihnen derart viel.«

»Ja.« Ihr Blick war wach und gefasst.

»Wenn wir zu dieser Reise aufbrechen, dann gibt es kein Zurück.«

»Ich weiß.«

»Sie sind sich sämtlicher Konsequenzen bewusst? All dessen, was Sie aufs Spiel setzen? Zum Henker, alles, was Sie rundweg opfern werden, sobald Sie mit mir aufbrechen?«

Sie nickte. »Ich tausche meine Stellung in der feinen Gesellschaft gegen die Akzeptanz innerhalb der *Royal Geological Society* ein. Das ist mir vollkommen klar, und ich halte dies für einen überaus guten Handel. Sie sagten, ich solle an mich selbst denken, Colin. Nun, genau das tue ich.« Sie wandte sich von ihm ab, stellte sich auf Zehenspitzen und schwenkte die Arme, um dem Kutscher ein Zeichen zu geben. »Anhalten! Bitte, halten Sie an!«

Er stand da, beobachtete ihr verzweifeltes Gestikulieren und war auf absurde Weise davon entzückt. *Beeindruckend, junge Dame. Wirklich beeindruckend.*

Als die Kutsche ruckelnd zum Stehen kam, griff sie nach ihrer kleinsten Truhe. Sie blickte zu ihm auf und lächelte. »Letzte Chance. Begleiten Sie mich nun oder nicht?«

7

Die Straße nach London war staubig, zerfurcht, holprig – mit einem Wort: entsetzlich. Doch Minerva erfreute sich an jeder Meile, die sie hinter sich brachten. Das hieß, sie erfreute sich im Stillen und ohne auch nur einen Muskel zu rühren. Sie hatte keinen Freiraum, sich überhaupt zu bewegen. Im Kutschenabteil saßen sie zu viert auf einer Bank zusammengepfercht. Zwei weitere Passagiere teilten sich den Kutschbock mit dem Fuhrmann. Minerva traute sich gar nicht erst nachzuzählen, wie viele Leute auf dem Dach des Gefährts mitreisten. Von ihrem Blickwinkel aus dem Fenster hingen deren Beine wie Stalaktiten von dort herunter. Zuweilen erhaschte die junge Frau einen Blick auf Colin, der zu Pferd neben der Kutsche ritt. Sie beneidete ihn um die frische Luft und die Bewegungsfreiheit. Alles in allem genommen, war sie jedoch von Vorfreude erfüllt. Die quälenden Entscheidungen und hektischen Vorbereitungen lagen hinter ihr, und nun konnte sie in dem freudigen Triumph schwelgen, es getan zu haben.

Nachdem sie zeit ihrer Mädchenjahre den glühenden Wunsch gehegt hatte, von zu Hause auszureißen, hatte sie es nun tatsächlich getan. Dies war kein kindisches Davonlaufen in den Wald mit einem hastig gepackten Picknickkorb und einer trotzig niedergekritzelten Notiz mit dem einen Wort

»Leb wohl«. Diese Reise hatte ernsthafte, fachliche Bedeutung. Es war bei Näherem besehen eine Geschäftsreise. Heute Morgen hatte sie ihr Leben in die eigenen Hände genommen. Dennoch war sie froh, dass sie die Fahrt nicht allein machte. Wenn sie anhielten, um Rast einzulegen oder die Pferde zu wechseln, übertraf Colin sich selbst in der vorgeblichen Rolle des achtsamen Bräutigams. Er wich nicht von Minervas Seite und kümmerte sich um sie mit kleinen Gesten, indem er ihr Erfrischungen besorgte oder ein wachsames Auge auf das Gepäck der jungen Frau hatte. Er machte es sich zur Angewohnheit, sie des Öfteren zu berühren. Indem er etwa auf feinsinnige Art eine Hand unter ihren Ellbogen schob, um ihr in die Kutsche zu helfen. Sie wusste, dass die Berührungen nicht ihrem oder seinem Vergnügen galten, sondern Hinweis für ihre Mitreisenden waren. Jene kleinen physischen Kontakte erfüllten einen Zweck. Jedes Mal, wenn er sie berührte, sagte er ohne Worte: *Diese Frau steht unter meinem Schutz.* Und jedes Mal, wenn er diese Botschaft aussandte, spürte sie einen winzigen Schauer der Erregung, der sich in ihr ausbreitete.

Minerva war besonders dankbar für seinen Schutz, als sie spät an ebenjenem Nachmittag in London eintrafen und die Herberge der Kutschenstation erreichten. Sie war so erschöpft von der Reise, dass sie Mühe hatte, sich auf den Beinen zu halten.

Colin verhandelte mit dem Pensionswirt und meldete sie beide unter frei erfundenem Namen an, ohne dabei eine Miene zu verziehen. Er veranlasste, dass Minervas sämtliche Truhen nach oben gebracht wurden, bestellte ein einfaches Nachtmahl und schickte einen Botenjungen, ihm die nötigen Reiseutensilien zu besorgen – einige frische Hemden,

Rasiermesser und dergleichen –, statt den Einkauf selbst zu tätigen und Minerva allein zu lassen.

In der Tat fühlte sie sich bei ihm sicher und geborgen. Doch mitten in ihrem Mahl aus Bratenfleisch und gekochten Karotten schrak Minerva, plötzlich eingeholt von der Unausweichlichkeit der Realität, zusammen. Es war wie ein Schlag ins Gesicht. Sie befand sich in einem kleinen Schlafgemach – mit einem einzigen Bett. Allein mit einem Mann, der weder ihr Verwandter noch ihr Gemahl war. Sie legte ihre Gabel beiseite und spülte den gerade gekauten Bissen mit einem gehörigen Schluck Wein hinunter. Ihr Blick schweifte mit Bedacht durch die Kammer. Das war es. Das war Ruin und Verderben in schönster Machart. Bratenfleisch und gekochte Karotten und schäbige abblätternde Tapeten. »Sie sind äußerst wortkarg«, bemerkte sie. »Sie haben mich den ganzen Tag lang nicht ein einziges Mal verhöhnt.«

Er blickte von seinem Teller auf. »Das liegt daran, dass ich Ihrer harre, Morgana.«

Sie biss die Zähne zusammen. Wahrhaftig, sie mochte sich nicht einmal mehr dazu herablassen, ihn zu korrigieren. »Meiner harren? Dass ich was tue?«

»Zur Vernunft kommen.« Er deutete mit einer ausgreifenden Geste durch die Kammer. »Brechen Sie das alles ab. Fordern Sie von mir, dass ich Sie unverzüglich nach Hause zurückbringe.«

»Oh. Nun, das wird nicht geschehen.«

»Sie wollen es nicht noch einmal überdenken?«

Sie schüttelte den Kopf. »Mitnichten.«

Er schenkte ihnen beiden Wein nach. »Es stimmt Sie nicht im Entferntesten beklommen, diesen Raum heute Nacht mit mir zu teilen und zu wissen, was es für morgen bedeuten wird?«

»Nein«, schwindelte sie. Obwohl er nichts anderes als ritterlich und fürsorglich zu ihr gewesen war, seit sie Spindle Cove verlassen hatten, konnte sie gar nicht anders, als sich in seiner Gegenwart beklommen zu fühlen. Er war so attraktiv, so einnehmend, so … überaus *männlich*. Seine Persönlichkeit schien den gesamten Raum auszufüllen. Und, gütiger Himmel, sie hatte eingewilligt, ein Bett mit ihm zu teilen. Wenn seine Vorstellung von »ein Bett teilen« mehr erforderte, als nur nebeneinanderzuliegen, dann wusste sie nicht, was sie tun würde. Furcht und Neugier fochten in ihrem Innern, als sie sich seiner virtuosen, erregenden Küsse in der Höhle erinnerte.

»Wenn ich Sie nicht davon abbringen kann …«, hob er an.

Sie schloss die Augen. »Das können Sie gewiss nicht.«

Er nahm einen langen Atemzug. »Dann werde ich mich morgen in der Frühe darum kümmern, einen Platz in einer Kutsche zu finden, die nach Norden fährt. Wir sollten versuchen, so bald als möglich schlafen zu gehen.«

Sie schluckte. Während er zu Ende aß, beschloss Minerva, eine vertraute Zuflucht zu suchen. Sie entschuldigte sich, lief zu ihren Truhen und öffnete die kleinste – diejenige, die ihre Bücher enthielt. Sie nahm ihr Tagebuch heraus. Wenn sie die Ergebnisse ihrer Forschung in einer guten Woche auf dem Symposium präsentieren wollte, dann war es vonnöten, dass sie ihre jüngsten Beobachtungen rekapitulierte und zu Papier brachte. Sie nahm einen Bleistift, klemmte ihn zwischen ihre Zähne, schloss die Truhe und nahm das Tagebuch mit an den Tisch. Sie stellte ihr leeres Essgeschirr beiseite, rückte ihre

Brille zurecht und konzentrierte sich auf die vor ihr liegende Aufgabe. Sie schlug das Tagebuch auf der letzten beschriebenen Seite auf. Doch was sie dort sah, erfüllte sie mit Entsetzen. Ihr Herz krampfte sich zusammen. »Oh nein. Oh nein!«

Auf der anderen Seite des kleinen provisorischen Esstischs blickte Colin von seinem Nachtmahl auf.

Sie blätterte bestürzt durch die Seiten. »Oh nein. Oh Gott! Ich konnte unmöglich so dumm sein.«

»Stellen Sie Ihr Licht nicht unter den Scheffel. Sie können alles sein, was Sie sich nur wünschen.« Auf ihren verdrießlichen Blick hin fügte er jedoch gleich hinzu: »Was denn? Vorhin beschwerten Sie sich darüber, dass ich Sie nicht verhöhnt hätte.«

Sie verschränkte die Arme auf der Tischplatte und bettete ihren Kopf darauf. Zornig schlug sie mit der Stirn immer wieder darauf. »So … so … dumm.«

»Aber, aber. Gewiss ist es nicht einmal halb so schlimm.« Er schob sein Gedeck beiseite und wischte sich den Mund an einer Serviette ab. Dann rückte er mit seinem Stuhl um den Tisch, bis er neben ihr saß. »Was kann es sein, was Sie derart aufgebracht hat?« Er griff nach ihrem Tagebuch.

Sie hob den Kopf. »Nein, nicht!«

Zu spät. Er hielt es bereits in Händen. Er blätterte durch die Seiten, überflog den Text.

»Bitte, lesen Sie es nicht. Es sind sämtlich Lügen, alles Theater. Es ist ein erfundenes Tagebuch, müssen Sie wissen. Ich blieb die ganze Nacht auf, um es zu verfassen. Ich plante, es zurückzulassen, damit meiner Mutter und meinen Schwestern der Eindruck vermittelt würde, wir hätten uns verl…« Sie verbiss sich das törichte Wort. »Dass wir schon seit einiger

Zeit *zusammen* sind. Um unser Durchbrennen glaubhaft zu machen. Offenkundig ist mir jedoch ein Fehler unterlaufen. Ich packte das falsche Tagebuch ein und ließ das richtige im *Queen's Ruby* zurück.«

Er verweilte auf einer bestimmten Seite und schmunzelte leicht.

Minervas Gesicht brannte. Sie wünschte sich, im Erdboden zu versinken. »Bitte. Ich flehe Sie an, lesen Sie es nicht.« In ihrer Verzweiflung schnappte sie mit einem hektischen Griff nach dem Tagebuch.

Er hielt es fest und erhob sich von seinem Stuhl. »Oh, es ist brillant. Ausnehmend brillant. Sie singen mein Loblied ungemein überzeugend.« Er räusperte sich und las laut und in gestelztem Ton vor. »›Meine Mutter sagt immerzu, dass Lord Payne all das ist, was ihr zukünftiger Schwiegersohn sein sollte. Wohlhabend, adlig, attraktiv, charmant. Ich gestehe …‹«

»Geben Sie es her.«

Sie stürzte sich auf ihn, doch er wich zurück, grätschte mit elegantem Schwung über das Bett und nahm auf der anderen Seite die Lektüre wieder auf. »›Ich gestehe‹«, fuhr er in demselben theatralisch gezierten Tonfall fort, »›ich brauchte länger als die meisten, es einzuräumen, aber selbst ich bin nicht immun gegen Paynes maskuline Aura. Es gestaltet sich äußerst schwierig, seine Charakterfehler zu benennen, wenn man aus nächster Nähe konfrontiert ist mit seiner …‹« Er senkte das Tagebuch und ließ die letzten Worte auf seiner Zunge zergehen: »Physischen Perfektion.«

»Sie sind ein grässlicher, grässlicher Mensch.«

»Das sagen Sie *jetzt*. Wir wollen jedoch einmal sehen, wie sich Ihre Tonlage ändert, wenn Sie aus nächster Nähe mit meiner physischen Perfektion konfrontiert sind.« Er schlenderte um das Bett herum auf sie zu.

Nun war Minerva das Objekt der Verfolgung. Sie wich zurück, bis sie mit dem Rücken gegen die Wand stieß. Wie ein Kind, das sich kein Versteck weiß, schloss sie die Augen. »Hören Sie auf, darin zu lesen. Bitte.«

Er überflog die Eintragungen, derweil er sich ihr weiter näherte. »Gute Güte. Da finden sich ganze *Seiten* der Beschreibung. Mein Schopf jungenhaft gewellter Locken. Mein scharf geschnittenes Profil. Ich habe Augen wie … wie *Diamanten*?«

»Keine wirklichen Diamanten. Bristol-Diamanten.«

»Was sind Bristol-Diamanten?«

»Dabei handelt es sich um eine Art Gesteinsformation. Von außen betrachtet, sehen sie wie gewöhnliche Kiesel aus. Rund, bräunlich grau. Doch wenn man sie aufbricht, birgt ihr Inneres eine Kristallstruktur, die in Hunderten unterschiedlicher Schattierungen schimmert.« Weswegen erzählte sie ihm das überhaupt? Der Mann hörte ihr nicht einmal zu.

»›Niemand um uns herum könnte auch nur um unsere Beziehung ahnen‹«, las er weiter. »›Dem zufälligen Beobachter würde es scheinen, dass er nur mit mir spricht, um mich zu verspotten. Doch hinter seiner Häme verbirgt sich eine tiefere Empfindung, ich weiß es. Ein Mann ist imstande, sich aufs Flirten mit Gleichgültigkeit, ja sogar Verachtung einzulassen. Aber er spottet niemals ohne Zuneigung.‹« Er durchbohrte sie mit einem Blick. »Dies sind meine Worte. Das ist ein dreistes Plagiat.«

»Ich bitte inständig um Vergebung. Unwahrheiten kommen mir eben nicht so leicht in den Sinn wie Ihnen.« In einer verzweifelten Geste streckte sie ihre Arme in die Luft. »Wen kümmert das? Die Worte waren bereits eine Lüge, als Sie sie äußerten, und sie waren eine Lüge, als ich sie niederschrieb. Verstehen Sie denn nicht? Es ist ein fingiertes Tagebuch, alles, ohne Ausnahme.«

»Nicht dieser Teil.« Er tippte mit seinem Zeigefinger auf die Mitte einer Seite. »›Wir haben einander geküsst. Er hat mir angeboten, ihn bei seinem Taufnamen zu nennen: Colin.‹«

Er maß sie mit unergründlichem Blick. Ihr Herzschlag beschleunigte in ihrer Brust, und sie meinte zu fühlen, dass sie sich ihm entgegenbog. Einen verstörenden Moment lang dachte sie, er könnte sie abermals küssen. Sie *hoffte*, er würde sie abermals küssen. Aber das tat er nicht. Sie war sich sicher, dass sie ein leises Auflachen vernahm. Von irgendwem, von irgendwoher. »Doch, es ist wahr«, beteuerte sie. »Sie haben mir angeboten, Sie mit Ihrem Taufnamen anzureden. Dennoch vermögen Sie sich meinen partout nicht zu merken.« Sie entwand das Buch seinem Griff. »Ich denke, Sie haben die vertanen Gelegenheiten mehr als wettgemacht. In der Tat bin ich überzeugt, dass Sie Ihr Soll an Hohn und Spott für diesen Tag übererfüllt haben.«

»Es steht mir nicht zu, mein morgiges Kontingent zu beleihen?«

»Nein.« Sie ließ das Tagebuch zuschnappen und packte es energisch zurück in die Truhe.

»Ach kommen Sie. Seien Sie mir nicht gram. Sie sagten selbst, dass der Inhalt vollkommen aus der Luft gegriffen sei.«

»Ich weiß. Das ist es nicht, was mich so überaus ärgerlich stimmt.« *Nicht ausschließlich.* »Es ist der Umstand, dass ich das andere Tagebuch zurückließ. Das richtige, mit all meinen neueren Analysen und Beobachtungen.«

»Ich dachte, Sie verfügten über eine Vielzahl von Materialien.«

»Das tue ich. Aber meine Präsentation wird Schwächen aufweisen, wenn die jüngsten Daten fehlen.«

Er dachte nach. »Gravierende Schwächen?«

»Oh, kein Anlass zur Beunruhigung.« Sie zwang sich zu einem Lächeln und tätschelte den Gipsabdruck in der Truhe. »Ihre fünfhundert Guineen sind gesetzt. Solange wir das hier haben.«

»Nun«, sagte er. »Dem Himmel sei Dank für Francine.« Er seufzte schwer und fuhr sich mit einer Hand das Haar. Was in Himmelherrgotts Namen tat er da? Als sie ihm am Rand der Landstraße ihr kleines Ultimatum gestellt hatte, war ihm keine Wahl geblieben, als sie zu begleiten. Schlichter Anstand gebot ihm dieses Verhalten. Gleichwohl hatte er den ganzen Tag lang darauf geharrt, dass sie zur Vernunft käme. Dass sie die absurde Reise abbrechen, von ihm fordern würde, sie umgehend nach Spindle Cove zurückzubringen. Bislang jedoch hatte sie unerschütterlich an ihrem Entschluss festgehalten. Und irgendeine befremdliche Kraft ließ ihn nicht von ihrer Seite weichen. Er hatte keine Ahnung, was zum Henker ihn umtrieb. Er war hier, in der Herberge einer Kutschenstation, gemeinsam mit ihr, demzufolge konnte er es schwerlich mit Ehre oder Pflichtgefühl erklären. Beschützergeist vielleicht? Mitleid? Schiere Neugierde? Er wusste nur eines. Es waren verdammt noch mal nicht die fünfhundert Guineen.

Sie entnahm ihrer Truhe eine dicke weiße Rolle.

»Was haben Sie da?«, forschte er.

»Bettleinen. Ich werde keinesfalls *darauf* schlafen.« Sie deutete auf den schmuddeligen Bezug der strohgestopften Matratze.

Er sah ihr zu, wie sie das Laken auswickelte, über die durchhängende Matratze breitete und viel Mühe darauf verwendete, das steif gestärkte weiße Leinen so straff zu spannen, dass es sich in alle vier Bettecken stecken ließ. Colin bemerkte, dass die Ränder des Lakens gesäumt waren und mit einem feinen Muster bestickt, das er nicht recht zu erkennen wusste. Sie angelte nach einer weiteren Rolle. Das Deckbett, vermutete er. Auch hier wiederholte sich das Muster. In der Mitte war der Stoff mit einem rätselhaften rundlichen Gebilde von der Größe eines Einspännerrades bestickt. Derweil sie die Falten glättete, legte er den Kopf schräg und starrte darauf. Die sorgsam eingestickten Fäden schienen eine Art stilisierte Spirale darzustellen. Sie ähnelte einem halbierten Schneckenhaus, doch war das Innere in Dutzende verzweigter Kammern unterteilt. »Ist das ein Nautilus?«, erkundigte er sich.

»Beinahe, nur knapp verfehlt. Es ist ein Ammonit.«

»Ein Ammonit? Was ist denn das? Klingt wie ein Volk aus dem Alten Testament kurz vor einer Heimsuchung.«

»Ammoniten sind kein biblisches Volk«, erwiderte sie in einem Tonfall angespannter Geduld. »Nichtsdestoweniger wurden sie dahingerafft.«

»Dahingerafft von einer der sieben Plagen?«

Mit einem scharfen Rucken des Leinens warf sie ihm einen verächtlichen Blick zu. »Dahingerafft? Von einer der sieben Plagen?«

»Sinngemäß gesprochen, denke ich, lautet der von Ihnen gesuchte Begriff ›hinfortgerafft‹.«

»*Wissenschaftlich* gesprochen lautet der treffende Begriff ›ausgestorben‹. Ammoniten sind ausgestorben. Sie sind uns lediglich von Fossilien bekannt.«

»Und von Bettlaken augenscheinlich.«

»Wissen Sie …« Sie pustete eine Strähne lockigen Haars fort, die ihr in die Stirn gefallen war. »Sie könnten mir zur Hand gehen.«

»Aber ich genieße es, Ihnen zuzuschauen«, gab er zurück, schlicht um sie zu necken. Nichtsdestoweniger griff er sich eine Ecke des Bettbezugs, zog den Stoff straff und ließ dabei die Stickerei durch seine Finger gleiten. »Demnach ist diese Handarbeit von Ihnen?«

»Ja.« Nach ihrem Ton zu urteilen, war es kein Werk der Liebe gewesen. »Seit ich zwölf Jahre alt war, behaarte meine Mutter darauf, dass ich jeden Abend eine Stunde aufs Sticken verwendete. Sie ließ uns alle drei fortwährend Handarbeiten für unsere Brautausstattung fertigen.«

Brautausstattung. Das Wort bereitete ihm Unbehagen. »Sie haben Ihre Brautausstattung mitgenommen?«

»Selbstverständlich habe ich das getan. Natürlich nur, um den Eindruck eines Durchbrennens vorzutäuschen. Überdies schien sie mir der vernünftigste Aufbewahrungsort für Francine. Diese vielen Rollen aus weichem Stoff eignen sich hervorragend zum Auspolstern für einen sicheren Transport.«

Irgendeine Gefühlsregung bereitete ihm Magendrücken, war jedoch schon wieder verschwunden, ehe er sie zu benennen wusste. Schuld, so stand es anzunehmen. Dies waren Laken, dazu ausersehen, ihr Ehebett zu zieren, und sie breitete selbige über eine schmutzbefleckte strohgestopfte Matratze in einer schäbigen Herberge.

»Wie dem auch sei«, fuhr sie fort. »Solange meine Mutter mich zum Handarbeiten nötigte, beharrte ich darauf, ein Muster zu wählen, das mich interessierte. Ich habe nie verstanden, weswegen Mädchen sich sämtlich damit zufriedengeben, alberne Blüten und Bänder zu sticken.«

»Nun, einzig um eine Vermutung zu äußern …« Colin zog den Stoff auf seiner Seite glatt. »Vielleicht liegt es daran, dass es wundervoll und romantisch klingt, auf einem Nachtlager aus Blüten und Bändern zu schlafen. Das Bett mit einer urzeitlichen Meeresschnecke zu teilen klingt hingegen scheußlich.«

Sie schob ihr Kinn vor. »Es bleibt Ihnen unbenommen, auf dem Boden zu schlafen.«

»Sagte ich scheußlich? Ich meinte entzückend. Ich habe mir seit jeher gewünscht, mit einer urzeitlichen Meeresschnecke zu nächtigen.«

Sie ließ sich nicht beirren. »Ich habe akribisch daran gearbeitet. Die Berechnungen waren kompliziert. Ich zählte Hunderte von Stichen, um jede einzelne Kammer im richtigen Verhältnis darzustellen.« Sie fuhr mit einer Fingerspitze über den Strich des Garns, wie er sich spiralförmig aus der Mitte wand. »Es handelt sich mitnichten um ein zufälliges Muster, wie Sie erkennen werden. Die Natur folgt den Prinzipien der Mathematik. Jede Kammer des Ammonitengehäuses ist jeweils größer als die vorherige, nach Maßgabe eines genauen und unveränderlichen Exponenten.«

»Ja, ja. Ich verstehe. Es ist ein Logarithmus.«

Ihr Kopf schoss hoch. Sie rückte ihre Sehhilfe zurecht und blinzelte ihn durch die Gläser forschend an.

»Wissen Sie«, sagte er, »dieses Muster beginnt, mich in seinen Bann zu ziehen. Meeresschnecken sind nicht im Entferntesten erregend, aber Logarithmen … Ich für meinen Teil fand schon immer, dass dieser Begriff wunderbar verrucht klingt.« Er ließ das Wort mit anrüchiger Betonung auf der Zunge zergehen: »Logarithmus.« Er erging sich in einem übertriebenen Schauern. »Oh ja! Meinen unermesslichen Dank, und wenn ich um mehr bitten dürfte.«

»Etliche mathematische Begriffe klingen in dieser Weise. Nach meinem Dafürhalten kommt das daher, weil sie alle von Männern ersonnen wurden. Hypotenuse ist rundheraus obszön.«

»Quadrat ruft einem gewisse lüsterne Bilder ins Gedächtnis.«

Sie verstummte für eine lange Weile. Dann hob sich eine ihrer dunklen Augenbrauen. »Nicht so viele wie Rhombus.«

Grundgütiger. Dieses Wort war tückisch. So wie Minerva es betonte, stellte es tückische Dinge mit ihm an. Er kam nicht umhin, die Art zu bewundern, wie sie vor einer Herausforderung nicht zurückschreckte und jedes Mal mit einer neuen und überraschenden Retourkutsche aufwartete. Eines Tages wäre sie irgendeinem Glückspilz von Mann gewiss eine überaus kreative Geliebte. Er lächelte stillvergnügt und schüttelte einen plötzlichen Übergriff von Begierde ab. »Wir führen die merkwürdigsten Konversationen.«

»Ich finde diese Konversation mehr als merkwürdig. Sie ist definitiv verstörend.«

»Wieso das? Weil ich das Prinzip eines Logarithmus begreife? Ich weiß, Sie sind es gewohnt, in kurzen, einfach gehaltenen Worten mit mir zu kommunizieren, dabei genoss ich die vornehmste Erziehung, die England einem jungen Aristokraten zu bieten vermag. Ich besuchte sowohl Eton als auch Oxford.«

»Ja, aber … offen gestanden ging ich nie davon aus, dass Sie in Mathematik gute Noten erzielten.« Sie griff mit beiden Händen in ihren Nacken, um die rückwärtigen Verschlüsse ihres Kleides zu lösen, so als hätte sie vergessen, dass er überhaupt da war, oder einfach keinerlei Bedenken, sich vor ihm zu entkleiden.

Colin ertappte sich bei dem Gedanken, eine Kerbe in den Bettpfosten schnitzen zu wollen. Sicherlich markierte dies eine neue Stufe des Verdiensts in seiner amourösen Karriere. Noch nie zuvor hatte er eine Frau mit Plaudereien über Mathematik derart verzaubert, dass sie sich ihrer Kleider entledigte. Niemals zuvor hätte er auch nur mit dem Gedanken geliebäugelt, den Versuch zu unternehmen. Er lockerte seinerseits die Krawatte und bekannte: »In der Tat erzielte ich in Mathematik keine guten Noten. Ich hätte es zwar gekonnt, aber ich konnte dem immer vorbeugen.«

»Wieso das?«

»Sie scherzen wohl? Weil Jungen, die Überflieger in Mathematik sind, niemand ausstehen kann. Besserwisserische kleine Langeweiler, die dauernd über ihren Tafeln brüten. Sie sind Brillenträger und haben keine Freunde.« Kaum dass er sich vergegenwärtigte, was er da gesagt hatte, stöhnte er innerlich auf. Doch es war bereits zu spät.

Sie erstarrte, ihre Arme noch immer in angewinkelter Haltung, um das Kleid zu öffnen. Sämtliche Fröhlichkeit entwich aus ihren Zügen. Ihre Nasenflügel bebten, und sie starrte in eine Ecke der Kammer.

Verdammt, er hatte sie schon wieder verletzt. »Min, ich wollte nicht …«

»Drehen Sie sich um.« Sie winkte ab. »Es ist spät, und ich bin müde. Sparen Sie sich die Rechtfertigungen und sehen Sie weg, damit ich mich entkleiden kann. Ich werde Sie in Kenntnis setzen, wenn die besserwisserische Brillenschlange endlich unter der Meeresschnecke verschwunden ist.«

Er tat, wie ihm geheißen, und wandte sich ab. Während er sich der Aufgabe widmete, seine Manschetten zu lösen, versuchte er, nicht auf das Rascheln des gestärkten Stoffs zu achten. Vergebens. Er vermochte es nicht, seine Fantasie davon abzubringen, wilde Bilder in seinem Kopf zu malen, wie Minerva ihr Kleid hinunterstreifte, sich von dem Spitzengewirk ihres Mieders befreite. Er vernahm einen aufgewühlten Atemzug, und ein Schauer prickelte über sein Rückgrat, als er darin das tiefe, wollüstige Seufzen erkannte, das eine Frau äußerte, wenn ihre Brüste am Ende des Tages der engen Schnürung entledigt wurden. Blut rauschte in sein Gemächt, und er erstickte seinerseits ein lautes Seufzen. Er war ein Mann, redete er sich zu. Es war eine unbekleidete Frau in der Kammer. Seiner physischen Reaktion war nicht abzuhelfen. Es war schlichte Biologie. Vögel fühlten es. Bienen fühlten es. Sogar urzeitliche Meeresschnecken fühlten es. Er vernahm leises Plätschern von der Waschkommode, als sie sich vermutlich mit einem feuchten Tuch über jede ihrer üppigen hüllenlosen Kurven fuhr. Wahrhaftig, nun quälte sie ihn erst recht. Vermutlich hat er es nicht anders verdient. Eine lange Zeit verstrich, bis er endlich das Quietschen der Bettfedern hörte.

»Sie können sich wieder umdrehen.«

Er wandte sich um, in der festen Annahme, dass er sie eingehüllt in die Decken vorfinden würde, wo sie die Wand fixierte. Stattdessen jedoch lag sie auf der Seite und sah ihn direkt an.

»Ich beabsichtige, mich zu entkleiden«, erklärte er. »Wollten Sie sich nicht umdrehen?«

»Ich denke nicht, nein.« Sie stützte ihren Kopf in die Hand. »Ich habe noch niemals einen Mann in seiner ganzen Nacktheit gesehen. Jedenfalls keinen echten und schon gar nicht von so nahe. Nennen Sie es die Befriedigung meiner wissenschaftlichen Neugierde.« Sie kniff die Augen zusammen. »Oder nennen Sie es einen Vorwand, wenn Ihnen das Wort eher zusagt.«

Oh, sie war eine ganz Gewiefte, in der Tat. Demzufolge sollte er für all seine Spötteleien und unbedachten Kränkungen mit nackter Erniedrigung büßen. Doch sogar Colin musste einräumen, dass die Bestrafung gerecht war. »Ich wäre mehr als erfreut, Ihnen eine Begutachtung meiner physischen Perfektion in ihrer Gesamtheit zu gestatten. Aber nur, wenn ich die Ihrige ebenfalls zu sehen bekomme.« In ihr bestürztes Schweigen fuhr er fort: »Es ist nur gerecht. Brust oder Keule.«

»Was ist daran gerecht? Sie haben zahllose Brüste gesehen.«

Verdammt, die Art und Weise, wie sie dieses Wort über die Lippen brachte. So offen, ohne den Hauch von Zimperlichkeit. Gerade als er seine Selbstkontrolle wiedererlangt hatte, erregte sie ihn unversehens und aufs Heftigste erneut.

»Ich weiß nicht, weswegen Sie die meinen unbedingt einer Musterung unterziehen müssten«, fuhr sie fort. »Und nachdem Sie stolz Ihre … *Keule* … vor den Frauen halb Englands geschwungen haben, finde ich es absonderlich, dass Sie mir jetzt mit Schamhaftigkeit kommen wollen.«

»Es ist wahr«, antwortete er gleichmütig, »dass ich damit gesegnet bin, in meinem Leben überaus viele Brüste betrachten zu dürfen. Aber jedes Paar ist anders, und die *Ihrigen* blieben mir bislang vorenthalten.«

Sie vergrub sich in den Laken, als wollte sie sich zum Schutz in jener eingestickten Muschelschale verkriechen. »Ich bin sicher, sie sind nichts Außergewöhnliches.«

»Diese Beurteilung müssen Sie schon mir überlassen.«

Sie reckte ihr Kinn. »Nun denn. Ich mache Ihnen ein Angebot zur Güte. Die Hälfte meiner Nacktheit für Ihre vollständige.«

Er gab vor, darüber nachzusinnen. »Einverstanden. Die Abmachung gilt.«

Sie setzte sich im Bett auf und knöpfte die Front ihrer Chemisette auf. Dann streifte sie die Ärmel von den Schultern, verbarg ihre Brüste dabei jedoch sorgsam hinter ihren angewinkelten Beinen. Ihre Unterarme waren von der Sonne gebräunt, ihre Schultern indes milchig weiße, schwanengleiche Kurven des Liebreizes. Sobald sie sich bis zur Taille entkleidet hatte, kauerte sie sich hinter jenen Wall aus Knien und forderte ihn mit den Worten heraus: »Sie zuerst.«

Er zog sich das Hemd über den Kopf und warf es beiseite. Dann öffnete er die Knöpfe seiner Reithose und ließ sie zu Boden sinken, ohne viel Aufsehens darum zu machen. Nun, das traf es nicht gänzlich. Eine gewisse Dramatik war nicht zu übersehen. Seine rasch wachsende Erektion bettelte offenkundig um Zuwendung, so wie sie steil aus ihrem Nest aus dunklem Flaum ragte und in bestürzender, freimütiger Weise wippte, um den Blick auf sich zu lenken. »Jetzt Sie«, forderte er sie auf.

Getreu ihrem Wort senkte sie ihre Knie und enthüllte ihren nackten Oberkörper.

Sie betrachteten einander von oben bis unten.

Sie hatte recht, entschied er. Ihre Brüste waren nichts Außergewöhnliches. Zunächst einmal waren es zwei. Die übliche Anzahl also. Sie waren rund, ihre Fülle gutes Mittelmaß, und sie waren mit aufragenden Nippeln versehen. In der Kammer war es zu dunkel, um den präzisen Farbton ihrer gekräuselten Rispen zu bestimmen, doch war er nicht wählerisch. Ob rosa, beerenfarben, zimt- oder kaffeebraun … sie schmeckten alle gleich in der Dunkelheit. Nein, ihre Brüste, wiewohl ansehnlich, waren erfahrungsmäßig betrachtet nicht mehr oder weniger bezaubernd als die meisten anderen, die er in Augenschein genommen hatte. Doch was ihm den Atem raubte, war Minerva in ihrer Gesamterscheinung. Das Bild, das sie abgab, dort sitzend, halb nackt in einem zerwühlten Nest aus frischen weißen Laken. Die dunklen Locken ergossen sich über ihre Schultern, und die Brille balancierte – entzückend schief – auf ihrer Nasenspitze. Ihre vollen pflaumenroten Lippen waren leicht geöffnet. Sie mutete wie eine bruchstückhafte Erinnerung an. Ein glühender Traum. Oder vielleicht ein Blick in die Zukunft …

Halt. Denk nicht solche Dinge.

»Gewiss ist er nicht beständig so, oder?«, forschte sie, indem sie sich vorneigte und eingehend darauf starrte.

»Wie denn?«

»So … groß. Und aktiv.«

Sein erigiertes Gemächt erkühnte sich zu einem weiteren freudigen Emporschnellen. Wie ein schlecht erzogener Hund.

»Haben Sie das mit Absicht getan?« Sie klang verwundert.

Oh, die verruchten Dinge, die es Colin mit einem Mal verlangte, mit Absicht zu tun. Mit Vorsatz. Für das erklärte Ziel, selbige Brillengläser beschlagen zu lassen und Minerva vor befreiter Sinnenfreude wimmern zu machen. »Ich werde Sie nicht verführen«, sagte er.

Nach einem Moment des Zögerns reagierte sie mit einem energischen kleinen Schütteln ihres Kopfes. Ihr Blick schweifte abermals zu seinem Gesicht. Mit einer Fingerspitze schob sie ihre Sehhilfe zurück auf die Nasenwurzel. »Verzeihen Sie, was sagten Sie gerade?«

»Ich werde Sie nicht verführen«, wiederholte er. »Nicht heute Nacht oder überhaupt irgendwann. Ich dachte nur, ich sollte Sie darüber in Kenntnis setzen.«

Sie starrte ihn unverständig an.

»Ich meinte, was ich sagte, neulich nachts im Schloss. Dass ich niemals unschuldige Mädchen ruiniere. Verstehen Sie, ich habe Regeln.«

»Sie haben *Regeln*? Für die Frauen, die Sie verführen?«

»Nein, nein. Für mich selber.«

»Demnach gibt es eine … Etikette für Lebemänner. Einen irgendwie gearteten Ehrenkodex des Verführers. Ist es das, was Sie mir damit sagen wollen?«

»In gewisser Weise, ja. Wissen Sie, der Durchschnittsmann, dem einzig daran gelegen ist, die Mädchen ins Bett zu locken, an denen er Gefallen findet … nun, er würde keine Regeln benötigen, mag sein. Aber wenn ein Mann sich konsequent auf das ernsthafte Ziel einlässt, niemals auch nur eine einzige

Nacht allein zu verbringen … dann entwickelt sich unweigerlich eine Reihe von Leitlinien. Ob Sie es glauben oder nicht, ich habe gewisse Prinzipien.«

»Als da wären …?«

»Den Anfang machen selbstverständlich die Grundregeln untadeliger Umgangsformen. Bitte und danke sagen, und es gilt die Maxime, den Damen stets den Vortritt zu lassen. Ich bin nicht wählerisch, was den Ort anbelangt, aber ich habe gewisse Vorbehalte gegen Seile und Schals.«

Minervas Kinnlade klappte herunter. »Seile und …?«

»Ich habe keinerlei Bedenken, jemanden zu fesseln, aber ich werde mich mitnichten fesseln lassen. Darüber hinaus gilt …« Er zählte die Einschränkungen an seinen Fingern ab. »Keine Jungfrauen. Keine Prostituierten. Keine Frauen in drängender finanzieller Not. Keine Schwestern von früheren Geliebten. Keine Mütter von früheren Gelieb…«

»Mütter?«, kreischte sie.

Colin zuckte mit den Achseln. Hinter dieser Regel verbarg sich eine recht amüsante Geschichte. »Hören Sie, es ist nicht von Belang, dass Sie im *Einzelnen* darüber Bescheid wissen. Der Punkt ist, dass ich gewisse Regeln befolge. Und wie ich bereits darlegte, würde Sie zu verführen mit diesen brechen. Demzufolge wird es nicht geschehen. Und ich hielt es für besser, das Thema jetzt anzuschneiden, alldieweil ich nackt vor Ihnen stehe. Weil, wenn ich es zu einem anderen Zeitpunkt ansprechen würde, Sie Anstoß nehmen und meinen könnten, dass ich mich rein gar nicht zu Ihnen hingezogen fühle.« Er deutete auf seine prall geschwollene, grotesk optimistische Erektion. »Wie Sie zweifelsfrei beobachten können, ist das nicht der Fall.«

Sie verstummte für einen längeren Augenblick, während sie in ihre Beobachtung vertieft war. »Sie hatten recht«, erklärte sie schließlich seinem Glied. »Wir führen wahrhaftig die merkwürdigsten Konversationen.«

Er rieb sich das Gesicht mit beiden Händen und ließ den Atem in einem tiefen, bedächtigen Zug entweichen. »Es ist nicht zu spät, Ihren Ruf zu bewahren, glauben Sie mir. Ich könnte Sie unverzüglich zu Brams und Susannas Stadthaus bringen, und Sie könnten diese Laken wieder zusammenfalten und aufsparen. Sie wissen schon, für einen Mann, der eher imstande ist, sie in Gänze wertzuschätzen … Die Arbeit, die Sie darauf verwendet haben. Die Bedeutung. Sie sind Teil Ihrer Brautausstattung. Und sie sollten einem besonderen Anlass vorbehalten bleiben.«

Wenn sie gemeinsam in dieser Kammer nächtigten – eine unverheiratete, vornehme junge Dame und ein notorischer Draufgänger –, machte es keinen Unterschied, was sie heute Nacht in Wahrheit auf diesen gestickten Laken taten. Selbst wenn das Leinen unbefleckt bliebe von ihrer beider Schweiß oder seinem Samen oder ihrem Jungfernblut, war es ruiniert. Wenn sie von diesem Abenteuer unvermählt zurückkehrte, wäre sie ruiniert. Nicht heiratsfähig in den besseren Gesellschaftskreisen.

Sie drehte sich auf den Rücken und spähte zur Decke. »Mein Entschluss steht unabänderlich fest.«

Er focht das aufwallende Gefühl von Schuld nieder, indem er sich darauf besann, dass die Reise samt und sonders Minervas Idee gewesen war und dass sie sehr wohl um die Konsequenzen wusste. Das hatte sie sich selber eingebrockt, und nun musste sie die Suppe auslöffeln. Sie hatte ihr Bett gemacht, und Colin war gehalten, es mit ihr zu teilen. Das war die Übereinkunft. »Ich habe es mir zur Gewohnheit werden lassen, *auf* dem Bettzeug zu nächtigen«, tat er kund und ließ sich auf dem Rand der Matratze nieder. »Solange Sie darunter verharren …«

»Dann wird etwas zwischen uns sein.«

Etwas. Ganz recht. Etwas von der Dicke eines Birkenblatts.

Als er versunken zur Decke hinaufstarrte, schien sich die Erinnerung an ihre Brüste dort oben in der Dunkelheit zu materialisieren. Wie zwei runde pfirsichfarbene Monde schwebten sie vom Gebälk und schienen ihn zum Berühren verführen zu wollen. Zum Schmecken. Colin wusste es besser, als eine Hand nach dem Trugbild auszustrecken, doch seine leichtgläubige Männlichkeit ruckte und zuckte, allzeit in hoffnungsvoller Erwartung. Er schloss die Augen und versuchte, seine Gedanken auf die am wenigsten erregenden Dinge überhaupt zu lenken. Spinnen mit haarigen Beinen. Jene warzigen, langhalsigen Kürbisse, die ihn an pockennarbige Genitalien denken ließen. Erbsenbrei. Der Staub-und-Bienenwachs-Geruch steinalter Greise. Mit einem Mal erstrahlte ein gänzlich anderes Bild vor seinem geistigen Auge. Eines, das ihn laut auflachen ließ.

»Was ist denn?«, beschwerte sie sich schläfrig. Er beneidete sie darum.

»Ach, nichts weiter«, antwortete er. »Ich stelle mir nur gerade die Reaktion Ihrer Mutter vor.«

8

»Wo bleibt denn nur Minerva?« Mrs. Highwood legte ihr Kartenspiel beiseite und schnippte ungeduldig mit den Fingern, um eines der Serviermädchen im *Bull and Blossom* auf sich aufmerksam zu machen. »Du da. Wie war noch gleich dein Name?«

»Ich bin Pauline, Ma'am.«

»Also Pauline. Du springst mir jetzt rasch zur Gästepension und richtest meiner Eigenbrötlerin von Tochter aus, dass ich wünsche, dass sie sich unverzüglich zu uns gesellt. Unverzüglich! Sag ihr, dass sie ihr Gekritzel weglegen soll. Sie hat bereits die Teezeit *und* das Nachtmahl verpasst. Sie wird ihre Musikstunde bei Miss Taylor nehmen und nachher für uns den vierten Spieler beim Whist abgeben. Sie wird gehorsam sein – oder sie ist nicht länger meine Tochter. Ich werde mich in Gänze von ihr abwenden.«

Mit einem kleinen Knicks drehte Pauline sich um zu tun, was ihr aufgetragen war.

Kate Taylor, die neben Charlotte am Pianoforte saß, lächelte stumm in sich hinein. Eine weitere von etlichen leeren Drohungen. Sie bezweifelte, dass Minerva das kleinste Schneeflöckchen-Schaudern vor Kummer empfinden würde, sollte Mrs. Highwood ihre unermüdliche Kampagne feminer Kultivierung einstellen und ihre mittlere Tochter gänzlich aufgeben. Kate empfand nicht wenig Mitgefühl für die drangsalierte Miss Highwood – zuweilen mehr Mitgefühl als Neid, was einiges aussagte. Kate hatte keine eigene Familie, sondern einzig den Zirkel von Damenfreundschaften hier in Spindle Cove. Kein Zuhause, bis auf das *Queen's Ruby*. Sie war eine Waise, großgezogen mit der Spendenfreundlichkeit anonymer Wohltäter und unterrichtet an der Margate-Schule für Mädchen in Herefordshire. Trotz all der Nächte, die sie weinend in ihrem Bett zugebracht hatte, in jener zugigen, schäbigen Mansarde von einem Schlafsaal, flehend und feilschend mit Gott um eine eigene Mutter … stimmte Mrs. Highwoods Verhalten Kate zuweilen dankbar für die unerfüllten Gebete. Nicht alle Mütter waren offenkundig ein Segen.

»Beginn erneut mit der Coda«, wies Kate ihre junge Schülerin an. »Achte auf den Rhythmus an dieser Stelle.« Sie tippte mit einem schlanken Taktstock auf das Notenblatt. »Deine Fingerhaltung ist gänzlich falsch, wenn du diese Folge von Sechzehntelnoten spielst, und dadurch wirst du zu langsam.« Um es zu demonstrieren, griff sie über Charlottes Handgelenk. »Du beginnst mit deinem Zeigefinger, siehst du? Dann kreuzt du mit deinem Daumen darunter.«

»So?« Charlotte ahmte die Technik nach.

»Ja. Zweimal langsam, als Übung. Dann versuchst du, schneller zu werden.«

Während Charlotte die Passage wiederholte, vernahm Kate eine Reihe sonderbarer Laute aus Richtung der Theke. Der Urheber dieser Geräusche war Corporal Thorne. Sein zerfurchtes Profil ihnen zugewandt, saß er dort, sein einziger Gefährte ein Pint Ale auf dem Tresen. Ob es an den wiederholten Tonfolgen, dem Mischen der Spielkarten oder an

Mrs. Highwoods schrillen Verkündigungen lag, Thorne war sichtlich unwohl, die Schänke mit anderen zu teilen. Derweil Charlotte sich ihrer zweiten Wiederholung derselben Passage widmete, beobachtete Kate, wie der unzugängliche riesenhafte Rohling von einem Mann missmutig auf sein Bier starrte. Dann legte er beide Hände auf den Tresen und fing an, die Fingerknöchel seiner linken Hand knacken zu lassen. Einen nach dem anderen. Mit Absicht. In einer unheilvoll leisen und bedrohlichen Weise, die den Anschein erweckte, dass er darauf sann, etwas – oder *jemanden* – zu malträtieren, sollte sich die eintönige Musikübung fortsetzen.

»Spiel es noch ein *drittes* Mal, Charlotte«, sagte Kate und drückte ihr Rückgrat durch. Thorne war von Furcht einflößender Präsenz, ganz gewiss – jedoch würde er ihrem Unterricht kein vorzeitiges Ende setzen. Wiederholung war unerlässlich für den Lernerfolg, und die Damen hatten jegliches Recht, hier im *Bull and Blossom* zu weilen. Es war sowohl ihr Teesalon als auch die Taverne der Gentlemen. Gerade als Charlotte in Schwung kam und den Schlussteil in flüssigem Tempo spielte, bimmelte die Türglocke, und Pauline kehrte von ihrem Botengang zurück.

»Nun, Mädchen?«, fragte Mrs. Highwood. »Wo ist sie?«

»Miss Minerva war nicht da, Mrs. Highwood.«

»Was? Nicht da? Natürlich ist sie da. Wo sollte sie denn sonst sein?«

»Ich bin mir gewiss, ich habe nicht die leiseste Vermutung, Ma'am. Als ich Miss Diana berichtete, dass Sie Miss Minerva suchen, war sie …«

In diesem Augenblick stürmte Diana durch die Tür.

Die gewachsten Spielkarten schlitterten über den Tisch,

als Mrs. Highwood mitten im Mischen aufblickte. »Gib acht, Liebes. Damit du nicht wieder einen Anfall erleidest.«

»Sie ist fort«, rief Diana. Sie schluckte schwer und versuchte, langsam und tief durchzuatmen. Sie schwenkte ein Blatt Papier. »Minerva ist fort.«

Charlotte unterbrach ihr Klavierspiel. »Was meinst du damit, sie ist fort?«

»Sie ließ eine Nachricht zurück. Selbige muss vom Schreibtisch geglitten sein. Ich fand sie erst vorhin.« Diana glättete das Papier und hielt es vor sich, um den Inhalt vorzulesen.

Als wären sie in der Kirche und nicht in einem Teesalon, erhoben sich die Damen einhellig von ihren Stühlen, gefasst darauf, den erschreckenden Inhalt zu erfahren. An der Theke spitzte selbst Unteroffizier Thorne heimlich die Ohren.

»›Liebe Diana‹«, las die flachsblonde Schönheit laut vor, »›ich bitte um Vergebung, dies wird mehr als überraschend für euch kommen. Aber du, Charlotte und Mama, ihr braucht euch nicht im Mindesten zu sorgen. Ich bin sicher aufgehoben, ich reise mit Lord Payne Richtung Norden. Wir sind nach Schottland durchgebrannt, um dort zu heiraten. Wir sind …‹« Diana senkte das Blatt Papier und blickte zu ihrer Mutter. »›Wir sind hoffnungslos verliebt.‹«

Alle verstummten für eine längere Weile.

Charlotte war die Erste, die das Schweigen brach. »Nein. Nein! Es muss sich um einen Irrtum handeln. Minerva und Lord Payne, durchgebrannt? *Verliebt?* Das ist ein Ding der Unmöglichkeit.«

»Wie können sie bereits seit dem Morgen fort sein?«, forschte Kate. »Hat denn niemand etwas bemerkt?«

Diana zuckte mit den Schultern. »Minerva ist immerzu unterwegs, um Bucht und Klippen zu erkunden. Es ist nicht ungewöhnlich für sie, vor dem Frühstück zu verschwinden und erst mit Einbruch der Dunkelheit zurückzukehren.«

Kate raffte ihren Mut zusammen und wandte sich an den Koloss von Mann an der Theke. »Corporal Thorne?«

Er sah auf.

»Wann haben Sie Lord Payne zuletzt gesehen?«

Der hünenhafte Soldat zog die Stirn in Falten und fluchte. »Gestern, abends.«

»Dann muss es stimmen«, seufzte Diana. »Sie sind zusammen durchgebrannt.«

Neuerliche Besorgnis stach Kate mitten ins Herz. Sie ging zu Diana hinüber und fasste sanft ihren Arm. »Sind Sie schlimm enttäuscht?«

Diana blickte verwirrt. »In welcher Hinsicht?«

Kate deutete mit einem Kopfnicken zu der sichtlich mit ihrer Fassung ringenden Mrs. Highwood. »Ich bin durchaus im Bilde, Ihre Mutter hatte solche Hoffnungen in *Sie* und Lord Payne gesetzt.«

»Gewiss, aber diese teilte ich nie«, flüsterte Diana. »Er ist durchaus charmant und attraktiv, aber meine Gefühle für ihn gingen nie über Freundschaft hinaus. Ich dachte des Öfteren, es wäre in der Tat befreiend für mich, wenn seine Wahl auf eine andere fiele. Aber ich hätte nicht im Traum gedacht, dass Minerva …«

»Minerva verabscheut den Mann«, unterbrach Charlotte. »Sie hat es mir selber etliche Male gesagt.« Sie entriss Diana den Brief. »Ich kann nicht glauben, dass sie ausgerechnet mit ihm durchbrennen würde. Eher könnte man mir weismachen, dass sie von Piraten entführt wurde.«

Kate hob eine Schulter und ließ sie wieder sinken. »Bisweilen kann vordergründige Abneigung ein unterschwelliges Hingezogenfühlen tarnen.«

»Aber sie haben seit Monaten nichts anderes getan, als zu zanken«, gab Charlotte zu bedenken. »Und die halbe Zeit davon konnte Lord Payne sich nicht einmal ihren Namen merken.«

»Er hat sie aber neulich abends zum Tanzen aufgefordert«, beharrte Diana.

»Das ist richtig, sie haben miteinander getanzt«, pflichtete Kate ihr bei. »Allerdings war es eine ziemliche Katastrophe. Nun, wer hätte das gedacht?«

»Niemand. Weil es nicht wahr ist.« Corporal Thorne schob seinen Barschemel vom Tresen zurück und schwang sich auf die Füße, wobei er beinahe mit seinem Kopf an einen vorragenden schwarz gestrichenen Deckenbalken stieß. Mit schweren Schritten durchquerte er die Schenke und gesellte sich zu der kleinen Gruppe von Damen. »Payne hat irgendeinen Plan ausgeheckt, da möchte ich drauf wetten. Ich werde ihnen folgen. Wenn ich unverzüglich aufbreche, kann ich London morgen in der Frühe erreichen.« Er blickte zu Diana. »Wenn sie irgendwo auf der Great North Road sind, werden Lord Rycliff und ich sie finden und Ihre Schwester heimbringen.«

»Nein!« Alle wirbelten herum, um die Urheberin dieses Einspruchs ins Auge zu fassen: Mrs. Highwood. Die Frau verharrte wie festgewachsen auf ihrem Platz, ihre Handteller flach auf den Tisch gepresst, und starrte selbstzufrieden vor sich hin.

Kate war sich unsicher, ob die Matrone überhaupt nur eine Miene verzogen hatte, seit Diana den Brief vorgelesen hatte.

»Niemand wird den beiden folgen«, erklärte die ältere Frau. »Ich habe es von Anfang an gewusst, Lord Payne wird mein Schwiegersohn. Meine Freunde beteuern stets, dass meine Intuition ihresgleichen sucht.« Sie presste eine Hand auf ihren Busen. »Natürlich nahm ich an, dass es Diana wäre, auf die seine Gunst fiele, liebreizend, wie sie ist. Doch es scheint, als hätte ich Minervas Raffinesse unterschätzt.« Ihre blauen Augen funkelten. »Es ist mir schleierhaft, was das gerissene Mädchen tat, um ihn in die Falle zu locken.«

»Sicherlich ist Minerva diejenige, die in eine Falle gelockt wurde«, widersprach Charlotte. »Ich sag's euch, sie wäre niemals mit Lord Payne fortgelaufen. Vielleicht wurde sie entführt!«

»Ich wage zu bezweifeln, dass sie entführt wurde, Charlotte«, wiegelte Diana ab. »Dennoch musst du einräumen, Mama, dass diese Wendung der Ereignisse höchst unvermutet kommt.«

»Unglaublich trifft es eher.« Thorne verschränkte die Arme. »Er führt nichts Gutes im Schilde.«

»Vielleicht ist er wirklich verliebt«, erwog Kate. »Wie der Brief es besagt.«

Thorne schüttelte den Kopf. »Unmöglich.«

»Unmöglich?«, ergriff Kate aufgebracht für Minerva Partei. »Was ist daran unmöglich, dass sich ein Mann in ein ungewöhnliches Mädchen verlieben sollte? Mag sein, dass Minerva nicht die Hübscheste in unseren Reihen ist. Aber vielleicht sieht Lord Payne die Schönheit in ihrem wissbegierigen Verstand oder ihrem freiheitsliebenden Naturell. Ist es wahrhaft so unbegreiflich, dass ein unvollkommenes Mädchen vollkommen geliebt wird?«

Die Highwoods blickten peinlich berührt zu Boden, und Kate wusste, sie hatte sich zu viel herausgenommen. Es ging hier um Minerva, nicht um sie. Ihre Lage war nicht dieselbe. Minerva mochte nicht das hübscheste Mädchen in Spindle Cove sein, aber sie war immerhin eine junge vornehme Dame aus gutem Hause und von bescheidenem Wohlstand. Kate war allein und arm und überdies mit einem physischen Makel gestraft. Keine fabelhaft aussehenden Lords hatten je angeboten, mit ihr durchzubrennen, geschweige denn sie zum Tanzen aufgefordert. Doch so töricht es klingen mochte, sie hielt an ihrer Hoffnung auf die große Liebe fest. Das hatte sie schließlich zeit ihres Lebens getan. Jetzt konnte sie ihren Griff schwerlich lockern.

»Minerva ist meine Freundin«, bekannte sie aufrichtig. »Ich freue mich für sie.«

»Wenn Sie Ihre Freundin ist, sollten Sie in Sorge sein.« Thornes Blick schien die junge Frau zu durchbohren. »Sie bedarf der Rettung.«

Kate hob ihr Kinn und drehte sich zur Seite, sodass sie ihm ihr Profil zuwandte – zeigte ihm ihre unvollkommene, von einem portweinroten Mal verunstaltete Gesichtshälfte. »Sollte es nicht ihrer Mutter vorbehalten sein, das zu entscheiden?«

Mrs. Highwood ergriff Kates Ellbogen. »Miss Taylor hat absolut recht! Wir sollten feiern. Stellen Sie sich vor – meine linkische, komplizierte Minerva, durchgebrannt mit einem Viscount. Manche mögen es unvermutet nennen oder gar ungewöhnlich. Aber solange man mich nicht eines anderen belehrt …« Ein Lächeln breitete sich über das Gesicht der Frau und ließ sie um zehn Jahre jünger erscheinen, »nenne ich es ein *Wunder.*«

9

Minerva wachte in der Nacht auf. *Verstrickt* mit ihm. Einen kurzen lähmenden Augenblick lang war sie zutiefst entsetzt, bis sie sich genau entsann, wann sie eingetroffen war, wo sie war … und mit wem. Sobald ihr wieder einfiel, dass sie sich in der Herberge einer Londoner Kutschenstation befand und dass das schwere Bein, das wie zufällig über ihre beiden gestreckt lag, niemand anders gehörte als Lord Payne … da setzte die wahre Furcht ein.

Er seufzte im Schlaf und drängte sich inniger an sie. Sein Arm spannte sich fester um ihre Taille.

Oh Gott. Er hatte seinen Arm um ihre *Taille* geschlungen. Und das war noch nicht das Schlimmste. Er war gänzlich über ihr, und sie war gänzlich … *unter* ihm. Sein Duft und seine Wärme hüllten sie ein wie ein Kokon. Sein Kinn ruhte schwer auf ihrer Schulter, und seine Nase bohrte sich in die zarte Haut hinter ihrem Ohr. Gewiss, das bestickte Laken bildete eine weiche, nachgiebige Barriere zwischen ihren Leibern. Abgesehen davon waren sie aber so eng ineinander verknäuelt, als wären sie eine einzige Kreatur. Sie starrte hinauf zur Decke. Ihr Puls trommelte laut in ihren Ohren. Der Wunsch, sich zu bewegen, war unerträglich, dennoch wagte sie nicht, sich zu rühren. Ungezählte Minuten lang lag sie ganz still, atmete nur vorsichtig. Spähte in die Dunkelheit.

Lauschte auf das rasende Klopfen ihres Herzens und spürte an ihrem Hals die sanfte Wärme seines Atems. Dann, mit einem Mal, schien sein gesamter Körper gleichsam zu Stein zu erstarren. Sein Griff um ihre Taille verstärkte sich auf ein schmerzhaftes Maß, machte es ihr schwer, Atem zu schöpfen. Das Bein, das er über ihre geschoben hatte, wurde hart wie Eisen. Sein warmer Atem hörte auf, ihren Nacken zu streifen. Er begann zu zittern. So heftig, dass es sie beide schüttelte. Minervas Herzschlag verdoppelte sich in Schnelligkeit und Intensität. Was sollte sie tun? Ihn aufwecken? Mit ihm reden? Untätig bleiben und darauf hoffen, dass diese … Episode … vorüberging? Die entsetzliche, von Hilflosigkeit genährte Ohnmacht war ihr nicht neu. Sie fühlte das Gleiche, wenn Diana von einem Asthmaanfall heimgesucht wurde. Minerva konnte nie viel tun, um ihrer Schwester das Leiden im Zuge ihrer Atemnot zu erleichtern, außer an ihrer Seite zu verweilen und ihr begütigend zuzusprechen. Sie wissen lassen, dass sie nicht allein war. Vielleicht würde ihm das ebenfalls helfen. Zu wissen, dass er nicht allein war. »Colin?«

Er nahm einen harschen, rasselnden Atemzug. Seine Muskeln waren angespannt wie die Sprungfedern eines Bettrostes.

Ihr einer Arm lag gefangen an ihrer Seite, eingeklemmt von dem Gewicht seines Körpers. Indes konnte sie ihre andere Hand benutzen. Sie hob die bebenden Finger und legte sie in einer behutsamen Geste auf seinen Unterarm. Mit dem Erlöschen des Feuers war es in der Kammer längst kalt geworden, doch seine Haut war feucht vom Schweiß. »Colin.« Sie fuhr mit ihren Fingern über seinen Unterarm, auf und ab, mit langen, besänftigenden Bewegungen. Sie wünschte, sie könnte mehr von ihm streicheln – sein Haar, seinen Rücken, sein Gesicht. Doch solange er seine schraubstockartige Umklammerung ihres Körpers nicht lockerte, war das alles, was sie für ihn zu tun vermochte. Ihre Zuwendung schien indes nicht das Leiseste zu bewirken. Er zitterte jetzt aufs Heftigste, und sein Atem ging immer hektischer. Sein Herzschlag hämmerte gegen ihre Schulter. Dies war so viel schlimmer als in der Höhle. Dort schien ihn dagegen nur eine leichte nervöse Unrast ergriffen zu haben. Nun schien er um sein nacktes Überleben zu kämpfen.

Ein Laut drängte sich aus seiner Kehle. Ein schroffes, furchterfülltes, beinahe unmenschliches Stöhnen. »Nein«, keuchte er. Dann, nachdrücklicher: »*Nein!* Das lasse ich nicht zu. Verschwinden Sie. Verschwinden Sie, Sie verdammte Hexe.«

Sie wand sich innerlich. Sie hatte ihn noch niemals in einem derart brutalen Ton reden gehört.

Oh Gott. Oh Colin. Was machen Sie da gerade durch?

Verzweifelt bemüht, etwas – *irgendetwas* – zu tun, um ihn von jenem finsteren, schreckerfüllten Ort fortzuholen, griff sie zu einem Trick, den er sie auf dem Tanzboden gelehrt hatte. Sie ließ ihre Finger zu der empfindlichen Unterseite seines Arms gleiten und zwickte ihn dort fest.

Er zuckte im Schlaf und schrak hoch, während er einen tiefen, gurgelnden Atemzug nahm. Wie ein Ertrinkender, der für einen verschwindend kurzen Moment an die Wasseroberfläche gelangt.

»Colin, ich bin es. Minerva. Ich bin hier.« Sie drehte sich in seiner erschlaffenden Umarmung herum, um ihn anzusehen. Sie strich sacht über seine Stirn. »Sie sind nicht allein. Ja, so ist es gut. Schöpfen Sie tief Atem. Ich bin da.«

Zwar blieben seine Augen geschlossen, doch die Anspannung in seinem Körper verebbte. Sein Atem verlangsamte sich auf ein normales Maß.

Ihr aufgebrachter Puls nutzte dankbar die Gelegenheit, sich gleichfalls zu beruhigen. »Ich bin da«, wiederholte sie. »Sie sind nicht allein.«

»Min.« Seine Stimme klang wie ein Krächzen, von Watte umhüllt. Rau und weich, beides zugleich. Er angelte nach einer von Minervas Locken und drehte diese zwischen seinen Fingerspitzen. »Habe ich Ihnen Angst eingeflößt?«

»Ein wenig.«

Er knurrte eine leise Verwünschung und zog sie eng an seine Brust. »Tut mir leid, kleine Lady. Jetzt ist alles gut.« Seine Brust hob und senkte sich unter einem tiefen Atemzug. »Alles ist gut.«

Bemerkenswert. Nach der Episode, die er gerade erlebt hatte, war er derjenige, der *sie* tröstete. Und er machte seine Sache zudem sehr gut. Seine Finger streichelten ihre Schläfe mit geschickten, besänftigenden Strichen. Die Erleichterung darum zu wissen, dass der Anfall vorüber war … sie ließ Minerva entkräftet und rückgratlos zurück. Schwach. »Kann ich Ihnen vielleicht irgendetwas holen?«, murmelte sie, ihre Stirn an seine Brust gedrückt. »Einen Brandy? Tee? Würde es … helfen zu reden?« Als er nicht antwortete, sorgte sie sich, sie könnte ihn in seinem Stolz verletzt haben.

Er drückte einen Kuss auf ihren Scheitel. »Schlafen Sie ruhig weiter.«

Also tat sie, wie von ihm geheißen. Sie kuschelte sich in seine schützende Wärme und ließ sich von seinem ruhigen, gleichförmigen Herzschlag wieder in den Schlaf lullen.

Als Minerva das nächste Mal aufwachte, war es heller Tag. Und sie war allein. Mit einem Ruck setzte sie sich kerzengerade in ihrem Bett auf. Schwaches Sonnenlicht filterte durch das einzige, staubblinde Fenster in die Kammer. Bei Tageslicht sah der Raum noch schäbiger aus als am Abend zuvor. Nachdem sie ihre Brille aufgesetzt hatte, sah sie sich um. Alle ihre Sachen waren noch da. Indes entdeckte sie keinerlei Hinweis auf Colin. Weder seine Stiefel noch seinen Überrock oder seine Handschuhe konnte sie entdecken – seine Krawatte hing auch nicht über dem Stuhlrücken. Ihr drehte sich der Magen um. Er konnte doch nicht etwa abgereist sein, oder? Sie kletterte aus dem Bett und begann, den Tisch zu inspizieren, dann die Schubfächer der Kommode. Sicherlich hätte er zumindest eine Nachricht hinterlassen. Als sie keine fand, beeilte sie sich mit ihrer Morgentoilette und kleidete sich so rasch wie möglich an. Ihre Vernunft sagte ihr, dass er mit an Sicherheit grenzender Wahrscheinlichkeit unten in der Gaststube war, doch fühlte sie sich entschieden besser bei dem Gedanken, dies mit eigenen Augen zu überprüfen.

Und tatsächlich, kaum dass Minerva den Frühstücksraum betrat, erblickte sie Colin, der sich sogleich von seinem Stuhl erhob, um sie zu begrüßen. »Ah. Da sind Sie ja.«

Er hatte ein Bad genommen und sich rasiert. Sie sah, dass sein Haar noch feucht hinter den Ohren war. Jemand hatte seinen Offiziersrock ausgebürstet und vom schlimmsten Reisestaub befreit. Das Dunkelblau des Stoffs bildete einen würdigen Kontrast zu dem Schneeweiß seines frischen Hemdes und der in gedeckten Farben gehaltenen Krawatte. Seine Stiefel waren geschwärzt und auf Hochglanz poliert. Er sah gut aus. Wahrhaft *attraktiv*. Nicht bloß ansehnlich, sondern voller

Elan und kraftstrotzend. Nachdem er letzte Nacht neben ihr gestöhnt und gezittert hatte, erfüllte sie sein Anblick mit tiefer Erleichterung. Sie war so in Sorge um ihn gewesen.

»Colin, ich …« Seltsam überwältigt, legte sie eine Hand auf sein Revers.

»Ich hoffe doch, Sie haben gut geschlafen. Wir haben schon auf Sie gewartet«, raunte er ihr leise zu.

Verblüfft sah sie sich um. »*Wir?*«

»Ja, liebe Schwester«, sagte er laut hörbar und nahm ihre Hand in seine. »Gestatte mir, dir die Fontleys vorzustellen.«

Liebe *Schwester*? Erstaunt starrte sie ihn aus weit aufgerissenen Augen an.

»Dies sind Mr. und Mrs. Fontley.« Er fasste sie bei den Hüften und drehte sie herum, als sei sie eine porzellanene Tänzerin in einer Spieluhr, an der er das kunstfertige Aufziehgewinde betätigte.

Minerva wurde sich bewusst, dass sie vor einem freundlich dreinblickenden Paar einen Knicks machte. Silberne Fäden durchzogen das schüttere Haar des Gentlemans, und seine Gattin lächelte sie unter einer sittsamen Spitzenhaube hinweg an.

»Die Fontleys haben dir einen Platz in ihrer Kutsche angeboten. Sie reisen gleichfalls nach Norden.«

»Oh! Ich bin überaus erfreut, Ihre Bekanntschaft zu machen«, sagte Minerva, und das war wahrlich aufrichtig gemeint.

Eine Hand auf die Verjüngung ihrer Wirbelsäule gelegt, drehte Colin sie abermals herum, damit sie sich der anderen Seite des Frühstückstischs zuwandte. »Und das sind ihre Kinder. Mr. Gilbert Fontley und Miss Leticia.«

»Angenehm. Ganz meinerseits.« Gilbert, ein junger Mann an der Schwelle zum Erwachsenwerden, erhob sich von seinem Stuhl und deutete eine höfliche Verbeugung an.

»Bitte, nennen Sie mich Lettie«, sagte das Mädchen mit strahlenden Augen und reichte Minerva die Hand. »Das machen alle.«

Lettie besaß das gleiche rotblonde Haar und den blassen sommersprossigen Teint wie der Rest ihrer Familie. Sie sah aus, als wäre sie nur wenige Jahre jünger als Charlotte. Zwölf, vielleicht dreizehn.

Gilbert brachte einen Stuhl für sie, und Minerva nahm darauf Platz.

Mrs. Fontley lächelte. »Wir sind hocherfreut, dass Sie sich zu uns gesellen wollen, Miss Sand. Es ist uns eine Ehre, Sie zu Ihren Verwandten nach York zu begleiten.«

Miss Sand? Verwandte in York? Sie warf Colin einen verzweifelten Blick voller Fragen zu. Aber der niederträchtige Schuft antwortete nicht.

Mrs. Fontley rührte ihren Tee um. »Ich denke, es ist nur zuträglich für Gilbert und Lettie, die Bekanntschaft junger Menschen wie Ihnen zu machen. Menschen, die solch Gutes in der Welt tun. Gilbert hat ein Auge auf die Kirche, wissen Sie. Er wird diesen Herbst nach Cambridge gehen.«

Gilbert ergriff das Wort. »Miss Sand, Ihr Bruder hat uns einiges von Ihren missionarischen Bemühungen in Ceylon berichtet.«

»Oh, hat er das?« Mit einer Miene äußerster Skepsis blickte Minerva zu besagtem »Bruder«. »Bitte erzähle doch. Welche Geschichten von unseren guten Taten hast du denn bereits enthüllt, *Colin*?« Sie legte besondere Betonung auf seinen

Namen. Seinen Vor- und Taufnamen. Wenn er ihren Bruder spielte, hatte sie diesen schließlich zu verwenden. Nun wollte sie einmal sehen, ob er sich an ihren erinnerte – und ihn auch zu benutzen gedachte. Sie stützte das Kinn in die Hand und musterte ihn mit einem feinsinnigen Lächeln.

Er lächelte zurück. »Ich war gerade dabei, umfassend über unsere Zeit in Ceylon zu berichten, liebste … M.«

M. So also beabsichtigte er, sein Erinnerungsproblem zu lösen. Nicht indem er sich tatsächlich auf ihren Namen besann, sondern indem er sie auf ein Initial reduzierte. Großartig.

»Miss Sand, er wollte uns umfänglich über Ihre Jahre missionarischer Arbeit erzählen, wie Sie den Armen und Unglücklichen halfen, die Hungrigen speisten und kleine Kinder Lesen und Schreiben lehrten.«

Letties Augen weiteten sich. »Haben Sie Ihre Schulmädchenjahre tatsächlich damit zugebracht, Aussätzige zu heilen?«

Minerva presste die Lippen aufeinander. Sie traute ihren Ohren nicht. Von allen falschen Identitäten, die man annehmen konnte … Missionare, die in Ceylon Aussätzige heilten?

»Nicht im eigentlichen Sinne, nein.«

»Was meine liebe Schwester meint«, Colin schlang seinen Arm um den Rücken von Minervas Stuhl, »ist, dass nicht alles beständig harte Arbeit war. Wir waren immerhin noch Kinder. Unsere lieben Eltern, möge Gott ihren Seelen Frieden schenken, ließen uns ausgiebig Zeit für Erkundungen.«

»Erkundungen?« Gilbert reckte wissbegierig den Kopf.

»Oh ja. Ceylon ist ein wunderschönes Fleckchen Erde. All diese üppigen Dschungel und hohen Berge. Wir verließen die Hütte unserer Familie häufig früh am Morgen – ich und

M – mit nicht mehr als einem Stück Brot in unseren Taschen. Dann verbrachten wir unseren gesamten Tag draußen, mit abenteuerlichen Erkundungstouren. Wir schwangen uns von Liane zu Liane. Verspeisten Mangos direkt von den Bäumen. Ritten Elefanten.«

Minervas Blick wechselte von einem Mitglied der Familie Fontley zum nächsten. Es schien ihr unbegreiflich, dass irgendjemand dieser hanebüchenen Geschichte Glauben schenken konnte. Elefanten und Mangos? Doch sie hingen alle wie gebannt an Colins Lippen, eine Mischung aus Verwunderung und Verehrung in den identisch wasserblauen Augen. Nun, dies war zumindest ein wenig Balsam für ihre Seele, nach dem, was ihr neulich nachts im Turm widerfahren war. Sie war nicht die Einzige, die auf seine Geschichten hereinfiel. Ganz offenkundig setzte er sein Talent zum vorsätzlichen wilden Fabulieren des Öfteren ein – und mit nachhaltigem Erfolg.

»Dann streiften Sie ganze Tage durch den Dschungel?«, wollte Lettie wissen. »Hatten Sie denn keine Furcht, von Tigern verspeist zu werden? Oder sich zu verirren?«

»Aber nein, niemals. Ich hätte Befürchtungen gehegt, wäre ich allein gewesen. Doch wir waren stets zu zweit, wissen Sie. Und wir hatten unsere eigenen Gepflogenheiten. Ein Spiel, das wir spielten, wann immer es uns hinaus auf die Jagd nach Abenteuern zog. Sollten wir uns im dichten Gehölz des Urwalds aus den Augen verlieren, würde ich einfach ausrufen: ›Halali!‹, und M riefe dann zurück …« Colin drehte sich zu ihr um, die Augenbrauen hochgezogen, als harrte er darauf, dass sie seinem epischen Unfug die Krone aufsetzte.

»Du hast einen Knacks im Oberstübchen«, sagte sie.

Er schlug mit der flachen Hand auf den Tisch. »Exakt das

war es! Ich riefe ›Halali!‹, und sie riefe zurück ›Du hast einen Knacks im Oberstübchen!‹ – ganz vergnügt und unbekümmert. Auf diese Weise hätten wir uns immer wiedergefunden.«

Sämtliche Mitglieder der Familie Fontley lachten herzlich.

»Welch ein ausgeklügeltes Spiel«, sagte der Vater mit strahlender Miene.

»Nichts wird uns jemals trennen, nicht wahr, M?« Colin fasste ihre Hand und drückte sie, während er ihr einen zärtlichen Blick schenkte. »Ich glaube, ich werde niemals solche Verbundenheit mit einer anderen Seele teilen, wie ich sie mit meiner Schwester empfinde.«

Auf der anderen Seite des Tisches seufzte Mrs. Fontley. »Solche herzensguten jungen Menschen.«

Einige Zeit später, als die Bediensteten ihre Truhen auf der Kutsche der Fontleys festzurrten, nutzte Minerva die erste sich bietende Gelegenheit, Colin beiseitezunehmen.

»Was machen Sie da?«, zischte sie ihm ins Ohr.

»Ich mache, dass Ihnen wohl ist mit Ihrer Entscheidung«, murmelte er. »Die Fontleys würden Ihnen niemals gestatten, mit ihnen zu reisen, wenn wir die Wahrheit enthüllten.«

»Vielleicht. Aber müssen Ihre Geschichten dafür so schändlich übertrieben sein? Aussätzige heilen und Elefanten reiten in Ceylon? Das ist absurd! Wie kommen Sie bloß auf derartige geistige Eskapaden?«

Er zuckte mit den Schultern. »Das nennt man Improvisation.«

»Die Fontleys sind anständige Leute. Es ist gemein und gewissenlos, ihnen derart infame Lügen aufzutischen.«

»Wir reisen unter Vortäuschung falscher Tatsachen. Unter Vorausschickung einer erfundenen Verlobung. Verwenden falsche Namen. Und es war alles Ihre Idee. Jetzt ist schwerlich die Zeit für moralische Bedenken, kleine Lady.«

»Aber …«

Er hob eine Hand. »Wenn meine Unterhaltung der Fontleys mit ein paar wenigen übertriebenen Geschichten als gewissenlos zählt, dann schlage ich vor, Sie lernen, das Wesen der Gewissenlosigkeit zu begrüßen. Wenigstens für den Rest der Woche. Ihr Mitreiseangebot ist ein wahres Geschenk. Es wird uns eine Menge Geld sparen und möglicherweise auch Ihren Ruf schützen. Mit Mrs. Fontley haben Sie immerhin eine Anstandsdame dabei.«

Minerva kam nicht umhin, die Vorteile, die er aufzählte, anzuerkennen. »Das ist alles schön und gut. Aber ich bin diejenige, die mit ihnen über Tage hinweg in einer Kutsche reisen und Ihre närrischen Geschichten weiterspinnen muss.«

»Ganz recht. Also, warum machen Sie sich keinen Spaß daraus?«

»Einen Spaß?«

Er fasste sie bei den Schultern und wartete geduldig, dass sie seinen Blick erwiderte. Mit großem Widerwillen blickte Minerva schließlich auf. Es war ihr unmöglich, klar zu denken, wenn sie in diese warmen haselbraunen Augen sah.

»Leben Sie den Augenblick, M. Das ist Ihre Chance, aus Ihrem Schutzpanzer zu krabbeln. Irgendwo dahinter verbirgt sich ein interessantes, selbstsicheres Mädchen. Es kommt hie und da für ein kurzes Blinzeln zum Vorschein. Versuchen Sie, dieses Mädchen zu sein, für einige wenige Tage. Ansonsten werden Sie auf dieser Reise nicht weit kommen.«

Minerva biss sich auf die Unterlippe. Sie wollte so gern glauben, dass ein interessantes, selbstsicheres Mädchen in ihr steckte und dass endlich jemand dieses Mädchen deutlich wahrnahm. Indes konnte sie sich des Eindrucks nicht erwehren, dass er bei ihr mit dem gleichen Trick arbeitete, den er bei den Fontleys angewendet hatte. Er überschüttete sie mit falschem Lob. Erzählte ihr schlicht das, was sie hören wollte. Belog sie. Einmal mehr.

»Es handelt sich doch lediglich um ein paar harmlose Übertreibungen.« Er schob sie behutsam zu der Kutsche. »Sehen Sie es so, als würden Sie einen Hügel hinunterlaufen. Wenn Sie versuchen, zu verlangsamen und auf Ihre Schritte zu achten, dann werden Sie zwangsläufig einen Fehltritt begehen und stolpern. Aber wenn Sie sich einfach von der Geschichte mitreißen lassen, wird alles bestens ausgehen.«

»Sind Sie bereit, Miss Sand?«, erkundigte sich Mr. Fontley. »Mrs. Fontley und die Kinder sind bereits eingestiegen.«

Minerva nickte.

Colin half ihr in die Kutsche. Sobald sie ihren Platz neben Lettie eingenommen und ihre Röcke geglättet hatte, schloss ihr »Bruder« den Kutschenverschlag und steckte den Kopf durch das geöffnete Fenster. »Ich werde vorausreiten, M. Fürchte dich nicht. Wenn du meine Hilfe brauchst, gleich welcher Art, weißt du, was zu tun ist.« Er schenkte ihr ein breites Grinsen und rief laut: »Halali!«

In einem Atemzug riefen Lettie und Gilbert zurück: »Du hast einen Knacks im Oberstübchen!«

Mit einem verhaltenen Stöhnen vergrub Minerva ihr Gesicht in den Händen.

»So ist es seit jeher zwischen mir und M gewesen«, sagte Colin. Während sie durch ein kleines Waldstück schlenderten, schob er Äste beiseite, um ihnen den Weg freizuhalten. »Seit wir in der Wiege lagen.«

»Wahrhaftig?«, fragte Lettie. »Schon als Babys?«

Minerva rollte mit den Augen. Woher nahm er bloß die Energie, diese himmelschreienden Lügengeschichten weiterzuspinnen? Sie war erschöpft. Als sie zum Mittagessen und für einen Pferdewechsel angehalten hatten, war sie bereits den ganzen Morgen seinen symbolischen Hügel hinuntergelaufen, hatte eine unfassliche Unwahrheit nach der anderen herausgebracht, um die grenzenlose Neugier der Fontleys zu befriedigen. Sie hatte gehofft, ihnen kurz zu entkommen, unter dem Vorwand eines kleinen Spaziergangs, um sich die Beine zu vertreten.

Doch wie nicht anders zu erwarten, wollte Colin sie natürlich begleiten. Und Lettie und Gilbert hatten sich ihnen angeschlossen.

»Oh ja«, fuhr Colin fort. »Meine Schwester und ich haben seit jeher diese tiefe Bindung, die keiner Worte bedarf. Wir führen ganze Konversationen, ohne ein Wort zu wechseln.« Er sah zu ihr. Sie hielt seinem Blick stand.

Er hatte recht. Sie konnten tatsächlich eine ganze Konversation bestreiten, ohne ein Wort zu wechseln. Und die Konversation, die sie jetzt gerade führten, lautete in etwa folgendermaßen:

»Colin, hören Sie auf damit.«

»Ich denke nicht, dass ich das tun werde, M.«

»Dann werde ich Sie dazu zwingen.«

»Tatsächlich? Wie denn?«

»Ich bin mir noch nicht sicher, aber es wird langsam und qualvoll für Sie werden. Und ich werde sämtliche Beweisstücke vernichten.«

»Sie hat mir einmal das Leben gerettet«, enthüllte er soeben den jungen Fontloys.

»Wer?«, forschte Lettie. »Miss Em?«

»Ja, in der Tat. Sie befreite mich kurzerhand aus den Klauen des Todes. Es ist eine grandiose Geschichte.«

Während sie durch das knöchelhohe Gras streifte, verschluckte Minerva sich fast an einem Lachen. *Oh, dessen bin ich mir gewiss.*

»Erzählen Sie. Ich bin sicher, diese Geschichte spricht Miss Sand große Anerkennung aus.« Gilbert betrachtete Minerva mit Bewunderung in den Augen. Und nicht zuletzt einem Aufblitzen von Vernarrtheit.

Ach du liebe Güte. Als hätte es keinen besseren Zeitpunkt für ein jungen Mann gegeben, letztlich eine Schwärmerei für sie zu entwickeln.

»Nun, es begann alles im tiefsten Urwald«, fuhr Colin fort. »Eines Tages, als wir wieder einmal unserem Forscherdrang nachgaben, wurde ich von einem seltenen, hochgiftigen Insekt gebissen.«

Letties Augen funkelten. »Und Miss Em schnitt die Wunde auf und saugte das Gift aus!«

»Nein, nein. Daran war kein Denken. Das Gift wirkte zu schnell.«

»Also schleifte sie Sie zurück nach Hause, damit man Ihnen half?«

»Nein, da muss ich Sie leider enttäuschen.« Colin schüttelte den Kopf. »Ich war zu schwer für sie.«

»Folglich ließ ich ihn sterben und lief nach Hause zum

Nachtmahl«, warf Minerva fröhlich ein. »Ende der Geschichte.«

Gilbert lachte. »Natürlich taten Sie das nicht. Sie holten Hilfe, nicht wahr?«

»Genauso war es«, pflichtete Colin ihm bei.

Sie erreichten das Ufer eines Stroms. Colin stützte einen Fuß auf einen umgestürzten Baumstamm.

»Ich möchte wetten«, sagte Lettie, während sie sich neben seinem Stiefel niederließ, »dass sie wie irrsinnig den ganzen Weg heimrannte und noch gerade rechtzeitig zurückkehrte. Begleitet von einem Eingeborenenarzt, um Sie mit seinen geheimnisvollen Gesängen und Pulvern zu heilen.«

Ob der Fantasie des Mädchens musste Colin lächeln, schüttelte dann aber den Kopf. »Nein. In der Tat, als sie endlich mit Hilfswilligen zurückkehrte, war es zu spät. Sie konnte mir nicht mehr helfen. Ich war dahingeschieden.«

Alle verstummten.

»Aber …« Lettie krauste die Stirn. »Aber das kann nicht sein. Sie sind hier und weilen noch unter uns.«

»Was war geschehen?«, forschte Gilbert.

Ganz recht, was war geschehen?, hätte Minerva beinahe selber eingeworfen. Sogar sie war atemlos zu erfahren, was als Nächstes käme, als er, dahinsiechend nach einem seltenen ceylonesischen Käferbiss, im Dschungel lag.

Nichts war geschehen, du dumme Gans. Es ist alles eine große Lüge.

Colin räusperte sich umständlich. »Nun, ich vermag Ihnen nicht im Einzelnen darzulegen, was genau geschah. Weil ich ohnmächtig im dichten Gehölz des Urwalds zusammenbrach und mich danach an nichts mehr zu erinnern vermag. Ich war in ein tiefes Koma gefallen, so scheint es. Meine Vitalfunktionen waren derart schwach, dass meine Familie glaubte, ich sei tot. Sie beteten für mich, präparierten meinen Leichnam und betteten mich in einen Holzsarg. Das Nächste, was ich weiß, ist, dass ich unter der Erde wieder zum Leben erwachte. In der Finsternis. Lebendig begraben.«

»Gott steh mir bei«, kreischte Lettie und klammerte sich an seinen Stiefel. »Was taten Sie dann?«

»Ich schrie. Ich wimmerte. Ich krallte meine Finger in die Holzlatten, die mich einschlossen, bis das Blut unter meinen aufgerissenen Nägeln hervorspritzte. Ich verzweifelte und bibberte vor Entsetzen. Ich schrie, bis meine Kehle rohes Fleisch war.« Seine Stimme hatte einen eigentümlichen Klang angenommen. Er sah auf, suchte Minervas Blick. »Und irgendwann hörte sie mich. Nicht wahr, M? Du hörtest mich, als ich durch die Finsternis rief. Ich war allein und verängstigt. Aber in der Dunkelheit der Nacht hörtest du die verzagten Schreie meines Herzens.«

Minerva schluckte bittere Galle hinunter, die in ihrer Kehle aufgestiegen war. Ihr gefiel diese Geschichte längst nicht mehr. Sie war sich nicht sicher, worauf Colin anspielte. Offensichtlich war diese Beschreibung seines Kindheitstraumas, gefangen und weinend in der Dunkelheit, für sie bestimmt. Ihr schien, dass er die Episode der letzten Nacht nicht vergessen hatte. Er erinnerte sich daran. An alles. Und jetzt wünschte er sich … ja, was genau? Ihr für ihre Hilfe zu danken? Sie für ihre Besorgnis zu verspotten?

Colin unterbrach ihre Gedanken: »Möchtest du das Folgende erzählen, M?«

Sie schüttelte den Kopf. »Danke, nein.«

Er wandte sich wieder den jungen Leuten zu. »Sie kam auf den Kirchhof gelaufen und begann, mit ihren bloßen Händen im Erdreich zu graben. Als ich diese Geräusche vernahm … nun, ich dachte zunächst, ich wäre tatsächlich gestorben, und die Hunde der Hölle würden an meinem Sarg kratzen.«

Lettie kreischte abermals auf und biss sich in die Fingerknöchel.

»Bis zum heutigen Tag habe ich für Hunde nichts übrig«, bekannte er.

»Oh, wie traurig.«

Im Geiste vernahm Minerva das Echo seiner gleichsam bestialischen Schreie: *Verschwinden Sie, Sie verdammte Hexe.*

»Ich versuchte zu rufen, doch brachte ich keinen Laut mehr heraus. Im Sarg wurde es zunehmend stickiger, ich bekam kaum noch Luft. Als die Laute näherdrangen, gelang es mir, einen winzigen Atemhauch in meine Lunge zu ziehen. Genug, um ein Wort zu rufen.« Er machte eine dramatische Pause, ehe er flüsterte: »Halali?«

Die Fontley-Kinder hielten den Atem an.

»Und Sie erraten sicherlich, welch süße Worte ich im Gegenzug vernahm.«

»Du hast einen Knacks im Oberstübchen«, verkündeten sie unisono und hatten Mühe, sich das Lachen zu verkneifen.

»Exakt«, antwortete Colin. »Sie hatte mich aus den Klauen des Todes gerettet. Meine liebe, wagemutige Schwester.«

Ihre Blicke trafen sich, und Minerva sah eilig fort. Sie wusste nicht, was sie davon halten sollte, aber sie fühlte … etwas. Und sie fühlte es tief in ihrem Herzen.

Gilbert wandte sich an sie. »Wie tapfer Sie waren, Miss Sand.«

Sie winkte ab. »Aber beileibe nicht.«

»Sie ist zu bescheiden. Das war schon immer so.« Colin stieß sich von dem gefällten Stamm ab und stupste sie neckisch am Kinn, ehe er den Weg zur Landstraße vorausging. »Warten Sie nur, bis Sie die Geschichte von M und der Kobra hören.«

10

»Und das«, Colin tippte mit seiner Gabel gegen seinen mittlerweile geleerten Essteller, »ist die Geschichte von der Kobra.« Mit einem Gefühl tiefer Befriedung lehnte er sich auf seinem Stuhl zurück.

Alle Fontleys richteten ihren Blick in ehrfürchtiger Bewunderung von ihm auf Minerva.

Minerva funkelte ihn an. »Ich bin keine Schlangenbeschwörerin.«

»Natürlich nicht. Schlangenbeschwörer benötigen eine Flöte.« Er wandte sich wieder den Fontleys zu. »Glauben Sie mir, sie verzauberte die Kreatur allein mit ihrer süßen Stimme. Die Schlange wollte nach diesem Tag nicht mehr von ihrer Seite weichen. Das schuppige Ding glitt neben ihren Füßen her, durch ganz Ceylon. Wir machten sie zu unserem Haustier und nannten sie Sir Alisdair.« Unter dem Tisch traf ein heftiger Tritt seinen Schenkel. Er überspielte seinen Schmerzensschrei mit einem Hüsteln. Colin wusste, dass er für seine Geschichte später würde bezahlen müssen. Dennoch konnte er einfach nicht widerstehen, sie zu provozieren. Hatte dem seit ihrer ersten Begegnung nicht zu widerstehen vermocht. Heute, von allen Tagen, wünschte er sich jedoch, sie endlich aus der Reserve zu locken, dass sie jenen Schutzwall einriss, den sie um sich errichtet hatte. Er wollte sich überraschen lassen. Mehr als das noch – ihm war daran gelegen, dass die ungeteilte Aufmerksamkeit der Anwesenden ihr galt. Denn wenn er ihr Gelegenheit zu einem Vieraugengespräch gab, so schwante ihm, dass sie dieses in eine sehr unangenehme Richtung lenken würde. Eine, die letzte Nacht beinhaltete, und er wollte nicht über letzte Nacht reden. In der ihm eigenen vorsichtigen Weise hatte er ihr bereits alles nahegebracht, was sie zu wissen brauchte. So viel wie er noch niemandem offenbart hatte. Mehr musste sie nicht erfahren.

»Miss Sand«, sagte Gilbert Fontley, »wie können wir Sie überzeugen, uns mit Ihrem Gesang zu erfreuen?«

Entsetzen flackerte in ihren Augen auf. »Gar nicht.«

»Mr. Fontley ist ein großer Liebhaber von Musik«, erklärte Mrs. Fontley und tätschelte den Arm ihres Gemahls. »Wie ich selber auch. Miss Sand, wir wären hocherfreut, Ihnen lauschen zu dürfen. Tun Sie uns doch den Gefallen, Liebes. Dort steht sogar ein Pianoforte.«

»Aber …« Sie schluckte schwer und erwiderte schwach: »Mir fehlt es an Übung.«

Colin beobachtete, wie ihr Blick durch den zum Bersten gefüllten Speiseraum des Gasthauses schweifte. In einem Ort, so klein wie diesem, diente der Speiseraum eines Gasthauses auch als öffentlicher Schankraum. Etwa dreißig Personen drängten sich in der Lokalität, zu gleichen Teilen Reisende, um dort die Nacht zu verbringen, und ortsansässige Männer, die ein Pint mit ihren Nachbarn genossen. Eine treffliche Mischung.

Die junge Miss Lettie zog mit zu Felde. »Oh bitte, Miss Em. Singen Sie doch für uns.«

»Komm schon, M«, pflichtete Colin bei. »Lediglich ein oder zwei Lieder.«

Minervas Lippen wurden schmal. »Aber *Bruderherz*, du weiß doch, dass ich das Singen aufgegeben habe. Nach dem grauslichen Vorfall mit dem Tausendfüßler und der Kokosnuss und den … den gestohlenen Rubinen.« Ehe er auf weitere Ausführungen drängen konnte, beeilte sie sich hinzuzufügen: »Wir haben einen Eid geschworen, auf die Gräber unserer Eltern, Selbiges nie, niemals wieder zu erörtern.«

Er grinste. Jetzt war der Funke übergesprungen. »Das ist wahr. Aber heute ist mein Geburtstag. Und an meinem Geburtstag machst du immer eine Ausnahme.«

»Du weißt sehr wohl, dass heute nicht …«

»Heute ist Ihr Geburtstag, Sand?«, übertönte Mr. Fontley Minervas Protest. »Mit Verlaub, warum haben Sie uns das verschwiegen? Wir sollten auf Ihr Wohl trinken.« Der ältere Gentleman rief das Serviermädchen zu sich und bestellte eine Runde Sherry für ihren Tisch.

Als die Gläser herumgereicht wurden, sagte Minerva mit Nachdruck: »Aber mein lieber Bruder, du trinkst niemals Alkohol.«

»An meinem Geburtstag mache ich eine Ausnahme.« Er hob sein Glas zu einem Salut und trank. Er hörte, dass sie missfällig schnaubte.

»Wollen Sie denn gar nicht für uns singen, Miss Em?«, bettelte Lettie erneut. »Ich sehne mich so nach ein bisschen Musik. Und es ist Mr. Sands Geburtstag.«

Sogleich schlossen sich alle Fontleys in einem Chor der Ermutigung an.

Minerva drehte sich zu ihm und sagte schlicht: *»Colin.«* In ihren großen dunklen Augen war ein stummes Flehen zu lesen: *Tun Sie mir das nicht an.*

Zwar quälte ihn sein Gewissen, doch wollte er nicht nachgeben. Er wusste längst um jenen Blick in ihren Augen. Darin verfing sich stets ein wildes aufbegehrendes Funkeln, kurz bevor sie etwas Außergewöhnliches tat.

»Na fein«, sagte sie. »Ich werde singen.«

Sie hob das Glas Sherry an ihre Lippen, leerte es in einem Zug und stellte es mit einem entschlossenen Klirren wieder ab. Dann stützte sie beide Hände flach auf die Tischplatte und erhob sich geschmeidig. Langsamen, festen Schrittes ging sie zum Pianoforte hinüber. Sie nahm ihre Brille ab und hielt sie zugeklappt in ihrer Hand. Mit einem Finger schlug sie eine einzelne Klaviertaste an und summte, die Augen geschlossen, die Note nach. Dann öffnete sie den Mund und sang. Gut. Sie sang sehr, sehr gut.

Überraschung.

In dem überfüllten Raum wurde es so still, dass Colin förmlich hören konnte, wie sämtliche Kiefer aufklappten. Das Lied, das sie ausgewählt hatte, war eine altbekannte Ballade. Keine schwierigen Tonfolgen oder opernhafte Triller, sondern eine schlichte, eingängige Melodie, die zu ihrer klaren, gefühlvollen Stimme passte. Es war kein Lied, geeignet für ein Hauskonzert, oder eines für die Salons der Spindle Cove Damen. Indessen war es perfekt für einen kleinen Landgasthof. Die Art von musikalischer Untermalung, die nicht störend oder aufdringlich wirkte. Die es nicht darauf anlegte, das Gehör zu verwirren oder den Verstand einzunehmen, sondern die direkt ins Blut ging. Und zu Herzen. *Zum Henker.* Es war irrsinnig, dergleichen zu denken – geschweige denn es auszusprechen –, aber ihr Gesang zielte geradewegs auf sein Herz. Es führte kein Weg daran vorbei. Colin war verzaubert.

So verzaubert wie eine ceylonesische Kobra. Mehr als das noch, er war stolz. Als die in der Ballade besungenen Geliebten ihr unvermeidlich tragisches Ende erlitten und die Menge in begeisterten Applaus ausbrach, klatschte Colin mit ihnen. »Das ist mein Mädchen«, murmelte er. Obschon sie das in Wahrheit natürlich nicht war. Er hatte keinerlei Anrecht auf sie. Zu denken, dass all die Zeit – jeden lieben langen Tag, den er in Spindle Cove verbracht hatte – dies in ihr geschlummert hatte. Dieses herrliche, anrührende Lied. Der Mut, es vor einer Ansammlung von Fremden zu singen. Die Süße, ihn in der Nacht zu trösten, wenn er sich mit Zähnen und Klauen seinen Weg zurück aus der Hölle erkämpfte. Wie war ihm das so lange verborgen geblieben? Warum hatte er bislang nichts davon gewusst?

Die Fontleys – wie auch jeder andere Gast im Schankraum – hielten sie mit anfeuernden Rufen dazu an, ein weiteres Lied anzustimmen.

Minerva wiegte unentschlossen den Kopf.

»Nur noch eines«, rief Colin ihr zu, die Hände trichterförmig um den Mund gelegt. »Meinen Favoriten.«

Sie bedachte ihn mit einem Blick, der erkennen ließ, dass er ihre Geduld auf eine harte Probe stellte, doch dann gab sie nach. Ein weiterer Tastenanschlag. Eine weitere leise gesummte Note. Ein weiterer Augenblick schierer Offenbarung.

Jetzt hatte sie sich dafür erwärmt. Für das Singen, die Aufmerksamkeit. Ihre Stimme gewann an Kraft und Zutrauen. Sie sang, die Augen weit geöffnet, und sie richtete ihr Lied direkt an ihn. Nun, er hatte darum gebeten, oder etwa nicht? Es war das beste nicht-auf-den-Tag-genaue Geburtstagsgeschenk, das Colin je bekommen hatte. Ihre schwelgerischen vollen Lippen schlugen ihn in ihren Bann. Jedes Mal, wenn sie zwischen den Sätzen kurz Atem schöpfte, hüpften ihre Brüste, als buhlten sie um sein Augenmerk. Hatte ihr erstes Lied sein Herz berührt … nun, dieses hier berührte ihn ein gutes Stück tiefer. Colin fiel ein, dass er vermutlich achtgeben sollte, sich nicht dabei ertappen zu lassen, wie er seine eigene »Schwester« mit den Augen verschlang. Doch ein flüchtiger Blick durch die Gaststube gab ihm Gewissheit, dass er nicht der einzige Mann im Raum war, der gleichermaßen hingerissen von ihr war.

Gilbert Fontley schien es besonders schlimm erwischt zu haben. Ohne seinen Blick von Minerva zu lösen, lehnte sich der junge Mann zu Colin hinüber. »Mr. Sand, glauben Sie, dass es möglich ist, sich in der Spanne eines einzigen Tages zu verlieben?«

Der Angesprochene grinste. »Fürwahr, das entzieht sich meiner Kenntnis. Ich verliebe mich nur nachts. Zudem hält es nie über das Frühstück hinaus.«

Gilbert schickte ihm einen verwirrten Blick. »A… Aber … Aber ich dachte, Sie …«

»Wir haben alle unsere Dämonen, Gilbert.« Er klopfte dem jungen Mann auf die Schulter und neigte sich näher zu ihm. »Ein Wort des Ratschlags. Klammern Sie sich an den Busen der Kirche.«

Minerva beendete ihre Ballade, und dieses Mal wusste er auf Anhieb, dass kein noch so stürmischer Jubel oder Applaus sie davon überzeugen würde, ein weiteres Lied vorzutragen. Als alle bis auf den letzten Gast im Raum auf die Füße sprangen und zu anfeuernden Rufen anhoben, setzte sie ihre Brille auf und schickte sich an, zum Tisch zurückzukehren.

Colin schob seinen Stuhl zurück, beflissen, sie bei ihrer

Rückkehr mit einigen Worten aufrichtigen Lobes zu empfangen. Doch als sie durch die Gaststube schritt, versperrte ihr ein bulliger, unrasierter Mann mit einem Humpen Bier in der Hand den Weg und verwickelte sie in ein Gespräch. Angesichts des Lärms konnte Colin den Sinn der Unterhaltung nicht ausmachen, indes verstand er auch ohne Worte, was da gerade geschah. Dieser verabscheuungswürdige Rüpel hatte es auf sein Mädchen abgesehen. Und Minerva wollte mit dem verabscheuungswürdigen Rüpel nichts zu schaffen haben. Der Widerling legte eine Drecksklaue auf ihren Arm, und sie stolperte in ihrem Bemühen, sich seiner Berührung zu entziehen. Ihre Brille verrutschte um eine winzige Idee. Dieses kleine Detail – jener kleinste Beleg ihres Unbehagens – reichte, um Colin rotsehen zu lassen. Und das in zwanzig Nuancen. Er sprang auf die Füße, mit dem überbordenden Verlangen, Blut zu sehen.

»Sir, lassen Sie mich los.« Minerva setzte sich gegen den Griff des widerwärtigen Unholds zur Wehr. Sein Atem stank nach Ale und Knoblauch. Sein Körper stank nach … anderen Ausdünstungen, die besser ungenannt blieben.

»Hey, noch'n Lied, Liebchen.« Er hielt ihren Ellbogen mit einer Hand umklammert und begrapschte mit der anderen ihre Taille. »Komm, setz dich auf mein' Schoß, gib mir 'ne Vorstellung nur für mich.« Seine Hand streifte ihren Hintern.

Minerva schrak zurück. Sie fühlte sich beschmutzt. Andere Frauen mochten wissen, wie man sich dieser Art von unerwünschter Aufmerksamkeit entzog, sie jedoch nicht. Dergleichen passierte ihr sonst nie. Sie erhaschte einen Blick auf

Colin, der durch die Menge geradewegs auf sie zukam. Sein Schritt wirkte beinahe leichtfüßig, unbekümmert. Doch als er näher kam, erkannte sie den entschlossenen Zug um seine Mundpartie und die kalte Wut in seinen Augen.

Er stupste den betrunkenen Lump mit seinem Ellbogen an. »Entschuldigen Sie«, sagte er, »aber ist das da Ihre Hand auf meiner Schwester?«

Der stämmige Mann straffte sich und nahm eine affektierte aristokratische Ausdrucksweise an. »Ich würde meinen, so verhält es sich, Euer Durchlaucht.«

»Nun denn.« Colin klopfte ihm auf die Schulter. »Dann werden Sie jetzt Bekanntschaft mit *meiner* Hand machen.« Er landete einen kraftvollen, ungebremsten Schwinger direkt in die Magengrube des Unholds. Gefolgt von einem kräftigen Hieb in dessen Visage.

Minervas Hände flogen zu ihrem Mund, bemüht, einen bestürzten Aufschrei zu dämpfen.

Der Mann schwankte nicht, er blinzelte noch nicht einmal. Er ging einfach hart zu Boden und riss dabei einen Tisch und die darauf stehenden Gläser mit sich. Der Lärm zerberstenden Glases und splitternden Holzes, der durch die Schankstube krachte, ließ sämtliche Gäste aufmerken.

Colin stand breitbeinig über Minervas Peiniger und schüttelte seine Hand aus, während er schwer atmete. Der Ausdruck auf seinem Gesicht war einer von nur mühsam gezügelter Wut.

»Rühren Sie sie nicht an!«, sagte er mit einer Stimme wie kalter Stahl. *»Niemals wieder!«* Er schob eine Hand unter Minervas Ellbogen und, mit einem Nicken in Richtung der Fontleys, geleitete er sie aus der Gaststube.

Kaum dass sich die Tür hinter ihnen schloss, brach in dem Speiseraum das Chaos aus. Sie zuckte zusammen bei dem Geräusch von Stühlen, die über Bodendielen kratzten, und wütend erhobenen Stimmen. Entfernt hörte sie, wie Mr. Fontley sich laut echauffierte: »Wie können Sie es wagen, diese junge Dame zu belästigen?«

Und dann Gilberts schrillen Tenor: »Dafür werden Sie in der Hölle schmoren. Sie ist eine Braut Gottes.«

Sie verharrten auf dem untersten Treppenabsatz – und brachen beide in Gelächter aus.

»Wir sehen besser zu, dass wir nach oben kommen«, sagte Minerva.

»Sind Sie wohlauf?«, fragte er, als er sie im oberen Flur zur Seite nahm. Er musterte sie von Kopf bis Fuß. »Er hat Sie hoffentlich nicht in irgendeiner Weise verletzt?«

»Nein. Nein, dafür habe ich Ihnen zu danken.« Sie schluckte. »Und Sie?«

Er entriegelte die Tür. »Der beste Geburtstag in meinem ganzen Leben.«

Lachend stürmten sie durch den Eingang ihrer Suite. Derweil Minerva sich anschickte, Licht zu machen, ließ Colin sich schwer in einen Sessel fallen.

»Sie«, seufzte sie, »sind unglaublich.«

»Kommen Sie.« Er grinste zu ihr hoch. »Gestehen Sie. Das war ein großer Spaß.«

Sie spürte, wie sich ihre Mundwinkel gegen ihren Willen hoben. »Ich … Ich tue dergleichen sonst *nie*.«

»*Was* tun Sie sonst nie? Balladen in einer öffentlichen Schänke singen? Raufereien in Tavernen anzetteln?«

»Weder noch. Nichts davon habe ich je getan. Ich habe niemals auch nur das hier getan.« Sie griff nach seiner Hand, hielt sie ins Licht. »Oh, Sie bluten ja.«

»Es ist nichts von Belang. Bloß ein Kratzer.«

Das mochte zwar sein, doch Minerva beeilte sich, Waschschüssel und Seife zu holen. Sie brauchte etwas, womit sie sich beschäftigen konnte. Anderenfalls würde sich diese rastlose, überschäumende Energie, die sie innerlich aufpeitschte, auf anderen Wegen entladen. Auf gefährlichen Wegen. Derweil sie die Sachen zusammensuchte, zitterten ihre Hände. Der Mann war ein Teufel. In Menschengestalt. Bei ihm wusste sie nie, was für eine hanebüchene Geschichte er sich gerade zusammenreimte oder welche unbesonnene Handlung er als Nächstes begehen würde. Im Verlauf ihrer Reise könnte er alles in Gefahr bringen – ihr Ansehen, ihre Sicherheit, ihre wissenschaftliche Reputation. Vielleicht sogar ihr Herz. Gleichwohl musste sie einräumen … es war tatsächlich recht vergnüglich mit ihm.

Nachdem sie mit einem frischen Leinentuch an den Tisch zurückgekehrt war, untersuchte sie seine Verletzung genauer. Er hatte recht, es handelte sich nur um einen Kratzer auf seinen Fingerknöcheln. Doch hatte er sich die Wunde zugezogen, als er *sie* verteidigte. Minerva wünschte sich insgeheim, diese mutige, verletzte Hand zu küssen. Stattdessen konzentrierte sie sich darauf, sie mit einem feuchten Tuch zu betupfen. Sie berührte seinen Siegelring. »Ich schätze, dieser Mann wird Ihr Familienwappen über Wochen in seinem Gesicht tragen.«

Er lachte kurz auf. »Geschieht ihm recht. Er verdient weitaus Schlimmeres.«

»Ich konnte es kaum glauben, mit welcher Leichtigkeit Sie

ihn niederstreckten«, gestand sie. »Er war ein Baum von einem Mann. Wo haben Sie gelernt, so zu kämpfen?«

»Im Boxklub.« Er dehnte seine Finger und stöhnte leise auf. »Die jungen Londoner Gecken sind ganz verrückt aufs Boxen. *Gentleman Jackson's Boxing Saloon* und dergleichen. Die viel wichtigere Frage ist …«, seine Stimme färbte sich dunkler, »wo haben Sie gelernt, in dieser Weise zu singen?«

»In welcher Weise zu singen?« Sie hielt ihren Kopf gesenkt, während sie vorgab, seine Verletzung zu untersuchen.

»Na, in *dieser* Weise. Ich lebe mittlerweile seit mehr als einem halben Jahr in Spindle Cove, und ich habe unzählige dieser furchtbaren Salons besucht, nicht zu erwähnen all die zwanglosen Soireen in der Gästepension. Sonntägliche Kirchgänge. Ich habe Diana viele Male singen gehört. Ich habe Charlotte viele Male singen gehört. Beim Blute Christi, ich habe sogar Ihre Mutter singen hören. Sie indes nie.«

Sie zuckte mit den Achseln und riss einen Streifen Leinenstoff für einen Verband ab. »Ich bin schwerlich eine erprobte Sängerin. Alles, was ich kenne, sind die Balladen, die ich als Mädchen lernte. Als ich alt genug war, schwänzte ich oft meine Musikstunden. Ich verabscheute das mühselige Üben.«

»Ich nehme Ihnen nicht ab, dass Singen eine Mühsal für Sie ist. Auch glaube ich nicht, dass Sie niemals üben, so leicht wie Ihnen vorhin die Worte über die Lippen kamen.«

Minerva fühlte, wie sie errötete. Gewiss, sie übte, wenn niemand in der Nähe war. Sie sang für sich selbst, auf ihren Streifzügen. Aber da das Vor-sich-hin-Singen in etwa so eigenartig wirkte wie das Umherlaufen mit einem Buch vor der Nase, war es beileibe nichts, was sie ihm eingestehen mochte. »Ich überlasse Diana das Singen.«

»Aha! Es widerstrebt Ihnen, Ihre Schwester in den Schatten zu stellen.«

Sie lachte. »Als wenn ich Diana jemals überstrahlen könnte.«

»Nun, Diana *ist* fürwahr eine glanzvolle Erscheinung. Goldenes Haar, schimmernder Teint. Sonniges Gemüt. Alles an ihr strahlt. Mag sein, dass Sie sie nicht über*strahlen* könnten.« Er legte den Kopf schief und betrachtete sie aus einem neuen Blickwinkel. »Aber Min? Sie könnten Sie über*singen.*«

»Wir sind Schwestern. Keine Rivalinnen.«

Er schnaubte leicht verächtlich. »Alle Frauen sind Rivalinnen – und Schwestern erst recht. Die Damen suchen sich fortwährend in ein günstiges Licht zu rücken, um sich von ihren Konkurrentinnen abzuheben. Ich kann Ihnen gar nicht sagen, wie oft mir auferlegt wird, Stellung zu nehmen, welche Dame die hübscheste, geistreichste, kultivierteste, leichtfüßigste sei. Und wer bittet um diese Einschätzungen? Stets Frauen, nie Männer. Männer könnte es nicht weniger kümmern. *Solche* Vergleiche zumindest.«

Sie beäugte ihn argwöhnisch. »Welche Vergleiche diskutieren denn die Männer?«

»Das werde ich Ihnen zu anderer Zeit beantworten. Wenn ich keine blutende Wunde habe und Ihnen ausgeliefert bin.«

Minerva begann, den Verband um sein Handgelenk zu wickeln. »Wir sprechen hier nicht von unreifen jungen Damen in der Gesellschaft. Wir sprechen von Diana. Ich liebe meine Schwester.«

»Genug, um Ihr eigenes Talent zu verbergen, nur damit sie bei einem Vergleich nicht ins Hintertreffen gerät?«

»Mein Talent?« Sie zog den Verbandsstoff straff, und sein

Gesicht verzog sich vor Schmerz. »Wenn überhaupt, ist es schwerlich mein einziges Talent, und schon gar nicht mein hervorstechendes.«

»Ah, jetzt verstehe ich, wie es sich verhält.« Er betrachtete seine verbundene Hand. »Sie sind nicht minder bestrebt auf einen Wettbewerb als alle anderen. Nur dass Sie um einen anderen Titel wetteifern. Den der unattraktivsten, widersprüchlichsten jungen Dame. Der am wenigsten *heiratsfähigen.*«

Sie sah ihn verwundert an. Er hatte die Worte zweifellos gewählt, um sie herauszufordern, doch steckte auch ein Körnchen Wahrheit darin. »Vielleicht bin ich das.« Sie faltete den überschüssigen Leinenstoff und legte ihn zurück in eine ihrer Truhen. »Ich habe mich meinen Studien verschrieben und bin mir nicht sicher, ob ich mich überhaupt jemals verehelichen will. Jedenfalls nicht mit einem Mann von der Sorte, wie er den Wunschvorstellungen meiner Mutter entspricht. Also ja, ich habe mich seit jeher damit begnügt, Diana die Schönste, die Eleganteste, die Liebenswerteste sein zu lassen. Die beste Sängerin. Meinethalben kann sie gern alle Verehrer haben.«

Er hob seine Augenbrauen. »Außer mir.«

»Sie sind ein besonderer Fall.«

»Ich fasse das als Kompliment auf.«

»Das sollten Sie wahrlich nicht tun.« Und er sollte sie wahrlich nicht in dieser Weise ansehen. So eindringlich. So forschend. »Warum haben Sie nicht längst geheiratet?«, platzte sie heraus. »Wenn es Ihnen zuwider ist, allein zu schlafen, würde eine Heirat doch als die plausibelste Lösung scheinen. Sie hätten eine Gemahlin, die jede Nacht das Bett mit Ihnen teilt.«

Er schmunzelte. »Haben Sie Kenntnis davon, wie viele Ehepaare nach den Flitterwochen noch in einem Bett schlafen?«

»Manche Vermählungen sind Zweckbündnisse, dessen bin ich mir gewiss. Dennoch werden Ehen mehrheitlich aus Liebe geschlossen. Ich kann mir nicht vorstellen, dass es Ihnen schwerfallen sollte, eine Frau in Sie verliebt zu machen.«

»Aber wenn ich verheiratet wäre, hätte ich dafür zu sorgen, dass eine Frau in mich verliebt *bleibt*. Und nicht *irgend*eine, sondern eine *einzige* Frau. Mehr noch, *ich* hätte in *sie* verliebt zu bleiben. Wenn ich zufällig der Frau begegnete, mit der ich dieses Wagnis eingehen würde – und das ist bislang nicht geschehen, trotz Jahren des Umherstreifens und umfassender Begutachtung –, wie könnte ich mir je sicher sein, dies zu erreichen? Sie sind die Wissenschaftlerin. Geben Sie mir einen Rat. Wie lässt sich Liebe beweisen?«

Minerva hob die Schultern. »Ich nehme an, es bedarf der Prüfung.«

»Nun, da haben Sie es. In Prüfungen habe ich noch jedes Mal versagt.«

Sie schenkte ihm einen mitleidigen Blick. »Ja, natürlich. Wir wissen beide, dass das der Grund ist, weshalb Sie in Mathematik nie gute Noten erzielten. Es hatte nichts mit fehlendem Bemühen zu tun. Sie waren schlicht außerstande, an den Prüfungen teilzunehmen.«

Er gab ihr keine Antwort. Stattdessen lehnte er sich in seinem Sessel zurück, verschränkte die Arme hinter dem Kopf und betrachtete sie mit unergründlicher Miene.

Ob sein Blick Verdrossenheit, Bewunderung, Zuneigung oder Missfallen ausdrückte, Minerva hätte es nicht zu sagen vermocht. Mit einem Seufzen erhob sie sich vom Tisch. »Wir können ebenso gut schlafen gehen.«

Die Suite hatte zwei miteinander verbundene Schlafkammern, um den Schein gegenüber den Fontleys zu wahren. Doch wussten beide, dass sie nur diese eine benutzen würden. Sie durchquerte den Raum und begann unterdessen, ihr Jäckchen aufzuknöpfen. Sie spürte seinen Blick auf sich ruhen, als sie das Kleidungsstück von ihren Schultern streifte, ihre Arme herauszog und es beiseitelegte. Besaß er nicht genug Manieren wegzusehen? Ihr Körper erwärmte sich unter seinen Blicken, wurde leicht und heiß wie ein Holzscheit, der durch die rauchgeschwängerte Luft schwebt. Sie drehte sich von ihm fort und griff sich in den Nacken, um die rückwärtigen Häkchen ihres Kleides zu lösen.

»Gestatten Sie«, sagte er. Er war unversehens hinter ihr aufgetaucht.

Sie erstarrte für einen Moment, ergriffen von dem Instinkt, vor ihm zu flüchten. Doch dieses Kleid hatte wirklich heimtückische Verschlüsse. Ein wenig Hilfe wusste sie durchaus zu würdigen. »Lediglich die Häkchen und Ösen«, erklärte sie.

»Selbstverständlich.« Einige gelöste Haarsträhnen fortschiebend, begann er an ihrem obersten Halswirbel. Er löste die Häkchen langsam, eines nach dem anderen. Sie verschränkte die Arme über ihrer Brust, hielt das Gewand züchtig an ihren Körper gedrückt, als der Ausschnitt aufzuklaffen begann. »Woher kannten Sie es?« Seine Stimme war ein sanftes Murmeln, das ihren Nacken streifte.

»Kannte ich was?«

»*Barbara Allen.* Woher wussten Sie, dass das meine Lieblingsballade ist?« Die kehlige Vertrautheit in seiner Stimme ließ sie dahinschmelzen.

»Soviel ich weiß, erfreut sie sich überall großer Beliebtheit.«

Sein weiches Lachen als Antwort war herzerwärmend und aufrichtig. »Haben wir gerade eine Gemeinsamkeit entdeckt?«

»Wir haben alle möglichen Gemeinsamkeiten«, sagte sie und fühlte, wie sich die vertraute Leere in ihrem Kopf einstellte. Da war es wieder, das geistlose Gebrabbel. »Sie und ich, wir sind Menschen. Wir sprechen beide dieselbe Muttersprache. Wir verstehen beide, was ein Logarithmus ist. Wir haben beide braunes Haar, zwei Augen …«

»Wir haben beide Haut.« Seine Fingerspitzen streichelten über ihre entblößte Schulter, und die Empfindung rieselte warm durch ihren Arm. »Wir haben beide Hände. Und Lippen.«

Sie presste ihre Lider fest zusammen. Sie hielt den Atem für eine längere Weile an, ehe sie begriff, dass sie sich auf einen Kuss gefasst machte, der nicht kam. Sie verwünschte ihn, verwünschte sich selbst. Sie musste schleunigst sämtliche Gedanken an seinen Kuss aus ihren Gedanken verbannen. Es war bloß so, dass sie nicht aufhören konnte, sich auszumalen, wie er sie bei ihrer musikalischen Darbietung unten in der Gaststube gemustert hatte. Wie er zu ihrer Rettung geeilt war, eine Bresche in die Menge geschlagen hatte. Wie er diesen Unhold niedergestreckt und sich dabei eine blutende Wunde zugezogen hatte – das alles für sie. Sie räusperte sich und tat einen Schritt vor, ihren Blick weiterhin fest auf die Wand gerichtet. »Haben Sie Dank für Ihre Hilfe. Wenn Sie sich jetzt bitte umdrehen wollen?«

»Stets zu Ihren Diensten.« Die Bodendielen gaben ein leises Knacken der Bestätigung von sich.

Minervas Kopf wirbelte herum, sie warf einen verstohlenen Blick in den Spiegel, um sich zu vergewissern, dass er sich umgedreht hatte. Sie wünschte fast, ihn dabei zu ertappen, wie er ihr verstohlene Blicke zuwarf. Aber offenkundig hatte er in der Nacht zuvor genug gesehen. Er verharrte mit dem Rücken zu ihr, als sie ihr Gewand über ihre Hüften nach unten schob und aus den Stoffschichten trat. Kaum dass sie bis auf ihre Chemisette entkleidet war, schlüpfte sie unter die Laken und drehte ihren Kopf zur Wand. »Jetzt ist es sicher.«

»Sicher.« Payne entwich ein missfälliger Laut des Unglaubens. »Für wen?«

Sie versuchte, sich schlafend zu stellen, als er sich in der Kammer bewegte, seine Stiefel auszog, Taschenuhr und Manschettenknöpfe ablegte. Das Feuer anfachte. Alle möglichen unüberhörbaren männlichen Geräusche machte. Männer zögerten nie, ihre Präsenz durch Lautstärke zu unterstreichen. Ihnen war es gestattet, geräuschvoll zu leben, mit Stiefelklappern und Säbelrasseln, während die Damen stets gelehrt wurden, sich im gehauchten Flüsterton zu verständigen.

Das Bett knarzte laut, als er schwer neben sie sank. Sein Arm streifte die Verlängerung ihres Rückens. Allein diese winzige Berührung genügte, Minervas gesamten Körper in Schwingungen zu versetzen. Als er es sich bequem machte, wurde sie sich seiner Anatomie im Einzelnen bewusst – unschwer und vollkommen. Ihrer beider Körper im Einzelnen. Überall, wo sie sich berührten, und überall, wo sie es nicht taten.

»Werden Sie schlafen können?«, forschte sie nach ein paar Minuten.

»Irgendwann bestimmt.«

»Möchten Sie reden?«, fragte sie die Wand. Sie fühlte sich

wie ein Feigling, außerstande, sich umzudrehen und ihn anzusehen.

»Lieber würde ich Ihnen zuhören. Warum erzählen Sie mir nicht einfach eine Gutenachtgeschichte? Eine, die Sie als Kind lasen.«

»Ich las in meiner Kindheit keine Geschichten.«

»Das nehme ich Ihnen nicht ab. Sie haben Ihre Nase doch beständig in irgendeinem Buch vergraben.«

»Trotzdem ist es wahr«, sagte sie rasch. »Als ich ein Kind war, brauchte es Jahre, bis man meine Weitsichtigkeit erkannte. Alle hielten mich bestenfalls für einen Plagegeist oder, im schlimmsten Falle, für schwach begabt. Meine Mutter schalt mich, weil ich vor mich hin starrte und mich in Tagträumereien verlor. Diana war diejenige, die mir oftmals Märchen aus ihren Büchern vorlas, aber sie konnte sich noch so abmühen, mir das Lesen beizubringen, die Buchstaben ergaben keinen Sinn für mich. Wir hatten ein Kindermädchen, das Balladen sang, derweil es seiner Arbeit nachging. Ich machte es mir zur Angewohnheit, ihr überallhin zu folgen und zu lauschen, um so viel wie eben möglich zu behalten. Das waren meine Geschichten.« Sie schloss die Augen. »Am Ende war es eine Gouvernante, die herausfand, dass ich eine Brille benötigte. Als ich die Gläser das erste Mal aufsetzte … Ich kann Ihnen gar nicht sagen … Es war wie ein Wunder.«

»Endlich richtig sehen zu können?«

»Zu wissen, dass ich kein aussichtsloser Fall war.« Ein Kloß formte sich in ihrer Kehle. »Ich war in dem Glauben aufgewachsen, mit etwas unheilbar Schlimmem geschlagen zu sein, verstehen Sie. Und plötzlich konnte ich meine Umwelt deutlich wahrnehmen. Und nicht bloß die Dinge in der Ferne, sondern auch den Bereich in meiner unmittelbaren Nähe. Ich konnte eine Buchseite gestochen scharf erkennen. Ich konnte die Dinge rings um mich herum erforschen, ganze Welten unter meinen Fingerspitzen entdecken. Ich konnte endlich gut in irgendetwas sein.« Sie wusste nicht, ob er begriff, aber das war der Grund, weshalb ihr das Symposium so wichtig war. Warum ihr Francine *alles* bedeutete. Das war es, warum sie vor einigen Tagen am Morgen die Truhe geöffnet hatte, die ihre Aussteuer enthielt, und ihre Hochzeitsfantasien gegen neue wissenschaftliche Ziele eingetauscht hatte. Minerva war nie die Tochter gewesen, die ihre Mutter sich gewünscht hatte. Sie war anders als ihre Schwestern, und sie hatte sich mit diesem Umstand ausgesöhnt. Sie konnte damit leben, dass sie völlig unvereinbar war mit dem Bild einer modischen, eleganten Dame, solange sie nur von irgendjemandem irgendwo auf der Welt respektiert und bewundert wurde, einfach dafür, dass sie sie selbst war. Minerva Highwood, Geologin und Bücherwurm und, nach dem heutigen Abend, gewissermaßen auch Gesangskünstlerin.

»Als ich einmal Lesen gelernt hatte«, fügte sie hinzu, »brachten sie mich nicht mehr von den Büchern fort – und das ist bis heute so geblieben. Allerdings bin ich den Märchen inzwischen entwachsen.«

»Nun«, er klang schläfrig. »Das war eine schöne Gutenachtgeschichte. Mit Füßen getretenes Mädchen. Umsichtige Kinderfrau. Glückliches Ende. Die Märchen sind sich doch alle recht ähnlich.«

»Tatsächlich? Ich stand unter dem Eindruck, die meisten schmücken sich mit einem wohlgestalten bezaubernden Prinzen.«

Das Schweigen zwischen ihnen dehnte sich aus. Ihr war entsetzlich zumute.

»Nun, Ihres hat einen Ritter«, sagte er schließlich. »Sir Alisdair, Ihr wissenschaftlicher Kollege.«

»Wie Sie meinen.« In der Hoffnung, dass er die Enttäuschung in ihrer Stimme nicht erriet, grub sie ihre Finger in das Laken und zog es bis zu ihrer Nasenspitze hoch.

Sein Gewicht verlagerte sich neben ihr. »Wissen Sie, was ich mich frage? Wenn das Tagebuch, in dem Sie überschwänglich schwärmerisch meine Reize rühmten, ein gefälschtes ist … was um alles in der Welt steht denn dann in dem richtigen?«

11

Kate Taylor spähte betroffen in ihren Wasserbecher. Es schien ihr einfach nicht rechtens zu sein.

Auf der anderen Seite der Speisetafel im *Queen's Ruby* blätterte Charlotte durch die Seiten eines kleinen ledergebundenen Buches. »Dies und das … einiges mehr über Felsgestein …«

»Lies weiter«, verlangte Mrs. Highwood von ihrer jüngsten Tochter. »Es ist Minervas einziges Tagebuch. Sie muss ihn irgendwo erwähnt haben.«

Mrs. Nichols, die betagte Betreiberin der Pension, wies ihr Personal an, das Dessert zu servieren.

Als ein Serviermädchen mit weißer Schürze ein Schälchen Syllabub – ein Nachtisch aus Sahne, Zucker, Wein und Zitronensaft – vor jeden Teller stellte, wechselte Kate einen Blick mit Diana. Sie wusste, dass sie die gleiche Mischung aus Neugier und Bestürzung teilen mussten. Natürlich war die heimliche Flucht der beiden jungen Leute das Tagesgespräch in Spindle Cove, und Kate war genauso erpicht darauf wie alle anderen, die Einzelheiten über Minervas unfassbare Romanze zu erfahren. Aber ihr Tagebuch laut am Abendbrottisch vorzulesen? Das schien ihr doch reichlich unangebracht.

»Wahrhaftig, Mama«, warf Diana ein. »Ist es wirklich nötig, Minervas Tagebuch zu lesen? Laut daraus vorzulesen? Sollte ihr nicht ein wenig Privatsphäre gestattet sein?«

Mrs. Highwood dachte kurz über ihre Worte nach. »Im Normalfall würde ich niemals jemandem nachspionieren. Nicht wahr, Mrs. Nichols?«

Die Angesprochene schüttelte den Kopf. »Niemals, Mrs. Highwood.«

»Aber in diesem Fall rechtfertigen die Umstände weitere Nachforschungen. Nicht wahr, Mrs. Nichols?«

»Selbstverständlich, Mrs. Highwood.«

»Dieser Gefreite Thorne besteht darauf, ihnen hinterherzureiten oder zumindest Lord Rycliff in Kenntnis zu setzen. Er scheint davon auszugehen, dass Lord Payne irgendeine Scheußlichkeit im Sinn hat. Aber dergleichen würde ich Seiner Lordschaft niemals zutrauen. Und Sie, Mrs. Nichols?«

»Absolut nicht, Mrs. Highwood. Er ist ein überaus höflicher junger Mann. Lobt stets meine Pasteten.«

»Oh, hier! Hier steht etwas über eine großartige Entdeckung«, verkündete Charlotte, die eine Seite in der Mitte des Tagebuchs glattstrich.

Alle am Tisch merkten auf.

Charlotte überflog den Texteintrag weiter. »Merkwürdig. Es dreht sich um Echsen.«

»Echsen!«, stöhnte Mrs. Highwood und schob ihr Dessert beiseite. »Heilige Mutter Gottes, ich begreife nicht, wie es ihr gelungen ist, sich ihn zu schnappen.«

»Sie hat ihn sich nicht geschnappt, sie *wurde* geschnappt.« Charlotte blätterte die Seite um. »Wenn sie in ihn verliebt wäre, würde sie ihre Empfindungen dann nicht ihrem Tagebuch anvertrauen? Ich für meinen Teil würde ganze Bücher mit Gedichten füllen, wenn ein so attraktiver Mann wie Lord Payne Gefallen an mir fände.«

Kate nahm sich ein schlankes likörgefülltes Glas von einem Serviertablett. »Vielleicht wurde Minerva die Poesie aber nicht in die Wiege gelegt.«

»Trotzdem sollte sie im Mindesten etwas Vorteiliges über ihn angemerkt haben. Seht her. Sie erwähnt ihn hier nur ein einziges Mal, in der zweiten Hälfte. Und gescheit, wie man sie einschätzt, weiß sie seinen Namen nicht einmal richtig zu buchstabieren. Hier steht P-A-I-N, Schmerz. Als empfände sie eher körperliche Qualen als Verliebtheit bei der Erwähnung seines Namens.«

Kate lächelte auf ihren Schoß hinunter. Aus irgendeinem Grund bezweifelte sie, dass Minerva den Namen aus Unkenntnis falsch geschrieben hatte.

»Kümmere dich nicht um die Orthografie, mein Kind«, drängte Mrs. Highwood. »Lies einfach vor. Was schreibt sie im Weiteren?«

Charlotte nippte an ihrer Limonade und sammelte sich. »Am heutigen Donnerstag blieben wir nicht davon verschont, Lord Paynes Präsenz an der abendlichen Tafel zu ertragen. Ich weiß nicht, ob meine akute Magenverstimmung auf seine Gegenwart, auf Mutters katzbuckelndes Schönreden oder Mrs. Nichols' Aalpastete zurückzuführen ist. In Gänze betrachtet, war es ein höchst unliebsamer Abend.«

»Stammt der Eintrag vom letzten Sommer?«, wollte Diana wissen.

Charlotte schüttelte den Kopf. »Nein, aus der letzten Woche.«

Kate war sich bewusst, dass der Augenblick gekommen war, die Aalpastete der armen Mrs. Nichols zu verteidigen. Aber wahrhaftig, diese klebrige Pampe ließ sich einfach nicht rechtfertigen. Im allseitigen schweigenden Einvernehmen nahm jeder stattdessen einen Löffel des Desserts. Dann ein Schlückchen Likör. Dann wieder Dessert.

»Nun, da muss noch mehr stehen.« Mrs. Highwood deutete mit dem Löffel in Charlottes Richtung. »Lies weiter, Liebes.«

»Ich lese es vorher nur kurz durch.« Charlotte überflog die restlichen Seiten des Tagebuchs. »Viel mehr gibt es da nicht vorzulesen. Es dreht sich alles um Gestein und Fossilien und Echsen-Fußabdrücke. Die einzige Person, die sie des Öfteren erwähnt, ist wohl irgendein Wissenschaftler, Sir Alisdair Kent. Sie scheint diesen Mann in hohem Maße zu bewundern. Und wenn sie ein Wort für Lord Payne erübrigt, ist es nie freundlich.« Sie klappte das Tagebuch zu. »Wie ich dir bereits sagte, sie liebt ihn nicht, Mama. Sie ist mitnichten aus freien Stücken durchgebrannt. Sie wurde dazu gezwungen. Du musst Corporal Thorne freie Hand lassen, die beiden zu verfolgen und zu finden.«

Mrs. Highwood griff über den Tisch. »Gib her, Kind.« Sie nahm Charlotte das Tagebuch ab und klappte es auf der letzten beschriebenen Seite auf. Das schmale Büchlein auf Armeslänge von sich entfernt haltend, starrte sie stirnrunzelnd auf das Papier. Ihre angestrengte Miene entspannte sich jedoch rasch zu einem Ausdruck des Entzückens. »Aha. Da haben wir es ja. Ein Eintrag, der nur drei Nächte zurückliegt. ›Desaströse Neuigkeiten im *All Things*. Es geht das Gerücht, dass Payne um die Hand von D. anhalten wird. Der scheußliche, niederträchtige Mann. Nach allem, was er mir vorigen Sommer versprach. Ich bin nicht bereit, das hinzunehmen.‹ Und dann, kaum Tage später, ihr letzter Eintrag. Einen Tag nach dem Tanzvergnügen, meine Lieben.« Mrs. Highwood zog eine Augenbraue hoch. »Payne ist jetzt überzeugt. Plan mit einem Kuss besiegelt. Wir brechen morgen in aller Frühe auf.« Sie warf das Buch auf den Tisch, dass das Kristall klirrte. »Da hast du es, Diana. Deine Schwester ist eine intrigante und raffinierte Verführerin. Sie hat dir Lord Payne vor der Nase fortgeschnappt, und sie plante es bereits seit letztem Sommer. Von Anfang an. Man stelle sich das nur vor!«

»Von Fortschnappen kann keine Rede sein, denn er war nie der Meinige.« Diana errötete. »Ich bin sicher, es ist nicht, wie es scheint.«

»Das mag sein«, sagte Kate, bemüht, ihren Verstand auf den Gedanken einzuschwören, in Minerva Highwood eine schamlose Verführerin zu sehen – ein Bemühen, an dem sie kläglich scheiterte. »Aber ich denke, wir können mit Gewissheit darauf schließen, dass, wohin immer Minerva Lord Payne begleitete, sie es aus freien Stücken tat. Sie wurde sicherlich nicht entführt.«

»Hinterlistiges Ding.« Mrs. Highwood schaufelte sich einen riesigen Löffel Pudding in den Mund. »Wie konnte das geschehen? Sie zeigte nie Interesse an Männern. Ich hätte nicht im Traum gedacht, dass Minerva einen Kuss von einem Karfunkelstein unterscheiden könnte. Und jetzt …«

»Oh«, hauchte Charlotte. Sie erstarrte plötzlich auf ihrem Stuhl und blickte verzückt auf ihren Löffel. »Jetzt! Stellt euch bloß vor, wo sie *jetzt, in diesem Augenblick,* wohl sein mag.«

Kate verschluckte sich an einem nervösen Kichern.

Diana presste die Lider zusammen. »Charlotte, ich bitte dich. Lass uns das lieber nicht tun.«

12

Zum zweiten Mal in ebenso vielen Nächten wurde Minerva von einem gequälten Stöhnen geweckt. Doch dieses Mal kam es nicht von Colin. Nachdem sie aus dem Schlaf hochgeschreckt war, fand sie ihn friedlich schlummernd an ihrer Seite. Durch die Wand jedoch drangen entsetzliche Geräusche an ihre Ohren. Heftiges Rumoren und verzweifelte Schreie. »Colin. *Colin!*« Sie rüttelte ihn am Arm. »Wachen Sie auf. Jemand wird gerade gemeuchelt. Es geht um Leib und Leben!«

»Was? Wer?« Er setzte sich kerzengerade im Bett auf, so hastig und überstürzt, dass er mit seinem Kopf gegen einen der niedrig hängenden Deckenbalken stieß. »Nebenan, meinen Sie?«

Sie legte mit sanfter Berührung ihre Hand auf seinen Arm und antwortete mit einem bedeutungsvollen Wiegen ihres Kopfes. *»Lauschen Sie.«*

Er schloss die Augen.

Die grässliche Kakofonie der Gewalttätigkeit setzte sich fort. Sie hörte eine Frau kreischen. »Und?«, drängte sie, zunehmend aufgelöster. »Sollten Sie sich nicht eiligst ankleiden? Wenigstens nach dem Gastwirt läuten? Wir müssen *irgendetwas* tun.«

Er seufzte und rieb sich mit einer Hand über sein Gesicht.

»Das ist kein Todeskampf, was Sie da hören. Es geht mitnichten um Leib und Leben. Außer vielleicht auf die französische Art.«

»Was? Was heißt auf ›auf die französische Art‹?«

»Kopulation«, antwortete er. Er sank zurück auf das Laken und legten einen Unterarm über die Augen. »Sie kämpfen nicht miteinander, wer immer die beiden auch sein mögen. Sie verbringen ganz im Gegenteil sogar eine grandiose Nacht.« Zähneknirschend fügte er hinzu: »Der Teufel soll sie holen.«

»Ist es immer so laut?«, fragte sie.

»Nur wenn es gut ist.«

»Gut?« Minerva legte die Stirn in Falten und spitzte die Ohren. Nichts davon klang gut. Die arme Frau schrie wie am Spieß und flehte sogar zu Gott.

»Wie kommt es, dass Sie so wissbegierig und gescheit sind, und doch so naiv? Sie verstehen das Wesen des Geschlechtsakts, nicht wahr?«

»Natürlich tue ich das. Jedenfalls unter dem Aspekt der Wissenschaft.« Ein spitzes Kreischen drang durch die Wand. Sie umklammerte seinen Arm. »Colin, sind Sie *sicher* …?«

»Ja.« Er bedeckte sein Gesicht mit einem Kissen und stöhnte hinein. »Und da dachte ich, das Alleinschlafen wäre die schlimmste Tortur.«

Das rhythmische Klatschen wurde lauter, schneller. Ein gepresstes männliches Keuchen gesellte sich zu dem Kreischen der Frau. Dann wurde es plötzlich still.

»Das war's«, sagte Colin und stopfte sich das Kissen wieder unter den Kopf. »Die beiden haben ihre Lust gestillt. Jetzt ist es vorüber, und wir können weiterschlafen.«

Mehrere Minuten verstrichen.

»Min, Sie schlafen noch nicht«, stellte er fest.

»Sie auch nicht, Colin.«

»Ich kann nicht einschlafen. Zum Kuckuck. Mein Körper ist zu manipulierbar.« Er drehte sich zu ihr um, seine Fingerspitzen verfingen sich im Saum ihres Ärmels. »Vielleicht geht es Ihnen genauso? Sind Sie erregt?«

Sie hatte keine Ahnung, wie das warme Prickeln, das ihre Haut erfasste, zu deuten war. Oder das Gefühl, dass sie empfand, als er mit seinem Daumen über ihren Arm streichelte. »In der Hauptsache bin ich verwirrt.«

Er lachte leise. »Ich nehme Ihnen nicht ab, dass Sie *derart* naiv sind.« Mit einer Hand strich er an ihrer Seite hinunter. »Ihnen ist bekannt, dass der Akt Vergnügen bereitet?«

»So habe ich gelesen, ja. Aber wenn das der Fall ist, warum klingt es dann nicht vergnüglich?«

»Weil der Akt der Liebe jeglicher Kultiviertheit entbehrt. Es ist Natur in ihrer reinsten, ungebärdigen Form. Archaisch und wild. Sie sollten sich ein wenig mehr Wissen aneignen, wenn Sie jemals …« Sie meinte buchstäblich zu hören, wie seine Augenbrauen emporschossen. »Ach, was rede ich, als wenn Sie das nicht längst getan hätten! Sie, eine Frau der Wissenschaft, die den Logarithmus erkennt, nach dem sich die exakte Form eines Ammonitengehäuses definiert. Machen Sie mir nicht weis, Sie wüssten nicht um die Funktionen Ihres eigenen Körpers.«

»Ich mache Ihnen nichts dergleichen weis.« Sie klang aufgewühlt.

»Es kann gewiss nicht sein«, sagte er, derweil sich seine Hand sacht über ihren Schenkel schob, »dass diese unerschrockene Forscherin unterirdischer Höhlen noch nie ihre eigene kleine Grotte erkundet hat …«

Durch das Laken berührte er sie. Dort. Zwischen den Schenkeln. Weißglühende Funken der Lust explodierten hinter Minervas Augäpfeln. Ein winziges Seufzen entwischte ihr, eilig versiegelte sie ihre Lippen.

»Sagten Sie etwas?«

Sie schüttelte den Kopf. Ihr Herz trommelte gegen ihren Rippenbogen.

»Hm. Ich denke, Sie wissen um die körperlichen Vergnügungen.« Aus seiner einzelnen Berührung wurden nun seltsam verschlungene Kreise. »Aber einzig auf die verstohlene, geheime Art. Sie sind immerzu von Menschen umgeben, nicht wahr? Von Schwestern, Bediensteten. Haben Sie sich je in dieser Weise gestreichelt? Ihre Lippen fest zusammengepresst, Ihren Kopf in den Kissen vergraben, um sehr, sehr leise zu sein?«

Seine Fingerspitzen beschrieben sanfte Schwünge, fächernd über ihre intimen Zonen, das Streicheln so leicht, als würde es zufällig geschehen, ohne Absicht. Doch sie wusste es besser, und ihr Körper nicht minder. Ihre Nippel erigierten zu harten Spitzen, Feuchtigkeit sammelte sich zwischen ihren Schenkeln. Die verbotene, unerwartete Natur seiner Berührung war beinahe erregender als der körperliche Kontakt. Ein Mann berührte sie, *dort. Colin* berührte sie dort. Dies durfte nicht geschehen. Sie durfte nicht *zulassen*, dass dies geschah. Doch es geschah, und sie ließ es zu, und – süße Mächte des Himmels – es war wundervoll. Über das Laken und den Stoff ihres Hemdchens fuhr er mit einer einzigen Fingerspitze die Innenseite ihres Schenkels hinauf, und Minerva stockte der Atem. »Colin …«

»Nein, nein. Falls ich mich irre, klären Sie mich nicht auf. Dafür genieße ich diese Vorstellung bei Weitem zu sehr. Die kleine Wissenschaftlerin, die unter ihrem Nachtgewand heimlich Forschungen anstellt. Oder vielleicht im Badezuber. Wie sie begierige Finger wandern und erkunden lässt. Jenes Vergnügen suchend, kreiselnd und kreisend, derweil es sich aufbaut, stärker und heftiger.« Seine Stimme hatte eine dunkle Färbung angenommen. »Bis der Höhepunkt Sie durchzuckt, in einem alles umfassenden, überwältigenden Schweigen.« Er umschloss sanft ihren Venushügel und erging sich in einem leisen Stöhnen. »Bei Gott, Min. Die erotischen Fantasien eines Mannes sind in der Tat mächtig. Doch ich denke, das ist die bei weitem erotischste Vorstellung, mit der ich mich je trug.«

»Aber … Sie täuschen sich. Zum größten Teil.«

Er stutzte. »Zum größten Teil?«

Gütiger Himmel, was hatte sie bloß bewogen, dies anzumerken? Diese gesamte Diskussion war zu brüskierend, um überhaupt wahr zu sein. Hatte sie ihre eigenen Erkundungen angestellt? Ja. Hatten diese flüchtigen Momente auch nur schattenhaft an die Erregung herangereicht, die sie jetzt empfand, mit ihm? Gott, nein. Sie hatte noch niemals so empfunden wie jetzt. Offenkundig war sie ein schlimmes Mädchen *und* eine schlechte Wissenschaftlerin dazu. Eine Versagerin, alles, was recht war.

»Ich glaube, wir bedürfen noch einer weiteren Unterrichtsstunde, Min.«

Seine Worte schickten einen erregenden Schauer über ihren Körper. »Meinen Sie?«

»Ja.« Er streichelte mit der Hand über ihren Bauch. »Ja, Sie müssen es verstehen lernen. Die Wildheit. Wie gut es sein kann, wenn es ungestüm und lustvoll und laut ist.« Er drehte seine Hand, streifte mit den Rückseiten seiner Finger unter dem Schwung ihrer Brust entlang. »Sie sollten wissen, was Sie sich von einem Mann erwarten dürfen. Oder Sie werden in irgendeiner leidenschaftslosen Ehe enden. Gebunden an einen ältlichen verstaubten Geologen, dessen Ideen zwar vielleicht Ihre Bewunderung finden, dessen Berührung Sie aber nie und nimmer ekstatisch winden und stöhnen und schreien lassen wird.« Seine Berührung verlangsamte sich, ehe er auf ihrem Brustbein verharrte. »Vertrauen Sie sich mir an?«, fragte er.

»Womit?«

»Mit Ihrem Körper. Mit Ihrem Vergnügen.«

Aus seinem Munde klang es so selbstverständlich. Sie wusste nicht, wie sie antworten sollte. Sie hatte ihm bereits ihre Sicherheit und ihren Besitz anvertraut. Vielleicht war sie sogar bereit, ihm ihre Unschuld anzuvertrauen. Doch wusste sie, dass sie diesem Mann niemals ihr Herz anvertrauen dürfte. Und war dieses Organ nicht ein untrennbarer Teil ihres Körpers? Gleichwohl wollte sie, brauchte sie seine Berührung so sehr. Ihr Mund, ihre Zunge waren ungeschickt vor Verlangen. Sie brachte es nicht über sich, nein zu sagen.

»Schließen Sie die Augen«, wies er sie an. »Schließen Sie Ihre Augen und denken Sie an ihn.«

Sie schloss die Augen. »Denken? An wen denn?«

»An ihn, wer immer er ist. Sir Alisdair Kent. Oder den Märchenprinz. Sie müssen von jemandem träumen. Alle jungen Damen tun das.«

Sie vermutete, dass es sich so verhielt. In ihren Träumen hatten alle Mädchen einen Verehrer, und Minerva machte da keine Ausnahme. Wiewohl die meisten von ihnen niemals diese Chance bekamen, leibhaftig neben ihm zu liegen. Ihr passierte es. Denn wenn sie letztlich doch nachgab und davon träumte, sich geborgen und bewundert zu fühlen in den Armen eines attraktiven, charmanten, unerreichbaren Mannes – obschon sie versuchte, sich schwärmerischen Fantasien nicht hinzugeben –, dann sah dieser Mann Colin Payne zum Verwechseln ähnlich. Sie verabscheute, sich dies einzugestehen, sogar vor sich selbst. Und die Vorstellung, dass *er* Derartiges auch nur vermuten könnte … war absolut grässlich. Sie spürte, wie die Bettfedern nachgaben und, nur wenige Sekunden später, wie sein Gewicht *auf ihr* zu liegen kam. Was dieser Mann an Wärme und Muskulatur aufzubieten hatte, breitete sich über Minerva, mit einzig einem Bettlaken, das sie trennte. Sie verkrampfte sich am ganzen Leib.

»Schsch«, murmelte er und spreizte sanft, aber beharrlich, ihre Schenkel auf Breite seiner Hüften. »Seien Sie unbesorgt. Es wird Ihnen nichts geschehen. Ich werde dieses Laken nicht heben. Sie sind darunter sicher aufgehoben. Halten Sie einfach die Augen geschlossen und Ihre Lippen geöffnet. Und erfahren Sie, wie sich dies anfühlen sollte.«

Erfahren, wie sich dies anfühlen sollte? Sollte sich dies nicht zärtlich und romantisch anfühlen? Sollte sich der Liebesakt nicht wie Liebe anfühlen?

Aber das hier war keine Liebe. Es war Zerstreuung, ein Zeitvertreib, eine Unterweisung in trauter Zweisamkeit. Bloß eine weitere wortgewandte Schwindelei. Die Reaktion ihres Körpers war indes real. Ihre Gliedmaßen waren rastlos unter seinen. Sie atmete so hektisch, dass es sie schwindlig und benommen machte.

Er umschloss ihre Brust durch das Leinen, beschrieb mit

seiner Berührung zunächst einen weiten Radius, ehe er die Kreise immer enger zog, hin zu der sich rasch verhärtenden Spitze. »Ein guter Liebhaber«, murmelte er und hauchte einen heißen Kuss direkt unter ihr Ohr, »nimmt sich Zeit für Sie. Er wird Ihr Vergnügen stets vor das seinige stellen. Er wird Ihnen freie Hand lassen, zu erkunden, zu berühren. Ihnen freistellen zu fordern, was immer Ihr Körper sich ersehnt.«

Er streifte ihre Brustknospe. Ganz leicht, wie der Schlag eines Schmetterlingsflügels. Das Gefühl war erstaunlich, köstlich.

»Hat Ihnen das gefallen?«, fragte er. »Wünschen Sie sich mehr?«

Ja. Ja, und ja bitte!

»Dann müssen Sie mir das vermitteln. Nicht mit Worten, wenn Sie diese scheuen. Wenn Sie im Liebesakt begriffen sind, können – und sollten – Ihnen die Worte fehlen. Ein Mann vollzieht diesen jedoch am besten mit Ermutigungen Ihrerseits. Wenn Sie also mehr wünschen, müssen Sie ihm das nahebringen. Mit einem Stöhnen, einem Seufzen oder einem spitzen Lustschrei. Lassen Sie es uns noch einmal versuchen, sollen wir?«

Abermals neckte seine Fingerspitze ihre harte, empfindsame Spitze. Es war vorbei, noch ehe sie das Gefühl auskosten konnte. Und dann nichts mehr. Sie biss sich auf die Lippe. Sie wusste, dass er ihrer Reaktion harrte. Entsetzlicher, spottlustiger Mann. Er würde sie an den Rand bebender, heißschmelzender Lust befördern und sie dann sich selbst überlassen. Es sei denn, sie bettelte um mehr. Minerva wähnte es eine Ewigkeit, die sie regungslos und stumm dalag, verstrickt in einen inneren Kampf mit sich selbst. Sie focht mit dem

Wunsch, mehr einzufordern, und der Furcht, bei Weitem zu viel preiszugeben. Doch pures Verlangen und Neugierde gewannen schließlich die Überhand. Ihre Lippen teilten sich, und sie ließ ihren Atem als bebendes, fast melodiöses Seufzen entweichen.

Er antwortete mit einem zerrissenen Ächzen, das aus den abgründigsten Tiefen seiner Brust zu kommen schien. »Ja. Das ist es. Seufzen Sie erneut für mich.«

Er presste seinen Daumen auf ihren Nippel und drehte ihn, kreiste rings um die geschwollene Knospe. Sie seufzte erneut, mit mehr Gefühl dieses Mal, und er belohnte sie mit einem leichten Zwicken. Sie bog sich seiner Berührung entgegen, und ihr Kopf sank nach hinten.

»Gefällt Ihnen das?« Er kniff abermals in ihre Knospe. »Antworten Sie mir.«

Ein weiches Stöhnen löste sich aus ihrer Kehle. Er hatte recht. Dem Vergnügen eine Stimme zu geben machte es so viel süßer, leidenschaftlicher. Realer.

»Ja! Gott, ja! Das ist es, wie man einen Mann wild macht, kleine Lady.« Er umschloss ihre Brust, wiegte und knetete sie in seiner Hand, derweil er ihren gestreckten Hals mit Küssen verwöhnte, ihre Haut liebkoste, daran saugte und leckte. »Wenn ich Sie einmal seufzen gemacht habe, ist alles, was ich denken kann, wie ich Sie stöhnen mache. Dann wimmern. Dann aufschreien in hilfloser Ekstase.«

Seine Stellung verändernd, schob er sich mit seinem ganzen Gewicht auf sie. Er war so hart, überall, wo er gegen ihr weiches, nachgiebiges Fleisch drängte. Sein muskulöser Oberkörper drückte gegen ihre Brüste, mit seinem Knie drückte er ihre Schenkel weiter auseinander. Und dann jenes harte, unermüdlich zuckende Organ, das sie letzte Nacht schamlos betrachtet und bewundert hatte ... jetzt presste er es gegen ihr Geschlecht. Erregung durchflutete sie. Überwältigend. Verzehrend. Wie nichts, was sie jemals zuvor erfahren hatte. Sie stöhnte, tief und lustvoll. Weil sie sich mehr wünschte. Mehr von seiner Härte, seiner Heißblütigkeit. Mehr von dieser verführerischen Reibung, die sie durch das kühle, glatte Leinen befeuerte. Er gab ihr genau das, was sie ersehnte. Er verfiel in einen Rhythmus, langsam und gleichförmig, mit kurzen Stößen presste er sich gegen sie und küsste dabei ihre Halsbeuge und ihre leinenbedeckten Brüste.

»Ja?«, forschte er und saugte ihr Ohrläppchen zwischen seine Lippen.

»Ja!«

»Mehr?«

»Mehr!«

»Erzählen Sie es mir mit Ihren Händen. Jetzt gleich. Halten Sie sich an mir fest. Bewegen Sie sich mit mir.«

Sie klammerte sich an ihn, begehrlich, ihre Hände um seine Schultern geschlungen. Ihre Erregung wuchs nur mehr, als sie den Tonus seiner Muskeln unter ihren Handflächen spürte. Straff vor Anspannung. Er strengte sich so sehr an – einzig für sie. Sie liebte es, die machtvolle Energie seines Körpers zu fühlen, der sich über ihr bewegte, sich an ihr rieb. Wieder und wieder und wieder.

Bald hörte er sie stöhnen, mit jedem köstlichen Ansturm auf ihre Sinne. Je lauter sie seinen Namen rief, umso eindringlicher war seine Antwort. Die Matratze stimmte in die erotische Symphonie mit ein, knarrte im Takt mit seinen kraftvollen, rhythmischen Stößen. Er beschleunigte sein

Tempo, und der Bettpfosten fügte sein trommelndes Stakkato hinzu, wann immer er gegen die Wand stieß. »Ja, Min. So sollte es sein.« Hungriges Begehren färbte seine Stimme. »Geben Sie sich nie mit weniger zufrieden. Seien Sie furchtlos, wild und laut und bezaubernd schön. Gott, Sie sind so wunderschön.«

Es war dunkel, und ihr war bewusst, dass er sie schwerlich sehen konnte. Doch das war ihr einerlei. Sie fühlte sich schön. Und sie fühlte seine fiebrige Haut, wie sie sich heiß und erregend ihren Berührungen hingab. Gemeinsam hatten sie dieses fantastische, himmlische Vergnügen geschaffen. Sie beförderte die Sinnenlust, indem sich ihre Hüften unter ihm aufbäumten, seine Stöße erwiderten, als sie schneller und heftiger wurden. Dann veränderte sich etwas. Mit einem Mal jagte das Vergnügen *sie*. Erlegte sie mit schonungsloser Intensität. Sie konnte sich davor nicht verbergen, konnte nicht entrinnen. Ihre Lider flatterten auf, ihre Augen groß und verwirrt im schemenhaften Dunkel. »Colin!«

»Ja.« Er fuhr unbarmherzig in seinem Rhythmus fort. »Ja. Rufen Sie meinen Namen. Lauter!«

»Colin, ich …« Ihre Stimme verfing sich in einem bestürzten Atemringen. »Ich kann nicht …«

»Kämpfen Sie nicht dagegen an. Es ist alles, wie es sein sollte. Es ist perfekt.« Während er sie weiter ritt, sank seine Stirn an ihre Schulter. »Sie sind perfekt.«

Hier kam sie, die Erlösung. Wie ein wilder Wirbel, kreiselnd und neckend. Sie bestürmte ihr Innerstes. Zog Minerva an einen dunklen, fremden Ort. Sie umklammerte ihn heftiger, bohrte ihre Nägel in den Sehnenstrang seiner Schulter.

Lassen Sie mich nicht allein.

Er küsste ihre Wange, ihre Lippen. »Kommen Sie für mich, kleine Lady. Kommen Sie für sich selber.«

Am Ende kapitulierte sie. Sie vernahm ihre eigenen Schreie, als die Wonnen sie schließlich erfassten, sie in schwindelnde Höhen trugen. Sie in abertausend Glücksmomente zerbersten ließen. Die sie sich winden und wälzen ließen, bis sie erschlaffte. Sie zurückließen, um Atem ringend und innerlich verwandelt.

Und er bewegte sich immer noch weiter, seine Lenden pumpten in einem getriebenen, rasenden Rhythmus. Er umschloss ihr Gesicht mit seinen Händen, zerwühlte mit den Fingern ihr Haar. Das herrliche Zerren schickte abermals Schauer der Wollust durch ihren Körper. Er hielt sie eng und unnachgiebig umschlungen, rieb seine kraftvolle Männlichkeit an ihr. »Vergeben Sie mir«, keuchte er. »Es ist zu gut … Ich kann nicht aufhören.« Mit einem zerrissenen Atemstoß erschauerte er und zuckte in ihrer Umarmung. Dann sank er schwer auf sie, stöhnte in ihre Halsbeuge.

Sie lockerte den Griff um seine Schultern. Ihre Hände zitterten. Sie wusste nicht, wie sie ihn zu berühren hatte. Feine Schweißperlen rannen über ihr Schlüsselbein. Sie hätte nicht zu sagen vermocht, ob es ihre oder seine waren. Wie war dies alles zu bewerten? Es war nicht wirklich eine körperliche Vereinigung gewesen, und noch viel weniger ein Liebesakt. Dennoch war es in gewisser Weise wirklich geschehen. Sie wusste nicht, wie sie jetzt von ihm denken sollte. Geschweige denn wie sie ihm am nächsten Morgen unter die Augen treten oder mit ihm plaudern sollte. Was dachte sie von sich selbst, nachdem sie seinen Namen gestöhnt und geseufzt hatte? War sie ruiniert? War sie eine Dirne?

Er rollte sich auf die Seite, eine Hand weiter in ihrem Haar verwoben. Sein Brustkorb hob und senkte sich unter einem schweren Seufzen. »Gütiger Herrgott, Frau.«

Frau. Sie war eine Frau.

»Sie erstaunen mich fortwährend aufs Neue. Ich beginne als Ihr Lehrer, der Ihnen Unterricht erteilt. Und dann auf unerfindliche Weise … Minuten später, entbrenne ich selbst wie ein Schuljunge.« Er erging sich in einem kehligen, sinnlichen Lachen. Und es währte kaum Sekunden, so schien es, da schnarchte er friedlich.

13

»Jesus Christus.« Blinzelnd wegen des ungemein strahlend hellen Morgens, raufte Colin sich mit einer Hand durch sein Haar. »Ich kann nicht glauben, dass das passiert ist. Das passiert mir sonst nie. Niemals.«

Minerva drehte sich schlaftrunken um und rieb sich die Augen. »Was haben Sie denn?«

»Kleiden Sie sich an, und zwar eiligst. Wir haben verschlafen.«

Innerhalb weniger Minuten waren sie damit beschäftigt, sich überstürzt zu waschen, anzuziehen und ihre Sachen zu packen. Die Eile war in gewisser Hinsicht von Vorteil. Sie blendete jegliche Diskussion hinsichtlich der vergangenen Nacht aus.

Sie löschte indessen nicht seine Erinnerung. Der Klang ihrer Stimme, jede ihrer Bewegungen erregte ihn. Die Art, wie sie ihre Haarbürste durch das liebeszerzauste Gewirr dunkler Locken zog. Wie ihre Brüste wogten, als sie auf einem Bein herumhüpfte, in dem Bemühen, den anderen Fuß in ihre Stiefelette zu zwängen. Als sie eine Hand ausstreckte und seine Schulter umklammerte, um das Gleichgewicht zu halten, fürchtete Colin, es wäre abermals um seinen Verstand geschehen. Er hatte letzte Nacht keineswegs übertrieben. Sie erregte ihn wie einen jungen Spund, und er verhielt sich noch doppelt so töricht.

Zum Henker mit dir, Mann. Was hast du dir dabei gedacht? Du hast Regeln, was das anbetrifft.

Gewiss, räumte er ein. Aber er hatte diese Regeln nicht gebrochen. Er hatte sie nur etwas *gedehnt.*

Sie gedehnt. Sie gestreichelt. Sie befeuert. Sie stöhnen und wimmern gemacht.

Er schüttelte sich. Verdammt. Und nun stand ihm ein weiterer langer staubiger Tag auf einem Pferderücken bevor. Hervorragend. Zumindest wäre er nicht genötigt, zusätzliche Zeit für Schuld und Sühne einzuplanen. Es stand zu hoffen, dass die Stallburschen unten bereits ein Pferd für ihn ausgewählt und mit seinem eigenen Zaumzeug und Sattel bestückt hatten. Wie die Reise zeigte, war das Wechseln eines Postpferdes alle zwanzig Meilen beileibe nicht ideal. Zudem tat er seinem Allerwertesten damit keinen Gefallen. Um sich der Geschwindigkeit einer Kutsche anzupassen, blieb Colin jedoch keine andere Wahl.

Sie zog die Vorhänge auseinander und spähte aus dem Fenster. »Oh, ich sehe die Fontleys. Sie steigen bereits in die Kutsche. Bestimmt würden sie nicht ohne uns abreisen.«

»Bestimmt nicht.« Er gesellte sich zu ihr ans Fenster. Die Familie schien in der Tat bereit zur Abreise. »Das können sie Ihnen nicht antun. Heute ist schließlich *Ihr* Geburtstag.«

»Sie belieben zu scherzen.« Sie warf ihm einen schüchternen Blick durch die schief sitzende Brille zu. Dann huschte ein Anflug von Befangenheit über ihr Gesicht, als würde sie sich mit einem Mal der Ereignisse der vergangenen Nacht entsinnen. Sie errötete, schluckte und sah rasch fort.

Er hatte den plötzlichen und unerklärlichen Wunsch, sie zu küssen. Doch das wäre höchstwahrscheinlich eine schlechte Idee und überhaupt – es blieb keine Zeit. Sie eilten donnernden Schrittes die Stiegen hinunter und mühten sich auf ihrem Weg zu der Kutsche mit den Truhen ab.

»Hier sind wir«, rief Colin, der Minerva vorauseilte. »Wir kommen! Halali!«

Einer der Fontley'schen Diener stand auf dem hinteren Bock postiert. Colin hievte erst die kleinere Truhe zu ihm hoch, dann eine zweite.

»Vergessen Sie diese nicht«, rief Minerva, die sich mit der dritten Reisetruhe abmühte. Diejenige, in der sie Francine aufbewahrte.

Als Colin sich umwandte, um ihr damit zu helfen, vernahm er das Schnalzen einer Peitsche. Ehe er sich vergegenwärtigte, was soeben geschah, hatte sich die Kutsche schon in Bewegung gesetzt. Die Fontleys fuhren davon. Ohne sie.

»Warten Sie!«, rief Minerva. »Kommen Sie zurück!«

Mrs. Fontley streckte den Kopf aus dem Fenster. »Um meine Kinder solch tadelnswerten Subjekten auszusetzen? Das werde ich gewiss nicht tun.« Und derweil die Kutsche schwankend Fahrt aufnahm, hörten sie sie noch kreischen: »Sie sind beileibe keine guten Menschen!«

Minerva wirbelte zu ihm herum, bestürzt und außer Atem. »Was kann sie meinen? Sicherlich war es nicht der Umstand, dass Sie diesem widerwärtigen Mann gestern Abend einen Hieb versetzten?«

»Das kann es nicht gewesen sein. Ich habe keine rechte Vorstellung, was wir getan haben könnten, um einen sollen Gesinnungswandel der Fontleys herbeizuführen, es sei denn …« Ihm drehte sich der Magen um.

»Es sei denn was?«

»Es sei denn, sie hätten uns gehört. Letzte Nacht.«

Sie wurde bleich. »Oh, gütiger Himmel.« Sie zog die Unterlippe zwischen ihre Zähne. »Aber wie könnten sie uns …?«

»Ganz bestimmt nicht.«

»Nein, sie können uns nicht gehört haben, es sei denn, sie logierten direkt nebenan. Es sei denn …« Ihre Augen begegneten seinen, vor Entsetzen weit aufgerissen. »Es sei denn, sie waren diejenigen, die wir zuvor hörten.«

Colin ließ langsam den Atem aus seiner Lunge entweichen. Er wandte den Kopf und starrte der Kutsche hinterher. »Nun denn. Schön für sie. Trefflich gemacht, Mr. Fontley.«

Minerva teilte seine Belustigung ganz und gar nicht. »Oh Gott.« Sie ließ sich auf ihre einzige verbliebene Truhe sinken und vergrub den Kopf in den Händen. »Sie müssen uns für verabscheuenswürdige Scharlatane halten. Sie wissen, dass jedes Wort von uns Schwindel war. Ceylon, die Lepra, der irrwitzige Käferbiss. Sie wissen, dass wir Lügner sind.«

Er zog den Kopf ein und kratzte sich den Nacken. »Wir wollen *hoffen*, dass es das ist, was sie schlussfolgern.«

Sie spähte zu ihm auf. »Was sollten sie sonst denken? Dass wir nicht gelogen haben? Dass wir in der Tat Bruder und Schw…« Er beobachtete, wie ein Ausdruck tiefen Abscheus über ihr Gesicht kroch. »Oh nein. *Nein!*«

»Grämen Sie sich nicht«, sagte er hastig. »Ich bin sicher, sie schlossen auf Ersteres.«

»Igitt.« Sie schauderte heftig. »Ich glaube, mir wird übel.«

»Dazu besteht keinerlei Veranlassung, junge Dame. *Wir* wissen schließlich um die Wahrheit.«

»Tun wir das?«

Ihm fiel das Bissige an ihrer Bemerkung auf. Keiner von

ihnen wusste nach letzter Nacht noch genau, was sie für einander waren. Doch diese Unterhaltung würde warten müssen. Erstmals bemerkte Colin, wie viele Leute sie ringsum beobachteten. Und der Ausdruck in ihren Augen war mitnichten freundlich. Als er sich umdrehte und eher zufällig in Richtung des Gasthofs blickte, schlug die Tavernentür zu. Wenige Sekunden später vernahm er das Geräusch eines Eisenriegels, der knirschend vorgeschoben wurde. Ein frisches Pferd auszuleihen stand offenkundig außer Frage. Er glaubte auch nicht, dass irgendeiner von den umstehenden Dorfbewohnern ihnen eine Mitfahrt anbieten würde.

»Ich hätte wissen müssen, dass es eine törichte Idee war«, jammerte sie. »Ich hätte wissen müssen, dass ich in irgendeiner Form dafür büßen muss. Wann immer Sie mich berühren, endet es damit, dass ich mich erniedrigt fühle.«

Er räusperte sich und trat näher an sie heran. »Das Beste wird sein, wir verlassen diesen Ort. So bald wie möglich. Das Urteil, das die Fontleys über uns fällten, scheint hier von allen geteilt zu werden.«

»Aber wohin sollen wir aufbrechen? Wie wollen wir weiterkommen?« Sie gestikulierte der längst außer Sicht geratenen Kutsche hinterher. Verzweiflung lähmte ihre Stimme. »Sie nahmen alle meine Kleider mit, meine sämtliche Habe.«

Er bückte sich zu der jungen Frau hinunter. »Sie haben doch noch Ihre Börse?«

Sie nickte.

»Und Sie haben Francine. Sie sitzen darauf.«

Sie nickte abermals. »Meine wissenschaftlichen Beschreibungen befinden sich ebenfalls in dieser Truhe.«

»Vortrefflich, dies sind die Dinge, die von allerhöchster Bedeutung sind. Alles andere ist ersetzbar. Ich schlage vor, wir marschieren über die Landstraße zur nächsten Stadt, und von dort versuchen wir es aufs Neue. Einverstanden?«

Sie schniefte. »Einverstanden.«

Er half ihr auf die Füße, dann starrte er versonnen auf ihre Truhe. Wie ließe sie sich am besten tragen? Auf den Schultern?

Sie umschloss einen Griff mit ihren behandschuhten Fingern und hob sie an. »Ich werde diese Seite nehmen und Sie die andere. So geht es schneller.«

Der Kavalier in ihm rebellierte, doch sie hatte recht. Das Behältnis zu zweit zu tragen war sicherlich die beste Lösung. »Nun denn«, sagte er, als sie die Straße entlangliefen, die aus dem Ort führte, einen riesenhaften Echsenfußabdruck zwischen sich schleppend. »Nehmen wir es mit Humor. Wir werden im Handumdrehen dort sein.«

Es dauerte Stunden.

Bis in die nächste Stadt konnte es nicht allzu weit sein, schätzte Minerva. Höchstens einige wenige Meilen. Doch Francine behinderte ihr Fortkommen. Sie hielten immer wieder an, um Rast einzulegen, die Seiten zu wechseln, das Gewicht neu zu verteilen. Und obwohl Minerva sich unablässig gut zuredete, dass die Silhouetten von weiter entfernten Cottages und einer Kirche gewiss hinter der nächsten Erhebung auftauchen würden – oder nach der nächsten Kurve – marschierten sie über Stunden.

Mitunter wurden sie von Kutschen und Droschken überholt. Doch entweder waren sämtliche Plätze belegt, oder sie waren im vorherigen Ort bereits vor zwei Scharlatanen gewarnt worden, die in nördliche Richtung unterwegs waren. Und selbst wenn eine der Kutschen verlangsamt hätte, wäre ihnen nicht geholfen gewesen. Colin sperrte sich dagegen, mit dieser Art Fortbewegungsmittel zu reisen. Nein, es blieb ihnen nichts anderes, als meilenweit zu laufen, in der Hoffnung, irgendein Dorf zu finden, wo Minerva einen Platz in einer Kutsche fände und er ein frisches Pferd mieten könnte. Doch wer wusste, wo das sein würde?

Die Sonne stand inzwischen hoch am Himmel, und Minerva fühlte sich zunehmend geschwächt. Seit dem Frühstück hatten sie nichts mehr zu sich genommen. Erschöpfung und Hunger verschworen sich in ihrem Innern, wisperten aufgebracht miteinander. Durst ließ ihre Zunge dick und pelzig werden. Am Rand der Landstraße kam sie abrupt zum Stehen. »Das war's. Ich gehe keinen Schritt mehr weiter.«

Er stellte seine Seite der Truhe ab. »Also gut. Wir werden eine Rast einlegen.«

»Nein. Ich will keine Rast einlegen, ich will eine Kutsche. Vielleicht hält eine an, wenn ich allein bin. Ich werde hier stehen bleiben und warten. Sie können ja weiterlaufen.«

Er schüttelte den Kopf. »Ausgeschlossen. Ich weiß, Sie haben keine sonderlich hohe Meinung von meinem Charakter. Aber wenn Sie glauben, ich würde eine achtbare junge Dame allein und schutzlos am Straßenrand zurücklassen, dann irren Sie sich gewaltig. Wissen Sie, welche Banditen von Straßenräubern an solchen Kutschenverkehrswegen herumlungern?«

»Ja, ich glaube, das weiß ich.« Sie bedachte ihn mit einem bedeutungsschweren Blick.

»Also bin ich jetzt ein Straßenräuber?«

»Sie haben uns in diese Lage gebracht.«

Er trat einen Schritt zurück. »Sie denken, das ist alles mein Vertun?«

»Natürlich ist es das. Ich bat Sie nicht darum, den Fontleys all diese unverfrorenen Lügen aufzutischen. Oder mich zur Komplizin Ihres verabscheuenswerten Verhaltens zu machen. Und ich bat Sie auch nicht darum, mir irgendwie geartete … Lehrstunden zu erteilen.«

»Oh, selbstverständlich nicht. Sie standen bloß mitten in der Nacht vor meiner Tür und flehten mich an, Sie nach Schottland zu begleiten.« Er stach sich mit einem Daumen in die Brust. »Sie küssten mich draußen vor dem *Bull and Blossom*. Sie zerrten mich in eine verdammte Höhle. *Ich* bat Sie um nichts dergleichen.«

»Sie ruinieren diese Reise«, rief Minerva mit sich überschlagender Stimme. »Sie ruinieren *alles*.«

»Nun, ich bitte um Verzeihung, aber ich glaube, Sie gaben Ihr Einverständnis, ruiniert zu werden?«

Ihre Hände ballten sich zu Fäusten. Sie versuchte, sich zu beruhigen. »Wir trafen eine schlichte Übereinkunft. Sie bringen mich nach Edinburgh, ich gebe Ihnen fünfhundert Guineen. Ich erinnere mich an keine Abmachung von wegen Schwindeleien oder Sangeseinlagen oder … oder Stöhnen.«

»Nein, derartige Zerstreuungen fügte ich der Abmachung aus freien Stücken hinzu. Greifen Sie zu. Bedienen Sie sich.« Der unsägliche Mann drehte sich um seine eigene Achse und schwenkte seine Arme. »Sei's drum, wir werden uns ein paar Minuten ausruhen. Dann setzen wir unseren Fußmarsch fort. Der nächste Ort kann nicht mehr weit sein.«

»Irrtum, ich werde mich keinen Zoll mehr von der Stelle bewegen.«

Er trat hinter sie. »Doch, das werden Sie«, murmelte er, »und wenn ich Sie mit Gewalt fortbewegen muss.«

»Das würden Sie nicht wagen.«

»Oh doch, das würde ich.« Mit seinen Händen massierte er ihr Nacken- und Schultermuskulatur – nicht zartfühlend, sondern in der Art, wie ein Trainer einen Boxer für den Kampf lockert.

Es fühlte sich aufreizend wundervoll an.

Über sie geneigt, wirbelte er sie herum, worauf ihr Gesicht der Landstraße zugewandt war. »Oh ja«, flüsterte er ihr ins Ohr. »Ich werde Sie schieben, zerren, aufrütteln, wie ich es für richtig halte. Weil sich hinter diesem unscheinbaren Äußeren ein sprühender Esprit verbirgt. Weil Sie singen können, es aber nicht tun. Weil Sie eine wilde Leidenschaft in sich tragen, welche der Entfesselung bedarf. Weil Sie weitergehen *können*. Sie brauchen lediglich jemanden, um Sie über diesen nächsten Hang zu schieben.«

Sicherlich war es die Wirkung von Hunger und Erschöpfung, nicht seine raue, sinnliche Stimme. Doch sie erbebte, jedenfalls ein wenig. »Dies sind recht ironische Worte«, sagte sie und blickte ihm über die Schulter direkt in die Augen, »von einem Mann, der nicht einmal in einer Kutsche fahren will.«

Seine Hände verkrampften sich.

»Hey, Sie dort!« Neben ihnen kam eine Kutsche schwerfällig zum Halten. Eine junge Frau mit einer bändergeschmückten Haube rief ihnen aus dem Wageninnern zu. »Meine Güte, welches Unglück ist Ihnen denn widerfahren? Dürfen wir

Ihnen unsere Hilfe anbieten? Ist Ihnen an einer Mitfahrt gelegen?« Sie öffnete den Kutschenschlag. »Es sind nur meine Schwester und unsere Begleitung bei mir, sehen Sie. Reichlich Platz vorhanden.«

Minerva blickte zu Colin. »Und nun? Muss ich jetzt *Sie* hineinzerren?«

»Nein«, antwortete er grimmig. »Ich werde mitfahren. Aber nur bis in die nächste Stadt.«

Minerva taxierte die junge Frau in der Kutsche. Sie schien ungefähr im gleichen Alter zu sein wie Diana, ihre Haube und die Kutsche zeichneten sie als eine junge Dame von einigem Wohlstand aus. Nach dem Umstand zu urteilen, dass sie anhielt und Fremden eine Mitfahrt anbot, musste sie entweder außergewöhnlich reizend oder ziemlich einfältig sein. Wahrscheinlicher war, dass sie schlicht der Spezies privilegiertes temperamentvolles Mädchen angehörte, die sich nicht vorzustellen vermochte, dass ihr etwas Schlimmes zustoßen könnte – ganz einfach, weil ihr noch niemals etwas wahrhaft Schlimmes zugestoßen war. »Es ist so reizend von Ihnen, für uns anzuhalten«, sagte Minerva und sank in einen Knicks. »Ich bin Miss Sand, und das ist … mein Bruder. Wir hatten am heutigen Morgen leider Gottes eine rechte Unglückssträhne. Wenn Sie uns bis in die nächste Stadt mitnehmen könnten, wären wir Ihnen überaus dankbar.«

»Demnach sind wir einmal mehr Bruder und Schwester?«, murmelte er, als er ihre Truhe hochhob.

»Ja«, wisperte sie zurück. »Aber halten Sie es unkompliziert. Keine Missionare. Oder Kobras. Und vor allem keine weiteren … *Sie wissen schon.*«

Der Blick, mit dem er sie von oben bis unten musterte,

wurde hart. »Glauben Sie mir. Was das anbelangt, haben Sie nichts zu befürchten.«

Minerva verdrängte den kurzen, unbarmherzigen Stich, den seine Worte ihrem Stolz versetzten.

»Schieben Sie Ihr Gepäck kurzerhand hier ins Abteil«, wies die junge Dame ihn an. »Auf dem Dach ist leider kein Platz mehr. Cordelia will sich nicht davon abbringen lassen, auf jede Reise wenigstens ein halbes Dutzend Hutschachteln mitzunehmen.«

Nachdem Minerva in die Kutsche gestiegen war und auf der rückwärtigen Bank Platz genommen hatte, hob Colin die Truhe ins Innere und schob sie so weit als möglich nach hinten. Schließlich, nach einem letzten tiefen Atemzug, als bereitete er sich darauf vor, in die Tiefen des Atlantiks zu tauchen, schwang er sich in die Kutsche und ließ sich mit seiner beeindruckenden Statur neben Minerva nieder. Seine langen Beine so eng an den Körper angewinkelt, als hätte er sie zweimal zusammengeklappt.

»Weiter geht es, Kutscher!«, rief die junge Lady.

Sobald sich die Kutsche schaukelnd in Bewegung setzte, spürte Minerva, dass sich Colins Muskulatur hart wie Eisen anspannte. Sie spürte wieder jenen vertrauten Anflug von Mitgefühl für ihn – aber dennoch, er konnte es niemandem zum Vorwurf machen, denn er hatte sich diese Situation selbst zuzuschreiben. Zudem war es nur eine kurze Fahrt. Er würde es überleben.

»Ich bin Miss Emmeline Gateshead.« Die bändergeschmückte junge Frau streckte ihre Hand aus, und Minerva ergriff sie. »Das sind meine Schwester, Miss Cordelia Gateshead, und Mrs. Pickerill, unsere Begleitung.«

Minerva begrüßte alle drei mit ausgesuchter Höflichkeit. Genauso gut hätte sie sich den Atem jedoch sparen können. Das Augenmerk aller drei jungen Frauen lag ausschließlich auf Colin. Kein Wunder. Der Mann zog weibliche Aufmerksamkeit an wie Wasser die Fische.

»Und was führt Sie beide gen Norden?«, fragte Miss Gateshead. »Verzeihen Sie, aber ich habe Ihre Namen nicht ganz verstanden.«

»Oh.« Minerva geriet sogleich in Panik. »Also, wir …«

»Sagen Sie es uns nicht! Wir werden raten«, entschied Cordelia lächelnd. »Das wird helfen, uns die Zeit zu vertreiben.« Sie lenkte ihr Lächeln in Colins Richtung. »Sind Sie ein Offizier, zurück aus dem Krieg?«

»Nein, Miss. Ich bin kein Held.«

Minuten zuvor hätte Minerva noch dasselbe beteuert. Aber jetzt war sie sich dessen nicht mehr so sicher. Seit dem Augenblick, da sie in die Kutsche gestiegen waren, war sie sich Colins Anspannung gewärtig. Inzwischen begannen ihre Brillengläser sogar von seinen flachen Atemzügen zu beschlagen. Niemand sonst in der Kutsche ahnte jedoch etwas von seinem inneren Kampf. Er ertrug die Tortur stillschweigend, mannhaft. Vielleicht sogar heroisch.

»Eine Schande, denn Sie würden in Uniform so schmuck aussehen.« Emmelines Bemerkung bewog die begleitende Anstandsdame zu einem tadelnden Räuspern. »Kommen Sie aus der Stadt?«

»Wir passierten sie«, antwortete Minerva. »Aber unser Heimatort liegt weiter südlich. An der Küste.«

Cordelia rang nach Atem. »Ich hab's! Er ist ein Pirat!« Die jüngere Dame brach in verzücktes Kichern aus.

Emmeline betrachtete Colin mit zur Seite geneigtem Kopf. Ein koketter Ton stahl sich in ihre Stimme. »Nun, es fiele mir nicht allzu schwer, Derartiges von ihm anzunehmen. Er hat diese gewisse schurkische Aura.«

Miss Gateshead, Sie haben ja keine Ahnung.

»Vielleicht ist er aber auch ein Spion.« Selbiges kam von Mrs. Pickerill.

Minervas Verdrossenheit näherte sich ihrem Siedepunkt. Sie wähnte sich außerstande, noch mehr von der Einfalt dieser Frauen zu ertragen, und Colins stumme Qual stimmte sie ernsthaft besorgt. Es schien fast, als hätte er das Atmen gänzlich eingestellt. »Warum enthüllst du ihnen nicht rundheraus die Wahrheit, Bruder?« Vielleicht würde es ihm helfen zu reden. Zumal er es liebte, abwegige Geschichten zu erfinden. Und wenn er zu erzählen anfinge, würde er zwangsläufig Atem holen müssen.

Er räusperte sich. »Oh, ich sage es nicht gerne.«

Mrs. Pickerill blickte argwöhnisch drein. »Es ist doch gewiss ein Leichtes, Namen und Reiseziel zu nennen, oder?«

»Ja natürlich«, beeilte sich Minerva ihr beizupflichten und schlang nachlässig ihren Arm durch Colins. »Das ist es unter normalen Umständen gewiss nicht«, improvisierte sie. »Was die Angelegenheit kompliziert, ist, wer wir sein *könnten.*«

»Und wer könnten Sie sein?« Miss Cordelia Gateshead rutschte auf die Kante der Sitzbank vor.

»Erzähl es Ihnen, Bruder«, drängte Minerva. »Es ist so ungemein kurzweilig und unterhaltsam. Ich glaube, wir alle würden ein wenig Zerstreuung begrüßen.«

Sie drückte verstohlen seinen Arm. *Ich bin hier. Sie sind nicht allein.*

Er nickte. »Nun, verstehen Sie … die Wahrheit ist …« Er legte eine Hand über Minervas. »Es *könnte* sein, dass wir Adlige sind.«

Jede Dame in der Kutsche hielt den Atem an, Minerva eingeschlossen. Nun, sie hatte es so gewollt. Zumindest würde die Geschichte dieses Mal ohne Schlangen oder Aussätzige auskommen.

»Adlige?« Miss Gateshead setzte sich kerzengerade hin. »Wie erstaunlich.«

»Das war auch unsere Reaktion, als die Anwälte uns aufspürten.« Allmählich klang Colin wieder wie sein wahres Selbst. Sein unfügsames, diabolisches Selbst. »Indessen ist erst kürzlich ans Licht gekommen, dass Grund zu der Annahme besteht, dass unser Vater möglicherweise von der Linie des Prinzen Ampersand abstammte, dem regierenden Monarchen von Crustacea.«

»Crustacea«, wiederholte Cordelia. »Davon habe ich nie gehört.«

»Wir auch nicht!«, rief er aus. »Wir waren gehalten, den Atlas in der Bibliothek unseres Vaters auszugraben und zu entstauben, als wir den Brief im vorigen Monat erhielten. Ein sehr kleines Fürstentum, zweifelsfrei. Hoch oben in den Bergen gelegen, an der Grenze von Spanien und Italien. Die gesamte Wirtschaft gründet dort auf dem Export von Ringelblumen und Ziegenkäse.«

Minerva verkniff sich ein Lachen. Jeder Schwachkopf mit einem Atlas wusste, dass Spanien keine Grenze mit Italien hatte. Und dass es ein wahrhaft sonniges Gemüt brauchte, Ringelblumen in den Bergen zu züchten.

»Was stand in dem Brief?«, erkundigte sich Cordelia.

»Unter anderem Folgendes: Vor einigen Monaten suchte eine Tragödie das winzige Alpenparadies heim. Die gesamte königliche Familie derer von Crustacea wurde von einem besonders hartnäckigen Virus des violetten Fiebers ausgelöscht.«

»Violettes Fieber? Davon ist mir rein gar nichts bekannt.«

»Uns auch nicht«, bekundete Colin. »Wir mussten uns zunächst in Vaters antiquarischen medizinischen Kompendien Kenntnis aneignen. Nicht wahr, M?« Er tätschelte ihre Hand. »Das Fieber ist sehr selten. Aber nahezu immer tödlich.« Er schnalzte mit der Zunge. »Eine wahre Tragödie. Das Fieber löschte den Prinzregenten aus, die Königinmutter, sämtliche der königlichen Nachkommen. Wollten sie das Erbe nicht diesem niederträchtigen, wehleidigen, pockennarbigen Thronräuber überlassen ...« Er spähte zu Minerva. »Wie hieß er noch gleich? Sir Alisdair, nicht wahr?« Statt einer Antwort schnaubte sie missfällig. »So hatten sie jemanden aus der königlichen Linie zu finden. Sie suchten weit und breit, bis sie uns fanden. Deshalb sind wir nun auf dem Weg zu dem Familiensitz unserer Vorfahren, verstehen Sie. Um die Aufzeichnungen über unsere Herkunft, die Familienbibel und dergleichen an uns zu nehmen. Wenn sich alles als richtig erweist, könnten Sie nächsten Monat um diese Zeit dem Prinzen und der Prinzessin von Crustacea begegnen.«

Emmeline seufzte. »Es ist wie im Märchen.«

Ja, dachte Minerva, *genau wie im Märchen. Alles Lügengespinste, von Anfang bis Ende.*

»Oh, es ist kein Märchen«, widersprach Colin. »Beneiden Sie uns nicht um unseren unvermuteten gesellschaftlichen Aufstieg. Wenn wir Mitglieder der Herrscherfamilie sind, wird unser Leben nicht mehr uns gehören. Wir werden Verpflichtungen haben, nicht wahr? Wir werden England – unsere geliebte Heimat – und unsere Freunde verlassen müssen. Und damit auch die Hoffnung auf die Liebe aufgeben.« Seine Miene wurde ernst. »Ein Prinz darf niemals hoffen, Liebe zu finden.«

Übereinstimmend pressten die Schwestern die Hände auf ihre Herzen.

»Darf er das nicht?«, hauchte Cordelia.

»Nein, es ist ihm nicht vergönnt.« In einer Geste selbstvergessener Ernsthaftigkeit neigte er sich vor. »Wissen Sie, wenn ich der arme, einfache Mr. Colin Sand aus Sussex bliebe, dürfte ich Gefallen an einem hübschen Mädchen finden, dem ich angelegentlich auf einer Reise begegne. Ich dürfte um Erlaubnis bitten, ihr den Hof zu machen. Mir die Zeit nehmen, sie besser kennenzulernen. Mit ihr all meine Träume und Sehnsüchte und Geheimnisse teilen – und ihre erfahren. Ihr Bonbonnieren und Blumenbuketts schenken.« Er warf einen wehmütigen Blick aus dem Kutschenfenster. »Wie jeder andere Mann habe ich es in meiner Jugend genossen, mir die Hörner abzustoßen. Aber tief in mir habe ich mir stets jene zärtliche Romanze mit dem richtigen Mädchen gewünscht. Eines Tages …«

Gütiger Herrgott. Er erzählte seine Geschichten derart überzeugend, dass selbst Minerva sich vergegenwärtigen musste, dass alles nur ein großer Schwindel war. Sie hatte einmal den Fehler gemacht, seinen Lügen Glauben zu schenken. *Dass es einzig Sie sind, Minerva. Dass es stets Sie gewesen sind.* Sie konnte noch das höhnische Gelächter hören, das von den Turmmauern widerhallte. Dieses Mal war es zumindest an ihr zu lachen. Die jungen Damen Gateshead waren derart fasziniert, dass sie ihm alles geglaubt hätten. Solcher Charme war eine Begabung, das musste man ihm lassen. Zwanzig Minuten in derselben Kutsche, und er hatte zwei kultivierte junge Damen vornehmer Herkunft heftig verliebt gemacht in einen Prinzen wider Willen, der sämtlichen Reichtum der Welt für eine Chance auf die wahre Liebe ausschlagen würde. Ihre Herzen, ihre Seelen, ihre Unschuld und ihr Lächeln könnten ihm gehören, für nur einen einzigen schmachtenden Blick. Sie würden sich vermutlich in Reih und Glied anstellen, um sich abzuwechseln. Unversehens erkannte Minerva, dass er sein sämtliches Verführungspotenzial in Spindle Cove nie ausgereizt hatte – zumindest nicht bei Diana. Zu ihrem Erstaunen erfasste sie bei dem Gedanken daran ein eigentümlicher Anflug von Dankbarkeit.

»Wenn ich ein Prinz bin«, bekannte er und lächelte auf jene entwaffnende, hinreißende Weise – die Art, die sein Grübchen enthüllte, als wäre es eine heimliche Verletzbarkeit, einzig heilbar durch die Liebe einer guten Frau –, »werde ich selbstverständlich meiner Pflicht nachkommen. Ich werde mein Bestes geben. Aber zuweilen denke ich, es könnte eine Befreiung sein herauszufinden, dass alles ein einziges gewaltiges Missverständnis ist.«

Die Kutsche kam unvermittelt zum Halten.

»Oh«, rief Emmeline aus, deren Oberkörper durch den Ruck vornüberschoss. »Was war das?«

Minerva spähte zum ersten Mal, seit sie losgefahren waren, aus dem Fenster. Das Straßenstück, das sich vor ihren Augen erstreckte, führte durch ein Waldgebiet. Vielleicht waren sie an einem Schlagbaum angelangt, oder die Landstraße vor ihnen versank im Morast.

Ohne jede Vorwarnung wurde der Wagenschlag geöffnet, kaum einen Spaltbreit. In der Öffnung glänzte der Lauf einer Pistole.

»Stehen Sie auf und ergeben Sie sich.«

14

Colin hätte beinahe laut gelacht. Nicht vor Belustigung, sondern aus bitterer Ironie. Es war wirklich und wahrhaftig absurd, dass ein Teil von ihm diese Wendung der Ereignisse begrüßte. Dass er sich lieber einem Straßenräuber mit gezogener Waffe stellte, als noch eine Minute länger in dieser schrecklichen Kutsche zu fahren. Selbst das Fabulieren abwegiger Geschichten und die Gesellschaft dreier Damen konnten ihn nicht von dem beengten Innenraum und der stickig warmen Luft ablenken. Als die Kutsche schlingernd zum Stehen gekommen war, war Colin noch beklommener ums Herz geworden. Er hatte hinausgewollt – sofort. Beim Anblick der Pistole hätte er beinahe gefleht: *Nur zu, erschießen Sie mich. Beenden Sie dieses elende Dasein.* Bis ebendiese Pistole in Minervas Richtung schwenkte und er wieder Herr seiner Sinne wurde. Seine Beklommenheit wich unbändigem Zorn. Er räusperte sich vernehmlich, und zog damit das Augenmerk des Bastards auf sich. »Wenn Sie diese Waffe schon auf jemanden richten müssen, dann gefälligst auf mich.«

Der Straßenräuber tat ihm den Gefallen und warf einen Jutesack durch die geöffnete Tür. »Nehmen Sie den Sack. Geld, Schmuck, Uhren, Ringe, werfen Sie alles hinein.« Ein bedrohliches Klicken ertönte, als er den Hahn der Pistole spannte. »Und zwar rasch.«

Die Damen Gateshead rückten ängstlich mit ihrer Gesellschafterin zusammen.

Colin hob den Sack vom Boden auf. Während er das Zugband aufknotete, redete er mit an Sanftheit und Überzeugungskraft schwerlich zu überbietender Stimme auf sie ein. »Es wird sich wohl nicht vermeiden lassen, ich bin untröstlich. Wir tun, was er von uns verlangt, und dann werden wir die Fahrt fortsetzen. Alles wird gut werden.« Beim Blute Christi. Colin wusste, dass die Aushändigung ihrer Wertgegenstände die einzig sichere und vernünftige Lösung war. Bis auf ein Messer, das unerreichbar in seinem Stiefelschaft steckte, war er unbewaffnet und somit eindeutig im Nachteil. Es stand anzunehmen, dass der Räuber Kumpane hatte, die Kutscher und Diener ebenfalls mit gezückten Waffen in Schach hielten. Jeglicher Versuch einer Heldentat, der Colin vorschwebte, würde zweifellos darin münden, dass jemand verletzt oder getötet wurde. Mit vier Damen in der Kutsche durfte er kein solches Risiko eingehen. Gleichwohl hasste er es, klein beizugeben. Er verfluchte sich für seine eigene Gedankenlosigkeit. Warum hatte er diese Reise ohne eine Schusswaffe angetreten? Die Antwort war einfach. Weil er nicht damit gerechnet hatte, diese Reise überhaupt anzutreten. Er hatte sich redlich bemüht, die ganze Sache rückgängig zu machen, an jenem ersten Morgen am Rande der Landstraße. Er hätte sich mehr ins Zeug legen müssen.

Mit zitternden Fingern reichte ihm das Damentrio Medaillons, Armbänder, Ringe und Haarkämme. Er schüttete die wenigen Münzen, die er in seinen eigenen Taschen mit sich trug, in den Sack.

»Was ist mit ihr?« Der Räuber fuchtelte mit der Pistole in Minervas Richtung.

»Sie trägt keinen Schmuck«, sagte Colin, der sich zwischen Pistole und Minerva schob.

»Was ist mit dem Retikül da?«

Colin hielt ihr den offenen Jutesack hin. »Das Retikül, Min.«

»Aber …« In ihren dunklen Augen flackerte heftige Auflehnung. »Aber darin ist all mein …«

All ihr Geld. All *sein* Geld. Wie wahr, sann Colin, und nach dem Aufblitzen in ihren Augen zu urteilen, war sie imstande, etwas sehr Törichtes zu tun, um es zu behalten, wenn es ihm nicht gelang, die Situation unter seine Kontrolle zu bringen. »Hergeben«, sagte er entschieden. »Sofort.«

Ihr Gesicht erblasste, als sie das Retikül von ihrem Handgelenk streifte und in den Sack fallen ließ.

»Da.« Colin warf dem Straßenräuber den schweren Beutel zu. »Nehmen Sie's, und scheren Sie sich fort. Bevor ich mich anders besinne und Ihre miese dreckige Visage mit meinem Stiefel zertrete.«

»Nicht so eilig.« Der Räuber deutete mit seiner Waffe auf Colins Siegelring. »Was ist mit dem da?«

»Lässt sich nicht abstreifen.« Colin demonstrierte es und zerrte an dem Goldreif. »Wenn Sie den unbedingt wollen, werden Sie den ganzen Finger nehmen müssen.«

Angesichts dieses Vorschlags rangen die Damen um Atem, worauf sich das Augenmerk des Straßenräubers wieder auf sie richtete. Unter dem weitkrempigen Hut spähte er mit zusammengekniffenen Augen das Abteil aus. Mit der Pistole deutete er in Francines Richtung. »Was ist da in der Truhe?«

»Nichts«, beeilte Minerva sich zu antworten. »Nichts von Belang.«

Teufel noch, falsche Antwort, kleine Lady.

Der Inhalt der Truhe war für niemanden von Wert außer für Minerva selbst. Und vielleicht für ein paar verknöcherte Wissenschaftler. Mit ihrem hastigen Widerspruch hatte sie jedoch die Vermutung genährt, dass die Truhe mit Golddublonen gefüllt war. Nun würde der Räuber nicht ruhen, diese an sich zu bringen, und Minerva würde nicht nachgeben.

Er lehnte sich zu ihr. »Min, sie ist dein Leben nicht wert.«

»Sie *ist* mein Leben. Ohne sie war meine gesamte Arbeit umsonst.«

»Geben Sie sie her«, befahl der Bandit, der mit einer Hand weiterhin die Pistole umklammerte und mit der anderen nach dem Griff der Truhe fasste.

»Nein«, schrie Minerva, indem sie seine Hand abwehrte. »Bitte.«

Colins Herz verkrampfte sich in seiner Brust. Gütiger Herrgott, das Mädchen spielte mit seinem Leben. »Lassen Sie ihr die Truhe«, sagte Colin an den Räuber gerichtet. »Lassen Sie ihr die Truhe und nehmen stattdessen mich.«

Die Lippen des Unholds kräuselten sich verächtlich. »Sie sind nicht nach meiner Fasson. Aber vielleicht sollte ich die Truhe *und* das Mädchen dazu nehmen. Ich mag's, wenn die Weiber Temperament im Leib haben.«

Es brauchte alles, was Colin an Beherrschung aufzubieten hatte, um nicht spontan seine Faust in die Gurgel des Mannes zu rammen. Pistole hin oder her, er könnte den Lump in der Luft zerreißen. Dessen war er sich sicher. Aber da waren noch andere, ermahnte er sich. Draußen vor der Kutsche. Eine unbestimmte Anzahl von Männern, mit an Sicherheit grenzender Wahrscheinlichkeit bewaffnet. Er durfte nicht riskieren, dass sie auf die Damen schossen. Colins Kiefer mahlten. »Was hat das Mädchen für einen Wert für Sie? Ein paar Minuten Vergnügen? Ich hingegen bin ein Vermögen an Lösegeld wert.« Er ließ seinen Siegelring aufblitzen und fuhr in einer Ausdrucksweise vornehmster Distinguiertheit fort. »Tausende. Lassen Sie die Damen unbehelligt passieren, und ich werde mit Ihnen kommen. Kampflos.«

Er beobachtete Habgier und Argwohn, die in den Augen des Räubers miteinander rangen. Der Mann schien geneigt, auf den Vorschlag einzugehen, doch haderte er mit sich, ob Colins Worten zu trauen war.

Und dann, auf der gegenüberliegenden Sitzbank, machte Miss Cordelia Gateshead Colin das größte rechtzeitig angebrachte Geschenk, auf das er je zu hoffen gewagt hatte. »Oh, aber Euer Königliche Hoheit. Das müssen Sie nicht tun.«

Nun. Das besiegelte den Handel aufs Schönste. Als Colin sich bereitmachte, die Kutsche zu verlassen, beschwor er Minerva mit einem langen intensiven Blick. »Hören Sie mir zu«, flüsterte er hastig und mit eindringlicher Heftigkeit. »Sie fahren in die nächste Stadt. Dort suchen Sie sich eine sichere Unterkunft. Sie schicken eine Depesche an meinen Cousin, und dann bleiben Sie verdammt noch mal dort, bis er eintrifft. Haben Sie mich verstanden?«

In ihren Augen schimmerte Furcht. »Aber Colin …«

»Keine Widerrede, zum Teufel. Tun Sie, wie Ihnen von mir geheißen. Ich muss die Gewähr haben, dass Sie in Sicherheit sind.«

Sie nickte. Ihre Unterlippe bebte, und er konnte nicht widerstehen, diese mit einem kurzen, wenn auch recht unbrüderlichen Abschiedskuss zu bedenken.

»Gott sei mit Euch, Prinz Ampersand«, sagte Emmeline Gateshead und schluchzte in ihr Taschentuch. »Und mit dem Volk von Crustacea.«

Kaum dass Colin der Kutsche entstiegen war, erfasste er die Situation mit einem Blick. Wie er vermutet hatte, hatte der Straßenräuber Komplizen. Zwei, soweit er sehen konnte, beide waren bewaffnet. Ein stämmiger Bursche hielt die Pferde an den Zügeln fest und zielte mit einer Pistole auf den Kutscher. Der Dritte, jünger und schlank, verharrte einige Schritte hinter der Kutsche und hielt eine Muskete geschultert und gespannt.

Der erste Straßenräuber stieß Colin die Pistolenmündung in den Rücken. »Seht her, was ich hier hab, Jungs! Das is'n Prinz.«

»Der sieht nicht aus wie'n Prinz. Hat zu viele Zähne.«

»Wer immer das ist, lasst ihn uns von der Straße fortschaff'n.« Der Stämmige ließ die Zügel los und nickte zu dem Fuhrmann.

Die Kutsche der Gatesheads setzte sich ruckelnd in Bewegung, und Colin gewahrte zu seiner Erleichterung, dass sie alle vier – fünf, wenn er Francine hinzuzählte – wehrlosen Frauen davontrug. Er nahm seinen ersten tiefen Atemzug, seit er einige Meilen zuvor in dieses gottverfluchte Gefährt gestiegen war. Solange Minerva unversehrt blieb, wäre er imstande, alles zu ertragen, komme, was da wolle. Wäre ihr in irgendeiner Weise Gewalt angetan worden, hätte er nicht mehr in seiner Haut stecken mögen.

Während er Colin ohne Unterlass die Pistole zwischen die Schulterblätter stieß, drängte der Räuber ihn in den Wald.

»Mein Cousin ist der Earl of Rycliff«, erklärte Colin, als sie sich durch hohe Farne und wucherndes Gesträuch schlugen. »Er ist Sachwalter über mein Vermögen. Schicken Sie ihm einen Brief mit diesem Siegel«, er drehte seinen Ring, »und er wird die Zahlung des Lösegeldes veranlassen, gleich welche Höhe Sie verlangen.« Möglicherweise. Oder sein Cousin könnte mit einem Brief folgenden Wortlauts antworten: »Nur weiter so. Tun Sie mir den einen Gefallen und jagen Sie den Nichtsnutz zum Teufel.« Das hing von Brams jeweiliger Laune ab. Es war auch nicht sonderlich bedeutsam, da Colin mitnichten die Absicht hegte, für länger in den Fängen dieser Banditen zu verbleiben. Das waren kleine Gauner, keine gewohnheitsmäßigen Entführer. Sie würden gewiss einen Fehler machen und ihm damit Gelegenheit zur Flucht geben. Vielleicht noch im Laufe des Morgens. Vielleicht aber auch nicht.

Sobald sie ein gutes Stück tiefer in den Wald vorgedrungen waren, wurde er von seinem Peiniger herumgerissen. Er zog Colin die Pistole quer übers Gesicht. Die Wucht des Schlages ließ seinen Kopf seitwärtsfliegen und seinen Verstand an einen schmerzglühenden Ort trudeln.

Die drei Männer umzingelten ihn.

»Ein Prinz, was?« Der Stämmige machte eine Faust. »Erwarten Se jetzt nich' 'ne fürstliche Behandlung von uns.«

Colin straffte sich. Dank jahrelangen Boxtrainings in seinem Klub wusste er, wie man den einen oder anderen Hieb parierte. Er wusste aber auch, dass es sinnlos war, seine Fäuste gegen drei bewaffnete Männer zu erheben. Gleichwohl würde er weder zu Kreuze kriechen noch betteln. »Ich bin in der Tat kein Prinz. Ich bin ein Viscount. Wenn Ihnen das hilft.«

Es half nicht. Stattdessen bescherte es ihm einen weiteren Hieb, dieses Mal in die Eingeweide.

Und so geschah es, dass, als sich der Morgen dem Ende zuneigte, Colin *mitnichten* eine Gelegenheit zur Flucht gefunden hatte. Stattdessen fand er sich geschlagen und blutüberströmt an einen Kastanienbaum gefesselt. Wo er in den Lauf einer Flinte starrte.

15

Es war ein schöner Tag für Schießübungen. Mild, sonnig. Nicht zu windig. Kate Taylor spannte den Hahn ihrer Pistole und heftete den Blick auf die schwarze Mitte der weit entfernten Zielscheibe. Die wöchentlichen Schießstunden waren das Vermächtnis von Miss Susanna Finch, Tochter eines vornehmen Waffenschmieds der Krone sowie Förderin und Schirmherrin von Spindle Cove. Sie vertrat die Überzeugung, dass jede junge Dame wissen sollte, wie sie sich selbst verteidigen konnte. Susanna hatte sich im vergangenen Jahr mit Lord Rycliff verehelicht und weilte derzeit mit ihm in London. Folglich hatte Kate in ihrer Abwesenheit die Verantwortlichkeit für den Terminplan der Damen übernommen. An den Montagen unternahmen sie Spaziergänge in der freien Natur. Das Badevergnügen in der See, dienstags, war natürlich bis zum Sommer lückenhaft, jeden Mittwoch indessen beschäftigten sie sich mit Gartenarbeit. Und an den Donnerstagen …

Peng. Rabumm.

Der Donnerstag war ihren Schießübungen vorbehalten. Hier in Summerfield, auf dem Anwesen der Finchs, hieß Sir Lewis Finch die jungen Damen stets willkommen, indem er ihnen zu ihrer Freude seine feinsten Waffen und Erfrischungen anbot. Der betagte Gentleman vermisste seine

Tochter augenscheinlich sehr und fand einen gewissen Trost darin, sich als Gastgeber für ihre Freundinnen zu betätigen. Und Kate für ihren Teil konnte nicht genug davon bekommen, sich in einem familiären Umfeld aufzuhalten. Auch wenn es nicht ihr eigenes war. Sie liebte es, das Wissen um erlebte Familiengeschichte in sich aufzunehmen, alte Porträts, schöne Erinnerungen.

Charlotte Highwood zupfte sie am Ärmel und riss sie damit aus ihren Gedanken. »Miss Taylor, sehen Sie nur. Ist das die Miliz?«

Kate löste den Blick von der Zielscheibe und spähte über die offene Wiese. In der Tat, die Mitglieder der örtlichen Bürgerwehr waren tadellos in Uniform gekleidet und marschierten in Reih und Glied – geradewegs auf sie zu, so wollte es scheinen.

Eigenartig.

»Mir war nicht gewärtig, dass sie heute Exerzierübungen haben«, sagte Diana.

»Mir auch nicht.« Und selbst wenn, weshalb würden sie ausgerechnet hier marschieren, über Sir Lewis Finchs Anwesen? »Man könnte fast meinen, unsere Milizionäre wären auf ein Scheingefecht aus.«

Charlotte reckte aufgeregt den Kopf. »Ladys gegen Gentlemen. Können wir unsererseits eine Formation bilden? Bajonette fixieren und strammstehen?«

Diana zog ihre Schwester an den Haaren. »Gänschen.«

Als der Trupp rot berockter Männer näher kam, erkannte Kate Corporal Thorne, der sie anführte. Es fiel ihr nicht schwer, ihn auszumachen. Er war einige Zentimeter größer als die meisten der anderen Männer, seine Schultern waren fast doppelt so breit. Und sein Auftreten tausende Male befremdlicher. »Meine Damen«, rief Kate, bemüht, ihre Stimme gefasst klingen zu lassen. »Die Waffen nach unten, bitte. Es scheint, die Herren haben etwas, das sie zu diskutieren wünschen.«

Mit einem barschen Kommando brachte Thorne die Männer zum Stillstehen. Ein weiterer harscher Befehl, und sie hatten sich zu einer einzigen Linie mit Blickrichtung zu den Damen formiert.

Der Unteroffizier ging auf Kate zu. Ihr wurde unbehaglich zumute, eine Gänsehaut kroch über ihren Rücken, als sein Körper wie ein gewaltiger Schatten die Sonne gänzlich aus ihrem Blickfeld ausblendete. Sie hasste es, dass er diese Wirkung auf sie ausübte. Der Mann mochte sie nicht. Na und? Er mochte niemanden, was hatte sie das also zu bekümmern? Warum sollte sie ihm zugestehen, ihr das Gefühl zu vermitteln, klein und ohnmächtig zu sein? »Corporal Thorne«, begann sie und nickte knapp, statt einen Knicks anzudeuten, »welchem Umstand ist diese … Unterbrechung geschuldet?«

»Ich beabsichtige, eine Befragung durchzuführen. Bei Ihren Damen und meinen Männern. Ich wünsche zu erfahren, ob irgendjemand Grund zu der Annahme hat, dass Miss Minerva Highwood und Lord Payne …«

»Ineinander verliebt waren?«, beendete sie seinen Satz.

»Einander verbunden waren. Gleich welcher Art.«

Kate zuckte mit den Achseln. »Ich würde denken, die Tatsache ihrer Flucht könnte Beweis genug für ihre Verbundenheit sein, Corporal Thorne.«

Er schüttelte den Kopf. »Es ist nicht rechtens. Irgendetwas stimmt damit nicht.«

»Mrs. Highwood hat gesagt …«

»Davon habe ich Kenntnis, Miss Taylor. Ich bin nicht dumm.«

»Das habe ich mit keinem Wort behauptet.«

»Ich weiß, was Mrs. Highwood gesagt hat«, fuhr er fort, »und ich habe entschieden, dass es mich nicht kümmert. In Lord Paynes Abwesenheit ist mir die Miliz unterstellt. Und das bedeutet, dass ich verantwortlich für die Sicherheit dieses Ortes bin, und für jeden Mann, jede Frau und jedes Kind, das hier lebt. Miss Minerva eingeschlossen. Wenn ihr Wohlbefinden, ihre Gesundheit oder Tugendhaftigkeit in irgendeiner Form gefährdet sind, so obliegt es meiner Verantwortung, dafür zu sorgen, dass sie zurückkehrt – wohlbehalten und unversehrt.«

»Und was ist, wenn sie nicht in Gefahr schwebt, sondern bloß überglücklich durchbrannte?«

»Um das herauszufinden, bin ich hier.« Er trat ein paar Schritte zurück und rief laut: »Ich werde die Reihe meiner Männer abschreiten und dann die der Damen, und ich werde jedem von euch die gleiche Frage stellen. Angesichts ihres Verschwindens hatten Sie da gewissermaßen Veranlassung zu glauben, dass Lord Payne und Miss Minerva …«

»Ineinander verliebt waren«, half Kate ihm einmal mehr aus. »Sie scheinen ein Problem mit dem Wortlaut zu haben, Corporal. Oder ist es eher ein Problem mit dem Begriffsverständnis?«

Er versagte sich eine Antwort.

»Ich verstehe diesen Mann nicht«, zischelte sie Diana zu. »Entweder hat er Granit im Kopf oder einen Stein anstelle eines Herzens.«

Diana lächelte. »Das bezweifle ich. Wenn es wahr wäre, wäre

Minerva von *ihm* angetan gewesen und nicht von Lord Payne. Sie liebt Felsen und Steine über alle Maßen.«

Corporal Thorne trat vor Mr. Fosbury, den Eigentümer des *Bull and Blossom*. »Fosbury.«

»Jawohl, Sir.«

»Bevor sie verschwanden, hatten Sie Veranlassung zu glauben, dass Lord Payne und Miss Minerva eine gewisse Zuneigung füreinander hegten?«

Mr. Fosbury schmunzelte. »Die beiden? Nein, Sir. Das war eine wahrhaftige Überraschung.«

Thorne schritt die Reihe weiter ab, als Nächstes blieb er vor dem Hufschmied stehen. »Dawes. Gleichlautende Frage.«

Der hünenhafte Mann deutete mit einem Blick in Richtung der Damen. »Nein, Corporal. Nach allem, was ich sah, hätte ich geschätzt, dass er Miss Diana favorisiert. Und Leutnant hin oder her, ich denke, er ist ein rechter Filou, sie an der Nase herumzuführen. Wenn Sie beschließen, den beiden zu folgen, würde ich Sie ersuchen, mich an der Verfolgung zu beteiligen.«

»Nun, das ist … sehr freundlich von ihm, vermute ich«, murmelte Kate zu ihrer Freundin. »Wenn auch unnötig.«

Diana antwortete nicht.

Der Unteroffizier fuhr fort, die Reihe abzuschreiten und nacheinander jeden seiner Männer zu befragen. Den Vikar, einige Tagelöhner. Nach der achten oder neunten abschlägigen Antwort warf Thorne Kate einen kurzen herablassenden Blick zu. Ein Blick, der besagte: *Ich hab's Ihnen doch gleich gesagt.*

Sie hob lediglich ihre Augenbrauen zur Antwort.

»Hastings«, bellte er und trat vor den nächsten Mann. »Bevor sie miteinander durchbrannten, hatten Sie da Veranlassung zu glauben, dass Lord Payne und Miss Minerva Highwood einander verbunden waren?«

Hastings straffte die Schultern. »Den hatte ich, Sir.«

Thorne blieb abrupt stehen. Er war bereits auf dem Weg zum nächsten Milizionär gewesen, doch im Zuge von Hastings' Antwort wandte sich der kraftstrotzende Unteroffizier noch einmal zu ihm um. Er drehte lediglich den Kopf, nicht seinen Körper. Die Bewegung erschien Kate bedrohlich und widernatürlich. »Was war das gerade, Hastings?«

Selbst Hastings schien aus der Fassung gebracht. »Ich … Ich sagte, den hatte ich, Sir. Ich hatte Grund zu glauben, dass die beiden etwas miteinander hatten.«

»Warum? Was? Wie?« Er feuerte die Fragen ab wie Haubitzen.

Kate lachte nervös. »Immer eins nach dem anderen, Corporal. So räumen Sie dem armen Mann doch Gelegenheit zur Antwort ein.« Oh, der Blick, den sie dafür erntete. Er war stockfinster, eine unmissverständliche Drohung. Nun, Kate erwiderte ihn unbeeindruckt. Sie war keiner seiner Soldaten, der sich von ihm disziplinieren lassen musste. Auch ohne Vermögen oder Familie war sie eine angesehene Frau. Er hatte keinerlei Macht über sie. Sie schob die Hand hinter den Rücken, damit er ihr Zittern nicht sah.

Hastings hatte seine Stimme wiedergefunden. »Ich sah sie zusammen in der Bucht. Erst vor wenigen Tagen, als ich in der Morgendämmerung mit meinen Netzen hinausfuhr. Miss Minerva war in ihr Badekostüm gehüllt, und Lord Payne war bis auf seine Reithose entkleidet.«

»Eine Schwimmpartie?«, erkundigte sich Diana. »Im April?«

»Ich weiß nicht, was sie nachher taten. Ich weiß nur, was ich sah.« Hastings zuckte die Schultern. »Und als ich ein paar Stunden später zurückkehrte, waren sie gerade im Aufbruch begriffen.«

»Ich weiß, es ist noch nicht an mir«, rief Rufus Bright vom Ende der Reihe, »aber ich hab sie auch zusammen gesehen.«

»Wann?«, fragten Kate und Thorne wie aus einem Munde, sehr zu ihrem jeweiligen Unmut.

»Neulich nachts, als ich Wache auf dem Schloss stand. Einige Zeit nach ….«, Rufus warf den Frauen einen verstohlenen Blick zu und zupfte an seinem Kragen, »einige Zeit nach Mitternacht sah ich Miss Minerva Lord Paynes Quartier verlassen. Allein.«

Charlotte kreischte auf, ehe sie beide Hände vor den Mund schlug.

Diana versuchte, ihre Schwester zu beruhigen.

»Warum hast du in der Nacht nichts gemeldet?«, wollte Thorne wissen. »Du hast sie allein heimgehen lassen, ohne Geleitschutz?«

»Nun, Sie müssen einräumen, dass es nicht das erste Mal war, dass Seine Lordschaft nach Einbruch der Dunkelheit Damenbesuch erhalten hat.«

Oh gütiger Gott.

Kate trat zu ihnen. »Corporal Thorne, ist es damit nicht genug? Sie wollten Beweise. Ich glaube, Hastings und Rufus haben sie Ihnen reichlich geliefert. Können wir jetzt diese öffentliche Inquisition abschließen, ehe wir noch mehr Details ausgraben, die die Familie Highwood unnötigen Peinlichkeiten aussetzt?«

Der hünenhafte Mann ließ bedächtig den Atem aus seiner Lunge entweichen. »Sie denken ernsthaft, Payne wird sie heiraten.«

»Ganz recht, das tue ich«, bekräftigte sie.

»Nun, mit Ihrer Einschätzung haben Sie recht. Er *wird* sie heiraten. Dafür werde ich persönlich Sorge tragen. Fragt sich lediglich, ob er es unterwegs aus freien Stücken oder nach seiner Rückkehr«, Thorne ließ seine Halswirbel knacken, »mit meiner Pistolenmündung im Nacken tut.«

16

Gott bewahre ihn vor Unzulänglichkeit. Als er, die Arme hinter dem Rücken verschränkt und mit seinem Körper an den Stamm einer Kastanie gefesselt, auf dem Waldboden hockte, wurde Colin von einem nagenden Schmerz wehmütiger Erinnerung an die Miliz von Spindle Cove überwältigt. Sie mochten, oberflächlich betrachtet, ein armseliger Haufen von Freiwilligen gewesen sein, schwerlich imstande, in Reih und Glied zu marschieren – doch diese Bande lausiger Straßenräuber ließ sie vergleichsweise wie eine fabelhafte Infanterieeinheit dastehen.

Zunächst hatten die Diebe eine gute halbe Stunde lang darüber gestritten, was sie glauben sollten: ob er nun ein Prinz, ein Viscount oder ein Scharlatan sei. Dann hatten sie eine ähnlich lange Zeitspanne gestritten, was sie mit ihm anstellen sollten. Colin hatte natürlich reichlich Vorschläge gehabt – und jeder davon hatte ihm einen weiteren Hieb auf den Schädel eingebracht. Bislang hatten diese Verbrecher sich einzig in einer Sache als geschickt erwiesen: im Knotenbinden. Letztlich hatten sie entschieden, Rapport an ihren Anführer zu geben – augenscheinlich den Kopf ihrer Diebesbande. Also hatten sie Colin an den Kastanienbaum gefesselt und ihren jüngsten, überaus skeptisch dreinblickenden Mitstreiter zurückgelassen, um ihn zu bewachen. Der junge Kerl saß etwa zehn Fuß entfernt und hielt eine Pistole auf Colins Brust gerichtet.

Es war nicht der Halbwüchsige mit der Waffe, was Colin Kummer bereitete, es waren die Stricke, die ihn fest an diesen Baum zurrten. Er hasste das Gefühl, in seiner Bewegungsfreiheit eingeschränkt zu sein, konnte es nicht verwinden, sich Zwängen ergeben zu müssen.

Bleib gelassen. Du wirst befreit werden. Letzten Endes.

Er war schlicht zu wertvoll für sie, als dass sie ihn töten würden. Doch je länger er hier gefesselt ausharrte, ein Sklave der Unentschlossenheit seiner Häscher, umso länger würde die Nachricht brauchen, Bram zu erreichen. Und umso länger wäre Minerva auf sich gestellt, allein und ohne einen Penny in den Taschen. Der Gedanke an sie, verängstigt und hungrig in einer ihr fremden Stadt herumirrend, ließ ihn am ganzen Körper vor ohnmächtigem Zorn erbeben. Er randalierte und stemmte sich gegen die scheuernden Stricke. Genug der Geduld und Duldsamkeit. Es gab kein Aussitzen. Er musste entkommen. »Warum ausgerechnet du?«, fragte Colin seinen Bewacher, bemüht um einen ruhigen Ton.

»Was soll die Frage?«

»Warum ließen sie dich zur Bewachung einer wertvollen Geisel zurück? Du scheinst schwerlich alt genug für eine Rasur.«

»Ich werde diesen Sommer neunzehn.« Der Lump kratzte sich am Kinn. »Reckon Grubb und Carmichael wollten diejenigen sein, die unserem Anführer Bericht erstatten. Vermutlich streiten sie jetzt darum, wer von ihnen reden soll.«

»Ah.« Colin legte den Kopf schief. Hinter dem Baum kämpfte und ruckte er gegen die Seile, die seine Handgelenke zusammenbanden. Sie lockerten sich nicht die Spur. Verdammt, wenn er doch nur an das Messer in seinem Stiefel gelangen könnte … »Soso«, sagte er, »diese beiden … Grubb und Carmichael, ist es vielleicht so … Sie wollen den Ruhm für sich haben?«

»Das ist, wie ich es sehe.«

»Ich bin sicher, du hast recht.« Er nickte. »Überaus scharfsinnig. Aber weißt du, es wäre klüger gewesen, wenn du mir ihre Namen nicht genannt hättest.«

Die Augen des jungen Burschen weiteten sich. Er fluchte.

»Gräm dich nicht. Ich bin sicher, Grubb und Carmichael werden dich nicht töten.«

Er fuchtelte mit der Pistole vor Colin herum. »Wagen … wagen … wagen Sie es ja nicht, diese Namen noch einmal zu erwähnen.«

»Hm, es verhält sich nicht so, als könnte ich sie vergessen, oder?«

Der junge Mann sprang auf die Füße. »Sie werden sie vergessen, oder ich erschieße Sie.«

»Aber dann wärst du in einer überaus schlimmen Lage. Wenn Grubb, Carmichael und dieser Anführer von euch zurückkehren und feststellen, dass du ihre wertvolle Geisel getötet hast?« Colin pfiff leise durch die Zähne. »Du wärst nicht mehr lange auf dieser Welt.«

Die Hände des Straßenräubers begannen zu zittern. »Ich sollte bloß Schmiere stehen, derweil sie den Überfall begingen. Ich hab das von Anfang an nicht gutgeheißen.«

»Verständlich«, antwortete Colin sanft. »Zweifellos würdest du dergleichen nicht gutheißen. Ein Mitglied des Hochadels entführen? Das ist nicht nach deinem Geschmack.«

»Das ist es gewiss nicht, nicht wahr? Ich wollte bloß ein paar Schillinge, um mein Liebchen auf den Jahrmarkt einzuladen.«

»Ihr ein billiges Schmuckstück kaufen, eine Hand unter ihre Röcke schieben …«

»Ganz recht.«

Colin dachte nach. »Ich mache dir ein Angebot. Diese Stiefel, die ich trage, sie werden in jeder Stadt ein hübsches Sümmchen erzielen. Wenn du mich losbindest, kannst du sie haben. Damit verschwinden, sie zu Geld machen, mit deinem Liebchen auf den Jahrmarkt gehen. Wenn die Hüter des Gesetzes sich auf die Suche nach Grubb und Carmichael machen – und bedenke meine Worte, sie werden hängen –, bist du längst über alle Berge. Vergessen. Ich kenne nicht einmal deinen Namen.«

Der Halbwüchsige beäugte ihn mit Argwohn, derweil er langsam näher kam. »Ich habe einen besseren Vorschlag. Ich werde einfach Ihre Stiefel nehmen. Und dann werde ich Sie hier zurücklassen.«

Der Stachel der Furcht bohrte sich in eine von Colins lebenswichtigen Arterien. Er rang um Fassung, haltlos, als würde das Blut in einem zuckenden Schwall aus der Wunde hervorspritzen. Schon die Vorstellung, allein gelassen zu werden, gefesselt an einen Baum … angesichts der heraufziehenden Nacht … Er hätte den Mann anflehen können, ihn zu erschießen. Stattdessen schloss er die Augen.

Bleib gelassen. Das war es doch, was du wolltest. Du wusstest, dass er so reagieren würde.

Die Waffe nach wie vor mit einer Hand fest umklammert, begann der Halbwüchsige, mit der anderen an Colins linkem Stiefel zu zerren.

»Auf diese Weise wirst du ihn nie abgestreift bekommen«, sagte Colin, bemüht um einen gleichmütigen Ton, ungeachtet der Schweißperlen, die ihm über den Rücken rannen. »Du kannst die Pistole genauso gut beiseitelegen. Ich kann absolut nichts tun, schließlich bin ich fest verschnürt wie ein Paket.«

Nach einigen weiteren Augenblicken des Kampfs mit dem Stiefel fluchte der junge Bursche und befolgte Colins Rat: Er legte die Pistole beiseite und umklammerte den Stiefel mit beiden Händen. *Wuuusch!* Mit einem schmatzenden Geräusch löste er sich endlich von Colins Fuß. Er warf ihn neben sich und machte Anstalten, sich dem anderen zu widmen.

»Nicht so hastig«, scherzte Colin. »Hab Mitleid mit meinen altersschwachen Gelenken.« In Wahrheit kümmerten ihn seine Gelenke nicht im Mindesten. Er warf alles in die Waagschale, im Vertrauen auf jenes kleine Klappmesser, das in seinem rechten Stiefel versteckt war. Wenn das Teil herausglitt, wo er es sehen konnte ... und wenn sein Bewacher es nicht bemerkte ... und wenn es ihm irgendwie gelingen könnte, das Messer in die Hände zu bekommen ... in einer Sache von Minuten hätte er seine Fesseln durchtrennt und sich befreit. Aber wenn irgendetwas davon schiefging, würde er hier angebunden bleiben. Und nur der Teufel wusste für wie lange. Bis zum Abend, das stand anzunehmen. Bis sich die Dunkelheit herabsenkte, geschwängert von unheilvollem Rascheln. Bis Durst und Hunger leibhaftige Dämonen wurden, beauftragt mit seiner unablässigen Folter. Bis die wilden Hunde kamen.

Jesus. Bitte. Gott, nein.

Der Herzschlag donnerte in seiner Brust. Als der junge Kerl sein Bein anhob und an dem Stiefel zerrte, spannte Colin seinen Beinmuskel an, sodass er den Jungen näher an sich heranzog. Er musste dafür sorgen, dass das Messer in Reichweite blieb, wenn es herausfiel. Falls das Teil im hohen Bogen davonflog, sobald der Stiefel sich von seinem Fuß löste … »Sacht, sacht«, stieß er zwischen zusammengebissenen Zähnen hervor. Er konnte fühlen, wie der Stiefel nachgab. *Knack.* Ein leises Rascheln im Unterholz ließ ihn aufmerken. Seinem Bewacher entging das Geräusch. Er war zu vertieft in seinen Kampf mit dem Stiefel. Colin hingegen blickte zur Seite; was er dort sah, ließ sein trommelndes Herz stocken.

Minerva.

Minerva Highwood, in ihrem gouvernantenhaften blauen Reisekostüm, tauchte aus dem Unterholz auf. Mit der lautlosen Geschmeidigkeit einer Katze, fest entschlossen, die weggelegte Pistole an sich zu bringen, kroch sie auf sie zu. Sie legte einen Finger auf ihre gespitzten Lippen, um Colin zum Schweigen anzuhalten.

Colin rollte mit den Augen. *Nein,* formten seine Lippen stumm, *Nein. Kehren Sie um.*

Sie kroch dennoch weiter. Ihr Fuß streifte einen Zweig.

Dieses Mal hörte der Räuber sie. Sein Kopf schnellte hoch, er wirbelte zu Minerva herum.

Mit einem martialischen Schrei nahm Colin all seine Kräfte zusammen und trat ihm ins Gesicht. Indem er seine Beine scherenartig bewegte, gelang es ihm, den Mann an der Kehle zu packen. Er hatte das Überraschungsmoment richtig genutzt und ihn überwältigt. Gleichwohl war er keinesfalls in der Lage, ihn lange festzuhalten. »Bemächtigen Sie sich der Pistole«, wies er die junge Frau an. Während Minerva sich bückte, um die Waffe an sich zu nehmen, hielt Colin seine Beine unnachgiebig um den Hals des Straßenräubers geklammert. »Ich weiß, was Sie denken«, sagte er, seine Stimme angespannt vor Anstrengung. »Sie denken, sie ist bloß ein einfältiges junges Ding mit Brille. Dass sie beileibe nicht wissen kann, wie man diese Waffe abfeuert. Aber Sie irren. Sie ist geübt im Umgang mit Schusswaffen.« Er hob die Stimme. »Min, zeigen Sie es ihm. Schießen Sie auf die Birke dort drüben.«

»Ich schieße doch nicht auf Bäume! Ich würde meinen Schuss vergeuden, und ich habe kein Pulver in Reserve. Was für eine Hilfe wäre ich dann? Wahrhaftig, Colin.«

»Sehen Sie?«, sagte Colin zu dem röchelnden Mann. »Sie weiß, was sie tut.« Er gab den Räuber mit einem letzten, aber nicht minder kraftvollen Tritt gegen dessen Kinn frei. »Keine unachtsame Bewegung!«

Minerva schärfte ihren Blick und hielt die Pistole mit ruhiger Hand auf ihn gerichtet. »Soll ich ihn erschießen?«

»Nein. Nein, in meinem rechten Stiefel steckt ein Messer. Holen Sie es heraus, seien Sie so nett.«

Ohne die Pistole auch nur eine Sekunde zu senken, bewegte sie sich seitwärts, bis es ihr ein Leichtes war, in den Stiefel zu greifen. Sie ertastete das Messer mit einer Hand, zog es heraus und nestelte daran, bis es aufklappte, dann schwenkte sie es wie einen Dolch in der Hand. »Das wäre geschafft.« Sie blitzte den Straßenräuber zornig an. »Also, wie soll ich ihn niederstechen?«

Ihn niederstechen? Colin starrte verblüfft zu ihr hinauf. Ihr Haar hatte sich aus dem Chignon gelöst und ringelte sich um ihre Schultern. Ihre Augen funkelten mit wilder Intensität. Ihre vollen Lippen kräuselten sich zu einem kleinen Schnauben. Er hatte diesen wilden, ungezähmten Ausdruck auf ihrem Gesicht schon zuvor bemerkt. In Spindle Cove, wo er

Zeuge geworden war, wie sie einen erwachsenen Mann mit ihrem steingefüllten Retikül niedergestreckt hatte. Und ein anderes Mal, als sie ihn, Colin, zu einem Duell herausgefordert hatte. Ihr Gesicht trug diesen Ausdruck rechtschaffenen Zorns, wenn sie ihre Schwestern oder eine ihrer Freundinnen in Gefahr glaubte. Selbst bei Francine schien dieser Schutzmechanismus zu greifen. Doch war dies das erste Mal, dass ihre Augen diesen Blick zu *seiner* Verteidigung angenommen hatten. Verblüffend. Sie sollte gar nicht hier sein. Aber das war sie – seinetwegen. Willens, einen Mann zu seiner Verteidigung zu erschießen oder niederzustechen. Und sie war so gottverdammt schön dabei.

»Sie werden ihn *nicht* niederstechen, junge Dame«, sagte er sanft. »Sie werden das Messer verwenden, um mich loszuschneiden.«

»Oh. Oh ja.« Ein trunkenes Lachen perlte aus ihrer Kehle. »Ich nehme an, dass hat mehr Sinn.« Da sie nur einhändig arbeiten konnte, konnte sie ihn nicht so eilig befreien, wie es ihm lieb gewesen wäre. Doch nach ein paar Minuten Sägen und Säbeln an den Stricken hatte sie ihn befreit.

Sobald er dazu imstande war, nahm Colin ihr die Pistole ab und zog sie dem Räuber blitzgeschwind über den Schädel, sodass er bewusstlos zusammenbrach. Von der reglosen Gestalt des Mannes brachte er Pulverhorn und Bleigeschosse an sich. Dann wandte er sich an Minerva. »Eile ist angeraten. Wir müssen fort sein, ehe er wieder zu sich kommt.«

»Oh Colin, die Schurken haben Sie verletzt.« Sie nahm ein Taschentuch aus ihrer Rocktasche und betupfte damit seinen blutverschmierten Mundwinkel, dabei seufzte sie.

»Es ist nichts.«

»Was ist mit dem Geld?«, fragte Minerva. Sie blickte sich suchend um.

»Fort, mit den anderen Räubern.«

»Oh. Immerhin habe ich noch einen Sovereign. Die Goldmünze ist in mein Mieder eingenäht.«

»Nun«, brummte er, während er seinen linken Fuß zurück in den Stiefel zwängte. »Was sind Sie doch für eine umsichtige Frau.«

»Sie klingen aufgebracht.« Sie zerknüllte das Taschentuch in ihrer Hand.

»Ich *bin* aufgebracht.« Er sprang auf die Füße und lief in die Richtung los, aus der Minerva gekommen war. Sie mussten verschwinden, so bald wie möglich. »Ich kann nicht glauben, dass Sie überhaupt hier sind, Minerva. Ich gab Ihnen strikte Anweisung, zur nächsten Stadt weiterzufahren, wo Sie in Sicherheit gewesen wären.«

»Ich weiß. Aber ich bat Miss Gateshead, mich aussteigen zu lassen, eine Viertelmeile die Landstraße hinunter. Ich ...« Sie packte ihn am Handgelenk. »Ich konnte Sie nicht einfach allein lassen.«

Er wirbelte herum und starrte sie an. Gott, er wusste nicht, wie ihm zumute war. Erleichtert, befreit worden zu sein? Ärgerlich, weil sie seine Anweisungen missachtet hatte? Überwältigt vor Dankbarkeit, sie gesund und munter wiederzusehen und dass sie wieder bei ihm war? Die Empfindungen, die in ihm miteinander rangen, waren eine Mischung all dessen. Er wusste indes eines sicher. Er wagte es nicht, sie jetzt zu berühren. Gleich, ob es darauf hinauslief, sie bis zur Besinnungslosigkeit zu schütteln, sie unbesonnen an sich zu klammern und in ihre Röcke zu schluchzen oder sie auf dem Waldboden zu nehmen, bis die Kraft seiner Lenden versiegte … Er würde sie verletzen, auf die eine oder andere Weise. Und damit wäre diese ganze verdammte Strapaze umsonst gewesen.

»Warten Sie.« Als sie die kleine Lichtung verließen, nahm sie ihn beiseite. »Meine Truhe steht dort drüben. Ich verbarg sie unter einigen Zweigen.«

»Sie brachten Francine hierher?« Also deswegen war sie mit einiger Verzögerung aufgetaucht.

»Nun, ich konnte sie unmöglich zurücklassen.« Sie kniete sich auf den Waldboden und fing an, Astwerk von der Truhe zu entfernen. »Nicht nach dem, was Sie taten, um sie zu retten.«

»Nach dem, was ich tat, um … um *Francine* zu retten?« Er kniete sich neben sie, um sie bei ihrem Bemühen zu unterstützen. »Sie sind ein gescheites Mädchen, Min. Aber zuweilen können Sie erstaunlich unbedarft sein. Ich würde keine zwei Fingernägel dafür hergeben, dieses armselige Stück Gips zu retten. Geschweige denn mein Leben gefährden.«

»Aber die fünfhundert Guineen.«

»Glauben Sie mir, ich würde mich für keine *fünftausend* Guineen an einen Baum fesseln lassen. Ich hätte mich nie und nimmer diesen Straßenräubern ausgeliefert, hätten Sie mich nicht dazu gezwungen.«

»Sie gezwungen?« Ihre Stimme hüpfte um eine Oktave höher. »Ich habe Sie nicht gezwungen. Ich hätte Sie mit meinen eigenen Händen erwürgen mögen, als Sie sich aus freiem Willen anboten. Ich hatte solche Angst um Sie.«

»Nun, ich konnte mich entweder aus freiem Willen anbieten oder zusehen, wie man Sie tötete. Sie hätten alles riskiert, um diese verfluchte Echse zu retten, wenn ich nicht eingeschritten wäre. Es hätte mit Ihrem Tod geendet. Oder Schlimmerem.«

»Demnach taten Sie es für mich?«

»Minerva.« Er wollte sie berühren, besann sich indes eines Besseren. Stattdessen beschrieb er eine fahrige Geste mit seinen Händen. »Sie ließen mir keine Wahl.«

»Es tut mir aufrichtig leid.« Sie strich sich mit einer Hand übers Haar. »Ich bin untröstlich, Sie in diese Lage gebracht zu haben. Es ist nur … mein Lebenswerk liegt in dieser Truhe. Es ist meine einzige Chance, Anerkennung bei meinen Fachkollegen zu finden, meine einzige Chance auf Erfolg. Dafür habe ich bereits so vieles auf mich genommen. Als der Straßenräuber versuchte, sie an sich zu nehmen, dachte ich nicht nach, ich … handelte spontan.« Zerknirscht blickte sie zu ihm auf. »Können Sie das verstehen?«

»Oh gewiss. Ich verstehe. Was sich in dieser Truhe befindet, ist Ihr Lebenswerk, und ich bin bloß der nutzlose Bursche, der diese Woche mit Ihnen reist. Aber natürlich, Francines Sicherheit steht an erster Stelle.«

»Nein.« Sie schüttelte den Kopf so heftig, dass ihre Brille verrutschte. »Das ist ungerecht. Sie verdrehen meine Worte. Colin, so begreifen Sie doch. In jenem verzweifelten Augenblick in der Kutsche, ja, da ich hätte ich mein eigenes Leben dafür gegeben, diese Truhe zu retten. Aber Sie müssen mir glauben, wenn ich Ihnen dies eine sage. Ich wollte gewiss nicht, dass *Sie* Ihr Leben aufs Spiel setzen. Deswegen kam ich zurück.«

Er nickte bedächtig. Es war wirklich schwierig, weiter zu argumentieren, wenn sie es in dieser Form darlegte. Wahrhaftig, was sollte er dem entgegenhalten? Einräumen, dass er eine abwegige männliche Fantasie gehegt hatte, von ihr, wie sie durch den Wald gelaufen käme, ihn zu retten, das Haar, das sich aus ihrem Dutt gelöst hatte, wild gelockt hinter ihr wehend, Brüste, die sich mit jedem Schritt hoben … unterstützt von hilfsbereiten Singvögeln, die ihr die Richtung vorzwitscherten … einzig, weil sie tief in ihrem Herzen gewusst hatte, dass er ihrer Hilfe bedurfte? Weil sie in dem Augenblick, als die Gateshead'sche Kutsche fortgerollt war, erkannt hatte, dass ihr die Wissenschaft ohne ihn nichts – absolut nichts – bedeutete, und nun würde sie ihm zu Füßen sinken und mit ihren sinnlich vollen Lippen schwören, auf ewig seine Liebessklavin zu sein. Nein. Natürlich nicht. Sie war zurückgekehrt, weil es unverzichtbar für ihre Ziele und das einzig Anständige zu tun war. Sie verhielt sich pflichtbewusst und loyal wie stets. Nichts hatte sich zwischen ihnen geändert.

Verflucht!

Er erhob sich und packte einen der Truhengriffe. »Wir müssen weiter. Der Halbwüchsige, dem ich eins übergezogen habe, wird uns nicht verfolgen. Er wird genug damit zu tun haben, um sein eigenes Leben zu rennen. Aber sobald seine Kumpane erkennen, dass ich fort bin …«

»Gute Güte.« Sie hob ihre Seite der Truhe an. »Vielleicht sind sie uns schon auf den Fersen.«

17

Die Kiste mit Francine zwischen sich, wanderten sie weiter und weiter durch den Wald. Am Stand der Nachmittagssonne in ihrem Rücken erkannte Minerva, dass sie nach Norden marschierten. Sie hatten kein größeres Gewässer passiert, folglich nahm sie an, dass sie sich noch auf englischem Boden befanden. Darüber hinaus hätte sie nicht sagen können, wo sie gerade waren. Und sie war sich nicht sicher, ob Colin mehr wusste. Gute Güte, war es wirklich erst an ebendiesem Morgen gewesen, dass sie sich an den Straßenrand gesetzt und erklärt hatte, sie könnte keinen Schritt weitergehen? Colin hatte darauf beharrt, dass ihr die Kraft dazu innewohnte, und es ärgerte sie, zugeben zu müssen, dass er recht behalten hatte. Sie war seither Meilen über Meilen gelaufen, ohne auch nur einen Happen zu essen; und das seit dem gestrigen Nachtmahl. Weiter einen Fuß vor den anderen zu setzen erforderte ihre gesamte Willenskraft. Der Hunger meldete sich mit jedem ihrer Schritte, nagte an ihrer Kraft.

»Ich will verdammt sein.« Colin verharrte in seinen Schritten. »Und ich dachte, ich hasse das Landleben.«

Minerva blickte auf. Sie waren auf eine Lichtung gelangt. Eine ausgedehnte grüne Wiese inmitten des Waldes. Der gesamte Ort war übersät von einem Teppich aus Glockenblumen. Tausende und Abertausende von zart geschwungenen

Stängeln, die Spitzen schwer mit Dolden aus blauvioletten Blüten behängt. Das Sonnenlicht fiel durch die Bäume und fing die Blumenkelche in unterschiedlichen Winkeln ein. Die ganze Szenerie funkelte. Es war magisch.

Colin fand als Erster seine Sprache wieder: »Selbst ich, übersättigt wie ich bin, muss einräumen, dass dies verdammt liebreizend ist.«

Minerva war so hungrig, dass alles, was ihr als Antwort einfiel, war: »Meinen Sie, sie sind essbar?«

Er lachte. Sie lächelte zurück. Schon besserte sich beider Laune. Sie waren den Straßenräubern entwischt, waren wohlbehalten und unversehrt, und sie hatten immer noch Francine. Minervas Magen mochte leer sein, doch in ihrer Brust schwelte ein Quäntchen Hoffnung. Vielleicht war doch noch nicht alles verloren.

Als sie durch die Wiese streiften, hatte sie das befremdliche Gefühl, über Wellen zu laufen. Nur dass dies ein Meer aus Blüten und nicht aus Salzwasser war. Ihre Zehe verfing sich in einem heruntergefallenen Zweig, und sie stolperte kaum merklich.

»Sind Sie wohlauf?«, erkundigte sich Colin.

Sie nickte. »Ich war bloß abgelenkt. Ich habe mich gefragt, wie viel Lehm wohl in diesem Boden ist.«

Er setzte seine Seite der Truhe ab. Minerva tat es ihm gleich.

»Sie wissen schon«, sagte sie. »Lehm. Eine Mischung aus Ton und Sand. Damit auf diesem Boden so viele Glockenblumen wachsen können, müsste er …«

»Sie stehen inmitten dieser Pracht«, er breitete seine Arme weit aus, um auf die Schönheit der Natur hinzuweisen, »und denken dabei an Lehm im Boden? Sie verbringen bei Weitem zu viel Zeit damit, auf den Boden starren.« Colin umrundete die Truhe und fasste sie bei den Schultern. Mit sanfter Gewalt drückte er sie in die Glockenblumen. Sie lag flach auf dem Rücken, atemlos und schwindlig von dem plötzlichen Übergriff. Von seiner plötzlichen Nähe.

Er legte sich neben sie. »So. Ruhen Sie sich aus. Betrachten Sie zur Abwechslung einmal den Himmel.«

Minerva löste den Blick von dem unebenen Grund und richtete ihn nach oben. Ihr Herzschlag trommelte in ihren Ohren, und ein köstlich balsamischer Duft flutete ihre Sinne. Die Gräser und Glockenblumen ragten um sie herum auf, schaukelten in der sanften Brise und verströmten ihren Liebreiz. Und über alledem wölbte sich der Himmel strahlend und blau. Nahezu wolkenlos, bis auf einige wenige fedrige weiße Bäusche, die offenbar zu stolz waren, Kaninchen oder Drachen oder Segelschiffe zu imitieren.

»Was sollte ich jetzt sehen?«, fragte sie.

»Ich weiß es nicht. Was sehen Menschen, wenn sie zum Himmel blicken? Inspirierendes? Schönheit?« Sie hörte ihn seufzen. »Um der Wahrheit die Ehre zu geben, hat mich der Anblick immer erschreckt. Der Himmel ist so grenzenlos weit. Ich kann mich des Eindrucks nicht erwehren, dass er Erwartungen an mich hat. Erwartungen, die ich nicht erfüllen kann.« Er verstummte für einen langen Augenblick. »Er erinnert mich an Ihre Augen.«

Sie stieß ihm ihren Ellbogen in die Seite. »Meine Augen sind braun. Und mein Kleid wird allmählich feucht am Rücken. Dies ist ohne Zweifel sehr lehmreicher Boden. Ich brauchte bloß in den Himmel zu blicken, um das zu erkennen.«

Mit einem Schmunzeln rollte er sich auf die Seite und hielt sie mit einem Bein zu Boden gedrückt. »Wissen Sie, Sie sind eine ungemein überraschende Frau.«

Ihr stockte der Atem. »Auch Sie haben eine gewisse Art, mit der Sie mich immer wieder überraschen. Und nicht immer angenehm.«

»Wären Überraschungen immer angenehm, wäre nicht viel Überraschung dabei.«

»Ich schätze, das ist wahr.«

Er strich ihr einige Haarsträhnen aus dem Gesicht, dann nahm er ihr die Brille ab und legte sie auf die Truhe.

Minervas Puls raste, als er langsam den Kopf senkte und sie küsste … auf die Nasenspitze. Sie blinzelte zu ihm auf, aufs Heftigste bemüht, ihren Blick zu schärfen und seinen Gesichtsausdruck zu lesen. War er spöttisch oder zärtlich? Sie wusste es nicht zu sagen. »Warum haben Sie das getan?«

»Weil Sie nicht damit rechneten. Welche Art von Überraschung war das? Angenehm oder anders geartet?«

»Ich bin nicht sicher.«

»Dann werde ich es erneut versuchen.« Er neigte den Kopf und küsste ihre Schläfe. Dann ihr Kinn, den Schwung ihrer Wange, die Stelle zwischen ihren Brauen. Seine Zunge streifte ihr Ohr, glitt ihren Hals hinunter. Tauchte ein in das warme empfindsame Tal zwischen ihren Brüsten.

Sie rang nach Atem. »Colin.«

Er umklammerte ein Stück ihres Rocks und brachte ihr Becken auf gleiche Höhe mit seinem. »Min«, stöhnte er an ihrem Nacken. »Ich weiß, es ist absurd, aber ich brauche das jetzt. Gleich hier, inmitten von all dieser Schönheit. Ich muss Sie spüren, heiß und lebendig unter mir.«

Als er sich vorneigte, um sie auf den Mund zu küssen, legte sie eine Hand auf seine Brust. »Ich glaube nicht, dass das eine gute Idee ist.«

Seine Hand glitt über ihren Körper. »Die letzte Nacht hat Ihnen nicht gefallen?«

Schemenhafte Erinnerungen an jenes heftige, verruchte erotische Vergnügen bestürmten sie. Sie wurde feucht zwischen den Schenkeln, und das hatte nichts mit dem lehmhaltigen Boden zu tun. »Es hat mir sehr gefallen. Aber es war auch verwirrend.«

»Es muss nicht kompliziert sein.« Er umschloss ihre Brust und rieb mit dem Daumen so lange über ihre Knospe, bis sie sich zu einer pochenden Spitze verhärtete. »Es ist physisch. Instinktiv. Eine hervorragende Art, Anspannungen in einer für beide Seiten angenehmen Weise zu lösen.«

Er pflanzte kleine Küsse auf ihren Nacken, und Tentakel der Lust entfalteten sich mit jedem einzelnen in ihrem Innern. Dennoch … »Ich bin nicht …« Ihr stockte der Atem angesichts eines weiteren leidenschaftlichen Kusses. »Ich bin nicht sicher, ob es mir behagt, das Instrument Ihrer physischen, instinktgeprägten Erlösung zu sein.«

»Sie lassen es so einseitig klingen. Ich verspreche, Sie werden es nicht minder genießen.«

Daran zweifelte sie nicht. Seine Hand fand ihren Weg unter ihren Halsausschnitt, er tauchte mit seinen Fingern unter den Stoff, um ihre Brust zu umfangen. Mit geübter Fertigkeit befreite er die weiche Rundung aus ihrem Kleidergefängnis.

»Gott«, hauchte er, während er ihre entblößte Knospe mit seiner Fingerkuppe umkreiste. »Sie sind so weich. So warm und weich und süß.« Er sog ihre Spitze in seinen Mund. Er stöhnte, zog sanft daran und saugte, bevor er mit seiner Zunge den dunklen Hof umkreiste.

Minerva gab sich den köstlichen Empfindungen hin. Die Art, wie er sie berührte, sie küsste, leckte und liebkoste … es fühlte sich so gut an. Der sinnliche Genuss traf sie mit einer Schärfe, dass es sie tief in ihrem Innern schmerzte. Es war unmöglich, dies zu fühlen und sich nicht nach mehr zu sehnen.

Doch Colin war nicht der Einzige mit Prinzipien. Er war nicht der Einzige, der Regeln aufstellen konnte. Sie mochte keine weiteren »Lektionen« hinnehmen oder so tun als ob. Sie wollte es nur, wenn es *real* war.

Sein Bein schob sich zwischen ihre Schenkel. »Sie haben so viel inneres Feuer, Min. Ein natürliches Talent für Leidenschaft.«

Ein Talent für Leidenschaft? *Sie?*

»Selbst wenn dem so wäre«, sagte sie, »sehen Sie, wohin mich dieses Talent gebracht hat. Aus einer Kutsche geworfen, in der nächsten ausgeraubt. Verloren in den Wäldern. Hungrig, nahezu mittellos.«

»Es hat Sie hierhergebracht. An dem schönsten Nachmittag, der jemals den englischen Landstrich adelte. Hingegossen auf einem weichen Teppich aus Glockenblumen, spähen Sie auf zu einem herzergreifend blauen Himmel.«

»Mit Ihnen.«

»Mit mir.«

Sie verstummten für eine Weile. Dann spürte sie, wie ihn ein plötzlicher Ruck durchfuhr. Die Muskulatur seiner Brust spannte sich unter ihrer Berührung an. Sein Ton veränderte sich.

»Ich verstehe«, sagte er und nahm seine Hand von ihrer

Brust. »Also, das ist das Problem. Nicht die Umgebung, nicht der Reiz des Vergnügens. Ich bin es. Sie denken, Sie sind mit dem falschen Mann hier.«

»Colin …«

Er rollte sich von ihr hinunter. »Sie würden dies alles lieber mit einem anderen teilen. Jemandem wie Sir Alisdair Kent. Über Lehm und Bodenbeschaffenheit diskutieren und den Teil Ihrer selbst leugnen, der gestern Nacht meinen Namen laut herausschrie.«

Errötend schob sie ihre Brust wieder in ihr Mieder und tastete nach ihrer Brille. »Es besteht kein Anlass, scheußlich zu werden.«

»Es liegt mir fern, scheußlich zu sein.« Er sprang auf die Füße, rieb sich Schmutz und Grashalme von seiner Reithose. »Sie tun mir leid, das ist alles. Ich habe versucht, Ihren Schutzpanzer zu knacken, Sie zu lehren, wie sich das Leben genießen lässt. Aber jetzt wird mir klar, dass Sie das gar nicht wollen. Sie werden in diesem kalten, engen Käfig sterben, den Sie sich selbst gebaut haben. Ich hoffe, Sir Alisdair machen beengte Verhältnisse nichts aus.«

»Soll ich mich jetzt entschuldigen? Weil ich mehr will als fleischliche ›Lektionen‹, die auf Ihrer Mildtätigkeit gründen? Schließlich ist es das Beste, worauf ein linkischer Blaustrumpf wie ich hoffen darf. Ist es das?« Minerva rappelte sich vom Boden auf. »Zumindest würde sich Sir Alisdair an meinen Namen erinnern.«

»Vielleicht.« Mit einem Schritt war er bei ihr, kam so dicht vor ihr zu stehen, dass sein Brustkorb ihre Brüste streifte. »Aber könnte er Sie so leidenschaftlich küssen, dass Sie alles andere vergessen?«

Für einen heißen und verwirrenden Augenblick vermischte sich sein Atem mit ihrem. Doch ehe ihr eine passende Entgegnung einfiel, wich er zurück.

Er hob die Truhe auf und schulterte sie. »Kommen Sie«, sagte er grimmig. »Wir müssten fast da sein.«

»Fast da sein? Fast wo sein?« Minerva fiel hinter ihm zurück, bemüht, seinen unerklärlichen Unmut zu verstehen. Und da behauptete der Volksmund, dass Frauen das Geschlecht mit den wechselhaften Launen seien.

Sie liefen weiter, vielleicht noch eine Viertelstunde, dann traten sie aus dem Wald, auf den Rand eines Hügelkamms. In der Ferne, den gewundenen Pfad hinunter, thronte ein gewaltiges steinernes Herrenhaus, umgeben von Gärten und Nebengebäuden.

»Grundgütiger«, hauchte sie. »Wie heißt dieses Anwesen?«

»Winterset Grange«, antwortete er. »Ich wusste, dass wir in der Nähe sein müssen. Ein guter Freund von mir residiert dort. Wir brauchen einen Ort, wo wir über Nacht bleiben können. Uns verbergen, für den Fall, dass diese Straßenräuber noch länger hinter uns her sind.«

»Und wir werden unangekündigt auf der Schwelle Ihres Freundes auftauchen? Ungeladen, wie aus dem Nichts?« Sie gestikulierte wild mit einer Hand zwischen ihnen. »In *diesem* Aufzug?«

»Oh, niemand wird auch nur mit einer Wimper zucken. Die Gäste kommen und gehen in Winterset Grange, wie es ihnen gefällt. Wann immer der Duke in seiner Residenz weilt, ist es ein nicht enden wollendes Bacchanal.«

Minerva starrte ihn an. »Der *Duke*? Wir werden bei einem Herzog zu Gast sein?«

»Er ist kein *königlicher* Duke«, versicherte er, als sollte ihr das ein gewisser Trost sein. »Hal ist ein liebenswerter Bursche, Sie werden sehen. Er ist der Patron eines beliebten Glücksspielzirkels, genannt der *Shilling Club*. Ich bin ein Mitglied dieses Klubs. Er würde mir das Fehlen einer Einladung niemals übelnehmen, solange ich genug Geld bei mir trage, um es an seinem Kartentisch zu verlieren.«

»Aber Sie *haben* kein Geld, um es an seinem Kartentisch zu verlieren. Wir haben genau einen Sovereign zu unserer Verfügung.«

»Petitessen, Petitessen.«

Sie begannen, den grasbewachsenen Pfad hinunterzulaufen. Das große, weitläufige Herrenhaus schien sich auszudehnen, je näher sie kamen. Als versteckte sich irgendein Lausebengel hinter dem Ding und pustete Luft hinein wie in eine ausgekratzte Schweineblase. Es war schlicht von bizarrer Größe, die Fenster tief in den Stein eingelassen und mit Gauben versehen, als habe es lauernde Augen. Das gefiel ihr gar nicht. Kein bisschen.

Als sie sich der Auffahrt näherten, zog Colin sie in die Gärten, hinter einen Windfang aus Zypressen. Nachdem er ein Taschentuch in eine sprühende Fontäne getaucht hatte, wischte er sich damit Gesicht und Nacken sauber, dann band er seine Krawatte neu. Er klopfte den Staub von der Front seines Rocks und erreichte mit einem kurzen unbekümmerten Schütteln seines Kopfs, dass sein Haar sogleich gebändigt war.

Es war gemein und ungerecht. Dreißig Sekunden Toilette, und er sah besser aus, als sie es mit Brenneisen, Lockenpapier und der Unterstützung von zwei Zofen je hätte schaffen können.

»Bin ich repräsentabel?«, fragte er.

»Sie sind jeder Zoll so ungerechtfertigt attraktiv wie immer.«

Er legte den Kopf schief und blickte sie neugierig an. »Und, was können wir für Sie tun?«

Sie schnaubte. Was, in der Tat. »Wohl eher nichts, Mylord«, sagte sie bitter.

»Undenkbar, dass Sie das Haus betreten, so wie Sie aussehen – fest eingeschnürt und zugeknöpft. Nicht wenn Sie als meine Geliebte vorgestellt werden wollen.«

»Ihre …« Sie senkte die Stimme, als hätten die Zypressen Ohren. »Ihre *Geliebte*?«

»Wie soll ich Ihre Präsenz anders erklären? Ich bin seit Jahren mit dem Duke of Halford befreundet. Ich kann Sie nicht als meine Schwester vorstellen. Er weiß sehr wohl, dass ich keine habe.« Seine Hände glitten zu den Knöpfen ihres Umhangs. Beginnend mit dem obersten an ihrem Hals, öffnete er sie, einen nach dem anderen. »Als Erstes haben wir uns davon zu trennen.« Er schob die Schöße auseinander, streifte ihr das Kleidungsstück von den Schultern und schüttelte es aus.

Minerva verharrte wie betäubt, wusste nicht einmal mehr, wie sie protestieren sollte.

Er faltete ihre Jacke und legte sie beiseite. »Das ist ebenfalls indiskutabel«, grummelte er, als er ihr Reisekleid aus fadenscheiniger Seide beäugte. »Sie hätten heute das Rotviolette tragen sollen.«

Minerva wurde ärgerlich. »Was ist falsch an diesem Kleid?« Sie *mochte* dieses Kleid. Es war eines ihrer besten. Das Pfauenblau stand ihr gut zu Gesicht, so hatte man ihr jedenfalls gesagt.

»Es ist entschieden zu brav«, sagte er. »Sie sehen darin aus wie eine Gouvernante, nicht wie eine Geliebte.«

Brav? Sie blickte an der Seide hinunter. Das Mieder schmiegte sich passgenau an ihren Busen, und die Empire-Taille schloss sich eng um ihren Rippenbogen, von wo aus das Kleid in einen weiten, ausgestellten Rock fiel. Es war eine formvollendete figurbetonte Silhouette – und eine, die bei den Anproben im Nähatelier sogar recht gewagt angemutet hatte. Die Ärmel im Besonderen. Sie blähten sich ein wenig an den Schultern und wurden am Oberarm mit einem Band zusammengehalten. Von dort schmiegten sie sich eng an ihre Arme, den ganzen Weg bis zu den Handgelenken.

Er griff nach einer dieser Schleifen, drehte die Spitze zwischen seinen Fingerspitzen, ehe er mit einer leichten Berührung ihren Arm hinunter und bis zu ihrem Ärmelbündchen strich. Ein berauschendes Gefühl durchwogte sie, knisternd wie ein Hauch von Seide.

Sehen Sie? Diese Ärmel waren frivole, *sinnliche* Lagen aus Stoff. Nichts daran war brav zu nennen.

»Vielleicht wird das helfen.« Seine Finger umschlossen das Bündchen und rissen gnadenlos daran.

»Nein, tun Sie das nicht!«

Schon war der frivole Ärmel fort. Sein Zerren hatte einen Riss unterhalb der Schleifenbänder hinterlassen, und er machte sich bereits daran, den Rest mit geschickten Fingern zu lösen. Innerhalb weniger Augenblicke hatte er den gesamten Ärmel zerstört und widmete sich sogleich dem anderen, sodass schließlich nur noch zwei kurze Puffärmel aus Stoff zurückblieben, die ihre Schultern bedeckten. Zwei kleine Apostrophe aus Seide. Nachdem er für einen Moment zurückgetreten war, um sie zu begutachten, löste er eine der Schleifen und ließ die Enden herunterbaumeln.

»Warum tun Sie das?«

Seine Augenbrauen hoben sich. »Es gibt einen Wink.«

»Und dieser Wink ist, dass ich einen *lockeren* Lebenswandel führe?«

»Ihre Worte, nicht meine.« Er umspannte ihre Taille mit seinen Händen und drehte sie herum, sodass sie das Gesicht von ihm abgewandt hielt. Seine Hände bewegten sich zu der Reihe von Häkchen im Rücken ihres Kleides. Beginnend mit dem Nackenausschnitt, öffnete er sie, einen nach dem anderen.

»Jetzt ist es aber genug«, protestierte sie und versuchte, sich ihm zu entwinden. »Ich werde nicht zulassen, dass ich wie eine Dirne aussehe.«

Er hielt sie fest. Sein Atem streifte heiß und rau ihren Nacken. »Sie werden exakt so aussehen, wie ich es wünsche. Das ist schließlich der Sinn einer Geliebten. Zweifellos schätzt Sir Alisdair Kent seine Frauen prüde und geziert, aber Sie haben *mich* als Ihren Reisebegleiter gewählt. Und ich habe einen Ruf zu wahren.« Er hakte ihr Kleid bis auf Höhe ihrer Schulterblätter auf. Dann schob er den gelockerten Ausschnitt über den Schwung ihrer Schultern, zog ihn in überaus anstößiger Weise weit nach unten. Der Rand ihres Hemdchens wurde sichtbar, ein weißer Hauch aus Spitze, der ihre zur Schau gestellten Brüste einrahmte. Nachdem er sie wieder herumgewirbelt hatte, betrachtete er sein Werk.

Minerva errötete beschämt. Er hatte ihr respektables Reisekleid genommen und es in ein schulterfreies Ensemble verwandelt, das einer Piratenbraut gut zu Gesicht gestanden hätte.

Und er war noch nicht fertig mit ihr. Er schob seine Hände in ihr Haar und begann, die Haarnadeln aus ihrem ramponierten Chignon zu pflücken. Wäre sie nicht bereits halb ohnmächtig vor Hunger und Entsetzen gewesen, völlig mittellos in den Midlands gestrandet zu sein, hätte sie sich das nicht bieten lassen.

Dies ging über Scherz und Spott hinaus. War er … war er womöglich *eifersüchtig*?

»Wahrhaftig, Colin. Es tut mir leid, wenn Sie meine Wertschätzung für Sir Alisdair ärgerlich stimmt. Aber mich in dieser Weise zu demütigen wird schwerlich dazu führen, dass ich eine höhere Meinung von Ihnen bekomme.«

»Das vielleicht nicht.« Er zog die letzten Haarnadeln aus ihrer Frisur und fächerte ihr Haar locker um ihr Gesicht. »Aber ich bin überzeugt, dass es in besonderem Maße zu meiner persönlichen Genugtuung beitragen wird. Und es wird uns beide vor einer Menge unliebsamer Fragen bewahren.« Er nahm ihr die Brille von der Nase, klappte sie zusammen und steckte sie in seine Brusttasche.

»Ich brauche meine Sehhilfe.« Sie griff danach.

Er packte ihr Handgelenk. »Nein, brauchen Sie nicht. In dem Augenblick, in dem wir durch diese Türen treten, werden Sie nicht mehr von meiner Seite weichen, hören Sie mich? Glauben Sie mir, Sie möchten keinen von Halfords Gästen denken machen, dass ich beabsichtige, Sie zu teilen.«

Sie teilen? Welche Art von Lasterhöhle würden sie gleich betreten?

»Ich für meinen Teil«, fuhr er fort, »werde mich so verhalten, als wäre ich Ihr sklavisch ergebener, schmachtender, eifersüchtiger Beschützer.«

Sie versagte sich ein undamenhaftes Auflachen. »Nun, *das* wird die Rolle Ihres Lebens sein.«

»Und Sie …« Er stupste ihr mit einer Fingerspitze unters Kinn. »Sie spielen Ihren Part besser bis zur Perfektion, junge Dame.«

»*Meinen* Part? Ich habe keinen Schimmer, wie sich eine Geliebte zu verhalten hat.« Schon gar nicht im Kreise von Herzögen und anderen Adligen. Allein bei dem Gedanken an die Anwesenheit der mächtigen Männer in dem Herrenhaus bekam sie bereits puddingweiche Knie.

»Oh, verkaufen Sie sich nicht unter Wert. Ich denke, Sie werden Ihre Sache in der Tat vortrefflich machen. Verstehen Sie, eine Geliebte ist eine aufreizende, verführerische kleine Person. Wenn es ihr gefällt, kann sie einem Mann das Gefühl vermitteln, dass er unwiderstehlich, begehrenswert und grenzenlos faszinierend ist. Der einzige Mann auf der Welt.« Er neigte sich zu ihr und senkte seine Stimme zu einem dunklen Flüstern. Er war zu nah für Trost oder Eindeutigkeit, lediglich ein Nebel männlicher Heftigkeit. »Sie stöhnt, als wäre es ihr damit ernst. Und wenn sie bekommen hat, was sie sich wünscht, wird sie erbarmungslos klarstellen, dass ihr der Mann nichts – absolut *nichts* – bedeutet. Ich denke, Sie wurden für diese Rolle geboren. Finden Sie nicht auch?«

»Nein, das finde ich nicht«, sagte sie, doch ihre Stimme schwankte. »Wie können Sie auch nur andeuten, ich wäre eine von der Sorte … Letzte Nacht, das war einzig Ihre Idee.«

»Ich weiß das.«

»Ich bin schwerlich die erste Frau, die eine angenehme Nacht in Ihren Armen verbringt und am nächsten Tag wenig mit Ihnen zu tun haben will.«

»Natürlich nicht. Sie sind bloß die bislang Aktuellste in einer langen ausgesuchten Reihe. Und geben Sie sich keinen Illusionen hin, Sie könnten die Letzte sein.«

»Warum sind Sie dann so ungehalten? Weswegen werde ich mit solch grausamer Vergeltung gestraft? Welche Wunde kann ich Ihnen denn zugefügt haben, außer einem klitzekleinen Knacks Ihres Stolzes?«

Er maß sie für einen langen Augenblick. »Ich weiß es nicht.« Dann hob er beide Hände und kniff ihr fest in die Wangen.

»Autsch!« Zurücktaumelnd drückte sie die Hände auf ihre Wangen. »Wofür war das?«

»Ihre Wangen brauchen ein wenig Farbe, wenn Sie mein Liebchen sein wollen, und wir haben kein Rouge zur Hand.« Er umschlang sie mit einem Arm und zog sie an sich. Mit seinem Daumen zeichnete er ihre Unterlippe nach. »Und diese Lippen muten gänzlich zu verschlossen und blass an.« Er senkte den Kopf und bezwang ihren Mund mit einem harten, heftigen Kuss. Seine Zunge stieß zwischen ihre Lippen, machte einen meisterhaften, fordernden Schwenk durch ihren Mund. Dann fasste er ihre Unterlippe sanft mit seinen Zähnen und saugte spielerisch daran. Er ließ ihren Mund geschwollen zurück, brennend vor Sehnsucht und Schmerz.

Sie grub einen Ellbogen in seine Seite, wendete sämtliche Kraft in ihrem Arm auf, um etwas Distanz zwischen ihnen zu schaffen. Er ließ sie los, und sie stolperte ein paar Schritte zurück. Sie berührte mit den Fingerspitzen ihren Mund, tastete nach Blut. »Sind Sie jetzt zufrieden?«

Er erging sich in einem langen verdrießlichen Atemzug. Mit etwas Distanz zwischen ihnen konnte sie seinen Gesichtsausdruck besser ausmachen. Es war einer quälenden, ungestillten Hungers.

»Nicht im Entferntesten, Min.« Er bückte sich, um die Truhe aufzunehmen. »Nicht im Entferntesten.«

18

Wenn Winterset Grange von außen schmucklos und abweisend aussah, so hatte sein Inneres Anklänge an das alte Rom auf dem Höhepunkt von Völlerei und Exzess. Ohne ihre Brille zurechtzukommen war für Minerva sowohl Hindernis als auch Segen. Wohin sie sich auch drehte, nahm sie verschwommene Schemen nackter Körper wahr. Gemälde mit schamlos hingegossenen Nackten bedeckten die hohen Wände, Busen an Hintern geklemmt, in drei Reihen übereinander. Dekadente Skulpturen winkten aus Alkoven. Irgendein ambitionierter Innenarchitekt hatte Blattgold über alles gelegt. Die Skulptur, die Minerva am nächsten stand, schien Pan darzustellen, tanzend und wiegend auf dem Sockel einer korinthischen Säule. Wenn sie die Augen zusammenkniff, konnte sie die feinen silbernen und rosa Venen des Steins ausmachen. Aus Italien höchstwahrscheinlich.

»Solch schöner Marmor, um so verunstaltet zu werden.« Sie fuhr mit ihren Fingern über den kühlen, glatten Stein. Und zog ihre Hand unversehens fort, als sie erkannte, dass das zylindrische Anhängsel, das sie umfasst hatte, weder ein Horn noch eine Pfeife war. Auf der Suche nach einem sicheren Platz, auf dem sie ihren Blick ruhen lassen konnte, blieb sie an einer Tapete hängen. Ein traditionelles, hübsches golden-weißes Prägemuster tanzender Paare. So war es doch, oder?

Sie blinzelte und spähte angestrengter hin, versuchte, sich auf das Muster zu konzentrieren. Nein, diese Paare tanzten eindeutig nicht …

»Payne! Sie sind es.« Ein Mann schlenderte durch die Halle auf sie zu, gekleidet in einen nachlässig gebundenen Hausmantel.

Er schien jung – in etwa so alt wie Colin, schätzte sie – und er wurde von einer Aura kultivierter Ausschweifungen und dem schwachen Geruch von Opium umweht. Er war von zwei Frauen flankiert, die noch dürftiger verhüllt waren als er – eine glatthaarig und blond, die andere tizianrot. Minerva konnte die Mienen der Frauen nicht ausmachen, doch ihre Sinnlichkeit war beinahe greifbar. Sie spürte, wie sie sie mit Blicken taxierten, die sich auf ihrer Haut kühl und prickelnd anfühlten. *Dieses mausgraue Mädchen kann keine von uns sein,* dachten sie jetzt bestimmt. *Bin ich auch nicht,* wollte sie ausrufen. Sie hatte diese kurze, lebhafte Vision, wie sie Colin, seinem Wüstling von Freund und diesen beiden leichten Mädchen eine brillante Szene machte, den phallischen Pan zu Boden stürzte, auf dem Absatz herumwirbelte und … Aber sie hatte kein Geld. Keinen Ort, an den sie gehen konnte, und keine finanziellen Mittel, irgendwohin zu gelangen. Sie hatte nicht einmal ihre Brille. Also hob Minerva ihr Kinn und knickte aufreizend mit der Hüfte ein. Sie drängte sich näher an Colin und hob ihren Arm, um ihm diesen auf die Schulter zu legen. Unglücklicherweise verschätzte sie sich aufgrund ihres Sehproblems jedoch mit dem Abstand, und ihr Arm sauste durch die Luft. So aus dem Gleichgewicht gebracht, stolperte sie und fiel stattdessen auf ihn, einen Arm um seine Brust geschlungen und um jeden Preis bemüht, es so aussehen zu lassen, als hätte sie genau das tun wollen. Sie glaubte jedoch nicht, dass sich einer von ihnen täuschen ließ.

Eine der beiden Frauen begann zu kichern. Die andere lachte laut.

Minerva wollte im Boden versinken.

»Meine Damen«, sagte der Mann, von dem sie annahm, dass er der Duke of Halford war, »Sie erinnern sich noch an meinen guten Freund Payne?«

»Aber natürlich«, flötete eine von ihnen. »Wir sind alte Freunde, nicht wahr?«

Jetzt wollte Minerva im Boden versinken *und* dort sterben. Sie verstand, dass Colin ärgerlich war, aber wie konnte er ihr das antun?

Colin deutete ein Nicken an. »Immer ein Vergnügen, Hal. Leider kommen wir unangekündigt. Hoffe, Sie werten es nicht als Aufdringlichkeit.«

»Als Aufdringlichkeit – niemals! Aber mein Bester, Sie tauchten buchstäblich aus dem Nichts auf. Ich vernahm nicht einmal Ihre Kutsche in der Auffahrt.« Der Mann ließ eine der Damen los und versetzte Colin einen freundschaftlichen Fausthieb auf den Arm. »Der Butler berichtete mir, Sie seien eingetroffen, und ich wollte ihm nicht glauben. Das Letzte, was ich hörte, war, dass Ihr Cousin Sie an der kurzen Leine hält.«

»Wie Sie sehen, bin ich ihm offensichtlich entwischt.«

»Gut für Sie. Der Zeitpunkt könnte nicht besser gewählt sein. Es steht zu erwarten, dass Prinny im Laufe der späteren Woche zu uns stoßen wird. Mädchen, geht und sucht mir dieses Runzelweib von Haushälterin. Tragt ihr auf, Paynes übliche Suite herzurichten.«

»Gewiss, Euer Gnaden.«

Halford schickte die Damen mit einem lauten Klaps auf die Kehrseite ihrer Wege. Dann spürte Minerva, wie sich der Blick des Herzogs auf sie heftete. Sie fröstelte. »Nun denn«, sagte er, »um Ihr Gepäck wird sich gewiss gekümmert. Wollen Sie sie nicht vorstellen, Payne? Glaube nicht, dass ich diese hier zuvor schon einmal gesehen habe.«

»Nein, haben Sie nicht.« Colin strich ihr begütigend über den Rücken. »Melissande ist neu.«

Melissande? Sie schloss kurz die Augen, um zu verhindern, dass sie sie zu offensichtlich verdrehte.

»Ist nicht Ihre übliche Sorte, oder?«, fragte der Duke.

»Ich habe stets die Vielfalt genossen. Sie mag naiv wirken, aber im Schlafgemach ist sie eine Offenbarung.«

»Soso, ist sie das?« Der Duke richtete das Wort an sie. »Schau an, Melissande. Sicherlich wird er Ihnen enthüllt haben, dass wir alle Freunde sind in Winterset Grange. Mögen Sie sich Ihrem Gastgeber nicht ein wenig erkenntlich zeigen? Vielleicht könnten Sie mit einem Kuss beginnen.«

Vor Entsetzen drehte sich ihr der Magen um.

Colins Arm schloss sich fester um ihre Taille, um sie enger an seine Seite zu ziehen – so fest, dass sie sich kaum mehr rühren konnte. Er sagte leichthin: »Sie müssen entschuldigen. Sie spricht kein Wort Englisch.«

»Kein Wort?« Der Duke schmunzelte. *»Parlez-vous français?«*

»Auch kein Französisch, nein. Sie stammt aus einer kleinen Alpengemeinde. Kann mich nicht einmal mehr des Namens entsinnen. Sie haben ihren ganz eigenen Dialekt.«

»Hm.« Der Duke überlegte. »Glücklicherweise spricht das

Vergnügen eine allgemein verständliche Sprache.« Er strich mit einem Finger über Minervas entblößte Schulter.

Sie funkelte ihn an, innerlich platzte sie beinahe vor Wut. Duke oder nicht Duke, Verstellung oder nicht Verstellung, Symposium oder nicht Symposium – Minerva war nicht gewillt, eine solche Behandlung hinzunehmen. Auch wenn ihr die Schönheit, Kultiviertheit und Anmut einer richtigen Dame fehlten, so war sie doch eine achtbare Frau und ein frei denkendes Individuum. Sie hatte ihre Würde. Als Halfords anmaßende Berührung tiefer wanderte und sich ihrem Dekolleté näherte, platzte ihr der Kragen – und sie schlug seine Hand fort. Dann entblößte sie ihre Zähne und ließ ein leises Knurren hören. Gewalt war ebenfalls eine allgemein verständliche Sprache.

»Sie geben besser acht, was Sie tun, Halford.« Colins Miene war wie versteinert. Kein Humor schwang mehr in seiner Stimme mit, dies war eine Drohung. »Mit dieser da ist nicht zu spaßen. Ein Freund von meinem Cousin im Kriegsministerium bat mich, ein Auge auf sie zu haben. Es gibt Gerüchte, Verdachtsmomente. Der Geheimdienst der Krone vermutet, dass sie entweder eine Prinzessin im Exil oder eine kaltblütige Attentäterin ist.«

Der Duke brach in bellendes Gelächter aus. »Nach der Verletzung auf Ihrer Wange zu schätzen tippe ich auf Letzteres. Apropos Wetteinsätze, kommen Sie, folgen Sie mir. Alle haben sich bereits im Kartenzimmer eingefunden.«

Der Herzog drehte sich auf dem Absatz um – das heißt auf der nackten Ferse, denn er schien tatsächlich *nichts* außer dem Hausmantel zu tragen – und eilte ihnen durch einen langen Flur voraus.

Colin und Minerva blieben einige Schritte hinter ihm zurück.

»Jetzt bin ich eine kaltblütige Attentäterin?«, zischte sie. »Wie kommen Sie bloß auf solche Dinge?«

»Schsch.« Er verlangsamte seine Schritte, sodass sie noch weiter zurückfielen. »Man nennt das Improvisation, erinnern Sie sich? Ich musste ihm irgendeine Erklärung für Ihr Verhalten liefern.«

Ein Stück weit vor ihnen rief der Duke nach einem seiner Freunde und verschwand um die Ecke.

Sobald Halford außer Sicht war, blieb Minerva mitten im Gang stehen und entwand sich Colins Umarmung. Sie begriff nicht, wie er ihr das antun konnte – in einem Augenblick beschützerhaft und aufopferungsvoll zu sein, und dann im nächsten derart bestimmend. »Ich verdiene das nicht«, flüsterte sie. »Nur weil ich den Fehler beging, letzte Nacht Ihre … *Aufmerksamkeiten* … zu dulden, macht mich das nicht zu einer Dirne. Wie können Sie es wagen, mich mit diesen liederlichen Frauenzimmern über einen Kamm zu scheren?«

»Glauben Sie mir, diese Frauen würden sich ihrerseits nie und nimmer als liederlich betrachten. Und was führt Sie zu der Vermutung, dass sie Dirnen sind? Vielleicht sind sie Damen – jeder Zoll so vornehm und wohlerzogen wie Sie –, die verstehen, was Sie nicht verstehen. Wie man sich amüsiert. Wie man eine schöne Zeit verbringt.«

»Was?« Sie deutete mit dem Zeigefinger auf sich selbst. »Ich weiß mich zu amüsieren. Ich weiß, wie ich eine schöne Zeit verbringen kann.«

Er legte den Kopf schief und erwiderte gedehnt: »Oh, selbstverständlich tun Sie das.«

»Was nehmen Sie sich heraus?« Jetzt deutete sie mit demselben Finger in seine Richtung. »Wie können Sie es wagen, mich an diesen Ort zu bringen und diesem lüsternen, grabschenden Herzog auszuliefern?«

Er fasste ihr Handgelenk und senkte die Stimme. »Wie konnte ich das wagen, in der Tat.«

Sie brauchte seinen Gesichtsausdruck nicht genau zu erkennen, um zu wissen, dass er zornig war. Wahrhaftig, er schäumte vor Zorn.

»Wie kann ich es wagen, mein Leben zu riskieren, um Ihres zu retten, obwohl Sie nichts Besseres zu tun wussten, als sich dem Straßenräuber förmlich aufzudrängen? Wie kann ich es wagen, Sie in ein komfortables Haus zu bringen, wo wir Bewirtung finden und einen sicheren Platz für die Nacht nach einem Tag des Herumirrens durch Wälder und Wiesen? Wie konnte ich mir dergleichen nur anmaßen?« Seine Hände glitten ihre Schultern hinauf und verharrten auf halbem Wege zwischen ihrem Gesicht und ihrer Kehle. Als müsse er sich noch schlüssig werden, ob er sie küssen oder würgen sollte.

Sie würde ihm einen Kampf liefern, so oder so.

»Wir werden jetzt in dieses Kartenzimmer gehen. Wir werden speisen, trinken und unser Spiel machen. Sobald sich eine Gelegenheit bietet, werden wir uns nach oben stehlen und einem erquicklichen Nachtschlaf frönen. Ich schwöre Ihnen, Sie werden dieses Haus morgen früh sowohl mit intakter Jungfräulichkeit als auch dieser missbilligenden Persönlichkeit, die sicher in Ihrem kleinen Ammonitenpanzer verstaut ist, verlassen – solange Sie zwei Dinge tun.« Er schüttelte sie sanft. »Bleiben Sie in meiner unmittelbaren Nähe und spielen Sie Ihre Rolle.«

»Die Rolle der kaltblütigen Attentäterin? Ich könnte mich fast dafür begeistern.«

»Die Rolle meiner Geliebten.« Seine Finger glitten höher und durch ihr Haar, wo sie ein erregendes Prickeln an ihrer Kopfhaut auslösten. »Suchen Sie tief in diesem gescheiten Verstand und versuchen Sie auszuloten, ob Sie nicht Ihre Fantasie beflügeln können, dieses vorzugeben. Um diejenigen um uns herum zu überzeugen, dass es durchaus Dinge gibt, die Sie an mir wertschätzen. Dass Sie meine Gesellschaft, wider besseren Wissens, einem Haufen Dreck vorziehen.«

Der Schmerz und die Zerrissenheit in seiner Stimme überraschten sie. Hier also war der Grund für seine wechselhaften Stimmungen und sein befremdliches Verhalten zu suchen. Irgendwie, in dem Ansinnen, ihre eigenen zarten Gefühle zu schützen, hatte sie es geschafft, dass er sich schlimmer als Dreck fühlte.

»Colin …« Sie strich über sein Revers. »Ich kann sie überzeugen, dass ich Sie mag. Dazu braucht es keine Fantasie.«

Sein Daumen streifte ihr Kinn, seine Stimme wurde rau. »Braucht es das nicht?«

»Dennoch wird niemand glauben, dass wir Geliebte sind. Sie hörten diese Frauen lachen. Sie sagten es selbst, seinerzeit in Spindle Cove. Niemand wird glauben, dass Sie *mich* wollen.«

Mit einem unwilligen Stöhnen ließ er seine Hände ihren Rücken hinuntergleiten. Er umschloss ihren Hintern mit beiden Händen, hob sie hoch und drückte sie in den nächsten Alkoven.

Das Besitzergreifende in seinem Verhalten erregte sie, wie auch der Druck seines harten, muskulösen Körpers gegen ihren.

Er hauchte einen Kuss auf ihr Ohr. »Was, wenn ich sagte, ich war ein Idiot in jener Nacht?«

»Dann würde ich zustimmen.«

»Was, wenn ich Ihnen erzählte, dass sich alles geändert hat?« Er küsste ihren Nacken. »Dass ich in den vergangenen vierundzwanzig Stunden den Wunsch hegte, drei verschiedene Männer zu töten, einzig weil sie es wagten, Sie zu berühren, einer von ihnen ein Duke. Dass ich verzweifle vor Verlangen, verzehrt von Begehren für Sie. Wie ich noch keine andere Frau in meinem ganzen ausschweifenden, missratenen Leben begehrt habe.«

Mit seiner Zunge berührte er ihren Puls, und Minerva stockte der Atem. »Dann würde ich an Ihren Worten zweifeln«, hauchte sie.

»Warum?«

»Weil …« *Weil ich an mir selbst zweifle.* »Weil ich weiß, wie leicht Ihnen Lügen über die Lippen gehen.«

Er umklammerte ihr Gesäß, schmiegte ihr Becken eng an seines. Seine Erektion rieb sich an ihr, eine Woge der Lust schoss durch ihre Venen. »Fühlen Sie das?«, stöhnte er.

Sie nickte. Guter Gott, wie könnte sie das nicht fühlen?

»Ich bin seit Tagen hart für Sie, Minerva. Schon bevor wir Spindle Cove überhaupt verließen. Wenn Sie sonst nichts glauben, so glauben Sie wenigstens dies hier.« Er presste sich noch einmal sanft gegen ihr williges Fleisch. »Das hier lügt nie.«

Colin hatte genug von der Kunst der Verstellung. Er schob Minerva in das Kartenzimmer. Nachdem er das halbe Dutzend bekannter Gesichter begrüßt hatte, versammelt um den grün bespannten Spieltisch, und seine streitbare fremdländische Mätresse oder auch Mörderin Melissande vorgestellt hatte, nahm er auf einem Stuhl Platz. Er packte Minerva bei den Hüften und zog sie auf seinen Schoß. Schmiegte ihren süßen kleinen Hintern auf seinen linken Schenkel, legte einen Arm um ihre Schultern und ließ seine Hand direkt über ihrer Brust schweben. Mit trägen Bewegungen streifte er die delikate Grenze, wo ihr abgewandelter Ausschnitt ihr enthülltes Dekolleté einrahmte. »Bleiben Sie in der Nähe«, flüsterte er und liebkoste dabei ihre Haut, nutzte die Gelegenheit, um an ihrer winzigen Ohrmuschel zu knabbern. Damit machte er es ihnen sehr, sehr behaglich. Nicht um gegenüber Halford den Anschein zu wahren. Nicht um ihr oder irgendjemandem etwas zu beweisen. Sondern schlicht, weil er sie begehrte. Und er hatte es satt, etwas anderes vorzugeben.

»Nun, Payne.« Der Herzog griff nach dem Stapel Karten. »Wir spielen Brag.«

Colin betrachtete prüfend die auf dem Tisch verteilten Geldstücke und Spielmünzen. »Strecken Sie mir Münzen im Wert von einem Sovereign vor, sind Sie so gut? Ich trage nicht viel Kleingeld bei mir.«

»Aber selbstverständlich.« Der Duke schob ihm zwei Türmchen mit Schillingen hin, jedes zehn Münzen hoch.

Minerva erstarrte auf seinem Schoß.

»Schsch«, murmelte er in ihr Haar. »Vertrauen Sie mir.« Sie sollte begreifen, dass dies notwendig war. Ein paar Stunden am Kartentisch brachten ihnen Kost und Logis ein.

Sie artikulierte einen zweifelnden Laut in ihrer Kehle, sagte jedoch nichts.

»Seien Sie ein aufmerksamer Gastgeber, Hal, und schicken

Sie einen dieser livrierten Lackaffen, meiner Lady Speisen und Wein zu holen, ja? Sie wäre einer Stärkung zugetan.«

»Sie nicht minder, nach Ihrer Erscheinung zu urteilen.«

»Nun ja …« Colin grinste. »Wir haben uns in den vergangenen Tagen ziemlich verausgabt.«

Die Spieler rings um den Tisch lachten herzlich. Der Herzog winkte lediglich den Lakaien, Erfrischungen zu bringen, und begann, das Blatt auszuteilen. Halford war im Kartenzimmer immer ganz aufs Geschäftliche konzentriert.

Colin lenkte seine Aufmerksamkeit auf die Karten. Minerva ihre auf das Essen. Sie kümmerte sich mit kleinen Gesten um ihn. Während er sich auf sein Blatt konzentrierte, ließ sie sein Glas mit Claret füllen. Soeben bereitete sie ihm ein Sandwich mit einer Scheibe Schweinebraten, die sie zwischen zwei gebutterte Brötchenhälften schob. Dabei blieb ein wenig Butter an ihrem Daumen kleben. Sie steckte den Finger in den Mund und leckte ihn sauber.

Colin wusste, dass sie nicht beabsichtigte, die Geste frivol oder provokant wirken zu lassen. Was sie erst recht erregend wie die pure Sünde wirken ließ. Er hatte diese Eigenart bereits in jener ersten Nacht im Turm an ihr bemerkt. Sie verfügte über eine ausgeprägte natürliche Sinnlichkeit, doch diese enthüllte sich nur, wenn Minerva sich selbstsicher fühlte. Oder wenn sie ein bisschen Wein getrunken hatte. Er fragte sich, was es wohl brauchte, um *diese* Minerva dauerhaft hinaus in die Welt zu locken. Sie würde einen beständigen Nachschub an Zusicherung und Anerkennung brauchen, so vermutete er. Vielleicht konnte die Mitwirkung an der *Royal Geological Society* ihr dies bis zu einem gewissen Grad geben. Doch der richtige Mann vermochte weitaus mehr bei ihr zu bewirken. Er konnte die Saat des Selbstvertrauens pflanzen, tief in ihr, und sie zu gesunden, robusten Ranken heranziehen, die sich reckten und streckten, um schließlich süße, überreiche Früchte zu spenden.

Die einzigen Früchte, die Minerva derzeit jedoch interessierten, waren die Trauben und Aprikosen auf der Platte vor ihnen. Ihren hungrigen Magen zu füllen war eindeutig ihr vorrangiges Ziel, und dieses verfolgte sie mit Ausdauer, indem sie Käseecken und Schinkenscheiben in sich hineinschlang. Als ein Serviermädchen ihr ein Tablett mit mundgerechten Kuchenstückchen hinhielt, stellte sie ihr Weinglas mit einem freudigen Seufzer ab und griff sich mit jeder Hand ein Törtchen. Sie steckte sich eines in den Mund und bot ihm das andere an.

Anstatt es mit den Fingern entgegenzunehmen, packte er ihr Handgelenk und hielt es fest. Dann verspeiste er das Gebäckstückchen direkt aus ihren Fingern und ließ dabei seine Zunge über ihre Fingerspitzen kreisen. Sie seufzte, und der kleine Laut war honigsüßer und sündhaft köstlicher, als eine Marmeladentorte es je sein könnte.

Halford räusperte sich. »Ihr Einsatz, Payne.«

Colin schüttelte sich leicht und schnippte einen Schilling taumelnd zur Mitte des Tisches. »Selbstverständlich.«

Er spielte, sie aßen. Als beide ihre Teller geleert hatten, winkte Colin den Dienern, Teller und Tabletts abzuräumen.

Minerva machte es sich auf seinem Schoß bequem. Ihre Finger gruben sich in sein gestutztes Nackenhaar, spielten stillvergnügt damit. Sie streichelte die Sehnen seines Halses hinauf und hinunter, linderte die Spannungen, die sich dort gesammelt hatten. Kleine Gesten der Zuwendung, die er nicht verdiente.

Er presste seine Lippen auf ihr Ohr und raunte: »Sie wissen, dass es mir leidtut? Für vorhin.«

Sie antwortete mit einem leichten Nicken.

Mit einem gehauchten Stöhnen schlang er einen Arm um ihre Taille und schmiegte sie an sich. Sie legte ihren Kopf an seine Brust. Er küsste ihren Scheitel. »Schlafen Sie, wenn Sie mögen.«

Sie seufzte aus tiefstem Herzen und verschmolz mit seiner Umarmung.

Diese zarte Intimität zwischen ihnen ... sie ergab einen Sinn, vermutete er, nach ihren Abenteuern der letzten Tage und Nächte. Aber dennoch war ihre Vertrautheit überraschend. Er war mit vielen Frauen körperlich intim gewesen, und er hatte sich anderen auch schon emotional nahegefühlt. Doch bislang hatte er immer akribisch daran gearbeitet, die beiden gesellschaftlichen Sphären zu trennen. Es gab Frauen, die Colin als Freundinnen schätzte, und dann gab es Frauen, mit denen er ins Bett stieg. Jedes Mal, wenn er zuließ, dass diese beiden Gruppen sich überschnitten, bedeutete das Ärger. Minerva Highwood hatte von Anfang an nichts als Ärger für ihn bedeutet. Aber bei allen Heiligen, er hatte sich revanchiert. Derweil sie sich an seine Brust kuschelte, fühlte sie sich so klein und zerbrechlich an. In den vergangenen vierundzwanzig Stunden war sie ungezählte Meilen durch die ländlichen Regionen Englands marschiert, hatte all ihr Geld, bedroht von einer Waffe, hergegeben, hatte ein Messer gegen einen Straßenräuber erhoben und ein Haus aufgesucht, das in derart orgiastischen Exzessen schwelgte, dass eine solch wohlerzogene Jungfer eigentlich schreiend hätte das Weite suchen sollen. Und all das nur einen Tag nach ihrem ersten trefflichen

Orgasmus. Nicht ein einziges Mal war sie in hilflose Tränen ausgebrochen. Oder hatte ihn angefleht, sie doch bitte wieder nach Hause zu bringen. Nicht eine Frau von hundert hätte sich in ähnlichen Umständen so tapfer gehalten. Kurzerhand gab er sich selber ein Versprechen. Auch wenn er nichts anderes richtig machte in seinem Leben, eines würde er tun: Minerva Highwood in Edinburgh bei ihrer wissenschaftlichen Präsentation abliefern. Rechtzeitig, gesund und munter – und mit intakter Jungfräulichkeit. Auf irgendeine Weise, *irgendwie*, würde er *diese* guten Absichten rechtschaffen umzusetzen wissen. Er streichelte ihr mit seiner linken Hand sanft übers Haar, während er mit der rechten seine Karten aufnahm. »Schlafen Sie«, murmelte er abermals. Als sie sich auf seinem Schoß regte, rieb sich ihr Schenkel an seinem. Die Reaktion seines Körpers war spontan, instinktiv. Blut rauschte in sein Gemächt, versteifte es und lockerte seinen krampfhaften Griff um jene unumstößlichen Prinzipien. Er begehrte sie körperlich. Und er war nicht imstande, anderes vorzugeben. Indessen hatte er Mühe, diese andere, mehr seelische Reaktion zu verbergen – die überwältigende Zärtlichkeit, die seine Brust erfüllte. Die schlichte, undenkbare Tatsache, dass sie ihm wirklich etwas bedeutete.

19

Einmal mehr erwachte Minerva in seinen Armen. Sie gewöhnte sich zunehmend daran, auf diese Weise aufzuwachen – umfangen von seiner Wärme, seiner Kraft, seinem herb-würzigen Duft. Sie hatte keine Eile, sich aufzuraffen, sondern verweilte noch eine Minute länger in jener Halbtraumwelt. Umarmte ihn innig und seufzte an seinem Hals. Sie vertraute diesem Mann. Er war ein bekennender Lügner und ein unbekehrbarer Lebemann, doch sie vertraute ihm. Genug, um in seinen Armen einzuschlafen, inmitten all dieser Lasterhaftigkeit. Sie blinzelte zu dem Kartentisch, bemüht, angesichts des Chaos aus Karten und Münzen ihren Blick an etwas zu heften. Wie viel Zeit war vergangen? Ihr kam es recht spät vor. Die meisten Spieler schienen sich bereits für die Nacht zurückgezogen zu haben. Einzig Colin und Halford waren geblieben. Sie starrte angestrengt auf das Häufchen Schillingstücke vor ihnen. Hatte er ihre Barschaft entsprechend vermehrt, um ihre Reise fortsetzen zu können? Zu Beginn des Spiels waren es zwanzig gewesen. Jetzt zählte sie … Vier. Ihr Herz setzte aus. Oh Gott. Wie konnte er nur? Sie hatte ihm vertraut, und er verlor alles. Dann lenkte sie ihren Blick zu den Karten in Colins Hand. Was sie sah, gab ihr Anlass aufzuatmen. Seine Karten sahen vielversprechend aus. Sie konnte sie nicht genau ausmachen – nicht ohne ihre Brille.

Doch sie konnte erkennen, dass es sich sämtlich um rote Bilder handelte. Schlichte Logik sagte ihr, dass das etwas Gutes zu bedeuten hatte. Zumindest das Paar Buben. Sie blickte zur Mitte des Tisches, der mit Münzen übersät war. Mehr als genug Geld, um zu ersetzen, was der Straßenräuber genommen hatte. Vielleicht war das alles Teil von Colins Plan.

»Ein armseliges Paar Neunen, das ist alles.« Der Herzog warf seine Karten auf den Tisch. »Ich bin sicher, Sie können es besser, Payne.«

Ja! Das konnte er. Sie krampfte ihre Finger um den Rand seiner Westentasche, schwindlig vor Aufregung.

Colin zog sein Schweigen noch ein wenig in die Länge. »Tut mir leid, dass ich Ihre Worte Lügen strafen muss, Hal«, sagte er sodann, »aber Sie haben mich geschlagen.« Er legte seine Karten verdeckt vor sich auf den Tisch.

Mit einem raffgierigen Lachen strich der Duke of Halford seinen Gewinn ein.

Minervas Hand glitt aus Colins Tasche. Sie war erschüttert. Entsetzt. Vier Schillinge. Sie besaßen jetzt nur noch vier Schillinge. Sie musste ihn von diesem Kartentisch fortbringen, ehe er auch noch das Letzte verlor, was sie hatten. Aber wie? Dank seiner wilden Geschichten konnte sie nicht einmal mit ihm sprechen. Diese Leute glaubten alle, sie sei Melissande, eine asylsuchende Prinzessin aus irgendeinem winzigen Alpenfürstentum. Oder, alternativ, eine Attentäterin, die sie kurzerhand im Schlaf ermorden würde und die in ihrer Freizeit Colins Geliebte spielte. Minerva knabberte an ihrer Unterlippe. Vielleicht fand sich ein Weg, ihn ohne Worte von diesem Spieltisch fortzulocken. Sie verlagerte ihr Gewicht auf seinem Schoß und fuhr mit einer Hand durch sein Haar. Die schweren braunen Locken rannen durch ihre Finger, strichen wie Federn über ihre Handfläche. Mit der anderen Hand löste sie spielerisch seinen Krawattenknoten, bis die gesamte Länge Stoff mit einer langsamen, sinnlichen Bewegung von seinem Hals glitt. Sie meinte ihn sogar leise stöhnen zu hören. Sie kuschelte sich an seinen Nacken. Seine Haut verströmte den Duft von Brandy, dunkel und verführerisch. Ohne ihre Brille war er auf diese kurze Entfernung wenig mehr als ein unrasierter Schatten. Aber nichtsdestoweniger ein sündhaft attraktiver Schatten. Sie reckte ihren Hals und küsste ihn auf die Wange. Sein Atem stockte, und sie hätte fast den Mut verloren fortzufahren. Indes hatte sie damit angefangen, und jetzt gab es kein Zurück mehr. Indem sie den Kopf neigte, drückte sie einen Kuss auf die Unterseite seines Kinns.

Auf der anderen Seite des Tisches gab der Herzog ein trockenes Lachen von sich.

Minervas Herzschlag setzte aus. Sie erstarrte, ihre Lippen auf Colins unrasierte Kehle gepresst. Was hatte sie sich bloß gedacht? Eine unwiderstehliche Verführerin? *Sie?* Natürlich würde Halford das nicht glauben. Niemand, der im Vollbesitz seiner geistigen Kräfte war, würde es glauben.

»Payne«, meinte der Herzog, »vielleicht wäre Ihnen daran gelegen, diese Runde auszusetzen? Es möchte scheinen, dass die bezaubernde Melissande zu Bett gebracht werden muss.«

Colins Adamsapfel hüpfte in seiner Kehle. »Sie kann warten.«

»Vielleicht«, gab der Herzog mit einem wissenden Schmunzeln zur Antwort. »Aber können Sie es auch? Ich habe noch niemals gesehen, dass die Fingerknöchel eines Mannes derart weiß hervorgetreten wären.«

Euphorie und Erleichterung ergriffen sie. Halford glaubte es wahrhaftig. Colin war aus dem Konzept gebracht. Sie *war* eine Verführerin. Aber sie hatte ihr Ziel noch nicht erreicht, Colin von dem Kartentisch fortzubekommen. Minerva verdoppelte ihre Bemühungen. Sie wühlte ihre Finger fordernder in sein Haar. Sie leckte seinen Nacken, fuhr mit ihrer Zunge von seinem Hals zu seiner Ohrmuschel. Mit der Spitze ihrer Zunge strich sie über jede Erhebung, jede Windung seines Ohrs. »Nach oben«, wisperte sie. »Bringen Sie mich nach oben. Jetzt.«

Colins Faust krampfte sich am Rücken um ihr Kleid. Er zog so fest daran, dass ihr der heftige Ruck den Atem raubte. Doch die scharfe, heimliche Zurechtweisung entflammte lediglich Minervas rebellische Natur. Wessen Idee war es gewesen, dass sie diese Rolle spielte? Er hatte keinerlei Anlass, sich zu beschweren. Überdies genoss ein Teil von ihr dies alles. Und nach dem harten, heißen Stab zu urteilen, der gegen ihren Schenkel pulste, genoss ein Teil von ihm es auch. *Das hier lügt nicht.*

Sie küsste sein Schlüsselbein, ließ ihre Finger zu seinen Hemdverschlüssen sinken. Löste erst einen, dann zwei und schlängelte ihre Finger hinein, um seine straffe, muskulöse Brust zu streicheln.

Der Herzog beobachtete sie. »Sie haben ziemlich hoch verloren, Payne. Da Sie so desinteressiert scheinen, Melissande Ihrerseits zu genießen, vielleicht wäre Ihnen daran gelegen, mein Freundschaftsangebot zu erhören. Ich wäre bereit, eine große Summe Geldes hinzulegen, im Gegenzug für solch augenfälligen und freigiebigen … Liebreiz.«

Minerva hatte schwer damit zu tun, nicht mit einem verdrießlichen Blick oder indem sie sich übergab, zu erkennen zu geben, dass sie Halfords liederlichen Vorschlag verstanden hatte.

Colin erstarrte. »Seien Sie vorsichtig, Halford.«

»Weswegen das? Es ist schließlich nicht so, als könnte sie ein Wort von dem verstehen, was wir sagen.« Der Duke mischte und verteilte die Karten. »Eine Runde, ein Gewinner. Ihr Einsatz ist das Mädchen, und ich werde eine von meinen einsetzen. Gleich wer von uns beiden gewinnt – er kann heute Nacht das doppelte Vergnügen genießen.«

Jeder Muskel in Colins Körper wurde mit einem Mal hart wie Stein. Eine seiner Hände ballte sich zur Faust. Die andere glitt zu der Pistole an seiner Hüfte.

Minervas Blut gefror in ihren Venen zu Eis. Diese beschützerhaften Impulse waren alle schön und gut, doch das Letzte, was sie jetzt brauchte, war, dass Colin in einen Zwist mit dem Herzog geriet. Dann würden sie aus Winterset Grange hinausgeworfen – und dieses Mal müssten sie durch die Nacht irren, mit nichts als den Kleidern, die sie am Leib trugen. Lediglich Minuten standen zwischen ihnen und der Katastrophe. Jedoch erkannte sie an seinem aufgebrachten Gesichtsausdruck, dass Colin nicht weiter in die Zukunft dachte als zehn Sekunden.

Er hob Minerva von seinem Schoß und sprang auf. Er zeigte mit dem Finger auf den Herzog. »Dass Sie es ja *niemals* …«

Klatsch.

Minerva hatte ihn mitten ins Gesicht geschlagen.

Colin blinzelte sie verdutzt an.

Sie hob ihre Schultern. Er hatte ihr keine Wahl gelassen.

Sie hatte die Debatte der Männer irgendwie beenden müssen. Und Colin konnte nicht mit dem Herzog zu streiten anfangen, wenn sie *zuerst* mit Colin stritt. Demzufolge …

Klatsch.

Dieses Mal hatte sie ihre linke Hand benutzt, worauf sein Kopf in die andere Richtung geflogen war. Dann trat sie zurück, so dramatisch vor Wut schäumend, wie dies in ihrer Vorstellung eine dunkelhaarige alpine Prinzessin-Attentäterin wohl vor lauter Heißblütigkeit zu tun pflegte. Die Augen zu schmalen Schlitzen zusammengekniffen und in einem unspezifischen Akzent – irgendwo angelehnt zwischen dem Italienischen und Französischen –, fauchte sie ihn an: »Duuuu! Bass. *Tard.*«

Er runzelte die Stirn. »Was?«

Oh, um Gottes willen.

»Duu!« Sie legte beide Hände auf seine Brust. »Bass. *Tard.*«

Halford, der sich aus seinem Sessel erhoben hatte, lachte laut. »Ich glaube, sie nennt Sie einen Bastard, mein Freund. Das haben Sie davon. Mir scheint, die Jungfer versteht doch ein wenig Englisch. Oh, là, là!«

Eilig fasste Colin sich wieder. »A… Aber Melissande. Ich kann es erklären.«

Sie umkreiste ihn schnaubend. »Bass. Tard. Bass. Tard.«

Als er erneut sprach, hätte sie wetten mögen, dass er innerlich mit sich focht, nicht in ein herzhaftes Lachen auszubrechen. »Beruhige dich, mein Herz. Was immer du tust … bitte, ich flehe dich an, steigere dich nicht wieder in einen deiner heftigen Temperamentsausbrüche und in diese zügellose Leidenschaft hinein.«

Unverbesserlicher Schuft. Sie hatte keinen Zweifel, dass er

das als Herausforderung meinte. Nun denn. Sie würde sie annehmen. Minerva griff nach einem Glas Claret, das auf dem Tisch stand. Sie leerte das meiste davon in einem langen Zug, dann schüttete sie Colin den Rest direkt ins Gesicht. Wein bespritzte sie beide. Rubinrote Rinnsale rannen über seine verdutzte Miene. Mit einem kurzen Fauchen stürzte sie sich auf ihn, packte ihn bei den Schultern und schlang ihre Beine um seine Hüften. Sie schleckte den Wein von seinem Gesicht, fuhr mit ihrer Zunge über seine Wangen, sein Kinn … selbst über seine Augenbrauen. Und dann beendete sie ihre tollkühne Geliebten-Vorstellung mit einem langen, lüsternen, leidenschaftlichen Kuss auf seine Lippen, der ihn in ihrem Mund stöhnen ließ, während er mit beiden Händen fest ihren Hintern umklammerte. »Nach oben«, raunte sie an seinen Lippen. »Jetzt.«

Endlich trug er sie aus dem Raum. Er küsste sie, bis sie auf halber Höhe des Flurs waren. Dort verharrte er, augenscheinlich außerstande, seine Erheiterung noch eine Sekunde länger niederzukämpfen. Er drückte sie gegen die Wand und schnaufte hilflos in ihren Nacken, geschüttelt von Lachkrämpfen.

Nun, sie war froh, dass wenigstens irgendjemand das Ganze amüsant fand.

Weiterhin lachend, stellte er sie auf ihre Füße und zerrte sie eine Treppenflucht hinauf und einen abzweigenden Korridor entlang. Er riss die Tür zu einer Suite auf, die ihm offensichtlich vertraut war. Das Interieur litt unter dem gleichen Überfluss an Blattgold und Mangel an gutem Geschmack wie auch der Rest von Winterset Grange. »Oh Min. Das war hervorragend.«

»Das«, sie knallte die Tür zu, »war erniedrigend.«

»Nun, es war eine erstklassige Mätressen-Vorstellung.« Er schälte sich aus seinem Überrock, legte die Pistole beiseite und begann, seine Weste aufzuknöpfen. »Was zum Teufel war das, mit dem … dem Schlecken und dem Wein? Und wie um alles in der Welt kam Ihnen der Einfall …«

»Das nennt man Improvisation! Man zieht sämtliche Register.« Sie fuhr sich mit den Händen durch ihr wildes, ungebändigtes Haar und machte eine hektische Bestandsaufnahme des Zimmers, bis sie Francines Truhe entdeckte, die ordentlich unter einen Beistelltisch mit schnörkelverzierten Beinen geschoben worden war. »Ich musste Sie von dem Kartentisch fortschaffen, ehe Sie all unser Geld verlieren und alles zerstören konnten. Wir schulden ihm bereits sechzehn Schillinge von meinem Sovereign. Heißt es nicht, dass man Ehrenschulden unverzüglich zu begleichen hat?« Sie trat vor ihn und griff mutig in seine Weste. Als ihre Finger seine Brust streiften, bemerkte sie, dass er den Atem anhielt. »Ich brauche sie«, erklärte sie, mit einem Mal eingeschüchtert. Sie angelte ihre Brille aus seiner Innentasche und setzte sie auf die Nase. Es tat gut, wieder deutlich zu sehen. Sie wünschte nur, die Gläser könnten ihr auch dabei helfen, Colins wahre Motive zu erkennen. Was hatte er vorhin unten getan? Hatte er versucht, ihre Reise zu beenden? Vielleicht hatte er genug von ihr und Francine und beschlossen, sich die Großzügigkeit des Herzogs auf Winterset Grange bis zu seinem Geburtstag zu verdienen.

»Es ist der *Shilling Club*«, erklärte er. »Wir spielen mit Schillingmünzen, aber sie stehen jeweils für einhundert Pfund.«

»Einhundert Pfund? *Jede* Münze?« Sie wähnte sich einer Ohnmacht nahe. Bestürzt presste sie eine flache Hand auf ihre Stirn. »Aber wie werden wir …«

»Werden wir nicht.« Er zog die Weste aus und legte sie beiseite. »Ich verliere immer, und ich zahle nie. Diese Leute wissen, dass ich letztlich meinen finanziellen Verpflichtungen nachkommen werde.«

»Aber warum alles verlieren? Ich konnte Ihr letztes Blatt sehen. Die Karten waren besser als die des Herzogs. Sie ließen ihn absichtlich gewinnen.«

Er hängte seine Krawatte über den Rücken eines Stuhls. »Tja, nun … jeder liebt einen großzügigen Verlierer. Das ist der Grund, weshalb ich an jedem Kartentisch willkommen bin, allabendlich, ob nun hier oder in London. Ich habe keinen Mangel an Freunden.«

»Freunde.« Sie spie das Wort förmlich aus. »Was macht solche Leute zu Ihren Freunden? Der Umstand, dass sie Ihnen gestatten, an ihrem Tisch zu sitzen und Berge von Geld zu verlieren? Das passt schwerlich auf irgendeine Definition von Freundschaft, wie ich sie kenne.«

Er blieb ihr eine Antwort schuldig. Stattdessen saß er vollkommen gleichmütig auf dem Rand des Bettes, um sich seiner Stiefel zu entledigen.

»Diese Leute respektieren Sie nicht, Colin. Wie könnten sie? Sie kennen Sie nicht einmal. Nicht Ihr wahres Ich.«

»Und was macht *Sie* zu einer Expertin für mein wahres Ich?«

»Ich nehme nicht an, dass ich das bin. Ich bin mir nicht einmal sicher, ob Sie selbst wissen, wer Sie sind. Sie nehmen verschiedene Verhaltensmuster an, je nachdem, wie es der Situation zuträglich ist.«

Er trat seinen Stiefel beiseite und verschwand wortlos in einem Verbindungszimmer. Wahrscheinlich ein Ankleideraum oder Badekabinett. Sie vernahm das Geräusch von Wasser, das in ein Bassin spritzte.

Sie hob ihre Stimme. »Ich meine, ich fange an, ein Muster zu erkennen. Alle Ihre Masken sind Variationen des gleichen Themas. Der charmante, vergnügungssüchtige Bonvivant mit dem nicht sonderlich tief verborgenen Schmerz. Offensichtlich passt Ihnen das ausgezeichnet. Aber wird das auf Dauer nicht ermüdend?«

»Ermüdend, in der Tat.« Er schlenderte zurück in den Raum, das Haar feucht, das Hemd aus dem Bund gezogen und die Manschetten bis zu den Ellbogen hochgeschoben. »Min, ich bitte Sie. Ich bin ein wenig betrunken und rechtschaffen müde. Können wir uns den Rest dieser sezierenden Charakteranalyse für morgen aufheben?«

Ihr entwich ein Seufzen. »Wie Sie meinen.«

»Dann kommen Sie ins Bett. Ich bin erschöpft.«

Mit der einen oder anderen Verrenkung gelang es ihr, die Häkchen hinten an ihrer Robe zu öffnen. Sie streifte die zerknitterte, weinbefleckte Seide über ihre Hüften und warf sie über die Chaiselongue. Der Gedanke, dass sie nichts anderes hatte, das sie morgen tragen könnte, war in der Tat demütigend. Aber zumindest konnte sie in der Frühe nach einem anständigen Bad läuten. Für jetzt mussten Waschschüssel und Seife genügen. Nachdem sie ihre Chemisette wieder zugeknöpft hatte, legte sie sich neben ihn auf das Bett und starrte zur Decke.

Einige Minuten verstrichen.

»Sie schlafen nicht«, stellte sie fest.

»Sie auch nicht.«

Sie biss sich auf die Lippe. Etwas lastete schwer auf ihrem

Gemüt, und sie hatte außer ihm niemanden, dem sie sich hätte mitteilen können. »Er kennt mich gar nicht.«

Seine Erwiderung klang schläfrig benommen. »Wer kennt Sie nicht?«

»Sir Alisdair Kent.« Bei der Erwähnung seines Namens fühlte sie die plötzliche Anspannung auf Colins Seite des Bettes. »Ich meine, er weiß von meinen wissenschaftlichen Funden, und er bewundert meinen Intellekt. Aber er weiß nicht um meine wahre Identität. Ich habe meine sämtlichen Angelegenheiten mit der Gesellschaft auf dem Wege der schriftlichen Korrespondenz abgewickelt. Und ich habe stets mit M. R. Highwood unterzeichnet. Folglich denkt Sir Alisdair … nun, er denkt, ich sei ein Mann.«

Mehrere Sekunden verstrichen.

»Er wird eine nicht gelinde Überraschung erleben.«

Sie kicherte zur Decke hoch. »Das wird er in der Tat.« Ob es eine angenehme oder unangenehme Überraschung werden würde, darüber mochte sie lieber nicht nachdenken.

»Aber das ist merkwürdig«, sagte er. »In jenem Brief war echte Zuneigung zu lesen.«

»Bloß freundliches Interesse, da bin ich sicher.«

»Da wäre ich nicht so sicher. Vielleicht ist er in Sie verliebt.«

Ihr Herz verstieg sich zu einem sonderbaren Flattern. Nicht wegen der Vorstellung, sondern beim Klang des Wortes »verliebt« auf seinen Lippen. »Wie könnte das sein?« Sie drehte sich auf die Seite, winkelte ihren Ellbogen an und stützte ihren Kopf in die Hand. »Haben Sie nicht gehört, was ich eben sagte? Sir Alisdair denkt, ich sei ein Mann.«

»Oh, ich hörte sie durchaus.« Mit einem diabolischen Glitzern in den Augen musterte er sie. »Vielleicht denkt er, Sie sind ein Mann, und er ist gerade deswegen in Sie verliebt. Es wird dem armen Kerl das Herz brechen, wenn dem so ist.«

Sie runzelte die Stirn, denn sie hatte Mühe, seiner Argumentation zu folgen.

Er lachte kehlig. »Hören Sie nicht auf mich, junge Dame. Meine Hoden schmerzen, und mein Stolz ist angegriffen. Ich bin erregt und glaube mich heute Nacht leicht verführbar. Wenn Sie wissen, was das Beste für Sie ist, ignorieren Sie mich und betten sich zur Ruhe.«

»Weswegen schmerzen Ihre Hoden?« Sie setzte sich auf. »Wurden Sie in irgendeiner Weise verletzt? War es der Straßenräuber?«

Mit einem Stöhnen legte er einen Arm über die Augen. »Mein liebes Mädchen, Sie mögen eine brillante Geologin sein, aber Ihr Wissen von der Biologie ist in der Tat beschränkt.«

Sie senkte ihren Blick auf die Front seiner Beinkleider. Sie war eindrucksvoll gewölbt.

»Schlafen Sie wohl, M.«

»Nein, ich denke nicht daran, das zu tun. Noch nicht.« Mit unvermittelter Entschlossenheit hantierte sie an den Knöpfen seines Hosenlatzes. Sie hatte eine Seite komplett aufgeknöpft, noch ehe es ihm gelang, sich auf seine Ellbogen aufzustützen.

»Was tun Sie da?«

»Meine Neugierde befriedigen.« Sie schob ihre Hand unter den Stoff, und er zuckte zusammen. Ein berauschendes Gefühl der Macht erfasste ihren Körper. Der Wein, den sie unten getrunken hatte, tat ein Übriges und schmolz ihre restlichen

Bedenken fort. Sie wollte wissen und sehen und *ihn* berühren – diesen aufrichtigsten, *wahren* Teil von ihm. *Das hier lügt nicht.* »Ich tat, wie von Ihnen angewiesen, und spielte unten Ihre Geliebte, ich habe mir das verdient. Ich möchte es sehen und angemessen berühren. Ich hatte zuvor nie die Gelegenheit.«

»Heilige Mutter …«

»Schweigen Sie. Was war es noch gleich, wozu Sie mir rieten? Betrachten Sie es, als sei es … eine Ausgrabung.« Lächelnd bog sie ihre Finger um sein hartes, heißes Glied. »Im Namen der Wissenschaft.«

Im Namen der Wissenschaft. Ha! Das war eine großartige Formulierung, das war es wirklich. Sie rangierte gleichauf mit *Sie könnten mir heute Nacht das Leben retten*, und *Schätzchen, lehre mich, was es bedeutet zu lieben.* Colin machte sich eine Notiz im Geiste, sich dessen künftig zu erinnern. Dann schloss sich ihre Hand um seine geschwollene Männlichkeit, und seine geistige Tafel mit den grandiosen Formulierungen war von einem auf den anderen Moment wie ausgelöscht. »Gütiger Herrgott«, vernahm er seinen eigenen leise gemurmelten Fluch. Dies war gefährlich. Er war halb betrunken und, so wie es aussah, hatte er sich schwerlich unter Kontrolle. *Regeln,* ermahnte er sich, *du hast Regeln.*

Aber sonderbarerweise deckte keine von ihren jungfräulichen Liebkosungen *im Namen der Wissenschaft* ab. Es blieb Minerva Highwood überlassen, Bettgeschichten zu einer völlig neuen Erkenntnis zu gestalten. Für einen kurzen Augenblick hielt sie ihn zärtlich umfangen, während sie mit dem Daumen die Unterseite seines Schafts auf- und abstrich. Das leichte angenehme Reiben stimulierte ihn mehr, als dass es ihn befriedigte. Dann lockerte sie ihren Griff und begann, ihm Hose und Unterzeug hinunterzuzerren und über seine Hüften zu streifen.

»Sie sind im Weg«, erklärte sie, als er ihr einen entrüsteten Blick zuwarf.

Er ließ seinen Kopf resigniert zurück auf das Kissen sinken. Er hatte keine Ahnung, wie diese wissenschaftliche Erkundung aufzuhalten sei – und in Wahrheit hegte er auch nicht den geringsten Wunsch, dergleichen zu tun. Er half ihr, indem er seine Hüften anhob und seine Hose ganz herunterschob, nachdem sie oberhalb seiner Knie hängen geblieben war. »Oh, weswegen dort aufhören«, brummte er, packte sein Hemd mit beiden Händen und zog es sich über den Kopf, ehe er auf die Matratze zurücksank. »Da. Nun haben Sie Ihr lebensechtes Modell. Erforschen Sie es nach eigenem Gutdünken.«

Und das tat sie. Sie erkundete seinen Körper – jeden Zentimeter davon – mit einer Muße, die ihn wahrhaft euphorisch vor Lust machte. Langsam begann er zu bedauern, dass er sich als ihr Objekt für Forschungszwecke angeboten hatte. Als sie mit einer federleichten Bewegung über seine Brust strich, hätte eine verdammte Schnecke ihre Fingerspitze führen können.

Zu entrückt und berauscht, anderes zu tun, lag Colin einfach da und harrte aus. Erduldete ihre ausgedehnte, süße Erkundung seiner Arme, Brust, seines Abdomens – Gott, sogar seiner *Brustwarzen*. Ihm entwich ein Laut, der, wie er fürchtete, nicht sonderlich männlich klang, als sie seine Nippel streichelte. Währenddessen zuckte und buhlte seine unbeachtete Männlichkeit um ihre Aufmerksamkeit, bog sich bis zu seinem Nabel, die Eichel, wie er vermutete, in recht lebhaften Schattierungen von pflaumen- bis purpurrot. »Wenn es Ihr Ansinnen ist, mich zu quälen«, knirschte er, »dann leisten Sie hervorragende Arbeit.«

»Tue ich das?« Sie hüpfte mit ihren Fingern über sein Schlüsselbein. Sie neckte ihn jetzt mit Vorsatz, das kleine Biest.

Eine weitere leise Verwünschung ausstoßend, packte er ihre Hand und führte sie dorthin, wo sie es sich beide am meisten wünschten. Die Erleichterung war unmittelbar, intensiv. Und längst nicht genug.

»Grundgütiger.« Sie sagte das in einem solch ehrfürchtigen, höchst salbungsvollen Ton, dass er sich fragte, warum er nicht häufiger Jungfrauen verführte. »Er ist so ungeheuer … steif.«

»Das ist Ihr Werk.« Außerstande zu widerstehen, bog er seine Finger um ihre und drängte sie wortlos, ihn fester zu umspannen, zeigte ihr, wie sie ihn streicheln sollte. Sie gehorchte ihm einige erregende Gleitbewegungen lang.

»Wie nennen Sie ihn?«, fragte sie. »Ich weiß, dass es da unterschiedliche Namen gibt.«

»Namen? Wie Peter, Belvedere, Sir Charles Grandison?« Sein Atem ging jetzt stoßweise. »Er ist schlicht und ergreifend mein Penis, junge Dame.«

Sie streichelte ihn bis zur Wurzel, wo sie ihn fest umschloss. »Ihr Penis.«

Oh heiliger Herrgott. Sie raubte ihm den Verstand, wenn sie sich in dieser Weise ausdrückte.

»Ich mag Ihren Penis. Glatt wie Talkum an der Außenseite.« Sie ließ ihre Hand wieder nach oben gleiten. »Aber darunter wie Granit.«

Er lachte. Ein angespanntes *Hahaha, ich könnte an diesem Lachen ersticken.* »Fürwahr, wir beide wissen, wie sehr Sie Steine lieben.«

»Ich liebe Steine, in der Tat.« Ein kokettes Lächeln stahl sich in ihre Stimme. »Ich finde sie äußerst faszinierend. Ich nehme sie andauernd in die Hand. Erkunde jede ihrer Unebenheiten und Konturen.« Sie streifte mit einer blütenzarten Fingerspitze über den Kopf seines heißen Stabs, fühlte die ringförmige Erhebung seiner Vorhaut und den feuchten Tau auf seiner Spitze. Dann neckte sie ihn mit der Berührung seiner ganzen Länge, den ganzen Weg bis hinunter zur Wurzel. »Manche von ihnen haben interessante Adern.«

»Ich nehme nicht an, dass Sie jemals – im Namen der Wissenschaft versteht sich – diese äußerst faszinierenden Objekte in Ihren Mund genommen haben?«

Sie erstarrte. »Was?«

Er legte eine Hand über die Augen. Dies – *dies* – war es, warum er in puncto Jungfrauen Regeln hatte. Die anzügliche Frage war ihm unbedacht über die Lippen geschlüpft, in einem lasziven, schleppenden Tonfall. »Ich bin betrunken, Min.« Er winkte ab. »Vergessen Sie, was ich sagte.«

»Wie könnte ich vergessen, dass Sie *das* sagten?« Ihre Hand umschloss erneut unnachgiebig seine erregte Männlichkeit, als könnte sie seiner Spitze eine Antwort abringen. »Was für eine Vorstellung. Tun Frauen das …«, sie schluckte hörbar, *»wahrhaftig?«*

»Mögen Sie eine sehr mutige, sehr direkte, gänzlich wissenschaftliche Wahrheit hören?« Er stützte sich auf seine Ellbogen und tastete mit einer Hand nach ihrem Gesicht. Er umschloss ihre Wange, streifte ihre leicht geöffneten Lippen mit seinem Daumen. »Sie«, flüsterte er rau, »haben den verdammt erotischsten Mund, den ich je sah. Diese süßen vollen Lippen treiben mich in den Wahnsinn. Es ist unmöglich, Sie anzusehen und sich nicht … zu fragen, wie es wohl sein würde.«

Ihre Augen weiteten sich. »Sie haben sich das gefragt.«

Er nickte. »Oh ja.«

»S… Sie haben tatsächlich Zeit darauf verwendet …«

»Stunden vermutlich, wenn Sie alles zusammenrechnen.«

»Mit dem Gedanken …«

»An das.« Er schob seinen Daumen zwischen ihre verwunderten Lippen, presste ihn tief in ihren heißen, feuchten Mund. »Oh ja.«

Sie starrten reglos einander an. Dann, nach einem langen, ihn geradezu schmerzenden Zögern, schloss sie ihre Lippen um seinen Daumen. Ihre Zunge umkreiste ihn, kitzelte ihn zärtlich. Streichelte.

Ein Blitzstrahl der Erregung schoss direkt in seinen Phallus. Er stöhnte in hilfloser Hingabe. »Gott, *ja*. Das ist es.« Er ließ seinen Daumen ein, zwei Zentimeter hinausgleiten, ehe er ihn wieder in ihren Mund schob, dieses Mal tiefer. Ihre Wangen wurden hohl, derweil sie sanft an ihm saugte. »Sie sind unsagbar klug, Min. Und so … so verdammt liebreizend.«

Sie stöhnte ein wenig, als er seinen Daumen aus ihrem Mund zog. Ihre Lippen sogen so fest daran, dass er einen kleinen schmatzenden Laut vernahm, als er schließlich freikam.

»Heilige Mutter Maria«, knurrte er und sank zurück auf das Bett. »Sie sind mein Tod.« Sie betrachtete sein Gemächt, umschloss es mit fester Hand und taxierte ihn mit einem freizügigen, prüfenden Blick. Allein der Gedanke daran zu beobachten, wie seine Erektion in ihrem Mund verschwand …

es war beinahe genug, um ihn vom Fleck weg kommen zu lassen. Doch dann meldete sich sein verdammtes Gewissen zu Wort. »Min, lassen Sie das … zum Henker, Sie sollten das wahrhaftig nicht tun.«

»Warum denn nicht? Sie wünschen es sich doch, nicht wahr?«

»Mit jeder Faser meines Körpers, glauben Sie mir. Aber ich darf es nicht erbitten. Und Sie sollten es nicht anbieten. Es würde … die Dinge am Morgen verkomplizieren.«

Sie schüttelte sich vor Lachen. »Wir dürfen das nicht tun, weil wir sonst problemlos miteinander auskämen? Ich denke, wir haben bereits das Gegenteil bewiesen.« Mit einem Zurückwerfen ihres Kopfes schüttelte sie ihre Mähne langen dunkel gewellten Haars nach hinten über ihre Schultern, und dann begann sie mit ihrem verführerischen Mund einen langsamen, indes unaufhaltsamen Abstieg. Sie war wahrlich eine Abenteurerin im Dienste der Wissenschaft, dieses Mädchen.

Regeln.

Er sollte irgendeine Regel haben, die sich dagegen ins Feld führen ließ. Und selbst wenn er keine Standardregel hatte – irgendeinen Verhaltenskodex, der es ihm gestattete, seine Männlichkeit in den Mund einer Jungfrau zu stecken, aber nicht in ihre Mitte? Nun, dieser Kodex bedurfte vermutlich einigen Überdenkens. Doch dann war ihr süßer Kuss auf ihm. Und dann war er in dem heißen, feuchten Innern ihres Mundes. Weiteres Denken würde heute Nacht nicht mehr stattfinden. »Oh«, stöhnte er, als ihre Wärme ihn einhüllte. »Oh Minerva.«

Ihre Lippen bewegten sich abwärts, glitten über die geschwollene Korona seiner Erektion und einen Teil hinunter. Dann saugte sie leicht an seiner Spitze, ihre Zunge liebkoste ihn in süßen Wellen. Sein Becken bäumte sich auf dem Bett auf, und er fluchte. Sie zog sich zurück, ließ seinen Phallus feucht schimmernd, schmerzend und höchstwahrscheinlich hart genug zurück, um damit Steine zertrümmern zu können.

Colin kämpfte damit, seiner Enttäuschung Herr zu werden. Sie hatte ihr Experiment durchgeführt, und nun war sie zufrieden. Er würde nicht, könnte nicht mehr erbitten.

Doch statt ihn gänzlich zu ignorieren, begann sie nun, die Länge seines Gliedes mit kleinen Küssen zu verwöhnen. Er schloss die Augen, schwelgte in den leisen Schauern seiner Erregung. Es war die süßeste Folter, die ihm jemals widerfahren war. Als sie ihn erneut in ihren Mund nahm, glitt er tiefer in sie hinein – beinahe bis zur Hälfte. Ihr langsamer, schlüpfriger Rückzug machte ihn rasend vor Begierde. Er wand sich auf den Laken, rang um Erlösung. Aber sie stellte sich nicht ein. Lüsterner »Bass Tard«, der er war, griff er nach ihr und tat das, was er sich seit einer geschätzten Ewigkeit ersehnte. Er schlang seine Hand um eine dicke Strähne des dunklen seidigen Haars und ballte sie zur Faust. Dann führte er sie, lehrte sie, ihm zu Gefallen zu sein. Zog ihren üppigen, heißen Mund über die Länge seiner Erektion, auf und nieder, in einem tiefen, gleichförmigen Rhythmus. Er war ein Schuft. Er war ein Ungeheuer. Er würde in den Feuern der Hölle schmoren. Doch das war es ihm wert. »Ja«, stöhnte er, zuckend ob der exquisiten Wonnen. »Min, das ist so gut. Sie sind so gut.« Er lockerte seinen Griff um ihr Haar, und sie ließ abermals von ihm ab und setzte sich aufrecht hin. »Sie brauchen nicht …« Er schnappte nach Luft. »Sie brauchen nicht fortzufahren.« Als machte ihn das zu einer Art edelmütigem Heiligen.

Sie lächelte bloß. Zunächst nahm sie ihre Brille ab, klappte sie zusammen und legte sie beiseite. Dann korrigierte sie ihre Haltung, raffte ihre Röcke bis zu den Knien und ließ sich auf seinem gespreizten Schenkel nieder, derweil sie sich vorbeugte, um ihn abermals mit ihrem Mund zu umfangen.

Er stöhnte. Sie hatte eine solch rasche Auffassungsgabe. Nun machte sie Ernst. Ohne jede Scham beobachtete er jene aufgeworfenen sinnlichen Lippen, die über seinen mächtigen Stab glitten. Die feste, feuchte Reibung war nur ein Teil der Wonnen. Das Übrige tat der süße Triumph, von *ihr* gestreichelt zu werden, von *ihr* verwöhnt zu werden. Vor allem jedoch, in ihr zu sein, in gewisser Weise zumindest. Er hatte sich das so verdammt heftig gewünscht. In all jenen Nächten, in denen er *neben* ihr gelegen hatte, durchdrungen von dem Wunsch, in ihr zu sein. Ein Teil von ihr zu sein. Das Gefühl der Verbundenheit zu spüren und nicht allein zu sein. Er streichelte mit zärtlicher Liebkosung ihren Körper hinab und griff nach dem Saum ihres Hemdchens, zog es hoch. Er ließ eine Hand unter das duftige Leinen gleiten, berührte den entblößten Ansatz ihres Schenkels. Sie stöhnte und spreizte ihre Beine kaum merklich. Er fasste das als Ermutigung auf, noch höher zu streicheln. Bis er ihr Geschlecht mit seiner Hand umschloss, taufeucht und erhitzt, geschützt von verführerischem Lockenflaum.

Ja. Gott, ja.

Er glitt mit einem Finger zwischen ihre feuchten Falten, streichelte sie in kreisenden Bewegungen. Sie wimmerte und bog ihm ihre Hüften entgegen, bettelte um seine Berührung. Er schob seinen Mittelfinger in ihre enge Öffnung, bewegte ihn in langsamen, sanften Stößen, die sie mit ihrem Mund nachzuahmen begann. Als er sich schneller bewegte, tat sie es ihm nach. Als er seinen Finger tiefer in sie versenkte, sank sie auf ihn, nahm ihn beinahe bis zur Wurzel in sich auf. Das Lustempfinden war so direkt, so intensiv. Er vermochte nicht viel mehr davon zu ertragen. Er schmiegte seine Hand an ihr nacktes Fleisch, sodass der Ballen seiner Hand an ihrer Perle rieb. Stöhnend vor Begehren, schmiegte sie sich in seine Berührung. Sie ließ ihr Becken in einem fiebrigen, ungestümen Tempo kreisen, und zum ersten Mal geriet ihr eigener Rhythmus ins Stocken.

»Min«, stieß er zwischen zusammengebissenen Kiefern hervor.

Sie hob den Kopf, die Augen glasig, die Wangen rosig vor Erregung.

Seine linke Hand verweilte wonnevoll platziert zwischen ihren Schenkeln. Er brachte seine rechte Hand über ihre, dort, wo sie die Schwellung seiner Erektion umschlossen hielt. »Auf diese Weise.« Er führte ihre Hand auf und ab. »Ja, so ist es gut.«

Sie stimulierten sich gegenseitig in einem unnachgiebigen, unaufhörlichen Rhythmus und sahen einander tief in die Augen, derweil ihrer beider Erregung wuchs. Bis Minervas Lider flatterten und sich winzige horizontale Fältchen zwischen ihren Augenbrauen bildeten.

»Colin«, wimmerte sie.

»Ja, Liebste. Das ist es.« Sein eigener Kopf sank zurück auf das Kissen, als er sie inniger streichelte. »Das ist es. Das ist …«

Sie schrie auf. Ihre innere Muskulatur spannte sich an und zog sich pulsierend um seinen Finger zusammen. Und dann erreichte er seinerseits einen Höhepunkt, der einem Vulkanausbruch gleichkam; er schickte reine, selige Wonnen durch seinen Körper und ließ weiße Lichtblitze hinter seinen Augäpfeln aufglühen.

In der entspannenden Phase danach hielt er seine Augen geschlossen. Er ließ seinen Finger aus ihr hinausgleiten und schob ihr das Unterkleid wieder über die Schenkel. Sein Brustkorb hob und senkte sich unter seinen schweren Atemzügen. Er versuchte sie mit Engelszungen zu überreden, sich neben ihn zu legen, doch sie blieb, wo sie war – auf seinen Beinen kauernd, ihre Hand um seine nachlassende Erektion geschmiegt. Nun, nachdem die Neugier befriedigt war und ihr Begehren gestillt, nahm er an, dass sie sich schnöde von ihm abwenden würde. Gewiss hatte sie erkannt, wie schamlos er sie benutzt hatte und welche Freiheiten er sich mit ihrem Körper und ihrem Vertrauen herausgenommen hatte. Er rechnete fest damit, dass sie ihn hassen und verachten würde, mit neuerlicher – nein, einzigartiger – Leidenschaft. Als er schließlich doch den Mut zusammennahm, seinen Kopf zu heben und ihre Reaktion zu beurteilen, stellte er fest, dass sie dabei war, ihre Brille aufzusetzen. Ihr Gesichtsausdruck spiegelte weder Hass noch Verachtung, sondern eher … wissenschaftliches Interesse. Naturgemäß.

»Oh Colin.« Sie tippte mit einer Fingerspitze auf seinen klebrigen Bauch, dann rieb sie ihre Finger aneinander, als wollte sie die Beschaffenheit seines Spermas prüfen. »Das war *faszinierend.*«

20

Er hatte recht gehabt. Die Dinge waren ein wenig kompliziert am nächsten Morgen. Colin seinem Schlummer überlassend, krabbelte Minerva so leise wie irgend möglich aus dem Bett und klingelte nach der Zofe. Sie erwartete die Kammerfrau an der Tür zu ihrer Suite und bedeutete ihr mithilfe von grotesken pantomimischen Gebärden, in dem angeschlossenen Kabinett ein heißes Bad einzulassen. Sie focht mit einer Anwandlung von Besorgnis, als die Bediensteten das heiße Wasser und den Zuber hereintrugen, und wand sich innerlich bei der Vorstellung, wie das alles aussehen mochte. Eine junge, unverheiratete Frau, die eine Suite mit einem splitternackten, schlafenden Lord teilte? Gleichwohl gaben sich die Zofen gelangweilt und geschäftig und beileibe nicht erschüttert. Minerva erkannte alsbald, dass es für das Personal in Winterset Grange schwerlich ein Skandal war. Es war schlicht … ein Freitag. Großer Gott, es war *Freitag*. Die Zahl der Tage bis zu dem Symposium schwand, und sie hatten kaum ein Drittel der Strecke nach Edinburgh bewältigt. Trotz der Dringlichkeit, die diese Berechnung ergab, nahm sie sich Zeit für ihr Bad. Die Kammerfrauen hatten ihr duftende Öle und Seifen gebracht, Rosenblätter für das Badewasser und frische Gurkenscheiben, um ihre Augen zu kühlen. Minerva akzeptierte dankbar ihre Hilfe beim Haarewaschen. Dann schickte sie die dienstbaren Geister fort und verweilte in der Wanne, bis das Wasser kalt wurde. Sie fühlte, wie Müdigkeit und Anspannung langsam aus ihren Muskeln wichen.

Als sie sich mit einem Badelaken abtrocknete, bedauerte sie den Umstand, dass sie nichts anderes zum Anziehen hatte als dasselbe zerknitterte Unterkleid und die ramponierte Seidenrobe vom vorherigen Tag. Vielleicht ließ sich irgendwo in diesem Haus andere Kleidung finden, doch wusste sie nicht, ob sie es ertragen könnte, die abgelegten Kleider irgendeiner Geliebten zu tragen. Doch dann fiel ihr Blick auf ihre Truhe. Die Truhe, die Francines Fußabdruck enthielt, Minervas wissenschaftliche Aufzeichnungen und … ihre Brautaussteuer. In das Badetuch gewickelt, tappte sie durch das Zimmer und löste die Verschlüsse des Reisegepäcks. Sorgfältig legte sie ihre Journale und Schriftstücke beiseite und entfernte die Rollen weißen Stoffs, welche die Gipsform polsterten. In der Mehrzahl waren diese sperrigen weißen Wülste bestickte Bettlaken, Tischtücher und Kissenbezüge. Doch es gab auch andere Stücke, von mehr persönlichem Charakter. Spitzengesäumte Hemdchen. Hauchzarte Tücher. Büstenschmeichelnde Korsetts. Seidenstrümpfe und Strumpfbänder. Sie hatte diese Dinge, die mittlerweile seit Jahren in ihrer Truhe verstaut lagen, mit der Zeit völlig vergessen. Es hatte den Anschein gehabt, als ob sie ohnehin niemals Verwendung für solch anmutige, aufreizende Kleidung finden würde. Zumal sie den Gedanken an eine Eheschließung peu à peu aufgegeben hatte. Nach dieser Reise – Himmel, nach der letzten *Nacht* – schien eine Heirat noch unwahrscheinlicher als zuvor. Indessen bedeutete das beileibe nicht, dass sie diese Dinge nicht verwenden konnte oder dass sie diese Seite ihrer Persönlichkeit verleugnen musste. Die Stücke in dieser Truhe waren elegant und feminin – und sie gehörten *ihr.* Ob sie nun einen Gemahl hatte, dem sie sie herzeigen konnte, oder nicht.

Sie breitete ein blütenweißes Unterkleid aus, das in Front und Rücken halsfern geschneidert und dessen Ausschnitt aufwändig mit Spitzengewirk verziert war. Sie entfernte den Zweig getrockneten Lavendels, der sich zum Zwecke der Frische darin befunden hatte, streifte das duftige Gewebe über ihren Körper und stellte sich vor den Spiegel. Sie drehte sich, um sich aus verschiedenen Blickwinkeln zu begutachten, strich mit den Händen über ihren Körper und zog das feine Material glatt, bis die portweinfarbenen Knospen ihrer Brustwarzen und das ebenso dunkle Dreieck zwischen ihren Schenkeln durch das hauchdünne Kleid schimmerten. Sie streichelte abermals mit den Händen über ihren Körper und genoss die sanfte Glut ihrer Haut unter dem kühlen Stoff, spürte die weichen Kurven ihrer Brüste, Bauch und Hüften. Als sie ihre eigenen Hände beobachtete, die über ihre Haut wanderten, beschleunigte ihr Puls. Dieser Körper *begehrte.* Dieser Körper *wurde* begehrt – von ihm. Im Schlafgemach wälzte sich Colin auf dem Laken hin und her und murmelte im Schlaf. Minerva fuhr zusammen, dann presste sie ihre Hände fest vor den Mund, um ein lautes Lachen zu unterdrücken. Sie nahm ein Paar hauchzarte Seidenstrümpfe und befestigte sie mit rosafarbenen Strumpfbändern. Dann läutete sie abermals nach der Zofe, damit diese sie in ein französisches Korsett schnürte, das ihre Brüste in höchst schmeichelhafter Wirkung hob und teilte. Widerstrebend zog sie das Blauseidene darüber, doch die Wirkung war sehr viel besser mit dem reizenden Spitzenhemdchen, das nun aus dem Mieder hervorblitzte. Außerdem fand sie einen mit Stickereien versehenen weißen Überrock – eher eine Art Trägerkleid – in ihrer Truhe, das die meisten Weinflecken verbarg. Da ihr Haar noch feucht war, steckte Minerva es nicht hoch, sondern bändigte es mit Schildpattkämmen und frisierte sich ein paar Löckchen in die Stirn. Die übrige Fülle fächerte sie offen und schwer um ihre Schultern.

»Guten Morgen.«

Sie fuhr herum und erblickte Colin in den zerwühlten Laken. Auf einen Ellbogen gestützt, rieb er sich mit der anderen Hand über sein unrasiertes Gesicht. »Guten Morgen«, sagte sie, dem Drang widerstehend, eine jungmädchenhafte Pirouette zu vollführen und auf sein anerkennendes Lob zu hoffen.

Er blinzelte und schärfte seinen Blick. Seine Mundwinkel verzogen sich zu einem schiefen Grinsen. »Nun, Min. Was sehen Sie nicht hübsch aus.«

Ausgelassene Freude durchsprudelte sie. Es war ein schlichtes Kompliment, aber ein perfektes. Sie hätte an seinen Worten gezweifelt, wenn er sie »bezaubernd« oder »wunderschön« oder »hinreißend« genannt hätte. Aber »hübsch«? Das konnte sie ihm leidlich glauben. »Wirklich?«, forschte sie trotzdem. Es machte ihr nichts aus, es noch einmal zu hören.

»Sie sind der Inbegriff eines überaus anziehenden Mädchens vom Lande.« Sein Blick streifte hungrig ihren Körper und verweilte auf ihrem tiefen spitzenumsäumten Ausschnitt. »Sie wecken in mir den Wunsch, auf der Stelle einen Heuschober aufzusuchen.«

Sie errötete, wie es jedes vernünftige anziehende Landmädchen an ihrer Stelle vermutlich getan hätte.

Er gähnte. »Wie lange sind Sie schon auf den Beinen?«

»Eine Stunde. Vielleicht länger.«

»Und ich bin nicht aufgewacht?« Er runzelte die Stirn. »Bemerkenswert.«

Die Kammerfrau brachte ein Tablett mit ihrem Frühstück. Während Colin aufstand und seiner eigenen Toilette nachging, gönnte Minerva sich ein Festmahl aus weich gekochten Eiern, Butterbrötchen und heißer Schokolade.

»Haben Sie mir etwas aufgehoben?«, fragte er, als er ungefähr eine Viertelstunde später in den Raum zurückschlenderte.

Sie blickte auf und ließ ihren Löffel klappernd auf den Tisch fallen. »Also, das ist ungerecht.« Fünfzehn Minuten. Zwanzig höchstens. Und in der Zeit hatte er sich gebadet, rasiert und ein untadeliges Paar neuer Reithosen sowie ein steif gestärktes, blütenfrisches Hemd angezogen. Vielleicht war sie »hübsch« oder »anziehend«. Er hingegen sah fabelhaft aus.

Er rückte seine Manschetten zurecht. »Ich hebe hier stets ein paar Kleidungsstücke auf. Allerdings keinen Überrock, leider Gottes. Ich bin mit demselben geschlagen, den ich gestern trug.«

Es war gewiss schäbig von ihr, das gewissermaßen als Trost aufzufassen. Dennoch tröstete sie sich damit.

»Nun.« Er setzte sich ihr gegenüber und nahm sich eine dicke Scheibe Toast. »Zu letzter Nacht.«

Sie zuckte zusammen. »Müssen wir über letzte Nacht sprechen?«

Er butterte seinen Toast mit langsamen, gleichmäßigen Messerstrichen. »Ich denke, daran führt kein Weg vorbei. Die eine oder andere Entschuldigung ist sicherlich angebracht.«

»Oh.« Sie nickte und schluckte schwer. »Es tut mir aufrichtig leid, dass ich Sie übervorteilt habe.«

Er verschluckte sich an seinem Bissen Toast.

»Nein, wirklich«, fuhr sie fort. »Sie waren erschöpft und mehr als ein bisschen betrunken, und ich war ausgesprochen schamlos.«

Er schüttelte den Kopf und stieß einige unartikulierte Laute des Widerspruchs aus. Er spülte seinen Toast mit einem raschen Schluck Tee hinunter. »Minerva.« Er griff über den Tisch, um ihre Wange zu berühren. »Sie waren … eine Offenbarung. Glauben Sie mir, Sie haben absolut keinen Grund, sich zu entschuldigen. Die Schamlosigkeit war ganz meinerseits.« In seinen Blick mischten sich Zweifel und Besorgnis. »Ich denke nicht, dass wir diese Reise fortsetzen sollten, kleine Lady. Ich nahm mir fest vor, Sie wohlbehalten und unversehrt nach Schottland zu bringen. Aber wenn wir weiterhin ein Bett teilen, laufe ich ernsthaft Gefahr, Sie zu verletzen. Unwiederbringlich.«

»Wie meinen Sie das?«

Er hob eine Augenbraue. »Ich denke, Sie wissen, wie ich das meine.« Sie wusste es genau. Er meinte damit, dass er sie begehrte, mehr als jede andere Frau, die er in seinem ausschweifenden, vergeudeten Leben begehrt hatte – und er war sich nicht sicher, ob er sein Versprechen würde halten können, sie nicht zu verführen.

Ihr Puls raste. Vor Entzücken, vor Furcht. »Aber wir können jetzt nicht umkehren. Wir dürfen nicht unverrichteter Dinge aufgeben.«

»Es ist nicht zu spät«, erwiderte er. »Wir könnten noch heute Nacht wieder in London sein. Ich würde Sie in das Stadtpalais von Bram und Susanna bringen, und wir könnten erzählen, dass Sie ihr Gast gewesen sind. Es mag einiges an Gerede geben, aber wenn mein Cousin sich mit seinem Namen hinter Sie stellt, dann wird Ihr Ruf unbescholten bleiben.«

Sie starrte auf das Tischtuch. Der Gedanke, einfach umzukehren und nach Spindle Cove zurückzureisen, ohne jemals Edinburgh zu erreichen … Sie war darauf vorbereitet gewesen, ruiniert und entehrt zurückzukehren. Aber sie wusste nicht, wie sie damit leben konnte, *gescheitert* zurückzukehren. Und wie könnte sie ihr altes Leben wieder aufnehmen und schlicht so tun, als wäre nichts von alldem hier geschehen? Ausgeschlossen.

»Min …«

»Wir können es schaffen, Colin. Wir können Edinburgh rechtzeitig erreichen. Und ich vermag Sie in die Schranken zu verweisen, wenn es das ist, was Sie mit Sorge erfüllt. Ich werde mich darauf zurückbesinnen, ein besserwisserischer Blaustrumpf zu sein. Ich … Ich werde einen Knüppel unter meinem Kopfkissen verstecken.«

Er lachte.

»Wie dem auch sei, ich bin jetzt zufrieden. Meine Neugierde ist gestillt. Nach letzte Nacht bin ich sicher, dass ich alles gesehen habe, was es dort zu sehen gibt.«

Seine Stimme verdunkelte sich in einem erregenden Maß. »Glauben Sie mir. Sie haben nicht einen Bruchteil dessen gesehen, was ich Ihnen zeigen könnte.«

Oh, lassen Sie das. Erzählen Sie mir nichts dergleichen.

»Colin, bitte.« Sie schlug die Augen nieder, dann blickte sie ihn wieder an. »Denken Sie an das Geld. Bedenken Sie die fünfhundert Guineen.«

Er schüttelte den Kopf. »Es ist nicht das Geld, junge Dame.«

»Dann denken Sie an Francine.«

»Francine?«

»Denken Sie daran, was sie repräsentiert. Was, wenn es vor langer Zeit, lange bevor der erste Mensch je Atem schöpfte, überall Kreaturen gab wie sie? Gigantische Echsen, welche die Erde bevölkerten. Sogar durch die Lüfte flogen.«

»Ähm …«

Sie konnte sehen, dass er Mühe hatte, nicht laut loszulachen. »Ich weiß, Sie finden das belustigend, doch mir ist es damit ernst. Entdeckungen wie dieser Fußabdruck, sie verändern die Geschichte der Menschheit – oder zumindest unser diesbezügliches Verständnis. Und es gibt eine Vielzahl von Menschen, denen das nicht behagt. Geologen mögen langweilig erscheinen, aber wir sind die wahren Abtrünnigen.« Sie lächelte. »Ich weiß, Sie sind mit sehr vielen Frauen zusammen gewesen, aber Francine könnte das skandalöseste, ketzerischste Frauenzimmer sein, mit dem Sie jemals Ihr Schlafgemach geteilt haben.«

Darauf lachte er gutmütig.

Impulsiv fasste sie seine Hand. »Colin, bitte nehmen Sie mir das nicht fort. Es ist mein Traum, und ich bin bereits ein hohes Wagnis eingegangen. Ich würde lieber scheitern, als meine Chance zu verwirken.«

Er nahm einen tiefen Atemzug.

Sie ihrerseits hielt die Luft an.

»Halford steht nie vor Mittag auf«, bekannte er. »Wir sollten uns so bald als möglich davonmachen, um unangenehmen Fragen aus dem Weg zu gehen.«

Erleichterung durchdrang sie, warm und süß. »Oh danke!« Sie drückte seine Hand. »Aber wir haben kaum Geld. Wohin wollen wir gehen?«

Er biss in seinen Toast und kaute. Mit einem Achselzucken antwortete er schließlich: »Nach Norden.«

Es war wahrhaft erstaunlich, dachte sie, wie weit ein Mann einzig kraft seines Charmes zu reisen vermochte. Bis zum Vormittag hatte Colin Händlern und Bauern die eine oder andere Mitfahrgelegenheit abgeschwatzt und sie an einen Ort gebracht, von wo aus sie wieder zur Great North Road gelangten. Nachdem er kurz mit einem örtlichen Gutsbesitzer geplaudert hatte, schlenderte er zu Minerva zurück, die an einer Umzäunung auf ihn wartete. Er blinzelte sie durch das strahlende morgendliche Sonnenlicht an. »Er meint, er kann uns heute Nachmittag eine Fahrt nach Grantham anbieten, im Gegenzug für ein paar Stunden Arbeit am heutigen Morgen. Er lässt seine Knechte das Dach einer Hütte decken. Wenn wir helfen, will er uns später einen Platz in seinem Karren überlassen.«

»Eine Fahrt, den ganzen Weg bis nach Grantham? Das wäre wundervoll. Aber …«

»Aber was?«

Sie wiegte versonnen den Kopf. »Ich gehe davon aus, dass er nicht erkannte, dass Sie ein Viscount sind?«

»Ein Viscount? In solchen Kleidern?« Grinsend deutete er auf seinen staubigen, zerknitterten Überrock. Der Farbton des Stoffs war lediglich eine Erinnerung an das ursprüngliche tiefe Blau. Seine Stiefel waren seit Tagen nicht geschwärzt geworden. »Nie und nimmer. Er nimmt natürlich an, dass wir ganz gewöhnliche Reisende sind.«

»Aber …« Wie dies in Worte kleiden, ohne ihn in seinem Stolz zu verletzen? »Colin, haben Sie schon jemals ein Dach gedeckt?«

»Selbstverständlich nicht«, sagte er ausgelassen und half ihr, Francines Truhe über den Zaun zu heben. »Das ist meine große Chance.«

Sie schöpfte tief Atem. »Wenn Sie es so sagen.«

Sie überquerten ein Hopfenfeld, auf dem sich ordentliche Spaliere aus Pfählen mit frischgrünen Schösslingen reihten. Minerva konnte die Hütte in der Ferne erkennen. Mehrere Landarbeiter erkletterten Leitern, Bündel frischen goldenen Langstrohs zum Bedecken des Dachs in den Armen. Sie muteten wie Ameisen an, die über einen Teller ausschwärmten, der mit gelber Eiercreme gefüllt war.

»Hier.« Colin entledigte sich seiner Krawatte und schlang sie um die Pistole, ehe er beides in seine Rocktasche schob. Dann zog er seinen Rock aus und reichte ihn ihr. »Passen Sie darauf auf.« Dann gesellte er sich zu den Männern.

Minerva fand sich rasch einer Gruppe Mägde zugeteilt, die das Stroh sortierte und bündelte, sobald es mit Gabeln von dem Karren befördert worden war. Sie nahm an, dass, wenn sie eine überzeugende Missionarin oder Attentäterin sein konnte, sie auch in der Lage war, dies hier zu bewerkstelligen. Schließlich war sie es gewohnt, über lange Stunden mit ihrem Steinmeißel zu arbeiten.

Eine Stunde später schmerzte ihr Rücken, und ihre entblößten Unterarme waren von tausenden winzigen Kratzern übersät. Ihr Kopf fühlte sich aufgedunsen an von dem schweren, süßen Duft des Strohs. Sie war nicht sonderlich geschickt bei ihrer Arbeit, und sie konnte spüren, wie ihr Ablehnung von den anderen Frauen entgegenschlug. Dennoch wollte sie nicht aufgeben. Sie richtete sich für einen kurzen Moment auf, um ihr Rückgrat durchzudrücken. Mit einer Hand beschirmte sie ihre Augen, um unter den Männern nach Colin Ausschau zu halten. Da war er, nahe der Spitze des Dachs, wo er furchtlos zwei Strohballen festzurrte. Ohne einen Augenblick des Zögerns oder den kleinsten Hinweis auf ein Straucheln hielt er einen über zehn Fuß langen, schmalen Balken fest, während er ein frisches Bündel Stroh in Empfang nahm. Natürlich hatte er sich mit Leichtigkeit für diese Tätigkeit begeistern lassen – so wie er sich für alles begeisterte. Sie beobachtete ihn für eine längere Weile. Sah zu, wie er das Stroh zu einer dicken Lage schichtete und es mit einem Geflecht aus gespleißten Haselruten befestigte. Er hob ein Werkzeug mit flachem Kopf, das wie eine Kreuzung aus einem Striegel und einem Holzhammer aussah. Mit geschmeidigen, ausholenden Bewegungen seines Arms hämmerte er das Dachstroh an seinen Platz. Er hielt inne, um sich die Stirn zu wischen, und rief den anderen Arbeitern irgendetwas zu. Nach der Art, wie sie alle lachten, vermutete Minerva, dass es ein guter Witz gewesen sein musste. Sie fand sich hin- und hergerissen zwischen Bewunderung und Neid. Sie schien dazu verurteilt, als ewige Außenseiterin durchs Leben zu gehen, wohingegen es Colin gelang, sich überall rasch einzufinden. Doch zum ersten Mal betrachtete sie seinen Charme in einem anderen Licht. Nicht als Attitüde, ob nun gesellschaftlicher oder erotischer Art, sondern schlicht als Ausdruck seines wahren Selbst.

Er erblickte sie und hob eine Hand zum Gruß. »Halali!«

Sie konnte nicht anders, als zu lächeln, den Kopf zu schütteln und zu wispern: »Du hast einen Knacks im Oberstübchen.«

In der Tat!

Aufgeknackt traf es noch besser. Aus seinem Panzer herausgeschält. Wie amüsant. Er schalt Minerva fortwährend und drängte sie, ihren schützenden Käfig zu verlassen. Aber hatte nicht jeder einen Schutzpanzer? Eine harte äußere Schale, welche die weiche, verletzliche Kreatur darunter schützte? Vielleicht, sann sie, waren die Menschen Ammoniten ähnlicher, als man annehmen mochte. Vielleicht bauten auch sie Muschelgehäuse auf Basis eines beständigen, unveränderlichen Faktors – aufgrund irgendeines Merkmals oder Details, das sich in ihrer Jugend herausbildete. Jede Kammer in der Muschel war dabei lediglich eine Erweiterung der vorherigen. Jahr für Jahr wuchs sie, bis sie eine Art gewundenes Schneckenhaus bildete, in dem sie sich selber einschlossen. Colins Muschel war von einer Tragödie gestaltet worden. Der Tod seiner Eltern hatte die Form jener ersten schützenden Kammer bestimmt. Er hatte sie in Besitz genommen, war gewachsen, um die Form auszufüllen, erweiterte die erste Kammer um weitere düstere und bedrückende Räume. Aber was, wenn der Person an sich in diesen vielen hohlen, widerhallenden Segmenten gar keine Tragik innewohnte? Wenn es sich vielmehr um einen Mann handelte, der das Leben aufrichtig genoss und die Menschen liebte, der aber zufällig mit dem dramatischen Ableben beider Elternteile und einem dummen Fall von Schlaflosigkeit geschlagen war? Und wer war *sie* unter all ihren Schichten? Ein belesenes, absonderliches Mädchen, das nichts zu kümmern schien außer Fossilien und Steine? Oder eine mutige, abenteuerlustige junge Frau, die alles riskierte – nicht nur um wissenschaftlichen Ruhm zu erlangen, sondern auch um vielleicht eine winzige Chance auf die Liebe zu bekommen. Jene eine Person zu finden, die bestrebt war, sie zu verstehen und wertzuschätzen, und die zuließ, dass Minerva sie verstand und wertschätzte. Sie mochte es nicht abstreiten. In Spindle Cove hatte sie sich naiven Fantasien hingegeben, dass Sir Alisdair Kent dieser Mann sein könnte. Aber jetzt, im Rückblick, sah sie sich einer heiklen Wahrheit ausgesetzt. Wann immer sie sich eingebildet hatte, mit Sir Alisdair zusammen zu sein – ihm tief in die Augen zu blicken, die Anerkennung darin zu sehen, aber auch Begehren, Zuneigung und Vertrauen –, hatten jene Augen sie verräterisch an Bristol-Diamanten erinnert. Und sie wurden eingerahmt von einem kantigen Kinn und einem einzigen, zögerlichen Grübchen. Sie war zutiefst verwirrt. In naher Zukunft wollte sie – *musste* sie – Francines Fußabdruck mit der wissenschaftlichen Fachwelt teilen. Darüber hinaus wusste Minerva nicht recht, was sie sich ansonsten wünschte. Selbst wenn sie frei entscheiden könnte, welche Zukunft sie für sich ersehnte … Wie wollte sie es ertragen, wenn diese Zukunft sie nicht umgekehrt auch ersehnte?

Als das Dach fertig gedeckt war, versammelten sich die Arbeiter an langen Tischen aus Holzplanken zu einem einfachen Mittagsmahl. Minerva half den anderen Frauen, Körbe mit frischem Brot, Würsten und Hartkäse herumzureichen. Bier floss freigiebig aus einem Fass. Die allgemeine Stimmung wechselte schnell von ernsthafter Betriebsamkeit zu vergnügter Erwartung. Die Männer wuschen sich und zogen ihre Überröcke an, die Mägde entledigten sich ihrer Schürzen und woben einander Bänder ins Haar. Der Karren, der noch vor Kurzem mit Dachstroh überhäuft gewesen war, wurde ausgekehrt und mit einem kräftigen Gespann versehen.

»Unser Wagen wartet.« Colin reichte Minerva eine Hand. »Nach Ihnen.«

Er half ihr in das Fuhrwerk und lud die Truhe auf. Sie schob das Behältnis an das entfernte Ende der Holzbank, und sie setzten sich nebeneinander darauf. Minerva zog die Beine dicht an ihren Körper, Colin streckte seine aus. Francine behielt ihren Fuß in der Truhe.

»Es macht Ihnen nichts, im Wagen mitzufahren?«, fragte sie ihn.

Er schüttelte den Kopf. »Nicht solange er offen ist.«

Die anderen Landarbeiter drängten ebenfalls hinein, und eben bevor der hintere Wagenschlag verriegelt wurde, gesellte sich noch ein halbes Dutzend rosiger, quiekender Ferkel zu den Fahrgästen. Eines von ihnen fand den Weg auf Minervas Schoß, wo es mit seiner Schnauze akribisch in den weißen Falten ihres Überrocks herumwühlte, denn das schlaue kleine Geschöpf wusste, dass sie ein bisschen Käse von ihrem Mittagsmahl aufgehoben hatte.

»Fahren wir denn alle nach Grantham?«, wunderte Minerva sich laut, während sie das Schweinchen mit einem Stückchen Käse fütterte.

Die junge Frau, die ihr im Wagen gegenübersaß, starrte sie an, als wäre sie die heilige Einfalt in Person. »Es ist Markttag, das wissen Sie nicht?«

Ah. Markttag. Das erklärte die unterschwellige Aufregung – und die Ferkel.

Derweil das Fuhrwerk die Landstraße hinunterruckelte, drängten sich die Mädchen im Wagen aneinander und verschmolzen zu einem einzigen tuschelnden Knäuel. Sie flüsterten miteinander und warfen Colin und Minerva verstohlene Blicke zu.

Minerva war sich sicher, dass sie über ihre Beziehung zueinander rätselten und sich insgeheim fragten, ob dieser anziehende Fremde noch zu haben war oder nicht. Nach einer ganzen Weile weiteren Flüsterns und gegenseitigen Anstupsens schienen sie sich auf eine beherzt dreinblickende Brünette verständigt zu haben, die es herausfinden sollte.

»Nun, Mr. Sand«, hob sie an und lächelte. »Was führt Sie und Ihre Begleiterin auf den Markt von Grantham?«

Minerva hielt den Atem an und hoffte törichterweise darauf, nicht als seine Schwester vorgestellt zu werden, sondern als jemand anders – mehr in Richtung einer Geliebten.

»Geschäfte«, antwortete Colin leichthin. »Wir sind Zirkusleute.«

Zirkusleute?

»Zirkusleute?«, wiederholten mehrere Mädchen wie aus einem Mund.

»Ja, ganz recht.« Er fuhr sich lässig mit einer Hand durch das Haar. »Ich balanciere über das Seil, und meine Dame hier«, er legte einen Arm um Minerva und zog sie näher an sich heran, »ist eine erstklassige Schwertschluckerin.«

Oh mein Gott.

Minerva presste eine Hand vor den Mund und prustete hilflos in deren Innenseite. »Muss wohl von dem Strohstaub eingeatmet haben«, erklärte sie kurz darauf und wischte sich heimlich die Lachtränen aus den Augen. Sie lenkte ihren Blick zu Colin. Der Mann war ungebührlich schamlos. Ungehörig attraktiv. Und – oh Himmel – sie war nur noch einen Hauch davon entfernt, sich hoffnungslos in ihn zu verlieben.

»Eine Schwertschluckerin«, wiederholte die Brünette und warf Minerva einen argwöhnischen Blick zu.

»Oh ja. Sie hat eine seltene Begabung. Sie müssen es mir glauben, wenn ich es sage. Ich habe etliche Jahre in der Welt der Artisten zugebracht, und ich habe niemals jemanden gesehen, der es mit ihr hätte aufnehmen können. Sie hätten ihre Vorstellung am gestrigen Abend sehen müssen. Schlichtweg großartig, ich sag's Ihnen. Sie hat diese Art zu …«

Minerva stieß ihm hart ihren Ellbogen in die Rippen.

»Was?« Er fasste sie am Kinn und drehte ihr Gesicht zu sich. Seine Augen schienen vor Belustigung zu tanzen. »Wahrhaftig, Liebste. Du bist wirklich zu bescheiden.«

Angesichts seines warmen, zärtlichen Blicks fuhr ihr Kopf Karussell. Und dann küsste er sie. Nicht direkt auf den Mund, nicht direkt auf die Wange. Sondern geradewegs auf den Saum ihres Lächelns. Das Fuhrwerk traf auf ein Schlagloch in der Straße und riss sie auseinander. Minerva bettete ihren Kopf an seine Schulter und seufzte vor Glück.

Ringsum im Wagen seufzten die übrigen Frauen vor Enttäuschung.

Ja, liebe Mädchen. Geht, weint in eure Schürzen. Er ist in festen Händen. Für heute zumindest.

Minerva verwob ihre Finger mit Colins und drückte sie voller Dankbarkeit. Neben all den himmlischen Empfindungen, die er ihrem Körper so meisterhaft entlockt hatte, hatte er sie heute mit einem völlig neuen Gefühl bekannt gemacht. So fühlte es sich also an, beneidet zu werden.

»Nun«, erklärte die Brünette, »man weiß nie, wem man auf

der Great North Road begegnet, nicht wahr? Erst gestern erzählte mein Bruder, dass einer seiner Freunde sich die Zeit mit einem lange verschollenen Prinzen vertrieben hätte.«

Alle im Wagen lachten, ausgenommen Minerva. Colins Arm spannte sich fester um ihre Schultern.

»Nein, wahrhaftig«, fuhr das Mädchen fort. »Er war ein Prinz, aber er reiste in ganz gewöhnlicher Kleidung.«

Neben ihr schüttelte eine andere junge Frau den Kopf. »Dein Bruder spinnt mal wieder Geschichten zusammen, Becky. Stell dir vor, ein lange verschollener Prinz reist in Tarnung über diese Landstraße. Wozu tut er das? Will er etwa auf den Markt?« Sie kicherte. »Ich würde dieser Geschichte niemals Glauben schenken.«

»Ich weiß nicht.« Minerva lächelte stillvergnügt und kuschelte sich enger an Colin. »Ich könnte sie durchaus glauben.«

»Nun.« Die Brünette hob eine Augenbraue. »Wenn dieser Prinz existiert, dann sollte er besser hoffen, nicht mit den Freunden meines Bruders zusammenzutreffen. Die haben mit Seiner Majestät nämlich noch eine Rechnung zu begleichen.«

21

Grantham zu verlassen war an diesem Abend ein Ding der Unmöglichkeit. Nicht für die Liebe, für Geld, gigantische Echsen oder welcher Beweggrund auch immer Colin in dieser Hinsicht umtrieb. Jede Kutsche, jeder Wagen und Ponykarren in der Grafschaft musste eigens für den Markttag in die Stadt gekommen sein. Keines dieser Gefährte fuhr weiter.

Er kämpfte sich durch die dicht gedrängten Massen von Pferden und Fuhrwerken zurück zu der Stelle, wo er Minerva verlassen hatte. Als ein Wagen mit Käfigen voller Hühner an ihm vorüberrollte, erhaschte er durch das Gewirr aus weißen Federn einen Blick auf sie. Er verharrte wie gebannt mitten in seinen ausgreifenden Schritten. Er bewunderte sie.

Wie nicht anders zu erwarten, saß sie auf ihrer kostbaren Truhe, das Kinn in eine Hand gestützt. Sie hatte ihre Brille bis zur Nasenspitze hinuntergleiten lassen, sodass sie über die Gläser hinwegschauen konnte, wie es ihre Angewohnheit war, wenn sie etwas beobachtete, das weiter als ein Dutzend Schritte entfernt lag. Ihr langes Haar bauschte sich in bezaubernden Wellen um ihre Schultern, und die späte Nachmittagssonne verlieh ihm warme rötliche Reflexe. Selbstvergessen knabberte sie an ihrer vollen, süßen Unterlippe, und ihre Zehen wippten im Takt zu irgendeiner entfernten Musik. Sie war entzückend. Das stimmungsvolle Bild eines staunenden Landmädchens, das das Geschehen auf dem Markt in sich aufnahm.

»Nichts«, sagte er, als er zu ihr trat. »Vielleicht haben wir am späteren Abend mehr Glück.« Er warf einen Blick über seine Schulter auf den geschäftigen Platz. »In der Zwischenzeit können wir ebenso gut über den Markt bummeln.«

»Aber wir haben kein Geld.« Sie schob ihre Brille zurück auf die Nasenwurzel und hielt mit spitzen Fingern eine kleine Goldmünze hoch. »Dieser eine Sovereign muss den ganzen Weg nach Edinburgh reichen.«

Er nahm ihr die Münze aus der Hand und ließ sie in seine Brusttasche gleiten. »Gucken kostet nichts. Überdies werden wir später ohnehin etwas essen müssen. Aber wir werden bescheiden sein.«

»Ein bescheidenes Geschwisterpaar?«, fragte sie, indem sie ihn unter gesenkten Wimpern hindurch ansah. »Ein bescheidener Gentleman und seine Geliebte? Oder bescheidene Zirkusleute?«

»Bescheidene Verliebte.« Er reichte ihr eine Hand. »Nur für heute. Recht so?«

»Recht so.« Lächelnd legte sie ihre Hand in seine, und er zog sie auf die Füße.

Ah, die süße, unverhüllte Zuneigung in ihren Augen … sie wärmte ihm das Herz und krampfte es gleichzeitig aufs Heftigste zusammen. Ein besserer Mann würde dieses »Verliebten«-Spiel nicht mit ihr spielen, wenn er sehr wohl wusste, dass es zu nichts führte. Doch er war kein besserer Mann. Er war Colin Sandhurst, ein leichtfertiger, unbekehrbarer Draufgänger – und verdammt, er konnte nicht widerstehen.

Er wollte sich mit ihr amüsieren, sie verwöhnen, sie mit Süßigkeiten und delikaten Leckerbissen füttern. Ihr einen Kuss stehlen oder zwei, wenn sie es nicht erwartete. Er wollte ein unbesonnener junger Geck sein, der sein Mädchen auf den Markt ausführte. Mit anderen Worten, er wollte ehrlich leben. Für diesen einen Tag.

Er hob Francines Truhe hoch und trug sie auf seiner rechten Schulter, Minerva bot er seinen linken Arm an. Gemeinsam schlenderten sie durch die Menschenmengen und an der Kirche vorüber. Sie passierten die Reihen von Nutztieren, die zwecks ihrer Prämierung hergebracht worden waren, gaben den Schweinen und Rindern lustige Namen und debattierten, wer den Preis verdient hätte und warum.

»Hamlet muss das Preisband verliehen bekommen«, befand Minerva. »Seine Augen strahlen am hellsten, und seine Haxen sind die fettesten. Zudem ist er recht reinlich für ein Schwein.«

»Aber Hamlet ist ein Prinz. Ich war der Auffassung, Sie würden Ihre Gunst vornehmlich den Rittern schenken.« Er deutete mit seinem Zeigefinger auf ein anderes Borstenvieh. »Vielleicht ziehen Sie Sir Francis Bacon dort drüben vor. Der mit der dicken Speckschwarte.«

»Das dreckige Vieh, das sich grunzend im Schlamm wälzt?«

»Ich hatte es stets so verstanden, dass das Grunzen ein Zeichen für die Intelligenz eines Schweins ist.«

»Bitte!« Sie bedachte ihn mit einem bedeutungsschweren Blick. »Selbst ich habe gewisse Standards.«

»Gut zu wissen.« Und mit angehaltenem Atem ergänzte er: »Dergleichen dachte ich mir bereits.«

Sie wanderten entlang der Reihen von Marktständen, die eine fremdartige Auswahl von Waren feilboten, wie man sie nur in den englischen Midlands zu finden hoffen konnte – alles von Apfelsinen über goldbronzierte Uhren, französische Hauben bis hin zu parfümierter Stiefelschwärze. Colin wünschte, er könnte ihr von allem etwas kaufen, und entschied schließlich, einen Sixpence für ein Stück blaues Band auszugeben, das farblich mit ihrem Kleid harmonierte.

»Für den Fall, dass Sie den Wunsch haben, Ihr Haar zurückzubinden«, sagte er.

»Wünschen Sie, dass ich mein Haar zurückbinde?«

»Nein, mitnichten. Ich mag es, wenn Sie es offen tragen.«

Sie schüttelte den Kopf. »Sie sind absurd.«

Er machte reichlich Aufhebens darum, Entrüstung zu heucheln und den Gekränkten zu spielen. »Sie wissen anscheinend nicht, wie man ein Geschenk annimmt.«

»Ein Geschenk!« Sie lachte und stupste ihn in die Seite. »Sie haben es mit *meinem* Geld gekauft. Aber trotzdem vielen Dank.« Sie küsste ihn auf die Wange.

»Das gefällt mir schon besser.«

Für einen Schilling und ein paar zusammengekratzte Pennystücke erstand Colin ihr Nachtmahl – einen kleinen Krug frische Milch und zwei Fleischpasteten. Sie fanden einen freien Platz auf der Wiese und ließen sich zu beiden Seiten der Truhe nieder. Minerva breitete ihr Taschentuch als provisorisches Tischleinen darüber.

»Ich bin schrecklich hungrig«, gestand sie und schielte begierig auf das Essen.

Er reichte ihr eine von den Pasteten. »Dann langen Sie zu.«

Sie biss in die sichelartig geformte Pastete, versenkte ihre Zähne genüsslich in den vielen Schichten der knusprigen Kruste. Ihre Lider flatterten, sie erging sich in einem zufriedenen Stöhnen. »Oh Colin. Es schmeckt köstlich.« Sie fuhr mit der Zunge über ihre vollen, sinnlich gespitzten Lippen.

Er betrachtete sie, plötzlich außerstande, sich zu rühren oder zu reagieren. Wilde, animalische Lust überwältigte ihn, ergriff von ihm Besitz. Er *musste* diese Lippen wieder auf seinen spüren. Musste. Dies war nicht nur Ausdruck seiner besonderen Vorlieben. Es war *dringend* erforderlich. Sein Körper blieb beharrlich. Um seine Existenz auf dieser Erde fortzusetzen, benötigte er Folgendes: Nahrung, Wasser, ein Dach über dem Kopf, Kleidung und Minerva Highwoods Lippen.

Während sie einen Schluck Milch trank, schenkte sie ihm einen scheuen Blick durch ihre dunklen Wimpern hindurch – dann leckte sie sich abermals die Lippen.

Korrektur: Er brauchte Nahrung, Wasser, ein Dach über dem Kopf, Kleidung, Minerva Highwoods Lippen *und* … Minerva Highwoods Zunge. Erinnerungen an die Nacht zuvor blitzten vor seinem geistigen Auge auf. Er versuchte gar nicht erst, sie zu verdrängen. Nein, er ließ sie wach werden, nahm sich Zeit, jeden fleischlichen, erotischen Moment für immer in sein Gedächtnis einzubrennen. Jeder glückselige Moment musste aufgezeichnet werden, sodass er jene Szenen wieder durchleben konnte, in den Monaten und Jahren, die vor ihm lagen. Um sein *Verlangen* nach ihr zu stillen.

Diese Lippen. Diese Zunge.

»Wollen Sie denn gar nichts essen?«, erkundigte sie sich.

»Nein. Äh … doch.« Er zuckte mit den Schultern. »Meinethalben.« Er biss in seine eigene Pastete. Sie war gut und wohlschmeckend, noch warm aus dem Ofen. Er genoss es. Aber nicht annähernd so sehr, wie er es genoss, ihre Freude zu teilen. Wirklich bemerkenswert. Er hatte Geliebte mit Schmuck und venezianischer Spitze umworben, sie zu Opernaufführungen in die vornehmsten Logen des Theaters eingeladen, sie mit Austern und gezuckerten Beeren von silbernen Tabletts gefüttert. Indessen hatte er nie um das Wesen reiner, ehrlicher Freude erfahren, wie er sie hier und jetzt empfand – Fleischpasteten mit Minerva Highwood verspeisend, inmitten eines ländlichen Marktes.

Sie leckte ihre Finger sauber und legte den Kopf in den Nacken, um den Himmel zu betrachten. »Die Abenddämmerung wird bald hereinbrechen. Sollten wir nicht unser Glück versuchen, eine Mitfahrgelegenheit zu finden?«

»Ich teile Ihre Einschätzung.«

Sie hoben die Truhe mit Francine auf und trugen sie zwischen sich, derweil sie zu den Kutschenunterständen schlenderten. Unterwegs passierten sie eine Reihe von Ständen und Jahrmarktsspielen.

Ein kleines Mädchen zupfte an Colins Rockschoß. Sie wirkte verwahrlost, in ein flickenübersätes gelbes Kleidchen gehüllt, doch ihre Augen strahlten. »Wollen Sie und die Dame nicht die Zukunft vorausgesagt haben, Sir?« Das Mädchen deutete auf ein kleines Zelt, ein paar Schritte vor ihnen. »Meine Mutter deutet die Zukunft für einen Sixpence. Sie kann die Zukunft sehen, so klar, wie wenn man durch ein Glasfenster guckt. Sie wird Ihnen alles erzählen, was Sie erfahren wollen über Ihr Leben, die Liebe und zukünftige Kinder. Sogar den Tag von Ihrem eigenen Tod!« Letzteres piepste sie quietschvergnügt heraus.

Colin lächelte ihr zu und setzte die Truhe ab. »Nun, das ist ein verlockendes Angebot.«

»Colin, daran ist beileibe kein Denken«, flüsterte Minerva ihm ins Ohr. »Wir haben nur noch achtzehn Schillinge zu unserer Verfügung. Wir können nichts davon für Wahrsagerinnen vergeuden.«

Er wusste, dass sie recht hatte, aber irgendetwas an dem Zahnlückenlächeln des Mädchens rührte sein Herz.

»Wie ist dein Name, meine Kleine?«, fragte er das Mädchen.

»Elspeth, Sir.«

»Nun, Elspeth.« Er bückte sich zu ihr hinunter. »So leid es mir tut, aber wir können uns von deiner Mutter nicht die Zukunft weissagen lassen. Ich bin eine ziemlich zart besaitete Seele, weißt du. Ich bin mir nicht sicher, ob ich sie ertragen könnte, die Enthüllungen über meine künftigen Lieben und Kinder, geschweige denn den Zeitpunkt meines eigenen Todes. Also, warum sage ich stattdessen nicht deine Zukunft voraus?«

»Meine Zukunft?« Sie kniff ihre Augen in kindlichem Spott zu schmalen Schlitzen zusammen. Mit ihrer Zunge schob sie einen losen Vorderzahn vor und zurück. »Wie wollen Sie verfahren, mir meine Zukunft vorauszusagen?«

»Oh, das ist kinderleicht.« Colin angelte einen Penny aus seiner Hosentasche und drückte ihn dem Mädchen in die Hand. »Ich sehe eine Süßigkeit in deiner Zukunft.«

Elspeth grinste und schloss die Finger um die Münze. »Wie Sie meinen, Sir.«

Als sie fortlief, legte er eine Hand trichterförmig um seinen Mund und rief ihr nach: »Eine Süßigkeit, denk daran. Mach mich nicht zu einem Scharlatan. Hab Acht, dass du es nicht für anderes ausgibst.« Er wandte sich um und gewahrte, dass Minerva zu ihm aufsah.

»Ist es wahr«, fragte sie, »was Sie ihr gerade eben sagten?«

»Was sagte ich ihr denn gerade eben?«

»Dass Sie die Zukunft fürchten.«

Er zog den Kopf ein, als wollte er instinktiv einem Schlag ausweichen. Seine Gedanken drehten sich im Kreis. »Das habe ich nicht gesagt.«

»Sie sagten etwas ganz Ähnliches.«

Hatte er das? Nun, vielleicht ja. »Es ist beileibe nicht so, dass ich die Zukunft *fürchte*. Ich halte es einfach für besser, keinerlei Erwartungen an sie zu knüpfen. Erwartungen führen zu Enttäuschungen. Wenn Sie nichts erwarten, sind Sie ein ums andere Mal überrascht.«

»Aber Sie sind nie wirklich zufrieden. Sie erfahren niemals um die Freuden der Arbeit auf ein Ziel hin, das es zu erreichen gilt.«

Er seufzte schwer. Musste sie immer so höllisch scharfsichtig sein?

Wird es nicht ermüdend?, hatte sie ihn letzte Nacht gefragt, im Hinblick auf seine Lebensphilosophie des In-den-Tag-hinein-Lebens, Teufel-was-schert-mich-das-Denkens und Vergnüglich-geht-die-Welt-zugrunde-Glaubens. Ja, es wurde wirklich ermüdend. Colin beneidete Männer wie seinen Cousin, die ihr Verständnis von Pflichtgefühl und Verantwortung so scharf umrissen hatten, dass es auf der Schneide eines Rasiermessers Platz gefunden hätte. Männer wie Bram wachten jeden Morgen auf, mit klaren Vorstellungen, was sie erreichen wollten, warum und wie. Zum Henker, Colin beneidete die Männer, mit denen er an diesem Morgen zusammengearbeitet hatte, um das Dach einer Hütte zu decken. Und er beneidete Minerva um ihre wissenschaftliche Hingabe und ihre Entdeckungen. Mehr, als sie jemals zu ahnen vermocht hätte.

»Falls Sie mich danach fragen, ob ich nicht etwas Sinnvolles mit meinem Leben anstellen will …? Natürlich will ich das. Aber ich bin ein Viscount, junge Dame. Diesem Titel wohnt eine gewisse Verantwortung inne. Oder wird es zumindest, sobald ich endlich die Verfügungsgewalt über meine Konten erlange. Vorrangig besteht meine Aufgabe darin, am Leben zu bleiben und die Dinge nicht zu verpfuschen. Es ist mir nicht gestattet, mein Leben aufs Spiel zu setzen, indem ich ein Offizierspatent erwerbe oder um des Spaßes willen bei einer Piratenbande anheuere.«

»Sind Lords nicht gehalten, ihre Ländereien zu verwalten?«

»Wer sagt, dass ich das nicht tue?« Er warf ihr einen Blick zu. »Ob Sie es glauben oder nicht, ich verbrauche jeden Monat diverse Fässchen Tinte, um sicherzustellen, dass mein Anwesen trefflich verwaltet wird. Und ich trage meinen Teil dazu bei, dass es in einem hervorragenden Zustand bleibt, indem ich meinerseits meilenweit fortbleibe.« Er zuckte die Schultern. »Mir ist bekannt, dass einige Gentlemen intellektuelle Interessen entwickeln oder politische Ambitionen, um sich damit die Zeit zu vertreiben. Aber was soll ich sagen? Ich bin keine Koryphäe. Ich bin leidlich gut in Tausenden von Dingen, aber ich steche nirgends sonderlich hervor.«

»Ein Hansdampf in allen Gassen«, fügte sie hinzu.

»Nun, irgendetwas in der Art. Wenn ich wenigstens einen florierenden Handel hätte, doch dergleichen besitze ich nicht.«

Sie verstummten für eine längere Weile. »Sie haben Talente, Colin.«

Er bedachte sie mit einem verschwörerischen Augenzwinkern. »Oh, ich weiß, dass dem so ist.«

»Das ist es nicht, was ich meinte.«

»Schauen wir einmal. Ich bin gut im Schwindeln, im Zechen, als Galan und im Anzetteln von Tavernenraufereien.« Er blieb unvermittelt vor einem Stand mit Wurfspielen stehen. »Und das hier kann ich auch. Ich bin geschickt in Dingen wie diesen.« Er nahm einen der runden Filzbälle, warf ihn in die Luft und fing ihn mit einer Hand auf. Das Gewicht prüfend, rollte er ihn von seiner Handfläche zu den Fingerspitzen und wieder zurück.

»Wie sind die Spielregeln?«, fragte er die Frau hinter dem Tresen.

»Drei Pence für einen Versuch, Sir. Sie werfen den Ball in die Körbe.« Sie deutete auf einen großen Korb rechts vor ihr. Dahinter standen eine Reihe von ähnlichen Behältnissen aufgereiht, die zunehmend kleiner wurden. »Ein Treffer in den ersten Korb, und Sie gewinnen einen Apfel. Nächster Korb, eine Apfelsine. Dann Pfirsiche, Kirschen, Weintrauben.« Sie ging zum Ende der Reihe und deutete auf einen winzigen Weidenkorb, vermutlich kleiner als der Ball selber. »Treffen Sie in den letzten, haben Sie eine Ananas gewonnen – direkt von den Sandwich Islands.«

Was Sie nicht sagen. Colin grinste breit. Die schrumpelige, welke Ananas in der Auslage sah aus, als käme sie aus dem Gewächshaus eines Obstzüchters und hätte eine mehrwöchige Reise durch die englischen Grafschaften hinter sich. Mühelos durchschaute er, wie das Spiel funktionierte. Im Wesentlichen legten die Spieler drei Pencestücke für einen Apfel hin. Wenn sie über ein wenig Geschick verfügten, bekamen sie auch einmal eine Apfelsine. Zweifelsohne hatte noch nie jemand die Ananas gewonnen. Er legte drei Pence auf den Tisch. »Ich werde einen Versuch wagen.«

Den Apfel gewann er mit Leichtigkeit, wie nicht anders zu erwarten. Er reichte die glänzende runde Frucht an Minerva weiter, die auf der Gepäcktruhe Platz genommen hatte. »Greifen Sie zu«, drängte er. »Das Leben ist unvorhersehbar. Lassen Sie ihn sich schmecken.« Zu dem Zeitpunkt, als er die Orange und drei schöne reife Pfirsiche für sie gewonnen hatte, hatte Colin eine kleine Gruppe von Kindern um sich geschart. Als er seinen Wurf für die Kirschen abschätzte, warf er einen Blick zur Seite und folgerte auf Anhieb, wo sie hergekommen waren. Klein-Elspeth hatte sich zu Minerva auf die Truhe gesellt. Pfirsichsaft tropfte von ihrem Kinn, als sie seitlich in die Frucht biss, um ihren lockeren Zahn zu schonen. Offenbar hatte ihr der Penny für das Zuckerwerk nicht gereicht. Sie war zurückgekehrt, weil sie auf mehr spekulierte, und hatte gleich ihre sämtlichen Spielgefährten mitgebracht. Als er abermals geworfen und gewonnen hatte, reichte Colin das Netz Kirschen an Minerva weiter, damit sie die Früchte weiterverteilen konnte. »Für jeden eine«, rief er den versammelten Jungen und Mädchen zu. »Und hütet euch! Mit den Kernen wird nicht in der Gegend herumgespuckt!«

Angesichts des Jubels, der sich erhob, hätte man meinen können, er hätte Goldmünzen verteilt.

Minerva wurde von allen Seiten bedrängt und angerempelt, doch sie schenkte ihm ein strahlendes Lächeln, als sie das Netz öffnete. »Möchten Sie nicht auch eine?«

Er schüttelte den Kopf. Ihr Lächeln – ehrlich und bezaubernd – war die köstlichste Belohnung, die er sich vorzustellen vermochte.

»Die Trauben als Nächstes!«, rief ein Junge. »Menschenskind, ich hab noch nie eine Traube gekostet. In meinem ganzen Leben nicht.«

Die beleibte Marktfrau hinter dem Tresen verschränkte ihre Arme. »Gierige kleine Lumpen. Packt euch. Er wird die Trauben nicht gewinnen.«

»Wir werden sehen.« Colin rollte den wollenen Ball in seiner Hand, bereitete sich auf seinen Wurf vor. Der Korb, den er treffen musste, befand sich ungefähr zehn Schritte von ihm entfernt und hatte in etwa die Größe eines Untertellers. Wenn er zu fest auftraf, würde der Ball über den Korbrand springen. Der beste Wurf war in einem hohen Bogen, indem er den Ball steil nach oben schickte, damit er dann in gerader Linie nach unten fallen konnte. Er warf den Ball hoch in die Luft. Die Kinder hielten den Atem an. Und wenige Augenblicke später reichte Colin Trauben mit burgunderroten Beeren herum. Sie waren voller Kerne und ein bisschen verschrumpelt. In einigen Fällen auf halbem Wege, Rosinen zu werden. Doch ein Junge, der noch nie zuvor eine Weintraube geschmeckt hatte, hätte sich nicht zu beschweren gewusst. Die Kinder stopften sie sich in den Mund und machten einen Wettstreit daraus, sich gegenseitig mit Ausrufen der Verzückung zu übertreffen.

»Die Ananas!«, riefen sie als Nächstes und hüpften dabei wild auf und nieder. »Gewinnen Sie uns die Ananas!«

Colins Mundwinkel verzogen sich zu einem schiefen Grinsen. Der Ananaskorb schien nach seinem Augenmaß die Größe einer Teetasse zu haben. Er war sich nicht sicher, ob er aus dieser Entfernung zu treffen war, geschweige denn ob der Filzball überhaupt hineinpasste. »Schraubt eure Erwartungen nicht zu hoch, Kinder.«

»Oh, aber ich habe von Ananas geträumt.«

»Meine Mutter ist eine Kammerfrau. Sie hat sie probiert. Sagt, sie schmecken wie Ambrosia.«

»Sie können es schaffen, Sir!«, rief Elspeth.

Colin warf den wollenen Ball zu dem vorwitzigen Mädchen. »Reib ihn in deiner Hand, damit er mir Glück bringt, Kleine.«

Lächelnd gehorchte sie und reichte ihn zurück.

Er bedachte Minerva mit einem Augenzwinkern und einem Achselzucken. »Hier wird sich wohl wenig machen lassen.« Dann nahm er den Korb ins Visier, holte aus … und warf den Ball.

22

Als der Filzball durch die Luft sauste, fassten sich die hoffnungsfrohen Kinder krampfhaft an den Händen und hielten den Atem an. Minerva war fast ebenso aufgeregt. Dabei machte sie sich nicht einmal viel aus Ananas. *Geh rein,* flehte sie. *Geh rein.*

Er ging nicht hinein. Als der Ball vom Rand des Korbs abprallte und zu Boden rollte, konnte sie nicht anders, als in das Stöhnen aller der Enttäuschung mit einzustimmen.

Colin fuhr sich achselzuckend mit einer Hand durch sein Haar. »Tut mir leid, Kinder. Ich tat mein Bestes.« Er trug die Niederlage mit Sportsgeist. Ein guter Verlierer, wie stets. Gleichwohl konnte sie ihm anmerken, dass er nicht minder enttäuscht war. Nicht weil er in seinem Stolz getroffen war, sondern wegen der Kinder. Er wollte ihnen ein vergnügliches Erlebnis bieten, an das sie sich gern erinnerten, und wer konnte ihm das verdenken?

Alle finanzielle Vorsicht und Genügsamkeit beiseitewerfend, schob Minerva sich zu dem Tisch durch und wandte sich an die Standbetreiberin. »Wie viel wollen Sie für die Ananas haben? Reichen Ihnen drei Schillinge?«

Die Augen der Frau blitzten vor Habgier, derweil ihr Mund eine grimmig verkniffene Linie bildete. »Sie steht nicht zum Verkauf.«

»Dann werde ich einen Versuch unternehmen.« Ein gut gekleideter junger Gentleman trat an den Tresen. Er wirkte wie die ländliche Version eines Dandys – vermutlich der Sohn irgendeines Landjunkers, der mit einer großzügig bemessenen Summe Taschengelds und einem überbordenden Selbstwertgefühl auf den Markt losgelassen worden war. Er wurde von zwei Freunden flankiert, beide erkennbar erpicht darauf, sich zu amüsieren.

»Tut mir leid, Gentlemen.« Die kräftige Frau verschränkte die Arme unter ihrem Busen. »Dieser Stand ist geschlossen.«

»Wie schade«, sagte der geckenhafte junge Herr, während er Colin mit einem herablassenden Blick taxierte. »Es würde mich außerordentlich freuen, diesen Burschen hier auszustechen.« Seine Freunde lachten.

Mittlerweile scharten sich die Kinder um Colin, als wäre er einer von ihnen, und sie müssten zu seiner Verteidigung eilen. Es war unbeschreiblich entzückend.

»Wohlan«, sagte Colin, seine Stimme troff vor zuckriger Liebenswürdigkeit, »ich heiße Sie zu einem Versuch willkommen. Wenn es ein Wettstreit um Treffsicherheit ist, worauf es Ihnen ankommt, so lässt sich dies arrangieren. Mit Zielen und Pistolen, wäre Ihnen das genehm?«

Aufgeregtes Flüstern erhob sich unter der versammelten Kinderschar. Offenbar war die Aussicht auf ein Wettschießen wohltuender Balsam auf ihre enttäuschten Ananas-Träume.

Der junge Mann musterte Colin von oben bis unten und feixte selbstgefällig. »Ich warne Sie, ich bin der beste Schütze in der Grafschaft. Wenn Sie jedoch darauf beharren, wäre ich erfreut, Ihnen eine Schlappe beizubringen.«

»Dann sollte es Sie nicht minder erfreuen, mein Geld zu nehmen. Lassen Sie uns darauf eine Wette abschließen.«

»Absolut. Nennen Sie Ihren Einsatz.«

Colin wühlte in seinen Taschen, und in Minervas Kopf schrillten sämtliche Alarmglocken. Er mochte ein exzellenter Schütze sein, aber gewiss würde er nicht *all* ihr Geld riskieren, oder?«

»Fünf Pfund«, sagte Colin.

Fünf Pfund?

»Fünf Pfund«, wiederholte der junge Gentleman.

Minerva wusste sich keinen anderen Rat. Sie trat an seine Seite und flüsterte: »Fünf Pfund? Sind Sie ohne Verstand? Wo wollen Sie denn diese fünf Pfund hernehmen?«

»Hier.« Aus seinem Innenfutteral zog Colin ein kleines gefaltetes Rechteck aus Papier. »Das fand ich eben in der Innentasche meines Jacketts. Muss sich seit Monaten dort befunden haben. Ich hatte es vergessen.«

Sie faltete das Papier auseinander und rückte ihre Brille zurecht. Es war in der Tat eine Banknote über fünf Pfund. Die ganze Zeit hatte sie gegrübelt, wie sich ihre Schillinge und Pence strecken ließen, während er ganze fünf Pfund in seiner Tasche mit sich getragen hatte. Dieser unsägliche Schuft. »Sie dürfen dieses Wagnis nicht eingehen«, wisperte sie. »Es ist …«

»Es ist eine Wette.« Der Dandy zog seine Geldbörse und schüttelte fünf einzelne Sovereignstücke heraus. Er drückte sie Minerva in die Hand. »Fünf Pfund.«

Heilige Mutter Maria. Sie hatte kein gutes Gefühl bei dieser Sache.

Sie bildeten eine wahrhafte Prozession, als die gesamte Gruppe zum Rand des Marktplatzes marschierte, wo sich ein

Wettschießen gefahrlos durchführen ließ. Die Dämmerung breitete sich bereits aus, um die Zeit, als ein strohgestopftes Ziel aufgestellt war und sich eine beträchtliche Menge Zuschauer eingefunden hatte – neben den Kindern auch zahlreiche Erwachsene.

»Jeder hat einen Schuss«, erklärte der vor Selbstbewusstsein strotzende Dandy und deutete mit einem Nicken auf die Zielscheibe, die inmitten eines frisch gepflügten Feldes stand. »Wer der Mitte am nächsten kommt, gewinnt.«

»Klingt fair«, sagte Colin. »Sie zuerst.«

Der jüngere Mann machte eine Schau daraus, seine kostspielige, auf Hochglanz polierte doppelläufige Waffe zu reinigen und zu laden. Es war eine Finch-Pistole, bemerkte Minerva mit einiger Belustigung. Ihre Freundin Susanna hätte sich darüber köstlich amüsiert. Mit Protz und Prunk sowie einer übergebührlichen Aura der Feierlichkeit hob der Dandy von eigenen Gnaden schließlich seine Waffe und feuerte seinen Schuss ab. Ein dunkler Kreis erschien auf der Zielscheibe, mehrere Zentimeter links der Mitte. Er akzeptierte den spärlichen Applaus mit einer Verbeugung.

Minerva rollte mit den Augen. Die Damen von Spindle Cove vermochten besser zu schießen als dieser Einfaltspinsel. Und Colin gewiss auch.

Anders als erwartet, unternahm Colin nicht den Versuch der Effekthascherei. Er streifte kurzerhand seinen Rock von den Schultern und strich sich mit einer Hand über das gewellte Haar. Diese beiden kleinen Gesten waren genug, ihn zum Begehr einer jeden umstehenden Frau zu machen, zum Neidobjekt für jeden Mann und zum Idol sämtlicher anwesender Kinder.

Gütiger Himmel, er war schön wie ein Adonis. Minerva war so hingerissen von seinem attraktiven Äußeren, dass sie gleichsam vergaß, in Furcht und Schrecken zu geraten. Ehe sie sich versah, war er vorgetreten, hatte seine Pistole gezogen und seinen Schuss abgefeuert. Als der Rauch sich lichtete, riss sie sich die Brille von der Nase, um auf die Zielscheibe zu starren. Mitten ins Schwarze, ohne jeden Zweifel.

Die Kinder jauchzten und johlten ausgelassen. Ein paar von den älteren Jungen versuchten erfolglos, Colin zu Ehren des Sieges auf ihre Schultern zu heben.

Minerva schloss die Finger um das kleine Vermögen in ihren Händen. Zehn Pfund. Zehn Pfund veränderten *alles*. Jetzt durfte sie wieder hoffen, was ihren Zeitplan betraf. Sie würden es bis nach Edinburgh schaffen, Francine würde ihren großen Tag haben. Als Colin sich aus dem Gewirr der jubelnden Kinder löste und sich grinsend zu ihr umwandte … Oh, sie hätte ihn küssen mögen. Gleich hier vor all diesen Leuten.

Doch der besiegte Dandy wollte ihn als Erstes zur Rede stellen. »Sie sind ein Betrüger.« Der junge Mann schien Colin in Grund und Boden starren zu wollen. »Ich weiß nicht, welche Art von Schwindler Sie sind, aber mein Vater ist der oberste Richter in dieser Gegend. Ich denke, er wird gehalten sein, eine Anhörung mit Ihnen durchzuführen. Und diese Fünfpfundnote wird als Beweisstück dafür nötig sein. Gewiss haben Sie sie gestohlen.«

Lässig trat Colin einen Schritt zurück und schob die Arme in die Ärmel seines Rocks. »Ich will keinen Ärger.«

Der Freund des Mannes trat vor und ballte eine Faust. »Nun, den haben Sie jetzt aber.«

Minerva wusste, dass Colin es in einem Faustkampf mit Leichtigkeit mit einem oder zwei der jungen Gecken aufnehmen könnte. Doch wenn der Dandy tatsächlich Sohn eines Richters war, wäre eine Rauferei eine überaus schlechte Idee. Und mussten sie wirklich fortwährend im Zuge mutwilliger Gewalt und Chaos von Orten fliehen? Konnten sie nicht wenigstens dieses eine Mal mit zehn Pfund in ihren Taschen und einer gewissen Beschwingtheit in den Schritten davonschlendern? Nur dieses eine Mal?

»Hören Sie«, erklärte Colin und klopfte den Männern nacheinander auf die Schulter. »Vielleicht haben Sie recht, und es war nicht unbedingt sportlich von mir. Aber wir können diese Angelegenheit sicherlich regeln, ohne richterliche Beamte einzuschalten. Wie wäre es damit – einzig zum Beweis, dass ich ein anständiger Kerl bin, will ich Ihnen Gelegenheit geben, alles zurückzugewinnen. Das Doppelte oder gar nichts.«

Das Gesicht des Dandys verzog sich zu einer höhnischen Grimasse. »Wenn Sie denken, dass ich mich darauf einlasse …«

»Nein, nein«, unterbrach Colin in einem gefassten und versöhnlichen Ton. »Nicht Sie und ich. Wir werden unsere Sekundanten das Wettschießen durchführen lassen. Ihr Mann hier«, Colin tippte dem Freund auf die Schulter, »gegen mein Mädchen.« Er blickte zu Minerva.

Oh nein, Colin, tun Sie mir das nicht an.

»Gegen Ihr *Mädchen*?« Der Dandy lachte einfältig.

»Sie wird dafür sogar ihre Brille abnehmen.« Colin hob die Handflächen zu einer beschwichtigenden Geste. »Ich sagte Ihnen bereits, dass ich mitnichten Ärger haben will. Sie können mich in Ketten abführen und in den Kerker werfen, aber damit werden Sie nicht reicher. Auf der anderen Seite könnten fünf Pfund für Sie herausspringen.«

Der Dandy drückte sein Rückgrat durch und grinste. »Also gut, meinethalben. Wie Sie es sagen.«

»Doppelter Einsatz oder gar nichts.« Colin rief Elspeth zu sich. Er umschlang ihre Taille und setzte sie auf die Umzäunung. »Klein-Elspeth hier wird das Geld verwahren.« Er nahm die zehn Pfund von Minerva und legte sie in die Hände des Mädchens.

Der junge Gentleman durchwühlte seinen Geldbeutel und borgte sich ein paar Pfundmünzen von seinen Freunden. Schließlich hatte er seinen Einsatz zusammengekramt und überreichte ihn der strahlenden Elspeth, die alles in ein Taschentuch knotete. Er reichte die Pistole seinem eifrigen Begleiter, der sich rasch als ebenso mittelmäßiger Schütze erwies. Er traf die Zielscheibe, jedoch recht weit von der Mitte entfernt.

Nun war Minerva an der Reihe. Ihre Nerven schlugen wahre Kapriolen in ihrem Innern.

»Gewähren Sie mir einen kurzen Aufschub«, sagte Colin zu den Herren und lächelte verbindlich. »Lassen Sie mich ihr zeigen, wie das Schießeisen funktioniert.«

Die Männer lachten herzlich, als Colin seine Sekundantin nach vorn zu der Markierung für den Schützen winkte.

»Colin, was dachten Sie sich dabei?«, wisperte sie, vor Angst bebend. »Was habe ich mit alledem zu tun?«

»Sie werden schießen. Und Sie werden ganz ohne Zweifel das Ziel treffen – mitten ins Schwarze.« Mit einem zuversichtlichen Lächeln nahm er ihre Brille, klappte sie zusammen und steckte sie in seine Rocktasche. Dann legte er die frisch geladene Pistole in ihre Hand. Er trat hinter Minerva, schlang seine Arme um ihre und hob die Waffe, als lehrte er sie zu schießen. »Nachdem Sie Ihren Schuss abgegeben haben«, raunte er an ihrem Ohr, »schnappen Sie sich das Beutelchen von Elspeth, ich werde mich Francines annehmen. Dann werden wir losstürmen, so schnell wir können, durch diese Gasse dort drüben.« Er deutete mit der Pistole seitwärts, um ihr die Richtung zu weisen. »Halten Sie auf gar keinen Fall an. Auch nicht, um einen Blick zurückzuwerfen. Ich werde Sie einholen, versprochen.«

Sie lehnte sich zurück, kostete die tröstliche Berührung aus, die seine Körperkraft und Wärme spendeten. »Aber … was, wenn ich das Ziel verfehle?«

»Sie werden es nicht verfehlen.« Er drückte einen Kuss auf ihr Ohrläppchen, dann trat er zurück und ließ ihre Arme los. »Und jetzt schießen Sie. Machen Sie mich stolz.«

Minerva richtete die Pistole auf die Zielscheibe und ließ ihren Augen Zeit, sich zu fokussieren. Ihr Hände zitterten. Sie versuchte, sich all der Tipps zu entsinnen, die Susanna und Miss Taylor ihr gegeben hatten. Wie alle Spindle-Cove-Ladys hatte sie gelernt zu schießen, aber ihre Treffsicherheit war nie sonderlich beständig gewesen. Ihre Mutter hatte kein Geheimnis daraus gemacht, dass sie Minervas Teilnahme an dieser Aktivität lachhaft fand. *Ein nahezu blindes Mädchen, mit einer Pistole bewaffnet?*, würde sie sicherlich anmerken. *Gute Güte, die Herren halten dich ohnehin bereits auf Abstand. Es besteht nicht die geringste Veranlassung, sie überdies mit Waffengewalt abzuschrecken.* Minerva atmete tief durch, bemüht, den Klang des Gelächters in ihrem Rücken – und die Stimme in ihrem Kopf – auszublenden. »Francine«, wisperte sie, »dies ist für dich.« Gerade als sie im Begriff war, den Hahn zu spannen, erhob sich eine Stimme über das erwartungsvolle Schweigen der Menge, die Minervas Finger am Abzug gefrieren und das Blut in ihren Venen zu Eis erstarren ließ.

»Das ist er, gleich dort!«

Nein. Das konnte nicht sein.

»Schnappt ihn euch, Männer!«, brüllte die Stimme. »Da ist er! Es ist Prinz Ampersand of Crustacea!«

In ihrer Verwirrung senkte Minerva die Waffe und blickte zu Colin.«

»Schießen Sie«, forderte er, sein eindringlicher Blick ein stummer Befehl. »Jetzt!«

»In Ordnung.«

Mit plötzlich eiskalter Sicherheit hob Minerva ihre Arme, zielte und feuerte die Pistole ab. Ohne innezuhalten, um zu sehen, wo ihr Schuss in der Zielmarkierung eingeschlagen war, schnappte sie sich das Beutelchen von Elspeth und gab Fersengeld. Der ausgelassene Jubel des Triumphs vonseiten der Kinder verriet ihr alles, was sich zu wissen lohnte. Was sie bereits geahnt, intuitiv gespürt hatte. Sie hatte mitten ins Schwarze getroffen. Genau wie Colin es vorhergesagt hatte. Stillvergnügt in sich hineingrinsend, duckte sie den Kopf, spannte Arme und Beine an und rannte die Gasse hinunter. Ihr Atem und Herzschlag waren so laut, dass sie die Geräusche ihrer eigenen Stiefel kaum wahrnahm, die über das unebene Pflaster klackerten. Aber bald vernahm sie ein zweites Paar Schritte hinter sich. Sie wagte nicht, langsamer zu werden oder sich umzudrehen, um sich zu vergewissern, ob sie zu Colin gehörten. Sie lief unbeirrbar weiter, als wäre ihr der

Leibhaftige auf den Fersen. Und sie erkannte, derweil sie die wahnwitzige Flucht durch die Gasse fortsetzte – mit einer Hand eine glutheiße Pistole umklammernd, in der anderen eine Faust voll Geld –, dass dies sicherlich einen Wendepunkt in ihrem Leben darstellte. Fürwahr, dieses Mal gab es keinen Weg zurück. Heute hatten sich sämtliche Einschätzungen ihrer Mutter als falsch erwiesen. Sie war nicht hässlich, sondern hübsch. Sie war nicht zerstreut und sonderbar, sondern selbstbewusst und eine exzellente Schützin. Vor allem aber war Minerva nicht hoffnungslos. Sie besaß zwanzig Pfund. Sie hatte eine bedeutsame wissenschaftliche Entdeckung gemacht. Und sie hatte Colin, seines Zeichens der attraktivste und charmanteste Teufel in ganz England, der ihr auf den Fersen folgte. Abgesehen von den auf Lösegeld sinnenden Straßenräubern und dem wutentbrannten Sohn eines Richters, die sie verfolgten, war das Leben noch nie so schön gewesen.

»Diese Richtung«, rief Colin, als er sie nahe der Stadtgrenze überholte. Er trug Francines Truhe in den Armen und lief voraus, bog in eine andere Gasse ab.

Sie stürmten den finsteren, verwinkelten Pfad entlang, bis sie zu einem Torbogen gelangten, der durch die steinerne Einfriedung des Kirchhofs und hinaus aufs freie Feld führte. Francine nun wieder zwischen sich, liefen sie in den Sonnenuntergang. Erst als sie zwei Weiden passiert, ein verfallenes Gewölbe umrundet und einen Hügel erklommen hatten, hielten sie inne, um wieder zu Atem zu kommen und einen Blick zurück zu wagen. Weit und breit war niemand zu entdecken.

»Wie ist Ihnen die Flucht geglückt?«, fragte sie.

»Mithilfe von Elspeth und ihrer Bande. Sie sorgten für Ablenkung. Aber wir sind noch längst nicht in Sicherheit.«

Schwer atmend, nickte er zu einer nahegelegenen Hütte. »Dorthin.«

Von einem anständigen Wohnquartier konnte keine Rede sein. Es war lediglich eine beengte Schutzhütte für Schafhirten, die dort schliefen, wenn ihre Herde auf diesen Weiden graste. An diesem Abend war sie leer. Vermutlich waren sämtliche Schafe irgendwo in einen Pferch gesperrt worden, damit die Schäfer an dem bunten Markttreiben teilnehmen konnten. Colin musste sich bücken, um sich durch den niedrigen Eingang zu zwängen. Im Inneren fanden sie lediglich eine kleine Kochstelle, eine Lampe, mehrere Haken und diverses Gerät für den Schafhirten … sowie eine schmale Pritsche.

Ihr Atem weiterhin aufgewühlt von den Anstrengungen der Flucht, entdeckte Minerva einen Flintstein und zündete die Lampe an. »Möchten Sie irgendetwas über mich erfahren?« Als das gelbe Licht den Raum erwärmte, richtete sie ihren Blick auf Colin. »Heute ist mein Geburtstag.«

Er lachte. »Wirklich?«

»Nein. Nicht wirklich.« Sie kicherte ausgelassen. »Aber wenn es so wäre, wäre es der beste, den ich je hatte. Colin, Sie waren unglaublich.«

»Und Sie waren großartig.« Er fasste sie bei der Taille. Seine Brust hob und senkte sich mit einem vernehmbaren Seufzen. »Sie *sind* großartig.«

Seine Worte des Lobes ließen sie auf eine angenehme Weise erschauern. Kaum dass er sie an sich zog, schob sich ein eigentümlich weiches, rundes Hindernis zwischen ihre Leiber.

Verblüfft runzelte er die Stirn.

»Oh«, sagte sie lachend. Sie trat einen Schritt zurück, fischte das leidlich zerdrückte Hindernis aus der Tasche ihres Überkleids und hielt es ihm hin. »Ich habe Ihnen einen Pfirsich aufgehoben.«

Er blickte auf den Pfirsich. Dann wieder zu ihr.

»Minerva.«

Ein ahnungsvolles Prickeln erfasste ihre Haut, jeden Zentimeter davon. Der Hunger in seinen Augen, das schwelende Feuer zwischen ihren Leibern … dies war keine Lektion oder ein Experiment, um wissenschaftliche Neugierde zu befriedigen. Es war mitnichten eine Vortäuschung falscher Tatsachen. Dies war *real.*

Er neigte seinen Kopf mit unendlicher Langsamkeit, als koste er jeden Augenblick bis zuletzt aus, bis sie nach ihm greifen, sich nach ihm strecken wollte, seine Berührung mit jeder Faser ihres Körpers herbeifieberte. Bis seine Hand schließlich zu ihrem Nacken glitt, um ihn zu umschließen und ihren Mund mit einem langen leidenschaftlichen Kuss zu erobern.

Sie ließ den Pfirsich aus ihren Fingern auf den strohbedeckten Boden fallen, um ihre Hände mit Colin zu füllen. Sie küssten und drängten sich aneinander, verschlangen ihre Zungen und verwoben ihre Finger in den Haaren des anderen. Es schien, als könnten sie nicht genug voneinander bekommen – nicht tief genug küssen, Haut nicht innig genug an Haut schmiegen. Ihre Brustknospen verhärteten sich zu festen Steinchen. Sie spürte die harte Wölbung seiner Erektion, die gegen ihren Schoß drückte. Und ihr Verstand erfasste allmählich, was ihre Körper bereits wussten. Es gab nur einen Weg, dieses Verlangen zu stillen. Nur ein Mittel, die Nähe zu erreichen, die sie sich beide so sehr ersehnten.

»Minerva.« Er ließ seine Zunge von ihrer Kehle zu ihrem Ohr wandern. »Ich wünsche mir, Sie zu lieben.«

Allein seine Worte … jene kühne, unmissverständliche Absichtserklärung … entzündeten ein Feuer in ihr. Heiß, machtvoll, verzehrend. Es gab Dutzende von Gründen, aus denen sie ihn hätte abweisen können. Doch waren es sämtlich die Gründe anderer. Ihrer Mutter, ihrer Angehörigen, der herrschenden Gesellschaft. Aber sie hatte all jene Bedenken und Einwände lange hinter sich gelassen. Wenn Minerva sich selber zu Rate zog, hatte sie keinerlei Zweifel. Ihr Körper sehnte sich danach, seine Haut an ihrer zu spüren. Ihre beständige Neugier und ihr wacher Verstand fieberten darauf, physische Leidenschaft mit ihm zu erfahren. Und ihr Herz … Oh, ihr Herz gehörte ihm bereits.

Seine Hände glitten zu den verknoteten Bändern ihres Überkleids. Mit geschickten Bewegungen löste er die Schleifen und befreite Minerva von dem Kleidungsstück. Darauf widmete er sich der Reihe von Verschlusshaken in ihrem Rücken. Seine Stimme wurde rau vor Verlangen. »Ich gab Ihnen mein Wort, dies nicht zu tun. Himmel, ich versprach mir selber hoch und heilig, dass ich dies nicht tun würde. Aber ich kann nicht anders, Minerva. Ich begehre Sie so sehnsüchtig.«

Sie hauchte Küsse auf seinen Hals und drängte sich mit ihrem Körper an seinen, in dem Ansinnen, ihn spüren zu lassen, wofür sie keine Worte fand. Um ihm zu zeigen, dass sie ihn nicht minder begehrte, dass sie sich nach seiner Nähe verzehrte. Während er damit beschäftigt war, die Verschlüsse ihres Gewandes zu öffnen, fuhr sie mit den Fingern durch sein gewelltes Haar. »Colin«, seufzte sie.

Er legte die Hände auf ihre Schultern, sein Blick suchte ihren. »Wenn Sie dies nicht wollen, so sagen Sie es mir jetzt.«

Er schluckte schwer. »Ein Wort von Ihren Lippen … und ich werde mir selber Einhalt gebieten.«

Als Antwort darauf streifte sie lediglich die Ärmel ihres Gewands herunter und ließ die blaue Seide auf ihre Füße hinabgleiten. Er hielt ihre Hände, um sie zu stützen, als sie aus den Stoffmassen trat.

Er tat einen Schritt nach hinten, und ein versonnener Laut entrang sich seiner Kehle. »Schau sich das einer an. Überaus reizend.«

Sie errötete vor Verzückung, derweil er die Dessous bewunderte, die sie an diesem Morgen ihrer Brautaussteuer entnommen hatte. Ihre spitzenverzierte weiße Chemisette, das ihrem Ausschnitt schmeichelnde Korsett und die Seidenstrümpfe. Falls sie sie jemals für einen anderen als diesen Augenblick mit ihm aufgespart hatte, dann wusste sie sich nicht daran zu erinnern. Dieser kurzweilige triumphale Tag auf dem Markt, dieser heimelige, bescheidene Ort, um die Nacht zu verbringen. Das unverhüllte Begehren in seinen Augen, während er sie betrachtete – dies war der einzig richtige Augenblick. Sie hatte das Gefühl, dass es alles war, was sie sich jemals gewünscht hatte. Sie öffnete ihre Truhe und entnahm ihr die bestickten Laken, die sie selber gefertigt und für eine eher unwahrscheinliche Hochzeitsnacht aufgehoben hatte. Gemeinsam breiteten sie sie über die schmale Schlafstatt. Selbst wenn es ihr beschieden war, als alte Jungfer ins Grab zu gehen, würde sie in dieser einen Nacht mehr Leidenschaft erfahren als manche Frauen in ihrem gesamten Leben. Sie schwor sich, jede Berührung auszukosten. Sich jeder Zärtlichkeit zu erinnern. Auf jeden kleinsten Moment achtzugeben. Wie jetzt, als er die weiche Haut hinter ihrem Ohr küsste.

Er umschlang ihre Taille und wirbelte sie herum. Mit dem Rücken zu ihm erbebte sie, als er begann, die Schnüre ihres Korsetts zu lösen. Schließlich fiel das einengende Kleidungsstück von ihr ab, und sie nahm einen tiefen, befreiten Atemzug.

Mit einem leise zerrissenen Stöhnen zog er sie an sich. Die harte Muskulatur seines Oberkörpers stützte ihr Gewicht, als er ihre Brüste durch die Chemisette umschloss und anhob. Ihr Atem beschleunigte, während er die weichen Rundungen streichelte und ihre Nippel mit seinen Daumen zu festen, prickelnden Spitzen zwirbelte.

Sie drehte sich in seiner Umarmung um, eifrig darauf bedacht, sich zu revanchieren. Sie glitt mit den Händen unter sein Revers und schob ihm den Überrock von den Schultern. Er schüttelte das schwere Kleidungsstück ab und warf es beiseite. Sie fasste in die weiten Falten seines Oberhemdes und zog es aus dem Hosenbund, ließ ihre Hände daruntergleiten, um die straffen, muskulösen Konturen seines Körpers zu erforschen. Er hob seine Arme über den Kopf – so gut er es eben bei dem niedrigen Deckengewölbe vermochte –, und sie schob das Hemd hoch und zog es über seinen Kopf. Sobald das geschehen war, bedeutete er ihr, es ihm nachzutun. Minerva reckte ihre Arme in die Höhe, worauf er den feinen, duftigen Stoff ihrer Chemisette zusammenraffte und ihren Körper hinaufstreifte – langsam, andächtig, bis er ihr das zarte Etwas über Kopf und Arme zog. Mit einer lockeren Handbewegung warf er es beiseite. Dann machten seine Hände einen behutsamen, sinnlichen Schwenk zurück – schweiften über ihre ausgestreckten Arme, über ihre Brüste, ihre Taille, ihre Hüften. Erweckten jeden Teil von ihr mit seiner Berührung.

Seine Handflächen waren ein wenig rau von dem Dacheindecken am Morgen, doch steigerte die sanfte Reibung ihre Erregung nur mehr. Ließ sie wissen, dass sie real war. Bis auf Strümpfe und Strumpfbänder stand sie hüllenlos vor ihm. Er strich mit einer Hand über ihren Rücken hinunter zu ihrem Schenkel. Sie dachte, er wollte ihr das Strumpfband lösen, stattdessen jedoch glitt seine Hand über die zarte Seide. Er hob ihr Bein an, legte ihren Schenkel um seine Hüfte und umschlang sie dabei innig. Ihre Brüste trafen auf seinen entblößten Brustkorb, und als sie sich küssten, vermochte sie nichts anderes zu tun, als sie an seiner wohltuenden Wärme zu reiben, um ihre heimliche Pein zu lindern.

Er hatte eine Hand zwischen sie geschoben, seine Finger streichelten und reizten zärtlich Minervas erregte Spalte. Die Muskeln an der Innenseite ihres Schenkels erzitterten, und sie fühlte, wie sie feucht wurde. Er schob zwei Finger in sie, schob sie tief in sie hinein, bis seine Handwurzel unnachgiebig gegen ihr Schambein drückte. Die Reaktion ihres Körpers war unmittelbar, intensiv. Als er seine Hand vor- und zurückbewegte, passte sie sich ihm an, bäumte sich ihm entgegen, stöhnte im Rhythmus seiner sanften Schwünge. So nah. Sie war bereits so nah.

Er zog seine Finger heraus, und sie wimmerte über den plötzlichen Verlust. Als er sie hochhob und auf das Nachtlager bettete, erbebte seine Stimme vor Begehren. »Verdammt, ich weiß, ich sollte selbstlos sein. Ich sollte Ihnen zuerst Vergnügen schenken. Aber ich wünsche mir nichts mehr, als in Ihnen zu sein. Ich möchte tief in Ihnen versinken, wenn Sie kommen.«

Darauf vermochte sie keinerlei Protest zu erheben. Sie beobachtete ihn, wie er sich aus Stiefeln und Reithose schälte. Kaum dass seine Erektion befreit aus seiner aufgeknöpften Hose schnellte, griff sie nach dem dunkel lockenden Stab. Payne ließ sie freizügig erkunden. Er spreizte seine Schenkel weit, sodass sie Muße hatte, seine ganze Länge zu streicheln und das empfindliche Skrotum in ihrer Hand zu wiegen. Er seufzte hingebungsvoll, derweil sie ihn verwöhnte. Sie strich über den Tropfen Liebessaft, der aus seiner Spitze quoll, und verteilte ihn mit kreisenden Bewegungen ihres Daumens.

Er packte ihr Handgelenk. Mit rauer Stimme gestand er: »Ich halte das nicht mehr lange aus.«

»Dann kommen Sie zu mir.« Die Worte vermittelten ihr das Gefühl, verrucht und verführerisch zu sein. Sie räkelte sich aufreizend auf dem schmalen Nachtlager, ihr gesamter Körper schien eine stilisierte Einladung zu sein, geschrieben in blassrosafarbener Kalligraphie.

Er vergeudete keine Zeit. Drängte sich zwischen ihre Beine und spreizte ihre Schenkel dabei weit auseinander. Sein harter Stab stimulierte in einem sanften Auf und Ab ihre heiße Mitte, machte sie willenlos vor Erregung. Als er seine pralle, glatte Eichel vor ihrer Öffnung positionierte, verging sie bereits vor Sehnsucht, endlich von ihm ausgefüllt zu werden. »Sie sind so feucht«, stöhnte er, während er sich langsam in sie schob. »So feucht und so eng.«

Angesichts des langsamen, ungewohnten Eindringens vermochte sie einen scharfen Aufschrei des Schmerzes nicht zu unterdrücken. Ihre Lider flatterten auf, sie rang nach Atem. Es war geschehen. Er war *in* ihr. Sie gaben sich der körperlichen Liebe hin. Es fühlte sich … wundervoll und entsetzlich zugleich an. Die Flut von Sinneswahrnehmungen und

Emotionen überwältigte sie. Ihre Brüste pressten sich an die unnachgiebigen Muskeln seines Oberkörpers. Ihr Herz quoll über vor ungeahnter Zärtlichkeit. Aber vor allem zwischen ihren Beinen schmerzte es wie der Teufel. *Colin weiß, was er tut,* redete sie sich beruhigend zu. Gewiss würde es alsbald anfangen, sich wunderbar anzufühlen. Jeden Augenblick.

Er glitt ein wenig hinaus, nur um wenige Momente später abermals in sie einzudringen. Dieses Mal versank er noch tiefer in ihr, dehnte sie weit. Sie wusste dank eigener Forschungen, dass er an der Wurzel am dicksten war. Je weiter er vordrang, umso heftiger wurde der Schmerz. Sie schwankte, ob sie ihn bitten sollte, gänzlich aufzuhören. »Könnten Sie …« Sie rang nach Atem. »Bitte, warten Sie. Einen Augenblick.«

Mit einer leisen Verwünschung presste er die Stirn an ihre Schulter. »Ich verabscheue, dass ich Ihnen Schmerz zufüge. Ich hasse mich dafür, dass ich Ihnen dies überhaupt antue.« Er hob den Kopf. »Gott, Min. Es tut mir so leid. Ich werde Sie dafür entschädigen, ich schwöre es. Ich weiß zwar nicht wie, aber … ich werde alles wettmachen.«

»Machen Sie es einfach gut.« Sie schenkte ihm ein tapferes Lächeln. »Sie wissen doch, wie das zu tun ist?«

Sein Mund verzog sich zu einem schiefen, leicht überheblichen Grinsen. »Das, so hoffe ich, vermag ich zu bewerkstelligen.«

Er drängte nicht mehr tiefer in sie hinein. Stattdessen gewährte er ihr den Aufschub, den sie sich erbeten hatte, und lenkte seine Aufmerksamkeit auf andere Genüsse. Sein Gewicht auf einen Ellbogen gestützt, umschloss er mit leicht gewölbten Fingern eine Brust und saugte die Knospe in seinen Mund. Er knabberte hungrig, kreiste mit seiner Zunge wieder und wieder über die empfindliche Spitze. Mit jedem Zungenschlag liefen wonnevolle Schauer durch ihren Körper.

Als er sich ihrer anderen Brust zuwandte, begann der Schmerz, wo sie vereinigt waren, nachzulassen. Ihre Muskulatur um sein Glied entspannte sich, und die geschwollene Perle auf dem Kamm ihrer Lust ersehnte sich Zuwendung. Instinktiv auf der Suche nach Reibung bewegte sie die Hüften, rieb ihr Becken an ihm. Und sie fand, wonach sie suchte. Doch das Kreiseln schob ihn wieder tiefer in sie hinein, brachte sie einander noch näher. Überwältigt von dem aufwühlenden Lustgefühl, entschlüpfte Minervas Lippen ein Laut des Erstaunens. Er stöhnte an ihrer Brustknospe. Sämtlicher Schmerz war vergessen, als sie sich erneut an ihm rieb, um die lustspendende Empfindung zu wiederholen – wieder und wieder. Mit jedem verlockenden Schwung nahm sie ihn tiefer in sich auf. Mit jeder Bewegung rieb sich sein Schoß an ihrem, genau dort, wo sie es brauchte, trieb ihre Lust in immer neue Höhen.

»Ja«, stöhnte er, verlagerte sein Gewicht und stieß tiefer in sie. »Das ist es, Liebste.« Er glitt mit einer Hand unter ihren Hintern, hob ihn an, um Minervas Becken an sich zu pressen, derweil er sich tiefer in sie schob. »Jetzt ist es besser, nicht wahr?«

»Ja«, wisperte sie.

Er stieß härter zu. »Ja?«

»Ja.« Sie umklammerte seine Schultern. »Oh Colin. Es ist so gut.«

Er vergrub sein Gesicht in ihrer Halsbeuge und murmelte etwas, das so klang wie *Gott hab Dank*. Er gab jetzt den Rhythmus vor, stark und stetig, tastete sich mit jedem seiner

Stöße ein wenig tiefer vor. Sie fühlte ihn Orte erreichen, von denen sie bisher nicht geahnt hatte, dass sie überhaupt existierten. Und dennoch sehnte sie sich nach noch mehr. Als er vollends in ihr versunken war, verharrte er für einen Augenblick, während er seine Geliebte innig umschlungen hielt. Seine Augen schienen vor überbordenden Gefühlen zu sprühen. »Genau das habe ich gewollt, Min. Weit länger, als du erahnen könntest.«

Sie streichelte seine Wange. »Ich nicht minder.«

Er küsste sie zärtlich, ehe er seine Stöße wiederaufnahm. Tief und stetig. Wirklich und wahrhaftig. Sie verschmolz mit seinen Bewegungen, brannte verzweifelt auf mehr. Auf sein stummes Drängen hin schlang sie ihre Beine um seine, und er glitt noch einmal tiefer. Eben bestürmte er einen magischen, süßen, *essenziellen* Ort in ihrer Mitte, und jeder erregende Stoß entlockte ihrer Kehle ein glückseliges Jauchzen. Sie umklammerte seinen Rücken, grub ihre Fingernägel in sein Fleisch.

Nicht aufhören. Bitte, hör niemals wieder auf.

Sie ritt auf der Woge der Erregung höher und höher, bis sie brach. Er hielt sie fest, streichelte sie unablässig, derweil sie trudelte und taumelte, trunken vor Glückseligkeit.

Er stützte sich auf seinen Armen auf, um sie in einem neuen, tieferen Winkel zu beglücken. Sein Rhythmus beschleunigte, und die Kraft seiner Penetration wuchs. Sie genoss es, das Verlangen zu spüren, das seine Muskeln zu harten Strängen verknotete. Liebte die Gewissheit, wie sehr er sie begehrte, als sie den getriebenen Ausdruck der Lust auf seinem Gesicht las. Liebte es, ihn gleichermaßen tief und hart und stürmisch in sich aufzunehmen, wie er sich den Akt wünschte. Als könnten sie, wenn sie genug hart zusammenstießen, zu einer Person verschmelzen.

Sie *könnten* zu einer Person verschmelzen, wenn er nicht achtgab. »Colin«, keuchte sie. »Wir müssen achtgeben.«

»Ich weiß. Ich weiß. Du fühlst dich eben …« Er stöhnte nach einem tiefen, entfesselten Stoß. »So süß an. So rechtschaffen. So gut. So … sehr … sehr …. *sehr* …« Mit einem kehligen Aufschrei glitt er aus ihrem feuchten Verlies. Er sank auf sie, erschauerte in ihren Armen. Sein Sperma ergoss sich, einem Eingeständnis gleich, über ihren Bauch. Ein warmes, Leben spendendes Geheimnis.

Sie streichelte seinen Rücken, bis sich sein aufgewühlter Atem beruhigte. Dann lag er ganz still. Der Mann in ihren Armen war Colin, und er schwieg *nie* still. Wie er so dalag, schwer und schweigsam auf ihrer Brust, begann sie, sich zu sorgen. Hatte sie … *ihre Sache* … gut gemacht? Vielleicht hatte sie nicht genug getan, vielleicht war sie auch übereifrig gewesen. Vielleicht hätte er sich von ihr gewünscht, lauter oder verworfener zu sein oder … irgendwie anders. Sie erwog, sich zu entschuldigen und ihn zu bitten, ihr eine zweite Chance zu geben, als er sich auf die Seite drehte.

»Oh Min. Das war unglaublich. Ich hätte mir niemals erträumt, wie wundervoll es sein könnte mit …« Er strich ihr das Haar aus dem Gesicht. »Mit dir.«

Tränen der Erleichterung und Glückseligkeit glitzerten in ihren Augenwinkeln.

Er rollte sich auf den Rücken und stützte seinen Kopf auf einen Arm. »Weißt du, ich sollte das vermutlich nicht sagen. Aber du könntest mich jetzt um irgendetwas bitten – ganz gleich, woran dein Herz hängt – und es wäre deins.«

»Ernsthaft?« Sie prustete los. »Was immer ich mir wünschen würde? Gold, Silber, Perlen, Rubine …?«

»Erledigt. Gehört alles dir.«

»Der Mond.«

»Gehört dir. Ich werde mich aufmachen, ihn dir vom Himmel zu holen, sobald ich wieder zu Atem finde. Ein paar Sterne noch dazu, wenn dir danach ist.«

Sie kuschelte sich zufrieden an ihn. »Mach dir keine Mühe, ich vermag mir nichts vorzustellen, was diesen Augenblick noch schöner machen könnte.« Aber das war eine Lüge. Es gab da etwas, und sie wünschte sich, sie würde es wagen, ihn darum zu bitten. Selbst wenn sie alles haben könnte, was sie begehrte, würde sie bloß um dieses eine bitten.

Liebe mich. Liebe mich und lass mich dich lieben.

Die Worte brannten ihr auf der Zunge, doch brachte Minerva sie nicht über ihre Lippen. Was für ein hoffnungsloser Feigling sie war. Sie war imstande, um Mitternacht an seine Tür zu klopfen und zu fordern, dass er sie als Mensch respektierte. Sie schaffte es, durch halb England zu reisen, im Vertrauen darauf, für ihre wissenschaftlichen Errungenschaften geehrt zu werden. Gleichwohl fehlte ihr der Mut, um das eine zu bitten, das sie sich am allermeisten wünschte. Geliebt zu werden, um ihrer selbst willen.

23

Irgendwo heulte ein Hund in die Nacht.

Colin setzte sich mit einem Ruck auf, zitternd und in Schweiß gebadet. Er riss die Tür zu der Schäferhütte auf und sog in gierigen Zügen die frische, kühle Nachtluft in seine Lunge. Als sein trommelnder Herzschlag sich verlangsamte, senkte er die Stirn auf seine Faust und fluchte ungehalten. Fedrige Finger strichen plötzlich in einem besänftigenden Auf und Ab über seinen Rücken. Ihre Berührung stellte keine Fragen oder Forderungen. Sie ließ ihn einfach wissen, dass er nicht allein war.

»Kann ich helfen?«, forschte sie behutsam.

Er schüttelte den Kopf. »Es ist nichts Außergewöhnliches. Ich war selber überrascht. In den vorangegangenen Nächten bin ich kein einziges Mal aufgewacht. Ich war fast so weit zu glauben …«

»Dass ich deine Heilung war?« Er nahm ein spöttisches Auflachen in ihrer Stimme wahr. »Ich denke, ich hoffte das auch. Doch mir scheint, das war eine törichte Annahme.«

»Mitnichten töricht.« Er atmete tief aus und raufte sich die Haare. »Es ist schlichtweg dieser Ort, denke ich«, sagte er, leidlich gefasst.

»Es ist bedrückend eng und finster. Es steht uns frei, unsere Decken zu nehmen und unter den Sternen zu liegen. Oder wir können das mit dem Schlafen gänzlich sein lassen und marschieren gleich weiter zur Landstraße.«

»Nein, nein. Es ist noch eine Ewigkeit hin, bis der Morgen dämmert. Ich kann mich wieder schlafen legen, doch ich denke …« Er angelte nach seinem verrutschten Halstuch und wischte sich damit den Schweiß von Stirn und Nacken. »Ich denke, vielleicht würde ich lieber reden.«

Die Worte kamen für sie beide überraschend. Sie glaubte keine Sekunde, dass er das Wetter oder Kutschenverbindungen oder irgendein anderes Thema im Sinn haben könnte. Sie wusste sogleich, was er meinte. »Natürlich.« Sie richtete sich auf. »Soll ich Licht machen?«

»Nein. Bemüh dich nicht.« Durch die geöffnete Tür fiel ein Streifen Mondlicht ins Innere. Er konnte die silbrigen Konturen ihres Profils erkennen und das betroffene Aufblitzen in ihren dunklen Augen. Das war genug. Er zog sie neben sich und grub den Kopf in ihr dichtes, nach Jasmin duftendes Haar. Er war sich unschlüssig, wie er beginnen sollte. Er hatte noch niemals mit irgendjemandem über die dramatische Nacht gesprochen, nicht im Einzelnen jedenfalls. Doch die Jahre seines beharrlichen Schweigens waren ihm letztlich keinerlei Hilfe gewesen. Vielleicht war es an der Zeit, es stattdessen mit einem Gespräch zu versuchen. Er musste etwas tun, wenn ihm daran lag, dies jemals hinter sich zu lassen. Er hatte seine Tage und seine Nächte in den Griff zu bekommen und etwas zu schaffen, das Ähnlichkeit mit einem normalen, geregelten Leben hatte. Er wünschte sich diese Art von Leben. Er wünschte sich, dass Minerva daran teilhatte. »Es wird unerfreulich zu hören sein«, warnte er sie. »Bist du sicher, dass es dir nichts ausmacht?«

Sie kuschelte sich an seine Brust. »Du hast es *durchlebt*, Colin. Ich vermag die Kraft zu finden, es mir anzuhören.«

»Vielleicht sollten wir bis Tagesanbruch warten.«

»Wenn dir daran liegt, noch zu warten, können wir warten. Ich bin bereit, wenn du bereit bist.«

Er nahm einen tiefen Atemzug, und dann sprudelte es aus ihm heraus. »Es entzieht sich meiner Kenntnis, was die Ursache war. Für den Unfall, meine ich. Wir waren auf der Heimfahrt von einem Plausch mit einigen Nachbarn. Es war ein langer Ausflug. Wir hatten keine Diener bei uns, nur einen Kutscher. Ich war auf der Rückbank eingeschlafen. Meine Eltern saßen mir gegenüber. Ich entsinne mich, dass ich auf ihr Gespräch lauschte und dass sie über irgendetwas lachten. Meine Mutter neckte meinen Vater wegen seiner übermäßigen Völlerei, vermute ich. Beim Klang ihrer Stimmen döste ich ein. Einige Zeit später erwachte ich – jemand schrie.«

Sie schlang die Arme um ihn. »Du musst entsetzlich verwirrt gewesen sein.«

»Heillos verwirrt. Ich hatte keine Ahnung, was da gerade geschah. Es war stockfinster, wir waren offensichtlich von der Straße abgekommen. Ich war von der Sitzbank gefallen. Aus irgendeinem Grund ahnte ich, dass sich die Kutsche überschlagen hatte und ich auf der Tür lag. Mein Kopf hatte sich an dem Riegel eine Platzwunde zugezogen.«

»Hier.« Sie tastete nach der Narbe an seiner Schläfe.

Er nickte. »Ansonsten schien ich unverletzt zu sein. Aber ich litt Todesängste. Die Dunkelheit war schier undurchdringlich. Als hätte man mir die Augen mit einem Tuch verbunden. Und der Geruch von Blut …« Sein Magen krampfte sich zusammen, und er hielt inne, um seine Fassung zurückzugewinnen. »Er war so stickig. Erdrückend. Ich rief nach meiner Mutter. Als sie antwortete, klang ihre Stimme schwach und fremd. Indessen versicherte sie mir wieder und wieder, dass alles gut werden würde. Dass ich tapfer sein müsse. Dass gewiss jemand kommen werde, um uns alsbald zu helfen. Ich wollte ihr so gern Glauben schenken, obschon ich wusste, dass sie außerstande war, sich zu rühren.«

»Wo war der Fuhrmann?«

»Er hatte sich ebenfalls schwerste Verletzungen zugezogen. Er war vom Kutschbock geschleudert worden, ein ganzes Stück weit von uns entfernt, doch das konnten wir zu dem Zeitpunkt noch nicht wissen. Wir vernahmen einzig die Pferde in ihrem Todeskampf. Es waren ihre Schreie, die mich aufgeweckt hatten.«

»Und dein Vater?«

»Tot.«

»Das wusstest du da bereits?«

»Nein, aber meine Mutter. Nach dem zu urteilen, wie sie gestürzt waren …« Er nahm einen zerrissenen Atemzug. »Das ist der unangenehme Teil, kleine Lady.«

»Erzähl weiter.« Sie streichelte seine Schulter. »Ich höre zu.«

»Da war irgendein spitzer Gegenstand. Bis zum heutigen Tag bin ich mir ungewiss, ob er Teil der Kutsche war oder irgendwo in dem morastigen Straßengraben gelegen hatte. Ein Stück Zaun, vielleicht auch ein Ast … Sie waren davon förmlich aufgespießt worden. Alle beide. Er ging direkt durch die Brust meines Vaters und weiter in die Seite meiner Mutter.«

Sie erschauderte in seiner Umarmung. »Oh nein! Oh Colin.«

»Es kommt noch schlimmer, so leid es mir tut. Solange meine Mutter weiterredete, wusste ich, dass sie noch am Leben war. Und selbst als ihr die Stimme versagte, war ihr Atem rasselnd und laut zu vernehmen. Doch als selbst dieser stockte ... da wurde ich schier wahnsinnig. Ich geriet in Panik. Ich wollte raus. Ich schrie und trommelte an die Kutschenwände, bis ich, so denke ich, ohnmächtig wurde. Und dann ...« Er unterdrückte ein trockenes Schluchzen. Er hatte es so weit geschafft. Jetzt musste er sich auch das bittere Ende von der Seele reden. »Und dann fanden uns die wilden Hunde. Angezogen von dem Lärm und der Witterung von Blut. Sie machten sich über die Pferde her. Ich verbrachte die erste Hälfte der Nacht mit lauten Hilferufen, um hinauszukommen, und die zweite Hälfte im flehenden Gebet, dass sie nicht hereinkämen.«

»Oh Gott.«

Er fühlte ihre Tränen heiß und feucht auf seiner Haut. »Ich bin untröstlich«, sagte er hastig und zog sie enger an sich. »Verzeih mir.« Er wusste sehr wohl um das Grauen, das er beschrieb. Das war der Grund, warum er es nie mit jemandem geteilt hatte. Mit niemandem. Er verabscheute die Vorstellung, dass sich solch ein Bild des Entsetzens in ihr Gedächtnis einbrennen könnte. »Ich hätte dir nicht davon erzählen sollen.«

»Oh doch. Zweifellos.« Schniefend hob sie den Kopf. »Du hast das einzig Richtige getan. Sich vorzustellen, dass du das all die Jahre allein mit dir herumgetragen hast? Ich bin diejenige, die untröstlich sein sollte.« Sie schlang ihre Arme um seinen Nacken und umarmte ihn warm. »Colin, dein tragisches Schicksal stimmt mich zutiefst betroffen. Es sind große Worte, und trotzdem reichen sie nicht aus, mein Mitgefühl auszudrücken. Ich wünschte von ganzem Herzen, dir wäre ein solches Leid erspart geblieben. Dennoch bin ich froh, dass du mir alles berichtet hast.«

Er verbarg sein Gesicht in ihrem Haar. Einen Herzschlag lang fürchtete er, in Tränen auszubrechen. Und dann begriff er, dass sie ihn, selbst wenn er tatsächlich weinte – egal wie jämmerlich, herzzerreißend, hemmungslos –, nicht fallen lassen würde. Vermutlich *erwartete* sie sogar, dass er ein paar Tränen vergoss. Diese weichen, süß duftenden Arme würden ihn halten, solange er Halt brauchte. Also beschloss er, den Tränen freien Lauf zu lassen. Und dann kamen sie nicht. Eigenartig. Doch um wen sollte er weinen? Um seine Eltern? Er hatte ihren Verlust betrauert, gewiss. Und er vermisste sie seither sehr. Aber die Trauer währte letzthin immer nur für eine gewisse Weile. Es war das Entsetzen jener Nacht, das geblieben war. Die Furcht. Und die Schuld. Das tief verinnerlichte, unausgesprochene Schuldgefühl. »Über Jahre hinweg«, sagte er leise, »war ich der festen Überzeugung, es sei mein Vertun gewesen. Dass, wenn ich nicht eingeschlafen wäre, ich Schlimmeres vielleicht hätte verhindern können.«

Sie seufzte. »Aber das ist unsinnig.«

»Ich weiß.«

»Natürlich war es nicht dein Vertun.«

»Ich weiß.«

»Du warst ein Kind. Es gab nichts, was du hättest tun können.«

»Ich weiß. Und als erwachsener Mann verstehe ich rein aus der Vernunft heraus, warum. Aber …« Aber es war ihm nie gelungen, sich von der Vorstellung zu lösen. Es war, als bräuchte er jemand anders, der seine Schuldlosigkeit bestätigte. Jemand, der über eine bestechende Intelligenz und Logik verfügte. Jemand, dem er vertrauen konnte, ihm stets die ungeschminkte Wahrheit ins Gesicht zu sagen. Jemand wie Minerva.

»Es war nicht meine Schuld«, murmelte er.

»Nein«, antwortete sie. »Das war es gewiss nicht.«

Süße, liebste Min. Von Beginn an war es das gewesen, was er am allermeisten an ihr liebte. Ihre Überzeugungskraft.

Sie drückte ihm einen Kuss auf die Wange.

Er nahm einen tiefen, befreiten Atemzug. Bemerkenswert, wie viel leichter er sich fühlte. Als könnte er einfach davonschweben, auch ohne ihre Arme, die ihn wie rettende Anker umfingen. »Weißt du was?«, fragte er schläfrig. »Ich hatte immer die Vorstellung, der Tod meiner Eltern hätte etwas mit einer Ballade gemein. Sie liebten einander so sehr. Schon als Junge vermochte ich das zu erkennen. Es scheint einem nachgerade unausweichlich, dass sie ein solch poetisches Ende nahmen. Immer zusammen, vereinigt sogar im Tode. So wie sich die Tragödie darstellt, musst du einräumen, dass sie zumindest eine recht romantische ist.«

Sie schwieg für eine lange Weile, und doch wusste er, dass sie nicht schlief. Ihre Finger strichen nachdenklich über sein Haar. Fast schon wäre er eingeschlummert, als er sie antworten hörte.

»Wenn du die Verse schreibst, werde ich sie singen.«

Minerva fand in dieser Nacht nicht mehr in den Schlaf. Ihr Herz und ihre Seele quollen über. Und in gewisser Weise wusste sie, dass er ruhiger schlafen würde, wenn sie über ihn wachte. Als die ersten Strahlen der aufgehenden Sonne in die

Hütte blinzelten, streckte sie ihren linken Arm. Zunächst über den Kopf, um die Durchblutung in ihren tauben, steifen Fingern anzuregen, dann lenkten Gewohnheit und Erfordernis ihren Arm zur Seite, wo sie nach ihrer Brille angelte.

Mit einem unverständlichen Murmeln drehte Colin sich im Schlaf um. Er legte einen bleischweren Arm über sie, seine Finger tasteten nach ihrer Brust.

Oh Himmel. Ihr Herz gefror für einen Moment und weigerte sich weiterzuschlagen. Dann erlebte es ein geschwindes, prickelndes Tauwetter. Es schmerzte, so wie schneetaube Finger schmerzten, wenn man sie in eine Schüssel mit warmem Wasser hielt. Das Atemschöpfen erforderte mit einem Mal größte Konzentration. Minerva tastete jeden Morgen als Erstes nach ihrer Brille. Weil ihr Tag keinen Sinn hatte ohne ihre Sehhilfe. Jetzt tastete Colin nach *ihr*. Sie konnte ihn nicht »heilen«. Keine Frau konnte das. Ereignisse, auch weit in die Vergangenheit zurückreichende, ließen sich nicht einfach ungeschehen machen, indem man darüber redete. Aber vielleicht bedurfte er gar nicht der Heilung, sondern eher … einer Fokussierung. Jemanden, der ihn annahm als die Person, die er in der Vergangenheit gewesen war, und der ihm dann half, die Welt wieder deutlich wahrzunehmen. Wie die Brille es für sie selbst tat. In einer Stunde würde ihr die Idee vermutlich bereits völlig absurd scheinen. Doch diese ersten dunstigen Strahlen des Morgenlichts verziehen alle möglichen Torheiten. Für einen kurzen Augenblick gab sie sich ihren Träumereien hin. Sie stellte sich vor, wie es wäre, jeden Tag in dieser Weise aufzuwachen, mit dem Gefühl, ihm wichtig zu sein. Das Letzte, was er in der Nacht berührte, und das Erste, nach dem er allmorgendlich tastete – aus Vertrautheit und einem Wunsch, sich als Ganzes zu fühlen. Zu dem Zeitpunkt, als er sich im Zuge des Erwachens reckte und streckte und Küsse auf ihre Wange hauchte, wünschte sie es sich so sehr, so verzweifelt, dass ein empfindsamer, flimmernder Teil ihres Herzens bereits die Enttäuschung darüber beklagte. Sie drehte sich von ihm fort, auf die Seite – unwillig zu erklären, wie sie bereits vor dem Frühstück so über die Maßen gereizt sein konnte.

Er kuschelte sich von hinten an sie, schmiegte seinen Körper an ihren. Die Stellung betonte sämtliche Gegensätze ihrer Physiognomien. Die harten Konturen seines Brustkorbs pressten sich an die weiche Flanke ihres Rückens. Der raue Flaum auf seinen Beinen rieb sich an ihren glatten Waden. Unter den Leinenlaken schweiften seine Hände mit heißem, besitzergreifendem Ansinnen über ihre Rundungen. Einen Arm um ihre Taille geschlungen, zog er sie an sich. Seine pulsende Erektion drängte gegen ihre Kehrseite. »Min«, hauchte er, während er den Ansatz ihres Nackens liebkoste. »Ich begehre dich erneut. Willst du dich mir noch einmal herschenken?«

Sie nickte zur Einwilligung. Noch ehe sie ihr Gesicht zu ihm drehen konnte, hatte er jedoch ihr Bein mit seinem umschlossen und angewinkelt und seine Stellung hinter ihr verändert. Seine Erektion drückte zwischen ihre Schenkel.

Sie verkrampfte sich, unschlüssig, was zu tun sei.

»Es ist alles in Ordnung.« Er küsste ihren Nacken, derweil seine Finger über ihren Bauch glitten und den Weg zu ihrer Spalte fanden. »Lass mich es dir zeigen.«

Er verwöhnte ihre heiße Mitte mit Geschick und Geduld. Bis sie nicht nur bereit war, sondern besessen vor Leidenschaft für ihn. »Liebe mich«, bettelte sie, weil sie die Worte jetzt aussprechen konnte, ohne allzu viel zu riskieren.

Er umschloss seinen harten Stab mit einer Hand, brachte ihr Becken in genau den richtigen Winkel und schob sich in sie.

Sie war noch empfindlich von der Nacht zuvor. Aber er war zärtlich, hielt sie mit seinen Armen umfangen und liebte sie mit sanften, behutsamen Stößen. Die süße Wärme zwischen ihnen wuchs und breitete sich aus. Ihr Körper entspannte, und sie verfiel seinem verheißungsvollen Rhythmus, sodass sie sich wie eine Einheit bewegten.

Er wiegte ihre Brust in seiner Hand, zwickte sanft in ihre Knospe. Dann glitten seine kosenden Finger ihren Körper hinab.

Ja. Geliebter. Berühr mich dort. Fass mich an.

Er wusste, wonach sie sich sehnte. Er berührte ihre Perle mit seinen Fingerkuppen und massierte sie in unnachgiebigen, fiebrigen Kreisen, bis Minerva erschauerte und im Taumel höchster Lust aufschrie. Kaum dass ihr Höhepunkt verebbte, entzog er sich ihr und befriedigte sich mit einigen harten, scharfen Stößen zwischen ihre Schenkel. Als er kam, berauschte sie sich an seinem leise entfesselten Stöhnen.

»Guten Morgen.«

Sie fühlte sein Lächeln an ihrer Halsbeuge. »Ist er das denn?«

Sein Ton erfuhr eine Wandlung. »Bist du anderer Ansicht? Wünschst du dir, wir hätten nicht …«

»Nein.« Sie nahm ihren ganzen Mut zusammen und drehte sich um, sodass sie ihn ansehen konnte. »Ich bedaure nichts. Gar nichts. Und ich möchte dir versichern, gesetzt den Fall, dass es überhaupt gesagt werden muss … Ich habe keinerlei Erwartungen.« *Einzig Hoffnungen. Sehnsuchtsvolle, törichte Hoffnungen.*

Er blinzelte. »Du hast keinerlei Erwartungen.«

Sicherlich verstand er, was sie meinte. »Was wir teilten, war wundervoll. Aber ich will nicht, dass du dich sorgst, ich könnte noch mehr erwarten.«

»Nun«, meinte er trocken. »Wie überaus generös von dir.«

»Bist du denn gar nicht erleichtert?« Der Unmut in seiner Stimme irritierte sie.

Er rollte auf den Rücken und rieb sich den Nasenrücken. »Minerva, ich wüsste nicht zu entscheiden, für wen von uns beiden du es noch schlimmer machst. Nach letzte Nacht *solltest* du Erwartungen haben.«

»Erwartungen – inwiefern?« Sie schluckte vernehmlich.

»An mich.«

»Ich dachte, du wärst derjenige, der dagegen argumentierte, überhaupt Erwartungen zu hegen. Ist das nicht deine grandiose Lebensphilosophie? Du sagtest, Erwartungen führen zu Enttäuschungen. Dass, wenn du nichts erwartest, du stets überrascht wirst.«

Er brach in schallendes Gelächter aus. »In diesem Fall …« Er wandte sich ihr zu. Seine haselbraunen Augen funkelten, als ob ein intensives Feuer darin entbrannt wäre. »Überraschung!« Er küsste sie auf die Nasenspitze. »Du wirst mich heiraten.«

24

Nun, dachte Colin. Es war ihm gewiss gelungen, sie zu überraschen. Ob die Überraschung in die Kategorie »angenehm« oder »unangenehm« fiel, hätte er nicht recht einzuschätzen vermocht. Doch er nahm an, dass es eher die Letztere war.

Sie rührte keinen Muskel. Doch hinter ihren Brillengläsern klimperten ihre Wimpern ähnlich zwei Ebenholzfächern. »Heiraten? *Dich*?«

Er versuchte, keinen Anstoß an ihrer Ungläubigkeit zu nehmen. »Ich darf doch bitten, Minerva. Das ist nicht exakt das atemlose, überglückliche Jawort, das ein Mann normalerweise zu hören wünscht.«

»Das war auch nicht exakt der feurige, von Herzen kommende Antrag, der Derartiges hervorrufen könnte. In der Tat bin ich mir ungewiss, ob das überhaupt als ein Heiratsantrag gilt.«

»Alles, was recht ist, das nehme ich doch an«, sagte er leichthin. »Ich gewähre dir jedoch einstweilen eine Gnadenfrist. Und jetzt aus den Federn mit dir. Es ist Eile geboten, wenn wir York heute Abend erreichen wollen.«

»Warte. So warte doch.« Sie setzte sich auf und packte ihn am Arm. »Ich bin heillos verwirrt. Ist dies vergleichbar mit einem jener dummen Duelle, die Gentlemen zum Zwecke der Schau arrangieren? Du feuerst im Morgengrauen auf Geratewohl einen Antrag ab, er saust direkt über meinen Kopf hinweg, und damit ist der Ehre Genüge getan?«

»Nein, so verhält es sich absolut nicht. Es ist mein fester Wille, dich zu heiraten.«

»Aber ich dachte, du hättest der Ehe abgeschworen.«

Er zuckte mit den Achseln. »Ich meine mich zu entsinnen, dass du etwas Ähnliches beteuert hast.«

»Ganz recht. Colin, ich weiß die Geste zu schätzen.« Sie biss sich auf die Lippe. »Glaube ich jedenfalls. Dennoch werde ich dich nicht heiraten, bloß weil dich mit einem Mal dein Gewissen plagt. Wir beide wussten von Anfang an, dass mein Ansehen Schaden nehmen und ich ruiniert sein würde.«

»In der abstrakten Anschauung, ja. Aber das ist der konkrete Fall.«

»Im konkreten Fall fühle ich mich nicht im Mindesten ruiniert.« Sie schenkte ihm ein verschämtes Lächeln. »Lediglich ein bisschen sensibel an gewissen Stellen. Hat dir die letzte Nacht nicht gefallen?«

Er strich über ihre Wange. »Gott, nein. Alles andere als das.« Er ließ seinen Blick über ihr süßes, liebreizendes Gesicht wandern. Nach der Nacht, die sie geteilt hatten, fühlte sich etwas in seiner Seele endlich in Ordnung gebracht an.

»Was ist es dann? Was um alles in der Welt kannst du dir dabei denken?« Sie setzte sich umständlich auf. Die Bettlaken rutschten zu ihren Hüften hinunter, enthüllten ihre entblößte Brust.

Colin verschlug es den Atem. Er wollte in der Hölle schmoren, wenn sie nicht exakt so aussah wie in jener ersten Nacht. Die Brillenfassung war auf ihre Nasenspitze gerutscht, ihr ungebändigtes Haar umwogte ihre Schultern, ihre nackten Brüste versuchten ihn mit ihrer greifbaren Perfektion. Ein gedämpftes Stöhnen drang aus seiner Brust. »Ich denke mir«, hob er zu einer Antwort an, »dass die letzte Nacht unvermeidbar war, und ich hätte dies bereits an dem Tag erkennen müssen, als wir Spindle Cove verließen. Ich denke, dass das, was ich in meiner Eigenschaft als Gentleman zu tun habe, ist, diese Reise unverzüglich abzubrechen und eiligst Vorkehrungen für eine angemessene Vermählung zu treffen.« Er vereitelte ihren Widerspruch mit einer sanften Berührung ihrer Lippen. »Ich denke, ich würde dich liebend gern wieder auf dieses Bett drücken, die Tür verriegeln und die nächste Woche damit zubringen, deinen Körper in- und auswendig kennenzulernen. Aber am allermeisten, Min …« Er schob die Brille zurück auf ihre Nasenwurzel, damit sie jede Regung auf seinem Gesicht deutlich wahrnehmen konnte. »Am allermeisten ist mir bewusst, dass ich dir zwei Versprechen gegeben habe. Dass ich dich zu deinem Symposium bringe und dass ich dies tun werde, ohne dich zu verführen. Ich habe eines der beiden gebrochen. Aber es ist mir verflucht ernst mit dem anderen.« Er erhob sich von der Schlafstatt und bot ihr eine Hand. »Folglich denke ich, dass diese Unterredung zu warten hat. Wir dürfen keine Zeit verlieren.«

Mit einem verwirrten Kopfschütteln griff sie nach seiner Hand. »Ganz recht.«

Colin schnappte sich einen ledernen Kübel aus der Hütte, um damit Wasser von einem nahen Fluss zu holen. Derweil Minerva sich in dem Cottage ihrer morgendlichen Toilette unterzog, stürzte er sich in die eisigen Fluten – mit Hemd und allem anderen, was er am Leib trug. Seine Kleidung hatte ohnehin eine Wäsche nötig, und ihm war nach einem erfrischenden, eisigen Bad, um seine lüsternen Lenden Gehorsam zu lehren. Er hatte ihr letzte Nacht die Unschuld genommen und sie heute Morgen aufs Neue verführt. Er hatte mit all seinen ureigenen Regeln gebrochen, den wenigen übriggebliebenen Prinzipien entsagt, an die er sich noch gehalten hatte. Einerlei, welche Einwände sie vorbrachte oder wie viele seiner eigenen törichten Worte sie ihm entgegengeschleuderte, sein Gewissen beharrte darauf, dass es nur eine Lösung gab. Er hatte sie zu ehelichen. Doch zuvor hatte er sie zu diesem Symposium zu bringen. Sie wollte ihn nicht heiraten, weil sie glaubte, er täte es nur, weil er sie ruiniert hatte – doch das war nicht Colins einziger Grund. Nein, er wollte, dass sie ihn heiratete, weil er ihr zum Triumph verholfen hatte. Er würde ihr – und sich selbst – beweisen, dass er ihr gut und nützlich sein konnte. Doch kaum dass er sich erneut in das kühle Nass stürzte, wirbelte der heimtückische Schatten des Zweifels durch seine Gedanken.

Die Straße nach Edinburgh ist mit guten Vorsätzen gepflastert.

Er blendete den Zweifel aus, tauchte an die Oberfläche und wischte sich das Wasser vom Gesicht. Dieses Mal war anders. Heute war alles anders. Beim Blute Christi, er verabscheute das Landleben – und doch war er hier, inmitten der freien Natur, auf dem Weg zu einer Schäferhütte, mit dem aberwitzigen Wunsch, er könnte sie als Sommerhaus mieten.

Als er zur Hütte zurückkehrte, durchnässt und vor Kälte schlotternd, maß Minerva ihn mit einem mitleidigen Blick durch ihre Brillengläser. »Du wirst dich erkälten.«

Er zuckte die Schultern und wrang sein Hemd aus. »Die Sonne wird es alsbald trocknen. Das Erste, was es zu besorgen gilt, wenn wir in York eintreffen«, er zerrte die Hosenbeine hoch und band sie unterhalb der Knie fest, »sind frische Sachen.«

»Bist du sicher, dass es noch möglich ist, das Symposium rechtzeitig zu erreichen?« Sie zählte die Tage an ihren Fingern ab. »Uns bleiben lediglich drei weitere Nächte.«

»Es wird alles wunschgemäß verlaufen. Wir werden heute Abend in York eintreffen. Von dort werden wir, mit wieder aufgestockter Barschaft, die nächste Etappe der Reise antreten. Wir werden uns einige wenige Stunden gönnen, um eine Mahlzeit einzunehmen, einzukaufen und uns Plätze in einer Postkutsche zu besorgen, dann sind wir wieder unterwegs.«

»Aber du wirst dich elend fühlen. Postkutschen sind fürchterlich klein und beengt. Nicht zu erwähnen kostspielig. Wir werden nicht genug Mittel zur Verfügung haben, dir für die Weiterreise von York an jeder Station ein neues Pferd zu mieten.«

»Es ist das schnellste Fortbewegungsmittel. Wenn wir direkt durchfahren, werden wir Edinburgh rechtzeitig erreichen.«

»Ohne Rast weiterfahren? Wir werden nachts nicht haltmachen?« Sie blickte ihn besorgt an.

Er schüttelte den Kopf. »Dafür wird die Zeit nicht reichen.«

»Aber Colin …«

»Und uns bleibt auch keine Zeit, darüber zu debattieren.« Er schnappte sich einen Griff von Francines Truhe. »Machen wir uns auf den Weg.«

Geld gestaltete alles einfacher. Sie nahmen ein schmackhaftes Frühstück zu sich, fanden einen Transfer mit der Postkutsche in die nächstgelegene Stadt, von wo aus Colin ein Pferd mieten konnte, um wieder neben ihrer Kutsche herreiten zu können. Sein letztes Pferd für die Reise.

Sie erreichten York am späten Nachmittag. Er suchte den größten und besten von allen Gasthöfen für sie aus. Ohne Minerva aus den Augen zu lassen, trat er zu dem Wirt.

»Was kann ich für Sie tun, Sir?«, fragte jener gleichmütig.

»Uns ist an einem guten Nachtmahl gelegen. Und an der Nutzung eines Zimmers für einige Stunden, lediglich um auszuruhen und die Garderobe zu wechseln. Zudem müsste ich erfahren, wo ich eine Postkutsche finden kann, die uns nach Norden bringt.«

»Wie weit nördlich wollen Sie reisen?«, fragte der Gastwirt.

»Edinburgh. Wir wollen in einem durchfahren.«

»Ist dem so?« Der Mann musterte sie argwöhnisch aus seinen wässrigen Augen, indem er den Blick über ihr despektierliches Äußeres schweifen ließ.

»Ich werde Sie im Voraus entlohnen«, erbot sich Colin.

»Oh, in der Tat. Das werden Sie gewiss tun.« Der Gastwirt hob eine Braue und kratzte sich am Scheitel. Er nannte eine Zahl, und Colin zählte das Geld auf den Tresen.

Dann neigte er sich vor und wandte sich in leisem Ton an den Mann. »Hören Sie, vielleicht können Sie mir überdies mit etwas anderem aushelfen. Die junge Dame hier wurde von ihrem Gepäck getrennt. Ehe wir weiterreisen, muss ich für sie ein neues Kleid auftun. Irgendetwas Hübsches.«

Der Gastwirt beäugte Minerva. »Meine bessere Hälfte wird sicherlich was für sie finden, mein Wort darauf.«

»Die feinste Qualität, die man damit kaufen kann.« Zu dem

Betrag, den er für die Postkutsche entrichtet hatte, legte Colin mehrere Sovereigns.

Minerva japste nach Luft. »Colin, nein. Das können wir uns mitnichten leisten.«

»Es ist nicht verhandelbar. Du musst ein Kleid haben.«

»Aber …«

Der Wirt lachte. »Kommen Sie, Miss. Er muss Ihnen gewiss nichts vormachen. Ob durchgebrannt oder nicht, ein Mann möchte seine Braut untadelig gekleidet wissen.«

»Aber …«, rief Minerva ihm hinterher, als er davonschlurfte und durch eine Tür verschwand. »Sir, wir sind nicht durchgebrannt.«

»Natürlich sind Sie das nicht«, rief er zurück. »Das ist keines von euch jungen Liebespaaren.«

Entrüstet wirbelte sie zu Colin herum.

Er hob die Schultern. »Es hat keinen Sinn zu argumentieren. Meinst du, er würde glauben, dass wir zu einem Geologie-Symposium fahren?«

»Es ist seltsam«, befand sie, als sie sich zu Tisch setzten, um ihr Nachtmahl zu bestellen. »Das Glück hat es heute ungewöhnlich gut mit uns gemeint. Das Wetter war vergleichsweise angenehm, bis auf jenen kurzen Schauer. Kein Verlust an Geld und Gut. Keine Raufereien. Keine Straßenräuber. Ich blicke fortwährend über meine Schulter, in der Erwartung, jene Entführer zu erblicken, die es auf Prinz Ampersand abgesehen haben.«

»Oh, mach dir ihretwegen keine Sorgen. Wir werden diese Strauchdiebe inzwischen weit hinter uns gelassen haben. Glaub mir, diese Bande war nicht genug organisiert oder umtriebig, uns über ihre Grafschaft hinaus zu verfolgen.« Er rieb sich das Kinn. »Wiewohl ich gestehen muss, dass es mich in keiner Weise erschütterte zu erfahren, wenn uns jemand anders auf den Fersen wäre.«

»Wer?«

»Bram. Oder Thorne. Oder beide. Ich kann mir nicht vorstellen, dass die Reaktion meines Cousins, als er von unserer Abreise erfuhr, eine positive war. Er wusste, dass ich mich nicht mit Heiratsplänen trug. Und wenn Susanna irgendwelche Zweifel an deiner Bereitwilligkeit äußerte … Ich würde es jedenfalls nicht verwunderlich finden, wenn er entschied, dass du der Rettung bedarfst.«

Das Serviermädchen brachte ihnen zwei Gläser Rotwein. Colin bestellte ein deftiges Mahl aus Beefsteak, Fischsuppe, Rahmgemüse und Apfelkuchen für sich und Minerva. Sein Magen knurrte bereits vor Hunger.

»Aber ich habe eine Nachricht hinterlassen«, wandte Minerva ein, sobald sich das Serviermädchen entfernt hatte. »Ich schrieb meiner Schwester, wir seien durchgebrannt.«

»Ein dürftiger Beleg, für sich allein genommen. Im Übrigen hast du versäumt, das falsche Tagebuch zurückzulassen.«

»Das ist wahr. Und das echte Tagebuch war nicht im Mindesten vorteilhaft für deine Person.« Sie schickte ihm einen schamhaften Blick über ihr Weinglas hinweg. »Das war jedoch nicht alles, was ich zurückließ. Da war noch etwas.«

»Oh, tatsächlich?« Hellhörig geworden, lehnte er sich vor. »Was denn?«

»Du, ähm …« Errötend trank sie einen langen Schluck Wein. »Du könntest mir ja vielleicht einen Brief geschrieben haben.«

25

»Corporal Thorne!«

Samuel Thorne hielt in der Bewegung inne, die Schaufel zu heben. Er hätte diese Stimme überall erkannt. *Verdammt. Nicht sie. Nicht jetzt.*

»Corporal Thorne, ich …« Miss Taylor bog um die Ecke und verharrte abrupt, als sie ihn entdeckte. »Oh. Da sind Sie ja.«

Donner und Doria. Pflegten wohlerzogene junge Damen nicht gewisse Anstandsregeln zu haben, die sie daran hinderten, halb bekleidete Männer bei der Arbeit zu überraschen? Wie zur Hölle sollte er es anstellen, sie zu begrüßen, mit vor Schmutz starrendem Hemd und Haaren, die der Schweiß an seine Kopfhaut klebte? Er warf die Schaufel beiseite, wischte sich eilig mit einem Stück Ärmel über sein Gesicht und schloss geschwind seinen Hemdkragen. Sie besaß nicht einmal die Geistesgegenwärtigkeit, ihren Blick abzuwenden. Unverhohlen starrte sie ihn mit vor Neugier aufgerissenen Augen an. Er hätte nicht übel Lust gehabt, sich das Hemd vom Leib zu reißen, es fortzuschleudern und zu rufen: *Da. Schauen Sie, tun Sie sich keinen Zwang an. Das ist es, was Jahre der Dieberei, Gefängnisarbeit und Kampf einem Mann antun.* Er versagte sich ein zynisches Schmunzeln angesichts der Vorstellung. Oh, sie würde gewiss kreischend Reißaus nehmen.

Sie räusperte sich. »Es tut mir leid, Ihre … Arbeit zu unterbrechen.«

»Weswegen sind Sie hier, Miss Taylor? Was kann ich für Sie tun?«

Sie schwenkte ein Papier, das sie mit der Hand umklammerte. »Ich bin hergekommen, es Ihnen zu beweisen. Die Wahrheit über ihr Verschwinden. Ich habe hier einen Liebesbrief, adressiert an Minerva Highwood von Lord Payne höchstselbst. Miss Charlotte fand ihn in Minervas Strumpfschublade.«

»Nie im Leben.« Thorne würde sich eher Nägel einverleiben, bevor er glaubte, dass Payne in Miss Minerva Highwood verliebt war. Es nagte an ihm, dass er den beiden nicht gleich in der allerersten Nacht hinterhergejagt war. Doch was blieb ihm zu tun, wenn die eigene Mutter des Mädchens es verbot? Nun, wenn wenigstens Miss Taylor das Thema auf sich beruhen ließe. Er litt genug Qualen in ihrer Gegenwart, auch ohne diese widrige Geschichte.

Sie trat zu ihm und hielt ihm den Brief hin. »Lesen Sie selbst.«

Gute Güte. Jetzt wollte sie auch noch prüfen, ob er das Alphabet beherrschte. Thorne beäugte das gefaltete Billett. Ein Gefühl des Missbehagens zog ihm den Magen zusammen. Er kannte solche Briefe leidlich gut – besser als die meisten Männer in seiner Einheit –, doch er benötigte Zeit und Konzentration, um eine Botschaft von dieser Länge zu sichten. Und er fand es ungleich schwieriger, den Versuch des Lesens zu unternehmen, angesichts einer liebreizenden Schönheit, die ihm über die Schulter schaute. Wie sollte er es in ihrer Gegenwart anstellen, auch nur zwei Laute herauszubringen?

In einer Geste des Bedauerns hob er seine lehmverkrusteten Hände. »Sie werden ihn mir vorlesen müssen.«

Sie faltete das Papier auseinander. »Meine über alles geliebte Minerva«, las sie laut vor.

Das war das Letzte, was er hörte. Sie las weiter. Und er hörte weiter zu. Doch er hörte nicht mehr auf die Worte – sondern einzig auf ihre klare, helle Stimme. Überaus seltsam. Sie hatte Musik in ihrer Stimme, auch wenn sie nicht sang. Die Melodie summte in seinem Körper. Nicht in angenehmer Weise. Es schmerzte. Es war ein Gefühl, gleichartig mit dem, wenn er seine Schaufel mit aller Kraft in das Erdreich trieb und stattdessen auf harten, unnachgiebigen Fels traf. Der Schrecken ließ ihm die Zähne aufeinanderschlagen, durchzuckte seine Glieder. Sein Herz. Und jetzt hatte er nicht den verfluchten Hauch einer Ahnung, was zum Teufel sie da eben vorgelesen hatte. Er wäre besser dran gewesen, wenn er selber stumpfsinnig auf den Brief gestarrt hätte. »Genug.« Er winkte ab. »Payne hat das nicht geschrieben.«

»Oh doch, das hat er. Er unterschrieb mit seinem Namen.«

Thorne reckte den Kopf und spähte auf den Absender, der auf der Rückseite des Papiers notiert war. »Das ist nicht Paynes Handschrift.« So viel vermochte er ohne Mühe zu erkennen.

»Was?« Sie fuchtelte mit dem Brief vor seiner Nase.

»Es ist nicht seine Schrift. Das weiß ich ganz bestimmt.« Er wischte sich die Hände an seiner Arbeitshose ab und schritt zu dem Turm, den Payne als sein privates Wohnquartier nutzte. Er schloss auf, öffnete die Tür und ging geradewegs auf einen kleinen Sekretär zu. Er durchwühlte einen Stoß Schriftstücke, bis er eins mit der richtigen Handschrift fand. Er reichte es ihr. »Sehen Sie?«

Sie hielt die beiden nebeneinander und verglich sie. »Sie haben recht. Die Handschrift ist eine andere.«

»Ich sagte es Ihnen bereits. Er hat diesen Brief nicht verfasst.«

»Aber das verstehe ich nicht. Wer sonst würde dies schreiben und dann mit Lord Paynes Namen unterzeichnen?«

Er hob die Schultern und ließ sie wieder sinken. »Ein gemeiner Scherz vielleicht, um ihr Hoffnungen zu machen. Vielleicht schrieb sie es auch selbst.«

»Arme Minerva.«

Er beobachtete, wie Miss Taylor ihre Unterlippe zwischen die Zähne zog. Hastig zwang er sich, seinen Blick abzuwenden.

»Allem Anschein nach muss es sich aber doch so verhalten haben. Die beiden brannten gemeinsam durch.«

Er schnaubte verächtlich und widerstand dem Bedürfnis, ihr frank und frei zu berichten, was er unlängst von Mrs. Ginny Watson erfahren hatte. Zur Rede gestellt, hatte die junge Witwe ihm alles über Miss Minervas mitternächtlichen Besuch auf Rycliff Castle enthüllt. Thorne kannte die ganze Wahrheit und war über jeden Zweifel erhaben. Payne und Miss Highwood waren nicht miteinander durchgebrannt wie ein stürmisch verliebtes junges Paar. Letzten Endes jedoch würden sie ein Hochzeitspaar werden. So viel wollte er zumindest gewährleisten. Sollte Payne es wagen, als ungebundener Junggeselle von diesem Ausflug zurückzukehren, würde er es nicht mehr lange bleiben. Er würde Miss Minerva durch das Mittelschiff von St. Ursula geleiten, und wenn Thorne ihn mit dem gezückten Messer dazu antreiben musste. Die Frauen dieses Dorfes zu beschützen oblag seiner Pflicht, und diese nahm er sehr ernst. Was der Grund dafür war, dass er den Mund hielt. Miss Taylor brauchte nicht um die näheren Einzelheiten zu wissen, die Mrs. Watson ihm geschildert hatte. Wenn es diesem Mädchen gefiel, an die wahre Liebe zu glauben und an Märchen, die für alle Beteiligten glücklich endeten, dann wollte Thorne sämtliche unliebsamen Wahrheiten mit ins Grab nehmen. Im Übrigen war dieses Geheimnis nicht das erste, sondern nur eines von vielen, das er für sich – tief versiegelt in seiner Brust – bewahrte. So hatte er es sich geschworen – eingedenk des persönlichen Glücks von Miss Taylor.

Sie kramte in den Papieren auf dem Schreibtisch.

Er verschränkte die Arme. »Was denn, wollen Sie etwa hier herumschnüffeln?«

»Nein«, erhob sie Protest. »Nun, vielleicht. Gütiger Himmel, er schreibt wirklich viele Briefe an seine Gutsverwalter.«

»Hören Sie, ich habe einen Graben auszuheben und …«

»Warten Sie.« Sie pflückte ein Schriftstück aus einem Stapel Papiere. »Was ist das?« Sie las laut: »›Millicent … Madeira … Michaela … Marilyn …‹ Und dies *ist* von seiner Hand geschrieben.«

»Und? Es ist eine Aneinanderreihung von Namen.«

»Ja. Eine Auflistung mit Frauennamen, sämtlich mit dem Buchstaben M beginnend.« Eine Röte flog ihren Hals hinauf. »Der Buchstabe an sich bedeutet nichts, aber das … das ist der Beweis. Begreifen Sie denn nicht?«

»Nein, nicht im Mindesten.«

»Lord Payne tat stets so, als könnte er sich ihren Namen

nicht merken. Er rief sie Melissa oder Miranda und, weiß der liebe Herrgott, mit etlichen anderen Namen, die mit ›M‹ anfangen. Doch er muss das mit Vorsatz getan haben, verstehen Sie denn nicht? Um Minerva zu necken, um mit ihr zu scherzen. Er nahm nicht zuletzt die Mühe auf sich, diese Liste niederzuschreiben.«

»Nach meinem Dafürhalten entlarvt er sich damit umso mehr als niederträchtiger Lump.«

Sie schnalzte ungeduldig mit der Zunge. »Corporal Thorne. Sie wissen wahrhaftig nicht das Geringste von Romantik.«

Thorne zuckte mit den Achseln. Sie hatte recht. Er wusste um das Begehren. Um Verlangen. Er wusste, was Loyalität bedeutete und instinktiver, tief verinnerlichter Gehorsam, der sich auf eine Zeit erstreckte, die weiter zurückreichte als die frühesten Erinnerungen dieser jungen Frau. Aber er wusste einen verfluchten Deut um Romantik. Und Miss Taylor sollte Gott dafür dankbar sein.

Sie verließ ihn, jedoch nicht, ohne ihm noch ein furchtloses Lächeln zuzuwerfen. Niemand lächelte Thorne je auf diese Weise an. Doch so war sie seit jeher gewesen. Fröhlich in jeder Lebenslage. Sie sang wie ein kleiner Engel, selbst wenn sie vor den sprichwörtlichen Toren der Hölle stand. »Begreifen Sie denn nicht?«, rief sie. »Vordergründige Abneigung tarnt des Öfteren eine unterschwellige Sympathie.«

Er fühlte, wie sich sein Gesicht erhitzte. »Nicht in diesem Fall.«

»Oh doch. Diese Liste entlarvt Lord Payne beileibe nicht als gemeinen Lump.« Sie tippte mit dem Papier gegen Thornes Brust. »Sie beweist, dass er *hingerissen* von ihr war.«

26

Ich verlange zu erfahren, was in diesem Brief stand.« Ein teuflisches Grinsen auf dem Gesicht, scheuchte Colin sie die Treppenstufen des Gasthofs hinauf.

Minerva wand sich innerlich. Sie hätte es niemals erwähnen dürfen. »Können wir bitte das Thema wechseln? Du hast mir damit schon das gesamte Nachtmahl über in den Ohren gelegen. Ich habe dir lang und breit erklärt, dass ich mich nicht entsinne.«

»Und ich habe dir erklärt, dass ich dir nicht glaube.«

»Es tut nichts zur Sache, ob du mir glaubst oder nicht.«

Sie öffnete die Tür zu ihren Gemächern. In der Zeit, als sie unten beim Essen saßen, hatte man einen Diener geschickt, einige unverzichtbare Herrenutensilien für Colin zu besorgen. Und ein Stubenmädchen hatte das schönste, kaum getragene Gewand, das sich für drei Pfund erwerben ließ, für Minerva auf dem Bett ausgebreitet. Ein erstaunlich reizendes Musselinkleid in gebrochenem Weiß, mit winzigen rosafarbenen Streublumen bestickt. Ein wärmendes Feuer prasselte im Kamin. Und ihr Nachtlager war überhäuft mit Kissen und weichen Daunendecken. Oh, wie Minervas von den Reisestrapazen geschundener Körper danach lechzte, in ebendieses Bett zu sinken und dort tagelang zu verweilen.

»Ich will mich nur rasch umziehen, ehe unsere Postkutsche

bereitsteht.« Sie verschwand hinter einem Paravent, um ebenjener Konversation zu entkommen.

»Dann werde ich mir eine Rasur genehmigen.« Sie hörte, wie er zum Waschtisch hinüberging. »Nichtsdestoweniger werde ich dir so lange auf den Zahn fühlen, bis du alles gestehst. Habe ich seitenlange Abhandlungen verfasst? Deine Augen mit Brightoner Diamanten verglichen?«

»Es sind *Bristol*-Diamanten. Und nein, das hast du nicht getan.«

»Aha. Demnach erinnerst du dich doch an den Inhalt.«

Sie ließ schnaubend den Atem entweichen. »Also gut. Ja. Ich erinnere mich. Ich erinnere mich an den Inhalt, Wort für Wort.«

Wasser plätscherte in die Waschschüssel, und sie vernahm das Kratzen des Rasierpinsels auf seinem stoppeligen Kinn. Der vertraute Duft seiner Rasierseife erfüllte die Luft. Es duftete nach Gewürznelke.

»Ich höre«, ermunterte er sie.

Hinter dem Paravent zupfte sie an einem eingerissenen Fingernagel. »Du schriebst, du würdest mich betrachten, wenn ich es nicht bemerke. Mir verstohlene Blicke zuwerfen, wenn ich in Gedanken versunken bin oder wenn mein Kopf über ein Buch gesenkt ist. Dass du bewunderst, wie es meinen dunklen unbändigen Locken fortwährend gelingt, den Haarnadeln zu entwischen und sich in meinem Nacken zu ringeln. Du erwähntest den warmen Schimmer meiner Haut, dort, wo die Sonne sie geküsst hat. Du schriebst, du würdest von einer animalischen inneren Leidenschaft verzehrt, für eine bezaubernde Lady mit Haaren, schwarz und glänzend wie Rabengefieder, und schwelgerischen Lippen. Dass du in mir eine seltene, ungezähmte Schönheit siehst, die anderen Männern verborgen bleibt. Klingt das vertraut für deine Ohren?«

»Oh, das hast du nicht getan.« Er stieß einen gedämpften Fluch aus, sein Rasiermesser fiel klappernd auf den Marmor der Waschkommode. »Du kannst dich nicht an *alles* erinnert haben, was ich in dieser Nacht erzählte.«

»Aber gewiss konnte ich das. Gab es bessere Worte, um einen gefälschten Brief von dir zu füllen? Sie waren letztendlich sämtlich deine.« Sie seufzte. »Du schriebst, ich sei der wahre Grund, weswegen du über all die Monate in Spindle Cove geblieben bist. Und der Brief endete mit den süßesten Worten. ›Dass es einzig Sie sind, Minerva. Dass stets Sie es gewesen sind.‹«

Er verstummte für eine lange Zeit. So lange, wie es dauerte, bis Minerva vierzehn Häkchen im Rücken ihres schadhaften blauen Seidengewands geöffnet, die Bänder ihres Korsetts aufgeknotet und die winzigen Verschlüsse ihrer Chemisette gelöst hatte. Genauso lange brauchte er, um seine Rasur zu beenden und das Gemach bedächtigen Schrittes zu durchqueren.

Sie vernahm ein Knarren, als er sich auf das Bett warf. »Gott, ich war ein solcher Idiot.«

Sie unternahm keinerlei Versuch, ihn vom Gegenteil zu überzeugen.

»Und weißt du, was die größte Ironie des Schicksals ist, Min?«

»Was denn?«

»Ich mochte dich schon immer.«

Minerva, die eben ein Strumpfband über ihren Schenkel streifte, hielt in der Bewegung inne. Sie gab sich einem Augenblick sinnloser, herzzerreißender Hoffnung hin, ehe ihr ein schroffer Laut des Unglaubens entfuhr. »Also bitte.«

»Nein, wahrhaftig«, beharrte er. »Nun gut, meinethalben, vielleicht *mochte* ich dich nicht immer.«

Sieh an! Sie knotete die Spitzenbänder ihrer gestärkten Unterröcke energisch zusammen.

Er fuhr fort: »Jedoch musst du einräumen, dass da von Anfang an etwas zwischen uns war.«

»So etwas wie eine Antipathie, meinst du?« Sie trat in das neue Kleid und balancierte auf Zehenspitzen, während sie den Stoff über Reifröcke und Mieder zerrte. Die Passform war recht figurbetont. »Wie die Feindseligkeit zwischen zwei Hauskatzen, die man zusammen in einen Sack gesperrt hat?«

»So könnte man sagen.« Er schmunzelte. »Nein, es ist …« Seine Stimme nahm einen seltsam entrückten Klang an. »Ich hatte stets das Empfinden, dass du mich *sehen* kannst. In einer Weise, wie es sonst niemand tut. Dass du mit dieser anrührenden kleinen Brille geradewegs durch mich hindurchblickst. Du machtest kein Geheimnis aus dem Umstand, dass du verabscheutest, was du sahst, und damit warst du weitaus gescheiter als die meisten anderen. Dein scharfer Blick, dein entzückender Mund, dass du gänzlich immun gegen meinen Charme warst. Wenn ich mich dir gegenüber ungebührlich verhielt – und das tat ich, das muss ich zu meinem Bedauern einräumen –, so war es deshalb, weil ich mich in deiner Nähe hoffnungslos wähnte.«

Sie drückte ihr Rückgrat durch. Ob seiner Worte traute sie kaum ihren Ohren. Sie streckte ihren Kopf hinter dem Paravent hervor und spähte zu ihm hinüber. Er lag auf dem Bett, frisch rasiert und gewaschen, die Beine in Höhe der Fesseln gekreuzt und die Arme hinter seinem Kopf verschränkt. Seine Haltung schien geradezu zu schreien, *Ja, Ladys, ich bin ein ausnehmend ansehnlicher Bursche. Und ich muss mich dafür nicht einmal anstrengen.*

»Du«, sagte sie, »wähntest dich hoffnungslos in *meiner* Gegenwart? Oh Colin. Das ist nun wirklich zu dick aufgetragen.«

»Aber es ist die Wahrheit.« Sein Blick war die reine Aufrichtigkeit.

Minerva nahm abermals Zuflucht hinter dem Wandschirm. Sie war überrascht, dass ihr trommelnder Herzschlag diesen nicht längst umgeworfen hatte. »Ich habe dich nie verabscheut«, sagte sie. »Nur damit du es weißt.«

Jetzt war es an Colin, einen Laut tiefen Unglaubens von sich zu geben.

»Nun gut, ich mag dich ein wenig verabscheut haben. Aber bloß weil …« Sie seufzte, außerstande, es noch länger zu verschweigen. »Bloß weil ich vollends in dich vernarrt war. Ich wollte, dem wäre nicht so gewesen, aber ich kam nicht dagegen an. Alles, was du tun musstest, war, einen verstohlenen Blick in meine Richtung zu werfen, und schon bekam ich rasendes Herzflattern. Jedes Mal, wenn ich versuchte, in deiner Gegenwart etwas Geistreiches zu sagen, klang es boshaft oder belehrend. Ich habe mich stets für eine intelligente Person gehalten, aber ich schwöre dir, Colin, keiner hat mir jemals das Gefühl vermittelt, derart hoffnungslos unbedarft zu sein.«

»Fürwahr. Das ist … seltsam befriedigend.«

Sie lachte leise bei der Erinnerung an ihre Schwärmerei.

»Und die ganze Zeit erzählte jeder in Spindle Cove davon, was für ein perfektes Paar ihr abgeben würdet – du und Diana. Ich hörte es im Teesalon, im *All Things*, bei einer Gelegenheit abends am Kaminfeuer … Wieder und wieder ging aus den Unterhaltungen hervor, dass niemand dich mit einem Mädchen wie mir in Verbindung bringen würde. Damit hätte ich noch leben können, aber die Aussicht, deine Schwägerin zu sein?« Sie wischte sich heimlich eine Träne mit dem Handrücken fort. »Ich liebe meine Schwester. Ich war seit jeher bestrebt, Diana nicht um ihren Liebreiz, ihre Eleganz oder Schönheit zu beneiden. Aber ich hätte sie um *dich* beneidet, und die Vorstellung bereitete mir Qualen. Wenn wir also um die Krone für den hoffnungslosesten Fall wetteifern würden, ich denke, ich hätte ihn bereits gewonnen.«

Nach einer langen Pause klatschte er in die Hände. »Ich hoffe, du bist einverstanden, diese Krone gegen ein Preisgeld von fünfhundert Guineen einzutauschen. Ich kann unsere Postkutsche durch das Fenster sehen. Sie ist so gut wie abfahrtbereit.«

Minerva trat hinter dem Wandschirm hervor. »Wie sehe ich aus?« Sie drehte sich um ihre eigene Achse und musterte sich kritisch im Ankleidespiegel. »Wird das Kleid reichen?«

Er stellte sich hinter sie, legte seine starken Hände auf ihre Schultern und wartete, bis sie stillstand. »Das Kleid wird reichen. Du andererseits …«

Sie …? Sie nicht?

Aus reinem Selbstschutz versuchte sie, sich von ihrem gemeinsamen Spiegelbild loszureißen. Doch seine Hände spannten sich fester um ihre Schultern, verboten ihr, sich zu rühren. Sie beobachtete ihn ängstlich in dem Spiegelglas, derweil sein Blick über ihre Gestalt glitt. Sie konnte die Anspannung nicht mehr ertragen. »Um Himmels willen, Colin. Was ist denn?«

»Du bist schön, Min«, sagte er in einem Ton der Verwunderung. Als überraschten ihn seine eigenen Worte. »Herr im Himmel. Du bist hinreißend.«

Sie erhob Protest. »Das bin ich nicht. Du weißt, dass ich das nicht bin.«

»Was macht dich so sicher?«

»Noch nie zuvor hat mich jemand schön genannt. Ich bin einundzwanzig Jahre alt. Wenn es sich so verhielte, hätte es der eine oder andere mittlerweile sicherlich bemerkt.«

Er schien kurz darüber nachzudenken und ließ dann eine Hand sinken, um den Saum ihres Ärmels zu glätten. »Es ist schwerlich vorstellbar, dass sich Schönheit von diesem Ausmaß übersehen lässt. Aber vielleicht warst du nur bis kürzlich nicht schön.«

Ein nervöses Lachen drängte aus ihrer Kehle. »Ich bin mir gewiss, dass ich mich keiner dramatischen Veränderung unterzogen habe.« Sie maß prüfend ihr eigenes Spiegelbild, um wirklich sicherzugehen. Dieselben großen braunen Augen blickten sie an, umrahmt von einer Brillenfassung aus Messingdraht. Sie spähten aus demselben weich gerundeten Gesichtsoval über einem lustigen herzförmigen Mund. Ihre Haut hatte Sommersprossen und über die zurückliegenden Tage einen zarten Goldton angenommen, aber ansonsten … »Ich bin dieselbe Person, die ich immer war.«

»Nun, ich nicht«, erwiderte er schlicht, während er gierig ihr Spiegelbild in sich aufsog. »Ich habe mich verändert. Ich bin am Boden zerstört. Völlig ausgezehrt.«

»Bitte, tu das nicht. Zieh mich nicht damit auf.« *Ich kann es nicht ertragen, erneut auf diese Art verletzt zu werden.*

»Ich ziehe dich nicht auf. Ich mache dir Komplimente.«

»Das ist es ja eben. Ich will keine Komplimente. Was das betrifft, bin ich nicht fantasiebegabt.«

»Nicht fantasiebegabt?« Er lachte. »Min, du hast von allen Menschen, dich ich kenne, die blühendste Fantasie. Du kannst auf eine bizarr geformte Aushöhlung im Boden starren, und schon siehst du eine weite, vorzeitliche Landschaft mit gigantischen Echsen vor dir. Aber zu glauben, dass du schön bist, ist zu viel verlangt?«

Darauf wusste sie keine Antwort.

Er überlegte. »Vielleicht ist ›schön‹ nicht das treffende Wort. Es ist zu gewöhnlich, das Wesen deiner Anziehungskraft ist ein selteneres. Du verdienst deshalb auch ein seltenes Kompliment. Eines, das aufrichtig gemeint ist und nur für dich ersonnen. Damit es keinerlei Zweifel gibt.«

»Wahrhaftig, du musst nicht …«

»Psst, keine Widerrede. Ich werde dir mit Komplimenten schmeicheln. Ernsthaft. Kein Unfug mehr. Du musst auch nichts erwidern, aber ich beharre darauf, dass du dort stehst und sie annimmst.« Er macht eine kurze Pause, um tief Atem zu schöpfen. »Einmal«, begann er, »es liegt Jahre zurück, hörte ich diesen Burschen vor dem *Adventurers Club* sprechen. Er erzählte von seinen Reisen in den Amazonasdschungel.«

Minerva behagte der Gedanke daran nicht, wohin diese Exkursion führte. Sie hatte das scheußliche Gefühl, dass er sie mit irgendeiner seltenen fleischfressenden Pflanze vergleichen wollte. Eine, die mit grellroten Blüten und dem Geruch von verwesendem Fleisch ihre Beute anlockte.

»Er war ein Entomologe, dieser Bursche.«

Oh Gott. Noch schlimmer! *Insekten.* Er wollte sie mit irgendeinem dort beheimateten Krabbeltier vergleichen. Riesenhaft groß und mit haarigen Beinen, das Gift spuckte oder kleine Nager fraß. *Beruhige dich,* redete sie sich zu. Es könnte auch ein Schmetterling sein. Schmetterlinge sind hübsch. Zuweilen sogar wunderschön, das hing von der Gattung ab. Wie sie erfahren hatte, wurden sie im Amazonasgebiet groß wie Speiseteller.

»Einerlei, dieser Bursche hatte lange Jahre in den Tiefen des Dschungels bei den Eingeborenen gelebt und dort Jagd auf hartschalige Käfer gemacht.«

»Käfer?« Das Wort kam wie ein Wimmern über ihre Lippen.

»Ich kann mich offen gestanden nicht im Einzelnen erinnern. Ich verschlief das meiste von seinem Vortrag, aber was ich behalten habe, ist dies: Das Stammesvolk, bei dem er lebte, kannte Dutzende Begriffe für Regen. Weil er ein ganz gewöhnliches Phänomen für sie war, weißt du. Wo sie lebten, regnete es nahezu ständig. Mehrere Male am Tag. Folglich hatten sie Wörter für leichten Regen und starken Regen und klatschenden Regen. An die achtzehn verschiedene Begriffe für Gewitterstürme und ein umfassendes Unterscheidungssystem für alle Arten von Nebel.«

»Weswegen erzählst du mir das?«

Er streifte versonnen mit einer Hand ihren Arm hinunter. »Weil ich hier stehe und mir wünsche, dir ein treffliches Kompliment zu machen, doch mein dürftiges Vokabular lässt mich im Stich. Dazu, denke ich, bedarf es einer wissenschaftlichen Exkursion. Ich bin gehalten, mich tief in einen Dschungel vorzuwagen, wo Schönheit den Platz von Regen einnimmt. Wo der Liebreiz selbst in regelmäßigen Intervallen vom Himmel fällt. Jede Oberfläche betupft, den Boden durchsetzt, nebelhaft in der Luft hängt. Denn so wie deine Erscheinung eben jetzt anmutet …« Sein Blick fing ihren im Spiegel auf. »Sie haben dort ein Wort dafür.«

Verzaubert von seiner Berührung und seinem warmen, weichen Tonfall, beobachtete sie im Spiegel, wie ihre Augen glasig wurden. Sie lehnte sich zurück an seine Brust. Sein Herzschlag pochte gegen ihre Wirbelsäule, hallte durch ihren Brustkorb, ähnlich einem leisen, weit entfernten Trommelschlag.

»Dort sollen sie viele Begriffe für Schönheit haben«, fuhr er fort, während er seine Lippen dichter an ihr Ohr brachte und seine Stimme zu einem samtenen Flüstern senkte. »Worte für tägliche Schauer der Anmut und die Art nebelhaften Liebreizes, der sich verflüchtigt, sobald du versucht bist, nach ihm zu greifen. Schönheit, die sich durch eindrucksvolles Donnergrollen ankündigt, sich dann aber als Irrlicht erweist. Und neben alledem existiert ein Wort … ein Wort, das selbst die ergrauten, weisesten Stammesältesten vielleicht zwei Mal in ihrem Leben ausgesprochen haben, noch dazu in gedämpftem, furchterfülltem Ton. Ein Begriff für eine plötzliche, umwälzende Sintflut der Schönheit, mit der Macht, Landschaften zu verwandeln. Aus Tälern weite Ebenen zu machen und den Lauf der Flüsse zu verändern, Menschen zurückzulassen, die sich an Bäume klammern, mit dem Leben davongekommen, und voller Groll mit ihren geballten Fäusten gen Himmel drohend.«

Ein Hauch sinnlicher Versagung verlieh seiner Stimme einen spröden Klang. »Ich hätte nicht übel Lust, gemeinsam mit ihnen die Götter zu verfluchen, Min. Irgendein wilder Monsun wütete in mir, als ich dich gerade eben ansah. Er ließ mein Innerstes verwandelt zurück, und ich weiß nicht, wie es weitergehen soll.«

Sie blickten wie gebannt in den Spiegel. Sie betrachtete erst ihn, dann sich selbst. »Ich habe mich in dich verliebt«, gestand sie bestürzt. »Wenn ich irgendwie verändert scheine, so kann ich mir bloß vorstellen, dass es deswegen ist.«

Sie beobachtete ihn, gespannt auf seine Reaktion. Sein Gesicht gefror mit einem Mal zur Maske. Unveränderlich attraktiv, aber emotionslos. Und dann, endlich, zuckte der Hauch eines schalkhaften Lächelns in seinem Mundwinkel. »Oh Min …«

»Schweig.« Sie straffte ihre Schultern, um Distanz zwischen ihnen zu schaffen. Sie war sich recht sicher, dass er zu irgendeiner scherzhaften Bemerkung ansetzte, um die Anspannung zu zerstreuen. Etwas wie: *Oh Min, mach dir keinen Kummer. Du wirst alsbald darüber hinwegkommen,* oder: *Oh Min, denk an den armen Sir Alisdair.* »Untersteh dich.« Sie wandte sich von dem Spiegel ab und ihm zu. »Wage es ja nicht, dir einen Scherz zu erlauben. Es erforderte ein hohes Maß an Mut auszusprechen, was ich dir eben eingestand. Du brauchst kein Wort der Erwiderung zu äußern, ich beharre einzig darauf, dass du Manns genug bist, es zu akzeptieren. Ich werde nicht zulassen, dass du meine Gefühle auf die leichte Schulter nimmst oder deine eigenen verharmlost, als seist du ihrer nicht wert. Weil du es bist, Colin. Du bist eine großmütige, aus tiefster Seele gute Person, und du verdienst es, geliebt zu werden. Tief, aufrichtig, von Herzen und auf Dauer.«

Er blickte aufs Äußerste verblüfft drein. Nun, was erwartete er denn, nach der Macht, die er ihr gegeben hatte? Er konnte eine Frau nicht mit einem sintflutartigen Monsun der Schönheit vergleichen und dann erstaunt sein, dass er sich nasse Füße geholt hatte.

»Du leichtsinniger Mann.« Sie legte sanft eine Hand an seine Wange. »Du solltest wahrlich vorsichtiger mit derartigen Komplimenten sein.«

»So scheint es.«

Sie seufzte und glättete sein Revers. »Ich weiß, du trägst dich mit der Idee, dich in Schottland mit mir zu vermählen. Damit der Ehre Genüge geschieht, nehme ich an. Nachdem du mich mit einem vorübergehenden Anfall von Mut bestärkt hast, will ich dir dieses eine sagen. Ich werde dich nicht heiraten, um der Ehre zu genügen.«

»Wirst du nicht?«

»Nein.« So schwierig es war, sie zwang sich, seinen Blick zu erwidern. »Ich werde dich nur dann heiraten, wenn du mich liebst und wenn du mir zugestehen kannst, dich zu lieben.« Ein bittersüßes Lächeln eroberte ihre Lippen. »Damals, an jenem Abend im Turm, schenktest du mir eine Ahnung davon, wie es sich anfühlen würde, deine Liebe zu besitzen. Es war die erhebendste Empfindung, die ich je hatte. Ich war von dem Gefühl beseelt, alles – absolut *alles* – könnte möglich sein. Als sich das als falsch erwies ... da war ich niedergeschmettert. Colin, glaube mir. Ich würde lieber als unverheiratete Jungfer sterben – arm, entehrt, verhöhnt und allein –, als tagtäglich derart großen Kummer zu erleiden.«

Reumütig senkte er seinen Blick. »Das ist es eben, kleine Lady. Ich beginne etwas mit den besten Absichten, und dennoch ... werden die Leute um mich herum verletzt.«

Also das war es. Ihr vor Gefühlen schier berstendes Herz pochte auf geborgte Zeit. Trost zu suchen bei dem Mann, der es alsbald brechen würde, schien in der Tat töricht, dennoch tat sie es. Sie ließ ihre Stirn an seine Schulter sinken.

Er legte seine Hände auf ihre Arme und streichelte sanft auf und ab. Sein Kinn ruhte kantig und schwer auf ihrem Kopf. »Ich werde dich und Francine wohlbehalten nach Edinburgh bringen.« Er drückte einen entschlossenen Kuss auf ihren Scheitel. »Wenn ich dir nichts anderes versprechen kann, aber das eine verspreche ich dir.«

27

Alles, was recht war. Colin hielt sich für einen Patrioten und einen ergebenen Diener der Krone. Aber bei Gott, soeben hasste er England. Dieses verdammenswerte Land, geplagt von unaufhörlichem Regen und geschlagen mit morastigen, furchig ausgewaschenen, kaum passierbaren Straßen.

Ihr erster Tag durch die Grafschaft York hatte sich gut angelassen. Alles war wie am Schnürchen gelaufen, solange sie die Pferde wechseln konnten. Er unternahm die eine oder andere Stippvisite in die Kutsche, ansonsten verbrachte er die meiste Zeit der Reise, indem er neben dem Postillion ritt. Die Straßen und das Wetter waren akzeptabel geblieben. Seine Hoffnungen hatten zu wahren Höhenflügen angesetzt. Und dann, heute, hatte der Himmel seine Schleusen geöffnet. Seither regnete es ohne Unterlass. An einer Kutschenstation hatten sie eine Stunde gewartet, bis frische Pferde verfügbar waren. Die Straßenverhältnisse waren streckenweise derart katastrophal, dass sich ihre Fahrt so sehr verlangsamte, als würden sie im Schneckentempo dahinkriechen. Die ganze Zeit über tickte eine Uhr in Colins Kopf. Jede Stunde kümmerlichen, stockenden Fortkommens ließ sie weiter und weiter hinter ihren Zeitplan fallen. Die Verzögerung ließ ihn innerlich aufbegehren. Er hatte Minerva rechtzeitig zu ihrem Symposium zu bringen. Er hatte es *versprochen*. Wenn er nicht einmal diese Reise erfolgreich bewerkstelligte, wie sollte er sie dann bitten, ihm für den Rest ihres Lebens zu vertrauen? Gute Absichten und schöne Komplimente reichten nicht aus. Er hatte den Beweis zu erbringen, ihr wie auch sich selbst. Aber noch war nicht alles verloren. Ihnen blieb noch genug Zeit, Edinburgh zu erreichen, doch schwand ihr Puffer immer mehr. Es gab keinen Raum für weitere Fehleinschätzungen. Als sie einige Stunden zuvor ihr Mittagsmahl eingenommen hatten, war Colin eines klar geworden – ab diesem Punkt hatte alles ohne weitere Komplikationen zu verlaufen.

Ungefähr fünfzehn Meilen später hatten sie sich festgefahren. Das Dilemma hatte in der letzten Kutschenstation seinen Lauf genommen. Dort waren keine Pferde zum Anmieten verfügbar gewesen, und die Aussichten, dass noch welche eintreffen würden, standen – bedingt durch Regenfälle und verschlammte Straßen – erwartungsgemäß schlecht. Colin hatte seine sämtlichen Überredungskünste aufgeboten und eine nicht unerhebliche Summe Geldes, um den Kutscher zu überzeugen, mit demselben Gespann über eine Nebenstrecke weiterzufahren, ihm zusichernd, dass er in einigen Meilen Entfernung einen Ort kenne, wo es starke, frische Pferde gebe. Das hätte fabelhaft funktioniert, wenn sie nicht auf halbem Wege in eine Furche geraten und mit zwei Wagenrädern bis zu den Speichen im aufgeweichten Boden versunken wären. Colin versuchte, das zugeladene Gewicht zu verringern. Es half nichts. Er trat hinter die Kutsche und schob sie mit all seiner Kraft an, derweil der Postillion das Gespann mit Peitschenhieben antrieb. Es half nichts. Mittlerweile vom Regen völlig durchnässt und starrend vor

Schmutz, hatte er Mühe, seiner Verzweiflung Herr zu werden. Sie konnten ihr Ziel noch erreichen, es war nicht zu spät. Mit einem frischen Gespann hätten sie sich befreien können, aber diese armen Tiere waren aufs Äußerste erschöpft. Nachdem er sich mit dem Fuhrmann ausgetauscht hatte, half er dem Mann, die Pferde auszuschirren, und kehrte zu Minerva zurück

»Was geht da vor sich?«, fragte sie, als sie den Kutschenverschlag geöffnet hatte, um ihn zur Rede zu stellen. »Bringt er die Pferde fort?«

»Ja. Sie sind zu erschöpft, um uns aus dem Schlamm herauszuziehen, deswegen macht er sich auf den Weg, sie gegen neue einzutauschen. Ich nannte ihm eine Wechselstation in der Nähe. Wir werden hier warten, bis er zurückkehrt.«

Sie sah ihn sichtlich betroffen an. »Hier warten?«

Er nickte.

»Im strömenden Regen?«

Er reckte sein Gesicht zum Himmel. »Ich denke, es hellt sich ein wenig auf.«

»Wenn das so ist.« Sie riss die Tür auf und sprang aus der Postkutsche, um sogleich knöcheltief im Schlamm einzusinken. »Ich werde hier draußen mit dir warten.«

»Nein, nein«, drängte er. »Setz dich wieder in die Kutsche. Der Regen lässt gewiss nicht so rasch nach.«

Tropfen besprenkelten ihre Brillengläser. »Dann war auch das eine Lüge?«

Verdammt! »Ich versuchte, optimistisch zu klingen.«

»Weshalb die Mühe?« Sie spähte verdrossen die Landstraße hinunter und schüttelte den Kopf. »Colin, du musst einräumen, dass es …«

»Nein, nicht.« Er wusste, was jetzt kommen würde, und ihre Worte hätten ihm den Rest gegeben. »Sag es nicht.«

»Ich nenne lediglich Tatsachen. Selbst wenn der Postillion zurückkehrt, sind wir Stunden hinter dem Zeitplan. Und mit diesem Regen …«

»Sag es nicht.« Er fasste sie bei den Oberarmen und drehte sie herum, sodass sie ihm das Gesicht zuwandte. Der Regen hatte feine Haarsträhnen an ihre Wangen geklebt. »Es ist nicht vorbei, Min, ich habe dir ein Versprechen gegeben. Ich werde dich und Francine wohlbehalten in Edinburgh abliefern.« Er rieb mit seinen Händen über ihre Arme, ein unentwegtes Auf und Ab, um sie durch den Stoff hindurch zu wärmen. Das Fähnchen von einem Gewand, das der Gastwirt ihnen verkauft hatte, war viel zu dünn für dieses Wetter. »Und jetzt kletterst du zurück in die Kutsche, bevor du dir den Tod holst.«

Minerva wollte Widerspruch einlegen, doch das Geräusch lauter werdenden Hufschlags, das über den morastigen Boden übertragen wurde, ließ sie innehalten.

Colin schnellte verblüfft herum. Eine Kutsche, gezogen von einem eindrucksvollen Vierergespann, näherte sich ihnen.

»Siehst du?« Er gab sie frei. »Ich habe es dir doch gesagt. Sieh nur, da kommt unsere Rettung.«

Als die Kutsche näher kam, stellte Colin sich an den Straßenrand und schwenkte die Arme über dem Kopf. Der Kutscher verlangsamte.

Ein Glasfenster schwang auf, und ein Gesicht spähte hinaus. Eine Frau mit gütigen Zügen und einer Spitzenhaube auf den ergrauten Haaren. Wundervoll. Colin hatte bei silberhaarigen Damen stets grandiosen Erfolg. Doch besagte Dame kniff argwöhnisch die Augen zusammen und sagte nur: *»Sie.«*

Zum Henker! Aber was hatten sie schon zu verlieren?

»Aber, Mrs. Fontley«, begrüßte er sie, indem er sich zu einem Lächeln überwand. »Wie reizend, Sie wiederzusehen. Und welch glücklicher Zufall obendrein. Wie Sie sehen können, stecken wir ein wenig in der Klemme.«

»Sie sollten im Gefängnis stecken, Sie Unhold.«

»Meine Rede.« Mr. Fontleys Gesicht erschien in dem kleinen Fensterrahmen neben dem seiner Frau. »Sie haben vielleicht Nerven, Sand. Wenn das überhaupt Ihr richtiger Name ist.«

»Das ist er nicht, in der Tat. Ich habe Sie in London angelogen, und das war falsch. Aber ich werde Ihnen jetzt die ganze Wahrheit darlegen. Ich bin ein rechtschaffen nutzloser, mit Schlaflosigkeit geschlagener Viscount, aber«, er deutete auf Minerva, »meine Begleiterin hier ist eine brillante Geologin. Wie Sie vielleicht wissen, findet in Edinburgh ein Symposium statt. Wir müssen bis morgen dort ankommen, damit sie ihre Funde präsentieren kann – Fossilien riesiger Echsen, dazu angetan, unser Verständnis von der erdzeitlichen Entstehungsgeschichte zu verändern.«

Mrs. Fontley entfuhr ein ungläubiges Lachen. »Echsen? Erst Kobras und jetzt *Echsen*?«

»Nein, nein. Dies ist nicht vergleichbar mit den Kobras. Ich schwöre auf meinen Titel, dieses Mal erzähle ich Ihnen nichts als die unumstößliche Wahrheit.«

Mr. Fontley gab dem Kutscher mit einem Klopfen auf das Dach ein Zeichen. »Vorwärts.«

»Bitte, zeigen Sie ein wenig Mitgefühl. Lassen Sie uns nicht hier zurück.« Colin packte den Türgriff.

Durch das Fenster schlug Mrs. Fontley ihm mit einem zusammengerollten Sonnenschirm auf die Finger. »Fort von unserer Kutsche, Sie hinterlistiges Gesindel.«

»Gilbert?« Minerva klopfte an das vordere Kutschenfenster. »Gilbert, ich bitte Sie inständig. Können Sie sie nicht überzeugen, uns zu helfen?«

Der junge Mann presste seine Hand auf das Glas und bedachte sie mit einem bekümmerten Blick. »Ich werde für Sie beten.«

Der Fahrer ließ die Peitsche knallen, und das Gespann setzte sich in Bewegung. Colin blieb nichts anderes übrig, als Minerva beiseitezuziehen, sonst wäre sie von den Rädern erfasst worden. Als die Kutsche Fahrt aufnahm, warfen die Diener zwei sperrige Gegenstände hinunter. Mit einem schmatzenden Klatschen landeten sie, ringsum mit Schmutz bespritzt, mitten auf der Straße. Minervas Reisetruhen.

Colin starrte darauf und war versucht, laut aufzulachen. Doch es blieb ihm im Hals stecken. Nichts von alledem war noch erheiternd. Er wischte sich den Regen aus dem Gesicht, wandte sich zu Minerva und stellte fest, dass ihr Blick auf ihm ruhte. »Bemüh dich nicht«, sagte er. »Ich weiß, was du mir sagen willst.«

»Ach tatsächlich?«

Er nickte. »Du willst mir sagen, dass dies alles meine Schuld ist. Dass uns die Fontleys, wenn ich sie nicht angeschwindelt hätte, jetzt geholfen hätten.«

Sie sagte nichts dergleichen. Stattdessen verschränkte sie nur ihre Arme und blickte auf ihre lehmverkrusteten Stiefel.

»Aber dann würde ich zu dir sagen«, fuhr er fort, »dass, wenn ich die Fontleys nicht angeschwindelt hätte, wir erst gar nicht so weit gekommen wären.«

Sie maß ihn stirnrunzelnd. »Argumentierst du des Öfteren mit dir selbst?«

»Und dann wirst du sagen: *Aber Colin …*« Er hob seine Stimme, um sie nachzuahmen. »Wenn wir doch bloß die Postkutsche genommen hätten, dann wären wir bereits in Edinburgh. Und in diesem Punkt hättest du sogar recht.«

»Bitte leg mir keine Worte in den …«

Er winkte ab. »Du fröstelst. Hast du einen Umhang in eine dieser Truhen gepackt?«

Sie schüttelte den Kopf. »Ich fühle mich fabelhaft.«

»Verdammt, erzähl mir nicht, dass du dich fabelhaft fühlst.« Der Regen nahm an Stärke zu, und er musste die Stimme heben, um sich verständlich zu machen. »Dein Kleid ist klamm und klebt dir am Körper. Du bist hier und nicht in Schottland. Du bist …« *Du bist bei mir und nicht bei einem besseren Mann.* »Also sag mir nicht, du würdest dich fabelhaft fühlen, Min.«

»Na schön«, gab sie schließlich zu, ihre Hände zu Fäusten geballt. »Ich fühle mich alles andere als fabelhaft. Ich bin enttäuscht, verzweifelt und mir ist e…entsetzlich kalt. Bist du jetzt zufrieden?«

Gottverdammt. Er fuhr sich mit beiden Händen durch das Haar und starrte die Landstraße hinauf. Solch ein simples Ding, so eine Straße. Bloß ein Streifen Erde, der von einem Ort zum anderen führte. Und alle übrigen Menschen in der zivilisierten Welt, die sich mit der Absicht trugen, von einem Ort zum anderen zu reisen, würden einfach in eine verfluchte Kutsche steigen und dorthin fahren. Jeder andere Mann in England hätte sie wahrscheinlich bereits in Edinburgh abgeliefert. Jeder andere Mann würde mit ihr an einem sicheren, trockenen Ort abwarten, bis der Regenguss aufhörte. Er schritt zu der Postkutsche und hielt die Tür auf. »Hinein mit dir.«

Minerva verzichtete auf weitere Einwände und kletterte in die Kutsche. Colin, der nach ihr einstieg, zog die Tür ins Schloss. Im Abteil war es sehr beengt, was an den nun drei Fahrgästen lag. Seit es zu regnen begonnen hatte, war Francine nämlich in der Kutsche mitgefahren. Sobald er sich aus seinem klammen Mantel geschält und diesen über Minervas Schoß gelegt hatte, knotete Colin sein Halstuch auf. Er ließ den Stoff durch seine Hand gleiten und benutzte die trockenen Enden, um sich damit über Gesicht und Hals zu wischen.

Sie betrachtete ihn mit Besorgnis.

»Ich fühle mich bestens«, wiegelte er ab. »Es wird nicht mehr lange dauern. Ich gab dem Postillion explizite Anweisung. Er wird in Kürze zurückkehren, sodass wir weiterreisen können. Alles wird gut werden.«

»Und was gedenkst du mit der Pistole zu tun?« Während er geredet hatte, hatte er die Waffe unter der Sitzbank hervorgeholt und begonnen, sie mit Kugel und Pulver zu laden.

»Schlichte Vorsicht«, lautete seine Antwort. »So wie wir hier festsitzen, sind wir für Diebe eine leichte Beute.«

Sie wusste nicht recht, wie seine düstere Stimmung zu werten war. Es war mehr als nur die Enge in der Kutsche. Er schien sich die Schuld an allem zu geben – das Wetter eingeschlossen. Und sie war auf sich selbst wütend, weil sie sich von ihm verleiten hatte lassen, ihn mit noch mehr Vorhaltungen zu überschütten. Nichts davon war seine Schuld. »Colin, diese Reise war allein meine Idee. Ich bin untröstlich, dich diesbezüglich bedrängt …«

»Unnötig, dass wir das diskutieren.« Er verschloss das Pulverhorn.

Sie versuchte, seinen Wunsch um Stillschweigen zu respektieren, doch es fiel ihr nicht leicht.

Nach einer Minute sagte er scheinbar nebenher: »Es ist wahrlich eine Schande, dass kein besseres Wetter ist.« Seine Finger trommelten auf das Fensterglas. »Alle möglichen Arten von eindrucksvollen Gesteinsformationen finden sich in dieser Gegend. Du wärst gewiss in deinem Element.«

Sie warf einen flüchtigen Blick aus dem Fenster auf das grau schraffierte Rechteck aus Regen, das dadurch zu sehen war. »Dann hast du diese Strecke bereits bereist.«

»Oh ja, ungezählte Male.«

Ungezählte Male? Das ergab keinen Sinn. Sie dachte, er hätte ländliches Gebiet gemieden, seit damals … »Gute Güte.« Eine aufrüttelnde Erkenntnis fuhr ihr durch Mark und Bein. Sie griff nach seiner Hand. »Colin. Wir sind nicht zufällig in der Nähe deiner Heimat?«

Sein Schweigen bestätigte, was er nicht auszusprechen vermochte. Ihr Herz verkrampfte sich. Das also war der Grund, weshalb er wusste, wo der Postillion frische Pferde finden könnte. Er hatte den Mann kurzerhand zu seinem eigenen Gut geschickt.

»Ist es hier in unmittelbarer Nähe geschehen?«, fragte sie. »Der Unfall, meine ich?«

Er nahm einen gepressten Atemzug, der das Produkt großer Anstrengung schien. »Eigentlich nicht. Es ist nicht so nah.«

Aber auch nicht so weit entfernt, dachte sie.

Überwältigt von ihren Empfindungen, rutschte sie näher zu ihm und verwob ihre Finger innig mit seinen. Er saß mit ihr in einer beengten, stickigen Kutsche, bei Einbruch der Nacht, und sie saßen auf derselben Landstraße fest, die seinen Eltern das Leben genommen und ihn seiner kindlichen Unschuld beraubt hatte. Dies war fast so, als müsste Colin barfuß über die schwefeldampfenden Promenaden der Hölle spazieren – und er tat es für sie. Für *sie.* Sie umschlang ihn fester. *Ich danke dir,* drängte es sie zu sagen. *Danke, dass du an mich glaubst. Dass du dieses Wagnis auf dich nimmst, für mich. Würde ich dich nicht schon so wahnsinnig lieben, dann würde ich es jetzt gewiss tun.* Doch sie wusste, dass tränenreiche Eingeständnisse schwerlich das waren, was er in diesem Augenblick brauchte. Diese Situation rief nach Zerstreuung. Also sagte sie stattdessen: »Ich bin sicher, es wird nicht mehr lange dauern. Was sollen wir mit uns anfangen, um uns die Zeit zu vertreiben?«

»Warum liest du mir nicht noch einmal deine Präsentation vor, und ich täusche vor, kluge Fragen dazu zu stellen?«

Mit seinen Worten konnte er ihr sogar ein kleines Lachen entlocken.

Seine Stimme nahm einen sanften Ton an. »Nein, ernsthaft. Es gefällt mir, dir zu lauschen. Ich kann mir nicht anmaßen, jedes einzelne Wort deiner Präsentation zu verstehen, aber ich muss kein Experte sein, um zu wissen, dass du Bedeutsames zu sagen hast. Ich muss kein Geologe sein, um zu verstehen, dass es hervorragend geschrieben und sorgsam begründet ist. Und die Art, wie du all diese mehrsilbigen Wörter betonst?« Er presste seinen Schenkel gegen ihren. »Macht mich jedes Mal hart wie einen Fels.«

Sie errötete. Nicht bloß wegen seiner Anspielung, sondern angesichts seiner aufrichtigen Würdigung ihrer wissenschaftlichen Arbeit. Trotz all seines Spotts über die vergangenen Monate hinweg musste sie ihm eines lassen: Er hatte ihr zu keiner Zeit zu verstehen gegeben, dass es ihr an eigenem Verstand fehle, oder angedeutet, dass ihr weibliches Geschlecht ein intellektuelles Handicap sein müsse. Wie viele Männer seines Standes und Einflusses wären ohne Weiteres bereit, eine junge unvermählte Frau als ihnen intellektuell überlegen anzuerkennen? Vermutlich würde sie es herausfinden, wenn sie Edinburgh erreichten. *Falls* sie Edinburgh erreichten.

»Wir werden es schaffen«, beteuerte er, als könnte er ihre Gedanken lesen. »Komm, lies dir noch einmal deine Präsentation durch.«

»Es ist schon zu dunkel, um meine Aufzeichnungen durchzugehen.«

»Ach.« Mit angespannter Miene lehnte er sich erschöpft gegen die Kutschenwand. Er nestelte an seinem offenen Kragen, als wollte er sich Luft zufächeln. »Es steht anzunehmen, dass es bald Nacht wird.«

Heilige Einfalt! Minerva stöhnte innerlich auf. Von allen törichten Dingen hatte sie ausgerechnet dies sagen müssen. Er bemühte sich nach Kräften, sein physisches Unwohlsein zu verbergen, dennoch merkte sie, was für Qualen er litt. »Colin, warum steigen wir nicht aus und gehen zu Fuß weiter?«

»Weil es in Sturzbächen gießt?«

»Ein bisschen Nässe wird uns nicht umbringen.«

»Du würdest dich womöglich erkälten. Und es würde Francine schaden. Bei leichterem Regen könnte die Truhe sie trocken halten. Aber ein Wolkenbruch wie dieser? Du weißt, der Regen wird im Nu durch die Nähte dringen. Der Gips würde brechen.«

»Dann werden wir sie ganz einfach in der Kutsche zurücklassen.«

Er schnaubte ungehalten. »Ausgeschlossen. Ich habe entschieden zu viel für das schuppige alte Mädchen getan, und wir sind verdammt weit mit ihr gekommen. Sie wird mir nicht mehr von der Seite weichen. Mir geht es bestens. Ich kann es aushalten, Min. Der Postillion wird bald mit frischen Pferden zurückkehren, und wir werden die Fahrt fortsetzen.« Sein Ton duldete keinen Widerspruch.

»Nun, dann müssen wir in der Zwischenzeit ein wenig Zerstreuung finden.« Sie schob trotzig ihr Kinn vor. »Da kommt mir eine Idee. Lass uns unartig klingende mathematische Begriffe auflisten.« Mit ihrer frivol verruchtesten Stimme hauchte sie: *»Parabel.«*

Nach einer Pause drückten seine Finger die ihren. »Parkettierung.«

»Binom.«

»Weshalb dort aufhören? Trinom.«

»Hm, das klingt recht ungehörig.«

»Das ist noch gar nichts. Ich habe mir dieses eine aufgehoben.« Er neigte sich näher, um ihr ins Ohr zu flüstern: *»Annulus.«*

Lachend kuschelte sie sich auf seinen Schoß. »Oh Colin! Das ist es, weshalb ich dich liebe.«

Seine Hände glitten zu ihrer Taille. »Um Himmels willen. Weil mein jugendliches Gemüt fortwährend zu obszönen Orten schweifte, wenn ich mich eigentlich meinen Studien hätte widmen sollen?«

Sie zuckte mit den Achseln. »Bedarf ich eines besseren Grundes?«

»Das sollte man annehmen. Ja.« Er schmiegte seine Stirn an ihre und senkte seine Stimme zu einem kehligen Flüstern. »Das ist es, weswegen ich hier bin, Min. Du sollst wissen, dass es deswegen ist. Du brauchst einen viel besseren Grund, mich zu lieben, und ich versuche mit dem Mute der Verzweiflung, dir einen zu geben.«

Geliebter, törichter Mann. Indem sie ihr Gewicht verlagerte und an ihren Röcken herumzupfte, gelang es ihr, sich rittlings auf seinen Schoß zu setzen. »Küss mich einfach.« Sie umfasste sein Gesicht und drückte ihre Lippen auf seine.

Er erwiderte ihren Kuss, leidenschaftlich und tief. Ihre Zungen trafen sich, spielten miteinander. Sie führte seine Hand zu ihrer Brust. Er stöhnte in ihren Mund, als er die weiche Fülle umschloss und knetete und seinen Handballen an die stoffverhüllte Spitze ihrer Knospe schmiegte. Ihr Kuss wurde gieriger, drängender. Er plünderte ihren Mund mit Lippen und Zunge, und sie zahlte es ihm mit gleicher Münze heim. Der harte Stab seiner Erektion machte sich bemerkbar, indem er sich gegen Minervas Innenschenkel stemmte. Mit seiner freien Hand fand Colin ihre Kehrseite und packte sie unnachgiebig, presste ihr Becken gegen seines.

»Ja!« Sie lehnte sich zurück, um ihr Mieder zu lösen. »Ja! Liebe mich.«

»Min, ich möchte …« Er rang um Atem, als er ihre Röcke hochschob. »Jesus, ich kann jetzt nicht zärtlich sein. Ich kann dich nicht *lieben*. Ich kann nicht.«

Sie wimmerte vor Enttäuschung, schmiegte ihren Körper jedoch weiter fordernd an seinen. Sie brauchte ihn so sehr, und sie konnte die signifikanten Ausmaße seines Begehrens für sie fühlen. Ein Nein ließ sie nicht gelten.

Er drückte seine verschwitzte Stirn an ihre Halsbeuge. Dann senkte er den Kopf weiter, leckte und knabberte an den Wölbungen ihrer Brüste. »Du verdienst süße, zärtliche Liebe. Einen Mann, der dir alles geben kann, was du dir ersehnst. Aber gerade jetzt steht mir der Sinn danach zu nehmen. *Dich* zu nehmen, hart und heiß und heftig genug, die ganze verdammte Nacht mit dem Feuer der Leidenschaft zu erhellen.« Seine Finger forschten unter ihren gestärkten Unterröcken und fanden ihr Geschlecht, tauchten tief und ohne Vorspiel darin ein.

Minerva stöhnte auf. Sie war bereit für ihn, so bereit, dass seine Finger gleich in sie glitten.

»Kann ich …« Er schob die Finger tiefer, stöhnte: »Willst du …«

»Ja«, brachte sie heraus. »Ja!«

Er zog seine Finger heraus und begann, an den Knöpfen seines Hosenschlitzes zu nesteln. »Sag es. Ich muss es wissen, verstehst du? Ich muss wissen, dass du gänzlich willig bist.«

Sie war nicht bloß willig. Sie war *wollüstig* vor Verlangen. »Ja«, wisperte sie. »Nimm mich.« Erregung erfasste ihren Körper. Sie meinte zu fühlen, wie sie feucht und rosig wurde. »Nimm mich«, wiederholte sie lauter, dieses Mal aus eigenem Antrieb. Von einer Wildheit besessen, die ebenso Teil von ihr war. »Nimm mich. Jetzt!«

Er brachte sich in Stellung und drang mit einem harten, fast schmerzhaften Stoß in sie ein. Sie schrie auf, von ihrer Lust überwältigt. Mit heftigen Stößen seiner Leisten drängte er tiefer in sie. Ihr Becken klatschte an seines, und die ganze Postkutsche schaukelte und schlingerte auf ihrer Achsfederung. »Oh Gott. Minerva. Ich verdiene dich nicht. Du bist so gut. So heiß und so feucht und so fantastisch gut zu mir. Gescheites, törichtes, entzückendes kleines Ding.«

Gütiger Himmel! Hielt der Mann denn niemals seinen Mund? Minerva war nicht nach Reden zumute. Sie hatte bloß einen Wunsch … tiefer. Härter. Mehr. Sie zog sein Ohrläppchen zwischen ihre Zähne und stöhnte, grätschte ihre Beine, um ihn noch tiefer in sich aufzunehmen. Er umklammerte ihre Hüften und pumpte so wild, dass sein harter Stab sie in einem entfesselten Auf und Ab bestürmte. Sie ritt seine Stöße mit Hingabe, eine Hand gegen die Kutschendecke gestemmt, um mehr Kraft in ihr Tun zu legen. Sie umklammerten einander mit Zähnen und Fingernägeln und artikulierten schroffe, schnaubende animalische Geräusche. Die ganze Kutsche wippte und schwankte in ihrem aufgepeitschten Rhythmus. Das rechteckige Fensterglas beschlug von der Glut ihrer Leidenschaft. Minervas Augenlider schlossen sich flatternd, sperrten aus, was an Tageslicht übrig war. Seine erregenden Worte verebbten zu einem unartikulierten Keuchen. Ihr Rhythmus verselbstständigte sich, wurde ein Motor aus eigenem Antrieb. In seinen Armen war sie sprachlos, hilflos, achtlos, willenlos. Sie vergaß alles, bis auf die Ekstase. Alles außer ihm. Auf dem Höhepunkt ihrer Lust entfuhr ihr ein hilfloser, heftiger Aufschrei des Glücks. Selige Wonnen erfassten ihren Körper, bescherten ihr Erfüllung. Er entzog sich ihr viel zu bald, während er Verwünschungen und Liebkosungen stöhnte und nur wenige Augenblicke später seine Wärme gegen ihren Schenkel spritzte.

»Min.« Seine heißen Küsse bedeckten ihr Gesicht und ihr Dekolleté. Seine Stimme war rau vor aufwallenden Gefühlen. »Min, du darfst mich niemals verlassen.«

Sie schlang die Arme um seinen Nacken. »Colin, ich …«

Ein lautes, schneidendes Knacksen unterbrach sie. Gefolgt von einem metallischen Knirschen und einem schauerlich splitternden Krachen. Und dann fielen sie. Fielen einander in die Arme, als die Postkutsche mit einem Mal zur Seite kippte.

»Oh nein!«

28

Noch immer miteinander verschlungen, rutschten sie zum Ende der Sitzbank und prallten gegen die Wand der Postkutsche. Im Handumdrehen wurde die Wand zum Boden, als die Kutsche komplett auf die Seite kippte. Mit einem satten *Platsch* traf sie auf den schlammigen Untergrund. Minervas Schulter knackte unheilvoll, als sie damit gegen eine seitliche Verstrebung prallte.

»Min.« Er sah sie erschrocken an. »Minerva, sag mir, dass du dich nicht …«

»Alles bestens«, beeilte sie sich zu antworten. »Ich bin unversehrt.« *Im Großen und Ganzen zumindest.* Sie wollte es ihm nicht eingestehen, aber ihre Schulter schmerzte schon ein wenig. Nichtsdestoweniger war dies schwerlich ein dramatischer, gefährlicher oder gar tödlicher Unfall. Die Postkutsche war nicht einmal in Bewegung gewesen. Es war wahrlich nicht mehr wie ein Sturz von einer niedrigen Mauer.

»Stirb mir ja nicht.« Er drückte sie an sich. »Wenn du sterben würdest, würde ich zu Gott beten, dass er mich ebenfalls zu sich holen soll.«

Grundgütiger, was für ein Eingeständnis. Sie zwang sich, die tiefere Bedeutung seiner Worte zu ignorieren und sich auf das Wesentliche zu konzentrieren: Beschwichtigung. »Nun, ich sterbe nicht. Ich bin ja nicht einmal verletzt.«

Er tastete ihr Gesicht mit Blicken ab. »Bist du dir sicher?«

»Ja.«

»Du blutest nicht an irgendwelchen Stellen? Du kannst alle Gliedmaßen fühlen?«

»Spürst du etwa nicht, wie meine Arme dich umschlingen?« Sie streichelte ihm über den Rücken, bis Colin ein tiefer Seufzer entwich.

»Doch.« Er nahm sein Gewicht von ihrer Brust und lachte leise, rieb sich mit einer Hand über das Gesicht. »Gütiger Herrgott. Mir war nicht bewusst, wie instabil diese Kutschen tatsächlich sind. Ich vermute, wir waren zu …«

»Eifrig?« Sie lächelte. »Nun, sieh es einmal so. Die Räder stecken nicht länger im Morast fest.«

»Das ist wahr. Lass mich dir aufhelfen.«

Sie entwirrten ihre ineinander verknäulten Gliedmaßen. Colin erhob sich als Erster, dann bot er ihr seine Hand.

Kaum dass sie sich aufrichtete, spritzte Wasser unter Minervas Stiefel auf. Es drang durch die zerborstenen Seitenpaneele der Kutsche ein und umspülte bereits ihre Füße. »Ach du liebe Güte.«

Colin hatte es auch bemerkt. Er packte die Truhe und schob sie mithilfe seines Stiefels von der zusehends größer werdenden Pfütze fort. Francine war so gut verpackt, dass sie die Erschütterungen zweifelsohne heil überstanden hatte, aber Nässe würde ihr nicht bekommen.

»Demnach war es gar nicht unsere … du weißt schon … was die Kutsche umstürzen ließ. Zumindest nicht ausschließlich.«

Er schüttelte den Kopf. »Die Landstraße steht unter Wasser. Die Räder wurden freigespült.«

Das schmutzig trübe Wasser leckte am Saum ihres Kleides. »Wir sollten von hier verschwinden. Und zwar schleunigst.«

»Ganz recht.« Colin hob beide Arme und drückte gegen die Tür über seinem Kopf. Sie wollte sich nicht öffnen lassen. Fluchend packte er den Türgriff und rüttelte heftig daran. »Verflucht, geh auf«, knurrte er. »Geh schon auf.«

»Kein Problem«, beschwichtigte sie, darauf bedacht, dass Colin Ruhe bewahrte. »Wir sind nicht gefangen. Wenn du das Fenster einschlägst, kann ich mich durch das Loch nach oben ziehen und von außen öffnen.«

»Richtig. Du bist und bleibst ein kluges Mädchen. Tritt beiseite und bring deinen Kopf in Deckung.«

Kaum dass sie seiner Aufforderung nachgekommen war, nahm er ein Taschentuch aus seiner Brusttasche und wickelte es fest um seine Fingerknöchel. Dann packte er die Pistole beim Lauf und verwendete sie, um die Fensterscheibe zu zertrümmern. Zwei gezielte Treffer, und das Glas zerbrach. Winzige Glassplitter regneten auf Minervas gesenkten Kopf und ihre Schultern nieder. Als der Glasschauer versiegte und die Regentropfen den Weg ins Innere fanden, wähnte sie sich sicher aufzublicken. Sie sah, dass er die wenigen verbliebenen gezackten Scherben von den Rändern der Fensteröffnung entfernte.

»Hier.« Er verschränkte die Hände ineinander und hielt sie ihr hin. »Du stützt deinen Stiefel in meine Hände und deine Hand auf meine Schulter. Ich werde dich hochheben.«

Sie nickte. Sobald sie ihren Kopf und die Schultern durch die schmale Öffnung gezwängt hatte, stützte Minerva ihre Hände zu beiden Seiten des provisorischen Ausstiegs auf. Sie drückte ihren Körper hoch und zwängte sich durch die

Luke. Der Regen durchnässte sie sogleich, klebte ihr Haarsträhnen an Nacken und Stirn fest. Sie wischte sie ungehalten fort. Dann kniete sie sich auf das Dach – das zuvor eine Seitenwand gewesen war – und zog mit beiden Händen an dem Türgriff, rüttelte und verwünschte das geschwungene Stück Metall. »Verflixt. Der Griff klemmt auch von außen.« Sie spähte zu ihm hinunter. »Komm doch durch das Fenster, so wie ich. Es wird zwar eine ziemliche Schinderei werden, aber du schaffst das.«

»Ich passe hindurch, aber Francine nicht.« Er stemmte die Truhe mit beiden Händen hoch, um sie über das eindringende Wasser zu halten. Sie war entschieden zu sperrig, um durch das Fenster zu passen. »Lauf. Such Schutz unter ein paar Bäumen. Ich werde mich darum kümmern, dass sie trocken bleibt, bis der Regen aufhört.«

»Du willst, dass ich dich hier zurücklasse? *Allein?*«

Ein Hauch von Entsetzen glitt über seine Züge, doch verdrängte er den Ausdruck sogleich wieder. »Ich bin wohlauf. Wir bleiben in Hörweite. Du kennst unser Zeichen, Min. Halali und dergleichen mehr.«

Sie schüttelte den Kopf. Unbegreiflich, dieser Mann. Keine fünf Minuten zuvor hatte er sie in seine Arme gezogen und sie angefleht, ihn niemals zu verlassen. Geschworen, ihr ins Grab zu folgen, falls es dazu käme. Glaubte er allen Ernstes, dass sie ihn jetzt einfach im Stich ließ? Gefangen in einer dämmrigen Kutsche, allein, auf derselben Landstraße, die das Leben seiner Eltern gefordert hatte? Er hatte wahrlich einen Knacks im Oberstübchen.

»Ich werde dich nicht hier zurücklassen.«

»Und ich werde diese Truhe nicht zurücklassen.«

Sie rüttelte abermals an dem Türgriff. Er weigerte sich weiterhin nachzugeben. »Vielleicht kann ich sie aufbrechen. Reich mir die Pistole, bist du so gut?«

Er streckte seine Hand nach oben durch das Fenster und reichte ihr die Waffe.

Sie wickelte sie aus, legte ihre Hand um den Griff … Und dann richtete sie die Waffe auf ihn. »Raus mit dir, Colin.« Sie sprach mit kühler und ruhiger Stimme, während sie die Waffe mit ihrem Körper vor dem Regen schützte. Minerva hatte wahrhaftig nicht vor, sein Leben zu bedrohen. Sie hoffte vielmehr, Colin dermaßen zu erschrecken, dass er sein dickschädeliges, unsinniges Vorhaben, in diesem Sarg zu bleiben, aufgab.

Nun, auf jeden Fall sah er sie einigermaßen erstaunt an. Mit ungläubigem Blick starrte er erst in ihr Gesicht und dann auf die Pistole in ihrer Hand. »Min, hast du den Verstand verloren?«

»Ich könnte dich dasselbe fragen! Es ist vorbei, Colin.« Ihre Stimme brach. »Es ist vorbei. Wir werden nicht mehr rechtzeitig in Edinburgh eintreffen, und es ist der Mühe nicht wert, dass du dir deswegen auch nur einen Augenblick Kummer machst.«

»Zum Henker mit meinem Kummer. In dieser Gepäcktruhe ist dein Lebenswerk. Ich lasse es nicht zurück. Noch können wir das Symposium rechtzeitig erreichen, Min. Sobald der Postillion zurückkehrt …«

Minerva sah auf und ließ ihren Blick schweifen. Weit und breit waren kein Postillion oder gar Pferde zu sehen. Die schmutzigen Rinnsale auf der Straße schwollen langsam zu Sturzbächen an, die eine Flut von Blättern und Stöcken vor sich hertrieben. Der Regen wurde zunehmend stärker, prasselte und trommelte auf die Kutsche. Sie musste die Stimme heben, um den Lärm zu übertönen. »Das Wasser steigt, und es wird Nacht. Die Postkutsche ist ernstlich zu Schaden gekommen. Selbst wenn die Pferde eintreffen, wird die Straße unpassierbar sein. Es ist *vorbei.*«

»Min, du darfst nicht den Mut verlieren. Gib den Glauben an mich nicht auf. Ich habe dir ein Versprechen gegeben, und ich werde es verflucht noch mal einlösen. Ich werde einen Weg finden.«

»Du kannst nicht …«

Ein erstickter Aufschrei verschluckte den Rest ihres Einwands. Die umgestürzte Kutsche schlingerte einen halben Fuß seitwärts. Das ansteigende Regenwasser hatte das Fuhrwerk unterspült und bewirkte, dass es über den aufgeweichten Untergrund rutschte.

Minervas Magen krampfte sich schmerzhaft zusammen. Sie musste ihn da herausholen. Sein törichtes Beharren, in der Kutsche bleiben zu wollen, war nicht mehr nur tollkühn, sondern inzwischen auch gefährlich. Wenn das Wasser weiter anstieg, könnten sie ganz von der Straße abrutschen. Sie drohte ihm mit der Pistole. »Colin, setz die Truhe ab. Wir sind beide gehalten, diese Kutsche zu verlassen. Keine weiteren Einwände.«

»Nein.« Er schüttelte den Kopf. »Ich werde das nicht tun, Min.«

»Dann lässt du mir keine Wahl.«

Sie hielt die Pistole mit ruhiger Hand, spannte den Hahn, zielte … und feuerte.

Peng.

»Heilige …« Als sich der Schuss löste, war Colins erster Gedanke: *Mein Gott. Sie hat es getan. Sie hat mich tatsächlich erschossen.* Der zweite war: *Wann zum Teufel wurden mein Blut und meine inneren Organe durch körniges weißes Pulver ersetzt?* Derweil sich der Staub legte, begriff Colin jedoch allmählich, dass sie ihn *nicht* erschossen hatte. Sie hatte eine Kugel geradewegs durch ihre Truhe gejagt. Und die Wolken weißen Pulvers, die durch das Einschussloch aufstoben, waren mitnichten die Ablagerungen seines verkalkten Herzens. Es war Francine. *Gottverdammt!* Er wünschte, Minerva hätte stattdessen *ihm* in die Eingeweide geschossen. Es hätte weniger geschmerzt. Und für seinen Körper hätte zumindest eine Chance auf Heilung bestanden. Francine hingegen … Francine gab es nicht mehr. »W…?« Er hustete von dem Gipsstaub. »Warum hast du das getan?«

»Weil du mir keine Wahl gelassen hast«, rief sie und schleuderte die Pistole fort. »Jetzt komm raus da. Es ist vorbei.« Ja, es war vorbei. Alles vorbei. Sie hatte soeben eine Kugel durch ihre sämtlichen Hoffnungen und Träume gejagt. Es war einerlei, ob der Postillion mit vier frischen Pferden käme. Einerlei, ob sich die Wolken unversehens teilten und sich ein Heißluftballon zur Erde senkte, um sie im Nu nach Schottland zu bringen. Ohne Francine war es vorbei.

Er schluckte den bitteren Kloß in seiner Kehle hinunter. Ihm blieb nichts anderes zu tun, als sein Scheitern einzuräumen. Er hatte versagt. Letzten Endes hatte er Minerva bitter enttäuscht, allen seinen besten Absichten zum Trotz. Sie waren einmal mehr wie Mörsergranaten eingeschlagen, und dieses Mal hatten sie Francine getroffen. Er zwängte sich durch das zerborstene Fenster, sprang von der Postkutsche und landete in knöcheltiefem Wasser. »Spring in meine Arme«, wies er sie an.

Minerva gehorchte. Sie schmiegte sich in seine Umarmung, gerade so als wäre er der Held in ihrem Märchen und nicht der Schurke, der alles zunichtemachte. »Wo sollen wir hin?«

Colin blickte durch den nachlassenden Regen die Straße auf und ab. Waren jene Schatten etwa …? Pferde. Ja, tatsächlich. Ein feines Vierergespann aus seinen eigenen Stallungen. Endlich kehrte der Postillion zurück – in seiner Begleitung waren zwei von Colins Reitknechten aus Riverchase. Er ließ befreit den Atem aus seiner Lunge strömen und gab ihr zur Antwort: »Nach Hause. Wir kehren heim.«

Die Entfernung nach Riverchase betrug nur einige Meilen, die Straßenverhältnisse zwangen Colin jedoch, diese wenigen Meilen in einem quälend langsamen Tempo zurückzulegen. Er hielt Minerva vor sich auf seinem Pferd umschlungen und versuchte sein Bestes, sie vor Kälte und Nässe zu schützen. Für eine Weile dachte er, sie wäre eingeschlummert.

Doch dann murmelte sie: »Colin? Siehst du es auch, das weitläufige, beeindruckende Anwesen in einiger Entfernung vor uns?«

»Das ist Riverchase. Mein Gut.«

»Ich hatte es vermutet. Es ist bezaubernd. All der G…Granit.«

Er lachte stumm in sich hinein. Natürlich bemerkte sie das als Erstes. »Es ist der Stein, der hier in der Gegend abgebaut wird.«

»Ich möchte wetten, er funkelt im hellen Tageslicht.«

»Ganz recht, er ist von strahlender Leuchtkraft.« Er verstärkte seinen Griff um ihre Taille, zog sie eng an sich. Ihm fiel auf, wie heftig sie an seiner Brust zitterte.

»Bist du wohlauf?«, forschte er.

»Mir ist bloß kalt. So k…kalt.«

Leise fluchend, versetzte Colin das Pferd in einen leichten Trab. Der Regen war zu einem Tröpfeln versiegt, aber sie hatte keinen trockenen Faden mehr am Leib. Sie gehörte vor ein wärmendes Feuer, und zwar rasch.

Wenigstens war der Dienstbotenstab von Riverchase durch den Postillion informiert, dass ihr Lord in der Nähe weilte. Im gesamten Haus waren in Windeseile Vorkehrungen getroffen worden. Alles war vorbereitet. Kaum dass Colin durch das Tor auf den Vorplatz ritt, schwang das Frontportal auf, und ein Heer von Bediensteten strömte ins Freie.

Colin saß als Erster ab, dann half er Minerva, die in seine Arme sank. Einen Arm unter ihrem Rücken, den anderen unter ihren Kniekehlen, trug er sie über die vierzehn Granitstufen durch das Hauptportal.

Die betagte, ihm vertraute Haushälterin, Mrs. Hammond, beeilte sich, ihn zu begrüßen. Es lag sicherlich bald zwei Jahre zurück, seit er sie zuletzt gesehen hatte, dennoch unterbrach er ihre wortreiche Begrüßung.

»Haben Sie Feuer im Kamin gemacht?«, fragte er.

»Im Salon, Mylord.«

Er verlagerte Minervas Gewicht in seinen Armen ein wenig und schritt an der Haushälterin vorüber direkt in den Salon. Er bettete die durchweichte, fröstelnde Minerva auf eine gepolsterte Chaiselongue und schob – Möbel samt Minerva – vorwärts, bis sie nur noch ein paar Fuß vom Kamin entfernt stand. Das Feuer war gerade erst entfacht worden und loderte hell. Die Flammen hüpften und tanzten.

»Dies ist ein schöner Raum«, murmelte Minerva entkräftet. »Ich bin so fr… froh …«, ihre Zähne schlugen klappernd aufeinander, »Gelegenheit zu haben, mir dein Haus anzusehen.«

»Schsch. Das Reden strengt dich viel zu sehr an. Wenn du möchtest, kannst du später einen ausgiebigen Rundgang machen.«

»Aber gerne.«

Ihr schwacher, wackliger Versuch eines Lächelns weckte in ihm den Wunsch, seine Seelenpein laut herauszuschreien. Das war sonst nicht seine Art. Er nahm ihr die Brille vom Gesicht, wischte sie trocken und setzte sie ihr wieder auf die Nase.

Mrs. Hammond stand auf der Schwelle.

»Bringen Sie Decken«, befahl er. »Ein sauberes Nachtgewand, ganz gleich von wem. Außerdem heißen Tee und andere Erfrischungen – und das unverzüglich.«

»Gewiss, Mylord.«

Sobald die Hausangestellte verschwunden war, widmete Colin sich der Aufgabe, Minerva ihrer nassen Kleidung zu entledigen. Sie versuchte, ihm behilflich zu sein, doch ihre Finger zitterten zu heftig.

»Ruh dich aus, Liebste. Überlass alles mir.« Letztendlich kapitulierte er jedoch selbst vor den vielen Knöpfen und Haken und zog stattdessen das Klappmesser aus seinem Stiefel, mit dem er die Nähte ihres Gewands aufschlitzte. Als er den feinen, duftigen Musselin zerschnitt, hätte er weinen mögen. Er schälte den vollgesogenen Stoff von ihrem Körper und warf das durchweichte Kleidungsstück neben den Kamin. Noch vor einer Woche hatte er sich mit der Sorge getragen, dass er diesem Mädchen Schaden zufügen könnte? Ihren Ruf unwiederbringlich beschmutzen? Oder, oh Graus, ihr die Unschuld stehlen? Sie hätte sich glücklich schätzen sollen. Schau sie sich jetzt einer an. Zusammengekauert, unkontrolliert zitternd. Ihre Haut blass, die Lippen blau, das Gewand in Fetzen. Ihre Träume in Scherben zerbrochen und auf einer Landstraße verstreut, und ihre sämtlichen Hoffnungen für die Zukunft begraben. Als er sie entkleidete, entdeckte er einen abscheulichen Bluterguss, der auf ihrer Schulter prangte. Dies ging über gesellschaftlichen Ruin hinaus. Dies war völlige und gänzliche Vernichtung, und er hatte ihr das angetan. Der tiefe, innerlich aushöhlende Schmerz, den Colin in diesem Augenblick empfand, vermittelte ihm zwei Dinge – und beide waren gleichermaßen tragisch: Er liebte sie über alle Maßen. Und sie war auf ewig für ihn verloren.

29

Erstaunlich, was eine Stunde Ruhe, ein wärmendes Feuer und eine Tasse Tee mit einem therapeutischen Schuss Rum für die Lebensgeister eines Mädchens zu tun vermochten. Als sie sich in ihr warmes Nest aus Decken kuschelte, erklärte Minerva weiche Steppbetten zu ihrer neuen Lieblingsbekleidung. Der versprochene Rundgang stand noch aus, aber nach dem Wenigen zu urteilen, auf das sie bislang den einen oder anderen Blick erhascht hatte, war Riverchase das schönste Herrenhaus, in das Minerva jemals, tropfnass wie ein Stück Treibgut, hineingetragen worden war. Wenn Colin doch nur seinen Platz am Kamin verlassen und sich neben sie setzen würde, dann würde sie sich gänzlich wiederhergestellt fühlen. Er wirkte so elend. Sie machte Anstalten, aufzustehen und zu ihm zu gehen. Doch er hielt sie mit einer ausgestreckten Hand und einem einzigen harschen Wort auf.

»Nicht.«

Seine Stimme und seine Augen wirkten ungemein kalt. Minerva sank erschrocken auf die Liege zurück.

Er starrte in das Feuer. »Ich beabsichtige, dich wieder nach London zu schicken. Morgen.«

»Du willst …« Ein Gefühl der Enge in ihrer Brust schnürte ihr schmerzhaft den Atem ab. »Du schickst mich nach London? Du begleitest mich nicht?« Nun, da Schottland nicht länger ihr Ziel war, nahm sie an, dass es einen Sinn hatte, wenn sie umkehrten. Aber gleich morgen? Getrennt?

Er nickte. »So ist es sicherer. Und zweckmäßiger. Natürlich werden dich zu deiner Sicherheit einige Reiter begleiten. Mrs. Hammond, meine Haushälterin, wird als deine Anstandsdame mitreisen.«

»Und du?«

»Ich werde vorausreiten, um Bram in Kenntnis zu setzen, dass man dich dort erwartet.«

»Lord Rycliff? Aber was willst du ihm erzählen?«

»Die Wahrheit.« Er beschrieb eine vage Geste. »Irgendeine Version davon zumindest. Dass wir Spindle Cove mit dem Plan verließen, nach Schottland zu reisen, dieser sich jedoch nicht in die Tat umsetzen ließ. Dass ich um seine und Susannas Hilfe ersuche, deinen Ruf zu retten. Wir werden jedem erzählen, dass du nie weiter als bis London kamst. Dass du in jener ersten Nacht erkranktest und die ganze Woche bei ihnen verbrachtest.«

Die Aussicht auf ein Betrugsmanöver solchen Ausmaßes bereitete Minerva Magendrücken. »Susanna ist meine Freundin. Ich möchte nicht, dass sie für mich lügen muss.«

»Dergleichen geschieht alle Tage.«

Minerva wusste, dass es sich tatsächlich so verhielt. Mehr als eine der jungen Damen, die sie in Spindle Cove kennengelernt hatte, war dorthin geschickt worden, um einen Skandal oder eine Indiskretion zu verwinden. Als ehemalige Förderin des Ortes bewahrte Susanna unzählbare Geheimnisse bei sich. Und die Gesellschaft in ihrer Gesamtheit schuldete ihr zweifelsohne unzählbare Gefälligkeiten für ihre Diskretion. Doch war es eine Sache, diese Reise vor der Gesellschaft zu verschleiern, und eine andere, sie aus ihren eigenen Erinnerungen auszublenden. Er sprach, als wären sie einander von nun an nur noch Fremde,. »Das ist es, was du willst?«, fragte sie ihn. »Schlicht vortäuschen, nichts von alledem sei geschehen?«

»Ganz gleich was geschieht, dir wird es niemals an irgendetwas fehlen. Sobald ich die Verfügungsgewalt über meine Konten habe, werde ich dir eine gewisse Summe überweisen – mit der gebotenen Diskretion, versteht sich. Genug, dass du imstande sein wirst, nach deinen Wunschvorstellungen zu leben. Ein Haus zu führen, wo immer es dir genehm ist. Dein Leben deinen wissenschaftlichen Studien widmen kannst. Du und deine Schwestern werden stets meine Protektion haben.«

»Deine *Protektion*? Dann soll ich also deine Geliebte sein?«

»Gott, nein.«

»Oh.« Sie unterdrückte ein Schluchzen. »Nicht einmal das?«

Er stieß einen leisen Fluch aus, durchquerte den Salon und setzte sich zu ihr. »Minerva, ich würde dich niemals in dieser Weise herabsetzen. Nach all dem Schmerz, den ich dir zugefügt habe, könnte ich es dir nicht verübeln, wenn du dich von mir abkehren würdest.« Er ließ den Kopf in die Hände sinken. »Verlange nicht von mir, dass ich sämtliche Gelegenheiten aufzähle, wo ich dich bitter enttäuschte.«

»Dann werde ich einmal alles aufzählen, was du mir gegeben hast. Heißen Tee und Decken. Einen Tag auf dem Markt. Einen Apfel, eine Orange, Pfirsiche, Kirschen und Trauben. Die Chance, zwanzig Pfund bei einem Wettschießen zu gewinnen. Den Mut, in einer Taverne zu singen. Meine ersten ehrlichen Komplimente. Atemlose Leidenschaft und genug Abenteuer, dass es für ein ganzes Leben reicht. Denk doch nur, allein in dieser einen Woche bin ich eine Missionarin, eine Attentäterin, eine lange verschollene Prinzessin … und nicht zuletzt eine Schwertschluckerin gewesen.«

»Glaub mir eines.« Er blickte auf und bedachte sie mit einem schiefen Lächeln. »So lange ich lebe, werde ich das nie, *niemals* vergessen.«

Es erwärmte ihr Herz, ein Aufblitzen des ihr vertrauten seelenguten Naturells zu bemerken. Das war der Colin, den sie kannte und liebte.

Sie zuckte mit den Schultern. »Nach all dem Abenteuer wäre ein Leben als schnöde Geologin vielleicht als eine Enttäuschung dahergekommen.«

»Lass das. Lüg mich nicht an, Minerva.« Er legte eine Hand an ihre Wange. »Ich weiß, wie viel es dir bedeutet. Du kannst mir nicht weismachen, dass du nicht enttäuscht bist.«

Nein, das konnte sie nicht. Und sie konnte die Tränen nicht mehr länger zurückhalten. Er wiegte sie in seinen Armen, derweil sie haltlos weinte, um die arme zu Staub zerfallene Francine und all die zerschlagenen wissenschaftlichen Ambitionen. Nach ein paar Minuten wischte sie sich die Augen. »Ich wollte doch bloß einen Fußabdruck hinterlassen. Mein ureigenes Vermächtnis für diese Erde, so wie Francines. Ein kleines Zeichen setzen, das künftige Generationen überdauern wird: *Minerva Highwood war hier, und die Welt ist ein bisschen anders dank ihrer Existenz*. Ich wollte schlicht Eindruck machen.«

»Ja, und das hättest du auch tun sollen.« Er erhob sich von dem Diwan und schritt zum Kamin, wo er den Sims mit seiner Faust traktierte. »Du hättest es getan. Dein einziger Fehler war, dich mit mir einzulassen.«

»Das war kein Fehler.«

»Oh doch. Hast du es immer noch nicht bemerkt, Min? Ich hinterlasse überall Eindruck. Nur dass es in meinem Fall keine Fußspuren sind. Es sind vielmehr Explosionskrater.« Mit seinem Zeigefinger stupste er eine Schäferin aus Biskuitporzellan zum Rand des Kaminbords und stürzte sie auf den Schamottestein, wo sie mit einem Klirren zerschlug. »Oh, schau einer an«, meinte er trocken. »Colin Sandhurst war hier.« Er schickte eine weitere Figur schwankend in ihr Verderben. »Und hier.« Ein drittes *Krach.* »Und hier.«

Als die Melodie der Zerstörung langsam verklang, nahm Minerva einen tiefen Atemzug und gemahnte sich zur Gefasstheit. »Colin, könntest du …« Sie nahm ihren ganzen Mut zusammen. »Könntest du mich lieben?«

Er maß sie mit bestürztem Blick. »Um Gottes willen, frag mich das nicht.«

»Warum nicht?«

»Weil ich dir nicht zu antworten vermag. Weil, einerlei was ich sage, ich es irgendwie verpfuschen werde. Ich kann nicht einmal deinen Echsengipsabdruck heil nach Schottland bringen. Wie könntest du mir jemals etwas so Kostbares wie dein Herz anvertrauen?«

Eine Decke um ihre Schultern gelegt, schwang sie sich auf die Füße. Sie durchquerte den Salon und kam an der anderen Ecke des Kamins zu stehen. »Colin, wenn du mich lieben könntest … würde nichts anderes zählen. Du bist so viel mehr wert als ein Wissenschaftspreis von fünfhundert Guineen.«

»Oh, denkst du das?« Er schickte einen bedeutungsvollen Blick durch den erlesen möblierten Salon. »Fürwahr, ich bin ein Vielfaches mehr wert.«

»Das ist es nicht, was ich meine, und das weißt du.«

»Letzten Endes drehte es sich bei der ganzen Unternehmung nie um Geld. Ich weiß, wie viel dir das Symposium bedeutet. Es ließ dir keine Ruhe, an ebendieser Fachtagung teilzunehmen. Du hast alles in die Waagschale geworfen, Min. Sicherheit. Dein Ansehen. Sogar dein Leben. Und ich machte diese Träume zunichte.«

Sie berührte sein Handgelenk und harrte darauf, dass er ihren Blick erwiderte. »Du machtest meine Träume nicht zunichte. Du hast mich aus meinem Muschelpanzer herausgebrochen. Es ließ sich absehen, dass damit ein wenig Aufregung verbunden sein würde.«

Er streichelte mit einer sanften Liebkosung ihre Wange und flüsterte: »Min.«

Sie lächelte und wischte sich eine einsame Träne fort. »Trotz allem war dies die aufregendste, magischste Woche meines Lebens. Ich bin nur traurig, dass sie auf diese Weise endet.«

»Ich weiß. Ich weiß. Es ist eben falsch, nicht wahr?« Er griff zum Feuerhaken und schürte die Flammen im Kamin mit aufgebrachten Bewegungen. »Ich hatte diese Idee, weißt du. Mehr eine törichte Hoffnung, schätze ich. Dass wir durch diese ganze vernunftwidrige, turbulente Reise hindurch … an der Geschichte unserer Zukunft mitgeschrieben hätten.«

Sie lachte kurz auf. »Glaubst du, wir wären in der Tat fähig, Missionare in Ceylon zu werden? Oder uns einem Zirkus anzuschließen?«

»Nein, mitnichten. Ich meine damit nicht, dass wir unsere Zukunft *vorausgesagt* hätten. Ich meinte – ich hoffte – wir würden die Geschichte unserer Zukunft *schreiben*. Die Geschichte, die wir erzählen und wieder erzählen würden, über Pokalen mit Wein auf gesellschaftlichen Diners und an trüben Frühlingstagen, wenn es draußen zu neblig für Kricketspiele ist. Verstehst du? Dass das *unsere* Geschichte wäre, Min. Eine, an die wir uns erinnern, über die wir uns noch in vielen Jahren amüsieren würden, die wir ein ums andere Mal erzählen würden, vielleicht sogar unseren …« Seine Stimme verlor sich, als er den Schürhaken an den Kaminbock zurückstellte.

»Unseren was?« Ihr Herz setzte einen pochenden Schlag lang aus. »Unseren Kindern?« Hatte er bisweilen von einem Leben mit ihr geträumt?

»Minerva, du bist die gescheiteste Person, die ich kenne. Du kannst auf eine bizarr geformte Aushöhlung im Boden sehen und eine reiche, vor Leben sprühende urzeitliche Welt sehen. Und jetzt sieh mich an.«

In seine feurigen Bristol-Diamanten-Augen zu blicken war nie eine Prüfung.

»Sag mir die Wahrheit«, hob er an. »Siehst du eine erstrebenswerte Zukunft mit mir?«

Sie streckte eine Hand nach ihm aus und zerzauste mit ihren Fingern schelmisch sein Haar. »Ernsthaft?«

»Ernsthaft.«

»Wenn ich dich ansehe, sind meine Gedanken die folgenden: Gott allein weiß, welche Prüfungen entlang dieses Weges liegen.« Lächelnd schlang sie ihre Arme um seinen Nacken. »Aber fass dir ein Herz, Colin. Manche Frauen mögen es, überrascht zu werden.«

Er blickte sie für einen langen atemlosen Augenblick schweigend an. »Wenn das so ist«, sagte er dann mit rauer Stimme und zog sie mit einer geschmeidigen Bewegung in seine Arme. »Überraschung!«

30

Colin drückte Minerva gegen die Wand, streichelte sie gierig überall, wo er sie ergreifen konnte. Verteilte glutheiße Küsse auf ihrer Stirn, ihren Wangen, ihren Lippen. Er brauchte das. Brauchte *sie*. Brauchte es *jetzt*. Er zerrte an den Knöpfen ihrer Chemisette. Öffnete einige, riss andere kurzerhand aus ihren Knopflöchern. Nicht lange, und das duftige Leinenhemdchen lag zu ihren Füßen. »Minerva.« Mit einem Seufzer, der tief aus seiner Brust kam, presste er seinen Oberkörper an ihre nackte Brust. Seine Hände links und rechts von ihr gegen die Wand gestemmt, drückte er mit einem Knie ihre Schenkel auseinander. Er senkte den Kopf, küsste und leckte ihren Hals, währenddessen er seine harte Erektion an ihrem erhitzten Schoß rieb. Ein Stöhnen löste sich aus seiner Kehle. »Ich brauche dich, Min. Ich brauche dich so sehr.«

»Ich bin hier«, hauchte sie. Ihre Arme schmiegten sich um seine Schultern. »Ich bin dein.«

Ich bin dein. Ein süßer sentimentaler Stich rührte sein Herz. Und dennoch ließ er seine Hände an die Wand gestützt – er wagte es nicht, sie zu berühren. Stattdessen lehnte er sich eine Idee zurück, getrieben von dem Wunsch, sie zu betrachten. Zu bewundern.

Sie zerrte an seinem Hemd. »Colin …«

»Warte.« Seine Stimme erbebte vor Begehren. »Lass mich

dich anschauen.« Sie sank gegen die Tapete, stellte sich seinen Blicken zur Schau. Er hätte sich niemals erträumt, dass eine Frau so wunderschön sein könnte. Sie wirkte vor dieser Wand glanzvoller, als das Gemälde eines niederländischen Meisters es je darzustellen vermocht hätte. Ihre makellose Haut würde einer porzellanenen Schäferin bittere, neidvolle Tränen in die Augen treiben. Und ihre Brüste … Ihm fiel keine Parallele ein, die ihren Brüsten gerecht geworden wäre. Aber sie ließen *ihn* hart wie das Bodenparkett werden. Sie wirkten noch ebenso wild erregend auf ihn wie beim ersten Mal, als er in jener Londoner Taverne einen Blick darauf erhascht hatte. Mit einer Vielzahl zärtlicher Küsse bahnte er sich den Weg zu ihrem entzückenden Dekolleté hinunter, verweilte dort, um an jeder der prallen Knospen zu saugen und schließlich vor ihr auf die Knie zu sinken. Er drückte zärtliche Küsse auf ihren Nabel. Streichelte ihre Schenkel hinauf. »Gott.« Er drückte sanft ihre Beine auseinander und durchstreifte mit den Fingern ihren dunkel gelockten Flaum. »Das zu tun habe ich mir schon endlos lange gewünscht.«

Sie lachte nervös. »Wir sind erst seit einer Woche auf Reisen.«

»Es war ein lange gehegter Wunsch.« Er spreizte sie mit seinen Fingern, erkundete ihre rosigen Falten und kreiste mit seinem Daumen über ihre geschwollene Perle. »Du kannst es nicht wissen, Min. Du kannst nicht wissen, wie lange ich auf dich gewartet habe.« Er drückte einen einzigen, verstohlenen Kuss auf ihre Scham. Gleichsam eine Art Vorspiel, um sie ob der Dinge, die er mit ihr vorhatte, nicht zu sehr zu erschrecken. Dann glitt er mit einem Arm unter ihr Knie und legte es über seine Schulter. Mit den Händen umklammerte er den

Ansatz ihrer Schenkel, die Daumen links und rechts ihrer erregten Mitte, um sie weit für seinen Blick zu spreizen. Für seinen Kuss.

Ein ersticktes Seufzen löste sich aus ihrer Kehle. »Colin …«

»Schsch.« Er hauchte den Laut über ihr sensibles Fleisch. »Du hattest deine Gelegenheit, mich ausgiebig zu erforschen. Jetzt ist die Reihe an mir, dich zu erkunden.« Und das tat er. Nach allen Regeln der Kunst. Federleicht fuhr er mit seiner Zunge über die rosigen, taufeuchten Blütenblätter ihrer Scham – eine Seite hinunter, die andere hinauf – ehe er sich der geschwollenen Perle in ihrer Mitte widmete. Abermals liebkoste er sie zart. Federleicht. Bis ihr Atem zerrissen ging und sie ihm ihr Becken entgegenbog, ihre Ferse in seinen Rücken grub, um ihn näher an sich heranzuziehen.

Ja. Das ist es. Halt mich fest und innig umschlungen. Nimm mich. Mach mich zum Sklaven deiner Lust.

Gleichwohl, der raffinierte Verführer in ihm wollte ihr nicht geben, was sie sich ersehnte. Noch nicht. Er fuhr mit seinen leichten, neckenden Stimulationen fort. Bis sie ihr Becken in einem immer drängenderen Rhythmus gegen seinen lockenden Mund presste und sich ein verlangendes Wimmern aus ihrer Kehle löste.

»Oh Colin. Oh Gott.«

So blasphemisch es war, er liebte es, in ihrem Universum und in diesem Moment über das Göttliche gestellt zu werden. Auch wenn es nur für einen kurzen entfesselten Moment war. »Ja, Liebste?«, murmelte er zwischen zwei langsamen, lustvollen Strichen mit der Zunge.

»Ich … Ich brauche etwas von dir.«

»Dies hier?« Er tauchte mit seiner Zunge in sie ein.

Sie stöhnte und bäumte sich unter seiner Berührung auf. »Mehr.«

Ihr Finger krallten sich in sein Haar. Ihr sündiger Geschmack verweilte auf seiner Zunge. Auch er brauchte mehr. Und er konnte es keine Sekunde länger abwarten. Colin senkte ihr Bein zu Boden, sprang auf die Füße und befreite sich eilig von seiner Hose. Er zog sich das Hemd über den Kopf und warf es beiseite. Ihre Kehrseite mit seinen beiden Händen umklammernd, hob er sie hoch und drückte sie gegen die Wand. Mit erbarmungslosem Blick hielt er sie gefangen, entschlossen, jedes Gefühl, dass er in ihr auslöste, in ihren Augen zu lesen. »Willst du mich, Min?«

»Ja.«

»Brauchst du mich?«

»Ja.« Sie rieb sich an ihm, leidenschaftlich und feucht und heiß.

»Liebst du mich?« Seine Stimme war derart rau vor Verlangen, dass sich die Worte beinahe in seiner Kehle verloren. Er glitt in sie, schob seinen harten Stab langsam und unerbittlich in ihren engen Schoß. »Liebe mich«, ächzte er und unterstrich die Worte mit einer noch tieferen Penetration. »Liebe. Mich.«

»Ja!« Sie stöhnte vor Lust, kippte ihr Becken nach vorn, um ihn tief in sich aufzunehmen. »Ja!«

Er ließ sie nicht zu Atem kommen, stieß immer wieder in ebendem Winkel in sie, von dem er wusste, dass sie ihn ersehnte. »Liebe mich! Hör niemals damit auf. Hörst du mich? Es wird niemals so gut werden, mit keinem anderem. Nur mit mir, Min. Nur mit mir!«

»Colin!« Sie grub ihre Fingernägel in seine Schultern und löste den Kopf von der Wand, um ihn zu küssen. Mit einem raschen, hungrigen Schwenk ließ sie seine Zunge um seine gleiten. »Ich liebe dich. Hör auf zu reden.«

Ganz recht.

Er presste ihren Steiß gegen das Mauerwerk. Keine weitere Diskussion. Einzig Vereinigen und Umklammern und Eindringen. Und Küssen, heiß und feucht und tief. Einzig diese verzweifelte Obsession, einander physisch noch näher zu sein, in jeder erdenklichen Weise.

Ohne Vorankündigung sank sie auf ihn, ihr Körper spannte sich an. Sie klammerte sich an ihn, von der Ekstase überrollt, schrie sie an seinem Ohr auf. Ihre Muskeln zogen sich um ihn zusammen, schickten pulsierende Wellen der Lust über seinen Stab. Und dieses Mal hielt er sich nicht zurück. Vermochte es nicht, sämtlichen Bemühungen zum Trotz. Er ritt sie zum Zenit ihrer Erregung, hungrig und zügellos, bis ihr Orgasmus ihn direkt in seinen eigenen trieb. Als er in ihr kam, war das schiere Vergnügen, das blendende Gefühl mit nichts vergleichbar, was er kannte. Es zog ihm den Boden unter den Füßen fort. Schickte ihn trudelnd an einen fremden, dunklen Ort, wo er sich verlor, einen Herzschlag lang, gestrandet an den Gestaden der Glückseligkeit. Doch alsbald geleitete ihn Minervas zärtliches Streicheln zurück in den Augenblick. Sie würde ihn immer aus der Dunkelheit zurückgeleiten. Wie könnte es auch anders sein? Sie hielt sein Herz gefangen. »Minerva.« Erschöpft und erbebend vergrub er sein Gesicht an ihrer Schulter. »Ich muss dich etwas fragen.«

»Musst du das?«

»Ja. Es ist eine überaus wichtige Frage. Eine, die ich noch

niemals zuvor einer Frau gestellt habe. Ich möchte, dass du sorgfältig über deine Antwort nachdenkst.«

Sie nickte zum Einverständnis.

»Wenn dieser ganze Irrsinn vorüber ist und ich dich sicher aufgehoben weiß … meinst du, du könntest es für geziemend halten zuzulassen …« Er schluckte schwer und senkte seinen Blick in ihren. »Zuzulassen, dass ich dich umwerbe?«

Ihr Mund klappte auf. »*Mich* umwerben. Du … willst mir den Hof machen?«

»Ja. So wahr mir Gott helfe. Mehr als alles andere.«

»Colin, dir ist sicherlich bewusst, dass du gerade in mir bist.«

»Dessen bin ich mir aufs Reizvollste bewusst – wahrhaftig, ja.«

Ihre Finger spielten mit einer Locke an seiner Schläfe. »Demnach ist das Kind bereits in den Brunnen gefallen, nicht wahr? Meinst du nicht, eine formelle Brautwerbung wäre ab diesem Punkt eine unnötige Mühsal?«

»Es ist nicht im Mindesten mühselig.« Er küsste das verwirrte Zucken von ihren Lippen. »Und ich denke, es ist in der Tat nötig. Du verdienst, umworben zu werden, Min. Blumen, Picknicks, Spaziergänge im Park und vieles mehr. Und wenn ich einmal für mich selber sprechen darf, ich hege die Vermutung, dass ich recht brillant im Hofmachen bin, sobald ich mich nur darauf verwende.«

»Ich bin mir sehr sicher, dass du das sein wirst, aber …«

»Nicht mehr lange, und die Saison wird in vollem Gange sein.« Er zog sich behutsam aus ihr zurück und ließ sie auf die Füße zurücksinken. »Ich werde deine Mutter davon überzeugen, dich nach London zu schicken, sodass ich dich vor der gesamten *Oberschicht* mit Aufmerksamkeiten überschütten kann.«

»Wie um alles in der Welt würden wir das bewerkstelligen, nachdem wir unvermählt von dieser skandalösen Reise zurückgekehrt sind? Selbst wenn wir bei deinem Cousin Unterstützung finden, wird es hässliches Gerede geben.«

Mit einem Schnalzen seiner Zunge tat er ihre Bedenken ab. »Einmal angenommen, es gibt einen kleineren Skandal, und man verweigert uns den Zutritt zu dem verstaubten alten *Almack's Club*, was schert uns das? An unzähligen anderen Orten werden wir dafür willkommen sein. Auf Bällen, in der Oper, dem Theater, nicht zu vergessen im Varieté. Wir werden *das* Stadtgespräch von London sein.«

»Ja, ich vermag es mir lebhaft vorzustellen. Sie alle werden sich fragen, was der absonderliche kleine Blaustrumpf heimlich in deinen Wein hineingab, um dich derart konfus zu machen.«

»Nein. Sprich nicht in dieser Weise.« Er legte einen Finger unter ihr Kinn. »Ich verabscheue es, wenn du herabwürdigend von dir selbst sprichst, Min. Ich würde jedem körperlich Gewalt antun, der es wagte, dich zu beleidigen, aber ich weiß nicht, wie ich dich vor dir selbst schützen soll. Also sei so gut, mir den einen Gefallen zu tun und es zu lassen. Einverstanden?«

»Einverstanden.«

Ihre Unterlippe bebte. Er streichelte zärtlich mit dem Daumen darüber. »Dich zu verwöhnen wird mir unendlich viel Vergnügen bereiten. Ich werde dir das Gefühl geben, eine Königin zu sein. Ich werde alles tun, was ich vermag, um dich für mich zu gewinnen.«

»Aber Colin, siehst du denn nicht …« Ihre tiefe Zuneigung zu ihm ließ ihre braunen Augen erstrahlen. »Es besteht keinerlei Notwendigkeit, mich erst zu gewinnen. Ich habe dir bereits eingestanden, dass ich ganz die deine bin.«

Er hob sie in seine Arme und trug sie zurück zum Kaminfeuer, wo er sie auf den Teppich setzte. Ihre Chemisette war zerknüllt und zerrissen, also griff er nach seinem Hemd und half ihr hinein. Er zog es über ihren Kopf, hob ihr schönes dunkles Haar aus dem Kragenausschnitt und drapierte die Locken um ihr Gesicht. Sein Hemd stand ihr vortrefflich, der offene Kragen gewährte einen verführerischen Blick auf ihre Brüste. Ihre Augen strahlten, und eine entzückende leichte Röte küsste ihre Wangen. Gott, er liebte diesen Anblick von ihr, leidlich zerzaust und derangiert. Sein Herz und seine Lenden argumentierten, er solle sie sogleich heiraten und hierbehalten, auf dass er diesen Anblick jeden Tag genießen könnte. Jede Nacht. Erstmals in seinem Leben war er jedoch fest entschlossen, seinen Verstand die Entscheidungen treffen zu lassen. Wenn er aus einem Impuls heraus handelte, vereitelte er selbst seine besten Absichten. Eine übereilte Vermählung, so verlockend es klang, war schlicht nicht der richtige Weg. Er zog seine Hose an und setzte sich im Schneidersitz zu ihr vor das Feuer. »Du bist so jung«, begann er.

»Ich bin nur fünf Jahre jünger als du. Als meine Mutter heiratete, war sie siebzehn und mein Vater dreiundvierzig.«

»Du *bist* jung«, beharrte er. »Und diese Woche ist turbulent gewesen, um es einmal vorsichtig auszudrücken. Ich möchte dir etwas Zeit geben, den Alltag einkehren zu lassen, damit du dir deiner Gefühle sicher sein kannst.«

»Ich *bin* mir meiner Gefühle sicher.«

»Du verdienst, umworben zu werden. Du verdienst zu wissen, dass du Optionen hast, bevor du irgendjemandem dein Leben anvertraust – vor allem einem Blender wie mir. Du verdienst einen Blick auf Sir Alisdair. Vielleicht ist er gar nicht so unansehnlich.«

Sie berührte mit zarter Geste sein Gesicht. »Ich liebe dich, Colin. Nichts und niemand wird daran etwas ändern.«

»Liebes, süßes Mädchen.« Er schloss sie in seine Arme und hielt sie eng umschlungen.

Ich liebe dich. Nichts und niemand wird daran etwas ändern. Oh, wie er sich wünschte, dieses mutige, aufrichtige Eingeständnis zu nehmen und als die reine Wahrheit aufzufassen. Es in Stein zu meißeln, es auf seine Haut zu tätowieren, es wie ein Mosaik aus winzigen Steinchen in diesen Boden einzulegen. Eine Ode an Minerva zu komponieren, über jeden Zweifel erhaben. Indessen hatte er bereits zu viel erfahren – von ihr, vom Leben –, und er wusste sehr wohl, wie wenig sie von der Welt gesehen hatte. Seine geschundene Seele ersehnte sich Gewissheit. Im Mindesten einige Monate der Prüfung. Von allen Menschen sollte sie am besten um den Wert einer systematischen Prüfung wissen. »Wenn das, was du sagst, wahr ist …« Er lehnte sich zurück, um in ihre schönen dunklen Augen zu blicken. »Dann kann Warten nicht schaden, oder?« Er streichelte ihre Wange, versuchte sich an einem Lächeln. »Impulsive Entschlüsse sind mir nichts Fremdes. Es kommt nichts Gutes dabei heraus. Wenn ich dich heirate, möchte ich, dass alle wissen – du und ich eingeschlossen –, dass es keine überstürzte, unbesonnene Kapriole meinerseits ist. Ich möchte bis nach meinem Geburtstag warten, um über jedweden Verdacht erhaben zu sein, unsere Heirat hätte etwas damit zu tun, dass ich die Verfügungsgewalt über mein Vermögen erlangen will.«

»*Nach* deinem Geburtstag? Du schlägst vor, dass wir über Monate getrennt leben?«

Er nickte. »Das ist mein Ansinnen, ja.«

»Was ist mit den Nächten, Colin? Wie beabsichtigst du, all diese Nächte durchzustehen?« Sie schluckte schwer. »Ich glaube nicht, dass ich es ertragen könnte, wenn …«

Er versiegelte ihre Lippen mit einem Kuss. »Der Eheschwur hat zu warten. Aber ich schwöre dir hier und jetzt, Minerva«, er ergriff ihre Hand und presste sie auf sein Herz, »solange ich lebe, werde ich keine Nacht mehr in den Armen irgendeiner anderen Frau verbringen. Ich kann nicht behaupten, dass das Warten auf dich angenehm sein wird, aber ich werde mich leidlich durchschlagen. Es fällt um vieles leichter, die Dunkelheit zu ertragen, wenn du das warme, entzückende Leuchtfeuer an ihrem Ende bist.« Sie schien enttäuscht, und er hasste sich dafür. Doch was immer er in seinem Leben getan hatte, dieses Mal galt es, besondere Sorgfalt walten zu lassen und alles richtig zu machen. Wenn das bedeutete, sich in dem Tempo einer Meeresschnecke zu bewegen, so sei es. »Hab keine Sorge«, sagte er begütigend. »Dies ist genau richtig, du wirst schon sehen. Wir machen alles in umgekehrter Reihenfolge. Das ist eben, wie wir sind. Wir begannen mit einer Flucht. Danach liebten wir uns. Als Nächstes werden wir das Werben vertiefen. Wenn wir alt und grau sind, werden wir uns vielleicht endlich dem Flirten zuwenden. Wir werden einander über unseren Schalen mit Haferschleimsuppe hinweg schöne Augen machen. Wir werden von Paaren beneidet werden, die halb so alt wie wir sind.«

Sie lächelte. »Oh Colin. Wenn sie mich *jetzt* sehen könnten, ich würde den Neid jeder Frau in England wecken.«

»Von einigen in Schottland nicht minder. Du vergisst, ich wuchs nahe der Grenze auf.« Er machte die Bemerkung leichthin, gleichwohl schickte ihre Gewichtigkeit im selben Augenblick einen Schauer der Erregung durch seinen Körper.

Schottland.

Die Verwandlung in Colins Gesichtszügen war unmittelbar. Minerva beobachtete, wie der Ausdruck im Nu von warmer Zuneigung zu kalter Entschlossenheit wechselte.

Mit einer scheuen, zarten Bewegung ihrer Hand strich sie über seine Brust, in der Hoffnung, die Verwandlung rückgängig zu machen. Doch es sollte ihr nicht gelingen.

Er sprang auf die Füße und bot ihr eine Hand. »Komm! Rasch.«

»Was? Weswegen?«

»Ich werde es dir auf dem Weg nach oben erklären. Wir haben keine Zeit zu verlieren.«

Verwirrt nahm sie seine Hand. Er half ihr auf und sammelte dann ihre ringsum verstreuten Sachen zusammen. »Inzwischen werden unsere Räumlichkeiten vorbereitet sein. Sie werden unser Reisegepäck von der Straße geholt haben. Ich werde dich in deine Gemächer bringen und eine Zofe anweisen, dir beim Baden und Ankleiden zur Hand zu gehen.«

»Mitten in der Nacht?«

Er spähte aus dem geöffneten Fenster. »Es wird bald dämmern.« Er legte Minerva eine Hand aufs Kreuz und geleitete sie aus dem Salon und zu einer geschwungenen Haupttreppe.

Derweil sie die Stufen hinaufeilten, bemühte sich Minerva, nicht allzu intensiv über den Umstand nachzudenken, dass sie barfuß durch eines der prachtvollsten, geschichtsträchtigsten Herrenhäuser Englands tapste, mit nichts als Colins Oberhemd bekleidet. Der personifizierte Skandal. Aber … eines Tages würde sie die Herrin über dieses Haus sein. Vielleicht. Vorausgeschickt, das Hofmachen lief glatt. Grundgütiger, sie war so verwirrt. »Und wo wirst du sein, während ich ein Bad nehme und mich ankleide?«

»Ich werde das Gleiche tun«, antwortete er. »Baden, ankleiden. Danach sehe ich nach den Pferden.«

»Pferde?«

»Ganz recht. Wir werden so bald als möglich aufbrechen müssen.« Er verharrte. »Welche Tür war es noch gleich …? Ah ja. Hier ist deine Suite.«

Er führte sie in einen eleganten Salon, der in gebrochenem Weiß und zartem Salbeigrün gehalten war. Minerva konnte kaum einen Blick erübrigen, die erlesenen Schnitzereien zu bewundern, oder einen freudig angetanen Seufzer ausstoßen, als ihre reisemüden Füße in einer weichen Schicht von Teppichen versanken. »Colin, wir sind eben erst angekommen. Wir haben seit Tagen kaum geschlafen. Können wir nicht wenigstens ein bisschen ausruhen, bevor wir wieder losstürmen? Dies ist der schönste Salon, den ich je gesehen habe.«

»Du erfüllst ihn mit deiner Schönheit.« Er ließ sie inmitten des Teppichs stehen und machte einen Rundgang durch das Zimmer. Zuerst zog er die Vorhänge zurück, sodass ein silbriger Streifen Dämmerlicht durch die deckenhohen Fenster fallen konnte. »Dein Ankleidezimmer ist hier«, sagte er und deutete auf eine offen stehende Tür. »Die Schlafkammer schließt sich gleich daran an. Ich hoffe, du wirst mehr Zeit zur Erkundung haben, wenn wir das nächste Mal herkommen.« Er passierte mehrere geschlossene Türen, auf die er jeweils erklärend mit dem Finger zeigte. »Bad. Abort.«

Sie schloss die Augen und öffnete sie wieder. »Colin. Was hast du mit mir vor? Wo auf dieser Erde willst du mich hinbringen?«

»Nach Schottland. Zu dem Symposium.«

»Aber … es ist zu spät. Das Symposium findet heute statt.«

»Ich weiß. Deswegen müssen wir uns beeilen. Wir werden verspätet eintreffen. Daran lässt sich nun einmal nichts ändern.«

»Wie sollen wir überhaupt dorthin kommen? Ohne Kutsche, Colin. Das dürfen wir getrost vergessen.« Sie wusste, wie elend ihm am vergangenen Abend in der Postkutsche zumute gewesen war. Sie wollte ihm das nicht noch einmal antun, niemals wieder.

»Ich habe einen Plan«, sagte er geheimnisvoll. »Du wirst schon sehen.«

»Aber Francine …«

»Existiert nach wie vor. Gipsabdruck hin oder her. Ihr Fußabdruck wird überdauern. Sie hinterließ ein Zeichen auf dieser Welt.« Er trat zu Minerva und nahm ihre Hand in seine. »Und du wirst dasselbe tun, Min. Mag sein, dass dir der Preis ohne den Beleg in Händen nicht zugestanden wird. Aber du wirst dort sei – und du wirst Eindruck machen.«

Darauf wusste sie nichts zu erwidern.

Eine Zofe erschien in dem Durchlass zur Badekammer. Sie räusperte sich und sank in einen Knicks. »Mylady, Ihr Bad ist vorbereitet.«

Colin entließ die Bedienstete mit einem Nicken. Er drückte Minervas Hände. »Wir sind so weit gekommen. Wir werden jetzt nicht aufgeben. Dies ist die Geschichte unserer Zukunft – diejenige, die wir Freunden und Bankettgästen, unseren Kindern und Enkeln erzählen wollen – und die Geschichte endet nicht mit einer Niederlage. Sie endet mit einem Triumph. *Deinem* Triumph.« Er hob ihre Hände an seine Lippen. Küsste eine, dann die andere.

Sie schmolz innerlich dahin.

»Vertrau mir einstweilen, dass ich dich zu deinem Symposium bringe«, sagte er. »Und dann mach mich stolz.«

»Das dort?« Eine Stunde später stand Minerva auf der Außentreppe von Riverchase, gehüllt in ihr bestes verbliebenes Reisekostüm, geschneidert aus dunkelgrünem Stoff. Sie spähte in die dunstige Morgendämmerung. Auf dem Vorplatz stand der bestgefederte, aufs Weichste gepolsterte und aufs Auffälligste lackierte Phaeton, den sie je zu Gesicht bekommen hatte. Die kurze Sitzbank, wie geschaffen, nicht mehr als zwei Personen Platz zu bieten – ein Fahrer, ein Passagier – schwebte mindestens sechs Fuß über dem Boden. Das kleine sportliche Gefährt wurde von zwei der prachtvollsten, perfekt miteinander harmonierenden Rappen gezogen, die Minerva sich vorzustellen wusste. Sie sahen eher wie edle Rennpferde denn wie Kutschenzossen aus. »Das kann kein sicheres Reisemobil sein«, erhob sie bedenklich.

»Es ist nicht direkt das gängige Familienmodell.«

»Wir werden selbst in der Dunkelheit leuchten.« Sie stöhnte auf, als der erste Sonnenstrahl des frühen Morgens auf den narzissengelben Lack traf.

»Es ist scheußlich und grell und geckenhaft, wahrhaftig.« Colin zerrte an einem Stück Ledernaht, um die Reißfestigkeit zu prüfen. »Aber es ist das schnellste Gefährt, das in England zu haben ist. Ich gewann es vor einigen Jahren beim Kartenspiel.«

»Du hast es vielleicht *gewonnen*, aber weißt du auch damit zu *fahren*?«

Er deutete ein Achselzucken an und grinste. »Wir werden es herausfinden.«

Minerva näherte sich dem Phaeton mit einem nicht geringen Maß an Beklommenheit. Gleichwohl gemahnte sie sich, die Nerven zu behalten. Sie war fest entschlossen, Mut zu beweisen. Colin glaubte an sie. Sie durfte ihn nicht enttäuschen. Mit Unterstützung eines Reitknechts gelang es ihr, auf den Sitz zu klettern. Das Gespann tänzelte vor Ungeduld, und der Phaeton schwankte auf seiner Federung. Minerva schwirrte der Kopf. *Schau ja nicht nach unten,* ermahnte sie sich. Und natürlich spähte sie daraufhin schnurstracks zum Boden. Zeigten solche selbst auferlegten Verbote jemals Wirkung?

Colin schwang sich ebenfalls nach oben und landete neben ihr auf dem Sitz. Er zog die Krempe seines Hutes tiefer und packte die Zügel. »Dreiundsiebzig Meilen. Das ist die Entfernung nach Edinburgh. Wenn sich das Wetter hält, können wir in diesem Phaeton mit Leichtigkeit zwölf Meilen pro Stunde zurücklegen. Fünfzehn, wenn ich die Tiere stetig antreibe. Mit ein bisschen Glück sind wir gegen Mittag dort. Wir können es schaffen, Min. Wahrhaftig, das können wir.«

Sie nickte. »Du weißt …« Sie schlang ihren Arm durch seinen und schluckte nervös. »Colin, du weißt dieses Ding zu fahren, nicht wahr?«

Er grinste. »Du wiederholst dich mit deiner Frage.«

»Weil du mir wiederholt die Antwort schuldig bleibst.«

Er richtete seinen Blick auf die Zufahrt und zog die Zügel straff, um das Gespann zum Schrittgehen anzuhalten. »Es widerstrebt mir, in Kutschen zu *sitzen*. Sie zu *fahren* ist eine ganz andere Sache.«

Sobald sie den Vorplatz umrundet hatten und mit einem weiten Schwenk in Richtung Ausfahrt bogen, lockerte Colin die Zügel und ließ die Pferde in einen zügigen Trab fallen. Sie trabten nicht. Sie *flogen*.

»Oh!« Der Wind stahl Minervas verblüfftes Lachen und trug es über die ausgedehnten Ländereien von Riverchase.

So muss sich eine Gewehrkugel fühlen.

Gezogen von den zwei majestätischen, eleganten Tieren, schoss der Phaeton über die schnurgerade, gekieste Zufahrt wie der himmlische Streitwagen der Engel. Der Sitz war so trefflich gefedert, dass Minerva die Furchen im Boden kaum wahrnahm.

Als sie das Ende der Zufahrt erreichten, ließ Colin die Pferde verlangsamen und lenkte sie mit Geschick und Leichtigkeit auf die Hauptstraße. Es wollte scheinen, als wäre er mit Zügeln in der Hand geboren worden.

Sie lehnte sich näher zu ihm, um den Lärm von Wind und Hufschlag zu übertönen. »Grässlicher Mann. Natürlich weißt du dergleichen zu fahren.«

»Vierspännerklub!«, rief er zurück und bedachte sie mit einem übermütigen Augenzwinkern. »Der letzte Schrei in London.«

Lachend legte Minerva eine Hand auf ihre Haube, zu berauscht von dem dahinbrausenden Wind und der Geschwindigkeit, um sich zu beklagen. Aber natürlich. Der Teufelskerl war Mitglied in jedem Klub, der ihn haben wollte. Herrenklub, Boxklub, Spielklub, Abenteurerklub. Warum nicht auch ein Vierspännerklub? Das war sein Leben in London. All jene Klubs. All jene Freunde. All jene glitzernden, opulenten Vergnügen. All jene *Frauen*. Derweil sie nach Norden brausten, rotierte ihr Verstand schneller als die Phaetonräder. Sein Vorschlag, ihr offiziell den Hof zu machen, faszinierte sie. Bälle und Opern besuchen, am Arm des charmanten und attraktiven Lord Payne? Die Vorstellung allein ließ ihr Herz einige Schläge aussetzen. Und sie glaubte ihm, wenn er sagte, dass sie ihm etwas bedeutete. Was das anbetraf, würde er nicht lügen. *Er fährt in einem halsbrecherischen Tempo für dich nach Schottland,* redete sie sich zu. *Natürlich hat er dich gern.* Nur wenige Tage zuvor hatte er einen Nachmittag geopfert, das Dach einer Hütte zu decken. Er hatte sich mit Muskelkraft, Begeisterung und gutem Willen für sie in die niedrige Arbeit gestürzt. Jedoch hatte er nicht gelobt, sein weiteres Leben auf diese Weise zu verbringen. War seine plötzliche Zuneigung für Minerva bloß ein Ergebnis der extremen Umstände? Und wenn sie seine Zuneigung anzweifelte, vielleicht zweifelte er auch an ihrer Liebe. Oder er hatte schlicht Zweifel an *ihr*. Zweifel, dass sie eine gebührende Vicountess abgeben könnte – und wer würde ihm dies verdenken? Um Gottes willen, Minerva, denk nur an das riesige wunderschöne Palais und die Ländereien. Wer käme je auf die Idee anzunehmen, *sie* könnte dort Herrin sein? Sie hatte im Salon bereits ein einziges Chaos hinterlassen und den gesamten Teppich mit Regenwasser durchnässt. Die Dienerschaft würde sie verabscheuen. Plötzlich kam sie nicht umhin, sich um hundert unterschiedliche Dinge Gedanken zu machen. Colin musste sich ebenfalls mit Sorge tragen. Er hatte seine Unsicherheit eingeräumt. Das war es, weshalb er warten wollte. Warten war weise, räsonierte sie. Eine Verlobung verschieben war eine vernünftige, besonnene Vorgehensweise. Warum also beunruhigte es sie so?

Sie hielten drei Mal an, um die Pferde zu wechseln und eine Erfrischung zu sich zu nehmen, um anschließend jeweils in höchster Eile weiterzufahren. Die Landschaft, die an ihnen vorüberrollte, war grün und üppig geschwungen. Eine liegende Göttin, erwachend aus ihrem Winterschlaf. Der Wind hingegen war eine kalte, grausame Hexe. Minerva kuschelte sich unter eine dickgewebte Reisedecke, um sich zu wärmen, doch die Kälte schlug ihre Krallen unerbittlich durch den Stoff. Als die Straße in gerader Linie verlief und er die Zügel lockerer lassen konnte, schlang Colin seinen Arm um ihre Schultern und zog sie inniglich an sich. Sie schmiegte sich an seine Seite und fand Zuflucht in seiner Wärme und dem ihr vertrauten Duft, während sie ihn beobachtete, wie er das Gespann mit behandschuhten Händen und achtsamen, sicheren Bewegungen lenkte. Sie schlang einen Arm um seine Taille, umfing ihn zärtlich. Einerlei, was heute oder morgen passierte. Dies – genau *dies* – war all das wert.

Sie näherten sich Edinburgh, gerade als die Mittagssonne ihren Zenit erreichte.

»Es ist nicht mehr weit«, sagte er, als er in den Sitz zurückkletterte, nachdem er angehalten hatte, um einen Händler nach dem Weg zu fragen. »Bereit für deinen großen Augenblick?«

»Ich …«

Ich weiß nicht. Ich weiß es einfach nicht. Sie wissen nicht, dass ich eine Frau bin. Ich habe meine sämtlichen Aufzeichnungen und Skizzen eingebüßt. Sie werden mir das mit Francine ohne den Beleg nicht glauben. Und nachdem wir siebzig Meilen an einem einzigen Morgen zurückgelegt haben, muss mein Haar ein einziges Schrecknis sein. Sie werden gewiss alle lachen. Oh Gott. Ich bin mir sicher, dass alle lachen werden.

Entsetzen machte sich in ihr breit. Gleichwohl weigerte sie sich, ihren Ängsten eine Stimme zu geben. Sie hatte Colin ihr Wort gegeben, dass sie nie wieder abträglich über sich selbst reden wollte. »Ich denke schon. Wenn du bei mir bist, bin ich zu allem bereit.«

Mit einem Ruck an den Zügeln brachte er die Pferde mitten auf der Straße zum Halten.

»Sind wir da?«, forschte sie und blickte sich um.

»Nicht ganz.« Mit einer behandschuhten Fingerspitze drehte er ihren Kopf in seine Richtung. »Aber ich glaube nicht, dass ich dergleichen auf der Schwelle zur *Royal Geological Society* tun sollte.« Er neigte den Kopf und küsste sie. Gleich dort auf der Landstraße und mit solch süßer und zärtlicher Leidenschaft, dass alle ihre Kümmernisse sich auflösten, verdrängt von den aufwallenden Gefühlen in ihrem Herzen.

»Besser?«, fragte er und nahm die Zügel wieder auf.

Sie nickte und fühlte, wie ihr Selbstvertrauen zurückkehrte. »Danke. Das war es, was ich gebraucht habe.«

Einige weitere Minuten Fahrt über überfüllte, holprige Pflasterstraßen, und Colin ließ das Gespann vor einem stattlichen Ziegelbau anhalten. Er warf einem wartenden Jungen die Zügel und eine Münze zu, ehe er den Phaeton umrundete, um Minerva hinauszuhelfen. »Und jetzt beeil dich. Du triffst noch rechtzeitig genug ein, um eine vornehme Verspätung geltend zu machen.«

Arm in Arm stürmten sie die Stufen hoch. Minerva, die darauf konzentriert war, nicht über ihre Röcke zu stolpern, bemerkte keinen Portier – oder irgendeine andere Person. Bis eine tiefe Stimme ihnen Einhalt gebot.

»Ich bitte um Verzeihung. Was denken Sie, was Sie hier zu schaffen haben?«

31

Minerva wand sich innerlich. Sie hätte sich im Klaren sein sollen, dass es nicht so einfach sein würde.

»Wir sind anlässlich der geologischen Fachtagung hergekommen«, erklärte Colin ihm. »Wir haben uns wegen eines Missgeschicks auf der Reise verspätet. Wenn Sie also freundlicherweise beiseitetreten würden …«

Der bärtige Mann nahm Haltung an. Er tippte auf ein Papier, das an einem Schreibbrett befestigt war. »Es tut mir leid, Sir. Zutritt haben ausschließlich Mitglieder der Gesellschaft.«

»Ich bin Mitglied.« Minerva trat vor. »Ich meine, ich bin ein Mitglied der Gesellschaft. Mein Name ist M. R. Highwood. Er muss auf Ihrer Liste vermerkt sein.«

»Sie?« Hinter seinem grauen Bart nahm die Haut des Mannes einen ungesunden Rotton an. »Sie wollen behaupten, M. R. Highwood zu sein?«

»Ich tue sogar noch mehr, als dies zu behaupten. »Ich *bin* Miss Minerva Rose Highwood. Ich vermag nicht zu glauben, dass Ihnen der Name unbekannt ist. Meine wissenschaftlichen Erkenntnisse sind in den vergangenen siebzehn Monaten in nicht weniger als fünf Ausgaben des *Royal Geological Journal* veröffentlicht worden.«

»Tatsächlich, Min?« Colin klopfte ihr anerkennend auf

den Rücken. »Fünf Mal? Das ist brillant, Liebste. Ich bin so stolz.«

Sie errötete einen Hauch. Zumindest gab es *irgendjemanden*, der die Früchte ihrer Arbeit zu schätzen wusste. Jemand, der überaus attraktiv und liebenswürdig und intelligent und, allen Widrigkeiten zum Trotz, ihr angeblich ergeben war. Dieser aufgeblasene Wichtigtuer, der dort vor ihr stand und seine törichte Liste schwenkte … er konnte sie nicht einschüchtern. Nicht mehr. »Es handelt sich offenkundig um ein Missverständnis«, sagte sie mit einem nachsichtigen Lächeln, »aber dieses Missverständnis habe ich nicht zu verantworten. Ich habe stets meine Beiträge entrichtet, meine Forschungserkenntnisse vorgelegt und mich in schriftlicher Korrespondenz als ein volles Mitglied dieser Organisation engagiert. Ich habe niemals behauptet, ein Mann zu sein. Wenn die Mitgliedschaft auf der fälschlichen Annahme dessen beruhte, kann ich dafür nicht rechenschaftspflichtig sein. Wenn Sie nun bitte die Güte haben wollen, mir Zutritt zu gewähren? Ich habe ein Papier zu präsentieren.«

»Das sehe ich gänzlich anders.« Der Mann richtete sich kerzengerade auf und wandte sich Colin zu. »Wir können dies nicht gestatten. Es sei denn, sie hat …«

»Verzeihen Sie, weswegen führen Sie die Unterhaltung mit ihm?«, unterbrach Minerva ihn. »Ich stehe direkt vor Ihnen und kann für mich selber sprechen.«

Der Angesprochene seufzte inbrünstig. »Mein liebes Mädchen, ich …«

»Ich bin kein Mädchen mehr. Und schon gar nicht Ihr ›liebes Mädchen‹, es sei denn …« Gütiger Gott, sie hoffte inständig, dass dieser rotgesichtige Tugendbold nicht Sir Alisdair war. Er hatte in ihrer Korrespondenz um ein vieles vernünftiger gewirkt als dieser Pedant. »Hören Sie, Mr. …?«

»Barrington.«

»Mr. Barrington.« Vor lauter Erleichterung stahl sich ein Lächeln auf ihre Lippen. »Ich bin hier, um meine wissenschaftlichen Erkenntnisse auf dem Symposium zu präsentieren. Ich bin ein geschätztes Mitglied der Gesellschaft, mit einem beeindruckenden Nachweis wissenschaftlicher Forschungen, und ich habe dieser Tagung einen wertvollen Beitrag beizusteuern. Ich bin überdies zufälligerweise eine Frau. Noch dazu eine Frau, die rechtschaffen viel über Gestein weiß. Ich schlage vor, Sie finden erst einmal die Steine, damit Sie wissen, wovon ich rede.«

Neben ihr verschluckte Colin sich an einem Lachen. »Gut gemacht, Liebste. Bravo.«

»Danke.«

Mr. Barrington blickte entschieden weniger amüsiert drein. »Der Zutritt zu diesem Symposium ist auf Mitglieder der *Royal Geological Society* und ihre Gäste beschränkt. Und da eine Mitgliedschaft strikt den Gentlemen vorbehalten ist, bleibt diese Tür für Sie verschlossen.«

»Hören Sie«, intervenierte Colin. Sie bemerkte, dass er einen aufs Höchste gebieterischen und herrischen Ton anschlug. »Wir können dies gewiss auch auf andere Weise regeln. Nebenbei bemerkt, ich bin immer gern gewillt, Klubs beizutreten. Nun, was muss ein Mann tun, um ein Mitglied Ihrer Gesellschaft zu werden?«

»Da wäre ein längerer Bewerbungsprozess zu nennen. Eine schriftliche Anfrage muss gestellt werden, welcher eine persönliche Darstellung der Forschungsinteressen und mögliche relevante Publikationen zu beinhalten hat. Nicht weniger als drei Referenzen müssen beigebracht werden und nicht mehr als …«

»Ja, ja. Hier ist meine Bewerbung, wenn Sie so gut sein wollen, das Diktat aufzunehmen. Ich bin Colin Frederick Sandhurst, Viscount Payne. Was geologische Interessen anlangt, so wurde mir berichtet, dass mein Anwesen auf den größten Vorkommen nutzbaren Granits in ganz Northumberland steht. Als Referenzen benenne ich meinen Cousin, Lord General Victor Bramwell, seines Zeichens Earl of Rycliff. Als Zweiten meinen geschätzten Freund, den Duke of Halford. Und drittens …«

Minerva räusperte sich. »Ähem.«

»Und drittens M. R. Highwood«, schloss Colin.

»Sir, ich …«

»Moment.« Colin hob seinen Zeigefinger. »Ich glaube, dass es für Sie ›Mylord‹ ist.«

»Mylord, ich bin sicher, die Gesellschaft fühlt sich von dem Interesse Seiner Lordschaft geehrt. Jedoch …«

»Erwähnte ich bereits, dass ich neben den obligatorischen Mitgliedsbeiträgen und zwecks Beschleunigung meines Bewerbungsprozesses willens bin, eine jährlich wiederkehrende Spendenzahlung zu leisten von … sagen wir, eintausend Pfund?«

Mr. Barrington verschlug es die Sprache.

»Oh, sei's drum. Sie führen harte Verhandlungen, Barrington. Machen Sie dreitausend daraus.« Angesichts des Schweigens seines Gegenübers grinste er breit. »Vortrefflich. Nun, da dies geklärt ist, werde ich dem Symposium beiwohnen. Miss Highwood wird mich als mein Gast begleiten.«

»Aber Mylord, unvermählte Frauen können nicht als Gäste teilnehmen. Dergleichen schickt sich nicht und wäre auch nicht statthaft.«

»Bei aller Liebe zu den Ammoniten, guter Mann! Das ist schlicht töricht. Warum in Himmelherrgottsnamen sollte die Gesellschaft die Notwendigkeit verspüren, unvermählte Frauen vor knochentrockenen Vorträgen hinsichtlich der Bodenbeschaffenheit bestimmter Landstriche schützen zu müssen? Finden sich Ihre Mitglieder später in irgendeiner Art staubgepeitschter Ekstase wieder, vor der keine entzückende junge Frau sicher wäre?«

Mr. Barrington zupfte an seinem Überrock. »Mitunter erhitzt sich die Debatte.«

Colin drehte sich zu Minerva herum. »Min, darf ich ihn kurz zu Boden ringen?«

»Ich halte das für einen schlechten Einfall.«

»Ihn mit einem scharfen Gegenstand durchbohren?«

»Vermutlich eine noch schlechtere Idee.«

»Dann führt kein Weg daran vorbei.« Er seufzte.

»Ich weiß. Du wirst allein hineingehen und den Vortrag an meiner statt halten müssen.«

»Was? Nein.« Er schüttelte den Kopf. »Nein, das kann ich nicht tun.«

»Natürlich kannst du das. Du hast mich ihn so viele Male laut vorlesen hören. Ich weiß, er enthält eine Vielzahl mehrsilbiger Begriffe, aber du wirst mit der Anforderung wachsen.«

»Minerva, es sind *deine* Erkenntnisse. Es sind *deine* Fachkollegen. Es sollte auch *dein* großer Moment sein.«

»Ja, aber …« Tränen kitzelten ihr in den Augenwinkeln, sie blinzelte sie hastig fort. »Sie werden mich nicht einlassen.«

»Sie wollen keine *unvermählten* Damen einlassen. Also heirate mich. Gleich hier und jetzt.«

Sie starrte ihn erschüttert an. Seine diamantenen Augen strahlten hell und aufrichtig. »Heiraten? Aber wir … wir können unmöglich …«

Er fasste ihre Hände. »Dies ist Schottland, Minerva. Wir bedürfen weder einer Genehmigung noch einer Kirche. Wir benötigen lediglich Trauzeugen. Barrington hier kann als einer fungieren und …« Er drehte sich um, gerade als ein anderer Mann das Portal öffnete und sich auf der Schwelle zu ihnen gesellte.

»Was geht hier vor?«, fragte der Neuankömmling mit tiefer, sonorer Stimme.

Minervas Augen maßen ihn von den Stiefeln bis zum Scheitel. Er war hochgewachsen und ansehnlich und … nun, eben hochgewachsen und äußerst ansehnlich. Er gab eine recht beeindruckende Figur ab, wie sich seine Umrisse von dem Hintergrund der Tür abhoben.

Er blickte irritiert drein. »Barrington, wer sind diese Leute?«

»Oh, wie vortrefflich«, sagte Colin. »Dieser attraktive Bursche kann als unser zweiter Trauzeuge einspringen. Wir haben Mr. Barrington, und wir haben«, er klopfte dem Fremden auf die Schulter, »Mr. …?«

Der Mann blinzelte aufgrund von Colins anmaßender Geste pikiert. »Ich bin Sir Alisdair Kent.«

Minerva schlug sich eine Hand vor den Mund, um ein bestürztes Lachen zu ersticken.

»Angenehm.« Colins Hand platzierte zwei weitere schwere Schläge auf Sir Alisdairs Schulter, währenddessen er den Mann taxierte. »Angenehm. Ich dachte es mir bereits.« Er stieß einen Seufzer aus und wandte sich Minerva zu. »Dies ist vermutlich der Moment, wo ich beiseitetreten und euch Gelegenheit geben sollte, euch besser kennenzulernen …«

Nein!

»Aber das werde ich nicht tun«, schloss er.

Ihr Herz frohlockte. *Dem Himmel sei Dank!*

Er nahm ihre behandschuhten Hände in seine beiden und sah ihr tief in die Augen. »Minerva, ich liebe dich. Ich habe lange darauf gewartet, dir dies einzugestehen. Ich wollte es in einem passenderen Augenblick tun. An einem romantischeren Ort und zu einem besseren Zeitpunkt.« Er warf einen Blick auf ihre Umgebung. »Aber hier und jetzt wird reichen müssen.«

»Hier ist es schön«, brachte sie heraus. »Jetzt ist gut.«

Er drückte ihre Hände. »Ich liebe dich. Ich liebe an dir, dass du klug und loyal und neugierig und gütig bist. Ich liebe es, dass du des Öfteren wahrhaft unerschrocken und mutig und stark bist – aber ich liebe es auch, dass du es mitunter nicht bist, denn dann kann ich für dich stark sein. Ich liebe, dass ich dir alles erzählen kann. Rundweg alles. Und ich liebe, dass du darauf immerzu etwas Überraschendes zu erwidern weißt. Ich liebe an dir, dass du Dinge bei ihrem richtigen Namen nennst. Dass du keine Scheu hast, einen Nippel einen Nippel zu nennen oder einen Penis einen …«

»Verzeihen Sie meine Frage«, unterbrach Sir Alisdair, »aber wovon in Gottes Namen reden Sie da gerade?«

Minerva konnte nicht anders, als zu lachen.

»Hat Sie das zu kümmern?«, herrschte Colin den Wissenschaftler an. »Ich versprach dieser Frau Monate zärtlicher Brautwerbung, doch dank Ihrer Gesellschaft und Ihrer geistlosen, altertümlichen Vorschriften muss ich das alles in den Zeitrahmen von fünf Minuten pressen. Das Mindeste, was Sie nun noch tun können, ist, mich nicht zu unterbrechen.«

Sir Alisdair richtete das Wort direkt an Minerva. »Belästigt Sie dieser Mann, Miss ...« Er stockte. »Sie sind *Miss* Highwood?«

»Ja«, antwortete sie höflich. »Ja, *Miss* Highwood. Ich entschuldige mich für die entstandene Verwirrung. Und es tut mir sehr leid, wenn ich Sie in irgendeiner Weise ... enttäuscht haben sollte.«

Um seine Mundwinkel zuckte es, derweil er sie von oben bis unten begutachtete. »Einzig erstaunt, Miss Highwood. Einzig erstaunt.«

»Ja, ja. Sie ist eine überaus erstaunliche Frau.« Colin hüstelte. »Noch einmal, guter Mann. Hat Sie das zu kümmern?«

Lächelnd zog Minerva Colin ein paar Schritte beiseite. »Was kümmert er dich? Fahre fort.«

Kaum dass sie ein wenig Privatsphäre hatten, wurde sein Blick weicher. »Wie ich bereits darlegte, mein Liebling. Ich liebe, dass du Dinge bei ihrem richtigen Namen nennst. Dass du den Mut besitzt, einen Nippel einen Nippel zu nennen und einen Penis einen Penis. Aber am allermeisten liebe ich, dass du selbst nach dieser tollkühnen, leichtsinnigen Woche – auch wenn dein Herz und dein Ansehen und deine Zukunft am seidenen Faden hängen – mutig genug warst, die Liebe mit Liebe zu benennen.« Mit seinen Händen umrahmte er ihr Gesicht. »Weil es sich exakt so verhält. Ich liebe dich, Minerva.« Ein Ausdruck jubelnder Freude erhellte seine Augen, als hätte er soeben die wissenschaftliche Entdeckung des Jahrhunderts ans Licht gebracht. »Wir lieben einander.«

Ein Kloß formte sich in ihrer Kehle. »Ja, das tun wir.«

»Ich möchte bei dir sein für den Rest unseres Lebens.«

»Ich möchte das auch.«

»Dann nimm diesen hier.« Er gab ihre Hände frei, um die Naht seines Handschuhs mit den Zähnen zu packen und ihn sich von den Fingern zu zerren. Seine andere Hand glitt zu dem kleinen Finger mit dem Siegelring. Er drehte ihn hin und her. Und abermals hin und her. Er schnitt eine Grimasse. »Dies mag eine Weile dauern.«

»Colin, wahrhaftig. Du musst doch nicht …«

»Ich hab's gleich«, stieß er zwischen zusammengebissenen Zähnen hervor. Sein Gesicht war ob seiner Bemühungen hummerrot und verzerrt. »Warte … Warte …« Er drehte sich von ihr weg und zog die Schultern hoch, während er weiter an dem Ring zerrte. Minerva begann langsam, sich seinetwegen Sorgen zu machen. »Da.« Um Atem ringend und mit einem Ausdruck des Triumphs im Gesicht, hielt er den Ring hoch, sodass sie ihn sehen konnte. »Ich habe diesen Ring nicht mehr entfernt, seit ich ein Junge war. Es war der meines Vaters, und nach seinem Tod wurde er mir vermacht. Anfangs passte er auf meinen Daumen, dann wanderte er von einem Finger zum nächsten. Er war so lange an meinem kleinen Finger, dass er gleichsam ein Teil von mir wurde. Aber jetzt möchte ich, dass du ihn trägst.«

»Oh, das könnte ich nie und nimmer.«

»Doch, das kannst du.« Er drehte ihre Handfläche nach oben und legte den Ring hinein. »Dieser Ring ist mein kostbarster Besitz, Min. Du musst ihn tragen. So werde ich stets wissen, dass das, was mir am teuersten ist, am selben Ort weilt. Es wird mir eine rechte Beruhigung sein.«

Sie blickte auf den Ring. Dann wieder zu ihm, die aufwallenden Gefühle ließen sie atemlos zurück.

»Hast du nicht …« Er räusperte sich umständlich. »Hast du nicht den Wunsch, dich mit mir zu verehelichen?«

»Oh doch, natürlich«, beeilte sie sich, ihm ihre Zuneigung zu versichern. »Natürlich möchte ich dich heiraten. Aber ich dachte, du wolltest noch warten, mit Bedacht vorgehen. Eine angemessene Zeit der Brautwerbung einplanen. Es schien dir so wichtig zu sein.«

»Dies«, er deutete auf die Tür, hinter der das Symposium stattfand, »ist wichtig für *dich*. Was wiederum heißt, dass es mir *alles* bedeutet.« Erstaunt beobachtete sie, wie er auf ein Knie sank. »Ich liebe dich, Minerva. Bleib bei mir bis ans Ende meiner Tage. Lass mich stets für dich sorgen. Schenk mir die immerwährende Freude, dich mein Eigen zu nennen.« Er schob den Siegelring auf ihren behandschuhten Finger. »Aber heirate mich heute. Damit ich dich mit der Welt teilen kann.«

Sie blickte zu ihm hinab, ihr Herz quoll über vor Liebe – und ihr Verstand entschied, dass die Welt niemals einen besseren Menschen sehen würde. Mit ein paar hastigen Schwüren, gleich dort auf den Stufen geleistet, erbot er sich, all ihre Träume wahrzumachen. Und sie konnte Colin ganz zu dem Ihren machen. Für immer.

»Nun, Mädchen?« Hinter ihnen trommelte Mr. Barrington auf seine Schreibunterlage. »Willst du den Burschen nun heiraten oder nicht?«

32

»Kann ich Sie heute für ein wenig Spitze begeistern, Miss Taylor?« Kaum dass Kate das *All Things* betrat, straffte sich Sally Bright hinter der Ladentheke. Die blondhaarige junge Frau legte die Zeitung beiseite, in der sie gerade gelesen hatte. »Oder ein neues Band vielleicht?«

Kate schüttelte lächelnd den Kopf. »Nur neue Tinte. Ich wüsste mir keinerlei Verwendung für Spitzen oder Bänder.«

»Sind Sie sicher?« Sally stellte klirrend ein Fässchen Tinte auf den Ladentisch. »Da habe ich anderes gehört.«

Der spitze Unterton in der Stimme des jungen Mädchens ließ Kate sogleich aufmerken.

»Was haben Sie denn gehört?«

Sally war die Unschuld in Person. »Nur dass jemand unlängst einen Abstecher zum Rycliff Castle unternahm. Mutterseelenallein.«

Kate spürte, dass sich ihre Wangen erhitzten. Was sie ärgerte, weil sie beileibe nichts getan hatte, um sich peinlich berührt oder beschämt fühlen zu müssen. »Ja, ich bin zum Schloss hochgelaufen. Ich war gehalten, ein Gespräch mit Corporal Thorne zu führen. Wir hatten eine … Unstimmigkeit aufzuklären.«

»Aha.« Sally hob eine Augenbrauen. »Eine Unstimmigkeit aufklären. Nun, das klingt alles sehr gebührlich.«

»Es war nicht ungebührlich, wenn es das ist, was Sie damit andeuten wollen.« Kate versagte sich, den Umstand zu erwähnen, dass sie den Mann bei seiner Arbeit überrascht hatte. Halb bekleidet, nass vom Schweiß. All die gebräunte Haut, die sich über seinen straffen, muskelbepackten Körper spannte … Seine breitschultrige Silhouette hatte sich unversehens in ihre Erinnerung eingebrannt. Als hätte sie direkt in die Sonne gestarrt, dessen Umrisse nun auf ihrer Netzhaut verewigt waren.

»Ich will Sie doch bloß ein bisschen aufziehen, Miss Taylor. Ich weiß, dass da nichts Ungeziemendes zwischen Ihnen beiden ist. Aber wenn ich Ihnen eines raten darf, dann seien Sie künftig vorsichtiger. Sie möchten doch nicht, dass ein falscher Eindruck entsteht und Gerüchte die Runde machen. Ansonsten laufen Sie Gefahr, eine Heimsuchung durch ein einziges kleines Missgeschick zu erleiden. Salz wird seinen Weg in Ihre Zuckerdose finden, Nadeln werden in Ihren gesäumten Röcken zurückbleiben und so fort.«

Kate runzelte die Stirn. »Wie kommen Sie denn darauf?«

»Neid. Die Hälfte der Frauen im Ort wird Ihnen Böses wünschen.«

»Sie würden mich beneiden? Weswegen das?«

»Heilige Mutter Maria, Sie wissen es wahrhaftig nicht.« Sally ordnete die Schmuckstücke in der Auslage. »Aber ich weiß es. Seit dem Augenblick, da Lord Rycliffs Gruppe letzten Sommer in unser Dorf geritten kam, hattet Ihr Damen im *Queen's Ruby* sämtlich nur noch Augen für Lord Payne. Stattlich, attraktiv, charmant. Welche vornehme Dame würde nicht Gefallen an ihm finden? Aber es gibt andere Frauen in diesem Ort, Miss Taylor. Dienstmägde, Seemannswitwen, Stubenmädchen … Frauen, die sich nicht damit abplagen, von einem Viscount zu träumen. Sie alle rangeln darum, Corporal Thorne an Land zu ziehen.«

»Ernsthaft? Aber …« Kate schlug nach einer Bremse, die ihrem Nacken zusetzte. »Aber er ist von einschüchternd großem Wuchs. Und ungehobelt. Von grobem Wesen.«

»Ganz recht.« Sally schenkte ihr ein wissendes Lächeln.

Kate wunderte sich darüber.

»Bislang war alles vergebene Mühe. Man hat ihm Fallen gestellt, überall in diesem Dorf, doch er ist jeder ausgewichen. Es wird gemunkelt, dass er ein ›Arrangement‹ mit einer Witwe im Nachbarort getroffen habe. Dass er dieser Frau wohl ein oder zwei Mal im Monat einen Freundschaftsbesuch abstattet, wenn Sie verstehen, was ich meine.«

Kate verstand durchaus, was Sally meinte. Und es bereitete ihr mit einem Mal eine unerklärliche Übelkeit. Natürlich hatte Corporal Thorne das Recht zu tun, was ihm gefiel, mit wem auch immer, der ihm gefiel. Sie vermochte es eben nur nicht zu verschmerzen, es zu erfahren. Und noch weniger, es sich *auszumalen.* Sie gab sich einen energischen Ruck. »Nun, Sie können gerne die Nachricht verbreiten«, und sie war sich sicher, dass Sally genau das tun würde, »dass es für die Frauen in Spindle Cove keinerlei Anlass zur Missgunst gibt. Da ist absolut nichts zwischen mir und Unteroffizier Thorne. Nichts außer einer höflichen Bekanntschaft meinerseits und gewiss keine Zuneigung seinerseits. Der Mann duldet bestenfalls meine Gegenwart.« Thorne war nur zu erpicht darauf gewesen zuzusehen, dass Kate an besagtem Tag wieder aufbrach. Sie erinnerte sich der Schroffheit und Ungeduld in seinen Bewegungen, als er sie zum Schlosstor geleitet hatte, kaum dass ihre Unterredung beendet gewesen war. Augenscheinlich war das Graben eines Brunnens sehr viel unterhaltsamer als ihre Gegenwart.

Während sie mit einem Staubtuch über die Regale hinter der Ladentheke wischte, zuckte Sally mit den Schultern. »Man weiß nie, Miss Taylor. Es hätte auch keiner gedacht, dass etwas zwischen Miss Minerva und Lord Payne sein könnte. Und sehen Sie sich die beiden heute an.«

»Das ist etwas gänzlich anderes.«

»Weswegen?«

»Es … ist eben so.« Kate wurde vom Klippklapp herannahenden Hufschlags und einem Rattern von Kutschenrädern erlöst.

In einem akrobatischen Manöver umklammerte Sally das Regal mit einer Hand und verlagerte ihr Gewicht auf die andere Seite, ihren Hals reckend, um aus dem vorderen Ladenfenster zu spähen. Kaum hatte sie einen Blick erhascht, ließ sie ihren Wischlappen fallen. »Warten Sie kurz, Miss Taylor. Das ist die Post. Ich muss eben hinausspringen, sonst wird er über die Maßen ungehalten sein. Diese Postkutscher sind eine Sorte für sich. Sie verabscheuen es zu warten.«

Derweil Sally die Post holte, angelte Kate in ihrem Retikül nach Münzen, um die Tinte zu bezahlen. Der Winter und der Beginn des Frühlings bedeuteten magere Zeiten für eine Musiklehrerin in einem Ferienort. Sie hatte sich fortwährend in Genügsamkeit zu üben.

»Haben Sie Wechselgeld für ein halbes Crownstück?«, fragte sie, als Sally zurückkehrte.

»Einen Augenblick …« Die junge Frau sichtete das kleine Bündel mit Umschlägen und Briefen. Sie zog eine Depesche aus dem Stapel. »Meiner Treu. Hier ist er.«

»Hier ist was?«

»Ein Brief von Miss Minerva.«

Kates Herz hüpfte in ihrer Brust. Das gesamte Dorf harrte seit Tagen auf Nachricht von ihr. Sie eilte an Sallys Seite. »Das ist ihre Handschrift. Dessen bin ich mir gewiss.«

»Oh!«, rief Sally aus. »Der Umschlag ist mit Lord Paynes Wappen versiegelt, sehen Sie nur.«

Kate fuhr mit ihren Fingern über das unebene rote Wachssiegel. »In der Tat ist er das. Oh, das sind wundervolle Neuigkeiten. Mrs. Highwood sollte ihn unverzüglich bekommen. Ich werde ihn ihr ins *Queen's Ruby* bringen.«

Sally drückte den Umschlag an ihre Brust. »Auf gar keinen Fall. Niemand nimmt mir diesen Brief fort. Ich muss dabei sein, wenn sie ihn liest.«

»Aber was ist mit dem Geschäft?«

»Miss Taylor, dies ist die Bright-Familie. Von uns gibt es ein halbes Dutzend.« Sally stürzte zur Tür des Lagerraums und rief hinein. »Rufus, kümmere dich kurz um den Laden. Ich bin in zehn Minuten zurück!«

Gemeinsam stürmten sie über den Kirchplatz und durch die Tür des *Queen's Ruby*. Sie fanden Charlotte und Mrs. Highwood im Salon der Pension. Erstgenannte stickte an einer Kissenhülle. Letztere döste auf einer Ottomane.

»Mrs. Highwood!«, rief Sally aus.

Die Matrone erwachte mit einem erschrockenen Schnaufen. Ihr Kopf wirbelte derart abrupt herum, dass ihre Spitzenhaube in Schieflage geriet. »Was? Was ist geschehen? Wer wurde gemeuchelt?«

»Niemand wurde gemeuchelt«, sagte Kate lächelnd. »Aber jemand könnte sich vermählt haben.«

Sally drückte den Brief in die Hand der älteren Frau. »Lesen Sie, Mrs. Highwood. Lesen Sie ihn gleich. Wir sind alle gespannt, den Inhalt zu erfahren.«

Mrs. Highwood blickte auf den Umschlag. Sie erbleichte. »Bei allen Heiligen. Mein liebes, geliebtes Mädchen.« Mit zittrigen Fingern brach sie das Siegel und faltete den Briefbogen auseinander.

Charlotte legte ihre Stickarbeit beiseite und ließ sich neben ihrer Mutter nieder.

Die ältere Dame warf den Brief ihrer jüngsten Tochter hin. »Hier, lies du ihn. Meine Augen sind zu schlecht. Und meine Nerven …«

Sally umklammerte Kates Arm, alle harrten in atemloser Spannung aus.

»Laut, Miss Charlotte«, drängte Sally. »Lesen Sie ihn laut vor.«

»›Meine liebe Mutter‹«, hob Charlotte an. »›gewiss musst du dich fragen, was aus deiner widerspenstigen Tochter geworden ist. Ich räume ein, die vergangene Woche hat sich nicht ganz so angelassen, wie von mir geplant.‹«

»Ach du meine Güte«, murmelte Kate.

»Sie ist ruiniert«, sagte Mrs. Highwood, ihre Stimme klang mit einem Mal schwach und kränklich. »Wir sind alle ruiniert. Jemand hole meinen Fächer. Und etwas Wein.«

Charlotte fuhr mit dem Lesen fort. »›Trotz der Beschwernisse der Reise weilen wir …‹«

»Wir!«, wiederholte Sally. »Fassen Sie Mut, Mrs. Highwood. Sie schrieb ›wir‹!«

»›Weilen wir derzeit in Northumberland.‹«

»Northumberland.« Die Farbe kehrte in Mrs. Highwoods

Wangen zurück. Sie setzte sich aufrecht auf den Diwan. »Dort befindet sich sein Anwesen. Er erzählte mir einmal davon. Oh, wie war noch gleich der Name?«

»›Und zu meiner großer Freude‹«, las Charlotte weiter, »›schreibe ich euch aus …‹«, Sie senkte das Blatt und lächelte, »›aus der wunderschönen Bibliothek von Riverchase.‹«

33

Zwei Wochen später

Meine liebe Tochter, die Viscountess Payne,
die Glocken läuten heute in St. Ursula! Ich erklärte dem Vikar, dies sei unumgänglich, einerlei, dass du weit fort bist in Northumberland. Wir waren überglücklich, deinen Brief zu erhalten. Wie meine Freundinnen mir stets versichern, ist meine Intuition ohnegleichen. Ich wusste immer, dass Payne, dieser Halunke, eines Tages mein Sohn sein würde. Aber wer hätte um seine Viscountess ahnen können! Du hast deine Mutter stolz gemacht, mein liebes Kind. Zweifelsohne musst du dir Zeit nehmen für eure Flitterwochen, aber denke daran, für die Feierlichkeiten des Glorreichen Friedens nach London zurückzukehren. Diana muss die Nächste sein, verstehst du. Sie wird in der trefflichen Position sein, sich die Vorteile deiner neuen Beziehungen zunutze machen zu können. Ich habe höhere Hoffnungen für ihre Aussichten als je zuvor. Wenn du Payne einfangen kannst, kann Diana sich gewiss einen Herzog angeln!
Deine und so fort
Mama

Mit einem amüsierten Lächeln faltete Minerva den Brief zusammen und schob ihn in ihre Rocktasche. Sie verharrte mitten auf dem Weg, um ihre Lunge mit der lauen Luft des duftenden Spätfrühlings zu füllen und die Schleifenbänder zu lockern, um den Strohhut in ihren Nacken zu schieben. Dann setzte sie leichten Schrittes ihren Spaziergang über den idyllischen Pfad fort, der vom Dorf nach Riverchase führte. Glockenblumen winkten trunken auf ihren schlanken Stielen, eine stumme Bitte, gepflückt zu werden. Während sie ging, verweilte Minerva ein ums andere Mal, um einen Strauß aus ihnen zu binden, gemeinsam mit Himmelsschlüssel und einigen wenigen letzten Narzissen. Um die Zeit, als sie die Anhöhe erklomm, hatte sie ein recht hübsches Sträußchen beisammen. Als sie sich dem Hügelkamm näherte, erstrahlte ein Lächeln auf ihrem Gesicht. Ihr wurde warm ums Herz vor Freude, als sie sich den Anblick der vertrauten Granitfassade nur vorstellte. Aber es war nicht Riverchase, was sie als Erstes erblickte, als sie den Gipfel erreichte. Es war Colin, der denselben Pfad eingeschlagen hatte und auf sie zukam.

»Liebste«, rief er. »Ich war eben auf dem Weg ins Dorf.«

»Weswegen?«

»Dich zu sehen, natürlich.«

»Oh. Nun, ich war auf dem Weg, dich zu sehen.« Sie schenkte ihm ein scheues Lächeln, bei dem sie stets jenen vertrauten Hauch von Unbesonnenheit verspürte.

Er deutete auf ihr Bukett aus Wildblumen. »Sammelst du heute Blumen? Keine Steine?«

»Ich mag zuweilen auch Blumen.«

»Ich bin froh, das zu hören. Vasen mit Blumen lassen sich um einiges leichter zum Cottage schicken.« Mit einer behandschuhten Fingerspitze streichelte er über ihre Wange. »Miss Minerva, darf ich …?«

»Ein Kuss?«

Er nickte.

Sie bot ihm ihre Wange, lehnte sich näher zu ihm, um die zärtliche, werbende Geste zu empfangen. Im letzten Moment jedoch drehte er ihr Gesicht mit einer Hand an ihrer Wange in seine Richtung und küsste sie stattdessen auf die Lippen. Oh, er war ein Schurke durch und durch, und darüber war sie froh. Ihr Kuss war kurz, aber süß und warm wie die Nachmittagssonne.

Einen Augenblick später straffte er sich. Sein Blick wanderte über ihre Gestalt. »Du siehst …« Er schüttelte den Kopf und lächelte. »Du siehst heute umwerfend schön aus.«

Sie schluckte, und es brauchte einen kurzen Moment, ehe sie, überwältigt von seiner maskulinen Ausstrahlung, zu ihrer Contenance zurückfand. »Du nicht minder.«

»Wie gern würde ich dein entzückendes Erröten zur Gänze meinem Kuss als Verdienst anrechnen, aber ich bezweifle, dass es sich so verhält. Was macht dich derart zufrieden?«

»Der Kuss hat in einem hohen Maße damit zu tun. Indessen kam die Postkutsche heute Morgen durch den Ort.« Sie fischte zwei Umschläge aus ihrer Rocktasche. »Ich erhielt zwei recht interessante Briefe. Der erste ist von meiner Mutter. Sie richtet uns Glückwünsche anlässlich unserer Hochzeit aus.«

Sie reichte ihm den Brief aus Spindle Cove.

Er faltete den Bogen auseinander und überflog den Inhalt. Während er las, hoben sich seine Mundwinkel in Belustigung.

»Ich bitte um Nachsicht«, bemerkte Minerva, »ich weiß, sie ist fürchterlich.«

»Das ist sie nicht. Sie ist eine Mutter, die das Beste für ihre Töchter will.«

»Sie ist im Irrtum, das ist es, was sie ist. Ich schrieb ihr mit keinem Wort, dass wir geheiratet hätten. Ich erwähnte lediglich, dass wir zu einem Zwischenaufenthalt auf deinem Anwesen weilen und dass sie mich frühestens in einem Monat oder auch später zurückerwarten soll. Aber offensichtlich vermutet sie anderes.«

»Sie haben es alle vermutet. Ich erhielt unlängst eine Depesche von Bram. Darin erkundigte er sich, warum ich ihm noch keinen notariell beurkundeten Beleg über unsere Eheschließung geschickt habe. Ob ich mein Geld nicht haben wolle.«

Gemeinsam schlenderten sie in Richtung Riverchase weiter.

»Sie werden die Wahrheit letzten Endes erfahren«, sinnierte sie laut.

»Ja, das werden sie. Du erwähntest, dass du *zwei* interessante Briefe erhieltest. Wer schickte den anderen?«

»Sir Alisdair Kent.«

Sie bemerkte ein leichtes Stocken in seinen Schritten. Der unterschwellige Hinweis auf seine Eifersucht entzückte sie mehr, als er sollte.

»Oh, wahrhaftig?«, fragte er in einem auffällig beiläufigen Ton. »Und was hatte der gute Sir Alisdair zu berichten?«

»Nicht viel. Bloß dass das *Royal Geological Journal* es abgelehnt hat, meinen Forschungsbericht über Francine zu publizieren.«

»Was?« Er blieb abrupt stehen und drehte sich zu ihr herum. Das zärtliche Funkeln in seinen Augen hatte sich in Zorn verwandelt, der geradezu todbringend wirkte. »Oh Min. Das ist völliger Unsinn. Das können sie dir mitnichten angetan haben.«

Sie zuckte mit den Schultern. »Sir Alisdair schreibt, dass er in meinem Sinne argumentiert habe, die anderen Herausgeber aber nicht zu überzeugen gewesen seien. Meine Belege seien nicht stichhaltig, meine Schlüsse zu sehr im Reich der Spekulation angesiedelt ...«

»Dummes Geschwätz.« Ein harter Zug legte sich um seine Mundpartie. »Feige Bastarde. Sie wollen sich schlicht nicht von einer Frau ausstechen lassen, das ist alles.«

»Mag sein.«

Er schüttelte reumütig den Kopf. »Es tut mir unendlich leid, Min. Wir hätten an jenem Tag darauf beharren sollen, dem Symposium beizuwohnen. Du hättest deine Erkenntnisse in eigener Person präsentieren können. Hätten sie nur alle deinen Vortrag gehört, dann hättest du sie zu überzeugen vermocht.«

»Nein, das muss dir nicht leidtun.« Sie fasste seine Hand und drückte sie. »Du darfst dir deswegen niemals Vorhaltungen machen, Colin. Ich werde es auch nicht tun.«

So verharrten sie für eine längere Weile, während sie einander liebevoll anlächelten und tief in die Augen schauten. Letztlich hätten sie Stunden auf diese Weise zubringen können – Glück und Liebe förmlich greifbar zwischen ihnen. Minerva konnte es nicht erwarten, seine Frau zu werden. Dennoch würde sie niemals Bedauern empfinden, über ihre Weigerung, ihn an jenem Tag in Edinburgh, auf der Schwelle der *Royal Geological Society*, zu heiraten. Er hatte so vieles auf sich genommen, um sie an ebendiese Tür zu bringen. Sich mit seinen tiefsten Ängsten auseinandergesetzt, unerschrockene Heldentaten begangen. Ihr sein Herz geöffnet und sein Heim nicht minder. Er hatte ihr Mut und Kraft und Stunden der Fröhlichkeit geschenkt. Nicht zu erwähnen Leidenschaft und all jene glühenden Bekenntnisse der Liebe. Indem er um ihre Hand angehalten hatte, hatte er den Sprung ins kalte Wasser gewagt und ihr den größten Vertrauensvorschuss entgegengebracht, den sie sich vorzustellen vermochte. Dafür wollte Minerva ihm zumindest dies geben: eine angemessene Brautwerbung, wie es sein Wunsch war. Eine Chance für ihre Liebe, zu wurzeln und zu wachsen. Wenn sie das Ehegelöbnis nachsprach, dann sollte er wissen, dass es ein Versprechen aus bedingungsloser, fortdauernder Zuneigung war, kein hastiger Griff nach wissenschaftlichem Ruhm. Colin hatte es sich verdient. Sie hatten Mr. Barrington und der *Royal Geological Society* an jenem Tag den Rücken gekehrt. Vermutlich von seiner Wissbegier getrieben, war Sir Alisdair Kent ihnen gefolgt. Er hatte sie zu einem Mahl in einem nahegelegenen Gasthaus eingeladen, wo sie mehrere Stunden verbracht hatten, vertieft in eine wissenschaftliche Debatte mit seinen Freunden. Sir Alisdair und seine Equipe hatten gelauscht, Fragen gestellt, argumentiert und Minerva den Respekt gezollt, der einem Fachkollegen gebührte. Colin hatte dafür gesorgt, dass die Weingläser nie leer waren, und seinen Arm, wie beiläufig und doch besitzergreifend, um die Rückenlehne ihres Stuhls geschlungen gehabt. Nein, es hatte weder eine Medaille noch eine Auszeichnung in Höhe von fünfhundert Guineen gegeben, aber es war gewissermaßen ein Symposium gewesen. Und es war die Reise wert gewesen. Danach waren sie und Colin auf direktem Wege nach Northumberland zurückgereist. Colin hatte sie in einem hübschen Cottage im Dorf untergebracht, mit seiner Haushälterin Mrs. Hammond als Anstandsdame. Und dann hatte er angefangen, seine Versprechungen einer zärtlichen, aufmerksamen Brautwerbung einzulösen. Er machte ihr beinahe jeden Morgen seine Aufwartung, und des Nachmittags unternahmen sie ausgedehnte Spaziergänge. Er brachte ihr Geschenke, Konfekt und Spitze, und beide hielten die Laufburschen mit kleinen Botschaften auf Trab, die keiner Signatur bedurften. Mehrere Male pro Woche dinierten sie und Mrs. Hammond auf Riverchase, und er nahm das sonntägliche Diner mit ihnen im Cottage ein. Sie verbrachten aber auch Zeit getrennt. Minerva, indem sie ihre Entdeckungen in Spindle Cove niederschrieb und die ihr unbekannte zerklüftete Landschaft erkundete, und Colin, indem er das Anwesen mit seinem Verwalter in Augenschein nahm und Einschätzungen und Pläne für die Zukunft machte. Was die Pläne für ihre gemeinsame Zukunft anbetraf … versuchte Minerva, sich in Geduld zu üben. Wenn Colin mit seinem Antrag einen überstürzten Vertrauensvorschuss getätigt hatte, so war ihre Geste des Vertrauens eher eine lange ausgedehnte Schlitterpartie auf dünnem Eis gewesen. Sosehr sie diese Zeit der Brautwerbung genoss, sosehr bemühte sie sich, nicht an Kummer und Herzeleid zu denken. Ein Sinneswandel seinerseits war immerhin noch möglich. In den vier oder fünf Wochen seit ihrer Rückkehr aus Edinburgh hatten sie bereits ihre erste Auseinandersetzung ausgestanden – einen Disput über, man sollte es nicht meinen, ein verlegtes Paar Handschuhe. Und es hatte einen zweiten Zusammenstoß gegeben. Es hatte als spannungsgeladene Kontroverse begonnen, ob es gefahrlos sei, wenn Minerva die örtlichen

Klippen ohne Begleitung erkundete – was es nach Minervas Einschätzung selbstverständlich war. Schließlich war die Diskussion in einen heftigen Streit ausgebrochen, der lautstarke Verurteilungen weiblicher Unabhängigkeit, männlicher Arroganz, pelzverbrämte Umhänge, Felsgestein jedweder Art und – unerklärlicherweise – der Farbe Grün beinhaltet hatte. Der letztlich getroffene Kompromiss – eine gemeinsame Exkursion zu den Klippen, die in einem leidenschaftlichen, heftigen Stelldichein im Heidekraut geendet hatte – hatte beider Zorn die Spitze genommen. Seither war sein Brautwerben so süß und zärtlich wie ehedem, wenn auch nicht immer ganz geziemend.

Minerva schlang ihren Arm durch seinen, und sie setzten ihren Spaziergang durch die ländliche Idylle fort. »Ich bin nicht entmutigt. Ich werde einen anderen Weg finden, meine wissenschaftlichen Erkenntnisse zu veröffentlichen.«

»Wir werden gemeinsam einen Weg finden. Wenn du fünf weitere Wochen warten kannst, werde ich meinen Geburtstag feiern, indem ich ein Exemplar für jeden Haushalt in England drucken lasse.«

Sie lächelte. »Ein paar hundert Exemplare würden genügen. Und es besteht keine Notwendigkeit zur Eile. Francines Fußabdruck hat in jener Höhle Jahrmillionen überdauert. Ich kann noch ein wenig länger warten, mein eigenes Zeichen zu setzen.«

»Würde es helfen, wenn ich dir sage, dass bereits ein tiefer, dauerhafter Abdruck in Minerva-Größe auf meinem Herzen prangt?«

»Ja.« Sie küsste seine Wange und kostete den Hauch von Gewürznelke in seiner Rasierseife aus. »Hast du heute Nachmittag zu tun? Ich hoffte, einige Stunden damit verbringen zu können, mich ausgiebig in der Bibliothek von Riverchase umzusehen.«

Einen Herzschlag lang schwieg er. »Wenn ein Nachmittag in der Bibliothek dein Wunsch ist, so sollst du ihn erfüllt bekommen. Aber ich gestehe, ich hatte etwas anderes im Sinn.«

»Tatsächlich? Was denn?«

»Eine Hochzeit.«

Es fehlte nicht viel, und Minerva wäre das Blumensträußchen aus der Hand geglitten. »Wessen Hochzeit?«

»Unsere.«

»Aber wir können doch nicht …«

»Doch, wir können. Der Vikar hat Anweisung, das Aufgebot in der Gemeindekirche drei Mal zu verlesen. Ich schickte ihm Nachricht, ehe ich das Haus am heutigen Morgen verließ, und der Butler hat Order, die Kapelle herrichten zu lassen. Zum Zeitpunkt unserer Rückkehr sollte alles vorbereitet sein.«

Minerva blinzelte ihn verwirrt an. Er hatte dies alles bereits geplant? »Aber … ich dachte, wir hätten uns geeinigt, bis nach deinem Geburtstag zu warten.«

Er umfing ihre Taille mit seinen kräftigen Armen. »Was du sagst, stimmt, aber das ist unmöglich. Ich vermag es einfach nicht. Letzte Nacht erfreute ich mich eines gesunden Schlafs. Doch als ich heute Morgen aufwachte, vermisste ich dich so sehr. Ich weiß nicht einmal, wie ich das Gefühl beschreiben soll. Ich blickte auf das andere Kissen, und es schien falsch, dass du nicht da warst. Als wäre ich wach geworden, und mir fehlte einer meiner Arme oder die Hälfte meines Herzens. Ich fühlte mich unvollkommen. Also stand ich auf, kleidete mich an und brach zu einem spontanen Spaziergang zu dir auf – weil ich mich in keine andere Richtung hätte bewegen können. Und dann warst du da und kamst auf mich zu. Mit Blumen in der Hand.« Ein gefühlvoller Ausdruck hatte sich in seinen Blick gestohlen. Zärtlich berührte er ihre Wange. »Dies ist keine Laune. Ich könnte es nicht ertragen, noch einen weiteren Tag von dir getrennt zu sein. Ich wünsche mir, dass du mein Leben und mein Haus teilst, und …« Er zog sie stürmisch an sich, sodass er ihren Körper an seinem spüren konnte. Er senkte den Kopf und drückte zarte Küsse auf die weiche Haut ihrer Schläfen. »Und ich wünsche mir, dass du mein Bett teilst. Als meine Frau. Heute Nacht.«

Seine Küsse machten sie schwindlig vor Sehnsucht. Sie klammerte sich haltsuchend an ihn. »Colin.«

»Ich liebe dich, Min. Ich liebe dich so sehr, dass es mir Angst macht. Sag, dass du mich heute heiraten wirst.«

Sie löste sich ein wenig von ihm. »Ich …« Sie schluckte schwer und strich mit einer fahrigen Handbewegung über den buttergelben Musselin ihres Kleides. »Ich sollte zumindest mein Kleid wechseln.«

»Wage es nicht.« Er schüttelte den Kopf und umfasste mit beiden Händen ihre Taille. »Du bist perfekt. Überaus perfekt, genau so, wie du bist.«

Die aufwallenden Gefühle in ihrem Herzen schnürten ihr die Kehle zu. Sie hatte das Gefühl, sich selber kneifen zu müssen, um vollends sicher zu sein, dass dies alles kein Traum war. Wiewohl sie niemals etwas so Wundervolles hätte träumen können. Sie war perfekt. Er war perfekt. Dieser Moment war perfekt. Sie hatte Angst, etwas zu sagen, aus Furcht, die Vollkommenheit des Augenblicks zu zerstören. *Verharre nicht, um nachzudenken. Lauf einfach den Abhang hinunter,* das hatte er ihr geraten.

»Ja«, platzte sie schließlich heraus. »Ja. Lass uns heiraten.«

»Heute?«

»Noch in dieser Stunde.« Ein überschwängliches Lächeln breitete sich in ihrem Gesicht aus, sie konnte die pure Freude nicht länger zurückhalten. Sie stürzte sich auf ihn und schlang ihre Arme um seinen Hals. »Oh Colin, ich liebe dich so sehr. Ich kann es dir gar nicht beschreiben. Ich werde versuchen, es dir zu zeigen, doch dafür werde ich Jahre brauchen.«

Er schmunzelte. »Wir haben Jahrzehnte, mein Schatz. Jahrzehnte.«

Fünf Minuten eiligen Marsches brachten sie vor das Kirchenportal. Derweil Colin ging, um den Vikar zu finden und einige Diener als Trauzeugen zu versammeln, lief Minerva auf den kleinen Kirchhof und blieb vor einer Bodenplatte aus makellosem Granit stehen, dessen Stein auf Spiegelglanz poliert war. Sie verharrte einige Augenblicke stumm, unschlüssig, wie sie beginnen sollte. Dann nahm sie einen tiefen Atemzug und tupfte eine Träne von ihrer Wange. »Es stimmt mich überaus traurig, dass wir uns nie kennenlernen durften«, flüsterte sie und legte ihren kleinen Blumenstrauß auf das Grab von Colins verstorbenen Eltern, Lord und Lady Payne. »Aber ich danke Ihnen. Für ihn. Ich verspreche, ich werde ihn so tief und innig lieben, wie ich es nur vermag. Es wäre sehr freundlich von Ihnen, die eine oder andere Segnung herabzuschicken, wann immer Sie sie erübrigen können. Wir werden sie vermutlich von Zeit zu Zeit nötig haben.«

Nachdem sie den Kirchhof verlassen hatte und um die Ecke der Kapelle bog, sah sie Colin. Er führte eine kleine Prozession aus Vikar, Butler und Hausgesinde an, gleichsam als wären sie zu einer Festtagsparade unterwegs. Er hielt ihnen das Portal auf und winkte sie allesamt in die kleine Kirche.

»Komm. Beeil dich«, rief er ungeduldig.

Als alle ins Innere geströmt waren und nur sie beide noch an der Kirchentür standen, blickte er Minerva tief in die Augen. »Bereit?«

Sie nickte atemlos. »Wenn du es bist.«

»Noch niemals bin ich mir einer Sache so sicher gewesen.« Er fasste Minervas Hand und hauchte einen Kuss auf ihre Fingerknöchel. »Du gehörst zu mir, Min. Und ich gehöre zu dir. Ich weiß es in meinem Herzen. Ich spüre es in meiner Seele. Ich bin mir sicher – in jeder nur erdenklichen Weise.«

Er war nie anziehender für sie gewesen. »Die Gewissheit steht dir vortrefflich«, befand sie.

Lächelnd schlang er ihren Arm durch seinen und führte sie in das kleine Gotteshaus.

Und so endet die großartige, ergreifende Geschichte ihrer Zukunft – diejenige, die sie ihren Freunden und Bankettgästen, Kindern und Enkeln noch in Jahrzehnten erzählen wollten. Genau so, wie ein richtiges Märchen enden sollte. Mit einer romantischen Vermählung, einem zärtlichen Kuss … und dem Versprechen auf immerwährendes Glück.

Nachwort

»Francine« war ein Iguanodon. Überreste von Iguanodon-Fußabdrücken finden sich an vielen Stellen entlang der englischen Südküste, doch war Minerva ihrer Zeit um einige Jahre voraus, als sie in Francines Fußabdruck den fossilen Beleg für das erkannte, was wir heute Dinosaurier nennen. Der aus Sussex stammende Geologe Gideon Mantell veröffentlichte seine Beschreibungen der Gattung Iguanodon in den frühen 1820er Jahren. Die Entdeckung mehrerer Schlüsselfossilien wird häufig seiner Frau Mary Ann zugeschrieben.

Vielleicht war die erste und maßgebliche Paläontologin von allen Mary Anning, die schon im Alter von zwölf Jahren an den Klippen bei Lyme Regis Ichthyosaurus-Fossilien entdeckte. Sie brachte ihr gesamtes Leben damit zu, wertvolle Funde zu sammeln – einzig um mitanzusehen, wie diese verkauft, in Ausstellungen gezeigt und von Gentlemen hochrangiger gesellschaftlicher Zirkel wissenschaftlich beschrieben wurden.

Ich habe die *Royal Geological Society of Scotland* erfunden, die *Geological Society of London* existierte jedoch wirklich zu jener Zeit. Die Gesellschaft erlaubte Frauen weder eine Mitgliedschaft noch die Teilnahme an ihren Zusammenkünften.

An anderer Stelle mögen sich einige Leserinnen und Leser wundern, warum Spindle Cove den Sieg im April 1814 feiert, mehr als ein Jahr vor Napoleon Bonapartes vernichtender Niederlage bei Waterloo. Bonaparte dankte zweifellos in 1814 in Paris ab, und er wurde anschließend ins Exil auf die Insel Elba geschickt. Jedoch gelang es ihm, Anfang 1815 seiner Verbannung zu entfliehen und England und seine Verbündeten zu überzeugen, sich zu der Kampagne der Hundert Tage zu versammeln. Demzufolge ist der Friede, den England in diesem Buch genießt, leider nur ein vorübergehender – doch seine Protagonisten konnten das damals noch nicht wissen.

Danksagung

Vielen, vielen Dank an Tessa Woodward, Helen Breitwieser, Martha Trachtenberg, Ellen Leach, Pam Spengler-Jaffee, Jessie Edwards und Kim Castillo für ihre Anregungen und ihre Unterstützung. Unendlich dankbar bin ich meinem Mann und meiner Familie für ihre Liebe und Geduld.

Dieses Buch zu recherchieren und zu schreiben machte mich so dankbar, ein Teil der heutigen Romance-Community zu sein. Romance-Autorinnen und Romance-Leserinnen sind eine brillante, vielschichtige, inspirierende Gruppe. Wir sind Ärztinnen, Juristinnen, Geschäftsfrauen, Lehrerinnen, Wissenschaftlerinnen, Soldatinnen und vieles, vieles mehr. Um mit dieser lebensprühenden, beflügelnden Gemeinschaft von Frauen (und einigen kongenialen Männern) zu interagieren, brauche ich nicht weiter zu reisen als an meinen Laptop. Dies ist für mich ein unschätzbarer Segen. Ich bin jeden Tag froh darüber.

Mein herzlicher Dank gilt also auch der Online-Romance-Community: den AutorInnen, VerlegerInnen, AgentInnen, BuchhändlerInnen, BibliothekarInnen, BloggerInnen, RezensentInnen – und vor allem den LeserInnen! Danke für die vielen E-Mail-Loops, die mich bei Laune und auf dem Laufenden halten: dazu gehören die Two Geniuses, The Vanettes, The Morning Juice, meine Ballroom Bloggers, die Avon-

AutorInnen und The Loop that Shall Not Be Named. Danke, Twitter.

Und danke dir, Ada Lovelace.